BRAD MELTZER
IL PRIMO CONSIGLIERE

GARZANTI

Prima edizione: febbraio 2001

Traduzione di
Alberto Cristofori

Titolo originale dell'opera:
The First Counsel

© 1999 Forty-four Steps, Inc.

ISBN 88-11-66229-X

© Garzanti Libri s.p.a., 2001
Printed in Italy

www.garzantilibri.it

IL PRIMO CONSIGLIERE

Per Cori,
mia prima consigliera,
mia First Lady,
mio primo amore

E per mia sorella Bari,
per non aver mai spettegolato quando eravamo piccoli,
e per avermi sempre letto nel pensiero
quando siamo diventati grandi

Ce l'avevo molto con la Casa Bianca.
Poi ho capito che potevo adeguarmi o adeguarmi.
Luci Johnson
figlia di Lyndon Baines Johnson

Non si abita nella Casa Bianca.
Si è solo l'esposizione più importante del paese.
Presidente Theodore Roosevelt

Mi ricordo infelicissime notti di incubi.
Susan Ford
figlia di Gerald Ford
a proposito del periodo
in cui era figlia del presidente

1.

Ho paura dei luoghi alti, dei serpenti, della normalità, della mediocrità, di Hollywood, del silenzio che si sente entrando in una casa vuota, del buio tenace di una strada male illuminata, dei pagliacci cattivi, del fallimento professionale, dell'impatto intellettuale delle Barbie, di deludere mio padre, di finire paralitico, degli ospedali, dei dottori, del cancro che ha ucciso mia madre, di morire inaspettatamente, di morire per una ragione stupida, di morire dolorosamente e, soprattutto, di morire solo. Ma non ho paura del potere – e perciò lavoro alla Casa Bianca.

Seduto nella mia jeep blu rovinata e arrugginita, non posso fare a meno di fissare la mia compagna, la bella ragazza che guida la mia macchina. Le sue dita lunghe e sottili stringono il volante con una presa autoritaria che fa capire a entrambi chi comanda. Non me ne potrebbe fregare di meno, però – mentre l'auto sfreccia lungo la Connecticut Avenue, sono molto più felice di studiare il modo in cui i suoi corti capelli neri le sfiorano la nuca. Per ragioni di sicurezza, teniamo i finestrini chiusi, ma questo non le impedisce di aprire la capote. Mentre la calda aria di inizio settembre le passa fra i capelli, si appoggia all'indietro e si gode la libertà. Poi aggiunge il suo tocco personale a completamento dell'auto: accende la radio, fa passare le stazioni che ho preselezionato e scuote la testa.

«È questa la roba che ti piace?» chiede Nora. «Talk radio?»

«È per lavoro». Indicando la pulsantiera e sperando di sembrare fico, aggiungo: «L'ultima ha della musica».

Lei mi mette alla prova e preme l'ultimo pulsante. Ancora talk radio. «Sei sempre così affidabile?» chiede.

«Solo quando...» Prima che possa finire, lo stridere di una chitarra elettrica mi perfora le orecchie. Ha trovato la sua stazione.

Battendo con le dita sul volante e muovendo la testa a ritmo, Nora sembra piena di vitalità.

«È questa la roba che ti piace?» le grido sopra il rumore. «Trash radio?»

«È l'unica maniera per restare giovani», dice con un sorriso. Mi sta prendendo in giro e le piace. A ventidue anni, Nora Hartson è sveglia. E di gran lunga troppo sicura di sé. Sa che sono colpito dalla differenza fra le nostre età – l'ha saputo fin dal momento in cui le ho detto che avevo ventinove anni. Non gliene è fregato niente, però.

«Credi che questo mi spaventi?» aveva chiesto.

«Se ti spaventa, è un problema tuo».

Così l'ho conquistata. Aveva bisogno della sfida. Soprattutto sessuale. Da troppo tempo le cose erano facili, per lei. E come Nora sa molto bene, non c'è gusto ad avere sempre quello che si vuole. Il fatto è che probabilmente questo sarà il suo destino nella vita. Nel bene e nel male, è il suo potere. Nora è attraente, interessante ed estremamente piacevole. È anche la figlia del presidente degli Stati Uniti.

Come ho detto, non ho paura del potere.

L'auto si dirige verso Dupont Circle e io guardo l'orologio, chiedendomi quando finirà il nostro primo appuntamento. Sono le undici e un quarto, ma Nora sembra che abbia appena incominciato. Mentre accostiamo a un locale chiamato Tequila Mockingbird, alzo gli occhi al cielo. «Un altro bar?»

«Bisogna fare almeno un po' di preliminari», scherza. Io faccio finta di niente, come se queste cose le sentissi in continuazione. Lei non ci casca neanche per un secondo. Dio, come mi piace l'America. «E poi», aggiunge, «questo è buono – nessuno conosce questo locale».

«Così avremo davvero un po' di privacy?» Istintivamente, controllo lo specchietto retrovisore. La Chevy Suburban nera che ci ha seguito fuori dal cancello della Casa Bianca e in tutte le fermate successive è ancora dietro di noi. I Servizi segreti non mollano mai.

«Non preoccuparti per loro», dice Nora. «Non sanno quello che li aspetta».

Prima di poterle chiedere cosa intende dire, vedo un uomo in kaki davanti all'ingresso laterale del Tequila Mockingbird, che indica un parcheggio riservato e ci fa segno di accostare. Ancor prima che prema il pulsante che ha in mano e si metta a bisbigliare nel colletto di una polo che tenta di sembrare casual capisco chi è. Servizi segreti. Il che vuol dire che non dobbiamo fare la lunga fila all'ingresso principale – ci farà entrare da quello laterale. Non è male, come metodo per andare di bar in bar, se volete il mio parere. Naturalmente, Nora la pensa in maniera diversa.

«Pronto a rovinargli la festa?» chiede.

Annuisco, senza sapere bene cosa ha in mente, ma senza riuscire a trattenere un sorriso. La figlia del presidente, e intendo proprio *la* figlia del presidente, è seduta al mio fianco, nella mia macchina schifosa, e mi chiede di seguirla nel limbo. Sento già la salsa.

Proprio mentre incrociamo lo sguardo con l'agente fuori dal Mockingbird, Nora supera il bar e si dirige invece a un dance club a metà dell'isolato. Mi giro a

11

controllare l'espressione dell'agente. Non è affatto divertito. Riesco a leggere le sue labbra, da qui. «*Ombra in movimento*», grugnisce nel colletto.

«Aspetta un momento – non gli avevi detto che andavamo al Mockingbird?»

«Posso farti una domanda? Quando esci, credi che sia bello avere i Servizi segreti che controllano il locale prima che tu arrivi?»

Ci penso un attimo su. «In realtà, non mi sembra affatto male».

Lei ride. «Be', a me fa schifo. Nel momento in cui entrano loro, la gente davvero interessante si dirige verso l'uscita». Indicando la Suburban che continua a seguirci, aggiunge: «Quelli che mi *seguono* li sopporto. Sono quelli che mi precedono che rovinano tutto. Senza contare che così tutti si guardano le scarpe».

Mentre ci avviciniamo al fattorino, cerco di pensare a qualcosa di spiritoso da dire. È allora che lo vedo. In piedi all'ingresso principale della nostra nuova destinazione c'è un altro uomo che sussurra nel colletto della camicia. Come l'agente in piedi fuori dal Mockingbird, è vestito nel solito stile casual dei Servizi segreti: kaki e una polo a maniche corte. Per richiamare il meno possibile l'attenzione di Nora, gli agenti cercano di rendersi invisibili – sintonizzando il più possibile l'abbigliamento su quello della loro protetta. Naturalmente credono di confondersi, ma l'ultima volta che ho controllato le persone in kaki di solito non avevano pistole e non parlavano nel colletto della camicia. In ogni caso, sono colpito. La conoscono meglio di quanto credevo.

«Allora, entriamo o cosa?» chiedo avvicinandomi al fattorino che è in attesa di Nora per aprirle la porta.

Nora non risponde. I suoi penetranti occhi verdi, che sono stati abbastanza persuasivi da convincermi a lasciarla guidare, adesso guardano vuoti fuori dal finestrino.

Le batto allegramente sulla spalla. «Sapevano che saresti arrivata. E allora? È il loro mestiere».

«Non è questo».

«Nora, siamo esseri abitudinari. Solo perché conoscono la tua routine...»

«Questo è il problema!» grida lei. «Io mi stavo comportando in maniera spontanea!»

Dietro all'esplosione, c'è un dolore nella sua voce che mi coglie impreparato. L'ho vista per anni in tv, ma è la prima volta che la vedo svelare una debolezza, e benché lo faccia con un urlo, ne approfitto subito. Il mio allegro colpetto sulla spalla si trasforma in una carezza tranquillizzante. «Lasciamo perdere questo posto – troveremo qualcosa di nuovo».

Nora guarda rabbiosa l'agente vicino all'ingresso. Lui le risponde con un sorriso. Hanno già giocato a questo gioco. «Andiamocene via di qui», grugnisce lei. Con un'improvvisa accelerata le gomme stridono ed eccoci diretti alla prossima fermata. Mentre decolliamo, controllo di nuovo lo specchietto retrovisore. La Suburban, come sempre, è proprio dietro di noi.

«Non mollano mai?» chiedo.

«Dipende dal territorio», risponde lei con la voce di una che ha ricevuto un colpo basso.

Sperando di rallegrarla, dico: «Lascia perdere quegli scimmioni. Chi se ne frega se sanno dove...»

«Passa due settimane in questo modo e vedrai che cambi musica».

«Io no. La mia musica è sempre la stessa: *Ama i ragazzi con le pistole. Ama i ragazzi con le pistole. Ama i ragazzi con le pistole*. Si tratta di un mantra».

La battuta è facile, ma funziona. Mi rimanda il più sottile dei sorrisi. «Devi amarle, quelle pistole». Respirando a fondo, si passa la mano dietro al collo e sulla punta dei capelli neri. Credo che finalmente incominci a rilassarsi. «Grazie ancora per avermi lasciato guidare. Incominciava a mancarmi».

«Se ti fa sentire meglio, sei un'ottima guidatrice».

«E tu un eccellente bugiardo».

«Non ti fidi di quello che dico? Guarda i lemming che abbiamo dietro. Sorridono da quando sei sgusciata fuori dal club».

Nora controlla lo specchietto retrovisore e saluta altri due agenti in kaki e polo. Nessuno dei due sorride, ma quello al posto del passeggero risponde al saluto. «Sono i miei ragazzi – stanno con me da tre anni», spiega. «Per di più Harry e Darren non sono tanto cattivi. Sono solo disperati perché sono i due davvero responsabili per me».

«Sembra il lavoro ideale».

«Un incubo – ogni volta che lascio la Casa mi stanno incollati al sedere».

«Te l'ho detto: il lavoro ideale».

Si gira e fa finta di non apprezzare il complimento. «Ti piace flirtare, eh?»

«È la forma più sicura di interazione sociale profonda».

«Sicura? È questo che conta per te?»

«Disse la giovane signora con le guardie del corpo».

«Cosa dovrei dire?» ride. «A volte si deve stare attenti».

«E a volte si deve bruciare il paese per salvarlo».

Questa le piace – come tutto quello che richiama una sfida. Per lei, tutto il resto è pianificato. «Così adesso sei Gengis Khan?» chiede.

«Sono conosciuto per aver distrutto alcune città indifese».

«Oh, ti prego, leguleio, non metterti in difficoltà. Dove vuoi andare adesso?»

La sua forza mi costringe a voltarmi. Cerco di non apparire confuso. «Per me non ha importanza. Ma quegli scimmioni devono seguirci?»

«Dipende», dice lei con un sorriso. «Credi di poterli gestire?»

«Oh, sì. Gli avvocati sono noti per la loro capacità di battere grossi militari pronti a tutto. All'esame di licenza c'è un'intera sezione dedicata al pugilato... subito dopo il tema sul dolore».

«Bene, se non possiamo combattere, dovremo scappare». Preme l'acceleratore e mi ritrovo schiacciato contro il poggiatesta. Stiamo di nuovo risalendo la Connecticut Avenue.

«Cosa stai facendo?»

Mi lancia un'occhiata che sento fin nei pantaloni. «Volevi dell'intimità».

«Veramente volevo dei preliminari».

«Be', se ci va bene avrai tutt'e due le cose».

Adesso l'adrenalina sta entrando in circolo. «Credi davvero di poterli seminare?»

«Ci ho provato solo un'altra volta».

«E com'è andata?»

Mi lancia un'altra delle sue occhiate. «Preferisci non saperlo».

Il tachimetro sale rapidamente a cento all'ora e le strade male asfaltate del D.C. ci fanno sentire ogni buca. Afferro la maniglia della portiera e mi metto diritto. È in questo momento che vedo Nora come la ventiduenne che è – senza paura, compiaciuta di sé e ancora capace di entusiasmarsi per la ripresa di un motore. Anche se ho pochi anni di più, è da tanto tempo che il cuore non mi correva così. Dopo tre anni alla Michigan Law, due anni di apprendistato, due anni in uno studio legale e due anni all'ufficio dei consiglieri della Casa Bianca, le mie passioni sono puramente professionali. Poi Nora Hartson mi risveglia con una pacca e mi accende un fuoco nella pancia. Come diavolo facevo a sapere quello che mi stavo perdendo?

Comunque, guardo indietro alla Suburban e faccio una risata nervosa. «Se mi metti nei pasticci...»

«È questo che ti preoccupa?»

Mi mordo il labbro. È stato un grosso passo indietro. «No... è solo che... lo sai cosa voglio dire».

Lei ignora i miei balbettii e dà ancora più gas.

Bloccati nel silenzio della nostra conversazione, riesco solo a sentire il rumore del motore. Davanti a noi vedo l'ingresso del sottopasso che porta sotto a Dupont Circle. Il piccolo tunnel ha un ingresso molto ripido, per cui non si riesce a vedere quante macchine ci sono davanti. Nora sembra fregarsene. Senza rallentare, entriamo nel tunnel e io mi sento lo stomaco nei tacchi. Per fortuna, davanti a noi non c'è nessuno.

Quando lasciamo il tunnel, l'unica cosa su cui riesco a concentrarmi è il semaforo verde alla fine dell'isolato. Poi diventa giallo. Non siamo abbastanza vicini per potercela fare. Di nuovo, Nora sembra fregarsene. «Il semaforo!...»

Diventa rosso e Nora gira il volante facendo un angolo retto sulla destra. Le ruote stridono e le mie costole si schiacciano contro il bracciolo che ci divide. Guardo nello specchietto retrovisore. La Suburban è ancora lì. Non mollano mai.

Corriamo lungo una strada stretta e corta. Vedo uno stop davanti a noi. Malgrado l'ora tarda, c'è ancora una corrente continua di auto che approfitta della precedenza. Mi aspetto che Nora rallenti, invece accelera.

«Non farlo!» l'avverto.

Lei prende nota del volume della mia voce, ma non risponde. Cerco di allungare il collo per vedere quante macchine ci sono. Ne vedo qualcuna, ma non capisco se riescono a vederci. Schizziamo attraverso lo stop e chiudo gli occhi. Sento le macchie che frenano stridendo a destra e a sinistra, suonando contemporaneamente il clacson. Nessuno ci viene addosso. Mi giro e guardo i Servizi segreti che ci seguono a ruota...

«Ma cosa sei, una psicopatica?»

«Solo se ci ammazziamo. Se no, sono una coraggiosa».

Rifiuta di arrendersi, girando e svoltando nelle strade lastricate del Dupont Circle. Ogni stop che passiamo produce un altro coro di clacson e di automobilisti offesi. Finalmente percorriamo una strada a senso unico che riporta alla via principale, la Connecticut Avenue. L'unica cosa che ci divide dalle sei corsie di traffico è un altro stop. A cento metri di distanza, si inchioda sul freno. Grazie a Dio. È tornata alla ragione.

«Perché non ci accontentiamo?» propongo.

«Neanche per sogno». Corruga la fronte nello specchietto, rimproverando i suoi agenti preferiti. Loro sembrano tentati di lasciare la Suburban, ma sanno che prenderebbe il volo nel momento in cui lo facessero.

L'agente al posto del passeggero abbassa il finestrino. È giovane, forse più giovane di me. «Basta, Ombra», grida provocandola con il suo nome in codice. «Lo sai cos'ha detto l'ultima volta. Non farci chiamare aiuto».

Nora non reagisce bene alla minaccia e borbotta ansimando: «Bastardo fottuto». Poi preme l'acceleratore e le ruote slittano finché non riescono a fare presa.

Non posso permetterle di fare così. «Nora, non...»

«Chiudi il becco».

«Non dirmi di...»

«Ti ho detto di chiudere il becco». La sua risposta è un ringhio basso e controllato. Non sembra più lei. Stiamo precipitando verso lo stop e conto sette auto che ci passano davanti. Otto. Nove. Dieci. Non è una strada secondaria. Qui le auto volano. Noto una gocciolina di sudore che scende dalla tempia di Nora. Tiene il volante più forte che può. Questa volta non ce la facciamo.

Quando arriviamo all'incrocio, faccio l'unica cosa che mi viene in mente: mi allungo in avanti, schiaccio il clacson e lo tengo premuto. Schizziamo fuori dal vicolo come uno spettro a ottanta all'ora. Due auto ci evitano per un pelo. Una frena di colpo. Una quarta, una Acura nera, tenta di rallentare, ma non fa in tempo. Le ruote stridono sull'asfalto, ma continua a muoversi. Nora fa del suo meglio per togliersi di mezzo, ma l'auto ci urta leggermente di dietro. Tanto basta per farci perdere il controllo e per mettere l'Acura nera davanti alla Suburban dei Servizi segreti. La Suburban sterza violentemente verso destra e si ferma di colpo. Noi continuiamo a muoverci.

«Va tutto bene!» grida Nora lottando con il volante. «Va tutto bene!» E nel giro di due secondi capisco che è vero. Nessuno si è fatto male e noi siamo liberi di andarcene. Mentre risaliamo l'isolato, cerco di ricordarmi come si fa a respirare.

Anche Nora ansima mentre riprende fiato. «Non male, eh?» chiede alla fine.

«Non male?» dico asciugandomi la fronte. «Potevi ucciderci – per non parlare dell'altro guidatore e dei...»

«Ma ti sei divertito?»

«Non è questione di divertimento. È stata una delle bravate più stupide che io abbia mai...»

«Ma ti sei divertito?» Ripete la domanda e la sua voce è più calda. Alla luce della luna, i suoi occhi scintillano. Dopo aver visto sui giornali tante sue fotografie scattate in occasioni pubbliche è strano vederla seduta lì. Credevo di sapere come sorrideva e come si muoveva. Non c'ero andato neanche vicino. Dal vivo, la sua faccia cambia completamente – e le sue guance che si tendono e si arrossano per l'eccitazione – non c'è modo per descriverle. Non che sia incantato, ma... non so come dirlo altrimenti... lei mi sta guardando. Proprio me. Mi dà una pacca sulla gamba. «Nessuno si è fatto male, l'Acura ci ha appena toccato. Al massimo, ci siamo rovinati il paraurti. Insomma, quante volte ti capita di fregare i Servizi segreti e di sopravvivere per poterlo raccontare?»

«Lo faccio ogni giovedì. Non è una grande impresa».

«Ridi finché vuoi, ma devi ammettere che è stato emozionante».

Mi guardo alle spalle. Siamo completamente soli. E devo ammettere che ha ragione.

Ci metto almeno dieci minuti per capire che ci siamo persi. Nel giro di pochi isolati il lastricato perfetto del Dupont Circle si è trasformato nell'asfalto malandato della periferia di Adams Morgan. «Dovevamo svoltare alla Sedicesima», dico.

«Non sai quello che stai dicendo».

«Hai perfettamente ragione. Sono perso al duecento per cento. E vuoi sapere come faccio a saperlo?» Faccio una pausa a effetto. «Perché ti ho lasciato guidare! Chissà cosa diavolo stavo pensando! Vivi qui per modo di dire. Non vai mai in macchina. E quando ci vai, di solito stai sul sedile posteriore!»

«Cosa vuoi dire con questo?»

Appena me lo chiede, mi rendo conto di quello che ho detto. Tre anni fa, appena dopo che suo padre era stato eletto, durante il suo primo anno di università a Princeton, il «Rolling Stone» dedicò un articolo cattivissimo a quella che definivano la sua vita da collegiale «tutta droga e amore». Secondo l'articolo, due ragazzi diversi avevano dichiarato che Nora gli aveva fatto un pompino nel retro dell'auto mentre era in Special K. Un altro informatore aveva detto che si faceva di coca; un terzo, che era eroina. Vero o falso, qualche stupido maniaco di internet aveva usato il vero nome di Nora, Eleanor, e aveva scritto una poesia haiku intitolata *Eleanor l'inginocchiata*. Qualche milione di e-mail più tardi, Nora aveva ottenuto il suo soprannome più noto – e suo padre aveva visto crollare il suo indice di popolarità. Quando la storia era uscita, il presidente Hartson aveva convocato il direttore di «Rolling Stone» e gli aveva chiesto di lasciare in pace sua figlia, cosa che da allora in poi avevano fatto. L'indice di popolarità del presidente era risalito. Tutto bene. Ma la storia continuava a circolare. Ed evidentemente, a giudicare dallo sguardo di Nora, il danno era ormai fatto.

«Non volevo dire niente», insisto cercando di negare il mio insulto involontario. «Solo che la tua famiglia è abituata alle limousine, agli autisti, a farsi portare in giro da altre persone».

All'improvviso, Nora scoppia a ridere. Ha una voce sexy e profonda, ma la sua risata è da bambina.

«Cos'ho detto?»

«Sei imbarazzato», risponde divertita. «Sei tutto rosso in faccia».

Mi giro dall'altra parte. «Scusa...»

«No, è tutto ok. Sei molto tenero. E il fatto che arrossisci è ancora più tenero. Per una volta, so che è tutto vero. Grazie, Michael».

Ha detto il mio nome. Per la prima volta, stasera, ha detto il mio nome. Mi giro di nuovo verso di lei. «Prego. Adesso usciamo di qui».

Girando sulla Quattordicesima in cerca della piccola zona di territorio nota come Adams Morgan, patria dei bar più sovrastimati e dei migliori locali etnici di Washington, ci troviamo a tornare nella direzione da cui siamo venuti. Circondati da edifici deserti e strade buie, incomincio a sentirmi preoccupato. Per quanto sia tosta, la figlia del presidente degli Stati Uniti non dovrebbe trovarsi in un quartiere come questo.

Quando arriviamo alla fine dell'isolato, però, vediamo il primo segno di vita civile: dietro l'angolo c'è una piccola folla di persone che escono dall'unico negozio in vista. È un grande palazzo di mattoni che sembra sia stato trasformato in un bar a due/piani. La parola «Pendulum» è scritta a grandi lettere nere su un'insegna bianca e sporca. Una luce azzurra alla moda contorna l'insegna. Non è certo il mio genere di locale.

Nora entra nel parcheggio vicino e spegne il motore.

«Qui?» domando. «Questo posto è uno schifo».

«No. La gente è vestita bene». Indica un uomo in pantaloni color cammello e maglietta nera aderente. Prima che io possa protestare, aggiunge: «Andiamo – per una volta, siamo anonimi». Tira fuori dalla tasca della borsetta un cappellino da baseball e si abbassa la visiera sugli occhi. È un travestimento orribile, ma lei dice che funziona. Non l'hanno mai fermata.

Paghiamo dieci dollari all'ingresso, entriamo e diamo rapidamente un'occhiata in giro. Il locale è pieno zeppo dei tipici D.C. Folla da giovedì sera – gente per lo più ancora ben vestita, con le cravatte allentate; qualcuno già con la maglietta a V di Calvin Klein. In un angolo, due uomini giocano a boccette. Al banco, altri due ordinano da bere. È allora che capisco dove siamo. A parte Nora, in questo locale non c'è neanche una donna. Siamo capitati in un bar gay.

Alle mie spalle, sento qualcuno che mi sfiora il sedere. Non mi giro neanche. «Oh, Nora, come vorrei che tu fossi un uomo».

«Sono colpita», dice lei facendosi avanti. «Non sembri neanche a disagio».

«Perché dovrei essere a disagio?»

Dal luccichio che ha negli occhi, capisco che sta preparando un altro test. Ha bisogno di sapere se riesco a cavarmela con questi ragazzi. «Allora, va bene se restiamo?»

«Naturalmente», dico sorridendo. «Non cambierei per nulla al mondo».

Mi fulmina con la sua occhiata sexy. Per il momento, sono promosso.

Raggiungiamo il banco e ordiniamo da bere. Io prendo una birra, lei un Jack & Ginger. Seguendola, arrivo all'estremità del bancone a forma di elle, nel punto perpendicolare alla parete. Con il gesto sperimentato di chi da anni viene seguita e osservata a bocca aperta, Nora mi spinge nell'ultimo posto e si siede con le spalle alla folla. Per lei, è puro istinto. Con il cappellino che le copre i capelli, non è possibile che venga riconosciuta. Da come ha organizzato le cose, l'unico che può vederla sono io. Dà un'ultima occhiata complessiva al locale e poi, soddisfatta, si dedica al suo drink. «E allora, sei sempre stato così serio?»

«Cosa vuoi dire? Io non...»

«Non scusarti», mi interrompe. «È così che sei. Voglio solo capire come mai. Tradizione di famiglia? Divorzio difficile? Forse il papà ha abbandonato te e la m...»

«Nessuno mi ha *fatto* niente», dico. «Sono così e basta». Dal tono della mia risposta, Nora pensa che l'argomento sia chiuso. E ha ragione. Non è una cosa di cui parlare al primo appuntamento. Per non creare silenzi, cerco di pilotare la conversazione verso temi meno pericolosi. «Dimmi cosa pensavi di Princeton. Pollice su o giù?»

«Non credevo che mi volessi intervistare».

«Non dire così. Il college rivela molte cose su una persona».

«Il college non dice un bel niente – è una decisione razionale basata solo su inutili visite ai campus e una serie di punteggi predeterminati. Per di più, tu hai quasi trent'anni», dice con un sogghigno, «e queste per te sono vecchie storie. Cos'hai fatto nel frattempo?»

«Dopo l'università? Un po' di pratica, poi sono finito in uno studio legale della zona. A essere onesti, era solo un modo per passare il tempo tra una campagna e l'altra. Barth al Senato, qualche elezione locale – poi tre mesi come responsabile per il recupero dei voti di Hartson, nel grande stato del Michigan». Nora non risponde e io ho la sensazione che mi stia giudicando. Per cui aggiungo rapidamente: «Farlo a livello nazionale è un serraglio – se volevo un po' di responsabilità era meglio restare all'interno di uno stato».

«Meglio per te o meglio per il tuo ego?»

«Tutti e due. Il quartier generale era a soli venti minuti da casa mia».

Coglie qualcosa nella mia risposta. «Quindi sei stato tu a voler restare nel Michigan?»

«Sì. Perché?»

«Non lo so... un ragazzo intelligente come te... che lavora nell'ufficio dei consiglieri. Di solito voi andate via dalla vostra città».

«In quanto volontario, è stata una decisione finanziaria. Nient'altro».

«E il college e l'università? Michigan tutti e due, vero?»

È davvero incredibile – quando si tratta di debolezze, sa esattamente dove guardare. «La scuola è un'altra storia».

«Qualcosa che riguarda i tuoi?»

Abbiamo raggiunto di nuovo il limite. «Qualcosa di personale. Ma non è stata colpa loro».

«Sei sempre così generoso?»

«E tu sei sempre così curiosa?»

Nora appoggia un gomito al banco, si china più vicino e mi spinge contro la parete. «Quella che vedi sono io», dice con un sorriso cupo.

«Esatto», scherzo a mia volta. «È proprio quello che dico anch'io». Salto giù dallo sgabello e faccio un passo verso di lei. Nell'ufficio dei consiglieri è la prima regola che ti insegnano: mai lasciarsi incastrare.

«Dove vai?» chiede bloccandomi la strada.

«In bagno». La supero e la sfioro con tutto il corpo, fra il torace e la coscia. Lei sogghigna. E non cede di un millimetro.

«Non metterci troppo tempo», ronfa.

«Ti sembro così stupido?»

Torno dal bagno appena in tempo per vedere Nora che prende un sorso dalla mia birra. Le metto una mano sulla spalla da dietro. «Puoi ordinarne una anche tu – ne hanno in abbondanza».

«Dovevo solo prendere un'aspirina», spiega mettendo nella borsetta una piccola fiala marrone.

«Tutto bene?»

«Solo un po' di mal di testa». Indica la fiala e aggiunge: «Ne vuoi?»

Scuoto la testa. «Come preferisci», dice con un sogghigno, «ma quando sentirai questa credo che ne avrai bisogno».

«Cosa vuoi dire?»

Mentre riprendo posto contro la parete, Nora si china verso di me. «Mentre andavi in bagno, non hai per caso visto entrare qualche faccia nota?»

Guardo al di sopra della sua spalla ed esamino il bar. «Non mi pare. Perché?»

Il suo sorriso si allarga. Qualsiasi cosa stia succedendo, si diverte. «In fondo a sinistra. Vicino al video. Camicia bianca. Kaki spiegazzati».

I miei occhi seguono le istruzioni. Ecco il video. Ecco... Non ci credo. Al di là della stanza, che si passa la mano nei capelli sale e pepe e cerca di apparire il più possibile anonimo, c'è Edgar Simon. Consigliere della Casa Bianca. Avvocato del presidente in persona. Il mio capo.

«Indovina chi ha il miglior pettegolezzo dell'ufficio?» canticchia Nora.

«Non è affatto divertente».

«Cosa c'è di tanto terribile? È gay».

«Non è questo il punto, Nora. È un uomo sposato. Con una donna. Al suo livello, se si viene a sapere, la stampa...»

Il sorriso di Nora svanisce. «È sposato? Ne sei sicuro?»

«Da qualcosa come trent'anni», dico innervosito. «Il suo primo figlio sta per andare al college». Abbasso la testa per non essere visto. «Ho appena conosciuto sua moglie a quel ricevimento per AmeriCorps. Si chiama Ellen. O Elena. Qualcosa con la E».

«Cretino, lì è dove hai conosciuto *me*».

«Prima che tu arrivassi. All'inizio. Simon me l'ha presentata. Sembravano molto felici».

«E adesso lui è qui in cerca di qualche emozione irregolare. Ragazzi, quando si tratta di adulterio il papà sa essere terribile».

Nelle due settimane da quando ci siamo conosciuti, è la quarta volta che Nora fa riferimento a suo padre. E non semplicemente a *suo* padre. Al padre del popolo americano. Il presidente degli Stati Uniti. Devo ammettere che, non importa quante volte lo dice, non credo che mi abituerò mai.

Chinato in avanti, con la mano sudata aggrappata al bordo del banco, sono bloccato nella mia posizione. Guardandomi, Nora dà le spalle a Simon. «Che cosa fa adesso?» chiede.

Con la scusa che la sua testa è proprio in mezzo, mi rifiuto di guardare. Se non posso vedere Simon, lui non può vedere me.

«Dimmi cosa sta facendo», insiste Nora.

«Ma neanche per sogno. Se mi vede, sono fottuto. Non avrò altri incarichi prima dei novant'anni».

«Da come ti comporti, non manca molto tempo». Prima che possa reagire, Nora mi afferra per il colletto e china la testa. Poiché mi tiene su, vedo Simon molto bene.

«Sta parlando con un tizio», sbotto.

«Lo conosciamo?»

Il tizio ha capelli neri ricci e una maglietta denim. Scuoto la testa. Mai visto prima.

Nora non riesce a trattenersi. Dà una rapida occhiata e si volta di nuovo, proprio mentre il tizio passa a Simon un foglietto di carta. «Cos'era quello?» chiede Nora. «Si scambiano i numeri di telefono?»

«Non lo so. Stanno...» Proprio in quel momento, Simon guarda verso di me. Oh, cazzo. Abbasso la testa prima di incrociare lo sguardo. Sarò stato abbastanza veloce? Con le fronti che si toccano, Nora e io sembriamo alla ricerca di qualche moneta caduta sotto al banco.

Improvvisamente una voce maschile dice: «Posso aiutarvi?»

Il cuore mi scende nei tacchi. Alzo gli occhi. È solo il barista. «No, no», balbetto. «Ha solo perso un orecchino».

Quando il barista se ne va, mi giro verso Nora. Ha un'espressione quasi allegra. «Presto, in piedi, machone mio».

«Cosa stai...»

Prima che possa finire, lei dice: «Dov'è finito?»

Alzo la testa e guardo nella sua direzione. Il problema è che non c'è più nessuno laggiù. «Credo che se ne sia andato».

«Andato?» Nora alza la testa a sua volta. Esaminiamo tutti e due il locale. «Là, vicino alla porta», dice lei.

Mi giro appena in tempo per vedere Simon che esce. Do un'altra occhiata in giro. Alle boccette. Al video. Alle pareti vicino ai bagni. Anche il tizio in denim è scomparso.

Nora reagisce come un lampo. Mi afferra la mano e incomincia a strattonarmi. «Andiamo».

«Dove?»

«Dobbiamo seguirlo».

«Cosa? Sei impazzita?»

Continua a tirarmi. «Dai, ci divertiremo».

«Ci divertiremo? Credi che mi diverta a spiare il mio capo? A farmi beccare? A farmi licenziare se...»

«Ci divertiremo, e tu lo sai. Non muori dalla voglia di sapere dove va? E cosa c'era scritto su quel foglio di carta?»

«Secondo me ha l'indirizzo del motel più vicino, dove Simon e il suo amico in denim possono giocare a Fammi un pompino quanto vogliono».

Nora ride. «Fammi un pompino?»

«Sto solo facendo un'ipotesi – capisci quello che voglio dire?»

«Certo che capisco quello che vuoi dire».

«Bene. Allora sai anche che non c'è niente da guadagnare a fare pettegolezzi».

«È questo quello che pensi? Che mi interessano i pettegolezzi? Michael, rifletti un secondo. Edgar Simon è il consigliere della Casa Bianca. L'avvocato di mio padre. Se lo prendono con le mani in pasta, secondo te chi si troverà in imbarazzo? A parte Simon, secondo te chi altro si troverà con un occhio nero?»

Il quinto riferimento colpisce un punto sensibile. Le

elezioni sono fra due mesi appena e Hartson ha già abbastanza guai. Un altro occhio nero darebbe il via a un massacro.

«E se Simon non è qui per il sesso?» chiedo. «Se l'incontro riguardasse qualcos'altro?»

Nora mi lancia un'occhiata. I suoi occhi da lascia-guidare-me stanno facendo gli straordinari. «Ragione di più per andare».

Scuoto la testa. Non ho intenzione di lasciarmi trascinare in questa storia.

«Dai, Michael, cosa vuoi fare – stare qui seduto e passare il resto della serata giocando a *e se?*...»

«Sai una cosa – dopo tutto quello che è successo stasera, stare qui seduto è più che sufficiente».

«È questo quello che vuoi? È questo il tuo grande obiettivo nella vita? Un più che sufficiente?»

Aspetta che il ragionamento penetri prima del colpo finale. «Se non vuoi seguirmi, ti capisco. Ma io devo andare. Dammi le chiavi e non ti disturbo più».

Niente da dire. Lei se ne andrà. E io resterò qui.

Tiro fuori le chiavi dalla tasca. Lei apre la mano.

Scuoto di nuovo la testa e mi dico che non me ne pentirò. «Credi davvero che ti lasci andare da sola?»

Mi scocca un sorriso e corre verso l'uscita. Senza esitare, la seguo. Appena fuori, vedo la Volvo nera di Simon che esce da un posteggio sulla strada. «Eccolo là», dice Nora.

Corriamo come matti verso la mia jeep. «Buttami le chiavi», dice.

«Neanche per idea», rispondo. «Questa volta guido io».

2

Ci vogliono un paio di isolati di corsa per rivedere la macchina di Simon e la sua targa «Amici del Chesapeake» della Virginia.

«Sicuro che sia lui?» chiede Nora.

«Sicurissimo». Rallento e lascio circa un isolato di distanza. «Riconosco la targa da West Exec».

In pochi minuti Simon ha attraversato Adams Morgan e sta risalendo la Sedicesima strada. Sempre a un isolato dietro di lui, attraversiamo la Religion Row e oltrepassiamo le dozzine di templi, moschee e chiese che punteggiano il panorama.

«Dobbiamo avvicinarci?» chiede Nora.

«No, se non vogliamo farci notare».

Sembra divertita dalla mia risposta. «Adesso so cosa provano Harry e Darren», dice riferendosi ai suoi agenti dei Servizi segreti.

«A proposito, credi che abbiano chiesto un APB per te? Cioè, di solito non fanno così?»

«Chiameranno il responsabile notturno e l'agente di servizio alla Casa, ma credo che abbiamo un paio d'ore prima che la notizia diventi pubblica».

«Così tanto?» chiedo guardando l'orologio.

«Dipende da cosa succede. Se al volante ci fossi stato tu, probabilmente avrebbero pensato a un rapimento, perché è il rischio più grande per un membro della famiglia presidenziale. A parte questo, comunque, dipende dalla persona. Chelsea Clinton aveva al massimo mezz'ora. Patty Davis giorni interi. Io un paio d'ore. Poi perdono la testa».

Non mi piace questa storia. «Cosa vuol dire che perdono la testa? Che mandano gli elicotteri militari a darci la caccia?»

«Ci stanno già dando la caccia. Fra due ore ci metteranno sugli scanner della polizia. In questo caso saremo nei notiziari domani mattina. E tutti i commentatori del paese vorranno conoscere le tue intenzioni».

«No – non andrà affatto così». Da quando ci siamo conosciuti, i miei incontri con Nora si sono limitati a un ricevimento, una cerimonia per la firma di un decreto e una festa di compleanno del vice consigliere – tutti avvenimenti per dipendenti della Casa Bianca. Al primo ci hanno presentato, al secondo abbiamo parlato, al terzo mi ha chiesto di uscire insieme. Credo che dieci persone al mondo avrebbero rifiutato l'offerta. E io non sono fra queste. Ma ciò non vuol dire che mi senta pronto per la lente di ingrandimento. Troppe volte ho visto che il momento in cui si entra nel cono di luce della pubblicità è proprio il momento in cui ci si scotta il culo.

Guardo di nuovo l'orologio. È quasi mezzanotte meno un quarto. «Quindi tra un'ora e mezza sei sulla graticola».

«In realtà sei tu quello che finisce sulla graticola».

Ha perfettamente ragione. Mi mangeranno vivo.

«Sei ancora preoccupato per il tuo posto di lavoro?» mi chiede.

«No», rispondo con gli occhi fissi sull'auto di Simon. «Solo per il mio capo».

Simon mette la freccia, svolta a sinistra e si infila in Rock Creek Parkway, che correndo in mezzo agli alberi e avendo marciapiedi ombreggiati è una delle zone predilette da jogger e ciclisti del D.C. Nell'ora di punta, Rock Creek Parkway è pieno di pendolari che tornano in periferia. Adesso è perfettamente vuoto – il che significa che Simon ci può vedere facilmente.

«Spegni le luci», dice Nora. Accetto il suo suggerimento e mi chino in avanti, cercando di vedere la strada adesso quasi invisibile. Il buio mi mette improvvisamente una strana tensione nello stomaco.

«Io dico che dovremmo lasciar perdere e...»

«Sei davvero così codardo?» chiede Nora.

«Qui il coraggio non c'entra niente. È solo che non ha senso giocare agli investigatori privati».

«Michael, te l'ho già detto, per me non è un gioco – non stiamo affatto giocando».

«E invece sì. Stiamo...»

«Ferma!» grida Nora. Davanti a noi, vedo gli stop di Simon che si accendono. «Ferma! Sta rallentando».

Evidentemente, Simon accosta a destra e ferma completamente la macchina. Siamo a circa cento metri dietro di lui, ma una curva della strada ci protegge dalla sua vista. Se guarda nello specchietto retrovisore, non vede altro che strada vuota.

«Spegni il motore! Se ci sente...» Giro la chiave e resto sorpreso dal profondo silenzio. È uno di quei momenti in cui sembra di essere sott'acqua. Guardiamo la macchina di Simon, galleggiamo impotenti, aspettiamo che succeda qualcosa: Un'auto che arriva dalla parte opposta ci riporta a riva di colpo.

«Forse ha una gomma a terra o...»

«Shhhhh!»

Scrutiamo tutti e due per capire cosa succede. Simon non è molto lontano da un lampione, ma i nostri occhi ci mettono comunque un minuto per adeguarsi all'oscurità.

«C'era qualcuno in macchina con lui?» chiedo.

«A me sembrava solo, ma se l'altro tizio era disteso...»

L'ipotesi di Nora viene interrotta quando Simon apre la portiera. Senza neanche accorgermene, trattengo il respiro. Siamo di nuovo sott'acqua. I miei occhi sono fissi sulla piccola luce bianca che vedo attraverso il lunotto posteriore della sua auto. La sua silhouette combina qualcosa sul sedile del passeggero. Poi esce dalla macchina.

Quando ci si trova faccia a faccia con Edgar Simon è impossibile ignorare quanto è grosso. Non per l'altezza, ma per la presenza. Come molte persone importanti della Casa Bianca, ha una voce carica della sicurezza che deriva dal successo, ma al contrario degli altri, che sono sempre preoccupati per l'ultima crisi, Simon emana una calma affilata da anni di consigli al presidente. Questa compostezza infrangibile va dalle spalle ad asse da stiro alle unghie perfette, alla perfetta scriminatura dei capelli sale e pepe. Cento metri davanti a noi, però, la sua silhouette ha perso tutto questo.

In piedi vicino alla macchina, Simon ha in mano un pacchetto che sembra una busta. Lo guarda, poi chiude la portiera. Quando la portiera si chiude, la luce si spegne e vedere diventa ancora più difficile. Simon si volta verso il bosco che circonda la strada, supera il guardrail di metallo e si dirige verso l'argine.

«Un bisogno improvviso?»

«Con un *pacchetto* in mano? Credi che si porti qualcosa da leggere?»

Non rispondo.

Nora incomincia a diventare irrequieta. Slaccia la cintura. «Forse dovremmo scendere a controllare...»

Le afferro un braccio. «Io dico che restiamo qui».

È pronta a ribellarsi, ma prima che ci riesca vedo un'ombra muoversi sull'argine. Una figura ripassa sul guardrail ed entra nella zona illuminata.

«Indovina chi è tornato?» chiedo.

Nora si gira di colpo. «Non ha più il pacchetto!» grida.

«Abbassa la vo...» Mi zittisco quando Simon guarda verso di noi. Nora ed io restiamo immobili. È un'occhiata rapida, poi Simon si gira di nuovo verso la sua auto.

«Ci ha visto?» sussurra Nora. C'è un nervosismo, nella sua voce, che mi fa contrarre lo stomaco.

«In ogni caso, non ha reagito», sussurro di rimando.

Simon apre la portiera e torna in macchina. Trenta secondi dopo accelera e si allontana, lasciando una nuvola di polvere che si dirige verso di noi. Non riaccende le luci finché non è a metà della strada.

«Dobbiamo seguirlo?» chiedo.

«Io dico che dobbiamo restare con la busta».

«Cosa credi che ci sia dentro? Documenti? Foto?»

«Soldi?»

«Credi che sia una spia?» chiedo scettico.

«Non ne ho idea. Magari passa notizie alla stampa».

«Non sarebbe così grave. Per quanto ne sappiamo, questo è il posto in cui lascia i materiali».

«Senza dubbio è così», dice Nora. Si guarda alle spalle per assicurarsi che siamo soli. «Quello che voglio scoprire è cosa gli dà». Prima che possa fermarla, scende dalla macchina.

Tento di afferrarla, ma è troppo tardi. È partita e corre lungo la strada, diretta all'argine. «Nora, torna qui!» Non fa neanche finta di sentirmi.

Accendo il motore e la seguo. Cammina veloce, decisa.

Mi odierà per questo, ma non ho scelta. «Andiamo via, Nora. Andiamo».

«Vattene pure».

Stringo i denti e capisco quello che è perfettamente ovvio: non ha bisogno di me. Ma ci provo un'altra volta. «Per il tuo bene, vieni in macchina». Nessuna risposta. «Ti prego, Nora, non è affatto divertente... chiunque sia il destinatario, probabilmente in questo momento ci sta osservando». Niente. «Dai, non c'è ragione per...»

Si blocca all'improvviso e io devo frenare di colpo. Si gira verso di me con le mani sui fianchi. «Se vuoi andartene, vattene. Io devo sapere cosa c'è nella busta». Con questo scavalca il guardrail e si dirige verso l'argine.

Solo, in macchina, la guardo sparire. «Ci vediamo dopo», la saluto.

Non risponde.

Le lascio qualche secondo per cambiare idea. Non lo fa. Bene, mi dico finalmente. Avrà una bella lezione. Solo perché è la figlia del presidente crede di poter... Ci risiamo. Quel maledetto titolo. Ecco chi è. No, decido. Al diavolo. Lascia perdere il titolo e concentrati sulla persona. Il problema, però, è che è impossibile separare le due cose. Nel bene e nel male, Nora Hartson è la figlia del presidente. È anche una delle persone più interessanti che ho conosciuto da molto tempo in qua. E per quanto mi costi ammetterlo, mi piace davvero.

«Maledizione!» grido, picchiando sul volante. Dov'è la mia spina dorsale?

Apro il cassettino del cruscotto, tiro fuori una torcia elettrica e mi precipito fuori dall'auto. Salgo sull'argine e trovo Nora che vaga nel buio. Le punto la luce in faccia e la prima cosa che vedo è quel sogghigno. «Eri preoccupato per me, vero?»

«Se ti abbandono, i tuoi scimmioni mi fanno la pelle».

Mi si avvicina e mi prende la torcia. «La notte è giovane, baby».

Guardo l'orologio. «È questo che mi preoccupa».

Più in alto, sento qualcosa che si muove tra i cespugli e capisco che Simon probabilmente doveva incontrare qualcuno lassù. Qualcuno che è ancora qui. E ci spia. «Credi...»

«Cerchiamo la busta», dice Nora con voce condiscendente.

Camminiamo con cautela insieme, procedendo a zig zag sull'argine pieno di piante. Guardando verso l'alto non vedo altro che buio confuso – le cime degli alberi nascondono tutto fra il cielo e i lampioni della strada. Posso solo ripetermi che siamo soli. Ma non ci credo.

«Illumina quel punto lì», dico a Nora che fa oscillare la torcia in tutte le direzioni. Mentre il fascio di luce buca la notte, capisco che dobbiamo essere più sistematici. «Incomincia dalla base di ogni albero, poi procedi verso l'alto», suggerisco.

«E se l'ha messa in alto?»

«Secondo te Simon è il tipo che scala gli alberi?» Su questo deve concordare con me. «E cerchiamo di fare alla svelta», aggiungo. «A chiunque l'abbia lasciato – anche se non è qui adesso, potrebbe arrivare da un momento all'altro». Nora dirige la luce verso la base dell'albero più vicino e siamo di nuovo immersi in un silenzio subacqueo. Mentre risaliamo, il mio respiro diventa più pesante. Cerco di scorgere la busta, ma non posso evitare di guardarmi continuamente alle spalle. E anche se non credo alla telepatia o ad altri fenomeni paranormali, credo all'inspiegabile capacità dell'animale uomo di sapere quando è osservato. Mentre saliamo verso la sommità dell'argine, è una sensazione da cui non riesco a liberarmi. Non siamo soli.

«Cos'hai?» chiede Nora.

«Voglio solo andarmene da qui. Possiamo tornare domani con...» A un tratto la vedo. Eccola. Gli occhi mi si spalancano e Nora segue il mio sguardo. A tre metri da noi, alla base di un albero con una Z incisa sulla corteccia, c'è una busta di carta.

«Figlio di puttana», dice lei precipitandosi avanti. La sua reazione è istantanea. La prende e la strappa.

«No!» grido. «Non toccare...» Troppo tardi. L'ha già aperta.

Nora punta la torcia sulla busta. «Incredibile», dice.

«Cosa? Cosa c'è?»

La capovolge e il contenuto cade al suolo. Una. Due. Tre. Quattro mazzette. Biglietti da cento dollari.

«Soldi?»

«E tanti».

Prendo una mazzetta, tolgo la fascia e incomincio a contare. Nora fa lo stesso. «Quanto?» chiedo quando ha finito.

«Diecimila».

«Anche la mia», dico. «Con le altre due mazzette sono quarantamila». Noto che i biglietti sono nuovi e li faccio ripassare. «Tutti numeri consecutivi».

Ci guardiamo nervosamente. Abbiamo avuto la stessa idea.

«Cosa dobbiamo fare?» chiede finalmente lei. «Li prendiamo?»

Sto per rispondere quando vedo qualcosa muoversi in un grande cespuglio alla mia destra. Nora punta la torcia. Non c'è nessuno. Ma non riesco a togliermi la sensazione di essere spiato.

Prendo la busta dalle mani di Nora e rimetto dentro i biglietti.

«Cosa stai facendo?» mi chiede.

«Dammi la torcia».

«Dimmi perché...»

«Subito!» grido. Lei cede e me la tira. Io la punto sulla busta per vedere se ci sono delle scritte. Niente. C'è un pulsare doloroso dietro alla mia testa. Ho la fronte bagnata. Mi sento come se stessi per svenire. Riporto rapidamente la busta ai piedi dell'albero. Il calore estivo non è l'unica causa del mio sudare.

«Stai bene?» chiede Nora, vedendo la mia espressione.

Non rispondo. Invece strappo qualche foglia dall'albero, metto giù la torcia, piego le foglie e le strofino contro gli orli della busta. «Michael, non puoi togliere le impronte digitali. Non si fa così».

La ignoro e continuo a strofinare.

Nora si inginocchia di fianco a me e mi mette una mano sulla spalla. Il suo tocco è forte e anche in mezzo a tutto il resto devo ammettere che è piacevole. «Stai perdendo tempo», insiste.

Naturalmente ha ragione. Getto di nuovo la busta verso l'albero. Alle nostre spalle, un ramoscello si spezza e noi ci voltiamo. Non vedo nessuno, ma sento gli occhi di un estraneo su di me.

«Andiamocene da qui», dico.

«Ma quelli che prenderanno la busta...»

Do un'altra occhiata nel buio. «A essere sincero, Nora, credo che siano già qui».

Guardandosi in giro, Nora capisce che c'è qualcosa che non va. È troppo tranquillo. I peli sulle sue braccia si rizzano. Potrebbero essere nascosti dietro ogni albero. Sulla nostra sinistra, un altro ramoscello si spezza. Afferro la mano di Nora e incominciamo a scendere verso la strada. Dopo neanche dieci passi ci mettiamo a correre sempre più veloci. Quando rischio di inciampare in un sasso, chiedo a Nora di accendere la torcia.

«Credevo che l'avessi tu», dice.

Ci guardiamo alle spalle nello stesso momento. Laggiù, in cima all'argine, c'è il debole chiarore della torcia. Esattamente dove l'ho lasciata.

«Accendi la macchina. Io prendo la torcia», dice Nora.

«No, io...»

Ancora una volta, è troppo veloce. Prima che possa fermarla, sta risalendo l'argine. Vorrei gridare, ma temo che non siamo soli. Guardandola correre verso l'alto, tengo gli occhi sulle sue braccia lunghe e magre. In pochi secondi, però, lei svanisce nel buio. Mi ha detto di andare alla macchina, ma non posso assolutamente abbandonarla. Lentamente, incomincio a risalire l'argine, cercando di non perderla di vista. Man mano che si allontana, aumento la velocità. Il mio passo diventa rapidamente una corsa. Finché la vedo, non può capitarle niente.

Poi sento un colpo violento alla fronte. Cado all'indietro e finisco a terra con un tonfo. Sento l'umidità dell'erba che mi bagna il fondo dei pantaloni e cerco il mio avversario. Mentre mi rizzo su un gomito, sento un liquido viscido sulla fronte. Sto sanguinando. Poi alzo gli occhi e capisco cosa mi ha atterrato: il grosso ramo di una quercia vicina. Sono tentato di ridere della mia ferita, ma subito mi viene in mente perché non stavo attento a dove andavo. Aguzzo lo sguardo verso la cima dell'argine e mi rimetto in piedi per cercare Nora.

Non vedo niente. Il debole chiarore della torcia è nello stesso punto, ma non c'è nessuno che gli si avvicina. Cerco un'ombra, una silhouette, resto in ascolto del debole scricchiolio dei rami rotti e del fruscio delle foglie secche. Non c'è nessuno. È scomparsa. Ho perso la figlia del presidente.

Le gambe mi cedono mentre cerco di immaginare le conseguenze. Poi, senza preavviso, la luce si muove. C'è qualcuno lassù. E, come un cavaliere armato di una lancia luminosa, quel qualcuno si gira e si dirige verso di me. Mentre la figura si avvicina, sento il penetrante bagliore della luce che mi acceca. Mi giro e corro inciampando attraverso il bosco nero, con le mani tese davanti a me per sentire gli alberi. Sento il mio inseguitore che balza fra i cespugli e guadagna terreno. Se mi butto per terra, forse posso farlo cadere. A un tratto finisco contro una macchia spessa come un muro. Mi giro verso il mio nemico mentre la luce accecante mi ferisce gli occhi.

«Cosa diavolo hai fatto alla fronte?» chiede Nora.

Riesco solo a emettere una risata nervosa. Gli alberi ci circondano ancora. «Sto bene», insisto. Annuisco per rassicurarla e andiamo verso la macchina.

«Forse dovremmo aspettare e vedere chi viene a prenderli».

«No», dico tenendole la mano con forza. «Adesso ce ne andiamo».

A tutta velocità usciamo dalla zona alberata. Quando sbuchiamo, supero il guardrail e corro come un pazzo verso la mia jeep, più avanti sulla strada. Se fossi solo, probabilmente sarei già là, ma non voglio lasciare Nora. Rallento e me la faccio passare davanti per assicurarmi che sia salva.

Prima a raggiungere l'auto, lei salta dentro e chiude la portiera. Pochi secondi dopo la raggiungo. Tutti e due insieme chiudiamo a chiave le portiere. Quando sento quel click che segna la nostra solitudine, finalmente respiro a fondo.

«Via, via!» dice Nora mentre accendo il motore. Sembra spaventata, ma dal luccichio dei suoi occhi si direbbe che è sull'otto volante.

Premo l'acceleratore, giro il volante e ci allontaniamo. Un'inversione a U fa stridere le ruote e ci riporta verso l'uscita sulla Carte Barron / Sedicesima strada. Mentre voliamo, ho gli occhi incollati allo specchietto retrovisore. Nora guarda quello laterale.

«Non c'è nessuno», dice con tono più speranzoso che sicuro. «Va tutto bene».

Fisso lo specchietto, pregando che abbia ragione. Sperando di aumentare le nostre probabilità, accelero ancora di più. Quando ritorniamo sulla Sedicesima, stiamo volando. Ancora una volta, le strade irregolari del D.C. ci fanno ballare. Ma questa volta non importa. Finalmente siamo salvi.

«Come vado?» chiedo a Nora, girata sul suo sedile per guardare indietro.

«Non male», ammette. «Harry e Darren sarebbero orgogliosi di te».

Rido tra me proprio mentre sento uno stridere di ruote alle nostre spalle. Mi giro verso Nora, che continua a guardare fuori dal finestrino posteriore. Il suo viso è illuminato dai fari dell'auto che sta guadagnando terreno su di noi. «Usciamo di qui», grida.

Penso rapidamente alla zona. Siamo nella parte bassa della Sedicesima, non lontano da Religion Row. Ci sono molte strade in cui svoltare, ma non mi piace l'aspetto del quartiere. Troppi angoli bui e lampioni rotti. Le strade laterali sono luride. E, peggio ancora, deserte.

Vado a tavoletta e mi sposto nella corsia di sinistra, solo per vedere se l'auto ci segue. Quando lo fa, il cuore mi finisce in fondo ai tacchi. Sono a mezzo isolato di distanza e guadagnano rapidamente. «È possibile che siano dei Servizi segreti?»

«Con quei fari no. Tutti i miei ragazzi guidano Suburban».

Controllo le luci nello specchietto. Hanno acceso gli abbaglianti, per cui è difficile vedere, ma la forma e l'altezza mi confermano che di sicuro non è una Suburban. «Stai giù», dico a Nora. Chiunque siano, non voglio correre rischi.

«Non è l'auto di Simon, vero?»

La risposta ci arriva sotto forma di una luce lampeggiante rossa e blu che inonda il nostro lunotto posteriore. «Accostate», urla una voce profonda proveniente dall'altoparlante montato sul tetto.

Incredibile. Poliziotti. Sorrido e do una pacca sulla spalla a Nora. «Va tutto bene. Sono poliziotti».

Mentre accosto, noto che Nora non è affatto altrettanto tranquilla. Incapace di stare ferma, controlla freneticamente nello specchietto laterale, poi si guarda alle spalle, poi torna allo specchietto. I suoi occhi sfuggono in tutte le direzioni mentre si libera ansiosamente della cintura di sicurezza.

«Cosa c'è?» chiedo appena ci fermiamo.

Invece di rispondermi, Nora afferra la borsa nera tintinnante che si trova ai suoi piedi. Quando incomincia a frugarci dentro, un brivido gelido mi passa nella schiena. Non è il momento di avere segreti. «Hai della droga?» chiedo.

«No!» reagisce. Nello specchietto retrovisore, vedo un poliziotto in uniforme che si avvicina alla jeep dal mio lato.

«Nora, non dirmi bugie. Questo è...» Il poliziotto bussa al mio finestrino. Mentre mi volto, sento il cassettino del cruscotto che si chiude di scatto.

Abbasso il finestrino con un sorriso forzato. «Buona sera, agente. Ho fatto qualcosa che non va?» Il poliziotto ha una torcia sulla spalla e la punta direttamente su Nora. Lei ha ancora in testa il cappellino da baseball e fa del suo meglio per restare irriconoscibile. Non guarda il poliziotto in faccia.

«Va tutto bene?» chiedo nella speranza di distrarlo.

L'agente è un nero massiccio, con un naso schiacciato che gli dà l'aria di un ex peso medio. Quando si appoggia al finestrino, l'unica cosa che vedo sono i suoi enormi avambracci depilati. Usa il mento per indicare il cassettino del cruscotto. «Cosa nasconde là dentro?» chiede a Nora.

Maledizione. L'ha vista.

«Niente», sussurra Nora.

Il poliziotto studia la sua risposta. «Scendete dalla macchina, per favore».

Intervengo. «Può spiegarmi perc...»

«Scendete dalla macchina. Tutti e due».

Guardo Nora e capisco che siamo nei guai. Quando eravamo in mezzo al bosco era nervosa, ma adesso... adesso Nora ha una faccia che non le ho mai visto prima, con gli occhi spalancati e le labbra leggermente aperte. Cerca di infilarsi un ciuffo di capelli tra l'orecchio e il cappellino da baseball, ma le mani le tremano. Il mio mondo si blocca immediatamente.

«Forza!» abbaia il poliziotto. «Fuori dall'auto».

Nora segue lentamente le istruzioni. Mentre si dirige verso il lato del guidatore, l'altro poliziotto si avvicina. È un nero basso, con una camminata da poliziotto arrogante.

«Tutto bene?» chiede.

«Non ne sono ancora sicuro». Il primo poliziotto si volta verso di me. «Perquisiamoli».

«Perquisirmi? Cos'ho fatto?»

Lui mi afferra per il collo e mi butta contro la fiancata della jeep. «Apra le gambe!»

Faccio quello che dice, ma non senza protestare. «Lei non ha alcun indizio che possa autorizzarla a...»

«È un avvocato?» chiede.

Non avrei dovuto accettare la lotta. «Sì», dico esitando.

«E allora mi denunci». Mentre mi tocca, mi infila un pollice tra le costole. «Doveva dirle di stare calma», dice. «Così invece la signora arriverà tardi al lavoro domani mattina».

Incredibile. Non la riconosce. Tenendo la testa più bassa che può, Nora si mette di fianco a me e apre le braccia appoggiandosi alla jeep. Il secondo agente perquisisce Nora, ma lei non sembra curarsene molto. Come me, è troppo impegnata a guardare il primo agente che va verso il cassettino del cruscotto.

Da dove sono io, lo vedo aprire la portiera del passeggero. Quando entra, c'è un tintinnio di manette e chiavi. Poi un tranquillo click vicino al cruscotto. La mia bocca diventa secca e respirare diventa sempre più difficile. Guardo Nora, ma lei ha deciso di guardare da un'altra parte. Ha gli occhi incollati a terra. Non ci vorrà più molto tempo.

«Oh, ragazzi», annuncia l'agente. Ha la voce soddisfatta da te-l'ho-fatta-vedere-io. Chiude la portiera e viene verso di noi dall'altra parte della macchina. Si avvicina tenendo una mano dietro la schiena.

«Cos'è?» chiede l'altro agente.

«Guarda tu stesso».

Alzo gli occhi, pensando di vedere la fiala marrone di Nora. O forse un sacchetto di cocaina. Invece il poliziotto ha in mano una mazzetta di biglietti da cento dollari.

Figlia di puttana. Ha preso i soldi.

«E adesso, qualcuno ha voglia di spiegarmi che cosa fate in giro con tutti questi soldi?»

Nessuno dice una parola.

Guardo Nora, bianca come un cadavere. La selvaggia vitalità che ci ha fatto attraversare gli stop, uscire dal bar e salire sull'argine è scomparsa. Al suo posto c'è quello sguardo che ha da quando ci hanno fatto scendere dall'auto. Paura. È dipinta sulla sua faccia e le fa ancora tremare le mani. Lei non può essere scoperta con questi soldi. Anche se non è contrario alla legge averli, anche se non possono arrestarla, non è una cosa facile da spiegare. In questa zona. Con una cifra del genere. Le storie di droga basteranno a distruggere quel poco di reputazione che le resta. Il «Rolling Stone» sarà l'ultimo dei suoi problemi.

Si gira verso di me e rivela ancora una volta il suo lato debole. I suoi occhi solitamente così duri sono pieni di lacrime. Mi sta chiedendo aiuto. E, che lo voglia o no, io sono l'unico che può salvarla. Con poche parole, posso risparmiarle tutto il dolore e l'imbarazzo. Così lei e il presidente... Mi riprendo. No. No, non è per questo. È come ho detto prima. Non è per suo padre. O per il suo titolo. È per lei. Nora. Nora ha bisogno di me.

«Vi ho fatto una domanda», dice il poliziotto agitando il mucchio di soldi. «Di chi sono questi?»

Do un'ultima occhiata a Nora. Non mi serve altro. Metto tutta la sicurezza che riesco nella voce, mi giro verso l'agente e dico due parole: «Sono miei».

3

Come un giudice col martelletto, l'agente batte leggermente la mazzetta che tiene nella destra sul palmo aperto della mano sinistra. «Dove li hai presi?» chiede infastidito.

«Prego?» rispondo. È ora di frenare.

«Non tirare la corda, ragazzo. Dov'è che uno come te prende diecimila in contanti?»

«Uno come me? Cosa intende dire?»

Il poliziotto dà un calcio al paraurti arrugginito della mia jeep. «Non offenderti, ma non stai viaggiando esattamente da signore».

Scuoto la testa. «Lei non sa niente di me».

Il poliziotto stringe gli occhi alla mia risposta e capisce di aver toccato un punto dolente. «Non puoi nascondere quello che sei, l'hai scritto in faccia. E sulla fronte».

Cautamente, mi tocco il taglio che ho in testa. Il sangue incomincia a seccare. Ho la tentazione di ribattere, ma invece lascio perdere. «Perché non mi dà la multa per eccesso di velocità e mi lascia andare?»

«Ascolta, Smallville, non ho bisogno dei tuoi consigli».

«E io non ho bisogno dei suoi insulti. Per cui se non ha qualche ragione per sospettare un'infrazione alla legge non ha nessun diritto di tormentarmi».

«Non hai idea di cosa...»

«In realtà ho un'idea precisissima. Molto più di quello che pensa. E siccome non c'è nessuna legge che proibisca di portare con sé dei soldi, le sarei grato se mi ridesse la mia roba e si mettesse a scrivere la multa, altrimenti rischia una denuncia per vessazione e una lettera di reprimenda che sarà un casino spiegare al momento della proposta di promozione».

Con la coda dell'occhio, vedo che Nora sorride. Il poliziotto resta lì impalato. Dal modo in cui si accarezza la guancia capisco che è davvero incazzato. «Vate, fammi un favore», dice finalmente al suo socio. «Stanno facendo una retata antidroga sulla Quattordicesima. Guarda un po' se hanno segnalato qualcosa. Magari abbiamo fortuna».

«Non c'entriamo niente», gli dico.

Mi guarda scettico. «Lascia che ti dica una cosa, Smallville – i bianchi eleganti e ben rasati come te vengono da queste parti per due sole ragioni: droga e puttane. Adesso vediamo patente e libretto». Glieli do e lui si gira verso il compagno. «Ancora niente, Vate?»

«Niente».

Il poliziotto si allontana da me e torna verso la sua macchina. Passano cinque minuti e io mi risiedo al posto di guida della jeep. Nora è di fianco a me, ma conserva un silenzio assoluto. Mi guarda e mi offre un debole sorriso. Cerco di rispondere con un altro sorriso, ma si volta dall'altra parte. Potrei ucciderla per aver preso quei soldi. Perché diavolo è stata così stupida? Insomma, a cosa le servono? I miei pensieri tornano di colpo alla cosiddetta aspirina, ma non sono ancora pronto a credere al peggio. Non ancora.

Nora guarda fisso fuori dal finestrino, col mento nel palmo della mano. Dal modo in cui le spalle si chinano, capisco che gli occhi del mondo sono sempre su di lei. Non c'è mai tregua. Finalmente, il poliziotto ritorna con un foglietto rosa con la scritta «Ricevuta».

«Dove sono i miei soldi?» chiedo.

«Se sono puliti, li riavrai fino all'ultimo centesimo». Osserva la mia espressione confusa, poi aggiunge: «Se i ragazzi di pattuglia non sono in grado di fornire dati precisi, abbiamo il diritto di trattenere i tuoi soldi in quanto probabile frutto di azione illegale». Non sorride, ma sono sicuro che si gode ogni istante di questo momento. «Ti risulta, avvocato dei miei stivali, o vuoi parlare di persona col mio sergente?»

Scuoto la testa, calcolando mentalmente le conseguenze. «Quando li riavrò?»

«Telefona la settimana prossima». Sa che non vendiamo droga; lo fa solo per rompermi le palle. Si china verso il finestrino e aggiunge: «Tanto per chiarire...» Indica Nora, sempre seduta di fianco a me. «Non sono cieco, ragazzo. Solo che non voglio grane».

Innervosito dalla sicurezza con cui parla, mi rimpicciolisco nel sedile. Sapeva fin dall'inizio chi è Nora.

«Un'ultima cosa...» Allunga il braccio e mi sbatte in faccia un pezzo di carta. «Questa è la multa per eccesso di velocità».

Dieci minuti dopo, siamo di nuovo nella città bassa e andiamo dritti verso la Casa Bianca. Il bagno di adrenalina è finito, finalmente. Il taglio in fronte mi fa male e ho lo stomaco sottosopra, ma soprattutto mi sento esausto. Esausto e senza controllo. Tengo gli occhi incollati alla strada, mentre i pollici tremano battendo contro il volante. Il ritmo tranquillo è un vano tentativo di combattere la paura, ma non inganna nessuno. Neanche me. Trovato con quei soldi, non sono soltanto conosciuto dalla polizia – sono ufficialmente, sulla carta, inchiodato a quei soldi e a qualsiasi cosa rappresentano.

Nessuno dei due ha detto una parola da quando i

poliziotti se ne sono andati. Guardandomi, Nora vede che la velocità dei miei pollici aumenta. Alla fine rompe il silenzio. «Tutto bene?» chiede.

Io mi limito ad annuire.

«Apprezzo molto quello che hai fatto per me», offre.

I miei occhi restano incollati alla strada. «Non è il caso», dico freddamente.

«Dico davvero».

«Ti ho detto che non è il caso. Non ho fatto niente di...»

«Hai fatto moltissimo. Davvero. Non è una cosa che mi capita tutti i giorni».

«Spero di no», sbotto arrabbiato.

Fa un attimo di pausa, comprendendo che sto per esplodere. «Lo sai quello che voglio dire, Michael. Quello che hai fatto... non l'hai fatto solo per te. L'hai fatto per...» Si ferma di nuovo – non le viene naturale. «Grazie, Michael. È stato molto importante per me».

Un'ora fa avrei fatto qualsiasi cosa per sentire queste parole. Adesso, però, non me ne potrebbe fregare meno.

«Dì quello che stai pensando», dice.

Freno bruscamente a un semaforo rosso. Mi volto sulla destra e la guardo fisso a lungo. «Cosa sto pensando, secondo te? Perché diavolo hai preso quei soldi?»

Nora incrocia le braccia ed emette una risatina infantile.

«*Credi che sia uno scherzo?*» grido.

«Per niente», dice improvvisamente seria. «Dopo quello che hai fatto, no».

Non sono nello stato d'animo giusto per i complimenti. «Dimmi solo perché li hai presi».

«Onestamente? Non ne sono sicura. Sono corsa su, ho preso la torcia e ho visto la busta. Ho pensato che dovevamo prenderla come prova e mi sono avvicinata.

Ho pensato che così potevamo dimostrare che Simon era stato lì, ma dopo i primi diecimila ho avuto paura e sono scappata».

Non è male, come spiegazione, ma è troppo fluida. Per Nora, troppo razionale. «Quindi volevi solo una prova?»

«Te l'ho detto, è così».

Continuo a guardarla.

«Cosa c'è? Non mi credi?»

«Stai scherzando? Dimmi una sola ragione per cui io...»

«Michael, te lo giuro, se potessi riportarli indietro lo farei. Cosa posso dire di più?» La voce le si rompe e mi coglie di sorpresa. Proprio allora abbassa la guardia e la sensazione di bruciore che ho nel petto si attenua. «Mi dispiace», piange appoggiandosi a me. «Mi dispiace di averti messo in questa situazione. Io non... Dovevamo lasciare tutto lì e andarcene».

In fondo al mio cervello, vedo sempre la fialetta marrone di aspirina... ma davanti agli occhi l'unica cosa che ho è Nora. L'espressione del suo viso... il modo in cui le sopracciglia sottili si alzano e si abbassano mentre si scusa... è terrorizzata quanto me. Non solo per sé. Anche per me. Così, le parole mi escono dalla bocca quasi istantaneamente. «È stato un impulso. Non potevi saperlo».

«Ma tu non eri obbligato a farlo», sottolinea.

Annuisco. È vero.

Mentre riprendiamo a muoverci verso la Pennsylvania Avenue, ho una visuale perfetta della Casa Bianca. Quando giro a sinistra nella strada H, scompare. Un movimento improvviso, e non c'è più. Basta questo. Per tutti e due.

«Forse dovremmo...»

«Ce ne occuperemo subito domani mattina», promette Nora, già due passi avanti. «Qualsiasi cosa stia facendo, lo scopriremo». Malgrado la sua sicurezza, non riesco a smettere di pensare a Simon. Ma Nora, appena vede la sua grande villa bianca, torna se stessa. Due persone. Un solo corpo. Mentre giro bruscamente a destra, aggiunge: «Adesso accosta».

Fermo la macchina sulla Quindicesima strada, dietro l'angolo dell'ingresso sud-est. A quest'ora, tutta la zona è morta. Non si vede nessuno.

«Non vuoi che ti porti fino al cancello?»

«No, no... qui. Devo scendere qui».

«Sicura?»

Prima si limita ad annuire. «È qui dietro l'angolo. E in questo modo ti evito l'incontro con i Servizi». Guarda l'orologio. «Sono tornata entro le due ore, ma questo non vuol dire che non mi romperanno la testa».

«È per questo che io lascio sempre a casa le mie guardie del corpo», dico, cercando di sembrare tranquillo almeno la metà della mia compagna. È l'unica cosa che posso fare per tenerle testa.

«Sì, per questo ho scelto te», ride. «Tu sai come vanno queste cose». Sta per dire qualcos'altro, ma si ferma.

«Tutto bene?»

Si avvicina e mette una mano sulla mia. «Le persone non sono gentili con me, Michael. A meno che non vogliano qualcosa. Questa notte, tu hai dimostrato il contrario».

«Nora...»

«Non dire niente. Promettimi solo che mi permetterai di ricambiare».

«Non devi...»

Mi passa le unghie corte sul braccio. «Invece sì».

Le vedo quello sguardo negli occhi. È lo stesso che ho visto al bar. «Nora, non offenderti, ma non è il posto, né il momento per...» Infila una mano dietro alla mia testa e mi tira verso di lei. Prima che possa protestare, mi afferra i capelli con forza e mi ficca la lingua in bocca. Ci sono probabilmente dieci uomini eterosessuali al mondo che rifiuterebbero questo bacio. Ancora una volta, io non sono uno di loro. Il suo profumo... il suo sapore... mi sopraffanno all'istante. Le sfioro la guancia, ma lei mi lascia andare.

«Non mi sembra che basti», dice.

«È perché ho ancora cinque minuti».

Sempre attenta al tempo, Nora sogghigna. «Quindi sei pronto per andare oltre i preliminari?»

Guardo fuori dal parabrezza, poi di nuovo Nora. «Qui?» chiedo innervosito.

Lei si china in avanti e passa la mano all'interno della mia coscia, accarezzandomi contemporaneamente il davanti dei pantaloni. Proprio come sul «Rolling Stone». Ha intenzione di farlo qui. Ma quando le nostre labbra stanno per toccarsi, si ferma. «Non credere a tutto quello che leggi, bello. Ti fa male alla testa». Ritira la mano e mi dà due schiaffetti sulla guancia. Ho la bocca ancora aperta quando apre la portiera.

«Cosa stai...»

Salta giù, si gira e mi lancia un bacio. «Più tardi, Cookie Puss».

La portiera mi si chiude in faccia. Dal parabrezza, la vedo correre sul marciapiedi. Accendo i fari. I miei occhi restano puntati per tutto il tempo sulla sua nuca. Alla fine svolta l'angolo e scompare. Io ficco la mano nei pantaloni e mi sistemo. Sarà lunga la strada fino a casa.

La sveglia suona nella mia stanza alle cinque e tre quarti la mattina dopo. Al college, avevo l'abitudine di premere lo *snooze* almeno sei volte prima di uscire dal letto. All'università, il numero si è dimezzato. Nei primi anni di lavoro per il governo riuscivo ancora a concedermi una pausa di nove minuti, ma quando ho raggiunto la Casa Bianca ho perso anche quella. Adesso sono in piedi al primo squillo e incespico verso la doccia. Non sono arrivato a casa prima dell'una e mezza e dal modo in cui la testa mi pulsa le quattro ore di sonno evidentemente non sono state sufficienti per farmi dimenticare Simon.

Non mi ci vuole molto per completare il mio rituale doccia-barba-capelli-denti e sono orgoglioso del fatto che da ventisette giorni non uso gel. Non è vero. Me ne rendo conto mentre ancora sbatto gli occhi per svegliarmi: ieri sera ne ho usato un po' prima di uscire con Nora. Maledizione. Rieccoci: boicottaggio gel – giorno uno.

Apro la porta del mio appartamento e trovo quattro giornali che mi aspettano: «Washington Post», «Washington Herald», «New York Times» e «Wall Street Journal». Con un'occhiata ansiosa mi assicuro che nessuno di loro abbia in prima pagina notizie su avvocati della Casa Bianca e soldi misteriosi. Per ora, tutto bene. Li porto dentro, scorro altri titoli e telefono all'ufficio di Trey.

Fra novanta minuti il senior staff del presidente terrà la sua riunione quotidiana nella sala Roosevelt della Casa Bianca. Il capo di gabinetto e i più stretti collaboratori del presidente discuteranno una serie di temi che diventeranno inevitabilmente gli argomenti caldi del giorno – e temi chiave per la rielezione. Uniformi scolastiche, controllo delle armi, qualsiasi cosa all'ordine del giorno che possa portare voti. Nei miei due anni nell'ufficio dei consiglieri, non sono mai stato invitato alla riunione del senior staff. Ma questo non vuol dire che io non sappia di cosa parlano.

«Desidera qualcosa?» dice Trey rispondendo al telefono.

«Dimmi tutto», rispondo guardando la prima pagina del «Washington Post».

Non perde tempo. «A1, la storia cinese. A2, welfare a Chicago. A3, corsa democratica in Tennessee. A4, Hartson versus Bartlett. A5, Hartson-Bartlett. A6, Hartson-Bartlett. A15, il mondo in breve: Belfast, Tel Aviv e Seul. A17, pagina federale. Editoriali – guarda Watkins e Lisa Brooks. Quello della Brooks sul censimento è importante. Wesley ha già chiamato lei».

Wesley Dodds è il capo di gabinetto del presidente. Con *lei*, Trey intende la moglie del presidente, Susan Hartson. Capo di Trey e confidente di Wesley. Se loro due ne stanno già parlando, è sull'agenda di oggi e nei notiziari della sera.

«E i numeri?» chiedo.

«Come ieri. Hartson è avanti di una dozzina di punti, ma non è una posizione solida. Ti dirò, Michael, mi sento mancare il terreno sotto i piedi».

«Non capisco – come è possibile che...»

«Guarda la prima pagina del "Times"».

Lo cerco nel mucchio e lo tiro fuori. C'è una foto a colori di E. Thomas Bartlett – l'altro candidato alla presidenza degli Stati Uniti – seduto in mezzo a un semicerchio mentre parla a un gruppo di anziani cittadini affascinati. Sembrano tanto felici da pensare che quell'uomo sia FDR in persona.

«Stai scherzando», gemo.

«Credimi, l'ho già sentita». In un mondo in cui ogni giorno il numero di persone che legge davvero il giornale diminuisce, la foto di prima pagina sostituisce le notizie. Chi la ottiene ha guadagnato la giornata. «E sai qual è la cosa peggiore?» chiede Trey. «Che lui odia gli anziani. L'ho sentito con le mie orecchie: *Io, Tom Bartlett, odio gli anziani*. Così. L'ha detto». Trey fa una pausa. «Secondo me odia anche i bambini. I bambini piccoli».

Trey passa i cinque minuti successivi selezionando le mie letture mattutine. Lui mi dice la pagina, io la raggiungo e faccio una grande stella rossa vicino al titolo. In quasi tutti gli articoli cerco qualche rapporto con Simon. Non ce n'è, ma quando abbiamo finito i quattro giornali sono pronti da leggere. È il nostro rituale quotidiano ed è stato creato da un precedente direttore che si faceva leggere gli articoli caldi dall'assistente attraverso il cellulare mentre andava al lavoro. Io non ho un assistente. E non ho bisogno di un cellulare. Ho solo bisogno di un buon amico al posto giusto.

«Com'è andato il tuo appuntamento ieri sera?» chiede Trey.

«Cosa ti fa pensare che avevo un appuntamento?» bluffo.

«Con chi credi di avere a che fare? Io vedo, sento, parlo, intuisco, agisco...»

«Spettegolo, origlio e spio. Conosco i tuoi trucchi».

«Trucchi?» ride. «Se ci punzecchi, non dobbiamo accorgercene?»

«Niente piagnistei con me, Argentina. Prometti di tenerlo per te?»

«Per te? Cosa credi? L'unica ragione per cui lo so è che Nora è venuta a chiederci se andava bene».

«E cos'ha detto la First Lady?»

«Non lo so. In quel momento hanno chiuso la porta. E quella bastarda è pure spessa. Ci ho tenuto l'orecchio incollato per tutto il tempo e ho sentito solo dei borbottii».

«C'era qualcun altro a sentire?» chiedo nervosamente strappando l'angolo di un giornale.

«No, era tardi e usava la sala conferenze, per cui c'ero solo io. Be', com'è andata?»

«Bene... molto bene. È davvero forte».

Trey fa una pausa. «Cosa mi nascondi?»

L'uomo è in gamba. Troppo.

«Lasciami indovinare», riprende. «All'inizio della serata lei si pavoneggia facendo la dura e tu, come tutti gli americani – me compreso – ti senti un po' eccitato dall'idea di essere sessualmente dominato dalla famiglia regnante. E così ti ritrovi che lei sbuffa e ansima e tu speri che ti faccia crollare la casa – ma proprio nel momento migliore, proprio quando stai per mettere la firma in fondo al modulo di adesione, cogli un'ombra di innocenza infantile dentro di lei – e così fai marcia indietro, deciso a salvarla da se stessa».

La mia pausa dura un secondo di troppo. «Non so di cosa...»

«Ecco!» grida Trey. «La solita vocazione paterna. È come con quel cliente che avevi durante la campagna per la raccolta fondi – più lui mentiva e ti prendeva in giro, più credevi che avesse bisogno del tuo aiuto. Lo fai tutte le volte che qualcuno recita la parte dell'uccellino con l'ala spezzata. Sempre pronto a salvare il mondo... sennonché con Nora correre al salvataggio ti fa sentire una rock star...»

«Chi ti ha detto che voglio essere una rock star».

«Lavori alla Casa Bianca, Michael. Tutti vogliono essere delle rock star. È l'unica ragione per cui accettiamo stipendi bassi e orari pazzeschi...»

«Ah, quindi mi stai dicendo che faresti questo lavoro per chiunque? Che Hartson e i suoi programmi sono tutte stronzate? Che l'unica cosa che conta per noi è la possibilità di vantarci della nostra posizione?»

Trey ci mette un lungo momento prima di rispondere. L'idealismo è duro a morire, soprattutto quando c'è di mezzo il presidente. Il fatto è che passiamo il tempo a cambiare la vita degli altri. A volte abbiamo la possibilità di renderla migliore. Per quanto suoni banale, tutti e due sappiamo che è un lavoro fantastico. Alla fine Trey conclude: «Dico solo che, anche se ti piaceva, non l'avresti invitata fuori se non ti avesse aperto una strada per arrivare al suo papà».

«Credi davvero che io sia così calcolatore?»

«E tu credi davvero che sia così ingenuo? È la figlia del boss. Una porta dritto all'altro. Qualsiasi cosa tu dica a te stesso, il serpente politico che c'è in te non può ignorarlo. Ma dammi retta, il fatto che tu esca con la figlia del presidente non vuol dire che sei il primo consigliere».

Non mi piace il modo in cui lo dice, ma non posso fare a meno di pensare alle ragioni per cui io e Nora siamo usciti insieme. Lei è bella e selvaggia. Non era solo una mossa carrieristica. Almeno, spero di non essere così in basso.

«Allora, vuoi dirmi cos'è succ...»

«Possiamo parlarne più tardi?» lo interrompo sperando che se ne dimentichi. «Hai altre previsioni per la mattinata?»

«Fidati per il censimento. Sarà una cosa grossa. Più di sir Elton a Wembley, al Garden, perfino dal vivo in Australia».

«Censimento. È l'unica cosa di cui si parlerà oggi».

Metto giù la cornetta e leggo per prima cosa l'articolo sul censimento. Quando si tratta di politica, Trey non sbaglia mai. Anche fra gli animali politici – me compreso – non c'è nessuno migliore di lui. Per quattro anni, anche prima che gli salvassi il culo in campagna elettorale, è stato il favorito della First Lady. Perciò, anche se ufficialmente è solo un vicesegretario stampa, i giornali non entrano nell'ufficio di lei senza prima passare dalle sue mani. E vi assicuro che sono mani speciali.

Sfoglio il «Post» mentre mi faccio velocemente una tazza di Lucky Charms. Dopo la notte scorsa, ne ho bisogno. Quando i cereali sono finiti, sono pronto. Con gli altri tre giornali sotto il braccio, lascio il mio monolocale senza rifare il letto. Con la rinuncia allo *snooze* e al gel, sto lentamente ammettendo che, a ventinove anni di età, sono ormai quasi adulto. Il letto in disordine è solo un ultimo atto di negazione. E non ci rinuncerò tanto presto.

Ci vogliono tre fermate di metrò per andare da Cleveland Park a Farragut North, la stazione più vicina alla Casa Bianca. Durante il viaggio, faccio fuori altri due giornali. Di solito li finisco tutti e tre, ma le scappatelle di Simon costituiscono una distrazione troppo forte. Se ci ha visti, è finita. All'ora di pranzo sarò seppellito. Abbassando gli occhi, noto un'impronta scura dove le mie dita stringono la carta.

Il treno arriva e sono quasi le sette. Quando finisco di salire le scale mobili insieme alla folla di cittadini in giacca e cravatta, vengo colpito in faccia dall'ondata di calore del D.C. L'aria di fine estate è come grasso sciolto e l'intensità della luce solare è disorientante. Ma non basta a farmi dimenticare dove lavoro.

All'ingresso di Pennsylvania Avenue dell'Old Executive Office Building mi costringo a salire le scale di granito e tiro fuori dal taschino il mio pass. L'intera zona sembra diversa dalla notte scorsa. Non è tanto scura.

La lunga fila di colleghi che attraversa l'atrio in attesa di superare l'entrata di sicurezza mi ricorda una cosa: tutti quelli che dicono di lavorare alla Casa Bianca sono dei bugiardi. È la verità. Ci sono solo centodue persone che lavorano nell'ala ovest, dove c'è la sala ovale. E sono tutti pezzi grossi. Il presidente e i suoi assistenti. Carne di prima qualità.

Noi altri, cioè quasi tutti quelli che *dicono* di lavorare alla Casa Bianca, in realtà lavoriamo nell'Old Executive Office Building, un bestione decorato di sette piani che si trova esattamente di fianco. Certo, l'OEOB ospita la maggior parte di quelli che lavorano nell'ufficio della presidenza; e certo, è circondato dalle stesse inferriate nere che circondano la Casa Bianca. Ma non facciamo confusione, non è la Casa Bianca. Naturalmente, questo non impedisce a tutte le persone che ci lavorano di dire ad amici e parenti che lavorano alla Casa Bianca. Me compreso.

Poiché la fila si accorcia, entro dal portone. All'interno, sotto il soffitto alto due piani, due agenti dei Servizi segreti in uniforme sono seduti a un tavolo sopraelevato e ammettono i visitatori nell'edificio. Cerco di non guardarli troppo a lungo, ma non riesco a evitare di scrutarli. Avranno saputo di ieri sera? Senza una parola, uno di loro si volta verso di me e annuisce. Mi blocco, poi mi rilasso rapidamente. Controllando il resto della fila, l'uomo fa lo stesso col tizio dietro di me. È solo un saluto amichevole, decido.

Quelli che hanno il pass aspettano la porte girevoli. Una volta lì, metto la valigetta sul nastro a raggi X e spingo il pass contro un occhio elettronico. Sotto all'occhio c'è una tastiera che sembra quella di un telefono, ma senza numeri. In pochi secondi il mio pass viene registrato, sento il bip e dieci numeri rossi si accendono all'interno dei pulsanti. Ogni volta che entro, i numeri compaiono in ordine diverso, così se qualcuno mi sta guardando non può decifrare il mio codice PIN. È la prima linea di sicurezza per entrare nell'OEOB, e di gran lunga la più efficace.

Dopo aver digitato il mio numero, passo attraverso la macchina a raggi X, che, come sempre, scatta. «Cintura», dico all'agente dei Servizi segreti.

Lui fa passare il metal detector manuale sulla mia cintura e conferma la diagnosi. Ogni giorno succede la stessa cosa, e ogni giorno lui controlla. Di solito non mi degna di una seconda occhiata; oggi, il suo sguardo si sofferma per qualche secondo di troppo. «Tutto ok?» chiedo.

«Sì... certo».

Non mi piace il modo in cui l'ha detto. Saprà qualcosa? Gli uomini di Nora hanno sparso la voce?

No, non sono i tipi. Vestiti con le loro uniformi bianche abbottonate, gli agenti dei Servizi segreti che stanno all'ingresso dell'OEOB sono diversi da quelli in borghese che proteggono Nora e la famiglia del presidente. Nella gerarchia dei servizi, i due mondi si mescolano di rado. Continuo a ripetermelo, mentre riprendo la mia valigetta e mi dirigo verso l'ufficio.

Proprio mentre apro la porta della stanza 170 vedo Pam che corre verso di me. «Cambia direzione, siamo convocati prima», grida con i capelli biondi sottili che le ondeggiano sulle spalle.

«Quando...»

«In questo momento».

Mi prende per un braccio e mi fa cambiare direzione. «Il senior staff è iniziato prima, così Simon ci ha dato una mossa. Sembra che debba andare da qualche parte». Prima che possa dire una sola parola aggiunge: «Cos'hai fatto alla testa?»

«Niente», dico guardando l'orologio. «Per che ora siamo convocati?»

«Tre minuti fa», risponde lei.

Corriamo insieme lungo il corridoio. Per nostra fortuna abbiamo gli uffici al piano terra – il che significa che siamo più vicini all'ala ovest. E alla sala ovale. A un estraneo, potrebbe sembrare una cosa secondaria, ma per chi lavora nell'OEOB è importante. La prossimità è tutto.

Mentre i nostri tacchi sbattono contro la scacchiera di marmo bianco e nero del pavimento, vedo proprio davanti a me l'uscita ovest. Spalanchiamo una delle doppie porte, usciamo e attraversiamo la stretta strada chiusa tra l'OEOB e la Casa Bianca. Attraversiamo la strada, andiamo verso il vialetto che porta all'ala ovest e passiamo altre due porte. Davanti a noi, un agente dei Servizi segreti in uniforme con i capelli neri a spazzola è seduto a un tavolo e controlla i pass che abbiamo appesi al collo. Se il pass ha uno sfondo arancione, significa che possiamo entrare solo nell'OEOB e dovrà fermarci. Uno sfondo blu significa invece che possiamo andare quasi dappertutto, anche nell'ala ovest.

«Ciao, Phil», dico rallentando istintivamente. Questo è il vero test: se la notizia si è diffusa, non mi lasceranno passare.

Phil dà un'occhiata al mio pass con lo sfondo blu e sorride. «Come mai così di fretta?»

«Grande riunione, grande riunione», dico tranquillo. Se sapesse, non sorriderebbe.

«Qualcuno deve ben salvare il mondo», dice annuendo. «Divertitevi». A questo punto, il suo compito è finito. Una volta passati, dovrebbe lasciarci andare e basta. Invece ci fa il più grande degli onori. Quando ci giriamo verso l'ascensore, preme un pulsante sotto al suo tavolo e la porta dell'ascensore alla mia sinistra si apre. Quando entriamo, preme qualcos'altro e il pulsante per il primo piano si accende. Non lo fa per chiunque – solo per le persone che gli piacciono. Il che vuol dire che finalmente sa chi sono. «Grazie!» grido mentre le porte si chiudono. Mi appoggio alla parete dell'ascensore e devo sorridere. Qualunque cosa abbia visto Simon, è chiaro che ha tenuto la bocca chiusa. O, meglio ancora, forse non ha mai saputo che eravamo là.

Pam vede la mia espressione felice e osserva: «Ti piace quando Phil fa così, vero?»

«A chi non piacerebbe?» ribatto.

«Non so... qualcuno con le giuste priorità».

«Sei solo gelosa perché non lo fa con te».

«Gelosa?» Pam ride. «È un portinaio con la pistola – credi che abbia un posto qualsiasi nella tua catena alimentare?»

«Se ce l'ha, so dove sto andando: in avanti e in alto, dolcezza». Butto là il «dolcezza» tanto per stuzzicare un po' Pam. È troppo intelligente per cascarci.

«A proposito di ruffianate inutili, com'è andato il tuo appuntamento di ieri sera?»

Questo è quello che mi piace di Pam. Una guerriglia onesta. Guardo la piccola videocamera che c'è nell'angolo e rispondo: «Te lo dico più tardi».

Lei alza lo sguardo e si zittisce. Un secondo dopo, le porte dell'ascensore si aprono.

Il primo piano dell'ala ovest ospita alcuni degli uffici più potenti, tra cui l'ufficio personale della First Lady e quello immediatamente alla mia destra – l'ultimo posto in cui vorrei trovarmi adesso, la nostra destinazione – l'ufficio di Edgar Simon, consigliere del presidente.

4

Pam e io corriamo attraverso la doppia porta già aperta e la sala d'aspetto dove è seduta la segretaria di Simon, poi entriamo nel suo ufficio. Spero di intrufolarmi senza essere notato, controllo per vedere se... Maledizione – la banda è già in attesa. Riuniti intorno a un tavolo da conferenze di noce che ricorda piuttosto un'antica sala da pranzo, sei collaboratori sono seduti con penna e carta intestata pronte. A un'estremità del tavolo, nella sua poltrona preferita, c'è Lawrence Lamb, vice di Simon. All'altra estremità c'è un posto libero. Nessuno lo occupa: è quello di Simon.

In quanto consigliere, Simon assiste il presidente in tutti gli affari legali che riguardano la Casa Bianca. Possiamo richiedere test del DNA per inchiodare i padri che abbandonano i figli? È giusto limitare il diritto dei produttori di tabacco di farsi pubblicità sulle riviste giovanili? Il presidente deve pagare il biglietto se usa il suo Air Force One per andare a una cerimonia di raccolta fondi? Dall'analisi delle nuove leggi alle ricerche sui nuovi giudici, il consigliere e i suoi diciassette collaboratori, tra cui Pam e io stesso, rappresentano l'ufficio legale della presidenza. Naturalmente, per lo più noi lavoriamo in seconda battuta: nell'ala ovest è il senior staff che decide *quali* idee il presidente debba seguire e noi siamo chiamati a dire *come* e *se*. Ma, come sanno tutti gli avvocati, nei *come* e nei *se* si nasconde un grande potere.

In un angolo della sala rivestita di legno scuro, ripiegato sull'onnipotente poltrona, il consigliere del vice presidente parlotta con il consigliere dell'ufficio amministrativo e il consulente legale per la sicurezza nazionale parlotta con il vice consigliere legale per l'OMB. Pezzi grossi che parlano con altri pezzi grossi. Alla Casa Bianca, certe cose non cambiano mai. Facendoci strada verso l'altra parte della sala, Pam e io restiamo in piedi con gli altri assistenti senza poltrona e aspettiamo che arrivi Simon. Pochi minuti dopo egli entra e prende posto a capotavola.

I miei occhi si abbassano più in fretta che possono.

«Cosa c'è che non va?» chiede Pam.

«Niente». Ho ancora la testa bassa, ma getto una rapida occhiata a Simon. Voglio solo capire se ci ha visto, ieri sera. Credo che dalla sua faccia lo capirei. Con mia sorpresa, non è così. Se nasconde qualcosa, non lo lascia vedere. I suoi capelli sale e pepe sono perfettamente pettinati, come sul Rock Creek Parkway. Non sembra stanco; le spalle sono diritte. Apparentemente, non mi guarda neanche.

«Sei sicuro di sentirti bene?» insiste Pam.

«Sì», rispondo. Rialzo lentamente la testa. È allora che fa la cosa più incredibile. Mi guarda direttamente e sorride.

«Tutto bene, Michael?»

L'intera sala si gira e aspetta la mia risposta. «S-sì», balbetto. «Pronto a iniziare».

«Bene, allora partiamo subito». Mentre Simon fa qualche annuncio generale, faccio del mio meglio per togliermi l'espressione stupefatta dal volto. Se non l'avessi guardato dritto negli occhi non ci crederei. Non ha neanche dato una seconda occhiata alla mia fronte. Qualsiasi cosa sia successa ieri sera, Simon non sa che io ero là.

«C'è un'ultima cosa di cui voglio parlare, poi possiamo passare ad altro», spiega Simon. «Sull'"Herald" di oggi, un articolo fa riferimento a una festa di compleanno che abbiamo fatto in onore del segretario preferito del presidente». Tutti gli sguardi si rivolgono verso Lawrence Lamb, che rifiuta di riconoscersi al centro dell'attenzione. «L'articolo sottolinea che il vice presidente non era sulla lista degli invitati e che la gente mormorava chiedendosi la ragione della sua assenza. Ora, nel caso l'aveste dimenticato, oltre al presidente e alla sua famiglia, le uniche persone presenti a quella festa erano alcuni elementi del senior staff e circa quattordici rappresentanti di questo ufficio». Appoggia le mani piatte sul tavolo e lascia che il silenzio concluda il suo discorso.

Senza dubbio ci ha in suo potere. Non potrò mai più guardarlo come prima, ma quando ci si mette Edgar Simon è un avvocato incredibile. Maestro del dire senza dire, osserva rapidamente tutti i presenti. «Chiunque sia stato – deve finire. Non fanno domande del genere per metterci in buona luce e con le elezioni così vicine dovreste essere tutti un po' più furbi. È chiaro il concetto?»

Lentamente, un mormorio di assenso si diffonde nella sala. A nessuno fa piacere essere rimproverato per aver passato informazioni. Io fisso Simon sapendo che questo è l'ultimo dei suoi problemi.

«Bene, consideriamo chiusa la faccenda e andiamo avanti. È ora di passare a qualcos'altro. Facciamo un giro, partendo da Zane».

Alzando gli occhi dalla sua cartelletta, Julian Zane sorride a largo raggio. È la terza volta di fila che viene chiamato per primo. Patetico. Come se tenessimo il conto.

«Ancora cavilli sulla riforma SEC», dice con un tono d'importanza che vale uno schiaffo. «Ho un incontro oggi con il consigliere dello speaker per affrontare alcuni problemi – è talmente interessato che sta saltando le vacanze. Dopo di che, credo che potrò presentare la relazione».

Mi faccio piccolo piccolo mentre Julian pronuncia le sue poche sillabe. La politica del nostro ufficio raccomanda di presentare una relazione su ciascun problema. Noi facciamo le ricerche e la scriviamo, ma il prodotto finale di solito viene presentato al presidente da Simon. Ogni tanto, anche noi otteniamo di fare la presentazione. «Signor presidente, ecco la situazione...» È la più ambita carota della Casa Bianca – una cosa che aspetto da due anni.

La settimana scorsa, Simon ha annunciato che Julian farà una presentazione. Non è più una novità. Ma Julian non può fare a meno di ricordarcelo.

Mentre si protegge gli occhi per controllare la sua agenda, Simon mostra la stessa silhouette che ho visto nella sua auto. Cerco di non pensarci, ma non ci riesco. L'unica cosa che vedo sono quei quarantamila dollari – dieci dei quali sono adesso legati al mio nome.

Simon mi lancia un'occhiata quando un singhiozzo mi fa risalire dallo stomaco un po' di bile. Se sa, sta giocando. E se non sa... Non mi interessa se non sa. Appena usciamo di qui gli chiedo qualche favore.

Con un rapido cenno della testa si passa alla persona a destra di Julian, Daniel L. Serota. Un sorriso coinvolge tutti i presenti. Ecco Danny L.

Chiunque venga assunto nell'ufficio dei consiglieri contribuisce con una sua abilità particolare. Qualcuno è intelligente, qualcuno ha agganci politici, qualcuno è bravo nei rapporti con la stampa e qualcuno regge bene lo stress.

Danny L. è bravo con i documenti grossi.

Si gratta le lenti degli occhiali con le unghie, cercando di togliere una macchia. Come sempre, i suoi capelli scuri sono in disordine. «Gli israeliani avevano ragione. Ho esaminato tutti i MEMCON che abbiamo in archivio», spiega riferendosi ai verbali delle conversazioni presi dagli aiutanti quando il presidente incontra un capo di stato. «Il presidente e il primo ministro non hanno mai neppure accennato al modo in cui le armi sono arrivate laggiù. E certamente non hanno mai parlato di interferenze dell'ONU».

«E tu hai esaminato tutti i MEMCON presenti nell'archivio?» chiede Simon.

«Sì, perché?»

«Ci sono più di quindicimila pagine lì dentro».

Danny L. non perde un colpo. «E allora?»

Simon scuote la testa mentre Pam si china per dare a Danny una pacca sulla spalla. «Sei il mio eroe», gli dice. «Davvero».

Mentre la risata si spegne, continuo a lottare contro il panico. Simon si sta divertendo troppo. Non è di buon augurio, dopo quello che ha fatto nel bosco. Prima pensavo che fosse una vittima, adesso non ne sono più tanto sicuro.

Il mio cervello ronza di possibilità durante il turno di Pam. Assistente incaricata dei controlli segreti per i candidati al tribunale, Pam sa tutto sulle magagne dei nostri futuri giudici. «Ne abbiamo tre che potrebbero essere pronti per la nomina alla fine della settimana», spiega, «compreso Stone per la nona sezione».

«E Gimbel?» chiede Simon.

«Per la sezione del D.C.? È uno dei tre. Sto aspettando qualche ultimo docum...»

«Quindi è tutto in regola? Nessun problema per lui?» interrompe Simon con tono scettico.

«Per quel che so io, non ci sono problemi», dice Pam esitante. «Perché?»

«Perché alla riunione del senior staff, stamattina, mi hanno detto che corre voce che Gimbel abbia avuto un figlio illegittimo da una sua antica segretaria. Sembra che da anni mandi loro dei soldi in segreto».

Le conseguenze si capiscono subito. La sala si fa silenziosa e tutti gli occhi si dirigono verso Pam. Simon ha intenzione di inchiodarla su questo problema. «Abbiamo le elezioni fra due mesi», incomincia in tono tanto composto da essere irritante. «E un presidente che ha appena firmato un'importante legge contro i padri che abbandonano i figli. E cosa facciamo per concludere? Diciamo a tutti che l'attuale candidato di Hartson alla poltrona di giudice ha un'intima conoscenza della nostra ultima legge». Dall'altra parte della sala, vedo Julian e pochi altri che ridono. «Non osate», li avverte Simon. «Da quando sono qui, non ricordo di aver mai visto i tre rami del governo scontrarsi in maniera così imbarazzante».

«Mi dispiace», dice Pam. «Non ha mai parlato di...»

«Naturalmente non ne ha mai parlato – per questo si chiamano controlli segreti». La voce di Simon resta calma, ma sta perdendo la pazienza. Deve aver ricevuto molte critiche durante la riunione del senior staff per essere così teso – e con la campagna di Bartlett che guadagna lentamente punti, tutti i pezzi grossi sono sulle spine. «Non è questo il suo compito, miss Cooper? Non è di questo che si tratta?»

«Non prendertela tanto, Edgar», interrompe una voce femminile. Mi giro a destra e vedo Caroline Penzler che punta un dito dalla sua poltrona. Vestita con un economico blazer di lana malgrado il caldo, la grassa Caroline è la responsabile di Pam per le nomine. È anche una delle poche persone nella sala che non ha paura di Simon. «Se Gimbel è stato zitto e non ci sono tracce sulla stampa, è quasi impossibile per noi saperlo».

Pam apprezza il salvataggio e annuisce silenziosamente per ringraziare il suo capo.

Ma Simon resta impassibile. «Non ha fatto le domande giuste», abbaia a Caroline. «È solo per questo che ti è passato fra le zampe».

Caroline lancia a Simon un'occhiata rabbiosa. C'è una vecchia storia fra loro due: quando Hartson è stato eletto, erano entrambi in corsa per il posto di primo consigliere. Caroline era amica della First Lady. Mosse tutte le pedine che poteva, ma Simon vinse. E i bianchi governarono. «Forse non apprezzi la sottigliezza», dice Caroline, «ma c'è una differenza tra fare le domande difficili e fare tutte le domande del mondo».

«In un anno di elezioni, non c'è nessuna differenza. Sai bene come corrono le opinioni – ogni minimo dettaglio viene enfatizzato. Tutte le domande sono importanti!»

«So fare benissimo il mio lavoro!» esplode Caroline.

«Questo evidentemente è da discutere», ruggisce Simon di rimando.

Per non lasciare Caroline in difficoltà, Pam rientra nella conversazione. «Signore, apprezzo quello che dice, ma sono parecchi giorni che tento di telefonargli. Continua a dire che...»

«Non voglio saperlo. Se Gimbel non ha tempo, non avrà la nomina. Inoltre è amico del presidente. È una ragione più che sufficiente per rispondere alle domande».

«Ci ho provato, ma...»

«È amico del presidente. Capirà».

Prima che Pam possa replicare, qualcun altro dice: «Questo non è vero». All'altra estremità del tavolo, il vice consigliere Lawrence Lamb continua: «Non è amico del presidente». Alto e massiccio, con gli occhi azzurri come cristalli e un lungo collo leggermente curvo perché da anni si china per parlare con gli altri, Lawrence Lamb conosce Hartson dai giorni del college in Florida. Di conseguenza, Lamb è uno dei più cari amici del presidente e uno dei consiglieri più fidati. Il che significa che ha quello che vorremmo avere tutti: l'attenzione del presidente. Perciò, quando Lamb dice che Gimbel non è amico del presidente, sappiamo che la discussione è finita.

«Credevo che avessero studiato legge insieme», insiste Simon per non perdere la faccia.

«Questo non vuol dire che sono amici», dice Lamb. «Fidati di me, Edgar».

Simon annuisce. È finita.

«Gli chiederò delle voci e del bambino», aggiunge finalmente Pam rompendo il silenzio della sala. «Mi scuso per non averlo fatto prima».

«Grazie», risponde Simon. Deciso ad andare avanti, si gira verso di me e indica che è il mio turno.

Abbasso la mia cartelletta e faccio un passo avanti, dicendomi che non è cambiato niente. Qualsiasi cosa abbia visto ieri sera, questo è comunque il mio momento. «Ho lavorato sul tema delle intercettazioni. In sostanza, vogliono una cosa chiamata permesso di intercettazione mobile. Adesso, se un giudice o l'FBI vogliono controllare qualcuno, non possono dire semplicemente "Jimmy 'The Fist' Machismo è un delinquente, dateci la cimice che lo incastriamo". Devono indicare esattamente i luoghi in cui si svolge l'attività illegale. Se cambiamo le regole e mettono l'intercettazione mobile, la richiesta può essere molto meno specifica e possono mettere le cimici dove vogliono».

Simon si pettina la barba con le dita, soppesando attentamente il problema. «Ha un grande potenziale anticrimine».

«Sicuramente sì», dico, «ma butta nella spazzatura le libertà civili».

«Ma dai», interrompe Julian, «non spacchiamo il capello in quattro. È una cosa su cui non vale neanche la pena di riflettere – voluta dai giudici, voluta dall'FBI, odiata dai criminali – è a prova di bomba».

«Niente è a prova di bomba», rispondo. «E quando il "New York Times" sbatterà la notizia in prima pagina e dirà che Hartson adesso ha il diritto di spiare nelle case dei cittadini senza un ragionevole sospetto, tutti – dai liberali ai conservatori più fanatici – si strapperanno i capelli. È proprio quello di cui Bartlett ha bisogno. Non è un argomento da anno elettorale, e soprattutto non è giusto».

«Non è giusto?» ride Julian.

Somaro presuntuoso. «È la mia opinione. Ti dispiace?»

«Tornate ai vostri posti», interviene Simon per separarci. «Michael, ne parleremo più tardi. Nient'altro?»

«Solo una cosa. Martedì ho ricevuto il memorandum OMB sul nuovo progetto Medicaid. Sembra che in uno dei suoi programmi di lunga degenza l'HHS voglia negare i benefits a chi ha precedenti penali».

«Un altro progetto anticrimine elettorale. È incredibile come sappiamo essere creativi quando si tratta del nostro posto di lavoro».

Lo guardo negli occhi, chiedendomi cosa vuole dire con queste parole. Aggiungo cauto: «Il problema è che secondo me si scontra con il programma del presidente sull'efficienza del welfare e con la sua presa di posizione a favore della riabilitazione nel Crime Bill. L'HHS pensa probabilmente che sia un'ottima maniera per risparmiare soldi, ma non si possono avere tutte e due le cose».

Simon si prende un secondo di riflessione. Quanto

più tace, tanto più è d'accordo. «Scrivi», dice finalmente. «Credo che tu abbia...»

«Ecco qua», lo interrompo tirando fuori due fogli dalla mia valigetta. «Stanno per vararlo, per cui gli ho dato priorità».

«Grazie», dice mentre gli passo il memorandum. Annuisco e Simon si rivolge al gruppo come se niente fosse. È abituato ai tipi brillanti.

Quando finiamo il giro, Simon passa a un nuovo argomento. Guardandolo, sono davvero stupito – sembra ancora più calmo di quando abbiamo incominciato. «Non c'è molto da raccontare», incomincia nel suo solito tono piatto. «Vogliono che diamo un'altra occhiata a questa storia del censimento...»

La mia mano si alza per prima.

«A te, Michael. Vogliono sapere che differenza c'è nei risultati se si contano i nasi uno per uno e se si fanno delle analisi statistiche».

«C'è un editoriale sul...»

«L'ho visto», mi interrompe. «Per questo chiedono dei fatti. Niente di elaborato, ma voglio dare una risposta per domani». Simon dà un'ultima occhiata alla sala. «Domande?» Nessuna mano si alza. «Bene. Se avete bisogno di me sono a vostra disposizione». Simon si alza e aggiorna la riunione.

Subito metà degli assistenti si dirige verso la porta, compresi Pam e io. L'altra metà resta e si mette in fila per parlare con Simon. Per loro è semplicemente l'atto finale nell'esibizione dell'ego – i loro progetti sono top secret, non possono assolutamente essere discussi di fronte agli altri.

Mentre raggiungo la porta, vedo Julian che prende posto nella fila. «Cosa succede?» gli chiedo. «Non ti piace parlare dei tuoi problemi con il resto della classe?»

«È incredibile, Garrick, tu sai sempre quello che succede. È per questo che ti affida le cose importanti ed eccitanti come il censimento. Ooooh, baby, un vero filone d'oro. Attuari, arrivo io».

Fingo di ridere dello scherzo. «Sai, ho sempre avuto una teoria su di te, Julian. In quarta elementare, quando bisognava portare degli oggetti e descriverli, tu portavi te stesso, vero?»

«Credi che sia divertente, Garrick?»

«Credo che sia molto divertente».

«Anch'io», dice Pam. «Non da morire, ma divertente».

Julian capisce che non potrà mai vincere contro noi due uniti e diventa isterico. «Potete andare a fare in culo tutti e due».

«Ottima risposta».

«Bel colpo».

Julian si allontana furibondo per riprendere il suo posto nella fila e Pam e io ci dirigiamo verso la porta. Mentre usciamo, mi guardo alle spalle e vedo Simon che si gira rapidamente. Stava guardando noi? No, non fare illazioni. Se lo sapesse, lo saprei anch'io. Per forza.

Evitiamo la fila all'ascensore e per tornare all'OEOB prendiamo le scale. Appena siamo soli, vedo che l'umore di Pam cambia. Guarda fisso davanti a sé mentre camminiamo e non dice una parola.

«Non prendertela per questo», le dico. «Gimbel non ne ha mai parlato, non potevi saperlo».

«Non mi interessa quello che mi ha detto; scoprire le cose è il mio lavoro. Altrimenti cosa sto qui a fare? Se le cose stanno così, non capisco più neanche a cosa servo».

Ci siamo – yin e relativo yang – la durezza che si rivolta contro se stessa. Al contrario di Nora, quando Pam viene criticata la sua prima reazione è autodistruttiva. È un meccanismo classico nelle persone di successo – e la maniera più facile, per lei, di abbassare le attese.

«Dai, Pam, sai benissimo che questo è il tuo posto».

«Secondo Simon no».

«Ma anche Caroline ha detto...»

«Lascia perdere le razionalizzazioni. Non servono mai. Voglio essere arrabbiata con me stessa per un po'. Se vuoi consolarmi, cambia argomento».

Siamo daccapo – guerriglia onesta. «Ok, facciamo qualche pettegolezzo: secondo te chi ha passato l'informazione sulla festa di compleanno?»

«Nessuno», dice mentre torniamo all'atrio deserto dell'OEOB. «È stata solo una scusa per metterci in riga».

«Ma l'"Herald"...»

«Apri gli occhi, ragazzo. Era una festa per Lawrence Lamb, amico del presidente. Una volta che si è saputo questo, tutto il resto è venuto di conseguenza. Nessuno perde un appuntamento sociale con il presidente. O con Nora».

Mi fermo proprio davanti alla stanza 170. Il nostro ufficio. «Tu credi che io ci sia andato per questo?»

«Mi stai dicendo il contrario?»

«Forse».

Pam ride. «Non sai neanche mentire, eh? È troppo anche questo».

«Cosa stai dicendo?»

«Sto dicendo che hai una decisa predisposizione a fare il boy scout».

«Ah, e tu invece sei una super-fredda?»

«Ragazza di città», dice togliendosi un filo invisibile dalla spalla.

«Pam, tu vieni dall'Ohio».

«Ma ho vissuto a...»

«Non parlarmi di New York. Eri all'università – passavi metà del tempo in camera tua e il resto in biblioteca. E poi tre anni non ti rendono super-fredda».

«Ma fanno sì che non sia una boy scout».

«Vuoi smetterla con questa storia?» Prima che possa finire, il mio cicalino suona. Guardo lo schermo digitale ma non riconosco il numero di telefono. Lo stacco dalla cintura e leggo il messaggio: «Chiamami. Nora».

I miei occhi non rivelano alcuna reazione. La mia voce è tranquillissima. «A questa devo rispondere», dico a Pam.

«Cosa vuole?»

Mi rifiuto di replicare.

Lei ride di nuovo. «Vendi anche le caramelle o quella è una cosa da ragazze?»

«Vaffanculo, provinciale».

«Ti piacerebbe, eh?» dice mentre raggiungo la porta.

Apro la pesante porta di quercia del nostro ufficio e mi fermo nell'anticamera che conduce ad altri tre uffici. Tre porte: una a destra, una in mezzo, una a sinistra. L'ho soprannominata la stanza della fanciulla o della tigre, ma nessuno capisce il riferimento. Abbastanza grande da contenere un tavolino, una fotocopiatrice e una macchinetta per il caffè, l'anticamera è comunque utile per un ultimo momento di decompressione.

«Ok, va bene», dice Pam andando verso la porta di destra, «se questo ti fa sentire meglio, mi puoi insultare in cambio di due pacchetti di mentine».

Devo ammettere che è buona, ma non voglio assolutamente darle questa soddisfazione. Senza voltarmi, entro di furia nell'ufficio di sinistra. Mentre mi sbatto la porta alle spalle, sento Pam che grida: «Salutala da parte mia».

Secondo gli standard dell'OEOB, il mio ufficio è bello. Non è enorme, ma ha due finestre. E uno delle centinaia di caminetti dell'edificio. Naturalmente, il caminetto non funziona, ma ciò non toglie che averlo sia fonte di orgoglio. A parte questo, è tipicamente Casa Bianca: vecchia scrivania che si spera sia appartenuta un tempo a una persona famosa; lampada da tavolo comperata durante l'amministrazione Bush; sedia comperata durante l'amministrazione Clinton; e divano sintetico che sembra comperato durante l'amministrazione Truman. Il resto dell'ufficio lo rende mio: dispositivo antincendio e cassaforte industriale, per cui devo ringraziare l'ufficio del consigliere; sul caminetto, un disegno di me che concludo il finto processo alla facoltà di legge del Michigan; e sulla parete sopra la scrivania la tipica foto da Casa Bianca, per cui devo ringraziare il mio ego: una foto firmata del presidente Hartson che mi ringrazia dopo uno dei suoi discorsi radiofonici.

Butto la valigetta sul divano e raggiungo la scrivania. Uno schermo digitale collegato al telefono mi dice che ho ventidue nuove telefonate da smaltire. Faccio passare le chiamate e vedo i nomi e i numeri delle persone che mi hanno telefonato. Niente che non possa aspettare. Ansioso di richiamare Nora, do una rapida occhiata al tostapane, un piccolo strumento elettronico che ha una strana rassomiglianza con il suo soprannome ed è stato lasciato qui dal precedente occupante dell'ufficio. Un piccolo schermo mostra a lettere verdi quanto segue:

POTUS: SALA OVALE
FLOTUS: OEOB
VPOTUS: ALA OVEST
NORA: RESIDENZA PRIMO PIANO
CHRISTOPHER: MILTON ACADEMY

Eccoli – i Big Five. Il presidente, il vice presidente, la famiglia del presidente. I più importanti. Come il Grande Fratello, istintivamente controllo dove si trovano. Aggiornato dai Servizi segreti ogni volta che uno di loro si muove, il tostapane esiste per i casi di emergenza. Non ho mai sentito che qualcuno l'abbia usato, ma questo non gli impedisce di essere il giocattolo preferito da chiunque. Il fatto è che non mi interessa niente del presidente degli Stati Uniti o della First Lady o del vice presidente. Quella che cerco è Nora. Prendo il telefono e faccio il suo numero.

Risponde al primo squillo. «Hai dormito bene?»

Evidentemente ha lo stesso identificatore di chiamate che abbiamo noi. «Abbastanza. Perché?»

«Così... Volevo solo assicurarmi che stessi bene. E dirti che mi dispiace davvero molto di averti messo in questa posizione».

Per quanto sia triste ammetterlo, mi fa piacere sentire che la sua voce è preoccupata. «Apprezzo il pensiero». Mi giro verso il tostapane e aggiungo: «Dove sei, a proposito?»

«Dimmelo tu – sei tu quello che sta guardando nel tostapane».

Sorrido fra me. «No».

«Te l'ho già detto ieri sera – non sei capace di dire le bugie, Michael».

«È per questo che mi lavavi la bocca con tanto impegno?»

«Se ti riferisci alla mia lingua nella tua gola, era solo per darti qualcosa di eccitante a cui pensare».

«È questa la tua idea di eccitante?»

«No, eccitante sarebbe se quel piccolo strumento che stai guardando ti mostrasse esattamente quello che sto facendo con le mani».

Spietatezza femminile. «Quindi quest'affare funziona davvero?»

«Non lo so. Lo danno solo al personale».

«Ah, è così? Adesso sono solo uno del personale?»

«Sai benissimo cosa voglio dire. Di solito... funziona che... non ho mai potuto vedermi, io», balbetta.

Incredibile – è davvero imbarazzata. «Ok», le dico. «Sto solo scherzando».

«No, lo so... io... non voglio che pensi che sono solo una snob viziata».

Faccio una pausa, quasi scientificamente incuriosito da ciò che considera importante. «Be', toglitelo dalla testa», dico alla fine. «Se pensassi che sei una snob, non ti avrei neanche invitata fuori».

«Questo non è vero», provoca. Ha ragione. Ma il tono allegro mi dice che ha apprezzato il tentativo. Essendo Nora, il recupero è immediato. «Allora, dove dice che sono?» aggiunge riportando la mia attenzione sul tostapane.

«Residenza secondo piano».

«E cosa ti dice questo?»

«Non ne ho idea – non sono mai stato lì».

«Non sei mai stato qui? Dovresti venirci».

«Allora dovresti invitarmi». Sono orgoglioso di me. L'invito dovrebbe essere appena dietro l'angolo.

«Vedremo», dice lei.

«Ah, quindi non ho ancora superato il test? Cosa devo fare? Fingermi interessato? Seguirti con insistenza? Andare a qualche cena e lasciarmi valutare dalle tue amiche?»

«Cosa?»

«Non fingere con me – so benissimo come vanno le cose con le donne – tutto viene deciso in gruppo oggi».

«Non con me».

«E pensi che ti creda?» chiedo ridendo. «Dai, Nora. Avrai delle amiche, no?»

Per la prima volta non risponde. Non c'è che silenzio e vuoto. Il mio sorriso diventa una linea diritta. «Io... non volevo...»

«Certo che ho delle amiche», balbetta alla fine. «Intanto, hai già visto Simon?»

Sono tentato di tornare indietro, ma questa è una cosa più importante. «Stamattina alla riunione. È entrato e il mondo si è quasi fermato. Il fatto è che dal suo atteggiamento non credo che ci abbia visto. L'avrei capito dai suoi occhi».

«Improvvisamente sei diventato l'arbitro della verità?»

«Fidati di me: non sa che eravamo là».

«Hai deciso cosa fare?»

«Cosa devo decidere? Devo denunciarlo».

Riflette un secondo. «Stai solo attento a...»

«Non preoccuparti. Non dirò a nessuno che c'eri anche tu».

«Non è questo che mi preoccupa», ribatte arrabbiata. «Volevo dire stai attento alle persone a cui ne parli. Considerando il periodo e la persona coinvolta, questa storia finirà sull'"Hindenburg"».

«Credi che dovrei aspettare dopo le elezioni?»

C'è una lunga pausa dall'altra parte. In fondo è sempre suo padre. Alla fine dice: «Non posso risponderti. Sono troppo coinvolta». Lo capisco dalla sua voce. È un vantaggio di soli dodici punti. Sa bene cosa potrebbe succedere. «Non c'è modo di tenerlo nascosto alla stampa?» chiede.

«Credimi, non ho nessuna intenzione di andare alla stampa. Ci mangerebbero vivi per pranzo».

«E allora da chi andrai?»

«Non ne sono sicuro, ma credo che sarà qualcuno qui dentro».

«Se vuoi, puoi dirlo a mio padre».

Ci siamo di nuovo. Suo padre. Ogni volta che lo dice, sembra sempre più ridicolo. «Troppo grosso», dico. «Prima di arrivare a lui, voglio qualcun altro che faccia un po' di ricerche».

«Per essere sicuri?»

«È questo che mi preoccupa. Nel momento in cui la storia salta fuori, la carriera di Simon è a pezzi. E questa non è una cosa da prendere alla leggera, per me. Qua dentro, una volta che sei segnato a dito, sei finito».

Nora è rimasta troppo tempo ad ascoltare. Sa che ho ragione. «Hai in mente qualcuno?»

«Caroline Penzler. È la responsabile etica della Casa Bianca».

«Puoi fidarti di lei?»

Prendo una matita e batto con la gomma sulla scrivania. «Non ne sono sicuro, ma so esattamente cosa chiederle».

5

Lasciando il mio ufficio, attraverso l'anticamera e vado direttamente da Pam. La porta è sempre aperta, ma busso ugualmente per cortesia. «C'è nessuno?»

Quando dice «Avanti», sono già di fronte alla sua scrivania. La disposizione del suo ufficio è l'immagine speculare del mio, fino al caminetto non funzionante. Come sempre, le differenze sono sulle pareti, dove Pam al posto dei miei ricordi d'egotismo ha due oggetti personali: sopra la poltrona, una foto sfocata del presidente che parla alla Rock and Roll Home of Fame di Cleveland, sua città natale; e sulla scrivania un'enorme bandiera americana regalatale da sua madre quando ha ottenuto il posto. Tipico di Pam, penso tra me e me: cuore tenero.

Di fronte al tavolino da computer perpendicolare alla scrivania, Pam sta battendo con foga e mi volta le spalle. Come sempre quando lavora, i sottili capelli biondi sono raccolti strettamente sulla testa con una molletta rossa. «Cosa c'è?» chiede senza voltarsi.

«Ho una domanda da farti».

Fa passare un mucchio di carte, in cerca di una cosa in particolare. Quando la trova dice: «Ti ascolto».

«Ti fidi di Caroline?»

Pam immediatamente smette di battere e si volta verso di me. Alza un sopracciglio e chiede: «Cosa c'è che non va? Nora?»

«No, non è Nora. Non ha niente a che fare con Nora. Ho solo una domanda sul problema a cui sto lavorando».

«E vuoi che ti creda?»

È troppo intelligente per lottare con lei. «Parlami di Caroline e basta».

Pam si morde l'interno della guancia e mi studia attentamente.

«Ti prego», aggiungo, «è importante».

Pam scuote la testa e capisco che ce l'ho fatta. «Cosa vuoi sapere?»

«È leale?»

«La First Lady crede di sì».

Annuisco. Amica di lunga data della First Lady, Caroline ha incontrato la signora Hartson alla National Parkinson's Foundation di Miami, dove la signora Hartson l'ha aiutata e incoraggiata a seguire i corsi serali della facoltà di legge. Da lì, la First Lady l'ha coinvolta nel Children's Legal Defense Fund, poi nella campagna elettorale e finalmente l'ha portata alla Casa Bianca. Le lunghe battaglie sono all'origine di forti legami. Vorrei solo sapere: *quanto* forti? «Quindi se le dicessi una cosa di vitale importanza posso essere sicuro che manterrà il segreto?»

«Dimmi cosa intendi con *vitale*».

Mi siedo davanti alla scrivania e dico: «È una cosa grossa».

«Grossa da prima pagina o grossa da servizio di "Newsweek?"»

«"Newsweek"».

Pam non batte ciglio. «Caroline è incaricata di controllare tutti i pezzi grossi. Membri del gabinetto, ambasciatori, il chirurgo generale – apre i loro armadi e verifica che non ci siano scheletri troppo grossi».

«Quindi credi che sia leale?»

«Conosce i peccati di quasi tutti i pezzi grossi dell'esecutivo. È per questo che la First Lady l'ha messa al suo posto. Se non è leale, siamo morti».

In silenzio, mi chino in avanti e appoggio il gomito sul ginocchio. È vero. Prima di ottenere la nomina, tutti passano attraverso il confessionale con Caroline. Conosce le magagne di tutti: chi beve, chi si è drogato, chi ha abortito e chi possiede una casa per le vacanze di nascosto dalla moglie. Tutti hanno dei segreti. Me compreso. Il che significa che se vuoi far succedere qualcosa, non puoi squalificare tutti. «Quindi non dovrei preoccuparmi?» chiedo.

Pam si alza e viene dalla mia parte della scrivania, mi si siede di fianco e mi guarda diritto negli occhi. «Sei nei guai?»

«No, per niente».

«È Nora, vero? Cos'ha fatto?»

«Niente», dico arretrando un po'. «Posso cavarmela da solo».

«Ne sono sicura. Come al solito. Ma se dovessi aver bisogno di aiuto...»

«Lo so – tu sei sempre qui».

«Con la lancia in resta. E magari anche uno scudo».

«Davvero, Pam, questo conta più di quello che credi». Capisco che quanto più resto seduto qui, tanto più lei scoprirà, per cui mi alzo e mi dirigo verso la porta. So che non dovrei dire neanche un'altra parola, ma non posso farne a meno. «Quindi tu credi davvero che sia ok?»

«Non preoccuparti per Caroline», dice Pam. «Si occuperà lei di te».

Sto per andare da Caroline quando sento suonare il telefono del mio ufficio. Corro dentro e controllo lo schermo digitale per vedere chi è. È il numero di prima. Nora. «Pronto?» dico rispondendo.

«Michael?» Sembra diversa. Quasi senza fiato.

«Stai bene?» chiedo.

«Le hai già parlato?»

«A Caroline? No, perché?»

«Non le dirai che ero là, vero? Insomma, non credo che dovresti...»

«Nora, ti ho già detto che non...»

«E i soldi – non dirle che ho preso i soldi, va bene?» La voce è frenetica per la paura.

«Certo che no».

«Bene. Bene». Si sta già calmando. «Volevo sapere solo questo». Sento che respira a fondo. «Mi dispiace – non volevo creare confusione – solo mi sentivo un po' nervosa».

«Puoi dirmi quello che vuoi», le dico ancora confuso dalla sua uscita. Non mi piace quella voce incerta – la sua sicurezza crollata e ridotta a un niente. È come veder piangere il proprio padre: si desidera solo che finisca. E in questo caso, posso farlo: «Non devi preoccuparti», concludo. «Ho tutto sotto controllo».

Attraversare l'atrio verso l'ufficio di Caroline è facile. Così come bussare alla sua porta. Entrare è una dolcezza e sentire la porta che si chiude alle mie spalle un gelato con la frutta. Ma quando vedo Caroline seduta alla sua scrivania, con i capelli neri tinti sulle spalle del blazer di lana nera, tutto il mio piano – ma proprio tutto – improvvisamente finisce in pezzi. La mia paura ha un volto. E prima che possa dire «salve» la mia nuca è inondata di sudore.

«Siediti, siediti», mi invita mentre sto per crollare davanti alla sua scrivania. Accetto e mi calo su una delle due sedie. Senza dire una parola, la guardo versare quattro bustine di zucchero in una tazza vuota. Le strappa una per volta. Nell'angolo a sinistra della stanza, il caffè è quasi pronto. Adesso capisco da dove prende la sua energia. «Come va?» chiede.

«Impegnato», rispondo. «Molto impegnato». Alle spalle di Caroline, vedo la sua versione della mia parete egotistica: quaranta cornici con biglietti di ringraziamento scritti dai più potenti personaggi di Washington. Il segretario di stato, il segretario alla difesa, l'ambasciatore in Vaticano, il procuratore generale. Sono tutti lì e sono stati tutti protetti da Caroline.

«Qual è il tuo preferito?» chiedo sperando di prendere un po' di tempo.

«Difficile dirlo. È come chiedere qual è il tuo figlio preferito».

«Il primo», dico io. «A meno che non se ne vada via e non telefoni mai. Nel qual caso è il più vicino».

Per mestiere, Caroline passa le giornate facendo conversazione con persone a disagio. Di conseguenza, ha visto quasi tutte le manifestazioni di nervosismo che esistono al mondo. E dallo sguardo amaro che le vedo, fare battute è vicino al fondo della sua lista. «Posso aiutarti in qualche modo, Michael?»

I miei occhi restano incollati alla sua scrivania, sepolta sotto mucchi di carte, scatole d'archivio e due portacenere col sigillo presidenziale. C'è un filtro per l'aria portatile in un angolo della stanza, ma il locale puzza di fumo stantio. Le sigarette, oltre alle collezioni di biglietti di ringraziamento, sono l'abitudine più evidente di Caroline. Per aiutarmi, si toglie gli occhiali e mi lancia un'occhiata quasi calorosa. Sta cercando di ispirarmi fiducia e di sottintendere che posso fidarmi di lei. Ma rialzando la testa, l'unica cosa che riesco a pensare è che la sto guardando davvero per la prima volta in due anni. Senza occhiali, i suoi occhi a mandorla sembrano meno intimidatori. E benché le sopracciglia cespugliose e le labbra sottili le conservino un'aria professionale, sembra davvero preoccupata per me. Non preoccupata come Pam, ma, per una donna quasi cinquantenne che praticamente non mi conosce, sinceramente attenta.

«Vuoi un po' d'acqua?» chiede.

Scuoto la testa. Non perdiamo altro tempo.

«È un problema che riguarda l'ufficio dei consiglieri o un problema etico?»

«Tutt'e due le cose», dico. È il momento più difficile, per me. La mia mente è affannata alla ricerca delle parole perfette. Ma per quanto mi sia preparato prima, farlo senza rete non è la stessa cosa. Quando sto per lanciarmi, ripasso la storia per l'ultima volta, sperando di trovare una ragione legale per cui il consigliere della Casa Bianca debba lasciare dei soldi in mezzo al bosco. Non trovo niente. «Riguarda Simon», dico finalmente.

«Fermati immediatamente», ordina lei. Apre il primo cassetto della scrivania e tira fuori un piccolo registratore con un nastro vergine. L'ha capito appena mi ha sentito parlare. La cosa è seria.

«Non credo che sia necess...»

«Non innervosirti – è per la tua sicurezza». Prende una penna e scrive il mio nome sulla cassetta. Quando è nel registratore vedo le parole Michael Garrick attraverso la finestrella di vetro. Schiaccia il tasto record e appoggia il registratore sul tavolo, proprio davanti a me.

Sa quello che sto pensando, ma ha già vissuto questa scena in precedenza. «Michael, se è una cosa importante, devi avere la documentazione giusta. E adesso incomincia dal principio».

Chiudo gli occhi e faccio finta che ci sia ancora la rete. «È successo tutto ieri sera», incomincio.

«Ieri sera era giovedì tre», chiarisce lei.

Annuisco. Lei indica le labbra. «Giusto», dico rapidamente. «Ecco, stavo guidando lungo la Sedicesima strada quando ho visto...»

«Prima di questo: c'era qualcun altro con te?»

«Questa non è la cosa importante...»

«Rispondi alla domanda».

Rispondo il più rapidamente possibile. «No, ero solo».

«Quindi con te non c'era nessuno?»

Non mi piace il modo in cui me lo chiede. C'è qualcosa che non va. Sento di nuovo la nuca calda di sudore. «Non c'era nessuno», insisto.

Lei non sembra convinta.

Mi allungo e spengo il registratore. «C'è qualche problema?»

«Per niente». Tenta di riaccendere il registratore, ma io lo tengo coperto con la mano.

«Non voglio registrare», dico. «Per ora».

«Calma, Michael». Si riappoggia allo schienale e mi lascia fare a modo mio. Il registratore rimane spento. «So che è difficile. Racconta e basta».

Ha ragione. Non è il momento di perdere la testa. Per la seconda volta cerco di calmarmi respirando a fondo e mi sento sollevato per il fatto che non sono più registrato. «Allora, stavo guidando lungo la Sedicesima strada quando all'improvviso ho visto di fronte a me una macchina che conoscevo. Quando ho guardato meglio, ho capito che era quella di Simon».

«Edgar Simon – consigliere del presidente».

«Esatto. Ora, per qualche ragione – forse per l'ora notturna, forse per il posto in cui eravamo – quando l'ho visto mi è sembrato che qualcosa non quadrasse. Così mi sono messo a seguirlo». Dettaglio dopo dettaglio, le racconto il resto della storia. Come Simon aveva preso il Rock Creek Parkway. Come era sceso dalla macchina con una busta in mano. Come aveva scavalcato il guardrail ed era scomparso sull'argine. E soprattutto, dopo la sua partenza, quello che avevo trovato nella busta. L'unica cosa che lascio fuori è Nora.

E i poliziotti. «Quando ho visto i soldi, ho pensato che mi venisse un infarto. Prova a immaginartelo: è mezzanotte passata, buio totale e io sono lì con i quarantamila dollari del mio capo in mano. E come se non bastasse giurerei che qualcuno mi stava spiando. Era come averli alle spalle. Ti dico, è stato uno dei momenti più terribili di tutta la mia vita. Ma prima di denunciare pubblicamente la cosa, ho pensato che dovevo parlarne con qualcuno. Per questo sono venuto da te».

Aspetto una reazione, ma Caroline non ne ha. Finalmente chiede: «Hai finito?»

Annuisco. «Sì».

Si china sulla scrivania e prende il registratore. Il pollice le batte ritmicamente sul tasto pause. Un tic nervoso.

«Allora?» le chiedo. «Cosa ne pensi?»

Si mette gli occhiali e non sembra divertita. «È una storia interessante, Michael. L'unico problema è che un quarto d'ora fa Edgar Simon è venuto in questo ufficio e mi ha raccontato esattamente la stessa storia. Nella sua versione, però, quello con i soldi eri tu». Incrocia le braccia e si riappoggia allo schienale della poltrona. «Vuoi ricominciare da capo?»

6

«Perché l'avrà detto?» domando nel panico.

«Michael, io non so in quali guai ti trovi, ma c'è...»

«Io non sono affatto nei guai», insisto. Ho la bocca secca e mi sento la nausea. Me la sento nello stomaco. Sta crollando tutto. «I-io non so di cosa parli. Ti giuro che... era lui. L'abbiamo visto che portava...»

«L'abbiamo?»

«Eh?»

«Hai detto l'abbiamo. Chi c'era con te, Michael?»

Mi siedo dritto. «Non c'era nessuno con me. Te lo giuro, ero da solo».

Il silenzio cala sulla stanza e sento il peso del suo giudizio. «Hai del coraggio, sai? Quando Simon è entrato qui, mi ha detto di non trattarti troppo male. Pensava che avessi dei problemi. E tu che cosa fai? Mi racconti delle balle e getti la colpa su di lui! Proprio *lui*!»

«Aspetta un minuto... credi che mi stia inventando tutto?»

«Non voglio neanche risponderti». Caroline fa passare la mano lungo una fila di cartellette rosse. «Ho già visto la risposta».

Nel mondo dei controlli segreti, una cartelletta rossa significa un file dell'FBI. Istintivamente controllo il nome sull'etichetta della prima fila. «Michael Garrick».

Stringo i pugni. «Hai preso il mio file?»

«Perché non mi parli del tuo lavoro sulla copertura Medicaid – l'assistenza Medicaid per i criminali? Sembra che sia una vera crociata per te».

La sua voce ha un tono che ferisce come un pugno in un occhio. «Non capisco di cosa parli».

«Non insultarmi, Michael. Ne abbiamo già parlato. So tutto di lui. È sempre un bravo papà tutto orgoglioso, eh?»

Schizzo via dalla sedia, quasi incapace di controllarmi. Sta tirando le corde sbagliate. «Lascialo in pace», ruggisco. «Non ha niente a che fare con questo».

«Davvero? A me sembra chiaro che c'è un conflitto di interessi».

«L'unica ragione per cui mi occupo di quell'argomento è che Simon me l'ha messo sul tavolo».

«Quindi non hai mai pensato al fatto che tuo padre beneficia del programma?»

«I soldi non li prende lui. Vanno direttamente al suo istituto!»

«Ne beneficia, Michael! Puoi razionalizzare finché vuoi, ma sai che è vero. È tuo padre, è un criminale e se il programma viene dismesso, perderà i suoi benefici».

«Non è un criminale!»

«Quando ti hanno affidato questo incarico, avresti dovuto rifiutarlo tu stesso. È questo che richiedono gli standard etici e tu non l'hai fatto! Proprio come l'altra volta!»

«Era tutto diverso!»

«L'unica differenza è che allora ti ho concesso il beneficio del dubbio. Adesso ho imparato».

«Quindi adesso pensi che stia mentendo su Simon e i soldi?»

«Sai come si dice: tale padre, tale figlio».

«Non permetterti di dire una cosa del genere! Tu non sai niente di lui!»

«È a questo che servivano i soldi? Una sorta di tangente per tenerlo al sicuro?»

«Non ero io quello con i soldi...»

«Non ci credo, Michael».

«È stato Simon a...»

«Ti ho già detto che non ci credo».

«Perché diamine non mi ascolti?» urlo con una voce che rimbomba per tutta la stanza.

La sua risposta è semplice. «Perché so che stai mentendo».

Ecco. Ho bisogno di aiuto. Mi giro e vado verso la porta.

«Dove credi di andare?»

Io non dico una parola.

«Non andartene da me!» grida Caroline.

Mi fermo e mi volto. «Vuoi dire che ascolterai la mia versione dei fatti?»

Caroline unisce le mani e le appoggia alla scrivania. «Credo di aver già sentito abbastanza».

Prendo la porta e la apro.

«Se esci di qui, Michael, ti giuro che te ne pentirai!»

La cosa non mi fa neppure rallentare.

«Torna qui. Subito!»

Esco nell'atrio e vedo rosso. «Crepa», dico senza neanche voltarmi.

Dieci minuti dopo, sono seduto nel mio ufficio a fissare il piccolo televisore appoggiato sulla mensola vicino alla finestra. Tutti gli uffici dell'OEOB sono cablati, ma io tengo il programma fisso sul canale venticinque, dove scorre all'infinito il menù giornaliero della Casa Bianca.

Primo del giorno: zuppa di cipolle.

Yogurt del giorno: Oreo.

Scelta panini: tacchino, roast-beef, insalata di tonno.

Una per una, passano sullo schermo noiose lettere bianche su uno sfondo blu regale. In questo momento è l'unica cosa che riesco ad affrontare.

Quando per la terza volta ricompare lo yogurt del giorno, ho trovato tredici ottime ragioni per spaccare la testa a Caroline. Dalla trappola che mi ha teso alle foto che ha scattato a mio padre – cos'ha quella donna? Sapeva quello che faceva dal momento in cui sono entrato. Lentamente, costantemente, però, l'adrenalina lascia il posto a una calma tranquilla. E con la calma giunge la consapevolezza che, se non parliamo di nuovo, Caroline accetterà la versione di Simon e mi seppellirà con essa.

Per la quarta volta in dieci minuti, controllo il tostapane e faccio il numero di Nora. Dice che è nella residenza, ma non risponde nessuno. Riaggancio e provo altri due numeri. Trey e Pam sono altrettanto difficili da trovare. Ho lasciato un messaggio appena rientrato, ma nessuno mi ha ancora richiamato.

Controllo l'elenco digitale delle chiamate per l'ultima volta, tanto per assicurarmi che non abbiano chiamato mentre ero in linea. Niente. Non c'è nessuno. Tranne me. A questo siamo arrivati. Un mondo con una sola persona.

All'interno della Casa Bianca i sistemi di riscaldamento, ventilazione e aria condizionata tengono la pressione dell'edificio più alta del normale per una semplice ragione: se qualcuno attaccasse con un'arma biologica o del gas nervino, l'aria avvelenata sarebbe spinta fuori, lontano dal presidente. Naturalmente, la battuta fra i dipendenti è che *per definizione* chi lavora alla Casa Bianca è sotto pressione. In questo momento, seduto nel mio ufficio, la frase non ha niente a che vedere con il sistema di areazione.

Quando l'istinto di sopravvivenza prende il sopravvento sulla rabbia, mi alzo e vado verso l'anticamera. Apro la porta e sento qualcuno vicino alla macchinetta del caffè. Se ho fortuna, sarà Pam. Invece è Julian.

«Sembra che qualcuno ci abbia pisciato dentro», dice allungando la sua tazzina verso di me.

91

«Be', non sono stato io».

«Non do la colpa a te, Garrick – sto solo facendo un'osservazione. Il nostro caffè fa schifo».

Non è il momento di litigare. «Mi dispiace».

«Cosa c'è che non va? Hai un aspetto di merda».

«Niente, una cosa di lavoro».

«Cioè? Altre battaglie a favore dei criminali? Eri due a due stamattina».

Lo oltrepasso e apro la porta. Anche se non siamo d'accordo su quasi niente, devo ammettere che il nostro terzo collega non è una persona cattiva – è solo un po' troppo acuto per la gente comune come me. «Goditi il caffè, Julian».

Mentre torno nell'ufficio di Caroline, trovo il massiccio atrio più lungo che mai. Quando ho incominciato a lavorare qui, ricordo che ero colpito dalla grandezza di ciò che vedevo. Con il tempo, tutto è diventato gestibile e piacevole. Oggi sono tornato al punto di partenza.

Raggiungo l'ufficio di Caroline, afferro la maniglia ed entro senza bussare. «Caroline, prima che ti arrabbi, lascia che ti sp...»

Mi blocco di colpo.

Davanti a me, Caroline è affondata nella sua poltrona, con la testa in avanti come quella di una marionetta abbandonata e un braccio che pende di fianco al bracciolo. Immobile. «Caroline?» chiedo avvicinandomi.

Nessuna risposta. Oh Dio.

L'altra mano tiene sul grembo una tazzina di caffè vuota con scritte le parole «Ecco lo stato dell'unione». Rovesciata su un fianco e appoggiata alla coscia, la tazzina è vuota. «Caroline, ti senti bene?» chiedo. Poi sento un lento sgocciolio. Mi coglie di sorpresa e mi ricorda il rubinetto che perde nel mio appartamento. Seguo il suono e capisco che va dalla sedia al pavimento. Caroline è seduta in una pozza di caffè.

Istintivamente allungo una mano e le tocco la spalla. La sua testa cade all'indietro e colpisce il bordo dello schienale con un tonfo sordo. Lo sguardo vuoto degli occhi nocciola di Caroline si fa strada violentemente dentro di me. Un occhio fissa diritto davanti a sé; l'altro è girato irregolarmente da una parte.

La stanza incomincia a girare intorno a me. La gola mi si contrae e improvvisamente mi è impossibile respirare. Inciampando all'indietro, mi precipito nell'atrio, facendo cadere a terra un biglietto incorniciato. Frammenti della sua vita. Apro la bocca, ma riesco a malapena a sentire quello che nc esce. «Qualcuno...» grido cercando di prendere fiato. «Per favore... qualcuno... aiuto».

7

Un agente in uniforme dei Servizi segreti con una brutta mascella sporgente mi aiuta a rialzarmi. «Sta bene? Sta bene? Mi sente?» domanda urlando finché non annuisco. Il telefono e i suoi cavi sono avvolti alle mie caviglie – ho strappato la consolle dalla scrivania. È stata l'unica cosa che mi è venuta in mente, l'unico modo per ottenere aiuto. Butta da lato il telefono con un calcio e mi aiuta a raggiungere la poltrona che c'è in un angolo. Guardo di nuovo Caroline, i cui occhi sono sempre spalancati. Per tutta la vita, la ricorderò in quella posizione.

I quindici minuti successivi sono un turbine di efficienza investigativa. Prima che capisca cosa sta succedendo, la stanza si riempie di una varietà di investigatori e altri uomini delle forze dell'ordine: due agenti in uniforme, due dei Servizi segreti in borghese, un'unità di cinque uomini dell'FBI e un membro della squadra di emergenza con un Uzi alla porta. Dopo una breve discussione sulla giurisdizione, i Servizi segreti lasciano fare il lavoro all'FBI. Un uomo alto con una polo blu scura dell'FBI scatta delle foto dell'ufficio, mentre una donna asiatica bassa e altri due uomini con magliette blu chiaro spostano tutto. Un quinto uomo con l'accento della Virginia è quello che dà gli ordini.

«Voi, ragazzi», dice a quelli dei Servizi segreti in uniforme, «sareste molto più di aiuto se aspettaste fuori». Prima che possano muoversi, aggiunge: «Grazie di essere venuti, per ora». Si gira a quelli in borghese e dà loro una rapida occhiata. Possono restare. Poi torna da me.

«Michael Garrick», dice leggendo il mio pass. «Si sente bene, Michael? Riesce a parlare?»

Annuisco guardando il tappeto. Dall'altra parte della stanza, stanno fotografando il corpo di Caroline. Quando il primo flash si spegne, sembra tutto così normale – i fotografi sono presenti a quasi tutti gli avvenimenti della Casa Bianca. Ma quando vedo la sua testa che oscilla e si inclina da una parte e il modo in cui si spalanca la bocca, capisco che quella non è più Caroline. Caroline è scomparsa. Adesso è solo un corpo. Un involucro che si irrigidisce lentamente, in posa per delle macabre foto.

L'agente con l'accento della Virginia mi alza il mento e i suoi guanti di lattice sfregano contro la mia barba non perfettamente rasata. Prima che possa dire una parola, mi guarda negli occhi. «È sicuro di sentirsi bene? Possiamo sempre farlo dopo, ma...»

«No, capisco, facciamolo adesso».

Mi mette una mano forte sulla spalla. «Apprezzo molto il suo aiuto, Michael». Al contrario dei suoi uomini in polo, egli indossa un abito grigio con una piccola macchia sul bavero destro. Ha la cravatta annodata, ma il primo bottone della camicia bianca inamidata è slacciato. L'effetto è un sottile accenno di informalità all'interno di un atteggiamento per il resto professionale. «Che giornata, eh, Michael?» È la terza volta da quando abbiamo incominciato che dice il mio nome, il che, devo ammetterlo, mi confonde. Come spiegava una volta il mio professore di diritto penale, la ripetizione del nome è il primo trucco usato dai negoziatori per stabilire un certo livello di intimità. Il secondo trucco è il contatto fisico. Guardo la sua mano sulla mia spalla.

Lui la ritira, si toglie il guanto e mi offre la mano da stringere. «Michael, io sono Randall Adenauer, agente speciale responsabile dell'unità omicidi dell'FBI».

Il suo titolo mi coglie impreparato. «Pensa che sia stata assassinata?»

«È un po' presto per dirlo, non crede?» chiede con una risata che suona ancor più forzata del modo in cui si abbottona la camicia. «Quello che possiamo dire attualmente è che sembra un semplice attacco cardiaco – l'autopsia ce lo confermerà. Ora, è stato lei a trovarla, giusto?»

Annuisco.

«Dopo quanto tempo ha dato l'allarme?»

«Appena ho capito che era morta».

«E quando l'ha trovata era esattamente così? Non ha spostato niente?»

«Aveva la testa abbassata quando sono entrato. Ma quando l'ho scossa e le ho visto gli occhi – così come sono adesso – il modo in cui guarda – è stato allora che sono caduto contro il muro».

«Quindi è stato lei a far cadere la cornice?»

«Sì, certo. Non mi aspettavo di vederla co...»

«Nessuno la rimprovera, Michael».

Ha ragione, mi dico. Non c'è motivo di mettersi sulla difensiva.

«E il telefono per terra?» chiede.

«La stanza girava. Mi sono seduto per prendere fiato. Nel panico, l'ho preso dal tavolo per chiamare aiuto».

Mentre spiego quello che è successo, mi rendo conto che non sta scrivendo niente. Si limita a guardare fisso dalla mia parte, con gli occhi azzurri rivolti appena verso di me. Da come guarda, se non sapessi che non è vero, direi che sta leggendo dei fumetti al di sopra della mia testa. Per quanto io tenti di attirare la sua attenzione, i nostri occhi non si incontrano mai.

Finalmente tira fuori dalla tasca un tubo di caramelle Life Savers e me ne offre una.

Io scuoto la testa.

«Come vuole». Si infila la punta del tubo in bocca e ne strappa una. «Le dirò, credo di essere dipendente da questa roba. Me ne faccio un pacchetto al giorno».

«Meglio che fumare», dico indicando uno dei molti portacenere presenti nell'ufficio di Caroline.

Lui annuisce e torna a guardare i fumetti. I preamboli sono finiti. «Quando l'ha trovata, perché era venuto qui?»

Alle sue spalle, scorgo un mucchietto di cartellette rosse che si trovano ancora sulla scrivania di Caroline. «Una cosa di lavoro».

«Niente di personale?»

«No. Perché?»

Abbassa gli occhi sul tubo di Life Savers che ha in mano e finge *nonchalance*. «Stavo solo cercando di capire perché aveva tirato fuori la sua cartelletta».

Adenauer non è uno stupido. Mi ha incastrato.

«Ora, vuole spiegarmi che cosa è successo davvero?»

«Le assicuro che non era niente di importante. Abbiamo semplicemente parlato di un conflitto di interessi. Caroline è la responsabile dell'etica; è questo il suo lavoro. Sono sicuro che ha tirato fuori la mia pratica per controllare qualcosa». Non sapendo se la beve, indico la scrivania di Caroline. «Guardi lei stesso – ha altre cartellette, oltre alla mia».

Prima che possa rispondermi, si avvicina la donna asiatica con la maglietta blu chiaro. «Capo, i ragazzi in uniforme ti hanno dato la combinazione della...»

«Eccola», dice Adenauer. Cerca nella tasca della giacca e le porge un foglietto di carta giallo.

Lei prende la combinazione e incomincia a lavorare alla cassaforte dietro la scrivania di Caroline.

Quando la distrazione è finita, Adenauer si gira verso di me e mi guarda fisso. Io mi appoggio alla poltrona cercando di apparire tranquillo. Dietro alla scrivania si sente un forte colpo. La donna apre la cassaforte.

«Michael, capisco che lei voglia restare fuori da questa faccenda il più possibile – so come vanno le cose qui dentro. Ma non la sto accusando di niente, voglio solo capire cos'è successo».

«Le ho già detto tutto quello che so».

«Capo, è meglio se dà un'occhiata a questa roba», dice la donna asiatica da dietro la scrivania.

Adenauer si alza e va verso la cassaforte. La donna tira fuori una busta. La gira e il contenuto cade sulla scrivania. Uno. Due. Tre mazzette di dollari. Biglietti da cento. Ciascuna mazzetta legata con la sua fascetta.

Faccio tutto il possibile per apparire sorpreso, e devo dire a mio onore che credo di riuscirci piuttosto bene. Ma dentro di me, mentre fisso le tre mazzette che Nora non ha portato via, so che siamo solo all'inizio.

8

Due ore di interrogatorio più tardi, torno nel mio ufficio con un mal di testa feroce e una pulsazione dolorosa alla base del collo. Non riesco ancora a credere che Caroline avesse i soldi. Perché doveva... insomma, se li aveva lei... vuol dire che era anche lei nel bosco? O li ha presi più tardi? È per questo che se l'è presa con Simon durante la riunione della mattina – perché mancavano diecimila dollari? La mia testa passa da una spiegazione all'altra, in cerca dei pezzi chiave del puzzle. Non riesco a trovarne quasi nessuno.

Intorno a me, i corridoi sono quasi completamente vuoti, e io attraverso ogni porta sento l'eco attutita di dozzine di televisori. Di solito, i televisori nell'OEOB hanno l'audio abbassato. Con notizie del genere, sono tutti in ascolto.

La reazione è tipica della Casa Bianca. Come mi ha spiegato un anno fa un ex consigliere di Clinton, la struttura di potere della Casa Bianca è simile a una partita di calcio giocata da bambini di dieci anni. Puoi assegnare a ciascuno una posizione e puoi chiedere a tutti di restare dove devono, ma appena la partita inizia tutti abbandonano il loro posto e corrono dietro alla palla.

Conseguenza: i corridoi vuoti dell'OEOB. Ancor prima di chiedere a Trey, so cosa sta succedendo. Il presidente chiede informazioni, il che significa che il capo di gabinetto chiede informazioni, il che significa che i consiglieri più importanti chiedono informazioni, il che significa che la stampa chiede informazioni. Tutti gli altri sono a caccia di informazioni – si telefonano l'un l'altro e contattano tutti quelli che gli vengono in mente per essere i primi a fornire risposte. In una gerarchia in cui per lo più prendiamo stipendi governativi molto simili, la posizione si misura in accesso e influenza. Le informazioni sono la chiave per entrambe le cose.

Tutti gli altri problemi possono aspettare mentre i bambini corrono disperatamente dietro alla palla. In ogni altra occasione, io farei parte del gruppo. Oggi, invece, tornando in ufficio, non posso fare a meno di pensare che la palla sono io.

Mi chiudo la porta alle spalle, accendo il cicalino e vado diritto alla tv, dove tutti i programmi con un permesso stampa sono in diretta dalla Casa Bianca. Per controllare, guardo fuori dalla finestra e vedo la fila di giornalisti in piedi all'angolo nord-ovest del giardino.

In preda al panico, prendo il telefono e faccio il numero di Nora. Il tostapane dice che è sempre nella residenza, ma ancora una volta non ho risposta. Devo sapere cosa sta succedendo. Ho bisogno di Trey.

«Michael, non è un buon momento questo», dice quando risponde. Sullo sfondo, sento quella che sembra una stanza piena di persone e il suono ininterrotto dei telefoni. È un brutto giorno per il segretario stampa.

«Dimmi solo cosa sta succedendo», lo scongiuro. «Che cosa sai?»

«Si parla di un attacco di cuore, anche se l'FBI non fa dichiarazioni fino alle due. Il primo agente arrivato sulla scena ci ha detto quasi tutto – niente ferite, niente di sospetto». Trey continua la sua spiegazione, mentre il suo telefono non smette di suonare. «Dovevi vederlo, questo tizio – tipico atteggiamento da divisione in uniforme – prima a caccia di pubblicità, poi a far finta di non voler parlare».

«Quindi non hanno fatto il mio nome?»

«Perché dovevano fare il tuo nome?»

«Perché sono stato io a trovarla».

«Allora me lo confermi? Abbiamo sentito una voce, ma aspettavo una tua telefonata per... Jami, senti questa: ho il...»

«*Trey, chiudi il becco!*» grido più forte che posso.

«...miglior pettegolezzo su Martin Van Buren. Sapevi che lo prendevano in giro perché portava il busto? Non è fantastico? Non se ne sa mai abbastanza su quell'uomo – il piccolo democratico col busto. Furbo come una volpe, era. E lasciami dire che il panico del 1838 è stato tutta una montatura dei media – non credo una parola di...»

«Non se n'è ancora andata?» lo interrompo.

«Sì», dice lui. «Adesso dimmi cosa sta succedendo».

«Non è niente di speciale».

«Niente di speciale? Sai quante telefonate ho ricevuto per questa storia da quando stiamo parlando?»

«Quattordici», dico inespressivo. «Le ho contate».

C'è una pausa all'altro capo. Trey mi conosce troppo bene. «Forse dovremmo parlarne più tardi».

«Sì, credo che sia la cosa migliore». Guardo fuori dalla finestra e vedo ancora la fila di giornalisti sull'erba. «Credi di potermi tenere fuori?»

«Michael, posso procurarti delle informazioni, ma non posso fare miracoli. Dipende tutto da quello che fa l'FBI».

«Ma non puoi...»

«Senti, da come parla questo tizio in uniforme, la gente pensa che l'abbia trovata lui. Se qualcuno fa ancora domande, il tuo nome ufficiale è "un collega che

101

lavora alla Casa Bianca". Questo dovrebbe risparmiarti almeno mille lettere da parte degli elettori».

«Grazie, Trey».

«Faccio il possibile», dice lui mentre la porta del mio ufficio si apre. Pam infila dentro la testa.

«Senti, devo andare. Ci sentiamo più tardi».

Riaggancio e Pam chiede esitando: «Se non è un buon momento...»

«Non preoccuparti, entra».

Quando viene avanti, noto la lentezza con cui cammina. Di solito saltella con un passo instancabile, mentre adesso si muove lentamente, tenendo le spalle un po' inclinate di lato. «Non è incredibile?» dice lasciandosi cadere sulla sedia di fronte alla mia scrivania. Ha gli occhi stanchi. E rossi. Ha pianto.

«Stai bene?» chiedo.

Basta questa domanda per provocare una ricaduta nell'emotività che le riempie gli occhi di lacrime. Pam stringe i denti e la ricaccia indietro. Non è tipo da piangere in pubblico. Cerco un fazzoletto nella scrivania. Trovo solo dei vecchi fazzolettini col sigillo presidenziale. Glieli passo, ma scuote la testa.

«Sei sicura di sentirti bene?»

«È stata lei ad assumermi, sai?» Si schiarisce la gola e aggiunge: «Quando sono venuta per i colloqui, Caroline è stata l'unica persona a cui sono piaciuta. Simon, Lamb e tutti gli altri non credevano che fossi abbastanza decisa. Simon ha scritto la parola "marzapane" sul mio foglio».

«Non ci credo».

«E invece sì. Caroline me l'ha fatto vedere», dice Pam con una risata. «Ma dato che dovevo lavorare con lei, è riuscita a farmi passare. Il primo giorno, mi ha dato la valutazione di Simon e mi ha detto di conservarla. Ha detto che un giorno gli avrei fatto ingoiare quel foglio tutto intero».

«E tu l'hai conservato?»

Pam continua a ridere.

«Be'?»

Un sorriso perverso le illumina le guance. «Ti ricordi la festa per la vittoria in cui Simon ha raccontato la sua testimonianza al Congresso sulla pubblicità degli alcolici?»

Annuisco.

«E ti ricordi la torta che abbiamo servito – quella che Caroline disse che sembrava di carta?»

«Oh, no».

«Oh, sì», dice Pam con un ampio sorriso. «Nel mio centocinquantaduesimo giorno qui, Simon si è rimangiato le sue parole».

Rido con lei. «Vuoi dire che hai messo la tua valutazione nella torta?»

«Non confesso niente».

«Ma come hai fatto? Non ha sentito il sapore?»

«*Ha* sentito? Fidati, ho seguito tutta la lavorazione – ne hai mangiato un pezzetto anche tu».

«E non mi hai detto niente?»

«Non mi eri molto simpatico, allora».

«Ma come...»

«Abbiamo bagnato il foglio, l'abbiamo fatto a pezzetti e l'abbiamo messo nel frullatore. In un attimo è diventato una splendida purea. È stata la miglior lezione di cucina che ho mai fatto. Caroline era un genio pazzo. E quando si trattava di Simon... odiava quel bastardo».

«Fino a pochi minuti prima di mo...» Mi fermo. «Scusa. Non volevo...»

«Ok», dice Pam. Passiamo il minuto successivo senza dire una parola, in perfetto silenzio; una cerimonia improvvisata per uno dei nostri. Per la verità, è solo in questo momento che mi rendo conto di quello che non ho detto. Durante le due ore di interrogatorio, preoccupato di nascondermi e di proteggermi, ho dimenticato una cosa essenziale: di elaborare il lutto. Le gambe mi cedono e il cuore mi si fa pesante. Caroline Penzler è morta oggi. E qualsiasi cosa pensassi di lei, questo è il primo momento in cui l'idea mi colpisce davvero. Il breve silenzio non la rende una santa, ma mi fa molto bene.

Appena Pam alza gli occhi, si accorge che la mia espressione è cambiata. «Ti senti bene?»

«S-sì... È solo che non riesco a crederci».

Pam concorda e si rannicchia sulla sedia. «Com'era?»

«Cosa intendi?»

«Il corpo. Non sei stato tu a trovarla?»

Annuisco, incapace di rispondere. «Chi te l'ha detto?»

«Debi della Public Liaison l'ha sentito dal suo capo, che ha un amico che ha l'ufficio proprio di fianco...»

«Ho capito», la interrompo. Non sarà facile.

«Posso farti una domanda che non c'entra?» aggiunge Pam. Dal tono della sua voce, capisco dove vuole andare a parare. «Ieri sera – non so cosa ti è successo – ma è per questo che è morta Caroline?»

«Non capisco cosa vuoi dire».

«Non farmi questo, Michael. Hai detto che era una cosa da copertina di "Newsweek". È per questo che sei andato da lei, no?»

Non rispondo.

«È una cosa che riguarda Nora, no?»

Ancora niente.

«Se Caroline è stata uccisa per...»

«Non è stata uccisa! È stato un attacco di cuore!»

Pam mi guarda attentamente. «Lo credi davvero?»

«Sì».

Quando ci hanno assegnato allo stesso ufficio, Pam si definì la ragazza di quinta che era rimasta indietro quando gli altri erano diventati famosi. Era un modo per rompere il ghiaccio buttandosi un po' giǔ, ma devo dire che, anche allora, non ci ho mai creduto. È troppo piena di buon senso per questo – altrimenti non sarebbe qui. Perciò, anche se le piace sminuirsi e fare la parte della poveretta, anche se sente continuamente il bisogno di abbassare le attese, io fino a oggi ho sempre pensato che fosse un guru delle dinamiche interpersonali.

«Quella piccola pazza dunque è così importante, per te?» chiede.

«Può darsi che tu faccia fatica a crederlo, ma Nora è una persona buona».

«Se è tanto buona, dov'è adesso?»

Guardo il tostapane. Non è cambiato niente. Le lettere digitali verdi indicano le stesse tre parole: residenza primo piano.

Percorrendo l'atrio dell'OEOB so che l'unico modo per scoprire cosa sta succedendo è di persona e a quattr'occhi. A tutta velocità, con una busta per la posta interna stretta ansiosamente in pugno, esco dalla West Exec, attraverso il passaggio fra i due edifici e mi dirigo all'ala ovest della Casa Bianca. Passando dalla porta sotto la grande tettoia bianca saluto con la mano Phil.

«Vai su?» chiede chiamando l'ascensore per me.

Scuoto la testa.

«Cose da matti, eh?»

«Proprio così», dico mentre lo supero di corsa. Salgo la corta rampa di scale sulla destra rallentando fino a una camminata veloce. Non si corre così vicino all'ovale. Se non si vuole essere fermati o uccisi. Getto una rapida occhiata nella segreteria di Hartson per vedere come vanno le cose. Come sempre, l'ovale e tutto ciò che è vicino al presidente è caldissimo. È carico di un'energia che è impossibile descrivere. Non è panico

– non ci può essere panico quando si è vicini al presidente. È semplicemente un'onda di energia di una vitalità evidente e sicura di sé. Come Nora.

Vado avanti senza deviare. Davanti a me vedo altri due agenti in uniforme e l'ufficio stampa inferiore, dove quattro Norman Rockwells originali decorano il muro che porta al colonnato ovest. Apro le porte ed esco, supero tutte le meravigliose colonne bianche allineate nel giardino delle rose e rientro nella Casa Bianca dal corridoio del piano terra.

Proprio di fronte, al di là del lussuoso tappeto rosso chiaro, ci sono quattro divisori di ciliegio che bloccano la seconda metà del corridoio. Dall'altra parte passano le visite guidate. Ogni anno migliaia di turisti visitano il piano terra e il piano statale, i primi due piani della Casa Bianca. Vedono la sala vermiglia, la sala cinese, la sala blu, la sala rossa, la sala verde. Ma non vedono dove vivono davvero il presidente e la sua famiglia – dove dormono, dove si divertono e dove passano il tempo – gli ultimi due piani della Casa Bianca. La residenza.

Lungo il corridoio, oltre la seconda porta sulla mia sinistra, c'è l'atrio con l'ascensore e le scale. Entrambi portano alla residenza. L'unico ostacolo sul mio cammino sono i Servizi segreti: un agente in uniforme su questo piano; due su quello di sopra. Non c'è da preoccuparsi, mi dico. È come tutte le cose della vita: uno scopo preciso garantisce l'accesso. Con passo regolare e deciso, tenendo ben in vista la busta della posta interna, avanzo nel corridoio verso il primo agente, che è appoggiato al muro e sembra che si guardi le scarpe. Tieni la testa bassa, voglio solo che tu tenga la testa bassa. Sono solo a tre metri dalla porta. Un metro e mezzo. Un metro... Improvvisamente alza la testa. Non mi fermo. Gli faccio un cenno amichevole mentre esamina il mio pass. I pass blu possono andare quasi dappertutto. La posta interna indirizzata al presidente va direttamente di sopra, nell'ufficio uscieri. «Buona giornata», aggiungo per dare più credito alla mia messinscena. Lui torna a guardarsi le scarpe senza emettere alcun suono. La sicurezza ancora una volta si rivela il pass più efficiente. Vado verso le scale. Mi manca solo un piano.

Sono tentato di esultare, ma so che l'agente del piano terra è lì solo per evitare che la gente entri per caso durante le visite guidate. Il vero posto di controllo per la residenza è al prossimo pianerottolo. Mentre salgo rapidamente, vedo due agenti in uniforme dei Servizi segreti che mi aspettano. In piedi davanti all'ascensore, questi due non si guardano le scarpe. Evito di incrociare il loro sguardo e mantengo un passo deciso.

«Posso aiutarla?» chiede il più alto dei due.

Continua a camminare e la berranno, mi dico. «Come va?» dico cercando di avere il tono dell'*habitué*. «Mi aspetta».

L'altro agente mi si mette di fronte, bloccandomi l'accesso alla rampa di scale. «Chi l'aspetta?»

«Nora», rispondo mostrando loro la busta. Faccio un passo di lato e fingo di voler prendere l'ascensore per fare il resto della strada. Quando premo il pulsante di chiamata, un ronzio fastidioso si diffonde nel piccolo atrio.

Mi giro: i due agenti mi stanno guardando.

«Può lasciare la posta dagli uscieri», dice il più alto.

«Ha chiesto di consegnarla a mano», insisto.

Nessuno dei due sembra impressionato. Dopo aver letto il mio nome sul pass, il più alto entra nell'ufficio uscieri, che si trova proprio di fianco alle scale, e prende il telefono. «Ho qui un certo Michael Garrick».

Ascolta un secondo. «No. Ok. Glielo dirò. Grazie». Riaggancia e torna a guardarmi. «Non c'è».

«Cosa? È impossibile. Quando è andata via?»

«Dicono che era lì dieci minuti fa. Se prende l'ascensore, noi non la vediamo».

«Non vi aggiornano sui suoi movimenti per radio?»

«Solo se lascia l'edificio».

Lo guardo sospettoso. Non c'è altro da dire. «Le dica che sono venuto», concludo scendendo le scale.

Mentre scendo, vedo qualcuno che sale. La scala non è molto ampia, per cui ci sfioriamo e lo vedo per la prima volta da vicino. Ha pantaloni kaki e una polo blu marina. Ma è l'orecchino che me lo fa riconoscere. Servizi segreti. Uno degli agenti di Nora. Harry. Si chiama Harry. Fa parte della sua scorta personale. E l'unica occasione in cui lascia il suo fianco è quando lei è nella residenza.

Mi giro e lo seguo su per le scale. Appena gli agenti in uniforme mi vedono, capiscono che ho capito.

«Mi avete mentito?» chiedo al più alto.

«Senta, figliolo, questo non è...»

«Perché mi avete mentito?»

«Non scaldarti», dice Harry.

In pochi secondi vedo un agente in borghese che corre su per le scale dal piano terra. Un secondo agente con l'abito scuro entra e blocca l'ingresso del corridoio.

Come diavolo hanno fatto a reagire così rapidamente? Mi guardo alle spalle e ho la risposta. Nella bocchetta dell'aria condizionata che c'è di fianco alla porta si trova una piccola telecamera diretta verso di me.

Harry mi mette una mano sulla spalla. «Dammi retta», dice, «non puoi farcela».

Su questo ha ragione. Mi allontano da lui e torno verso le scale. Guardo Harry e aggiungo: «Dille che ho bisogno di parlarle».

Lui annuisce ma non dice una parola.

Scendo correndo le scale e sfioro l'agente che mi blocca la strada. «Buona giornata», mi augura mentre passo.

Mentre torno all'OEOB, mi rendo conto che ho entrambe le mani strette a pugno. Le apro, allungo le dita e cerco di ignorare l'addio di Nora. Ma con il rilassamento arriva il panico. Non è così grave, mi dico. Verrà. Adesso sta solo cercando di essere prudente. Non è che io sia un sospetto. Nessuno sa dei soldi. Tranne Nora. E la polizia del D.C. E Caroline. E tutti quelli a cui lei ha parlato del... Maledizione, la voce potrebbe essersi già diffusa. E quando si accorgeranno che i biglietti sono in ordine di numero...

I miei pensieri sono interrotti dalle vibrazioni del mio cicalino. Lo tiro fuori dalla tasca e controllo il messaggio. È allora che mi ricordo dell'altra persona che sa dei soldi. Il messaggio dice tutto: «Vorrei parlarti. Personalmente. E.S.»

E.S. Edgar Simon.

9

Mentre siedo nella sala d'aspetto dell'ufficio di Simon, l'unica distrazione che ho è il battere a macchina di Judy. Segretaria personale di Simon, Judy Stohr è una donnina grassottella con i capelli tinti di rosso. Ha divorziato l'anno in cui Hartson decise di correre per la presidenza e ha rinunciato agli uomini, trasferendosi dal New Jersey allo stato di origine di Hartson, la Florida, per partecipare alla campagna. Enciclopedia vivente per tutto ciò che è avvenuto da allora in poi, Judy ama la sua nuova vita. Ma essendo la madre sempre attenta di due ragazzi adolescenti, non cambierà mai.

«Cosa c'è che non va? Hai l'aria malata».

«Sto bene», le dico.

«Non dirmi bugie. Non stai bene per niente».

«Judy, ti assicuro che non ho niente». Mi guarda sospettosa, per cui aggiungo: «Sono un po' giù per Caroline».

«Oh, è terribile. Non augurerei neanche al mio peggior nemico una...»

«C'è dentro qualcuno?» la interrompo indicando la porta chiusa di Simon.

«No, sta solo facendo delle telefonate. È stato lui a dirlo al presidente. E alla famiglia di Caroline. Adesso sta parlando con i giornali più importanti...»

«Perché?» chiedo innervosito.

«È il suo ufficio. Il suo territorio. È sotto i riflettori. La stampa vuole sapere le reazioni del suo capo».

È logico. Niente di eccezionale. «Altre novità?»

Judy si rilassa sulla sedia, godendosi il suo momento di gloria. «È un attacco di cuore. L'FBI sta ancora esaminando l'ufficio, ma lo sanno benissimo – Caroline fumava più di mia zia Sally e beveva sei tazze di caffè al giorno. Senza offesa, cosa si aspettava?»

Mi stringo nelle spalle. Non so cosa dire.

Mentre taccio, Judy crede di scorgere qualcosa nei miei occhi. «Vuoi dirmi cosa ti preoccupa, Michael?»

«Niente. Va tutto bene».

«Non è che sei ancora intimidito da quei tizi, eh? Non devi, sei migliore di tutti loro. Ti dico la verità: tu sei una persona vera. Per questo piaci alla gente».

Quando lavoravo qui da tre settimane, per sbaglio mandai una lettera al capo della commissione giustizia del parlamento incominciando con «Caro onorevole» anziché «Caro presidente». Poiché questa è ego city, gli uomini del presidente lasciarono un messaggio sarcastico sulla segreteria di Simon. Dopo un breve rimprovero da parte di quest'ultimo, io commisi l'errore di dire a Judy quanto mi intimidiva il fatto di essere uno che veniva dalle scuole statali nel mondo Ivy League della Casa Bianca. Più tardi, ho capito che avrei dovuto tacere. Io non ci penso più. Per Judy, è sempre il mio problema.

«Più tu hai successo, più loro hanno paura», mi spiega. «Sei una minaccia per il loro mondo – la prova vivente che non conta dove sei andato a scuola o chi erano i tuoi genitori...»

«Ho capito», scatto.

Judy mi guarda freddamente. «Non l'hai ancora digerita, eh?»

«Ti assicuro che va tutto bene. Ho solo bisogno di parlare con Simon».

Prima di ieri sera, Edgar Simon era un grand'uomo. Nato e cresciuto a Chapel Hill, Nord Carolina, era meno sussiegoso dei cacciatori di potere della East Coast che l'avevano preceduto come consiglieri della Casa Bianca. Con due lauree a Harvard, non mancava di materia grigia. Ma non do mai troppa importanza ai curriculum vitae. Ciò che mi colpiva soprattutto di Simon era la sua vita privata.

Pochi mesi dopo la mia assunzione, la stampa incominciò a sospettare che il presidente Hartson nascondesse un cancro alla prostata. Quando il «New York Times» insinuò che il presidente aveva il dovere di rendere pubblici i risultati dei suoi esami medici, Simon dovette affrontare la sua prima crisi importante. Quarantotto ore più tardi, scoprì che suo figlio, dodici anni, aveva la neurofibromatosi, una malattia genetica del sistema nervoso che rischia di provocare gravi handicap nei bambini.

Dopo una ricerca-maratona di tre giorni passati senza dormire per studiare gli aspetti legali della privacy medica del presidente, Simon diede a Hartson due cose: un memorandum sulla crisi e una lettera di dimissioni. Suo figlio, disse, veniva prima di tutto.

Non c'è bisogno di dire che la stampa si buttò sulla vicenda. La rivista «Parenting» lo elesse papà dell'anno. Un mese dopo, quando la crisi era ormai superata, Simon tornò al suo posto di consigliere. Disse che il presidente l'aveva trattenuto per le falde della giacca. Qualcuno disse che Simon non poteva stare lontano dal potere. In ogni caso, non aveva importanza. Al culmine della carriera, Edgar Simon aveva rinunciato a tutto. Per suo figlio. L'avevo sempre rispettato per questo.

Entrando nel suo ufficio, cerco di raffigurarmi l'Edgar Simon che conoscevo: il papà dell'anno. Ma vedo solo l'uomo di ieri sera – la vipera con un segreto da quarantamila dollari.

Seduto alla sua scrivania, Simon alza la testa con lo stesso sorriso ingannatore di stamattina. Ma, al contrario di prima, adesso so che ieri sera ci ha visto. E so cos'ha detto a Caroline – qualsiasi disaccordo ci fosse tra loro, ha puntato il dito contro di me. Ma non c'è la minima traccia di irritazione sul suo volto. Anzi, dal modo in cui alza le sopracciglia, sembra preoccupato.

«Come va?» chiede mentre mi siedo davanti a lui.

«Bene».

«Mi spiace che l'abbia trovata tu».

Guardo per terra. «Anche a me».

C'è una lunga pausa nell'aria – una di quelle pause forzate in cui si sa che c'è una cattiva notizia che sta per caderti addosso. Finalmente alzo la testa.

Simon parla appena i nostri occhi si incontrano. «Michael, credo che sarebbe meglio se andassi a casa».

«Cosa?»

«Non prendertela – è per il tuo bene».

Riesco a malapena a controllarmi. Non gli permetterò di incastrarmi così. «Mi mandi a casa? Per il mio bene?»

Simon non ama sentirsi sfidato. Il suo tono è lento e deliberato. «Ti hanno sentito litigare con lei. Poi hai trovato il cadavere. L'ultima cosa di cui...»

«Cosa stai dicendo?» chiedo balzando in piedi.

«Michael, ascoltami. I tizi della campagna elettorale ci stanno mettendo il fuoco al culo – questo è un gioco pericoloso. Se dai l'impressione sbagliata, metterai in allarme tutti gli elettori del paese».

«Ma io non...»

«Non ti sto accusando di niente. Sto solo consigliandoti di andare a casa e riprendere fiato. Hai avuto una mattinata difficile e puoi prenderti una pausa».

«Non ho bisogno di...»

«Non voglio discutere. Vai a casa».

Mi mordo il labbro inferiore. Torno a sedermi. Non so cosa dire. Se tiro in ballo ieri sera, mi seppellisce, mi dà in pasto alla stampa con un sorriso. Meglio stare tranquillo e vedere dove va a parare. Un po' di diplomazia può portare lontano: soprattutto se mi permette di restargli vicino. Alle spalle.

Ma non riesco a trattenermi. Ci sono troppi misteri. E se avessi sbagliato tutto? Forse ieri sera non c'entra. Simon non sembra sospettoso o accusatorio, ma questo non mi rende per niente meno difensivo. «Sai perché Caroline e io abbiamo litigato?» sbotto cercando di attenermi alla verità. Prima che possa rispondere aggiungo: «Lei pensava che i trascorsi criminali di mio padre fossero in conflitto con il mio lavoro alla Medicaid...»

«Non è il momento, Michael».

«Ma non credi che l'FBI...»

Simon non mi permette di finire. «Sai perché questo ufficio è rivestito?» chiede.

«Come?»

«L'ufficio», dice indicando i pannelli di noce che coprono le quattro pareti. «Hai idea del perché è rivestito?»

Scuoto la testa confuso.

«Ai tempi dell'amministrazione Nixon, questo era l'ufficio del responsabile del budget Roy Ash. L'ufficio in fondo al corridoio apparteneva a John Erlichman. Erano tutti e due uffici d'angolo, importanti. L'unica differenza era che quello di Erlichman aveva i pannelli e questo no. Siccome siamo alla Casa Bianca, Ash pensava che ci fosse sotto qualcosa. Che tutti osservassero e giudicassero. E così, essendo ricco com'era, Ash usò i suoi soldi per rivestire questo ufficio. Adesso erano uguali».

«Scusa, ma non capisco».

«Il punto è, Michael, non perdere tempo a difenderti. Ash aveva ragione. Tutti osservano. E in questo momento vedono solo una donna che ha avuto un attacco di cuore. Ma se incominci a scusarti, incominceranno a pensarla diversamente».

Mi irrigidisco sulla sedia. «Cosa vuoi dire con questo?»

«Niente», risponde allegramente Simon. «Sto solo cercando di proteggerti. Quella botta in fronte ora di domani sarà sparita. Dammi retta, non te ne serve un'altra».

«Io non ho fatto niente di male», insisto.

«Nessuno dice il contrario. È stato un attacco di cuore. Lo sappiamo tutti e due». Unisce gli indici e se li accosta alle labbra. Con un sorriso silenzioso, allontana la minaccia. Vai a casa e stai buono o resta qui e paga il prezzo. «A proposito, Michael, non litigare più con i Servizi segreti. Non voglio sentirli più».

Alle spalle di Simon, i miei occhi vagano sulla sua parete dell'ego. In una cornice d'argento c'è una copia della legge anticrimine dell'anno scorso e una delle quattro penne che il presidente ha usato per firmarla. C'è una foto di Hartson e Simon a pesca su una barca a Key West. E una in cui Simon lavora con Hartson nell'ovale. C'è un biglietto personale scritto a mano da Hartson che festeggia il ritorno di Simon al lavoro. E c'è una grande foto dei due uomini in piedi all'interno dell'Air Force One: Simon sta ridendo e il presidente regge un cartello che dice: «Il mio avvocato può battere il tuo».

«Credimi, è per il meglio», dice Simon. «Prenditi il resto della giornata per rilassarti».

È un figlio di puttana senza cuore, penso tra me mentre lascio il mio posto. Il tipico avvocato della Casa Bianca: è riuscito a non dire niente e nello stesso tempo a farsi capire benissimo. Adesso la cosa migliore da fare è davvero starsene zitto. Non che mi faccia piacere, ma, come ho sperimentato nell'ufficio di Caroline stamattina, l'alternativa ha delle conseguenze. Vado verso la porta e faccio l'unica cosa che mi viene in mente. Annuisco e ingoio. Per ora.

Appena rientro in casa, vado direttamente all'unico mobile che ho portato con me dal Michigan: una scrivania artigianale creata mettendo un grosso pezzo di quercia su due basse cassettiere nere. Per quanto sembri brutta e rovinata, è comodissima.

Gli altri mobili sono affittati insieme all'appartamento. Il divano nero, il tavolino di formica, l'enorme poltrona di cuoio, il piccolo tavolo rettangolare della cucina, perfino il letto a una piazza e mezza e la piattaforma laccata di nero – niente mi appartiene. Ma quando l'agente immobiliare mi ha mostrato l'appartamento arredato, mi sono sentito a casa, con mobili neri sufficienti a tener vivo il senso di celibato. Per completare l'opera ho aggiunto un televisore e un'alta libreria nera. Certo, usare cose altrui è un po' impersonale, ma quando arrivai in città non volevo comperare mobili finché non fossi sicuro di poterli pagare. Questo due anni fa.

Come nell'ufficio, le pareti sono quelle che rendono mio questo posto. Sul divano ci sono due poster rossi, bianchi e blu con i peggiori slogan elettorali che ho potuto trovare. Uno viene dalle elezioni congressuali nel Maine e dice: «Charles Rust (ruggine) – rima con Trust (fiducia)». L'altro è delle elezioni del 1996 in Oregon e porta la mancanza di creatività a un nuovo record negativo: «Buddy Eldon – Americano. Patriota. Americano».

Avvicino la sedia alla scrivania, apro il coperchio del portatile e mi preparo a finire qualche lavoro. Quando mia madre se ne è andata, quando mio padre è stato portato via, è stato sempre il mio primo istinto: buttarmi nel lavoro. Ma per la prima volta da molto tempo in qua, la cosa non mi fa sentire affatto meglio.

Passo venti minuti sul Lexis prima di accorgermi che la mia ricerca sul censimento non sta andando da nessuna parte. Per quanto mi sforzi di concentrarmi, il mio cervello continua a ripensare alle ultime ore. Caroline. Simon. Nora. Sono tentato di richiamarla, ma decido subito di no. Le telefonate interne alla Casa Bianca non possono essere documentate. Quelle da casa mia sì. Non è il momento di correre rischi.

Invece tiro fuori il portafogli, tolgo il mio SecurId e chiamo l'ufficio. Grande come una carta di credito, il SecurId assomiglia a una piccola calcolatrice senza i tasti per i numeri. Grazie a un programma di criptazione a ciclo continuo e un piccolo schermo a cristalli liquidi, il SecurId fornisce un codice segreto che cambia ogni sessanta secondi. È l'unico modo per controllare la propria segreteria telefonica dall'esterno – e cambiando continuamente il codice fa sì che nessuno possa indovinare la password e ascoltare i tuoi messaggi.

Inserisco il codice al comando e scopro di avere tre messaggi. Uno di Pam, che chiede dove sono. Uno di Trey, che chiede come sto. E uno da parte della segretaria del vice consigliere Lawrence Lamb che mi comunica che la riunione di oggi pomeriggio con il segretario al commercio è annullata. Niente da Nora. Non mi piace essere abbandonato in questo modo.

Avevo otto anni la prima volta che mia madre mi lasciò per le esercitazioni in clinica. Rimase assente tre giorni e mio padre e io non avevamo idea di dove fosse. Poiché era un'infermiera, era facile chiamare l'ospedale, ma neanche loro sapevano dov'era. O non volevano dircelo. Gli avanzi durarono due giorni, ma alla fine arrivammo al punto di dover fare da mangiare. Grazie al lavoro della mamma, non eravamo poveri, ma mio padre non era in condizioni di andare a fare la spesa. Quando io mi offrii di andare, lui mi mise un pugno di dollari in mano e mi disse di comprare quello che volevo. Raggiante per la nuova ricchezza, andai al supermercato e riempii il carrello: Skippy anziché l'anonimo burro di arachidi; coca-cola anziché il marchio del supermercato; per una volta, avremmo mangiato con stile. Mi ci vollero quasi due ore per fare la mia scelta e riempire quasi completamente il carrello.

Uno alla volta, la cassiera fece passare i miei acquisti mentre io sfogliavo una guida tv. Ero mio padre; mi mancava solo la pipa e lo smoking. Ma quando andai per pagare – quando tirai fuori il mucchietto di biglietti spiegazzati dalla tasca – mi dissero che tre dollari non erano abbastanza. Fui rimproverato da un vicedirettore e mi dissero di rimettere tutto dove l'avevo trovato. E io lo feci. Una cosa per volta. Tenni il burro di arachidi: da qualcosa bisognava ben incominciare.

Due ore dopo, sono seduto davanti alla tv a esaminare mentalmente tutte le ragioni per cui Simon poteva volere la morte di Caroline. A dire la verità non è difficile: nella sua posizione, Caroline conosceva le magagne di tutti – è così che aveva scoperto la storia di mio padre – per cui la spiegazione più ovvia è che avesse scoperto qualcosa su Simon. Forse era qualcosa che lui voleva tenere segreto. Forse per questo la pagava. Forse lei lo ricattava. Questo spiegherebbe perché i soldi erano finiti nella cassaforte di Caroline. Perché altrimenti dovevano essere lì? Se così fosse, però, ovviamente Caroline non sarebbe morta per un attacco di cuore. Il problema è che, se pensano a un delitto, la mia vita è finita.

118

In preda al panico, prendo il telefono e incomincio a comporre un numero. Ho bisogno di sapere cosa sta succedendo, ma non ci sono né Trey né Pam. Potrei chiamare qualcun altro, ma non voglio rischiare di apparire sospetto. Se scoprono che Simon mi ha mandato a casa, ci saranno nuovi pettegolezzi. Riaggancio e guardo la tv. Ho lasciato l'ufficio da tre ore e sono già tagliato fuori.

Faccio passare tutti i notiziari che riesco a trovare. Cerco quella che è probabilmente la reazione più importante alla crisi: la conferenza stampa ufficiale della Casa Bianca. Guardo l'orologio e noto che sono quasi le cinque e mezza. Deve mancare poco. L'ufficio stampa ruota intorno al notiziario delle sei e sono troppo intelligenti per lasciare passare l'occasione senza intervenire.

Come previsto, l'annuncio arriva alle cinque e mezza in punto. Trattengo il respiro mentre l'addetta dell'ufficio stampa Emmy Goldfarb fa un rapido riassunto dei fatti: questa mattina presto Caroline Penzler è stata trovata nel suo ufficio, morta a causa di un attacco di cuore causato da un infarto coronarico. Mentre pronuncia queste parole, ricomincio a respirare. Le spiegazioni sono rapide e gentili: la Goldfarb si rivolge al dottor Leon Welp, specialista cardiologo del Georgetown Medical Center, il quale spiega che Caroline aveva subito un'isterectomia qualche anno fa, che le aveva procurato una menopausa precoce. La caduta degli estrogeni, unita al molto fumo, è un'ottima premessa per un attacco di cuore.

Prima che qualcuno possa fare domande, il presidente in persona viene a esprimere il suo cordoglio. È un colpo di genio dell'ufficio stampa. Basta con i come e i perché, diamo spazio alle emozioni. Capisco benissimo il messaggio sottinteso: il nostro leader è un uomo che si prende a cuore i suoi collaboratori.

Odio le campagne elettorali.

Mentre il presidente prende posto aggrappandosi al podio, non posso fare a meno di notare la sua somiglianza con Nora. I capelli neri. Gli occhi penetranti. La mascella decisa. Sempre controllato. Prima che apra bocca, sappiamo tutti cosa sta per dire: «È un giorno triste. Sentiremo la sua mancanza. Pensiamo alla sua famiglia». Niente di sospetto. Niente di cui preoccuparsi. Completa l'opera toccandosi rapidamente l'occhio – non sta piangendo, ma basta per farci capire che, se avesse un momento per sé, potrebbe farlo.

Dalla Goldfarb al dottore al presidente, tutti fanno la loro parte. Io noto solo che non c'è alcun accenno a un'inchiesta. Naturalmente la famiglia ha chiesto un'autopsia, ma la Goldfarb la interpreta come la speranza di poter aiutare chi soffre dello stesso male. Ottimo colpo. Per maggiore sicurezza, comunque, l'autopsia è prevista per domenica, il che significa che non sarà oggetto dei talk show del weekend, e se il risultato dovesse essere un omicidio, sarà troppo tardi perché le principali riviste lo sbattano in prima pagina. Per almeno due giorni sono tranquillo. Cerco di dirmi che forse è finita, che tutto si sistemerà, ma, come dice Nora, sono un pessimo bugiardo.

L'ora di cena viene e passa, e io sono sempre seduto sul divano. Il mio stomaco urla, ma non posso smettere di passare da un canale all'altro. Devo essere sicuro. Devo sapere che nessuno usa le parole sospetto, omicidio, delitto.

Il fatto è che non se ne parla da nessuna parte. Qualsiasi cosa abbiano trovato Adenauer e gli uomini dell'FBI, se la tengono per sé. Sollevato, appoggio la testa al mio divano in affitto e ammetto finalmente che mi aspetta una notte tranquilla.

C'è un forte colpo alla porta.

«Chi è?» chiedo.

Nessuna risposta. Ma bussano ancora più forte.

«Chi è?» ripeto alzando la voce.

Niente.

Mi alzo rapidamente dal divano e vado alla porta. Lungo il percorso afferro un ombrello appeso all'attaccapanni. È un'arma patetica, ma è l'unica che ho. Lentamente accosto l'occhio allo spioncino e do un'occhiata al mio nemico immaginario. Pam.

Apro la porta. Ha la valigetta in una mano e un sacchetto azzurro della spesa nell'altra. I suoi occhi si dirigono subito all'ombrello. «Sei tanto nervoso?»

«Non sapevo chi era».

«E prendi quella roba lì? Hai una cucina piena di coltelli da carne e prendi un ombrello? Cosa vuoi farmi – coprirmi dalla pioggia finché non muoio?» Mi sorride con calore e alza il sacchetto blu. «Dai, perché non mi inviti a entrare? Ho portato una cena tailandese».

Mi scosto e lei entra. «E sarei io il boy scout?» le chiedo.

«Prendi qua», dice passandomi la sua valigetta e dirigendosi verso la cucina. Prima che possa reagire sta aprendo sportelli e cassetti, tira fuori piatti e posate. Quando ha tutto il necessario si sposta nella piccola zona pranzo fuori dalla cucina ed estrae dal sacchetto tre cartoni di cibo tailandese. La cena è servita.

Confuso, io sono ancora in piedi vicino alla porta. «Pam, posso farti una domanda?»

«Se ti sbrighi. Sto morendo di fame».

«Cosa ci fai qui?»

Lei alza gli occhi dal Pad Thai e cambia espressione. «Qui?» chiede. Il tono è ferito, quasi addolorato. «Ero preoccupata per te».

La sua risposta mi coglie di sorpresa. È fin troppo onesta. Faccio un passo verso il tavolo da pranzo e le restituisco il sorriso. È davvero una buona amica. E possiamo farci buona compagnia. «Apprezzo molto quello che stai facendo».

«Dovevi chiamarmi».

«Ho tentato, tutto il pomeriggio, ma non c'eri».

«L'FBI mi ha interrogato per due ore. Siamo nello stesso ufficio, sai».

Improvvisamente, non ho più appetito. «Cosa gli hai detto?»

«Ho risposto alle loro domande. Mi hanno chiesto a cosa stava lavorando Caroline e io gli ho detto tutto quello che sapevo».

«Gli hai detto anche di me e di Nora?»

«Non c'è niente da dire», risponde con un sorriso. «Non so niente, signor agente. Mi ricordo solo che ha lasciato l'ufficio».

Come ho detto, è una buona amica. «Ti hanno fatto molte domande su di me?»

«Sospettano qualcosa, ma credo che non abbiano in mano niente. Mi hanno solo detto di prendermi una serata libera. Adesso, vuoi dirmi cosa sta succedendo davvero?»

Sono tentato, ma decido di no.

«So che sei nei guai, Michael. Lo capisco dalla tua faccia».

Tengo gli occhi fissi sul Pad Thai. Non c'è motivo per coinvolgerla.

«Non so cosa stai pensando, ma non puoi fare tutto da solo. Insomma, Nora ti ha già dato il due di coppe, giusto? E niente può cambiare questo fatto. L'unico problema adesso è che sei troppo testardo per chiedere aiuto». Allunga una mano e me la mette sulla spalla. «Non tradirei mai la tua fiducia, Michael. Se volessi farti le scarpe, l'avrei già fatto».

«Fatto cosa?»

«Detto quello che penso».

«Cioè?»

«Penso che tu e Nora abbiate visto qualcosa che non dovevate vedere. E, qualunque cosa sia, è la ragione per cui credi che nell'attacco di cuore di Caroline ci sia qualcosa di più di quello che hanno detto nella conferenza stampa».

Non rispondo.

«Credi che sia stata uccisa, no?»

Posso solo continuare a fissare il Pad Thai.

«Possiamo venirne fuori, Michael», garantisce lei. «Dimmi solo chi è stato. Cos'hai visto? Non devi tenere tutto...»

«Simon», sussurro.

«Cosa?»

«È Simon», ripeto. «So che sembra pazzesco, ma è lui che abbiamo visto ieri sera». Una volta aperti i cancelli, non ci metto molto a raccontarle tutta la storia. La fuga dai Servizi segreti. Il bar. L'inseguimento di Simon. La polizia che ci trova coi soldi. Quando ho finito, devo ammettere che mi sento sollevato da un peso. Non c'è niente di peggio che essere soli.

Pam si pulisce lentamente la bocca con un tovagliolo, assimilando le notizie. «Pensi che lui l'abbia assassinata?»

«Non so cosa pensare. Non ho avuto un attimo di tempo per riprendere fiato».

Scuote la testa. «Sei nei guai, Michael. Stiamo parlando di Simon». Dice qualcos'altro, ma non lo sento. Noto solo che il "noi" è tornato "tu".

La forchetta mi scivola dalle dita e cade nel piatto. Mi riscuoto al rumore e riprendo da dove ero rimasto. «Quindi non mi aiuterai?»

«M-ma certo», balbetta abbassando gli occhi. «Certo che ti aiuterò».

Mi mordo l'interno del labbro e vorrei solo accettare

la sua offerta. Ma più la guardo mangiare... non voglio coinvolgerla – soprattutto mentre sto lottando per venirne fuori io. «Ti ringrazio per avermi ascoltato, ma...»

«Non c'è problema, Michael, so quello che faccio».

«No, tu...»

«Sì, invece», interrompe più sicura. «Non sono venuta qui per lasciarti solo». Fa una pausa, poi aggiunge: «Ne usciremo».

Le mostro un sorriso, ma dentro di me prego che abbia ragione. «Pensavo di prendere i file dell'FBI su Simon e Caroline. Forse ci diranno perché...»

«Dimenticati i loro file», dice Pam. «Io dico che dobbiamo andare direttamente all'FBI e...»

«No!» grido, sorprendendo tutti e due. «Scusa... io... ho già visto quello che succede: io apro la bocca e Simon apre la sua».

«Ma se tu dici...»

«A chi credi che daranno retta – al consigliere del presidente o al giovane assistente che si è fatto beccare con dieci testoni in macchina? Per di più, nel momento in cui incomincio a cantare, mi rovino la vita. Quegli avvoltoi di giornalisti si metteranno ad annusare tutti i panni sporchi che riescono a trovare».

«Sei preoccupato per tuo padre?»

«Tu non lo saresti?»

Pam non risponde. Toglie il piatto dal tavolo e risponde: «Continuo a pensare che non puoi restare qui senza far niente e sperare che tutto passi».

«Non resto qui senza far niente – ma... dovevi sentire Simon oggi. Il silenzio è ciò che mi permette di sopravvivere...» Faccio una pausa sentendomi mancare di nuovo il respiro. «È l'unica cosa che posso fare, Pam. Stare zitto e fare delle ricerche. Qualsiasi altra cosa significa gettarmi in pasto ai lupi». Lascio che la logica penetri nella sua testa, poi aggiungo: «Non dimentichiamo neanche la situazione in cui siamo: uno scandalo come questo comprometterebbe le elezioni. Ti assicuro che è per questo che l'FBI tiene un profilo così basso».

Il suo silenzio mi fa capire che ho ragione. Prendo il mio piatto e la seguo in cucina. Pam sta buttando metà del suo cibo nella spazzatura. Anche lei ha perso l'appetito.

Senza voltarsi, chiede: «E Nora?»

Bevo nervosamente un sorso d'acqua. «Nora cosa?»

«Cosa farà per aiutarti? Voglio dire, se lei non fosse stata così stupida, tu non saresti in questo casino».

«Non è tutta colpa sua. La sua vita non è facile come pensi».

«*Non è facile?*» chiede Pam affrontandomi. Mi guarda fisso a lungo, poi butta gli occhi al cielo. «Oh, no!» geme. «Vuoi cercare di salvarla, adesso, vero?»

«Non è che voglia salvarla...»

«È solo che *devi farlo*, giusto? È sempre così».

«Cosa intendi dire?»

«So perché lo fai, Michael. Ti ammiro, anche, per questo... ma il fatto che tu non abbia potuto aiutare tuo padre...»

«Mio padre non c'entra niente!»

Pam lascia passare il mio sfogo, sapendo che mi calmerà. Nel silenzio, respiro a fondo. Certo, sono cresciuto assumendo un atteggiamento protettivo verso mio padre, ma questo non vuol dire che io protegga chiunque. E con Nora... è diverso.

«È un istinto meraviglioso, Michael, ma qui non è come con Trey. Non sarà altrettanto facile coprire Nora».

«Di cosa stai parlando?»

«Non devi far finta di non capire – Trey mi ha detto come vi siete conosciuti: che è venuto nel tuo ufficio per chiederti aiuto».

«Non aveva bisogno di aiuto. Voleva solo un consiglio».

«Su, dai – l'avevano beccato a disegnare barbe e monocoli sui poster elettorali di Dellinger, poi era stato arrestato per vandalismo. Era terrorizzato all'idea che il suo capo...»

«Non è stato arrestato», preciso. «È stata solo una citazione. Si trattava solo di un innocuo divertimento e soprattutto era un'iniziativa personale – non aveva niente a che fare con la campagna».

«Ma quando è arrivato non lo conoscevi quasi. Era solo uno del quartier generale... Il che vuol dire che non eri certo obbligato a chiedere un piacere a uno dei tuoi amici della procura».

«Non ho fatto niente di illegale».

«Non dico questo, ma non sei neanche dovuto correre in suo aiuto».

Scuoto la testa. Non capisce. «Pam, non farla più grossa del necessario. Trey aveva bisogno di aiuto e ha trovato me».

«No», sbotta lei alzando la voce, «Ha trovato te perché aveva bisogno di aiuto». Mi guarda attentamente e aggiunge: «Nel bene e nel male, tutti abbiamo la nostra reputazione, qui».

«E cosa c'entra questo con Nora?»

«Te l'ho già detto: aiutare Trey e tuo padre e i tuoi amici e tutti quelli che hanno bisogno di una mano non vuol dire che tu possa farcela con Nora. A parte il fatto che, se non stai attento, ti lascerà nella merda da solo».

Ripenso a ieri sera e a come la voce di Nora si è rotta mentre si scusava. Il modo in cui l'ha detto... col mento che tremava... non mi lascerebbe mai nella merda da solo. «Se adesso sta zitta ci dev'essere un motivo».

«Un motivo?» chiede Pam. Lo capisco dalle rughe

che ha sulla fronte. Crede che sia infatuato. «Stai dicendo una vera sciocchezza».

«Scusa... è così che la penso».

«Be', a prescindere da quanto non vuoi vedere, hai ancora bisogno del suo aiuto. Lei è l'unica che può confermare la tua storia su Simon».

Annuisco, cercando di non pensare ai motivi per cui non mi ha voluto vedere oggi. «Quando tutto sarà più tranquillo, scommetto che si farà viva».

«Perché fai tanta fatica a credermi?»

«Perché lei non ti piace».

«Non potrebbe fregarmene di meno, io sono preoccupata per te».

«Non preoccuparti, non mi lascerà nella merda».

«Spero che tu abbia ragione», dice Pam. «Perché se lo fa, sei proprio senza paracadute. E prima ancora di accorgerti che stai precipitando ti romperai la testa».

Per ragioni economiche, al sabato mattina ho davanti alla porta solo due dei miei quattro giornali. Anche se sono un avvocato, gli stipendi statali arrivano solo fin qui. Comunque, il rituale è più o meno lo stesso. Tiro dentro i giornali e osservo la foto che per il secondo giorno consecutivo Bartlett ottiene sulla prima pagina – una foto di lui raggiante con la moglie alla partita di calcio del figlio. Cambio giornale e, nella metà inferiore del «Post», leggo la storia della morte di Caroline, cercando il mio nome. Non c'è. Non ancora.

Trovo invece un resoconto della sua morte, seguito da una breve rievocazione dell'amicizia fra Caroline e la First Lady. Secondo la didascalia sotto la foto delle due amiche, il rapporto cambiò la vita di Caroline. Guardando la foto si capisce perché: Caroline è la studentessa di legge, tutta occhi e passione nella sua giacca economica e nella sua gonna spiegazzata; la signora Hartson è la sua responsabile – la brillante direttrice della Parkinsons Foundation di Miami, nel suo abito bianco e importante. Un'amicizia interrotta da un attacco di cuore. Per favore, che sia solo un attacco di cuore.

Mentre vado verso la città bassa e mi avvicino alla Casa Bianca, la Pennsylvania Avenue è piena di jogger e ciclisti che cercano di lasciarsi alle spalle una settimana di lavoro. Dietro di loro, il sole illumina le colonne color avorio della palazzina. È una vista che fa venir voglia di restare fuori tutto il giorno. A meno che non sia impossibile distrarsi dal lavoro.

Accosto al primo posto di controllo prima del cancello sud-ovest e mostro il pass a un agente in divisa dei Servizi segreti che guarda la mia foto e mi risponde con un sottile sogghigno. Nella mano destra ha una cosa che sembra una stecca da bigliardo con uno specchietto infrangibile a un'estremità. Senza una parola, fa passare lo specchietto sotto alla macchina. Niente bombe, niente ospiti a sorpresa. Conosco il resto del rituale, per cui apro il bagagliaio. L'agente fruga nel retro della mia jeep mentre noto un secondo agente in piedi vicino a un pastore tedesco dall'aria fin troppo sveglia. Quando la mia macchina è finalmente posteggiata, manderanno il cane ad annusarla ogni ora. In questo momento mi fanno cenno di passare.

Trovo un posto libero in State Place, appena fuori dalle sbarre della cancellata. Al mio livello, è il posto migliore che possa trovare. Fuori dalla cancellata. Ma almeno ho un permesso di parcheggio.

Faccio il resto del cammino a piedi, entro dal cancello, faccio passare il badge alle porte girevoli e aspetto che la serratura scatti. Passo davanti ad altre due guardie che non mi degnano neanche di uno sguardo. Guardandomi indietro, però, noto l'agente con lo

128

specchietto dall'altra parte del cancello. Attraverso le sbarre, mi sta fissando, sempre con quel sogghigno sulla faccia.

Accelero e percorro il sentiero lasciandomi l'OEOB a sinistra e l'ala ovest a destra. La strada è piena di Mercedes, Jaguar, Saab e qualche Saturn rovinata per allontanare i sensi di colpa. Il parcheggio più prestigioso della città. Tutte all'interno della cancellata. Il parcheggio West Exec è non solo un'isola, ma anche il luogo in cui la gerarchia della Casa Bianca si può vedere pubblicamente: più il tuo posto è vicino all'ingresso dell'ala ovest, più alto è il tuo rango. Il capo di gabinetto è più vicino del vice capo di gabinetto, che è più vicino del consigliere agli interni, che è più vicino di me. E anche se di solito io non vengo al lavoro in macchina, questo non significa che io non desideri essere dentro alla cancellata.

Avvicinandomi all'ingresso, non riesco a trattenermi. Fingo di sentire qualcuno che chiama il mio nome e mi guardo di nuovo alle spalle. La guardia è ancora là. I nostri occhi si incrociano e lui sussurra qualcosa nella sua radio. Cosa diavolo... Smettila. Vuole solo spaventarmi. Con chi potrebbe parlare, comunque?

Mi giro di nuovo verso il parcheggio e noto una Volvo nera al numero ventisei. Simon è nell'edificio. In fondo alla fila c'è una vecchia Honda grigia al numero novantaquattro. Appartiene a Trey, il cui capo gli permette di usare il suo posto durante i weekend. A metà strada fra le due vedo una macchina rossa nuova posteggiata al numero quarantuno. Caroline è morta da meno di ventiquattro ore e qualcuno ha già occupato il suo posto.

Mentre mi avvicino all'ingresso laterale dell'OEOB, do un'ultima occhiata alla guardia al cancello. Per la prima volta da quando sono arrivato non c'è più – è tornata a far passare il suo specchietto sotto le macchine in arrivo. Ma è come la notte sull'argine – non solo ho il collo bagnato – non riesco a togliermi di dosso la sensazione di essere spiato.

Senza neanche pensare, alzo gli occhi verso le decine di finestre grigie che si affacciano su questo lato dell'enorme edificio. Sembrano tutte vuote, ma sono chine su di me come enormi lenti d'ingrandimento. I miei occhi passano da una vetrata all'altra, in cerca di un volto amico. Non c'è nessuno.

All'interno dell'edificio non mi ci vuole molto tempo per raggiungere l'anticamera che mette nel mio ufficio. Aprendo la porta, però, sono sorpreso nel vedere che le luci sono già accese. Non ho visto l'auto di Julian in State Place e Pam mi ha detto che aveva intenzione di lavorare da casa. L'ufficio dovrebbe essere buio. Do la colpa agli addetti alle pulizie e infilo il braccio dietro al più alto dei nostri archivi per staccare l'allarme. Ma mentre tasto la tappezzeria, non mi piace quello che sento. L'allarme è già disattivato.

«Pam?» chiamo. «Julian? Siete qui?» Nessuno risponde.

Sotto la porta di Pam vedo filtrare della luce. «Pam, sei lì?» Mi dirigo verso il suo ufficio quando noto che le tre vaschette di plastica che ci servono da casella postale sono tutte piene. Vicino al tavolo, la macchinetta per il caffè è spenta. Sto per aprire la sua porta quando mi blocco. Conosco la mia amica. Chiunque ci sia lì dentro, non è Pam.

Mi precipito nel mio ufficio, spalanco la porta e corro dentro. Mi giro, afferro la maniglia e la chiudo a chiave. È allora che me ne accorgo: come mai sono riuscito ad aprire la porta? Doveva essere chiusa a chiave.

Alle mie spalle, qualcosa si muove sul divano. Poi vicino alla scrivania. Uno scricchiolio di plastica. Una

130

matita che rotola e cade per terra. Non sono nell'ufficio di Pam. Sono nel mio.

Mi giro, cercando di prendere fiato. È troppo tardi. Ci sono due uomini che mi aspettano. Tutti e due vengono verso di me. Mi giro di nuovo verso la porta, ma è chiusa a chiave. Le mani mi tremano mentre afferro la maniglia.

Un pugno mi raggiunge sulle nocche. Non riesco ancora ad aprire la porta. Mi aggrappo. Graffio. Tutto pur di uscire.

Da dietro, una mano grossa e forte mi copre la bocca. Cerco di gridare, ma la stretta è troppo violenta. La punta delle sue dita mi penetra nella guancia, le unghie mi graffiano.

«Non ribellarti», mi avverte. «È questione di un secondo».

10

«Dove stiamo andando?» chiedo mentre risaliamo il corridoio. Di sabato, il luogo è semideserto. I due uomini mi tengono stretto per le braccia e mi spingono verso la West Exec.

«Piantala di protestare», dice quello alla mia destra. È un nero alto, con il collo spesso come la mia coscia. Dall'atteggiamento e dalla stazza si direbbe uno dei Servizi segreti, ma non è vestito di conseguenza – troppo informale, non abbastanza pulito. E non ha auricolari nell'orecchio. Soprattutto non si sono identificati – il che vuol dire che questi tizi non sono quello che pensavo.

Inutilmente cerco di liberare un braccio. Irritato, lui stringe ancora più forte e mi ficca due dita nel bicipite. Fa un male boia, ma rifiuto di dargli soddisfazione gridando. Stringo i denti più che posso. Lui continua a premere e io sento la faccia che mi diventa rossa. Non potrò resistere ancora per molto. La spalla incomincia a informicolarsi. Dal sogghigno soddisfatto che gli vedo in faccia, si sta divertendo. Il suo piacere è il mio dolore. «Ahi!» grido quando finalmente mi lascia andare. «Si può sapere cosa ti prende?»

Non risponde. Si limita ad aprire la porta e a spingermi nel parcheggio della West Exec. Cerco di non cedere al panico e mi dico che non può capitarmi niente di male finché siamo nell'ala ovest – c'è troppa sorveglianza. Prima che possa rilassarmi, però, una botta sulla sinistra mi fa capire che l'ala ovest non è sul nostro itinerario. Andiamo verso il lato nord della Casa Bianca, dove si trovano la sala delle conferenze stampa e l'ingresso di servizio, dove avvengono quasi tutte le consegne. I miei occhi si fissano sul grosso furgone giallo che c'è proprio di fronte a noi. Dovrebbero esserci degli operai nei dintorni, ma non ne vedo nessuno. Ci avviciniamo al furgone. Le porte posteriori sono spalancate. Io smetto di camminare e cerco di arretrare. Le braccia si tendono nel tentativo di liberarsi. Non ho intenzione di lasciarmi ficcare là dentro.

Le mie scorte stringono la presa e mi trascinano avanti. Le scarpe strisciano invano contro l'asfalto. Per quanto lotti, non serve a niente. Sono troppo forti. «Ci siamo quasi», avverte uno. Con un ultimo strattone, siamo dietro al furgone. Dentro è vuoto. Sto per gridare. E proprio in quel momento mi spingono da una parte e lo superiamo. Mi guardo alle spalle mentre il furgone svanisce. Poi capisco la nostra vera destinazione. L'ingresso di servizio. Non so cosa sia peggio.

Dentro all'edificio fanno un cenno d'intesa all'agente che sorveglia la porta. Quando ci lascia passare, è chiaro che questi tizi stanno facendo un piacere a qualcuno. Solo Lamb e Simon hanno un potere del genere.

Il corridoio è pieno di scatole e cartoni vuoti. Il profumo dei fiori freschi provenienti dalla serra della Casa Bianca riempie l'aria.

Giriamo improvvisamente a sinistra e percorriamo un altro lungo corridoio. Il cuore mi martella nel petto. Non sono mai stato prima quaggiù. Il bianco tira fuori un mazzo di chiavi enorme. Sblocca la porta e la apre.

La zona è troppo protetta. «Ditemi cosa...»

«Non preoccuparti, sei al sicuro». Fa per riprendermi il braccio, ma io lo ritiro velocemente. Questo non è un posto dove incontrare Lamb o Simon.

«Io lì non entro!»

Il primo tizio mi prende per il collo. Io mi precipito contro di lui, ma non ho alcuna possibilità. Mi stortano le braccia dietro la schiena e, con una rapida spinta, mi fanno entrare. Inciampo e cado quasi di faccia. Mentre atterro sulle ginocchia e sulle mani, finalmente mi guardo in giro. È una stanza lunga e incredibilmente stretta. Davanti a me c'è un pavimento di legno lucido. In fondo ci sono dieci birilli a strisce. Sento il ronzio del meccanismo di ritorno delle palle. Che cosa ci faccio in una sala da bowling?

«Vuoi fare una partita?» chiede una voce familiare.

Mi giro verso i posti per gli spettatori dietro al tavolo del giudice. Nora si alza e viene verso di me. Mi allunga una mano come per aiutarmi a rialzarmi. Ma io rifiuto l'offerta.

«Cosa ti ha preso?» le chiedo.

«Volevo parlarti».

«È così che fai? Mandi il Pianeta delle Scimmie a manipolarmi?» Riesco a rialzarmi e mi pulisco i vestiti.

«Gli ho detto di non parlare – non si sa mai chi è in ascolto».

«O chi *non* è in ascolto. Ti avrò chiamato venti volte. Non mi hai mai risposto».

Nora torna al suo posto e mi fa cenno di seguirla. È il suo modo di evitare la domanda.

«No, grazie», le dico. «Perché mi hai fatto mentire dai Servizi segreti quando sono venuto a cercarti?»

«Ti prego, non essere arrabbiato con me, Michael. Io stavo per...»

«Perché dici bugie?» grido. La mia voce echeggia nella stretta stanza.

Nora capisce che ho bisogno di sfogarmi e lascia perdere. Sono stati due giorni difficili. Per tutti e due. In realtà, però, non me ne importa niente. È me che stanno per inchiodare, non lei.

Alla fine, lei alza la testa. «Non potevo fare diversamente».

«Oh, improvvisamente non hai più il libero arbitrio?»

«Sai benissimo quello che voglio dire. Non è facile».

«In realtà è molto facile, devi solo prendere il telefono e fare il mio numero. Mi sembra che sarebbe il minimo, da parte tua».

«Quindi adesso è tutta colpa mia?»

«Sei stata ben tu a prendere i soldi».

Mi guarda fisso con freddezza. «E tu sei stato l'ultimo a vederla viva».

Non mi piace il tono della sua voce. «Cosa stai dicendo?»

«Niente», sussurra lei, improvvisamente disinteressata.

«Non fare così, hai appena...» Mi si rompe la voce. «Mi stai minacciando, Nora?»

Mi scocca un sorriso cupo. La sua voce è liscia come ghiaccio. «Dì una sola parola a qualcuno, Michael, e io ti ammazzo». Mentre le parole le escono di bocca, mi sento il cuore in gola. Giuro che non riesco a respirare.

«Ecco cosa si ottiene a essere gentili», aggiunge tanto per insistere. «Peccato che sia capitato a te, eh?»

Oh, Dio, è proprio come diceva Pam...

Nora si mette a sorridere. E poi a ridere. Mi indica e ride. L'intera stanza è piena della sua allegra risata.

Uno scherzo. Era solo uno scherzo.

«Dai, Michael, credi davvero che ti mollerei?» chiede ancora tutta divertita.

Il sangue mi torna a scorrere in viso. La guardo incredulo. Due persone, un solo corpo. «Non è divertente, Nora».

«E allora non accusarmi. Non è così che ci si fanno degli amici».

«Io non accusavo nessuno... ma non mi piace essere lasciato nell'incertezza».

Si volta e scuote la testa. Tutt'a un tratto sembra sgonfiarsi completamente. «Non potrei farti questo, Michael. Neanche se volessi. Perché tu...» Si ferma cercando le parole. «Quello che hai fatto per me... ti sono debitrice».

Sento il pendolo che torna indietro. «Questo vuol dire che mi vuoi aiutare?»

Mi guarda quasi sorpresa dalla domanda. «Ma insomma, dopo tutto questo credi ancora che potrei abbandonarti?»

«Non è solo questione di abbandonarmi... se le cose si mettono male potrei aver bisogno di te per confermare la mia versione dei fatti».

Nora abbassa lo sguardo e studia il foglio bianco del giudice di gara che ha di fronte.

«Allora?» chiedo. «Parla».

Di nuovo, non fa altro che fissare in basso.

Incredibile. «Quindi è così, eh? Adesso tutt'a un tratto sono di nuovo da solo?»

«No, niente affatto», ribatte. «Ti ho detto che non lo farei mai – è solo che...» Si interrompe, ma finalmente si gira verso di me. «Non capisci, Michael? Se io vengo coinvolta, è solo peggio».

«Cosa intendi dire?»

«Non capisci cosa succederebbe se scoprissero che siamo insieme?»

Ha detto davvero che siamo insieme?

«Ti ucciderebbero, Michael. Metterebbero la tua foto in prima pagina e parlerebbero con tutti i tuoi insegnanti e i tuoi nemici, ti mangerebbero vivo, solo per vedere se sei degno di me. Hai visto come hanno trattato il mio ultimo ragazzo? Dopo tre settimane che i giornalisti lo braccavano mi ha telefonato dicendo che aveva un'ulcera e che era finita».

So che non è il momento di distrarsi, ma non posso impedirmi di sorridere. «Quindi adesso sono il tuo ragazzo?»

«Non cambiare argomento. Anche se intervengo e mi prendo tutta la responsabilità, tu sarai comunque fatto a pezzi con me».

Mi fermo a pochi passi dalla lavagna per i punti. «Come fai a saperlo? Te l'ha detto qualcuno?»

«Non ce n'è bisogno, sai benissimo come funziona».

Per quanto mi costi ammetterlo, ha ragione. Ogni volta che cade un pezzo grosso, chiunque si trova vicino all'epicentro cade con lui. Anche se sono innocente, il pubblico ha bisogno di credere che è stata fatta pulizia.

Chiudo gli occhi e me li copro con la mano, sperando di acquisire un po' di distacco. Negli ultimi due giorni, c'era almeno un'estrema via di fuga: sacrificare Nora e salvare me stesso. Ma come sempre con Nora le cose non sono così semplici. Anche se la tradisco, mi metteranno comunque sulla gogna. «Maledizione!»

Il mio grido echeggia nella stanza, ma Nora non alza gli occhi. Con la testa chinata e le mani affondate sotto le ginocchia, torna a essere una ragazzina. Non è facile neanche per lei. Sa che mi ha coinvolto in questa storia. È questo il lumicino in fondo al tunnel – non si preoccupa solo per sé – si preoccupa per me. «Michael, te lo giuro, se lo sapevo non avrei mai...»

«Non devi dirlo, Nora».

«Invece sì. Qualsiasi cosa succeda, io ti ho tirato dentro e io ti tirerò fuori».

Dice queste parole con forza, ma sento che ha ancora paura. I suoi occhi sono fissi sul pavimento della pista da bowling. Della *sua* pista da bowling. Lei rischia molto di più. «Sei sicura di voler correre questo rischio, Nora?»

137

Lentamente, lei alza gli occhi. Ci sta pensando da quando l'ho lasciata l'altra sera. Le sue mani sono sempre ficcate nervosamente sotto le ginocchia. Ma la risposta è rapida come il suo sorriso. «Sì», annuisce. «Senza dubbio».

Nella mia testa si affollano tutte le ragioni per cui secondo Pam e Trey dovevo andarmene. E tutte le loro stupidaggini freudiane sul perché restavo: il mio bisogno di proteggere, di aiutare mio padre, di entrare in contatto con il presidente... Ma stando qui – guardando Nora – c'è una cosa sola che ha senso. Non contano più le sciocchezze tipo il modo in cui mi guarda o in cui pronuncia il mio nome. Non conta più se ha bisogno di me, e neanche chi è. Alla fine, tutto considerato, conta che Nora Hartson sia disposta a rischiare tutto per me – per sistemare le cose.

«Ti tirerò fuori», ripete con convinzione. «Ti...»

«*Ci*», la interrompo. «*Noi* siamo dentro. *Noi* ne usciremo». Mi siedo al suo fianco e le metto una mano sulla spalla. Con mio padre è lo stesso – a volte l'unico modo per risolvere un problema è guardare al di là delle ragioni per cui ci si è finiti in mezzo. E anche se non sempre mi fa piacere... con la mia famiglia... è l'unico modo in cui so vivere.

Ancora una volta, rialza la testa. Un sorriso dolce le illumina le guance. «Perché tu lo sappia, odio i romantici».

«Anch'io. Li odio con grande passione», replico. Ha la ripresa veloce, ma non le lascio spazio. L'unico modo per uscire dalla trappola è capire cos'è successo in realtà. «E le tue guardie del corpo? Gli hai detto cos'è successo?»

«A questi? Questi lavorano solo durante i weekend. Gli ho detto che siamo usciti insieme e mi hai offeso. Pensano che stiamo facendo la pace. Perché? Tu hai parlato con la tua ragazza Pam?»

«Come fai a sapere di Pam?»

«Ti ho controllato, Garrick. Non concedo mica appuntamenti a tutti quelli che lavorano qui».

«Non è la mia ragazza».

«Lei la pensa diversamente, Romeo». Si alza, va verso la pista e tira un'immaginaria palla da bowling. «Sai che Nixon aveva l'abitudine di venire qui e fare dieci partite di fila? Casa di matti, eh?»

Mentre mi fa queste domande, non posso fare a meno di notare con quanta rapidità cambia il suo umore. Nel giro di pochi secondi è un'altra persona. E ancora una volta mi ricordo di non aver mai incontrato nessuno che mi faccia sentire così giovane e così vecchio nello stesso tempo.

«Allora hai parlato con Pam o no?»

«Sì», dico esitando. «Non avevo nessun altro con cui parlare e...»

«Non scusarti. Chris ha detto che dovevo chiamarti prima».

«L'hai detto a tuo fratello?»

«Fa parte della famiglia – ed è uno dei pochi che possono dare una mano». Tira un'altra palla immaginaria.

Io indico la fila di palle e dico: «Sai, quelle vere sono proprio dietro di te».

Nora mi guarda con quegli occhi che ti passano da una parte all'altra. «Odio il bowling», dice tranquillamente. «Adesso dimmi cos'è successo quando sei andato a trovarla».

«Caroline?»

«No, l'altra donna morta con trentamila dollari nella cassaforte. Caroline, certo».

Rapidamente le racconto tutti i dettagli importanti.

«Quindi Simon ha denunciato *te*?» chiede quando ho finito. «Altro che cinismo politico; questa è da film».

«È niente. Non dimenticare che potrebbe averla uccisa».

«Non credi che sia stato un attacco di cuore?»

«È possibile... ma... con tutto quello che è successo prima, sarebbe una bella coincidenza».

«Forse», incomincia, «ma ti sorprenderebbe sapere perché succedono certe cose – soprattutto qui».

Non capisco bene cosa voglia dire, ma non mi permette di chiedere spiegazioni.

«Ammettiamo che sia stato Simon», continua. «Perché l'avrebbe fatto?»

«Dev'esserci un rapporto con i soldi».

«Sei sempre convinto che venda dei segreti?»

«Non lo so. Quando si vendono segreti si passano delle informazioni. Lui aveva solo dei soldi – gli stessi che c'erano nella cassaforte di Caroline».

«Allora pensi che fosse ricattato?»

«Un uomo sposato in un bar gay... Hai visto l'espressione che aveva. Non sembrava affatto controllato – aveva paura. Caroline sì che era controllata».

«Capisco dove vuoi arrivare. Caroline lo ricattava e Simon l'ha uccisa per stare tranquillo».

«Lei è l'unica che ha accesso a tutte quelle informazioni personali. E ne approfitta. Dovevi vedere come mi ha trattato». Guardo la pista e con la coda dell'occhio scorgo i dieci birilli. «C'è solo una cosa che non torna: se Caroline lo ricattava, perché Simon non si è ripreso i soldi dopo averla uccisa?»

Nora ritrova quel suo sorriso cupo. Scuote la testa come se avessi trascurato qualcosa. «Forse non conosceva la combinazione della cassaforte. Forse non voleva essere scoperto con i soldi addosso. Può anche darsi che sia stato davvero un attacco di cuore. O, meglio ancora, con la sua storia fasulla, è il modo migliore per dare a te la colpa. Se ci ha visto l'altra notte, potrebbe certamente aver visto anche i poliziotti. E allora tutta la storia cambia. I diecimila che i poliziotti ci han-

140

no confiscato erano solo un quarto della somma. Il resto l'hai dato a Caroline per farla tacere. I numeri consecutivi sui biglietti lo dimostrerebbero. *Tu* sei quello che veniva ricattato. *Tu* sei quello che ha i soldi. *Tu* sei quello che l'ha uccisa».

I soldi. Si ritorna sempre ai soldi. Nella cassaforte. Nel cassettino del mio cruscotto. Con i numeri consecutivi, sono legati a me. Al mio nome. Nora ha centrato il problema. I soldi in possesso della polizia sono una bomba a orologeria destinata a esplodere appena qualcuno la scoprirà. Anche se è stato un attacco di cuore – con quella somma... in quella zona – basta un sospetto di droga e posso salutare il mio lavoro. Mi licenzieranno solo per evitare la pubblicità negativa. E se l'autopsia rivela che è un omicidio... Oh, Dio. Mi massaggio la nuca, facendo del mio meglio per non cadere. «Nora, se questa storia incomincia a gonfiarsi, continuerà fino in fondo».

Al di là della stretta stanza, lei si appoggia alle palle e mi guarda diritto negli occhi. Sa che ho ragione. Lo capisco dal modo in cui le si agitano gli occhi. È terrorizzata. «Cercheranno di farlo fuori in questo modo, vero?»

Rieccolo. Suo padre. Comunque vada, uno scandalo del genere suona molto male. Soprattutto con Bartlett che tallona.

«Abbiamo solo bisogno di tempo», dice strofinandosi vigorosamente il naso. «Può ancora risolversi bene».

Più parla, più la voce diventa veloce. Mi ricorda il discorso che ha fatto alla convenzione nazionale del partito quando suo padre è stato nominato tanti anni fa. All'inizio avevano chiesto di parlare a suo fratello Chris, pensando che l'America avrebbe fatto quadrato intorno a un giovanotto che prendeva posizione accanto a suo padre. Ma dopo qualche prova in privato, in cui

141

Chris inciampava nelle parole e sembrava in preda al panico, Nora chiese se poteva intervenire lei. I sostenitori dissero che era la primogenita che entrava in campo, mentre i nostri avversari dissero che era un'altra Hartson che voleva fare la prepotente.

Alla fine di tutto, Nora, come qualsiasi altro diciottenne di fronte a centodieci milioni di persone, fu criticata perché era agitata e impreparata. Ecco cosa si ottiene cercando di mettersi in mostra, gridarono i critici. Ma guardandola adesso, mentre oscilla avanti e indietro alla sola idea di suo padre che soffre, credo che fosse più una questione di protezione che una questione di potere. Nora andò a parlare per evitare che dovesse farlo Chris. E quando il gioco si fa particolarmente duro, tutti ci preoccupiamo dei nostri cari.

«Per quanto ne sappiamo – è solo un attacco di cuore», balbetta. «Forse Simon se ne starà tranquillo».

Cosa posso dire? *No, la vita di tuo padre è sicuramente destinata a finire in pezzi – soprattutto se io grido la verità?* Nel giro di pochi secondi, le mie possibilità si riducono drasticamente: se apro la bocca, suo padre riceve una mazzata e, dato che io sono l'epicentro del sisma, cadiamo tutti; se tengo la bocca chiusa, guadagno tempo per annusare in giro, ma rischio di cadere da solo. Ancora una volta guardo i birilli in fondo alla pista. Non posso fare a meno di sentirmi il primo birillo del triangolo. L'unico che viene sempre colpito dalla palla.

«Forse dovresti parlargli», suggerisco. «Tanto perché sappia di chi fidarsi. Voglio dire che, se anche è stato un attacco di cuore, Simon veniva ricattato per qualcosa – e se non lo scopriamo continuerà a tenermi il cappio stretto intorno alla gola».

Nora mi guarda ma non dice una parola.

«Gli parlerai?»

Fa una pausa. «Non posso».

142

«Cosa vuol dire "non posso"?»

«Vuol dire che non posso disturbarlo con queste storie. Non... non capirebbe. Non è un padre qualsiasi». Smetto subito di discutere. Sento la frustrazione nella sua voce. E so cosa vuol dire essere orfani con un genitore vivo.

«C'è qualcun altro con cui puoi...»

«L'ho già detto a zio Larry».

«Chi?»

«Larry. Larry Lamb».

«Ma certo», dico cercando di sembrare indifferente. Non lo chiama Lawrence. Lo conosce dalla nascita – ho letto la storia su «People» – lei e suo fratello passavano le estati nella sua fattoria del Connecticut. C'era una foto di Nora e Christopher che gridavano sull'altalena e un'altra con loro due che si nascondevano sotto il letto dei Lamb. Affondo nella mia sedia e raccolgo le idee. Lui è l'ombra del presidente; lei lo chiama zio Larry. È quasi stupido, a pensarci. Ma lei è fatta così. Faccio sempre l'indifferente e alla fine le chiedo: «Cos'ha detto?»

«Esattamente quello che mi aspettavo: "Grazie. Sono felice che tu me ne abbia parlato. Ufficialmente è un attacco di cuore, ma starò attento". Si preoccupa per le elezioni – non è possibile che stacchi la spina adesso. Quando tutto sarà più tranquillo, faranno l'inchiesta ufficiale».

«E quindi come restiamo noi?»

«Restiamo che siamo le uniche due persone che vogliono proteggerti le spalle. Ora come ora, Simon sembra intenzionato a tacere, ma questa non è una soluzione».

Annuisco. Non si può rimandare le cose all'infinito. Prima o poi, la parte più potente realizza un vantaggio. E l'altra parte muore. «Vorrei solo avere qualche informazione in più. Se Caroline faceva una cosa del genere, probabilmente non la faceva solo con Simon. Lei conosceva tutti i nostri segreti – poteva farla a...»

«Oh, questo mi ricorda una cosa». Nora si avvicina al tavolo del giudice, prende la sua borsetta nera e tira fuori un foglio di carta piegato.

«Cos'è?» chiedo quando me lo porge.

«È arrivato mentre parlavo con zio Larry. Ci sono i nomi di due file dell'FBI che hanno trovato nell'ufficio di Caroline».

Rick Ferguson e Gary Seward. Uno è in corsa per una carica al tesoro, l'altro ha appena incominciato al commercio. «Non capisco», dico. «Perché solo due?»

«Apparentemente, aveva tonnellate di file in tutto l'ufficio – e non solo su persone vicine al presidente. Alcuni riguardavano la magistratura, altri l'ufficio dei consiglieri...»

«Aveva anche il mio. L'ho visto».

«L'FBI sta ricontrollandoli tutti».

«Quindi hanno divulgato la lista dei nomi?»

«No, finché non hanno finito. Secondo quell'appunto, non vogliono allarmare nessuno. Ma, per ragioni di sicurezza, noi li riceviamo man mano che li hanno verificati, uno o due alla volta».

«E come hai fatto ad avere questi?» le chiedo prendendo il foglio di carta.

«Te l'ho detto: zio Larry».

«Te li ha dati lui?»

«In realtà è uscito per parlare con la sua segretaria e io ho copiato i nomi su un foglietto di carta».

«Li hai rubati...»

«Li vuoi o no?»

«Certo che li voglio. Solo non voglio che li rubi a Lawrence Lamb».

«A lui non interessa. È il mio padrino – ha tolto le

rotelle alla mia prima bicicletta; non si arrabbia se do un'occhiata a un file. Almeno così non siamo del tutto al buio».

Non è molto consolante. «Questo vuol dire che l'FBI sta studiando il mio file».

«Rilassati, Michael. Sono sicura che ne uscirai pulito».

Cerco di crederle e guardo la lista. La calligrafia di Nora è tutta rotonda. Come quella di una bambina di terza elementare che abbia appena imparato a scrivere in corsivo. Rick Ferguson. Gary Seward. Due che sono stati dichiarati innocenti dall'FBI. Cerco di ricordare quanti file ho visto nell'ufficio di Caroline. Ce n'erano almeno cinque o sei sotto al mio – e probabilmente altri nei cassetti. Sembra che anche l'FBI sospetti un ricatto. Torno a Nora e chiedo: «Perché hai aspettato tanto a darmeli?»

«Non lo so. Me n'ero dimenticata», dice stringendosi nelle spalle. «Senti, devo scappare. Un primo ministro porta la sua famiglia per delle foto».

«Vedrai anche Lamb?»

«L'unica persona che vedrò è il figlio del primo ministro. Un bel ragazzo».

Non so se sta cercando di cambiare argomento o di farmi ingelosire. In ogni caso, funziona. «Così è per lui che mi stai scaricando?»

«Ehi, se avrai un tuo paese, cercheranno di farmi leccare anche il tuo culo. Nel frattempo, però, devo sorridere da un'altra parte. Quei tizi diventano matti se arrivo tardi».

«Ne sono sicuro. Mercati che crollano, l'onore perduto. È sempre così quando si arriva tardi. Incidente internazionale».

«Ti piace sentirti parlare, vero?»

«Più di quanto a te piaccia farti fotografare con gli ospiti stranieri. Ma in fondo è un altro giorno di vita, no?»

«Dall'ultima ora di sesta in poi».

«Non capisco».

«È il momento in cui mio padre ha deciso di candidarsi come governatore. O almeno è quello che mi ha detto. Mi ricordo ancora di aver aspettato il suono della campanella e poi di essere corsa al posteggio delle bici con Melissa Persily. Dovevo andare a dormire a casa sua, quella sera. Era una di quelle bambine che hanno la fortuna di vivere abbastanza vicino a scuola – per cui la bici era già un'emozione. Aveva il suo lucchetto con la combinazione e una bici nera con il cambio che prima era stata di suo fratello...» La voce di Nora accelera mentre lei alza gli occhi. «Ragazzi, era pesante come...» Nel momento in cui il nostro sguardo si incrocia, si interrompe. Come prima, lo sguardo le cade a terra.

«Cosa?» chiedo.

«No... niente».

«Cosa vuol dire *niente*? Cos'è successo? Siete alle bici... devi andare a dormire da lei...»

«Non è niente di importante», insiste facendo un passo indietro. «Senti, adesso devo andare».

«Nora, è solo una storia di bambini. Di cosa hai paura...»

«Non ho paura».

Capisco che sta mentendo.

Negli ultimi due mesi, Nora ha passato ogni minuto in atmosfera elettorale – pranzi con trecento persone per i grandi donatori, comizi ripresi via satellite con sua madre, interviste (se è di buon umore e riescono a farla collaborare) sul fatto che gli studenti dovrebbero mobilitarsi e votare – è stata la più giovane e riluttante maestra delle strette di mano con sorriso. È la sua vita dalla sesta classe. Ma oggi... oggi si è trovata di fronte alla realtà; e si stava anche divertendo. E si è spaventata a morte.

146

«Nora», la chiamo mentre va verso la porta. «Solo perché tu lo sappia: non l'avrei detto a nessuno».

Si ferma dove si trova e si gira lentamente. «Lo so», dice annuendo per ringraziarmi. «Ma devo davvero andare – conosci le regole – i presidenti in carica devono fare i duri in politica estera».

Ripenso alla foto di Bartlett in prima pagina.

Nora è quasi uscita. Poi, appena prima di scomparire, si gira verso di me e respira a fondo. «Quando arrivammo alle bici, mia madre era lì ad aspettarmi. Mi portò a casa, mio padre mi disse che avrebbe gareggiato per diventare governatore e stop. Niente più serate da Melissa Persily – io sono l'unica che le rimpiange. L'anno dopo, Melissa incominciò a non chiamarmi più per nome. Diceva: "Eccola", o "Non lasciatela vicino a me". Era una cosa stupida, ma la classe prese le sue parti. Eravamo alle medie». Senza altre parole, Nora riprende la maniglia. Il figlio del primo ministro la aspetta.

«Non ti stanchi mai?» chiedo.

È un'altra occasione per aprirsi. Mi sorride debolmente. «No».

Non è difficile interpretare la sua risposta. Ma l'istinto l'ha spinta a dire di no. Oltre un certo punto, non si fida ancora di me. Ma ci arriverò. L'ha detto lei stessa. Qualsiasi cosa succeda, la figlia del presidente degli Stati Uniti è la mia ragazza.

Entro nell'ufficio di Trey con un sorriso da gatto del Cheshire. Dieci minuti dopo mi grida contro.

«Stupido! Sei uno stupido, Michael! Uno stupido!»

«Perché te la prendi così?»

«A chi altro hai parlato di questa storia? Dimmelo».

«Solo a te», rispondo.

«Non dire bugie».

Mi conosce troppo bene. «L'ho detto a Pam. Solo a te e a Pam. E basta. Giuro».

Trey si passa il palmo della mano dalla pelle marrone chiaro della fronte ai capelli corti e crespi da africano. La sua mano piccola si muove lentamente sulla testa – è un suo gesto tipico, lo chiama «la grattatina». Una rapida grattatina corrisponde a una risatina imbarazzata e si usa quando un dignitario inciampa o cade mentre gli scattano una foto. La velocità rallenta man mano che le conseguenze diventano più gravi: più è lenta, più lui è preoccupato. Quando «Time» pubblicò un profilo poco benevolo della First Lady, la grattatina era lenta. Quando si sparse la voce che il presidente aveva il cancro, era ancora più lenta. Cinque minuti fa gli ho detto quello che è successo con Nora e Caroline. Adesso controllo la sua mano per verificare la velocità. Melassa.

«Sono solo due persone. Perché fai tanto casino?»

«Lascia che te lo dica il più chiaramente possibile. A me fa piacere che tu stia facendo carriera, e mi fa piacere che mi confidi tutti i tuoi segreti. Mi fa piacere perfino che Nora voglia entrarti nei pantaloni – dammi retta, torneremo su questo tema – ma quando c'è una cosa così grossa, dovresti tenere la bocca chiusa».

«Quindi non dovevo dirtelo?»

«Non dovevi dirlo né a me né a Pam». Fa una breve pausa. «Ok, dovevi dirlo a me e basta».

«Pam non dirà mai niente».

«Come fai a saperlo? Ti ha mai rivelato niente di sé?»

So dove vuole arrivare quando fa questa domanda. Può anche avere solo ventisei anni, ma quando si tratta di indovinare dove mettere i piedi, Trey conosce tutti i campi minati.

«Io dico che se Pam non ti racconta niente, tu non devi raccontare niente a lei».

«Senti, adesso sei troppo politico. Non tutto nella vita è un do ut des».

«Questa è la Casa Bianca, Michael. È *sempre* un do ut des».

«Non mi interessa. Ti sbagli su Pam. Non ha niente da guadagnare».

«Ti prego, figliolo, sai che ti ama».

«E allora? Anch'io la amo».

«Non nello stesso modo, Magoo». Si mette la mano sul cuore, poi incomincia improvvisamente a battersi il petto. «Ti *desiiidera*», tuba rovesciando gli occhi. «Parlo dei sogni rosa: orsacchiotti... gelati... arcobaleni... gite in barca».

«Controllati, Trey. Sei fuori».

«Non prendermi in giro, ragazzo. È come il presidente con Lawrence Lamb».

«Cosa intendi dire?»

Istintivamente, Trey si appoggia allo schienale della sua sedia e storta il collo per guardarsi intorno. Condivide l'ufficio con altre due persone. I tavoli dei suoi colleghi sono vicini a una finestra, isolati da qualche armadietto. Trey è vicino alla porta. Gli piace vedere chi viene e chi va. Nessuno dei suoi colleghi è presente oggi, ma Trey non può trattenersi. È la prima regola della politica. Sapere chi c'è in ascolto. Quando è sicuro che siamo soli, dice: «Pensa al loro rapporto: Lamb è presente a tutte le vostre riunioni, è coinvolto in tutte le decisioni, ha perfino il titolo di vice consigliere, ma quando si tratta di fare del vero lavoro legale, non lo si trova da nessuna parte. Perché, secondo te?»

«È un bastardo fannullone e senza spina dorsale?»

«Seriamente. Lamb è lì per tenere d'occhio te e gli altri del tuo ufficio».

«Questo non...»

«Suvvia, Michael, se tu fossi il presidente chi vorresti

149

come guardaspalle, un mucchio di estranei dello staff o un amico da trent'anni? Lamb conosce tutte le sue faccende personali – per questo è fidato. Lo stesso vale per noi – sono quasi quattro anni che ti ho parlato per la prima volta durante la campagna, ma in questo posto il tempo passa velocemente. E invece Pam...»

«Apprezzo la tua preoccupazione, ma non dirà niente. Viene dall'Ohio».

«Ulysses S. Grant veniva dall'Ohio e aveva l'amministrazione più corrotta della storia. È tutta una messinscena, la gente del Midwest è spietata».

«Io sono del Michigan, Trey».

«Tranne quelli del Michigan. Quelli mi piacciono».

Scuoto la testa e dico: «Sei solo arrabbiato perché l'ho detto prima a Pam».

Non riesce a trattenere un sorriso. «Voglio dirti che sono stato io a nascondere il tuo nome ai giornalisti. Non ho detto a nessuno che hai trovato tu il cadavere».

«Apprezzo anche questo. Ma adesso voglio parlare di Nora. Dimmi quello che sai».

«Cosa c'è da sapere? È la figlia del presidente. Ha il suo fan club. Non risponde personalmente alle lettere. Ed è pericolosamente carina. È anche un po' matta, ma adesso che ci penso la cosa mi eccita».

Sta scherzando troppo. C'è qualcosa che non va. «Dimmi quello che pensi, Trey».

Si passa le mani sulla cravatta marrone a strisce. Con le scarpe di seconda mano, gli occhialini alla John Lennon e la giacca da marinaio con i bottoni d'oro segretamente assicurati con delle spille, Trey non è esattamente un modello di ricchezza giovanile. È davvero incredibile. Ha meno soldi di chiunque altro eppure è l'unico che indossa un vestito di sabato.

«Te l'ho già detto, Michael. Sei nei guai. Questi non sono pesi piuma».

«Ma cosa pensi di Nora?»

«Penso che devi stare attento. Non la conosco di persona, ma la vedo quando entra a cercare sua madre. Dentro e fuori, sempre di fretta, a volte arrabbiata. E mai una parola con nessuno».

«Questo non vuol dire...»

«Non parlo di cortesia – parlo dei segreti. Può lasciarti toccare le tette e può essere una ragazza piacevole, ma sai quello che si dice – X, special K, forse un po' di coca...»

«Chi dice che si fa di coca?»

«Nessuno. Non ancora, almeno. Per questo ho detto "si dice", amico mio. È troppo grossa per stamparla senza prove».

Resto in silenzio.

«Tu non la conosci, Michael. Puoi averla vista che giocava a frisbee col cane sul prato sud, puoi averla vista andare a lezione di sociologia al college, ma quella non è la sua vita. Quelli sono bocconi per la stampa e vento per le notizie serali. Il resto del quadro è nascosto. E il quadro è molto grande».

«Quindi secondo te dovrei lasciarla?»

«Lasciarla?» ride. «Dopo quello che hai fatto... nessuno potrebbe accusarti per questo, neanche Nora».

Ha ragione, ma non rende la cosa più facile. Poiché resto zitto, aggiunge: «Ti sta prendendo davvero, eh?»

«È solo che non mi piace che tutti sparino automaticamente contro di lei».

«Contro di *lei*? Ma cosa...» Si trattiene. E vede la mia espressione. «Oh, Dio, Michael, non dirmi che sci... Sì, eh? Non si tratta solo di proteggerla, vero? Incomincia a piacerti davvero, adesso, eh?»

«No», ribatto. «Adesso stai correndo troppo».

«Davvero», mi provoca. «Allora rispondi: sessualmente parlando, quando siete usciti la prima sera, cos'è successo?»

«Non capisco».

«Vuoi che parli latino? Siete usciti insieme. Prima di andare, hai promesso che mi avresti raccontato tutti i dettagli. Anzi, credo che le parole esatte fossero "Vado a dare un'occhiata alle mutande della figlia del presidente". Eri tutto pronto per l'intervista – sentiamo. Cos'è successo? Come bacia? Dammi qualche particolare».

Continuo a tacere.

«Non essere timido», continua Trey. «È brava con la lingua?»

Ho nella testa le immagini di lei fra le mie braccia... e il ricordo di lei che mi accarezza la coscia... Oh, ragazzi, Trey morirebbe se glielo raccontas... Mi blocco e abbasso gli occhi sulla moquette blu.

«Allora?» chiede Trey. «Dimmi cos'è successo».

Sono sicuro che tutti i ragazzi con cui è uscita si sono trovati in questa posizione. La mia risposta arriva in un sussurro. «No».

«*Cosa?*»

«No», ripeto. «È una faccenda privata. Anche per te».

Trey incrocia le braccia sul petto e butta gli occhi al cielo appoggiandosi all'indietro. «Il fatto che tu l'abbia vista in televisione a casa tua non vuol dire che ci sia stata davvero, Michael. E se anche le voci sono false, ricordati che Nora è prima di tutto la figlia di Hartson».

«Cosa vuoi dire con questo?»

«Che ha la politica nel sangue. Per cui se vi trovate tutti e due inchiodati a una parete... be', quella che ne uscirà viva sarà lei».

11

La prima cosa che faccio arrivando a casa è aprire la piccola casella di metallo dell'appartamento 708, prendere la mia posta e andare al tavolo dell'ingresso. «Novità?» chiedo a Fidel, che è il portiere del palazzo da quando ci sono arrivato.

Lui guarda sotto il banco, dove tengono i pacchi.

«Puoi dare un'occhiata anche per Sidney?» aggiungo.

Fidel si alza con una scatola di cartone con l'etichetta FedEx e la sbatte sul tavolo. Suona come una maraca spagnola. «Niente per te. Pillole per Sidney», dice aprendo il suo sorriso.

Con la valigetta in una mano e la posta nell'altra, mi infilo il pacchetto sotto il braccio, lo trascino giù dal tavolo e vado verso l'ascensore. «Buona notte, Fidel».

Miro con lo spigolo della grossa scatola il pulsante numero 7 e guardo il nome sull'involucro. «Sidney Gottesman. Appartamento 709». Novantasei anni a ottobre, Sidney è mio vicino da due. È bloccato a letto da due mesi.

Quando ho traslocato qui, una domenica di supercoppa, è stato abbastanza gentile da invitarmi a casa sua a vedere la partita: si è addormentato al secondo quarto. Quando i medici gli hanno amputato la gamba destra per complicazioni dovute al diabete, ho fatto del mio meglio per restituirgli il piacere. Sulla sua sedia a rotelle, riesce a cavarsela con la posta, ma odia i pacchi.

Bilanciando il pacchetto su un braccio e la valigetta sull'altro, busso alla sua porta. «Sidney! Sono io!» Non risponde. Non risponde mai.

Conosco la routine: lascio il pacchetto sullo zerbino di gomma e attraverso l'atrio verso la mia porta. Quando mi giro, l'atrio è silenzioso. Ancora più silenzioso di quando sono arrivato. Il condizionatore del palazzo ronza. Alle mie spalle, sento l'ascensore che arriva. Mi giro per vedere chi è, ma non esce nessuno. La porta si chiude. L'atrio è sempre silenzioso.

Cerco le chiavi nella tasca destra, poi nella sinistra. Non ci sono. Maledizione. Non ditemi che... Le ho lasciate giù con... No – qui – in mano. Senza perdere tempo infilo la chiave nella porta e giro la maniglia.

«Cerchi un nuovo lavoro?» chiede una voce maschile nell'atrio.

Sussulto e mi giro a destra. Vedo Joel Westman, mio vicino, che esce dal suo appartamento. «Prego?» chiedo.

«Un tizio ha bussato alla mia porta oggi pomeriggio e mi ha fatto qualche domanda su di te. L'ultima volta che è successo erano dell'FBI».

La valigetta mi sfugge di mano e cade a terra. La serratura si apre all'urto e i miei fogli si sparpagliano tutti davanti all'ingresso di casa.

«Tutto bene?» chiede Joel.

«S-sì, certo», dico cercando di rimettere i fogli a posto. Quando ho incominciato a lavorare alla Casa Bianca, l'FBI ha parlato con i miei vicini di casa: fa parte dei controlli. Qualsiasi cosa abbiano in mente, sono più veloci di quanto mi aspettassi.

«Allora, stai cercando un nuovo lavoro?»

«No», dico con una riso forzato. «Probabilmente stanno solo aggiornando i loro archivi». Mentre Joel attraversa l'atrio, aggiungo: «Cos'hanno chiesto, comunque?»

«Era uno solo stavolta. Sotto i trenta. Accento di Boston. Amante delle catene d'oro».

Alzo gli occhi su Joel, ma controllo la mia reazione. Da quando quelli dell'FBI portano catene d'oro?

«Lo so, è strano, ma... qualsiasi cosa per la sicurezza del paese», continua Joel. «Non prendertela, comunque – non ha chiesto niente di speciale: cosa sapevo di te; quando sei in casa; che orari fai. Come l'ultima volta». Joel incomincia ad accorgersi del mio nervosismo. «Non dovevo dirgli niente?»

«No, no, niente affatto. Lo fanno ogni due anni circa. Non c'è niente da preoccuparsi».

Joel va verso l'ascensore e mi lascia a cercare di capire cosa stava dicendo. Un minuto fa avevo il terrore dell'FBI. Adesso spero che fossero loro.

Apro la porta del mio appartamento e noto un foglio di carta nell'ingresso. Qualcuno l'ha fatto passare sotto la porta mentre io ero fuori. Dentro c'è un messaggio di due parole. «Dobbiamo parlare». È firmato «P. Vaughn».

P. Vaughn. P. Vaughn. P. Vaughn. Ripeto il nome, ma dal mio subconscio non emerge niente. Alle mie spalle, la porta d'ingresso del mio appartamento sbatte. Io sussulto al tonfo. Il sole non è ancora calato, ma l'appartamento è buio. Accendo le luci in corridoio, in cucina, in sala, il più in fretta possibile. C'è ancora qualcosa che non va.

In cucina sento il rintocco ritmico del rubinetto che perde. Due giorni fa era un suono che avevo interiorizzato da tempo. Oggi mi ricorda solo di aver trovato Caroline. La pozza di caffè che colava per terra. Un occhio diritto e l'altro storto.

Prendo una spugna dal bancone e la ficco nello scarico. Non ferma la perdita, ma attenua il rumore. Adesso sento solo il ronzio silenzioso del condiziona-

155

tore centrale. Ho bisogno di silenzio, vado in sala e lo spengo. Il rumore scompare con un tonfo strano.

Mi guardo in giro e studio i dettagli dell'appartamento. Il tavolo. I mobili in affitto. I poster. Sembra tutto uguale, ma c'è qualcosa di diverso. Senza ragione apparente, i miei occhi si fissano sul divano nero di pelle. I due cuscini beige sono esattamente dove li ho lasciati. Il posto centrale ha ancora l'impronta che ho lasciato ieri sera guardando la tv. Un filo di sudore mi scende sulla nuca. Senza aria condizionata la stanza è soffocante. Guardo il nome sul biglietto. P. Vaughn. P. Vaughn. Il rubinetto continua a sgocciolare.

Mi tolgo le scarpe e la camicia. La cosa migliore da fare è rilassarsi con una doccia. Ripulirmi. Ripartire da capo. Ma mentre vado in bagno noto, proprio sull'orlo del divano, la penna che c'è per terra – non una penna qualsiasi, ma la mia penna rossa, bianca e blu a strisce della Casa Bianca. Con un piccolo sigillo presidenziale e le parole «Casa Bianca» incise a lettere d'oro, la penna mi è stata donata durante la prima settimana di lavoro. Tutti ne hanno una, ma questo non vuol dire che non ci tenga – e proprio per questo non l'avrei mai lasciata per terra. Mi guardo in giro ancora una volta, ma non vedo niente fuori posto. Potrebbe essere semplicemente caduta dal tavolino. Ma mentre mi chino per prenderla sento un rumore provenire dall'armadio dell'ingresso.

Niente di forte – solo un lieve schiocco. Come lo schiocco di due dita, o qualcuno che cambia posizione. Mi giro di scatto e mi aspetto qualche movimento. Non succede niente. Mi rimetto la camicia e mi infilo la penna nel taschino, come se potesse aiutarmi. Ancora niente. L'appartamento è così silenzioso che noto il suono del mio respiro.

Mi avvicino lentamente alla porta dell'armadio. È

appena accostata. Sento l'adrenalina che corre. C'è un solo modo per affrontare la situazione. Smetterla di essere una vittima. Prima di poterci ripensare, mi precipito verso la porta e la colpisco con una spallata. La porta si chiude di colpo e io afferro la maniglia con tutte le mie forze.

«Chi diavolo sei?» urlo con la mia voce più terribile.

Col peso contro la porta, sono pronto a sostenere l'impatto. Ma nessuno mi si contrappone. «Rispondi», lo avverto.

Mi guardo alle spalle e vedo la cucina. C'è un blocco di legno pieno di coltelli sul bancone. «Sto per aprire la porta, e ho un coltello!»

Silenzio.

«Basta – vieni fuori lentamente! Al tre! Uno... due...» Spalanco la porta e corro in cucina. Quando mi giro ho in mano un coltello da venti centimetri. L'unica cosa che vedo, però, è un armadio pieno di vestiti.

Tengo il coltello puntato davanti a me e faccio un passo verso l'armadio. «Ehi!» In un film per ragazzi, questo è il momento in cui l'assassino salta fuori. La cosa non mi ferma.

Lentamente, guardo in mezzo ai vestiti. Quando ho finito, capisco la verità: non c'è nessuno.

Con la camicia incollata per il sudore al torace, riporto il coltello in cucina e riaccendo il condizionatore. Appena il ronzio ricomincia, schiaccio il pulsante play della segreteria telefonica. È ora di farla finita con il silenzio.

«C'è un messaggio», mi dice la macchina con la sua voce meccanica. «Sabato, ore tredici e cinquantasette».

Passa un secondo, poi una voce maschile incomincia: «Michael, sono Randall Adenauer dell'FBI. Abbiamo un appuntamento martedì, ma vorrei mandare un agente doma...» Si ferma, distratto. «E allora digli che lo richiamo!» grida coprendo la cornetta con la mano. Torna al telefono e dice: «Scusi, Michael. La prego di richiamarmi».

Tiro fuori la penna della Casa Bianca dal taschino e segno il suo numero con un sospiro di sollievo. «Li ha mandati lui – ecco tutto – catene d'oro o no, ecco di chi parlava Joel. L'agente Vaughn dell'FBI. Cancello il messaggio dalla segreteria e vado in camera. Quando raggiungo il comodino mi blocco di colpo. Eccola, sopra alle parole crociate di ieri – una penna a strisce bianche, rosse e blu con incise le parole «Casa Bianca». Guardo la penna che ho in mano. Poi quella sul comodino. Ripasso le ultime ventiquattro ore e penso alla visita di Pam con il cibo tailandese. Potrebbe essere di Pam, mi dico. Prego Dio che sia di Pam.

Lunedì mattina presto, festa del lavoro, seduto in fondo a un pulmino, cerco ancora di convincermi che un agente dell'FBI può comunicare infilando un foglietto sotto la porta. P. Vaughn. Peter Vaughn? Philip Vaughn? Chi diavolo è questo tizio?

Guidato da un sergente in giacca sportiva grigia e cravatta nera sottile, il pulmino romba sull'autostrada, seguendo due pulmini gemelli. Seduta al mio fianco c'è Pam, che non dice una parola da quando ci hanno prelevato alle sei di mattina nel parcheggio del West Exec. Gli altri undici passeggeri seguono il suo esempio. È un piccolo miracolo, in fondo: tredici avvocati della Casa Bianca infilati in un pulmino senza che nessuno si metta in mostra, anzi senza che nessuno parli. Ma non è solo l'ora mattutina che fa tacere tutti. È la nostra destinazione. Oggi seppelliamo una di noi.

Venti minuti dopo, all'ingresso della base aeronautica Andrews, ci lasciamo esaminare da una guardia in

158

uniforme. Alle sei e mezza circa, il cielo è ancora scuro, ma siamo tutti sveglissimi. Siamo quasi arrivati. È la prima volta che entro in una base militare e mi aspetto di vedere plotoni di giovani che marciano e corrono. Invece, mentre percorriamo la stradina lastricata tutta curve, l'unica cosa che vedo sono alcuni edifici bassi che ritengo baracche e un parcheggio all'aperto con migliaia di macchine e qualche jeep militare qua e là. In fondo alla strada, il pulmino finalmente si ferma alla Sala Visitatori, un edificio a un solo piano, di mattoni, che ricorda la creatività degli anni Cinquanta.

Entrando, quasi tutti vanno verso l'ampia finestra che dà sulla strada. Cercano di apparire indifferenti, ma sono troppo ansiosi di finirla. Si capisce da come si muovono. Come bambini che danno un'occhiata prima del tempo al regalo di compleanno. Cosa c'è di tanto strano? Mi chiedo. Per trovare risposta vado direttamente alla finestra, deciso a non sorprendermi. E allora lo vedo. Le parole «United States of America» sono stampate a enormi lettere nere sulla fusoliera bianca e blu, e un'enorme bandiera americana è dipinta sulla coda. È l'aereo più grosso che abbia mai visto. E ci porterà in Minnesota per il funerale di Caroline: l'Air Force One.

«L'hai visto?» chiedo a Pam, seduta da sola in un angolo della sala.

«No, io...»

«Vai alla finestra. Dammi retta, non ti deluderà. È come un 747 più grasso».

«Michael...»

«Lo so, parlo come un turista, ma non è detto che sia un male. A volte bisogna tirare fuori la macchina fotografica, mettersi la maglietta hard rock e lasciarsi andare un po'...»

«Non siamo turisti», ruggisce pugnalandomi con il suo sguardo. «Stiamo andando a un funerale». Come sempre, ha ragione.

Faccio un passo indietro per fermarmi. Dalla testa ai piedi, mi sento alto cinquanta centimetri. «Scusa. Non volevo...»

«Non importa», dice senza guardarmi. «Dimmi solo quando è ora di andare».

Alle sette meno un quarto ci portano all'aereo, dove ci mettiamo in fila indiana. Abito scuro, valigetta di pelle. Abito scuro, valigetta di pelle. Abito scuro, valigetta di pelle. Uno dietro all'altro, il messaggio è chiaro: è un funerale, ma faremo almeno un po' di lavoro. Guardo la mia valigetta e vorrei non averla mai presa. Poi guardo Pam. Non ha niente, se non una piccola borsa nera.

All'inizio della fila, ai piedi della scaletta che porta sull'aereo, c'è l'agente dei Servizi segreti che controlla nomi e credenziali di tutti. Di fianco all'agente c'è Simon. Vestito di nero, con una cravatta d'argento come-quella-che-il-presidente-aveva-qualche-settimana-fa, saluta tutti man mano che arriviamo. Non capita spesso che il consigliere sia al centro dell'attenzione in questo modo e dall'aria triste del suo volto si capisce che si gode tutto il suo momento di gloria. Lo si vede da come gonfia il petto. La fila avanza e finalmente Simon e io ci guardiamo negli occhi. Nell'istante in cui mi vede si dirige verso la sua segretaria, in piedi a pochi metri di distanza, con una cartelletta in mano.

«Bastardo», sussurro a Pam.

Quando raggiungo la scaletta, do il mio nome all'agente dei Servizi segreti, che controlla la lista che ha in mano. «Mi scusi, signore, può ripetermi il suo nome?»

«Michael Garrick», dico facendogli vedere il pass che ho dietro alla cravatta.

L'agente controlla di nuovo. «Mi dispiace, signor Garrick, il suo nome non c'è».

«Ma è imposs...» Mi interrompo. Alle spalle dell'agente vedo che Simon sta guardando dalla nostra parte. Ha lo stesso sorriso che aveva il giorno in cui mi ha mandato a casa. Quel bastar...

«Chiami l'ufficio personale», dice Pam all'agente. «Vedrà che fa parte dello staff».

«Questo non vuol dire», ribatte l'agente. «Se non è su questa lista, anche se fa parte dello staff non può salire sull'aereo».

«Posso interrompervi un istante?» chiede Simon. Tira fuori un foglio di carta dal taschino interno della giacca, si avvicina alla fila e lo passa all'agente. «Nella fretta di organizzare tutto, temo che inavvertitamente siano stati dimenticati alcuni nomi. Questo è un elenco aggiornato. Avrei dovuto darglielo prima, ma... questa terribile perdita...»

L'agente guarda la lista e controlla il codice sul foglio aggiornato. «Benvenuto a bordo dell'Air Force One, signor Garrick».

Annuisco all'agente e guardo con freddezza Simon. Non c'è bisogno di dire niente. Per salire a bordo, devo stare alle sue regole. Qualsiasi altra cosa, avrà delle conseguenze. Lui si fa da parte e mi fa cenno di salire. Mi irrigidisco e salgo le scale.

Di solito, i dipendenti usano la scaletta posteriore – oggi invece usiamo quella anteriore.

Quando entro nell'abitacolo cerco una hostess, ma non ne vedo. «È la prima volta?» chiede una voce. Alla mia sinistra c'è un ragazzo giovane con una camicia bianca immacolata. Le mostrine che ha sulle spalle mi dicono che è dell'Air Force.

«Ci si può sedere dove si vuole?»

«Come si chiama?»

«Michael Garrick».

«Mi segua, signor Garrick».

Percorre il corridoio che corre sul fianco destro dell'aereo ed è circondato da poltroncine di velluto e tavolini in stile antico. È un salotto volante.

L'area destinata allo staff, invece di ammucchiare tutti in un ambiente da cento persone, ha i posti a sedere suddivisi in scompartimenti da dieci. I posti sono uno di fronte all'altro, a cinque a cinque, con in mezzo un tavolino di formica. Tutti si guardano a vicenda. È il modo più semplice per incoraggiare il lavoro.

«È possibile avere un posto vicino al finestrino?» chiedo.

«Stavolta no», dice fermandosi. Indica un posto vicino al corridoio, rivolto verso la prua. Sul sedile c'è un foglietto bianco ripiegato con il sigillo presidenziale. Sotto al sigillo c'è scritto: «Benvenuto a bordo dell'Air Force One». Sotto, c'è il mio nome: «Signor Garrick».

La mia reazione è istantanea. «Posso tenerlo?»

«Mi dispiace, ma per ragioni di sicurezza dobbiamo ritirarlo».

«Certo», dico porgendoglielo. «Capisco».

Fa la sua migliore imitazione di un sorriso. «È uno scherzo. Sto scherzando, signor Garrick». Appena capisco, aggiunge: «Vuol visitare il resto dell'aereo?»

«Scherza ancora? Mi piacer...» Alle sue spalle vedo Pam che si dirige verso di noi. «Be', per ora no. Ho del lavoro da fare».

Pam controlla il biglietto di fronte al mio, trova il suo nome e si siede.

Sto per buttare la valigetta sul tavolo, ma invece la metto sotto al seggiolino. «Come va?» chiedo.

«Te lo dico quando è finita».

Alle sette siamo tutti a bordo e pronti a partire, ma poiché non si tratta di un volo commerciale, molte persone non sono sedute al loro posto – sono in piedi a gruppetti o passeggiano qua e là esplorando l'aereo. Senza dubbio, assomiglia più a un cocktail party che a un volo.

Pam alza gli occhi dal suo giornale e mi sorprende a guardare verso l'ingresso sporgendomi nel corridoio. «Non preoccuparti, Michael, ci sarà anche lei».

Pensa che stia cercando Nora. «Perché dai per scontato che pensi sempre a lei?»

«Non è al centro di questa storia?»

«Questa è buffa».

«No, Charlie Brown è buffo...» Alza il giornale e lo rimette a posto di scatto. «Già, quel Charlie Brown... lui sì che ama la bambina dai capelli rossi...»

La ignoro e mi alzo.

«Dove vai?» mi chiede abbassando il giornale.

«Solo in bagno. Torno subito».

A prua dell'aereo trovo due bagni, tutti e due occupati. Sulla sinistra, sopra un tavolino fissato a terra, c'è un vassoio con dentro delle scatole di fiammiferi col logo dell'Air Force One. Ne prendo una per Pam e una per mio padre. Prima di poterne prendere una anche per me, sento il pulsare degli elicotteri che arrivano. La porta del bagno si apre, ma io vado al finestrino. Guardo fuori e vedo due elicotteri passeggeri identici. Quello che porta Hartson è il Marine One. L'altro è semplicemente uno specchietto per allodole. Facendolo passare da un elicottero all'altro, sperano che i potenziali assassini non sappiano quale abbattere.

I due elicotteri atterrano quasi simultaneamente, ma uno è più vicino all'aereo. Il Marine One. Quando le porte si aprono, il primo a uscire è il capo di gabinetto. Dietro a lui viene un importante consigliere, qualche deputato e finalmente Lamb. Quell'uomo è incredibile. È sempre a posto. Poi c'è Nora, seguita dal fratello minore Christopher, un ragazzo dall'aria goffa che fa ancora il liceo. I due fratelli si fermano un attimo tenendosi per mano e aspettano i genitori. Prima la signora Hartson. Poi il presidente. Naturalmente, mentre tutti fissano il POTUS, io non riesco a distogliere gli occhi dalla fi...

Una mano robusta mi si posa sulla spalla. «Chi guardi?» chiede Simon.

Mi giro al suono della sua voce. «Il presidente», rispondo.

«Incredibile, eh?»

«Ho visto cose più interessanti», ribatto.

Mi lancia un'occhiata da lasciare il segno. «Ricordati dove sei, Michael. Sarebbe davvero un peccato se dovessi tornartene a casa».

Sono tentato di reagire, ma non posso vincere. È il momento di usare la testa. Se Simon non mi voleva, sarei fuori da un pezzo. Ma vuole solo silenzio. Ecco cosa terrà la faccenda lontana dalla stampa; e mi conserverà il posto; e garantirà la sicurezza di Nora. E, come lei ha detto nella sala da bowling, è l'unico modo per arrivare in fondo a questa faccenda.

«Ci capiamo?» chiede Simon.

Annuisco. «Non devi preoccuparti di me».

«Bene», dice con un sorriso. Torna in fondo all'aereo e mi lascia andare.

Io torno al mio posto sentendomi come uno che ha ricevuto un pugno nello stomaco.

«Hai visto la tua ragazza?» chiede Pam mentre sto per sedermi. Di nuovo dietro al giornale, la voce le trema.

«Cosa c'è?»

Non risponde.

Mi allungo e le abbasso il giornale. «Pam, dimmi cosa...» Ha gli occhi pieni di lacrime. Quando il giornale finisce sul tavolo fra noi due, vedo per la prima volta cosa sta leggendo. Pagina B6 della sezione città. Necrologi. In cima c'è la foto di Caroline. Il titolo dice: «Muore Caroline G. Penzler, avvocato della Casa Bianca».

Prima che possa reagire, l'aereo incomincia a muoversi. Un improvviso scatto in avanti fa cadere a terra la borsa di Pam e proprio mentre cade la sua penna col logo della Casa Bianca scivola sul tappeto. Dopo un breve annuncio percorriamo la pista di rullaggio, pronti per il decollo. Qualcuno torna al suo posto; qualcun altro se ne frega. Il cocktail party continua. L'intera fusoliera vibra per lo sforzo. Ma nessuno allaccia la cintura di sicurezza. È un piccolo gesto, ma sottintende il potere. E anche quando si va a un funerale, la Casa Bianca è questo.

L'atterraggio al Duluth International Airport è molto più dolce del decollo. Quando si intravede la pista, i monitor della fusoliera si accendono. Gli schermi sono inseriti nel soffitto – uno sulla persona alla mia destra, l'altro sulla persona alla sinistra di Pam.

Sui monitor vedo un enorme aereo bianco e blu che si prepara all'atterraggio. La televisione sta riportando il nostro arrivo e, poiché siamo ormai vicini, la tv prende le stazioni locali.

Incredibile, mi dico.

Poiché ci fidiamo della tv più che della realtà, teniamo gli occhi sullo schermo – e istantaneamente esso trasforma la nostra vita nel più grande film interattivo del mondo, quando le ruote toccano in tv e noi le sentiamo toccare sotto di noi.

Prima sbarcano i pezzi grossi, poi anche noi andiamo verso la porta. Non è un percorso molto lungo, ma si sente già un cambiamento di atmosfera. Nessuno parla. Nessuno si guarda in giro. Il viaggio di piacere sul miglior aereo privato del mondo è finito.

165

Finalmente la fila incomincia a muoversi e io offro la mano a Pam. «Forza, è ora di andare».

Lei si allunga e accetta il mio invito, intrecciando le dita con le mie. Le stringo la mano con forza, rassicurante. Come si fa con i migliori amici.

«Come va?» chiedo.

Lei mi restituisce una stretta ancora più forte e risponde: «Meglio».

Mentre andiamo lentamente verso il muso dell'aereo, finalmente capiamo la causa del rallentamento. Il presidente è in piedi all'ingresso principale e offre personalmente le sue condoglianze a ciascuno di noi.

Questa umanità... questo bisogno di aiutare... è proprio la ragione per cui sono venuto a lavorare per Hartson all'inizio. Se ci stringesse la mano ai piedi della scaletta, sarebbe solo una mossa politica – un momento organizzato per le telecamere e per le elezioni. Qui, la stampa non può vederlo. È il sogno di ogni collaboratore: un momento che esiste solo fra te e lui.

Quando ci avviciniamo, vedo la First Lady a sinistra del marito. Lei conosceva Caroline da più tempo di tutti noi – e lo si capisce dalla tensione delle sue labbra chiuse.

Ci vogliono ancora tre passi perché riesca a vedere la nota silhouette. Alle spalle di Hartson vedo il mio membro preferito della famiglia presidenziale in piedi nel corridoio a osservare quello che succede.

Quando alza gli occhi, i nostri sguardi si incrociano. Nora mi sorride debolmente. Cerca di apparire indifferente come al solito, ma incomincia a non ingannarmi più. Da come guarda suo padre... poi sua madre... non sono il presidente e la First Lady, sono i suoi genitori. Sono loro che rischia di perdere. Per noi è un di più. Per Nora... se ci fosse anche solo un accenno di scandalo su di lei e sui soldi – o, peggio, la morte... è la sua vita.

166

Lascio andare la mano di Pam e annuisco leggermente a Nora. *Non sei sola.*

Non può evitare di sorridermi.

Senza una parola, Pam mi riafferra la mano. «Ricordati», bisbiglia, «ogni bestia ha il suo carico».

12

La mattina dopo raccolgo i giornali, li porto sul tavolo in cucina e cerco il mio nome su tutte e quattro le prime pagine. Niente. Niente su di me, niente su Caroline. Anche le foto, che credevo venissero dedicate a Hartson al funerale, sono invece sui colpi mancati ieri da Orioles. Finito il funerale, non è più una notizia: solo un attacco di cuore.

Sfogliando a caso il «New York Times», aspetto che suoni il telefono. Lo fa trenta secondo dopo: «Hai il programma?» chiedo appena alzo la cornetta.

«L'hai visto?» chiede Trey.

«Visto cosa?»

Pausa. «A14 del "Post"».

Conosco quel tono. Spazzo via il «Times» dalla tavola e prendo ansiosamente il «Post». Le mani riescono appena a sfogliarlo. Dodici, tredici... ecco. «L'avvocato della Casa Bianca era in cura per depressione». Scorro il breve articolo e leggo che Caroline era in lotta contro la depressione e stava per vincerla.

Il racconto procede senza fare il mio nome, ma qualsiasi politico da strapazzo sa cosa vuol dire: potrà anche essere nascosta nelle pagine centrali, ma la storia di Caroline è ancora viva.

«Se questo ti fa sentire meglio, non sei il solo ad avere cattiva stampa», dice Trey, cercando evidentemente di cambiare argomento. «Hai visto la storia di Nora sull'"Herald"?» Prima che possa rispondere, mi spiega: «Secondo il loro esperto in pettegolezzi, uno dei consiglieri di Bartlett l'ha definita "mantenuta" – senti questa – perché non ha ancora deciso che università scegliere. Sono dei bastardi assetati del sangue altrui».

Sfoglio l'«Herald» e individuo l'articolo. «Non mi sembra una mossa astuta», dico mentre lo leggo. «Alla gente non fa piacere quando si attacca la figlia del presidente».

«Non lo so», ribatte Trey. «I ragazzi di Bartlett hanno fatto parecchi sondaggi su questo tema. Se parlano così, scommetto che la gente reagirà bene».

«Se fosse così, Bartlett avrebbe parlato in prima persona».

«Dagli qualche giorno – questo è solo un ballon d'essai. Sento già i discorsi: *Se Hartson non è capace di prendersi cura della sua famiglia, come fa a prendersi cura del paese?*»

«È un grande rischio, Dukakis. La reazione...»

«Hai visto i numeri? Non c'è nessuna reazione in arrivo. Credevamo di avere una spinta dal funerale – e Hartson è sotto di dieci punti. Credo che le mamme dell'IPO apprezzino l'idea di lottare per la famiglia».

«Non me ne frega niente. Si fermeranno qui. Non verrà mai fuori dalle labbra di Bartlett».

«Scommetti?»

«Sei davvero così sicuro?»

«Più di quanto lo ero per gli occhiali da sole e il cappellino da baseball di Hartson sull'aereo. Anche se era un po' *Top gun*, ti avevo detto che l'avremmo usato per la pubblicità».

«O-ho, spari grosso». Guardo l'articolo, ripensandoci ancora una volta. Non c'è alcuna possibilità che Bartlett dica una cosa del genere. «Cinque cents?»

«Cinque cents».

Da quasi due anni è il gioco più popolare della città. Qui a tutti piace vincere. Me compreso.

169

«E niente cose vaghe», aggiungo. «Andiamo giù duro su Bartlett che ha osato offendere la loro figlioletta vergine e innocente».

«Oh, non lo lasceremo in pace», promette Trey. «Per le nove avrò pronta la dichiarazione della signora Hartson». Pausa. «Non che serva a molto».

«Vedremo».

«Certo che vedremo», ribatte. «Pronto a leggere, adesso?»

Chiudo l'«Herald», perché facciamo sempre il «Post» per primo. Ma quando guardo il giornale, l'articolo su Caroline mi sta ancora guardando in faccia. Posso coprirlo quanto voglio – non sparirà. «Posso farti una domanda?»

«Cosa c'è? Vuoi rimangiarti la scommessa?»

«No, è solo che... l'articolo su Caroline...»

«Oh, dai, Michael, credevo che non...»

«Dimmi la verità, Trey – credi che abbia le gambe?»

Non risponde.

Affondo nella mia sedia. Per qualche ragione, il «Post» è ancora interessato. E da quello che capisco stanno incominciando a mettere a fuoco l'obiettivo.

«Cerco l'agente Rayford», dico leggendo il nome dalla ricevuta la mattina seguente.

«Sono Rayford», risponde irritato. «Chi parla?»

Mentre pronuncia queste parole, sposto la cornetta all'altro orecchio e mi immagino il suo naso schiacciato e i bicipiti depilati. «Buongiorno, agente, sono Michael Garrick – mi ha fermato la settimana scorsa per eccesso di velocità...»

«E forse per droga», aggiunge. «Ho capito chi è».

Chiudo gli occhi e fingo di non essere intimidito. «È proprio di questo che volevo parlarle. Mi chiedevo se era riuscito a controllare i soldi, così potevamo considerare tutto finito...»

«Sa quante banconote hanno fotocopiato prima della retata? Quasi centomila dollari. Anche a quattro biglietti per pagina, mi ci vorranno dei giorni per assicurarmi che i numeri di serie dei suoi biglietti non corrispondano a quelli dei nostri».

«Non volevo disturbarla, ma...»

«Senta, quando abbiamo finito la chiamiamo noi. Fino a quel momento, lasci perdere. E intanto mi saluti il presidente».

Come fa a sapere dove lavoro?

Sento un click dall'altra parte. Se ne è andato.

«E non ha detto altro?» chiede Pam, seduta di fronte al mio computer.

Guardo la mia scrivania, dove sto giocherellando con la maniglia del cassetto centrale. Io continuo ad alzarla, e lei continua a ricadere.

«Forse dovresti parlare all'FBI dei soldi», aggiunge, interpretando la mia reazione. «Tanto per essere tranquillo».

«Non posso», insisto.

«Ma certo che puoi».

«Pam, rifletti un secondo, non si tratta solo di parlare all'FBI... se fossero solo loro sarebbe una cosa. Ma sai come la pensano su Hartson. Da Hoover a Freeh, è odio puro con ogni direttore generale, una lotta di potere. E con Nora di mezzo, lo diranno alla stampa in un batter d'occhio. È la stessa cosa che hanno fatto con gli esami medici del presidente».

«Ma almeno tu...»

«Io sarei morto, ecco cosa. Se incomincio a chiacchierare con l'FBI, Simon manderà tutti contro di me. Se si arriva alla sua parola contro la mia, io perdo. E se cercano le prove, trovano solo quei biglietti con il numero di serie consecutivo. I primi trentamila nella cassaforte di Caroline; gli ultimi in mio possesso. Perfino io incomincio a credere che quei soldi siano miei!...»

«Quindi vuoi stare qui tranquillo a fare il bravo ragazzo di Simon?»

Afferro un foglio di carta dalla mia posta in uscita e glielo sventolo in faccia. «Sai cos'è questo?»

«Un albero vittima di quella macchina vorace, mortale e cannibalica che chiamiamo società moderna?»

«In realtà, Thoreau, è una formale richiesta all'ufficio etica del governo. Ho chiesto una copia delle dichiarazioni dei redditi di Simon, che vengono archiviate ogni anno».

«Ok, questo vuol dire che sai leggere dei file di pubblico dominio. Tutto ciò che otterrai è una lista delle sue azioni e qualche conto bancario».

«Certo, ma avendo i suoi file posso fare nuove ricerche. Non si ottengono quarantamila dollari dal niente. O ha dismesso qualche investimento importante, o ha un debito su uno dei suoi conti. Se trovo quel debito, ecco la maniera più facile per dimostrare che quei soldi sono suoi».

«Lascia che ti consigli una maniera ancora più facile: fai controllare a Nora se era...»

«Te l'ho detto: no. Ne abbiamo già parlato: nel momento in cui lei viene coinvolta, siamo tutti in prima pagina. Carriera chiusa, elezioni finite».

«Questo non...»

«Vuoi fare la Linda Tripp?» la sfido.

Pam non risponde.

«Ecco quello che ho pensato. Per di più, quello che ha visto Nora riguarda solo la prima notte. Quando si arriva alla morte di Caroline, anche se è stato un attacco di cuore, sono solo».

Pam scuote la testa e il mio telefono incomincia a squillare.

172

Mi rifiuto di discutere ancora e prendo la cornetta. «Michael».

«Ciao, Michael, sono Ellen Sherman. Ti disturbo in un brutto momento? Non stai parlando col presidente?»

«No, signora Sherman, non sto parlando col presidente». La signora Sherman insegna studi sociali in sesta nella mia città natale – Arcana, nel Michigan. È anche l'incaricata della gita scolastica annuale a Washington e quando ha saputo del mio lavoro ha aggiunto una nuova tappa all'itinerario: una visita privata all'ala ovest.

«Sono sicura che sai perché ti telefono», dice con voce acuta da scolaretta. «Volevo solo assicurarmi che non ti dimenticassi di noi».

«Non mi dimenticherei mai di voi, signora Sherman».

«Quindi siamo tutti prenotati per la fine del mese? Hai dato tutti i nomi agli addetti alla sicurezza?»

«L'ho fatto ieri», mento cercando l'elenco dei nomi sulla scrivania.

«E Jamie Lewis? Non ci sono problemi? La sua famiglia è mormona, sai? Dell'Utah».

«La Casa Bianca è aperta a tutte le religioni, signora Sherman. Compresa quella dell'Utah. C'è altro? perché sono molto di fretta».

«Se hai dato tutti i nomi...»

«Li ho passati tutti», dico guardando Pam che freme. «Be', buona giornata, signora Sherman. Ci vediamo il...»

«Non cercare di liquidarmi così, giovanotto. Puoi anche essere famoso e importante, ma per me resti sempre Mickey G.»

«Sissignora. Mi scusi». Il Midwest è duro a morire.

«E come sta tuo padre? Hai sue notizie?»

Guardo la richiesta di informazioni finanziarie su Simon. «Il solito. Niente di particolare».

«Be', ti prego di salutarlo da parte mia quando lo vedi», dice. «E, Michael, un'ultima cosa...»

«Sì?»

«Siamo molto orgogliosi di te, qui».

È banale, ma il complimento mi fa comunque sorridere. «Grazie, signora Sherman». Riaggancio e mi giro verso lo schermo del mio computer.

«Chi era?» chiede Pam.

«Il passato», le spiego cercando l'elenco della signora Sherman. La sua gita scolastica per me è stato il primo viaggio fuori dal Michigan. Già il volo in aereo mi aveva aperto nuovi orizzonti.

«Non puoi farlo do...»

«No», insisto. «Lo faccio adesso». Clicco due volte sulla cartella IDEV e apro un modulo in bianco per l'Ingresso dipendenti e visitatori. Prima di avere accesso all'OEOB o alla Casa Bianca, i visitatori devono passare al controllo IDEV. Uno per volta, inserisco i nomi, le date di nascita e il numero di codice della signora Sherman e dei suoi alunni. Quando ho finito, aggiungo giorno, ora e luogo del nostro incontro e schiaccio il tasto Invio. Sullo schermo appare un box rettangolare: «Il suo modulo IDEV è stato inviato ai Servizi segreti degli Stati Uniti per i controlli previsti».

«Possiamo finalmente riprendere il nostro discorso?» chiede Pam.

Guardo l'orologio e capisco di essere in ritardo. Salto fuori dal mio posto e rispondo: «Quando torno».

«Dove vai?»

«Adenauer vuole vedermi».

«Il tizio dell'FBI? Cosa vuole?»

«Non lo so», rispondo andando alla porta. «Ma se l'FBI scopre quello che sta succedendo e la cosa diventa pubblica, Edgar Simon sarà l'ultima delle mie preoccupazioni».

174

Entro nell'ala ovest pensando alla signora Sherman e alle sue gite scolastiche. È un trucco mentale che, spero, mi eviterà di farmi prendere dal panico pensando ad Adenauer e se è stato un attacco di cuore o no. Il problema è che più penso ai ragazzi di sesta e più dubito che sarò io a guidarli nella loro visita.

Mi avvicino al tavolo della guardia al primo posto di controllo con un enorme bisogno di una faccia amica. «Ciao, Phil».

Lui alza la testa e annuisce. Non c'è nient'altro da dire.

Lo guardo passando, ma continua a non dire una sillaba. È come la guardia fuori dal parcheggio. Più l'FBI entra in gioco, più la gente mi guarda strano. Cerco di non pensarci, supero Phil, svolto a destra e scendo una breve rampa di scale. Dopo un'altra svolta a destra, mi trovo davanti alla sala delle riunioni.

Sede regolare dei pezzi grossi del consiglio per la sicurezza nazionale, la sala delle riunioni è il posto più sicuro di tutta la Casa Bianca. Si sussurra che, entrando dalla porta, si passi attraverso una rete invisibile di raggi laser che controllano tutto il corpo per cercare armi chimiche. Non ci credo affatto: siamo bravi, ma non *così* bravi.

«Cerco Randall Adenauer», spiego alla prima segretaria che incontro.

«Il suo nome?» chiede controllando sull'elenco degli appuntamenti.

«Michael Garrick».

La ragazza alza la testa sorpresa. «Oh, signor Garrick. Da questa parte».

Il mio stomaco crolla a terra. Blocco la mandibola per regolarizzare il respiro e seguo la segretaria prevedendo di finire in uno degli uffici laterali. Invece ci fermiamo davanti alla porta della sala conferenze. Altro brutto segno. Invece di portarmi all'ufficio dell'FBI che si trova al quinto piano dell'OEOB, mi vuole incontrare nella sala più sicura dell'intero complesso. Quella in cui gli uomini di Kennedy discutevano durante la crisi dei missili di Cuba e quelli di Reagan litigavano per decidere chi dovesse guidare il paese quando il presidente era rimasto vittima di un attentato. Qui dentro, Adenauer ha qualcosa di serio da nascondere.

Lo scatto della serratura magnetica mi permette di entrare nella sala. Apro la porta e mi faccio avanti. Apparentemente è una qualsiasi sala riunioni: un lungo tavolo di mogano, sedie di pelle, qualche bottiglia d'acqua. Tecnologicamente è molto di più: i rivestimenti delle pareti sembra che riescano a bloccare qualsiasi cosa, dai raggi infrarossi dei satelliti ai sistemi di sorveglianza elettromagnetica che misurano le emanazioni di telefoni, modem, computer o linee speciali. Qualsiasi cosa succeda, non ci saranno testimoni.

Quando la porta si chiude alle mie spalle, noto il leggero ronzio che pervade la stanza. Sembra di trovarsi vicino a una fotocopiatrice, ma in realtà è un generatore di rumore bianco. Se ho addosso un registratore o una cimice, questo rumore li renderà inutili. Adenauer non vuole correre rischi.

«Grazie per essere venuto», dice. Sembra diverso dall'ultima volta che l'ho visto. I suoi capelli grigi, la sua mandibola leggermente storta – senza il cadavere di Caroline sullo sfondo sono in qualche modo addolciti. Come sempre, il primo bottone della camicia è slacciato. Ma la cravatta è allentata. Niente di intimidatorio. Ha una cartelletta rossa davanti a sé, ma da dietro il tavolo a cui è seduto la sua mano destra è aperta e vuota: una chiara offerta di aiuto.

«C'è qualcosa che la preoccupa, Michael?»

«Mi sto solo chiedendo perché ci vediamo qui. Poteva farmi venire nel suo ufficio».

176

«È già occupato da qualcun altro e se l'avessi fatta venire nell'ufficio centrale sarebbe passato davanti agli occhi di tutti i giornalisti che sono in agguato fuori dal palazzo. Almeno, qui siamo al sicuro».

È una buona risposta.

«Non sono qui per accusarla, Michael. Non credo nei capri espiatori», mi garantisce con il suo dolce accento della Virginia. Al contrario dell'ultima volta, non cerca di toccarmi la spalla, e questa è una delle ragioni per cui penso che sia serio. Mentre parla, la sua voce è meticolosamente professionale. Adatta al suo abito di tweed – e mi ricorda un professore di inglese al liceo. No, non solo un professore. Un amico.

«Perché non si siede?» chiede Adenauer. Indica la sedia all'angolo del tavolo e io seguo il suo suggerimento. «Non si preoccupi», dice. «Sarà una cosa rapida».

È senza dubbio rilassato. Quando sono seduto apre la cartelletta rossa. Siamo al punto. «Allora, Michael, conferma che l'unica cosa che ha fatto è stato trovare il corpo?»

La mia testa scatta in su prima ancora che finisca la domanda. «Cosa intende...»

«È solo una formalità», promette. «Non deve alterarsi».

Mi costringo a sorridere e accetto la sua parola. Ma nei suoi occhi... il modo in cui li stringe... sembra un po' troppo divertito.

«Non ho fatto altro che trovarla», confermo.

«Meraviglioso», replica lui con espressione immutata. Intorno a me, il rumore bianco incomincia a irritarmi. «Adesso mi dica cosa sa di Patrick Vaughn», dice tentando di nuovo un trucco da interrogatorio. Invece di chiedermi *se* conosco Vaughn, lo dà per scontato con la sua domanda. Ma io sono in guardia. P. Vaughn. Il nome è Patrick. Il tizio che ha fatto passare

177

il biglietto sotto la mia porta. Spero di ottenere qualcosa di più e dico ad Adenauer la verità.

«Non lo conosco».

«Patrick Vaughn», ripete lui.

«Ho sentito benissimo. Non ho idea di chi sia».

«Suvvia, Michael, non faccia così. È troppo intelligente».

Non mi piace questa – non è un trucco – c'è davvero della preoccupazione nella sua voce. Il che significa che secondo lui io dovrei davvero conoscere questo Vaughn. È ora di lanciare qualche esca. «Giuro che faccio del mio meglio. Mi aiuti un po'. Che faccia ha?»

Adenauer tira fuori dalla cartelletta una foto in bianco e nero. Vaughn è un tipo basso con baffetti sottili da gangster televisivo e capelli imbrillantinati. Il cartello identificativo che tiene sul petto indica il numero di arresto della polizia e la sua data di nascita. L'ultima riga dice «Wayne County», il che mi fa capire che deve aver passato qualche tempo a Detroit.

«Non le viene in mente niente?» chiede Adenauer.

Ripenso alla descrizione del tizio con la catena d'oro fattami dal mio vicino di casa.

«Le ho fatto una domanda, Michael!»

Il mio cervello è bloccato sul biglietto infilato sotto la porta. Se il tizio con la catena... se era Vaughn, perché ha fatto delle domande al mio vicino? Sta cercando di aiutarmi o di incastrarmi? Finché non so la risposta, non posso correre rischi. «Le dico che non ho idea di chi sia questo tizio. Non l'ho mai visto in vita mia». È una risposta da avvocato, ma è anche la verità. Guardo la foto e tento un'altra strada. «Perché è stato arrestato?»

Adenauer non muove un muscolo. «Non mi pisci sulle scarpe, giovanotto».

«Io non... Non capisco cosa devo dire. Cos'ha fatto?»

La pelle scricchiola mentre Adenauer si china in avanti. Si prepara al colpo di scena. «Provi a indovinare... È stato lei il primo ad arrivare sulla scena».

Oh, Dio. «È un assassino? Credete che sia stato questo tizio a uccidere Caroline?»

Adenauer mi strappa la foto dalle mani. «Io le ho dato una possibilità, Michael».

«Cosa? Pensate che lo conosca?»

«Non ho intenzione di rispondere a questa domanda».

Adesso incomincio a sudare. C'è qualcosa che non dice. Che sia pagato da Simon? Forse Simon lo sta usando per incastrarmi. Il rumore bianco rende difficile pensare. «Vi hanno detto qualcosa?»

«Lasci perdere, Michael. Andiamo avanti».

«Non voglio andare avanti. Mi dica, perché si è fatto questa idea? Per mio padre? Perché questo tizio viene da Detroit? Perché siamo tutti e due del Michi...»

«E se le dicessi che è sotto controllo da quando è arrivato al D.C. per spaccio di droga?» mi interrompe Adenauer. «Non le viene in mente niente neanche adesso?»

Non mi piace dove stiamo andando. «Dovrebbe?»

«Me lo dica lei – due arresti per droga e un processo per omicidio due anni fa in Michigan. Sicuro di non conoscerlo?»

Concentrato sulla droga, cerco di non pensare alla risposta.

«A proposito», dice Adenauer. «Ha visto quell'articolo sull'"Herald" stamattina? Cosa pensa del fatto che l'abbiano chiamata "mantenuta"?»

Cerco di restare calmo. «Prego?»

«Sa, pensavo che essendo insieme... è difficile doverla sempre dividere con il resto del mondo, no?»

Vorrei rispondere qualcosa, ma decido di aspettare.

«Insomma, è uscito con la figlia del presidente, avrà delle storie interessanti da raccontare». Incrocia le

179

braccia e aspetta che reagisca. Gli offro una stanza intera piena d'aria. L'appuntamento è una cosa, ma non ho intenzione di lasciarmi mettere in difficoltà con Vaughn e le voci su Nora e le droghe. Per quel che ne so, è un bluff basato sull'articolo del «Rolling Stone». O la loro antica vendetta contro Hartson.

«E così, da quanto tempo siete insieme?» chiede finalmente.

«Non siamo insieme», brontolo. «Siamo solo amici».

«Oh. Mi sono sbagliato».

«E cosa c'entra questo, comunque?»

«Niente, proprio niente. Voglio solo commentare qualche avvenimento recente con un dipendente della Casa Bianca. Non è neanche nel mio programma dell'interrogatorio». Mi guarda attentamente, mette via la foto di Vaughn e chiude la cartelletta. «Torniamo alla nostra storia. Ha litigato con Caroline prima di trovarla morta?»

«Sì, lei...» Mi blocco. Figlio di puttana. Non ho mai detto ad Adenauer che avevo litigato con Caroline. Mi sta mettendo sotto.

Da vero virginiano, però, non mostra alcuna soddisfazione. «Parlavo seriamente – non sono qui per accusarla», spiega. «Qualcuno nell'atrio vi ha sentito gridare. Voglio solo sapere perché». Prima che io possa rispondere, aggiunge: «La verità questa volta, Michael».

Non c'è via d'uscita. Ho gli occhi incollati alla cartelletta rossa di Adenauer. Come sempre, non prende appunti, si limita a leggere i miei fumetti. Sperando di annullare il rumore bianco con un profondo respiro, gli dico di mio padre, della sua fedina penale e del conflitto di interessi per i suoi benefits.

Adenauer ascolta senza interrompere.

«Non credo di aver fatto niente di illegale, ma Caroline pensava che avrei dovuto rifiutare l'incarico. Ci vedeva un conflitto d'interessi».

Adenauer mi studia, cercando un buco nel mio racconto. «E questo è tutto? Quando ha smesso di ascoltarla, lei se n'è andato ed è tornato nel suo ufficio?»

«Esatto. E quando sono tornato era morta».

«Quanto tempo è rimasto via?»

«Dieci minuti, quindici, al massimo».

«Nessuna fermata in mezzo?»

Scuoto la testa.

«Sicuro?» chiede sospettoso. Di nuovo, ho l'impressione che sappia qualcosa.

«È tutto quello che è successo», insisto.

Mi lancia una lunga occhiata, lasciandomi tutto il tempo di cambiare la mia storia. Poiché non lo faccio, prende la cartelletta e si alza dalla sua sedia.

«Giuro che ho detto la verità – e così che...»

«Michael, Caroline la ricattava?»

«Cosa?» chiedo costringendomi a ridere. «È questo che pensa?»

«Non importa quello che penso io», dice. «Adesso mi aiuti a risolvere questo problema. Non era la prima volta che tirava fuori la sua cartelletta, giusto?»

Sono gelato. «Non capisco di cosa sta parlando».

«Guardi qui!» grida indicando la cartelletta. La apre e mi mostra l'elenco delle consultazioni attaccato all'interno della prima pagina. Dalle due firme nella colonna Uscite vedo che Caroline aveva preso la mia pratica due volte: la settimana scorsa, e due mesi dopo che avevo incominciato a lavorare. «Vuole dirmi il perché della prima?»

«Non ne ho idea».

«Più racconta bugie e più sarà doloroso».

«Le dico che non ne ho idea».

«Pensa davvero che le creda?»

181

«Creda quello che vuole – le sto dicendo la verità. Insomma, se l'avessi uccisa perché non avrei preso la mia cartelletta? O almeno i soldi?»

«Senta, una volta mi è capitato un sospetto che si era ficcato un coltello da cucina nel polmone – due volte – solo per allontanare i sospetti. Non ci sono limiti quando si tratta di coprire un delitto».

«Non sto coprendo niente, io!» grido. «Ha avuto un attacco di cuore! Perché non lo accetta?»

«Perché è morta con trentamila dollari nella cassaforte. E soprattutto perché non è stato un attacco di cuore».

«Cosa?»

«Ho visto l'autopsia con i miei occhi. È stato un ictus».

Stringo i denti e indosso la mia maschera più coraggiosa. «Questo non vuol dire che sia stata assassinata».

«Ma vuol dire che non è stato un attacco di cuore», sottolinea Adenauer studiando la mia reazione. «Non si preoccupi, Michael, quando arriveranno i risultati degli esami tossicologici sapremo cosa l'ha provocato. È solo questione di tempo».

Ecco cosa nascondeva Adenauer. In attesa di vedere quando avrei ceduto. Non è sicuro che sia un omicidio, ma non è sicuro che non lo sia. «E la stampa?» chiedo.

«Dipende da lei. Naturalmente, non li lascerò turbare questa indagine, soprattutto pensando ai nostri rapporti». Mi lancia un'altra delle sue occhiate laterali. «Lei e la sua ragazza sarete d'accordo, no?»

Lo guardo, ma sono perso nel rumore bianco. Ho la testa che pulsa. Se gli esami tornano con cattive notizie e la cosa viene risaputa... Finora ero preoccupato che volessero incastrarmi per omicidio... ma da come mi prende in giro su Nora... e la collega a Vaughn... non posso fare a meno di pensare che abbia in mente qualcosa di più grosso.

Faccio del mio meglio per non cedere al panico e scelgo l'alternativa migliore – l'unica cosa che so che non porterà a me. «Avete controllato i conti bancari di Simon?»

«Perché dovremmo farlo?»

«Controllateli», dico sperando di guadagnare un po' di tempo.

«Non vuole dirmi nient'altro?» chiede Adenauer.

«No, basta così». Devo uscire di qui. Lascio Adenauer dove si trova, mi alzo in piedi e vado lentamente fino alla porta.

«Le faremo sapere quando arrivano gli esami tossicologici», dice lui con aria finalmente soddisfatta. Mi ha chiamato qui per verificare la mia reazione. E adesso che l'ha vista, vuole vedere cosa farò. «Non ci vorrà molto tempo», aggiunge.

Non perdo neanche tempo a voltarmi. Meno lo vedo e meglio è. L'unica cosa che voglio fare adesso è scoprire se c'è un rapporto fra Nora e Patrick Vaughn.

13

«Come ha fatto secondo te l'FBI a scoprirlo?» chiede Trey dalla sedia di fronte alla mia scrivania.

«Di me e Nora? Non ne ho idea. Forse attraverso i Servizi. Onestamente, però, sono più preoccupato per gli accenni ai rapporti fra lei e Vaughn».

«Non ti do torto – se riescono a metterlo in rapporto con Nora, potrebbero essere tutti e due...»

«Non dirlo neanche».

«Perché?» chiede Trey. «Ci hai già pensato – non è stata tutta la vita dalla parte degli angeli».

«Questo non vuol dire che voglia mettermi nei guai».

«Ne sei sicuro?»

«Sì. Lo sono». Scuoto la testa e aggiungo: «E anche se non lo fossi, cosa dovrei fare – considerarla una nemica solo perché l'FBI me la mette insieme a un killer di nome Vaughn?»

«Ma la droga...»

«Trey, non voglio fare niente finché non ne sappiamo di più. E poi dovevi sentirlo, Adenauer. Da come parlava sembrava che ci fosse qualche legame fra *me* e questo tizio».

«Secondo te è per questo che Vaughn si è messo in contatto con te?»

«Non so bene cosa pensare. A quanto sappiamo, Simon ha lasciato il biglietto firmato da Vaughn e sta cercando di farmi sembrare in rapporto con questo killer».

«Mi sembra un po' troppo», dice Trey. Si appoggia

allo schienale e alza le braccia in aria, emettendo un enorme sbadiglio. Mentre la sua mascella si sposta a destra e a sinistra, fa ricadere la sedia in posizione normale. «Cosa sai del processo per omicidio contro Vaughn?» chiede. «Hai idea di cosa sia successo?»

«Non ancora. Pam dovrebbe...»

«Ce l'avrò domani mattina», interviene Pam entrando nel mio ufficio.

«Avrai cosa?» chiede Trey.

«Il file dell'FBI su Vaughn».

«Non capisco. Da quando tu...»

«Finché Simon non assume qualcun altro, Pam prende il posto di Caroline», spiego. «Cioè è la nuova padrona degli archivi».

«E indovina chi ho visto mentre andavo all'ufficio dell'FBI?»

«Simon?» chiedo innervosito.

«Pensa a una fanciulla abbandonata...»

«Hai visto Nora?»

«Era diretta a qualche cerimonia nella sala del trattato indiano – sono entrata nell'ascensore ed era lì».

«Ti ha riconosciuto?»

«Penso di sì – mi ha chiesto se stavo andando nello stesso posto. Non ho potuto fare a meno di dirle che l'FBI non è esattamente un incontro mondano. E poi – incredibile – mi guarda fisso e con la voce più dolce e sussurrata mi dice: "Grazie per averlo aiutato". Giuro, stavo per premere la fermata di emergenza».

Non è difficile intuire la sorpresa nella voce di Pam. «Ti è piaciuta, vero?» le chiedo.

«No, no – adesso stai esagerando. Dentro di me, credo sempre che abbia bisogno di un bel calcio in quel sedere da privilegiata che si ritrova, ma a quattr'occhi... sicuramente non mi è piaciuta... solo che... non è come pensavo».

«Ti sei sentita male per lei, eh?»

«Non mi fa pena, se è questo che intendi... ma non è una persona semplice come sembra».

«Certo che non è semplice, è una pazza», ribatte Trey. «Cosa avete tutti e due? È complicata, bella scoperta! Benvenuti nella realtà. Thomas Jefferson propagandava la libertà e poi ha avuto una relazione con una delle sue schiave».

«E allora? La gente tiene separate le due cose».

«Be', non dovrebbe!»

«Mi dispiace essere io a dirtelo, ma ci sono duecentosettanta milioni di americani che non sono d'accordo con te».

Trey scuote la testa e sa di aver perso. «Sai cosa, perché non torniamo a Vaughn?»

Mi giro verso Pam e le chiedo: «Non si riesce a ottenere prima il suo file?»

«Faccio del mio meglio», dice, già abbattuta. «Mi hanno detto che devo aspettare fino a domani».

«Fanculo domani», dice Trey. «Ho il numero di Vaughn – possiamo chiamarlo subito». Prende il telefono e incomincia a fare il numero.

«*No!*» grido.

Trey si blocca.

«Se è il tizio che ha ucciso Caroline, l'ultima cosa di cui ho bisogno è che risulti una telefonata dal mio inter...»

Prima che possa finire, lo squillo del mio telefono risuona nella stanza. Pam e io guardiamo Trey, che è ancora il più vicino all'apparecchio.

«Cosa dice?» chiedo mentre Trey controlla il numero che compare sullo schermo del telefono.

Scuote la testa. «Chiamata esterna», il che vuol dire che la persona sta telefonando da un apparecchio pubblico o da un telefonino non rintracciabili, oppure è uno dei pochi pezzi grossi della Casa Bianca che possono fare telefonate senza essere individuato. Mi precipito verso la scrivania mentre ricevo contemporaneamente due consigli:

«Prendila». «Non prenderla».

«Non rispondere», aggiunge Pam. «Lascerà un messaggio».

«Se lascia un messaggio, sei al punto di prima», dice Trey. «Avrai paura di richiamarlo».

Incerto, mi lascio guidare dall'istinto: Trey vince su Pam. «Michael», dico portandomi la cornetta all'orecchio.

«Michael, vieni qui», dice Nora dall'altra parte.

«Qui dove? Dove sei?»

«Nell'ufficio di zio Larry. Ha appena avuto le informazioni sul tuo nuovo amico, Vaughn».

«Come hai fatto a...»

«Ma dai, credi che l'FBI non gli mandi degli aggiornamenti?»

Resto in silenzio. Finalmente chiedo: «Sono brutte?»

«Credo che dovresti venire qui. Subito. *Per favore*».

Come nella sala da bowling, sentire la paura nella voce di Nora mi fa perdere completamente la testa. Ci prova, ma non è capace di nasconderla. Riaggancio e corro verso la porta.

«Dove vai?» chiede Pam.

«Non te lo dico».

Lawrence Lamb non alza neanche gli occhi. Seduto in atteggiamento quasi militaresco, sta studiando una cartelletta rossa aperta sulla sua enorme scrivania rivestita di pelle. Sussurro un deferente «Buona sera», ma non gli interessa. Nora guarda fuori dalla finestra e si volta di scatto quando entro.

«Cosa succede?» le chiedo appena la porta dell'ufficio di Lamb si chiude.

187

«È meglio se ti siedi», suggerisce Nora.

«Non dirmi cosa devo fare...»

«Michael, siediti», insiste Lamb con la sua solita voce tranquilla. Con maggiore rapidità di quella che gli avrei attribuito, si toglie gli occhiali e finalmente alza lo sguardo. I suoi penetranti occhi blu dicono il resto: sono nel suo ufficio, adesso.

Seduto di fianco a Nora in una delle due sedie di fronte a Lamb, riformulo la domanda: «Nora mi ha detto che ha scoperto qualche altra cosa su Vaughn».

«E a me ha detto che sei un amico degno di fiducia. Il che vuol dire che ti farò questa domanda una volta sola: hai mai avuto a che fare personalmente con Patrick Vaughn?»

Guardo Nora, che mi legge nel pensiero e con un leggero cenno della testa risponde alla mia domanda su Lamb: posso fidarmi di lui. «Te lo giuro, non l'ho mai visto, non gli ho mai parlato, non ho mai avuto a che fare con lui... niente. L'unica ragione per cui conosco il suo nome è che l'investigatore dell'FBI...»

«Conosco bene l'agente Adenauer», mi interrompe Lamb. «E so altrettanto bene quello che hai fatto per noi quella notte con le autorità». Mi annuisce leggermente per assicurarsi che io capisca. Nel mondo «do ut des» della politica, questo è il suo modo per restituirmi il favore. Lamb si infila gli occhiali e torna a guardare la cartelletta. Lamb indossa il suo vestito, pur trovandosi nel suo ufficio, e questo gli dà un'aria formale, molto dignitosa. Non è un uomo che procede per tentativi. Avendo gestito con successo una compagnia di assicurazioni sulla salute, ha fatto i soldi – e per questo è forse l'unica persona dello staff a non avere le unghie mangiate.

Tenendo la cartelletta rossa nella mano perfetta, Lamb incomincia: «Patrick Taylor Vaughn è nato a Bo-

188

ston, Massachusetts, e ha cominciato come piccolo spacciatore punk. Erba, hashish, niente di speciale. La cosa interessante, però, è che è intelligente. Invece di farsi strada a forza di monetine nella sua zona, incomincia a fornire i giovani ricchi delle molte università di Boston. È più sicuro, ed è gente che paga i debiti. Passa alle droghe da designer: LSD, Ecstasy, molto special K».

I miei occhi corrono a Nora. Lei guarda per terra.

«Dopo qualche scontro, Vaughn si stanca della concorrenza e punta sulla tua città natale, nel Michigan».

Gli lancio un'occhiata penetrante.

«Volevi la storia», dice Lamb. «Nel Michigan, ha qualche guaio con la legge. Poi, due anni fa, la polizia trova il corpo di Jamal Khafra, uno dei principali concorrenti di Vaughn. Qualcuno ha messo il piede sul collo di Jamal e ha usato una corda di pianoforte per tagliargli la gola. Vaughn viene accusato del delitto, ma giura che non è stato lui. Supera anche la macchina della verità. Dopo qualche pasticcio processuale, la giuria lo assolve. Vaughn approfitta della fortuna e lascia il Michigan per ricominciare proprio qui al D.C. Vive nel Nordest, lungo la Prima strada. Il problema è che quando l'FBI è andata a interrogarlo per la morte di Caroline, ha parlato prima con uno dei suoi vicini di casa, che a quanto pare l'ha avvertito. Più o meno allora Vaughn è scomparso. Manca da circa una settimana».

«Non capisco. Perché lo sospettano?»

«Perché quando hanno esaminato gli archivi IDEV del giorno in cui è morta Caroline, l'FBI ha scoperto che Vaughn era nell'edificio».

«Nell'OEOB? Stai scherzando?»

«Magari».

«E cosa c'entro io?»

«Questo è quello di cui dobbiamo parlare, Michael. Secondo il computer, tu sei quello che l'ha fatto entrare».

14

«*Sei pazzo?*» grido aggrappandomi ai braccioli della sedia. «Io non so chi sia!»

«Ok», dice Nora massaggiandomi la schiena.

«Come è possibile che... Non ho mai sentito questo tizio!»

«Lo sapevo che non eri tu», dice lei.

Lamb sembra meno convinto. Non si è quasi mosso dopo avermi dato la notizia. Eretto, alla scrivania, sta studiando la scena – le reazioni di noi due. È il suo forte: prima osservare, poi decidere.

Scendo sul personale e mi giro verso di lui: «*Te lo giuro, non l'ho mai fatto entrare*».

«Chi altri aveva accesso al tuo ufficio?» chiede.

«A parte me?»

«Per avere il tuo nome, la richiesta di accesso dev'essere stata inviata dal tuo computer», mi spiega. «Dopo la riunione, chi c'era vicino al tuo ufficio?»

«Solo... solo Pam», rispondo. «E Julian. Julian era lì quando sono arrivato».

«Quindi uno di loro due potrebbe aver usato il tuo computer».

«È possibile, certo». Ma mentre lo dico non ci credo davvero. Perché uno di loro avrebbe dovuto invitare uno spacciatore nel... Porca puttana. I miei occhi si concentrano su Nora. Vedo ancora la sua fialetta marrone. Quella sera al bar ha detto che era una medicina per il mal di testa. Ho fatto di tutto per evitarlo, ma deve averla avuta da qualcuno.

«C'è qualcun altro che ha accesso al tuo computer?» chiede Lamb.

Ripenso a quella prima notte con Nora. Mi ha detto di aver preso i soldi come prova. Per proteggere suo padre. Ma adesso... tutti quei soldi... la droga costa... se cerca un capro espiatorio...

«Ti ho fatto una domanda, Michael», ripete Lamb. «Pam o Julian avevano accesso al tuo computer?»

Continuo a fissare Nora. «Possono averlo fatto senza computer», dico. «Ci sono altri modi per far entrare qualcuno nell'edificio. Puoi fare richiesta da un telefono interno, o addirittura via fax».

«Quindi potrebbe essere stato chiunque?»

«Credo di sì». Nora finalmente mi guarda. «Ma dev'essere stato Simon».

«Anche se fosse, come ha fatto a entrare questo Vaughn?» interrompe Nora. «Credevo che i Servizi segreti facessero controlli su tutti i visitatori».

«Fermano solo gli stranieri e le persone detenute per qualche crimine. I due arresti per droga di Vaughn sono stati ridotti a piccoli incidenti e dall'accusa di omicidio è stato assolto. Chi l'ha lasciato entrare conosceva il sistema».

«Sai quando è stata fatta la domanda?» chiedo.

«Subito dopo la nostra riunione. E secondo l'orario di Adenauer, avresti potuto essere tu».

«Non è stato lui», interviene Nora.

«Stai calma», dice Lamb.

«Ti dico che non è stato lui», insiste lei.

«Ho capito!» esplode Lamb. Poi si controlla e cade in un silenzio imbarazzato. Sta diventando una faccenda troppo personale. «Non so cosa vuoi da me», dice a Nora.

«Mi hai detto che l'avresti aiutato».

«Ti ho detto che gli avrei *parlato*». Soppesando i fatti, Lamb mi getta un'ultima occhiata. Come i migliori tra i pezzi grossi, non lascia mai trasparire quello che pensa. Si limita a restare lì seduto, con i lineamenti immobili. Alla fine dice: «Nora, ti spiace lasciarci per un secondo?»

«Neanche per sogno», ribatte lei. «Sono stata io a portarlo...»

«Nora...»

«Non ho intenzione di andarmene senza...»

«*Nora!*»

Come un cucciolo sgridato, Nora si rannicchia sulla sedia. Non avevo mai sentito Lamb alzare la voce. E non ho mai visto Nora così scossa. Ecco perché l'ha accudita per tutte quelle vacanze – perché Lamb è una delle poche persone che sanno dirle di no. Nora capisce cosa c'è in gioco, si alza e va verso la porta. Quando sta per chiudersela alle spalle dice: «Mi racconterà tutto, comunque». La porta si chiude.

Nell'ufficio resta sospesa nell'aria una pausa imbarazzata. I miei occhi vagano alle spalle di Lamb nel tentativo di distrarmi osservando le decorazioni della stanza. Studiando il paesaggio a olio alle sue spalle, mi accorgo per la prima volta che non ha una parete dell'ego. Non ne ha bisogno. È lì solo per proteggere il suo amico.

«Ci tieni?» mi chiede.

«Cosa?»

«Nora. Ci tieni a lei?»

«Certo che ci tengo. Ci ho sempre tenuto».

Tamburellando leggermente sulla scrivania, Lamb guarda in lontananza, raccogliendo i pensieri. «La conosci?» chiede alla fine.

«Prego?»

«Non è una domanda trabocchetto – la conosci? Sai davvero chi è?»

«Io... credo di sì», balbetto. «Sto provandoci».

Annuisce come se questa fosse una risposta. Finalmente la sua voce forte si incrina. «Quand'era più giovane, verso la fine delle medie, ha incominciato a giocare a hockey. Era veloce. E dura. L'hanno iscritta perché si facesse qualche vera amica, e lei giocava per ore, sui tappeti, alla fattoria, tutte le volte che poteva prendere la sua mazza. Voleva che Chris giocasse contro di lei. Ma la cosa che le piaceva di più non era lo sforzo fisico, era il fatto di essere in una squadra. Di avere qualcuno a cui appoggiarsi, con cui festeggiare, era questo il bello. Quando però suo padre è diventato governatore... per ragioni di sicurezza, gli sport di squadra sono stati esclusi. Al loro posto, Nora ha avuto un consulente per l'immagine che comperava i vestiti per lei e per sua madre. Sembra sciocco, adesso, ma la pensavano così».

«Non so se capisco bene».

«Se ci tieni a lei, dovresti saperlo».

«Se non ci tenessi a lei, non avrei mentito a proposito dei soldi».

Da come cadono le sue spalle, capisco che era quello che voleva sentire. Per certi versi, non sono sorpreso. Adesso che l'FBI sa che siamo insieme, siamo tutti nell'epicentro. Nora, Simon, io stesso... una mossa sbagliata e siamo tutti a terra. Onestamente, non credo che Lamb si preoccuperebbe se io finissi male. Ma dal suo sguardo deciso e dal modo pragmatico in cui mi ha chiesto se tengo a Nora, non ha intenzione di lasciarmi trascinare con me la sua figlioccia... o il presidente.

Prende la cartelletta dalla scrivania e me la porge. «Penso che ti abbia detto delle altre cartellette che hanno trovato nell'ufficio di Caroline. Ce n'erano quindici in tutto, alcune sulla scrivania, altre nei cassetti. L'FBI le tratta come una prima lista di sospetti».

«Una delle cartellette era la mia».

Annuisce tra sé, come se le sue parole fossero un test. «Dietro al file dell'FBI su Vaughn c'è l'elenco di tutti quelli che hanno considerato puliti finora». Guardo la lista e vedo altri tre giudici nominati dal presidente. Gli altri due sono i nomi che mi aveva fatto vedere Nora. Cinque fatti, dieci da fare. La lista dei sospetti si sta restringendo. E non sono ancora arrivati a me.

«Non ho bisogno di dirti, Michael, che se Nora viene messa in rapporto con uno spacciatore, per non dire con un omicida...»

Non è necessario che finisca la frase. Sappiamo tutti cosa c'è in gioco. «Questo vuol dire che ci aiuterai?» chiedo.

La sua voce è lenta e metodica. «Non voglio interferire con questa indagine...»

«Naturalmente».

«...ma farò quello che posso».

Mi rizzo a sedere. «Grazie per avermi creduto».

«Non a te», dice Lamb con tono neutro. «Credo a *lei*». Osserva la mia reazione e aggiunge: «Sono la mia famiglia, Michael. Ho tenuto in braccio Nora otto ore quando è nata. Quando mi telefona sette volte in due ore, chiedendomi di fare qualcosa per proteggerti, lo noto».

«Ti ha telefonato sette volte?»

«Solo oggi», dice. «È una ragazza complicata, Michael. Ha fatto quasi tutto quello che le hai chiesto. E se è preoccupata per te... per me basta».

Guardo Lamb innervosito. «Questo vuol dire che l'ha detto al presidente?»

«Giovanotto, se mi chiedi delle loro conversazioni private, non posso dirti niente. Ma se fossi in te...» Fa una pausa, per assicurarsi che colga il messaggio. «Spererei che il presidente non sappia mai nulla. Non importa che con un ordine segreto possa cancellare una piccola città dall'altra parte del mondo, o che sia sempre seguito da un aiutante militare con i codici nucleari in una borsa di pelle. Perché quando si viene al dunque, niente vale quanto il fatto di essere un padre con una figlia che soffre».

«Cosa ti ha detto?» chiede Nora appena mi vede.

«Niente». Col mento indico la segretaria di Lamb che sente ogni parola.

Nora si gira verso di lei e dice: «Non potrebbe...»

«Stavo proprio per andare a prendere un caffè», dichiara la donna con quello sguardo ormai familiare negli occhi. Non si dice di no alla figlia del presidente. Nel giro di trenta secondi, la segretaria di Lamb è scomparsa.

«Allora, cosa ti ha detto?» chiede Nora soffiandosi ancora una volta il naso. «Ci aiuterà?»

«È il tuo padrino, no?» scatto.

«Cos'hai?»

Non è il momento dei segreti. «Sei stata tu a far entrare Vaughn?»

«Cosa? Ma sei fuori di testa? Cosa ti ha detto Larry?»

«Non mi ha detto niente – l'ho capito da solo. Quella fiala marrone al bar... le voci sull'Ecstasy... e la special K. Vaughn spaccia l'una e l'altra, per Dio».

«E questo vuol dire che sono una cliente?» esplode Nora senza fiato. «È così che la pensi? Che sono una tossica?»

«No, io...»

«Non sono una merda, Michael! Mi senti? No!»

Ho superato un limite preciso. «Nora... calmati».

«Non dirmi "calmati"! Tutti i giorni leggo queste stronzate sui giornali – non le voglio sentire anche da

195

te! Se volessi comprare della roba, credi proprio che inviterei uno spacciatore qua dentro? Ti sembro tanto stupida? Vogliono incastrare anche me, non solo te! E in ogni caso non avrei bisogno del tuo nome. Quando invito qualcuno, non identificano i miei ospiti!»

Cerco di prenderle la mano, ma mi sbatte via. La sua faccia è rossa di rabbia. Incapace di contenersi, scatta: «Sei stato tu a dire all'FBI che siamo insieme?»

La mia bocca praticamente si spalanca. «Credi davvero che io...»

«Rispondi alla domanda!» ordina.

«Come puoi pensare una cosa del genere?»

«Tutti vogliono qualcosa, Michael. Basta un piccolo scandalo per renderti famoso».

«Nora...» Ancora una volta le prendo la mano, ma quando cerca di sbattermi via le afferro il polso e rifiuto di mollarla.

«*Lasciami andare!*» ruggisce lottando contro di me.

La tengo forte e le prendo la mano. Ha le dita rigide. Non adesso... è sempre così. Nel suo mondo, con quello che c'è in gioco, può solo prepararsi alla caduta. Non conosce altro. «Ti prego, Nora, ascoltami».

«Non voglio...»

«*Ascoltami!*» Faccio un passo avanti e le metto l'altra mano sulla spalla. «Io non voglio essere famoso».

Mi aspetto che reagisca con un'osservazione pungente, e invece si blocca. Questa è Nora – su e giù in un lampo. Prima che possa reagire le sue braccia mi circondano e lei si appoggia al mio petto. L'abbraccio mi sorprende, ma mi sembra anche giustissimo. «Non sono stata io», sussurra. «Non l'ho fatto entrare io».

«Non l'ho mai detto. Mai».

«Ma l'hai pensato, Michael. Hai pensato questo di me».

«Non è vero», insisto. Le afferro le spalle, la respin-

196

go e la tengo a distanza. «Ti ho solo fatto una domanda – e dopo tutto quello che abbiamo passato, sai bene che mi merito almeno una risposta».

«Non ti fidi ancora di me?»

«Se vuoi dimostrarmelo, Nora, dimostramelo. Se no, dimmelo e vado avanti con la mia vita».

Alla sfida rialza la testa. Le spalle si sollevano. Per una volta, non si trova la pappa pronta. «Hai ragione», dice con voce ancora scossa. «Te lo dimostrerò». Si avvicina e mi abbraccia di nuovo. «Non ti lascerò nei guai».

Abbracciandola, ripenso alle sette telefonate che ha fatto a Lamb. Per me. Le ha fatte per me. «Non ti chiedo altro».

«E tu credi a tutte quelle stronzate?» chiede Trey.

«Dammi retta, era davvero turbata».

Mentre lasciamo i confini dell'OEOB, Trey mi lancia la sua stoccata – abbastanza veloce da farmi capire che devo stare attento.

«Adesso non ti fidi di Lamb?» chiedo mentre attraversiamo la Diciassettesima strada.

«Io amo Lamb – è Nora quella che mi preoccupa».

«Credi davvero che conosca Vaughn?»

«No, ma credo che non dica la verità sulla droga. Ho sentito troppe chiacchiere per pensare che sia pulita».

«Lascia perdere la droga. La cosa più importante è: come fa Simon a conoscere Vaughn?»

«Sei convinto che sia stato Simon a farlo entrare?»

«Guarda i fatti, Trey. Caroline è morta esattamente nello stesso periodo di tempo in cui un tizio accusato di omicidio si trovava nell'edificio. Credi che sia solo una coincidenza? Simon ha intuito l'occasione nel momento in cui ha visto che lo seguivo. Invece di continuare a pagare Caroline, ha deciso di ucciderla. Sa che ho io i soldi; sa che non posso usare il mio alibi; sa che può gettare la colpa su di me. È il modo migliore per tapparmi la bocca: invitare dentro Vaughn a nome mio, poi tirarsi indietro e godersi i fuochi d'artificio».

«E come faceva a sapere che avevi tu i soldi?»

«Potrebbe essere tornato indietro e averci visto, o magari Caroline l'ha chiamato quando ha visto che la somma non corrispondeva».

«Non lo so. È un piano molto complicato per una notte sola».

«Se consideri quello che rischiava, no», ribatto. Trey si mette ad attraversare la Pennsylvania Avenue lasciandomi indietro di due passi. Io corro per raggiungerlo.

Arrivato al telefono pubblico dall'altra parte della strada, Trey tira fuori il numero di Vaughn e una manciata di monete.

«Sei sicuro che sia una buona idea?» chiedo mentre alza la cornetta.

«Qualcuno deve ben salvarti le chiappe. Se parlo io, non possono risalire a te». Fa i primi tre numeri. «E così non viene dal tuo telefono».

«Non me ne frega niente. Parlo della telefonata in generale. Se Vaughn è l'assassino, perché mi ha contattato?»

«Forse si sente in colpa. Forse vuole proporti un patto. In ogni caso, almeno facciamo qualcosa».

«Ma telefonargli a casa...»

«Non offenderti, Michael, ma mi hai chiesto di aiutarti e non ho intenzione di restare seduto a non fare niente – anche se Lamb può ritardare tutto fino a dopo le elezioni, i problemi resteranno gli stessi di adesso. Almeno, con Vaughn, c'è la possibilità di trovare una risposta».

«Ma se è solo una provocazione? Forse è proprio questa la trappola: ci mettono in contatto, Vaughn diventa un pentito e io sono fottuto».

198

Trey smette di fare il numero. La paranoia è contagiosa.

«È possibile, sai?» dico.

Guardiamo tutti e due il numero di Vaughn. Certo, è pericoloso per Vaughn contattarmi. E mi fa pensare che ci sia qualcos'altro in gioco. Ma questo non vuol dire che possiamo risolvere tutto con una telefonata.

«Forse dovresti parlare a Nora», suggerisce finalmente Trey. «Chiedile di nuovo se lo conosce».

«L'ho già fatto».

«Ma puoi sempre chiederle...»

«Ti ho detto che l'ho già fatto!»

«Smettila di gridare con me!»

«E tu smettila di trattarmi come un cretino! So quello che faccio!»

«Ecco dove ti sbagli. Tu non la conosci, Michael, non sai niente di lei, hai visto solo dei filmini di propaganda».

«Non è vero, so un sacco di co...»

«Non parlo di chiacchiere politiche. Parlo delle cose importanti: qual è il suo film preferito? il suo cibo preferito? il suo scrittore preferito?»

«Grahame Greene, burritos e *Annie Hall*», reagisco.

«Credi al vecchio articolo su "People"? Ho scritto io quelle risposte, non lei! Volevano un'immagine funky e io gliel'ho data!»

Tutti e due vediamo la rabbia che ci cresce negli occhi e ci fermiamo un momento per guardarci alle spalle. Finalmente Trey rompe il silenzio. «Cosa vuoi fare, Michael? Salvare te stesso o salvare Nora?»

La domanda è così stupida che non merita risposta.

«Va bene, se vuoi fare l'eroe», continua Trey, «e sono sicuro che lei apprezza la tua lealtà...»

«Non è solo lealtà, Trey, se lei cade, io cado con lei».

«A meno che non tagli i ponti e ti lasci cadere da solo. E senti questa, amico mio: non mi interessa se Pam ha fatto una simpatica chiacchierata in ascensore; non ho intenzione di vederti inchiodato come principale sospetto».

Aggiro Trey e torno all'OEOB. «Grazie per l'interessamento, ma so quello che faccio. Non ho lavorato tanto e non sono arrivato fin qui solo per lasciar perdere tutto. Soprattutto se dipende da me».

«Pensi che dipenda da te?» Mi salta davanti e mi blocca la strada. «Mi dispiace essere io a dirtelo, amore, ma non puoi salvare il mondo. Ora, non dico che dovresti denunciarla, dico solo che dovresti fare un po' più di attenzione ai fatti».

«Non ci sono fatti! Chiunque sia stato, è come se avesse creato una nuova realtà!»

«Vedi, è qui l'errore. Per quanto tu voglia illuderti, ci sono ancora alcune verità di fondo nell'universo: le scarpe nuove fanno male; chi porta i pantaloni kaki è cattivo; alle manifestazioni aeree accadono degli incidenti; e soprattutto, se non stai attento, proteggere Nora ti farà scoppiare una bomba nel...»

«Tutto bene, voi due?» interrompe una voce maschile alle nostre spalle.

Ci giriamo.

«Non volevo interrompere», aggiunge Simon. «Solo salutarvi».

«Ciao», sbotto.

«Salve», dice Trey.

Tutti e due ci chiediamo da quanto tempo era lì e incominciamo l'analisi. Se sa cosa stavamo facendo, lo rivelerà dal modo in cui si muove.

«A chi telefonavate?» chiede mettendosi una mano nella tasca sinistra del pantaloni.

«A Pam», rispondo. «Dovevamo incontrarci per pranzo».

Simon guarda Trey, poi me. «E com'è andato il tuo incontro con Adenauer?»

Come fa a sapere...

«Se vuoi, ne possiamo parlare più tardi», aggiunge con forza sufficiente a ricordarmi il nostro patto. Simon vuole ancora mantenere il silenzio, anche se per farlo deve farmi apparire un killer. Scende dal marciapiede e ci saluta alzando una tazzina di caffè ancora caldo. «Fammi sapere se posso fare qualcosa».

15

Mi sveglio venerdì mattina come se mi avessero dato una mazzata sulla nuca. Sette giorni dopo la morte di Caroline, la mia ansia è al massimo e i miei occhi sono tanto gonfi che non riesco ad aprirli. Una settimana di sonno inquieto alla fine si fa sentire. Vado alla porta d'ingresso camminando come Frankenstein, apro gli occhi giusto il necessario per prendere i giornali. Sono le sei passate da un paio di minuti e non ho ancora telefonato a Trey. Non manca molto ormai.

Faccio due passi verso il tavolo della cucina e il telefono suona. Non manca mai. Alzo la cornetta senza dire «pronto».

«Chi è la tua mamma?» canticchia.

Rispondo con uno sbadiglio incredibilmente lungo.

«Non ti sei ancora fatto la doccia, eh?»

«Non mi sono ancora neanche grattato».

Trey fa una pausa. «Non voglio sentire queste cose. Hai capito?»

«Va bene, va bene, dimmi le novità». Prendo il «Post» in cima al mucchio e lo apro sul tavolo. Gli occhi corrono subito al titolino in fondo a destra: *Lo sperma è buono, ma il governo dice niente benefit.*

«Cos'è questa storia dello sperma, Trey?»

Nuova pausa. «Speriamo che nessuno stia registrando questa telefonata».

«Dimmi di cosa si tratta. È quella donna che è stata inseminata con lo sperma congelato del marito morto?»

«Proprio lei. L'ha tenuto nel ghiaccio, ha avuto un bambino dopo la morte del marito e ha fatto domanda per ottenere l'assistenza sociale per la morte del marito. Ieri l'HHS ha negato l'assistenza perché il bambino è stato concepito dopo la morte del genitore».

«Lasciami indovinare: adesso vogliono che la Casa Bianca riconsideri la decisione dell'agenzia?»

«Dai un osso a un cane», canticchia Trey. «Credimi, questo è un cane se mai ce ne sono stati. Adesso bisogna solo vedere chi si prende la responsabilità».

«Dieci dollari che tocca a noi». Sfoglio il resto del giornale e aggiungo: «Nient'altro di interessante?»

«Dipende se consideri interessante perdere una scommessa».

«Cosa?»

«Fondo di Jack Tandy sul "Times". In un'intervista a "Vanity Fair" che sarà in edicola la settimana prossima, Bartlett dice – cito – "Come fa il presidente a mettere la famiglia al primo posto se non è capace neanche di prendersi cura della sua, di famiglia?"».

Sussulto. «Dici che farà rumore?»

«Stai scherzando? Una frase del genere, mi dispiace dirlo, Michael, ma così parla un vincitore. Si sentono i voti che si spostano. Se il paese non incomincia subito ad applaudire, lo farà durante il comizio del prossimo notiziario. Gli elettori non amano i cattivi genitori. E grazie alla tua ragazza Bartlett ha un argomento vincente nuovo di zecca».

Istintivamente prendo il «Times». Ma quando lo apro, la prima cosa che noto è la foto in prima pagina: una bella immagine di Hartson e della First Lady che parlano con un gruppo di leader religiosi nel giardino delle rose. Nell'angolo destro della foto, però, spunta in ultima fila l'unica persona che non sorride: l'agente Adenauer.

Incomincio subito a sudare. Cosa diavolo ci fa lì?
«Michael, ci sei?» grida Trey.
«Sì», dico tornando alla cornetta. «Io... sì».
«Cosa c'è? Sembri un morto».
«Niente», rispondo. «Te lo dico dopo».

Tre quarti d'ora dopo ho fatto la doccia e la barba e
ho letto due giornali. Ma mentre lascio l'appartamento
non posso fare a meno di pensare alla foto di Adenauer.
Non c'è una sola ragione per cui un agente dell'FBI debba essere così vicino agli Hartson e questa preoccupazione è sufficiente per farmi arrivare al lavoro con un
quarto d'ora di ritardo. Non ho tempo per questo, decido. Basta distrazioni. Mi dirigo verso il metrò e vedo
un barbone che trascina un tergivetro. Nel momento in
cui i nostri sguardi si incrociano, capisco che un altro
dei miei desideri non è destinato a realizzarsi.

«Giorno, giorno, giorno», dice alzando il suo tergivetro. Ha pantaloni militari verdi e la barba nera più di-
sordinata che io abbia mai visto. Dalla tasca gli pende
una bottiglia di spray Windex piena di acqua bianca-
stra. Quando si avvicina, vedo che ha anche un maglio-
ne rovinato della facoltà di legge di Harvard. Solo al
D.C. «Dov'è la tua Porsche? Dov'è la tua Porsche? Dov'è
la tua Porsche?» canta regolando il passo sul mio.

Ho già visto questo tizio. Credo al Dupont Circle.
«Mi dispiace, ma non guido», gli dico. «Prendo la metrò».

«No, no, no. Tu no, tu no. Belle scarpe sempre in
macchina».

«Oggi no. Davvero...»

«Dov'è la tua Porsche? Do...»

«Te l'ho detto».

«...v'è la tua Porsche? Dov'è la tua Porsche?»

Evidentemente non mi ascolta. Per più di un isolato e

mezzo resta al mio fianco, passando il suo tergivetro su e giù sul mio parabrezza immaginario. Per togliermelo di torno, mi frugo in tasca e tiro fuori un dollaro.

«Ahh, eccolo qui», dice il lavavetri, «Mister Porsche».

Gli do il dollaro e finalmente lui abbassa il suo attrezzo.

«Il resto, signore», sussurra tirando fuori qualcosa dalla tasca. «Vaughn dice che dovete parlare», bisbiglia. «Provi al museo dell'Olocausto lunedì all'una. E non porti quel ragazzo nero del telefono pubblico».

«Come?»

Sorride e mi mette qualcosa in mano. Un foglio di carta piegato.

«Cos'è questo?»

Non ottengo risposta. Se ne è già andato. Dietro di me, lo vedo avvicinarsi a un uomo in gessato. «Dov'è la tua Porsche?» gli chiede alzando il tergivetro.

Guardo il foglietto e lo apro. È bianco. Solo un attimo di distrazione.

Troppo tardi. Alle mie spalle, il lavavetri è scomparso.

Butto la valigetta sulla scrivania e controllo lo schermo digitale sul telefono dell'ufficio. Quattro messaggi in attesa. Premo il pulsante per vedere di chi sono, ma vengono tutti da fuori. Chiunque sia, ha un disperato bisogno di parlarmi. Il telefono suona e io faccio un salto indictro, spaventato. Lo schermo dice «Chiamata esterna».

Prendo la cornetta più in fretta che posso. «Pronto?»

«Michael?» sussurra una dolce voce femminile.

«Nora? Sei...»

«Hai visto la citazione di Bartlett?» interrompe lei.

Non rispondo.

«L'hai vista, vero?» ripete. Ha la voce tremante e conosco quel tono. L'ho sentito quel giorno nella sala da bowling. È preoccupata per suo padre. «Cos'ha detto Trey?» mi chiede.

«Trey? Chi se ne frega di quello che ha detto Trey. Tu come stai?»

Nora fa una pausa, come se fosse confusa. «Non capisco».

«Come stai? Ti senti bene? Insomma, senza offesa per tuo padre, ma sei tu quella che stanno prendendo a schiaffi».

Nuova pausa. Stavolta un po' più lunga. «Come stai?» mi chiede con voce quasi allegra.

«Non preoccuparti per me. Cosa dicevi della frase di Bartlett?»

«Niente... niente... fa parte del gioco».

«Credevo che volessi parlare di...»

«No. Non più», dice con una risata. «Senti, adesso devo proprio scappare».

«Allora ci sentiamo più tardi?»

«Sì», tuba, «senza dubbio».

Quando mi stacco dal telefono con Nora, sono già in ritardo per la riunione settimanale con Simon. Mi precipito fuori dall'ufficio e corro verso l'ala ovest. «Salve, Phil», dico sfrecciando davanti alla scrivania del mio agente preferito dei Servizi segreti.

Lui schizza fuori dalla sedia e mi afferra per un braccio.

«Cosa stai...»

«Ho bisogno di vedere il tuo pass», dice freddamente.

«Scherzi? Ma sai benissimo che...»

«Subito, Michael».

Mi stacco e rimango calmo. Cerco il pass al collo e mi accorgo di averlo ficcato nel taschino della camicia.

Non dovrebbe avere importanza. Non mi ha mai fermato prima.

Gli dà una rapida occhiata e mi lascia passare. «Grazie», dice.

«Non c'è di che». Sta solo facendo il suo dovere, mi dico. Mi avvicino all'ascensore e penso che si scuserà aprendomi le porte. Lo guardo, ma non mi presta attenzione. Fingo di non notarlo e chiamo l'ascensore da solo. Il mondo incomincia a girare storto. Sarà una giornata di merda.

Scivolando nell'ufficio affollato di Simon, vedo che tutti sono ai loro soliti posti: Simon a capotavola, Lamb nella sua poltrona preferita, Julian il più vicino possibile alla prima linea, Pam... un momento. Pam è seduta in poltrona. Quando i nostri sguardi si incrociano, mi aspetto che si stringa nelle spalle o mi strizzi l'occhio – un modo per riconoscere la ridicolaggine del cambiamento. Invece no. Resta seduta immobile. Almeno uno di noi sta facendo carriera.

Dalle parole che sento, si sta ancora facendo il giro preliminare. Tocca a Julian.

«...e non demordono dalla richiesta di danni. Sapete quanto sono testardi gli uomini di Terrill, possono essere nel letame fino al collo, ma rifiutano di ammetterlo. Io propongo di passare la notizia alla stampa e di diffondere i termini della proposta. Bene o male, almeno li costringerà a una decisione».

«Ho un incontro con Terrill oggi pomeriggio. Vediamo cosa succede», suggerisce Simon. «Adesso dimmi cos'hanno detto i giudici a proposito delle intercettazioni».

«Le chiedono ancora con forza – vogliono essere gli eroi della battaglia anticrimine di Hartson». Julian continua la sua spiegazione, ma mi getta un'occhiata di lato con una specie di sogghigno. Bastardo fottuto. È il mio tema, questo.

«Avevi assegnato a me quel progetto», dico a Simon dopo la riunione. «Ci lavoro da settimane e tu...»

«Capisco il tuo risentimento», interrompe Simon.

«Certo che sono risentito... me l'hai strappato per darlo a quel vampiro. Sai benissimo che Julian lo ucciderà».

Simon allunga una mano e me la mette sulla spalla. È il suo modo passivo-aggressivo per calmarmi. L'unica cosa che ottiene è che vorrei tirargli un mattone nei denti.

«È per l'indagine?» chiedo alla fine.

Simon si finge preoccupato, ma ha ottenuto il suo scopo: continua a fare il furbo con me e ti distruggo la vita. Pezzo per pezzo. La cosa triste è che può farlo benissimo. «Michael, sei sottoposto a un grande stress in questo momento e il problema delle intercettazioni non farebbe che aumentarlo. Credimi, sono davvero preoccupato per te. Finché questa storia non è conclusa, credo che sia davvero meglio per te non affaticarti».

«Posso farcela».

«Ne sono sicuro», dice, evidentemente felice di vedermi in difficoltà. «E anzi, c'è una questione appena arrivata sul tavolo: la storia di una donna inseminata artificialmente...»

«L'ho vista. Il caso dello sperma».

«Esatto», dice con un sorriso al catrame. «Puoi prendere la documentazione da Judy – non ci vorrà molto tempo. E con Bartlett che si concentra sulla famiglia, forse diventerà una cosa importante».

Adesso sta giocando con me. Vedo il lampo di soddisfazione nei suoi occhi, si gode ogni istante.

«Mi ci dedico subito», dico simulando entusiasmo. Non gliela darò vinta.

«Sicuro che vada tutto bene?» chiede toccandomi di nuovo la spalla.

Lo guardo diritto negli occhi e sorrido. «Mai stato meglio». Mentre vado verso la porta, mi concentro sul mio incontro di lunedì con Vaughn e mi chiedo se non riguardi qualcosa di più di un pezzo grosso in un bar gay. Qualsiasi cosa nasconda, Simon sta alzando la posta. D'ora in poi farà di tutto per fermare l'emorragia.

Tornato nel mio ufficio, vedo ancora quel sorriso al catrame sulla faccia di Simon. Se per un istante l'ho considerato una vittima, non è più così. Anzi, questo è ciò che mi spaventa di più – anche se veniva ricattato, prova troppo piacere per quello che ha fatto. Il che significa che c'è dell'altro.

Devo ammettere, però, che su una cosa ha ragione: dall'inizio di questa crisi, il mio lavoro va a rilento. La mia segreteria è piena di messaggi a cui non ho risposto, da una settimana non leggo la mia e-mail e la scrivania, con montagne di carta, è diventata ufficialmente il mio incubo.

Non sono dell'umore giusto per fare ordine, tanto meno per parlare, per cui vado direttamente all'e-mail. Guardo la lunga fila di messaggi e ne vedo uno di mio padre. Avevo quasi dimenticato che gli hanno concesso di usare un po' il computer. Apro il messaggio e leggo il suo breve appunto: «Quando vieni a trovarmi?» Ha ragione, è passato più di un mese. Tutte le volte che ci vado, vengo via sentendomi in colpa e depresso. Ma è sempre mio padre. Scrivo la mia breve risposta: «Proverò questo weekend».

Dopo aver cancellato circa trenta versioni dell'agenda settimanale, mensile e giornaliera del presidente, noto un messaggio di due giorni fa da parte di qualcuno con un indirizzo del «Washington Post». Penso che riguardi il censimento o qualcuno degli altri temi di cui mi occupo. Ma quando lo apro c'è scritto: «Signor Garrick – se ha un po' di tempo, vorrei parlarle di Caroline Penzler. Naturalmente possiamo tenere la conversazione riservata. Se può aiutarmi, la prego di farmelo sapere». È firmato «Inez Cotigliano, redazione interna del "Washington Post"».

Mi si allargano gli occhi e faccio fatica a respirare. Cerco un terreno più solido. L'esperta su Caroline è Pam. Corro alla porta e la apro. Nell'anticamera, però, resto sorpreso trovando Pam seduta alla scrivania solitamente libera appena fuori dalla mia porta. Sede della nostra macchinetta per il caffè e di mucchi di vecchie riviste, la scrivania è senza proprietario da sempre.

«Cosa stai...»

«Non chiedermi niente», dice lei sbattendo giù la cornetta. «Sto parlando con il vice presidente e all'improvviso il mio telefono diventa muto. Nessuna spiegazione, nessuna ragione. Adesso mi dicono che ci sono ritardi nelle riparazioni, per cui sono bloccata qui fino a domani. E per di più non capisco neanche la metà di tutta questa roba nuova – dovevano prendere un'altra – non ce la farò mai». Davanti a lei, la piccola scrivania è piena di cartellette rosse e documenti legali. Pam non si gira, ma non ho bisogno di vedere le borse sotto ai suoi occhi per capire che è stanca e stressata. Perfino i suoi capelli biondi, solitamente pulitissimi, sono in disordine e sembrano elettrizzati. Caroline ha lasciato un'eredità difficile. E, come ha detto Trey, le scarpe nuove fanno sempre male.

«Sai qual è la cosa peggiore?» chiede senza aspettare risposta. «Tutte queste persone sono uguali – non importa se vogliono diventare ambasciatori, sottosegretari o membri del maledetto gabinetto – nove su dieci tradiscono la moglie o sono in analisi. E lasciami dire un'altra cosa: nessuno – ripeto – nessuno in questo governo paga le tasse. *"Oh, ho dimenticato la donna di servizio. Giuro che non lo sapevo"*. Bisognerebbe chiamare l'IRS, per Dio!»

Finalmente, Pam si gira con rabbia e mi guarda. «Cosa vuoi, adesso?» chiede.

«Be'...»

«Anzi, a pensarci bene, puoi aspettare dopo? Voglio finire questa roba».

«Certo», dico guardando la sua scrivania. Vicino alla pila di cartellette rosse, ne noto una beige con scritto «FOIA – Caroline Penzler». Riconosco l'acronimo per Freedom of Information Act – Legge sulla libertà di informazione – e chiedo: «Da chi viene quella domanda?»

«Una cronista del "Post" – Inez qualcosa».

«Cotigliano».

«Proprio lei», dice Pam.

Il colore svanisce dalla mia faccia. Prendo la busta e ne strappo fuori il documento. «Quando l'hai avuta?»

«I... ieri, credo».

«Perché non me l'hai detto?» grido. Prima che possa rispondere vedo l'intestazione del documento:

A: tutti i collaboratori
DA: Edgar V. Simon, consigliere del presidente

Con la stampa tanto interessata, scommetto che se ne occupa personalmente. Sfoglio il documento di Simon e noto che ha incluso perfino la richiesta di documentazione di Inez. La giornalista sta cercando di mettere le mani sui file dei dipendenti, sugli archivi interni, sui rapporti etici – qualsiasi documento pubblico sia in qualche modo connesso con Caroline. Per fortuna, le comunicazioni dell'ufficio dei consiglieri di solito sono escluse dal FOIA. Poi noto l'ultimo elemento nella lista di Inez. Il cuore mi si ferma. È lì in bianco e nero – la cosa più facile da dare alla stampa – i tabulati IDEV. Dal 4 settembre. Il giorno in cui ho trovato Caroline morta.

«Michael, prima che tu...»

Troppo tardi. Chiedendo questi tabulati, Inez ha acceso la lampadina. Possiamo aspettare finché vogliamo, ma è solo questione di tempo prima che il mondo intero sappia che io ho invitato nell'edificio un tizio accusato di omicidio. Il che vuol dire che non è più in dubbio *se*, ma solo *quando* i tabulati usciranno.

Incapace di parlare, infilo la mano nella busta vuota e mi chiedo dov'è finita la mia copia del documento. Poi guardo Pam.

«Scusa», dice. «Pensavo che lo sapessi».

«Evidentemente no». Le butto il documento sul tavolo e vado verso la porta.

«Dove vai?»

«Fuori», rispondo lasciando l'ufficio. «Mi sono appena ricordato che devo fare una cosa».

«Lasciale qualche momento», dice Nora all'altro capo. «Mi sembra seppellita di lavoro».

«Certo che lo è, ma sa anche quanto è importante per me questo».

«E perciò dovrebbe leggere tutta la tua posta? Dai, Michael, di sicuro quando ha ricevuto il documento ha pensato che l'avessi ricevuto anche tu».

È esattamente la cosa che mi ha detto Trey, ma onestamente speravo in un'idea diversa. «Non capisci», aggiungo. «Non è solo che non me l'ha detto. È che... da quando ha incominciato a salire la scala, è diventata un'altra persona».

«Mi sembra di subodorare una piccola crisi di gelosia in agguato».

«Non sono geloso». Sono al telefono pubblico davanti all'OEOB e mi scopro a esaminare la folla dei passanti, cercando di ricordare la faccia di Vaughn che ho visto sulla foto.

«Ascolta, tesoro, incominci a essere patetico. Insomma, anche se sei un po' paranoico, perché chiamarmi da un telefono pubblico? Dai! Respira, compra un lecca-lecca, fai qualcosa. È comé con la giornalista del "Post", montagne e sassolini, piccolo».

Non so cosa mi innervosisca di più: l'incidente con Pam o il fatto che Nora parli e si comporti come se non ci fosse niente di cui preoccuparsi. «Credi davvero?»

«Certo. Non hai mai sentito in che modo Bob Woodward ha fatto le ricerche per *The Brethren*? Stava scrivendo questo libro sulla Corte Suprema, ma non riusciva a parlare con nessuno dei dipendenti. Così ha scritto seicento pagine basate su voci e pettegolezzi. Ha preso il manoscritto, ne ha fatta qualche copia e l'ha fatto circolare all'interno della Corte. Nel giro di una settimana, tutti gli egomaniaci del palazzo gli hanno telefonato per correggere le inesattezze. Bang: instant book».

«Non è vero. Chi te l'ha detto?»

«Bob Woodward».

Io resto freddo. «E quindi è vero?»

«È vero che ho parlato con Woodward».

«E il resto? La storia dei dipendenti?»

«Ha detto che sono stronzate. Uno dei miti di Washington. Non ha avuto problemi a trovare delle fonti. Ma lui è Bob Woodward», dice Nora ridendo. «Questa giornalista – quella che ti ha mandato l'e-mail – sta solo provandoci. Tutta la storia del FOIA è solo una grande avventura. Oh, aspetta un secondo – la donna del le pulizie...» Copre la cornetta e la voce arriva soffocata, ma capisco lo stesso. «Estoy charlando con un amigo. Puedes esperar un segundito?»

«Disculpe, señora. Solo venía para recojer la ropa sucia».

«No te preocupes. No es gran cosa. Gracias, Lola!» Rivolgendosi di nuovo a me dice: «Scusa, dov'eravamo?»

«Sai lo spagnolo?»

«Vengo da Miami, Paco. Dovevo scegliere il francese?» Prima che possa rispondere aggiunge: «Adesso parliamo di qualcos'altro. Cosa fai questo weekend? Forse possiamo vederci».

«Non posso. Ho promesso a mio padre di andare a trovarlo».

«È bello da parte tua. E dove abita? Michigan?»

«No, non esattamente», sussurro.

Nora nota il cambiamento nella mia voce. «Cosa c'è?»

«No, niente».

«E allora perché ti chiudi in questo modo? Dai, puoi dirmelo, cosa c'è?»

«Niente», insisto, cercando di cambiare argomento. Dopo la sua telefonata di stamattina sono tentato, ma... no, non ancora. «Sono solo preoccupato per Simon».

«Cos'ha fatto?»

Le spiego che mi ha tolto il caso delle intercettazioni mobili. Come sempre, la reazione di Nora è istantanea. «Che testa di cazzo... Ma non può farlo!»

«L'ha già fatto».

«E allora fagli cambiare idea. Fai casino. Dillo a zio Larry».

«Nora, non ho intenzione di...»

«Smettila di lasciarti maltrattare. Simon, l'FBI, Vaughn... accetti tutto quello che dicono. Se il piatto è freddo, mandalo indietro».

214

«Se lo mandi indietro, il cuoco ci sputa dentro».

«Non è vero».

«Ho fatto il cameriere per tre anni al liceo. Credimi, preferisco il piatto freddo».

«Be', io no. Se non chiami Larry, lo faccio io. Anzi, mangiati pure la tua cena fredda, lo chiamo subito».

«Nora, no».

Troppo tardi. Ha riagganciato.

Metto giù la cornetta e sento un leggero clic. Viene da dietro di me. Mi giro e noto un uomo grasso e trasandato, con una barbetta che cerca invano di compensare la perdita dei capelli. Clic, clic, clic. Con una vecchia borsa fotografica appesa alla spalla, sta fotografando l'OEOB. Per una frazione di secondo, però... proprio mentre mi voltavo... giurerei che la macchina era puntata verso di me.

Ansioso di andarmene, gli volto le spalle e me ne vado. Ma continuo a sentire quei clic. Uno dopo l'altro. Do un'ultima occhiata all'estraneo e mi concentro sulla sua attrezzatura. Teleobiettivi. Motorino. Non è certo il tipico turista dcl D.C.

Ritorno sul marciapiedi e mi avvicino lentamente. «Ci conosciamo?» gli chiedo.

Abbassa la macchina e mi guarda diritto negli occhi. «Fatti gli affari tuoi».

«Cosa?»

Invece di rispondere, si gira e si allontana. Mentre corre, noto che sul fondo della sua borsa c'è scritto con un pennarello nero: «In caso di smarrimento telefonare al 202 334 6000». Memorizzo il numero, smetto di inseguirlo e ritorno al telefono. Metto una manciata di monete nella fessura e faccio il numero, aspettando che qualcuno risponda. «Dai...» Mentre squilla, guardo l'estraneo che scompare oltre l'isolato. Questa storia non...

«*Washington Post*», dice una voce femminile. «Desidera?»

«È incredibile. Perché diavolo...»

«Michael, calmati», dice Trey dall'altra parte. «Per quanto ne sai...»

«Mi stava fotografando, Trey! L'ho visto!»

«Sei sicuro che stava fotografando solo te?»

«Quando gliel'ho chiesto è scappato. Lo sanno, Trey. Sanno di doversi concentrare su di me. E questo vuol dire che non la smetteranno di scavare nella mia vita finché non troveranno una bara o... Dio!»

«Cosa c'è?» chiede Trey. «Cosa c'è adesso?»

«Quando scopriranno quello che ho fatto lo faranno a pezzi».

«*Chi* faranno a pezzi?»

«Devo andare. Ci sentiamo dopo».

«Ma di cosa...»

Butto giù la cornetta e faccio un nuovo numero.

Dieci numeri dopo sono al telefono con Marlon Porigow, un uomo dalla voce profonda responsabile delle visite per mio padre. «Domani dovrebbe andare bene», mi dice con un ruggito da nobile meridionale. «Lo troverà alzato e pronto».

«Ci sono stati problemi ultimamente? Come va?»

«A nessuno piace stare in prigione, ma se la cava. Tutti ce la caviamo».

«Già», dico con la sinistra aggrappata a un bracciolo della sedia. «Ci vediamo domani».

«Domani».

Sta per riagganciare quando aggiungo: «Marlon, può farmi un piacere?»

«Sentiamo».

«Sto lavorando su... su una cosa abbastanza importante qui, una cosa un po' personale. E siccome ho paura che la stampa mi stia un po' col fiato sul collo, se lei potesse...»

«Vuole che lo tenga d'occhio?»

«Sì». Vedo ancora quel fotografo che corre lungo l'isolato. «Basta che nessuno vada a trovarlo. Alcune di queste persone sanno essere davvero spietate».

«Crede davvero che qualcuno...»

«Sì», lo interrompo. «Altrimenti non ne parlerei».

Marlon ha già sentito quel tono. «Siamo in ginocchio, eh?»

Non rispondo.

«Be', stia tranquillo», continua. «Pasti, docce, sonno – farò in modo che nessuno gli si avvicini».

Rimetto la cornetta al suo posto. Sono solo nella stanza. Sento le pareti che mi crollano addosso. Tra Inez e il fotografo, la stampa sta arrivando alle conclusioni un po' troppo rapidamente. E non sono i soli. Simon, Vaughn, l'FBI – tutti si stanno avvicinando. A me.

16

Il traffico del sabato mattina verso la Virginia non è per niente brutto come pensavo. Temevo di trovarmi imbottigliato sull'asfalto della I-95, ma il maltempo mi permette di volare verso Richmond vedendo davanti a me solo cieli e nuvole grigio scuro. È uno di quei giorni spenti e uggiosi in cui sembra che debba sempre piovere da un momento all'altro. Non piovere: diluviare. Uno di quei giorni che tengono la gente a casa.

Sempre sulla corsia di sorpasso dell'autostrada, tengo d'occhio lo specchietto retrovisore finché non sono ben lontano da Washington. È passato un mese dall'ultima volta che sono andato a trovarlo e non vorrei portare ospiti indesiderati. Per quasi mezz'ora cerco di perdermi nella vista ripetitiva del paesaggio. Ma tutti i pensieri tornano a Caroline. E a Simon. E a Nora. E ai soldi.

«Maledizione!» grido colpendo il volante. Non c'è via d'uscita. Accendo la radio, trovo della buona musica rumorosa e ritmata e alzo il volume al massimo. Ignorando il cielo sempre coperto, apro il tettuccio. Il vento sulla faccia mi fa piacere. Per le prossime ore voglio fare tutto il possibile per di nenticarmi della mia vita. Oggi è dedicato alla famigl...

Passo l'ultima mezz'ora di autostrada in una carovana di quattro macchine: sono in seconda posizione, ho davanti una Toyota e dietro una Ford verde e una Suburban scura. È una delle gioie del viaggiare – fare gruppo con degli estranei che vanno alla tua stessa andatura. Un'unione difensiva contro la tecnologia dei poliziotti che controllano la velocità.

Due uscite prima della mia destinazione ad Ashland, Virginia, mi tiro via dalla processione e mi porto nella corsia di destra. Con la coda dell'occhio noto che la Suburban scura mi segue. È solo una coincidenza, decido. Davanti a me vedo il cartello per King's Dominion. Mi ha sempre fatto ridere che questo posto sia così vicino a quello di mio padre. Un parco divertimenti: così vicino; così lontano. Mi lascio pervadere dall'ironia e guardo nello specchietto. La Suburban è ancora dietro di me.

Probabilmente uscirà al parco divertimenti – non c'è molto altro da vedere qui. Ma quando ci avviciniamo all'uscita, non mette la freccia. Non rallenta neppure. Anzi, si avvicina.

Mi guardo alle spalle per vedere meglio il guidatore... e sento la gola secca. Cosa diavolo ci fa *lui* qui? E perché è solo? Giro il volante verso destra e accosto al bordo della strada, sparandogli in faccia una nuvola di polvere e ghiaietto. Siamo a pochi metri di distanza dall'uscita per Ashland, ma con uno scatto della gamba freno il più violentemente possibile. Dietro di me, la Suburban è accecata dalla polvere e più vicina che mai. Si arresta con un sussulto, non senza che il suo paraurti tocchi leggermente il mio.

Salto fuori dalla macchina e mi precipito verso il guidatore della Suburban. Sta guardando qualcosa sul sedile posteriore. «Cosa vuoi?» grido colpendo col pugno il suo finestrino.

Harry si gira, ignorando la mia domanda. È concentrato su qualcosa che c'è sul sedile posteriore. No, non qualcosa. Qualcuno.

Si alza e mi arriva la sua risata. «E così sarei *io* la guidatrice folle?» chiede Nora sistemandosi il cappellino

219

da baseball. «Caro mio, tu vinci il primo, il secondo e anche il terzo premio».

«Cosa credi di fare?»

«Non arrabbiarti», dice Nora uscendo dalla Suburban. «Volevo solo...»

«Volevi solo cosa? Seguirmi? Farmi uscire di strada?»

«Io... io volevo solo vedere dove vai», sussurra.

«Cosa?»

«Mi hai detto che vai a trovare tuo padre... ma l'hai detto in un modo... volevo solo assicurarmi che stessi bene».

Guardo Harry, poi di nuovo Nora. Ha la testa bassa e prende a calci qualche sassolino tra la polvere. Esita ancora. Ha paura di aprirsi. Tutte le altre volte, è rimasta scottata. E con tutta questa storia... il fatto che siamo legati... rischia moltissimo solo per il fatto di essere qui. Ma è venuta lo stesso.

Mentre mi avvicino, so che Trey mi direbbe di andarmene. Ma si sbaglia. Ci sono delle cose per cui bisogna lottare – anche se questo vuol dire perdere tutto. Non importa quello che dicono gli altri, non se ne può fare a meno.

Lentamente, le alzo il mento. «Sono felice di vederti».

Non riesce a trattenere un sorriso. «Quindi stai davvero andando da tuo padre?»

Annuisco.

«Posso venire anch'io?»

«N-non credo che sia una buona idea».

Fa una pausa alla mia reazione. «Perché no?»

«Perché... Come mai ti viene voglia di conoscerlo?»

«È tuo padre, no?»

Lo dice così rapidamente, come se non ci fosse altra risposta possibile. Ma ciò non vuol dire che capirebbe.

«Se non vuoi, ti capisco».

Ne sono sicuro – ha scritto la sceneggiatura, le premesse e le conseguenze. E forse il problema è anche questo. È di nuovo una questione di paura. E di fiducia. Non posso pretenderla se non gliene do. «Quindi non ti importa che sia...»

«È tuo padre», dice lei. «Non devi nasconderlo».

«Non lo sto nascondendo».

«Voglio conoscerlo, Michael».

È difficile rifiutare. «Ok, ma solo se...»

«Harry, io vado con Michael», dice. Prima che possa dire una parola, corre alla mia macchina e salta dentro.

«Scusi per il paraurti», dice Harry mentre risale sulla sua Suburban. «Posso pagarle i danni, se vuole».

Parlo con Harry, ma continuo a guardare Nora. «Credo... non importa... sì».

Mentre apre la portiera, gli chiedo: «Deve continuare a controllarla?»

«Non verrò dentro, Michael, ma devo seguirvi».

«Va bene, basta che sappia che con mio padre è meglio girare alla larga: non gli piacciono i poliziotti».

Esco all'uscita di Ashland e ben presto ci troviamo in aperta campagna. Un momento fa stavamo seguendo le due righe gialle della Route One; basta una svolta a sinistra e ci troviamo a salire e scendere per i picchi e le vallate delle strade più pittoresche della Virginia. I semafori diventano alberi verdi e tronchi gialli. I posteggi diventano campi aperti e lussureggianti. Il cielo è sempre nuvoloso, ma i profumi dolci... improvvisamente è il più soleggiato dei giorni.

«Non vorrei sembrare ingrata, ma dove diavolo è questo posto?» chiede Nora.

Non rispondo. Voglio che lo veda da sola.

Davanti a noi, la struttura si trova vicino a una piccola fattoria. All'inizio il fattore non era molto contento di avere simili vicini, ma la possibilità di ottenere mano d'opera a poco prezzo gli ha fatto rapidamente cambiare idea. Superata la fattoria e i suoi campi di granoturco, faccio una brusca curva a sinistra ed entro da un cancello in un recinto di legno senza alcuna indicazione. La macchina sobbalza sulla strada sterrata che porta all'ingresso principale.

Quando ci fermiamo, mi aspetto quasi che Nora scappi giù dalla macchina. Invece resta dov'è. «Sei pronta?» le chiedo.

Annuisce.

Soddisfatto, scendo dalla macchina e chiudo la portiera. Forse per la prima volta in vita sua, Nora mi segue.

La struttura, anni Cinquanta, è un ranch a un solo piano, con la porta a zanzariera aperta. Per dire le misure di sicurezza. Dentro è una casa normale, tranne che per le pareti, dove ci sono indicazioni per le uscite antincendio e licenze statali appena si entra. In cucina un uomo grosso e brizzolato è appoggiato al banco, con un giornale aperto davanti a sé. «Michael, Michael, Michael», canticchia nel suo profondo accento meridionale.

«Il celebre Marlon».

«Mia madre ne ha fatto uno solo». Dà una rapida occhiata a Nora, poi indovina subito la situazione. È troppo intelligente per il cappellino da baseball. Ci siamo.

«Mmmmm – guarda guarda. Cosa ci fai tanto a sud?»

«E cosa ci fa un accento creolo tanto a nord?» ribatte lei con un sorriso.

Marlon emette una risata tonante. «Ben detto, sorella. Era ora che qualcuno mi dicesse che non era meridionale».

Mi schiarisco la gola per attirare l'attenzione. «Ehm... mio padre...»

«Ha chiesto di te tutta mattina», dice Marlon. «E, perché tu lo sappia, sono stato attento, dopo la tua telefonata, ma non c'è niente da preoccuparsi. In questo posto non è venuto nessuno da giovedì».

«E chi è venuto gio...»

«Lascia perdere», dice Nora appoggiandosi alla mia spalla. «Almeno per qualche ora».

Giusto. Oggi doveva essere una giornata dedicata alla famiglia.

«Ti aspetta», aggiunge Marlon. «Nella sua stanza».

Nora fa il primo passo. «Tutto a posto?» chiede.

Ho i pugni stretti e sono bloccato. Non avrei dovuto farla venire.

«Va tutto bene», dice. Mi apre le dita e mi prende per mano.

«Non lo conosci. È...»

«Smettila di preoccuparti», aggiunge alzandomi il mento. «Mi piacerà. Davvero».

Rassicurato dalla fiducia della sua voce, vado esitando verso la porta.

17

«Toc toc», annuncio entrando nella piccola stanza. C'è un letto sulla mia sinistra e un cassettone sulla destra. Mio papà è seduto a una scrivania vicino alla parete di fronte. «C'è nessuno?»

«Mickey!» grida mio padre con un sorriso tutto denti. Saltando su dalla sua sedia, fa cadere una scatola di Magic Marker dalla scrivania. Non se ne accorge neanche. L'unica cosa che vede sono io.

Mi avvolge in un grande abbraccio e cerca di sollevarmi da terra.

«Attento, papà. Sono più pesante, adesso».

«Mai troppo pesante per... questo!» Mi solleva e mi fa girare, mettendomi giù in mezzo alla stanza. «Sei davvero pesante», dice con un tono leggermente nasale. «E hai anche l'aria stanca».

Poiché dà le spalle alla porta, non vede Nora in piedi sulla soglia. Mi chino e incomincio a raccogliere i pennarelli da terra. Noto il giornale sulla scrivania e gli chiedo: «Cosa stai facendo?»

«Parole crociate».

«Davvero? Fa' vedere». Prende il giornale e me lo porge. Le parole crociate fatte da mio padre: un colore diverso per ogni casella.

«Cosa ne dici?»

«Splendido», gli dico cercando di sembrare entusiasta. «È il migliore che hai fatto, finora».

«Davvero?» chiede aprendosi al suo sorriso. È un

sorriso bianco splendente, che illumina la stanza. Con le cinque dita distese, si mette lo spazio fra pollice e indice dietro l'orecchio, poi abbassa la parte alta del padiglione e la fa scattare di nuovo in su. Quand'ero bambino, mi ricordava un gatto che faceva il bagno. Mi piaceva moltissimo.

«Vuoi scrivere le lettere?» chiede.

«Adesso no, papà». Gli do una pacca sulle spalle e gli sistemo l'etichetta della camicia. Dietro di lui, leggo l'espressione del viso di Nora. Finalmente incomincia a capire la situazione. Adesso sa dove è finita la mia infanzia. «Papà, voglio presentarti una persona». Indico la porta e aggiungo: «Questa è la mia amica Nora».

Papà si volta e i due si studiano a vicenda. A cinquantasette anni, lui ha un perenne sorriso da bambino di dieci anni, ma è ancora molto bello, con un ciuffo disordinato di capelli grigi che cominciano appena ad arretrare sulle tempie. Indossa una delle sue magliette preferite – quella con il logo del ketchup Heinz – e i suoi onnipresenti pantaloncini color kaki, tirati troppo in alto sulla pancia. Più giù ha scarpe da ginnastica bianche e calze nere. Mentre osserva Nora, incomincia a oscillare sui piedi. Avanti e indietro, avanti e indietro, avanti e indietro.

Vedo la sorpresa sulla faccia di Nora. «Lieta di conoscerla, signor Garrick», dice togliendosi il cappellino da baseball. È la prima volta che lo fa in pubblico. Basta con i travestimenti.

«Sai chi è?» chiedo, improvvisamente contento di me.

«È il mio ragazzo», dice mio padre a Nora, mettendomi orgogliosamente un braccio sulle spalle. Mentre lo dice, distoglie lo sguardo da entrambi. I suoi occhi sempre spalancati guardano un angolo della stanza e le sue spalle si chinano goffamente in avanti.

«Papà, ti ho fatto una domanda. Sai chi è lei?»

225

La sua bocca resta aperta mentre si gira verso Nora per guardarla di sottecchi. Confuso, dice: «Una ragazza carina con il seno piccolo?»

«Papà!»

«Non è così?» chiede umilmente con gli occhi che vagano da tutte le parti.

«In realtà quello è solo un soprannome», dice lei porgendogli la mano. «Mi chiamo Nora».

«Frank», dichiara lui con un sorriso. «Frank Garrick». Si passa la mano sulla pancia e la offre a Nora.

So cosa pensa lei. Il modo in cui tiene la bocca aperta; in cui guarda sempre lontano – non è quello che si aspettava. I suoi denti sono leggermente in fuori, il collo è teso verso l'alto. È un adulto, ma sembra piuttosto un bambino troppo cresciuto – che oltre tutto non conosce la moda.

«Papà, perché hai ancora quelle calze nere? Ti ho detto che stanno malissimo con le scarpe da ginnastica».

«Stanno su meglio», dice tirando le calze verso l'alto il più possibile. «Non c'è niente di male in questo».

«Certo che no», osserva Nora. «A me sembra bellissimo».

«Dice che sembro bellissimo», ripete mio padre oscillando avanti e indietro. Li guardo entrambi – lui è in piedi di fianco a lei e invade completamente il suo spazio personale, ma Nora non arretra mai.

Sorrido a Nora, ma lei si guarda in giro e osserva la stanza. Sopra al letto di mio padre c'è una foto incorniciata delle Olimpiadi Speciali del Michigan. È una foto dall'alto di un uomo che gareggia per il salto in lungo. Sulla parete di fronte c'è il collage che gli ho fatto quando ha traslocato nella residenza collettiva. Formato con foto degli ultimi trent'anni, gli fa sapere che sono sempre qui.

«Sei tu?» chiede Nora esaminando il collage.

«Quale?» chiedo.

«Taglio a scodella e maglietta rosa. La piccola matricola».

«Quello è Mickey con la sua maglietta da bambino grande», dice mio padre orgogliosamente. «Pronto per andare a scuola, a scuola».

Nell'angolo, Nora osserva le bottiglie vuote di ketchup Heinz allineate sugli scaffali e sul davanzale della finestra, sul comodino vicino al letto e in ogni angolo libero della stanza. Mio padre segue il suo sguardo e si illumina. Io gli lancio un'occhiata. Può mostrarle le bottiglie di ketchup più tardi, non adesso.

Vicino alla libreria, il suo letto è rifatto, ma il tavolo è un caos. Sopra a tutte le cianfrusaglie c'è una foto di matrimonio incorniciata. Nora le si avvicina.

Subito, mio padre incomincia a far scattare il medio contro il pollice. Click, click, click. «È mia moglie, Philly. Phillis. Phillis», ripete mentre Nora prende in mano la cornice. Infilati nei loro vestiti da sposi, mio padre sembra più giovane e magro, mia madre è timida e sovrappeso.

«È molto carina», dice Nora.

«È bellissima. Anch'io sono bello», dice mio padre. Click, click, click. «Qui c'è Michael con il presidente. Proprio lui». Si allunga e dà a Nora una foto di me con suo padre.

«Wow», dice lei. «E gliel'ha data Michael?»

«Gliel'ho detto. È il mio ragazzo».

Dopo una breve partita di Connect Four, andiamo nel retro per pranzare fuori. Mentre divoriamo i nostri panini al tacchino e ketchup, siamo seduti tutti e tre a un tavolo da picnic. «Volete una sorpresa per dolce?» chiede mio padre appena ha finito di mangiare.

«Io sì», dice immediatamente Nora.

«Michael, tu...»

«Certo», acconsento.

«L'avrete! Aspettatemi qui». Schizza via dal suo posto e quasi rovescia il suo piatto.

«Dove vai?» gli chiedo mentre si dirige verso la casa.

«Alla porta affianco», risponde senza voltarsi.

I miei occhi lo seguono mentre si avvicina alla recinzione di legno che separa le due proprietà. «Stai attento», grido.

Mi fa un cenno agitando il braccio nell'aria.

«Ti preoccupi davvero molto per lui, vero?» chiede Nora.

Stacco una crosta dal mio panino e la sbriciolo fra le dita. «Non posso farne a meno. Da quando quel fotografo mi ha ripreso... se sono così interessati, alla fine arriveranno fin qui».

«E cosa c'è di tanto terribile?»

Crede che mi vergogni di lui. Se anche fosse, vorrei che la situazione risultasse così semplice. «Non dirmi che non c'è motivo di preoccuparsi».

«Forse è solo un gioco mentale. Forse è il modo di Simon per dirti di stare zitto».

«E se non lo è? Se per caso la stampa sa già di questo Vaughn...?»

«Te l'ho già detto, non giocare a "e se". Vedrai Vaughn lunedì – e allora capirai tutto. Fino a quel momento, parleremo a Marlon e gli diremo di stare attento».

«Ma se...» Mi trattengo. «Forse dovrei portarlo in città. Potrebbe restare con me».

«È un'idea del cavolo e lo sai benissimo».

«Ne hai una migliore?»

«Chiederò ai Servizi segreti di tenerlo d'occhio qui».

«E lo faranno?»

«Sono i Servizi segreti. Mangerebbero pallottole da

una pistola militare se pensassero che questo garantisce la nostra sicurezza».

«Cioè la *tua* sicurezza».

«Qui vale il principio del domino», dice Nora alzando un sopracciglio. «Se qualcosa di sospetto capita a uno dei miei amici, io devo raccontarlo. Loro apriranno un file e faranno le loro indagini. Dovrebbe essere più che sufficiente per garantire la sicurezza di tuo padre».

Raccolgo le briciole che ho nel piatto in un mucchietto perfettamente rotondo. È ora di fare un po' di ordine. «Grazie, Nora. Sarebbe fantastico». Alzando gli occhi, noto che non si è ancora rimessa il cappellino da baseball. «Sarebbe molto importante per noi».

Nora si limita ad annuire. Si alza in piedi, prende il suo piatto vuoto e incomincia a riordinare.

«Lascia stare», le dico. «Marlon preferisce che lo faccia mio padre. Lo scopo delle residenze collettive è l'autosufficienza».

«Ma non è...» Nora si blocca.

«Cosa?»

«No, niente, credevo...» Di nuovo si interrompe. Ha passato tutta la vita dalla parte di coloro che ottengono informazioni. È affascinata da papà. La curiosità la sta uccidendo.

«È mentalmente ritardato», dico. «E non preoccuparti. Non mi dispiace che tu me lo chieda».

Nora distoglie lo sguardo, ma ha il viso arrossato. Si vergogna. Dunque è questo che ci vuole per scuoterla. «Da quanto tempo ne soffre?» chiede.

«Non ne "soffre" affatto», le spiego. «È semplicemente nato con un ritardo nella capacità di apprendimento – il che significa che ci mette più tempo con la logica e gli altri ragionamenti complessi. Il bello, però, è che non mente mai sulle proprie emozioni. È il fascino della spontaneità. Dice sempre quello che pensa».

«Questo vuol dire che ho il seno piccolo?»

Rido. «Mi dispiace. A volte le sue abilità sociali lasciano un po' a desiderare».

«Ma tua madre?...»

Ci siamo – è la prima domanda che fanno tutti. «No, mia madre era normale. Almeno secondo i miei standard».

«Non capisco».

«Dai un'altra occhiata alla foto del matrimonio. Era un'infermiera grassottella con gli occhiali spessi – una di quelle donne tristi e pesanti che non si vedono mai in giro, perché non vanno mai in giro. Restava in casa a leggere libri. Tonnellate di libri. Tutti di fantasie. Quando mio padre andò all'ospedale con un'infezione alla vescica, lei si occupò di lui. A parte gli scherzi sul pene, lui l'adorava – non gli bastava mai – continuava a premere il pulsante di chiamata del suo letto per farla venire. La chiamava la sua "farfalla". Lei non aveva bisogno di altro. Per la prima volta qualcuno le diceva che era bella, e lo credeva davvero».

«Qualcuno lo chiamerebbe vero amore».

«Sono d'accordo. Mia madre lo amava per quello che era, e lui la ricambiava in tutto. Non era una cosa a senso unico – essere ritardati non vuol dire essere senza cervello. Mio padre è una persona dolce e sensibile e lei era la donna che aveva scelto. Nello stesso tempo, lei non considerava il suo handicap un difetto. E il fatto che poteva occuparsi di lui – proprio come lui faceva per lei – dopo tutti quegli anni di solitudine... be', tutti vogliono sentirsi desiderati».

«Quindi immagino che sia stata lei ad allevarti».

Nora mi fa questa domanda con cautela. Quello che vuole davvero sapere è: come ho fatto a venire fuori così normale? «Qualunque cosa pensasse di sé, mia madre ha sempre trovato in me il suo punto di riferimento. Quando incominciai a leggere, da bambino, e le chiesi se potevamo fare l'abbonamento a un giornale, fece tutto quello che poteva per farmi andare avanti. Non riusciva a credere che lei e mio padre avessero prodotto...» Mi fermo. «Era così timida che non osava parlare neanche a una cassiera del supermercato. Ma non avrebbe potuto amarmi – o aiutarmi – di più».

«E ha fatto tutto da sola?»

«Lo so che ti sembra impossibile, ma accade in continuazione. Non hai visto il "New York Times Magazine" di qualche settimana fa? Hanno fatto tutto un servizio sui figli di genitori mentalmente ritardati. Quand'ero più giovane avevamo un gruppo di sostegno di sei persone con cui ci trovavamo due volte alla settimana – adesso hanno programmi terapeutici integrati. A parte questo, abbiamo avuto qualche aiuto dalle zie e dagli zii di mia madre, che erano gente piuttosto ricca dell'Ohio. Per nostra sfortuna, erano tutti dei cretini, compresi quelli che vivevano qui vicino. Cercarono di spingerla a divorziare da mio padre, ma lei li mandò al diavolo. E così loro fecero lo stesso. È una delle cose per cui la rispetto di più. Nata con tutto, ha scelto di non avere niente».

«E tu? Nato senza niente, adesso vorresti tutto?»

«Meglio che niente».

Mi guarda a lungo, studiando i miei lineamenti. Le sue unghie corte tormentano il bordo del piatto di carta. Non ho idea di cosa stia pensando, ma non voglio dire niente. Ho sempre pensato che le persone si capiscano tacendo. Digestione mentale, l'ha chiamata qualcuno. Quello che succede fra una parola e l'altra.

Finalmente, Nora smette di tormentare il suo piatto. Qualcosa è scattato.

«Stai bene?» le chiedo.

Mi lancia un'occhiata che non ho mai visto prima.

«Ti pesa qualche volta occuparti di tuo padre? Voglio dire, non lo consideri mai un peso... o... non so, più di quanto puoi sopportare?»

È la prima volta che le sento dire qualcosa di difficile. Anche a pensarlo, non viene facilmente. «Mia madre diceva che c'è sempre qualcuno che sta molto peggio di noi».

«Credo di sì», risponde Nora. «È che a volte... Insomma, anche venire fin qui. Questo posto ti deve costare metà dello stipendio».

«In realtà, poco più di un quarto. Medicaid si occupa del resto. E anche se non fosse così, il problema non sono i soldi. Hai visto come camminava quando ci ha fatto vedere la cucina? Petto in fuori, sorriso da un orecchio all'altro. È orgoglioso di sé, qui».

«E questo per te è abbastanza?»

Mi giro verso le piante di mais ondeggianti nel campo di fianco. «Nora, questa è la ragione principale per cui Caroline ha tirato fuori il mio file». Ecco, l'ho detto. Niente rimpianti. Solo sollievo.

«Cosa vuoi dire?»

«Il mio file. Stiamo aspettando che l'FBI lo dichiari pulito, ma c'è una ragione per cui Caroline l'aveva preso».

«Credevo che fosse per l'affare Medicaid – dato che pagano perché tuo padre possa restare qui, c'era un conflitto di interessi con il tuo lavoro sulla revisione della legge».

«C'è qualcosa di più», dico.

Non fa una piega. È difficile sorprendere qualcuno che le ha viste tutte. «Fuori il rospo», dice.

Mi chino in avanti e tiro su le maniche fino al gomito. «È successo subito dopo che ho incominciato a lavorare in ufficio. Mi ero appena trasferito a Washington e non avevo ancora trovato un posto per mio padre. Devi capire che non volevo metterlo in un posto qualsiasi – in Michigan, aveva uno dei posti più belli dello stato. Come qui, era in campagna, protetto, con un lavoro...»

«Capisco la situazione».

«Non credo. Non è come cercare assistenza giornaliera».

«Cos'hai fatto?»

«Se non l'avessi messo qui, l'avrebbero mandato in un centro – un istituto, Nora. Fine della vita normale – avrebbe languito fino a morire».

«Dimmi quello che hai fatto, Michael».

Passo le dita sulle venature del tavolo di legno. «Quando ho incominciato a lavorare nell'ufficio dei consiglieri, ho usato le attrezzature della Casa Bianca per contattare il capo dei servizi di assistenza residenziale della Virginia. Tre telefonate più tardi, chiarii che se accettava mio padre in una residenza collettiva privata, lui e l'intera comunità dei ritardati mentali "avrebbero avuto un amico alla Casa Bianca"».

C'è una lunga pausa quando finisco. Tutto ciò che riesco a fare è concentrarmi sugli steli di granoturco.

«È tutto?» chiede Nora ridendo.

«Nora, è un abuso di potere. Ho usato la mia posizione per...»

«Sì, sei un vero mostro. Hai utilizzato la linea del bar per aiutare il tuo papà ritardato. Grave irregolarità. Trovami una sola persona in America che non avrebbe fatto lo stesso».

«Caroline», rispondo senza espressione.

«Ti ha scoperto?»

«Naturalmente mi ha scoperto. Ha visto la lettera sulla mia scrivania!»

«Calma», dice Nora. «Non ti ha denunciato, no?»

Scuoto nervosamente la testa. «Mi ha convocato nel suo ufficio, mi ha fatto qualche domanda e mi ha lasciato andare. Mi ha detto di non dirlo a nessuno. Per questo aveva il mio file. Giuro che questa è l'unica ragione».

«Michael, va tutto bene. Non devi preoccuparti per...»

«Se la stampa lo viene a sapere...»

«Ma loro non...»

«Basta che Simon dia a Inez il mio file. Basta questo. Sai bene quello che faranno, Nora. E lui non sopravviverebbe in un istitut...»

«Michael...»

«Tu non capisci».

«E invece sì». Si appoggia sui gomiti e mi guarda fisso negli occhi. «Se fossi stata al tuo posto, avrei fatto esattamente la stessa cosa. Non importa quali corde dovevo tirare, puoi scommettere quello che vuoi che avrei aiutato mio padre».

«Ma se...»

«Nessuno lo saprà mai. So tenere i miei segreti – e anche i tuoi».

Si allunga e mi chiede la mano. Un dito alla volta, mi apre il pugno contratto. È la seconda volta che lo fa, oggi. Mentre le sue unghie tracciano piccoli cerchi sul mio palmo, le mie spalle si rilassano.

«Come va?» chiede.

Fare domande non è affatto più facile. Alle sue spalle, il sole le illumina la punta dei capelli. Certa gente aspetta per tutta la vita e non ottiene mai un momento così bello. Rifiuto di lasciarlo passare, mi chino in avanti e chiudo gli occhi.

«Mickey-Mickey-Moo!» grida mio padre con tutta la sua forza.

Sussulto e mi tiro indietro. Tranquillamente, con molta più calma, Nora fa lo stesso. Si appoggia allo schienale e guarda alle mie spalle. Il momento è passato, arriva papà.

«Ho una sorpresa!» grida dietro di me.

«Dove l'ha trovata?» dice Nora mentre un sorriso le anima le guance. Immediatamente si alza dalla sedia.

Dall'altra parte della recinzione di legno, mio padre regge un finimento di cuoio a cui è attaccata una meravigliosa cavalla marrone.

«È bellissima», dice Nora passando attraverso le sbarre orizzontali del recinto. «Come si chiama?»

«Stavi per baciarlo, vero?» chiede mio padre con gli occhi ancora più grandi del solito.

«Baciare chi?» chiede Nora indicandomi. «Lui?» Mio padre annuisce vigorosamente. «Neanche per sogno», dice lei.

«Io credo che voi siate fidanzati», dice papà ridacchiando.

«Lei è molto perspicace».

«Vi sposerete?»

«Non lo so, ma non metterei limiti a...»

«Nora», la interrompo, «guarda che lui...»

«Tuo padre non fa niente di male». Si gira verso di lui e aggiunge: «Lei ha un bravo figlio, signor Garrick. È il primo vero amico che ho da... da un po' di tempo».

Mio padre ascolta ogni sua parola, incantato. Improvvisamente le sue labbra incominciano a tremare. Si stringe i pollici nei pugni chiusi. Sapevo che sarebbe successo. Prima ancora che Nora se ne accorga, i suoi occhi si riempiono di lacrime e la sua fronte si contrae per la rabbia. «Cosa c'è?» chiede lei confusa.

La voce di papà è il grido rabbioso di un bambino piccolo. «Non mi inviterete alle nozze, vero?» grida. «Non volevate neanche dirmelo!»

Nora arretra all'esplosione, ma pochi secondi dopo allunga la mano. «Ma naturalmente avremmo...»

«Non dire bugie!» urla mio padre sbattendole via la mano con un colpo della cinghia di cuoio. Il suo viso è in fiamme. «Odio le bugie! *Odio* le bugie!»

Nora fa un altro passo verso di lui. «Non deve...»

«Io faccio quello che voglio! Posso fare quello che voglio!» urla lui correndo verso la recinzione. Nora non può gestire questa situazione. Arretra proprio mentre lui tenta di colpirla di nuovo. Dalla sua espressione capisco che è frustrata, ma ancora decisa a vincere la resistenza. Contando su se stessa, sceglie il momento giusto. Mio padre dà un nuovo colpo di frusta, ma prima che possa riavvolgerla lei scatta in avanti. Mentre io salto oltre la recinzione, Nora apre le braccia e lo prende. Lui lotta per sfuggire, ma lei lo trattiene con forza.

«Shhhh!» sussurra accarezzandogli dolcemente la schiena.

Lentamente, papà smette di lottare, anche se il suo corpo continua a sussultare. «Perché...»

«Va tutto bene, va tutto bene», continua lei, sempre tenendolo abbracciato. «Naturalmente lei è invitato».

«D-di sicuro?» singhiozza lui.

Nora gli alza il mento e gli asciuga le lacrime. «È suo padre, no? L'ha fatto lei».

«Sì», dice lui con orgoglio tentando di riprendere fiato. «È venuto fuori da me». Con tutte e cinque le dita alzate, si gratta l'orlo della narice con il medio. Si sente più sicuro e la abbraccia di nuovo. Sta ancora singhiozzando, ma il luccichio che ha negli occhi rivela che si tratta di lacrime di gioia. Voleva solo sentirsi parte della storia. Non escluso.

In un attimo è tutto finito. Sempre fra le braccia di Nora, appoggia la testa sulla sua spalla oscillando avanti e indietro. Avanti e indietro, avanti e indietro, avanti e indietro. Lei ha gestito tutta la situazione e per la prima volta capisco che questo è il suo talento. Capire quello che manca. È la sua esperienza. Una vita che è completa solo a metà.

«È sua?» chiede Nora finalmente, notando che mio

padre non ha lasciato andare il finimento della cavalla marrone.

«Q-questa è Comet», sussurra lui. «È della vicina – della signora Holt. Laura Holt. Anche lei è simpatica».

«E le lascia prendere Comet?»

«La pulisco, la curo, le do da mangiare», dice mio padre con la voce piena di eccitazione. «Prima la striglia di ferro, poi la spazzola per la criniera, poi la pulizia degli zoccoli. È il mio lavoro. Io ho un lavoro».

«Wow – un lavoro e un figlio. Cos'altro le potrebbe servire?»

Lui si stringe nelle spalle e distoglie lo sguardo. «Niente, no?»

«Esatto», conferma Nora. «Proprio niente».

Quando la mia auto lascia il posteggio e sobbalza lungo la strada sterrata, sia io che Nora abbiamo una mano fuori dal finestrino e salutiamo come in una sfilata mio padre, che ci risponde freneticamente. «Ciao, papà!» grida lui con tutte le sue forze.

«Ciao, figliolo!» rispondo io. Ha visto lo scambio di nomi in un vecchio film e se ne è innamorato immediatamente. Da allora è diventato il nostro modo di salutarci.

Tornato sulle strade serpeggianti della Virginia, controllo lo specchietto retrovisore. Harry e la Suburban scura sono ancora lì.

«Vuoi cercare ancora di seminarlo?» chiede Nora seguendo il mio sguardo.

«Buona questa», rispondo prendendo la Route 54. Alle mie spalle, il sole finalmente incomincia a spuntare nel cielo. Non c'è altro da fare che chiederle: «Cosa ne pensi?»

«Cosa devo pensare? È meraviglioso, Michael. Come suo figlio».

Non è tipa da complimenti, per cui la prendo in parola. «Quindi ti va bene così?»

«Non preoccuparti – non c'è niente di cui tu debba vergognarti».

«Non mi vergogno. Solo...»

«Solo cosa?»

«Non mi vergogno», ripeto.

«Con chi hai parlato di lui? Trey? Pam? Tutti?»

«Trey lo sa – e gli ho detto che poteva dirlo a Pam, ma lei e io non ne abbiamo mai parlato tra di noi».

«Oooooh, dev'esserci rimasta molto male quando l'ha saputo».

«Perché dici così?»

«Stai scherzando? L'amore della sua vita che ha un segreto? Devi averle spezzato il cuoricino».

«L'amore della sua vita?»

«Dai, bello, non ci vogliono gli occhiali a raggi x per capirlo. Ho visto come ti teneva la mano al funerale. Muore dalla voglia di metterti l'anello al naso».

«Non la conosci neanche».

«Lascia che ti dica una cosa – ho incontrato il suo tipo già mille volte. Prevedibile come una città di provincia. Quando entri in camera sua, vedi che ha già preparato i vestiti per il giorno dopo».

«Primo, sei del tutto fuori strada. Secondo, non ha nessuna importanza. Siamo solo amici. E buoni amici, se è per questo, quindi non prenderla in giro».

«Se siete così buoni amici, perché non sei stato tu a dirle di tuo padre?»

«È solo che preferisco così. Tutte le volte che ne parlo le persone si mettono in allarme e credono di dover dimostrare che sono sensibili». Tengo gli occhi fissi sui fili elettrici che corrono lungo la strada e aggiungo: «È difficile spiegarlo, ma certe volte vorrei lasciar perdere tutto. O prenderli per le spalle e gridare

"Smettila, Barnum, non è uno show". Insomma, è la mia vita, ma non è lì per essere data in pasto al pubblico. Non so se questo abbia senso, ma...»

Con la coda dell'occhio, lancio una rapida occhiata a Nora. Certe volte sono un vero bastardo. Mi sono dimenticato chi è la persona a cui sto parlando. È Nora Hartson. Basta leggere «USA Today» per sapere perché si chiama così, i suoi voti a scuola, il fatto che ha passato l'ultimo compleanno scalando il Mount Ranier con i Servizi segreti. Girandosi verso di me, Nora alza un solo sopracciglio come per dire «fidati di me». Per Nora, ha perfettamente senso.

«Ciao, Vance», dice Nora alla guardia dell'entrata sud-est della Casa Bianca.

«Buona sera, miss Hartson».

«Nora», chiede lei. «Nora, Nora, Nora».

Con un forte click, il cancello metallico si apre. Non ha bisogno di vedere il mio pass blu o il mio permesso di parcheggio. Gli basta vedere Nora. «Grazie, Vance», dice lei con voce più acuta e più aperta di quanto gliel'abbia mai sentita.

Avvicinandoci al portico sud, alla base della residenza, faccio fatica a controllarmi. È così diverso dall'ultima volta. Niente panico, niente sotterfugi, niente recite. Niente paura. Per qualche ora Caroline, Simon, i soldi, l'intero incubo ha abbassato la voce passando dall'urlo a un momentaneo sussurro. Siamo rimasti solo noi.

Quando raggiungiamo la tettoia che copre il portico sud freno.

«Cosa fai?» chiede Nora.

«Non ti lascio qui?»

«Credo di sì», dice perdendo all'improvviso la sicurezza della sua voce. Sta per scendere dalla macchina, ma si ferma. «O, se vuoi, puoi venire su».

Guardo la facciata bianca brillante della residenza più famosa del mondo. «Stai parlando seriamente?»

«Parlo sempre seriamente», dice lei riacquistando sicurezza. «Sei pronto?»

Prima mi sbagliavo. È adesso che le domande faticano a venire. «Dove posteggio?»

Indica il prezioso prato sud della Casa Bianca. «Dove vuoi».

18

«Sei mai venuto da questa parte?» chiede Nora dirigendosi all'ingresso sud sotto il portico. Seguiamo il tappeto rosso nella Diplomatic Reception Room, dove FDR teneva i suoi discorsi accanto al caminetto.

«Non ne sono sicuro – continuo a confonderla con il mio appartamento e il tappeto rosso che porta al mio futon».

«Buona questa. Non l'ho mai sentita prima».

«*Prima*? A quanti ragazzi hai fatto fare questo giro?»

«Di quale giro stai parlando?»

«*Questo*, lo sai benissimo. Quello dentro-alla-mia-cintura».

Nora ride. «Ah, è questo che pensi?»

«Vuoi dire che mi sbaglio?»

«No, ti dico che ti stai facendo delle illusioni. Ho intenzione di offrirti una tazza di caffè e darti un calcio nel sedere».

«Fai quello che vuoi, ma le minacce non sono il modo migliore per tirare fuori l'amore che c'è in me».

«Vedremo».

«Oh, lo vedremo di sicuro». Faccio tutto il possibile per avere l'ultima parola. È l'unico modo per eccitarla – quando la situazione non è sotto il suo controllo.

Mentre passiamo per la Dip Room, faccio oscillare le spalle con una camminata che le fa capire che non ha alcuna possibilità. È una bugia pessima, tanto da risultare patetica. Lasciamo la sala e giriamo a destra nel corridoio del piano terra. Al di là del tappeto rosso chiaro, sulla sinistra, c'è una guardia. Io mi blocco. Nora sorride.

«E stavi andando così bene, eh?» mi prende in giro. «La camminata eccetera».

«Non è affatto divertente», sussurro. «L'ultima volta che sono venuto qui, questi tizi...»

«Dimenticati dell'ultima volta», mi sussurra nell'orecchio. «Finché sei con me, sei un ospite». Da vicino mi scocca un bacio scherzoso.

È incredibile come sappia scegliere i momenti peggiori per eccitarmi.

Oltrepassiamo la guardia, che alza a malapena gli occhi. Si limita a sussurrare tre parole nella sua radiolina: «Ombra più uno».

Una volta superata la porta, possiamo salire prendendo l'ascensore oppure le scale. Sapendo che ci sono guardie in attesa sul primo pianerottolo, mi dirigo verso l'ascensore. Nora si precipita verso le scale. Sparisce in un attimo. Resto solo e senza scelta. Scuoto la testa e la seguo.

Raggiungiamo il primo pianerottolo, dove ci aspettano due guardie in uniforme. L'ultima volta mi hanno fermato. Questa volta, quando svolto l'angolo delle scale, si spostano per lasciarmi più spazio.

Facendo gli scalini a due a due, mi avvicino a Nora, che lascia le scale al pianerottolo. Sempre seguendola, vado verso il corridoio principale della residenza. Come quello del piano terra, è un corridoio ampio e spazioso, con porte allineate sulle due pareti. La differenza sta tutta nelle decorazioni. Dipinto di un color giallo caldo e chiaro, rivestito di librerie, con una dozzina di quadri a olio e un sacco di oggetti d'antiquariato del diciottesimo e diciannovesimo secolo, non è una trappola per turisti. È una vera casa.

Percorrendo il corridoio, osservo i quadri. Il primo che vedo è una natura morta di pere e mele. «Un Cézanne ben imitato», sto per dichiarare. Poi noto la firma: Cézanne.

«L'ho trovato a un mercatino delle pulci», spiega Nora.

Annuisco. Di fianco al Cézanne noto un De Kooning astratto. È il momento di rallentare. Respiro a fondo e torno al mio posto.

«Vuoi fare un giro?» mi chiede Nora.

Fingo di pensarci un momento. «Se vuoi», rispondo stringendomi nelle spalle.

Sa che sto bluffando, ma il suo sorriso mi dice che apprezza lo sforzo. A metà del corridoio ci fermiamo davanti a una sala giallo chiaro, di forma ovale.

«La sala gialla ovale», dichiaro.

«Come hai fatto a indovinare?»

«Anni di Crayola». Indico l'interno e chiedo: «Cosa fai in una stanza del genere? O è solo per farla vedere agli ospiti?»

«Tutto questo piano è per lo più dedicato alle feste – per i dopo cena di stato, o i cocktail party, o per lisciare qualche senatore – stupidaggini del genere. La gente di solito si raduna qui perché gli piace il balcone Truman – si sentono importanti quando escono fuori e toccano le colonne».

«Possiamo andarci?»

«Se vuoi fare il turista».

Lascia che la sfida resti sospesa nell'aria. Ragazzi, conosce i miei punti deboli. Ma non voglio darle soddisfazione.

«Questa è la vecchia stanza di Chelsea», dice indicando la porta di fronte alla sala gialla ovale. «Noi ci abbiamo messo la palestra».

«E dov'è la tua stanza?»

«Perché? Ti senti prudere da qualche parte?»

Di nuovo, non voglio dargliela vinta. Indico la porta in fondo al corridoio. «Cosa c'è là?»

«La camera dei miei».

«Davvero?»

«Sì», dice lei, studiando la mia reazione. «Davvero».

Maledizione. Mi ha fregato. Avrei dovuto saperlo. I suoi sono sempre off-limits.

In fondo al corridoio svolta e si ferma davanti al muro sulla sua sinistra. Oltrepassandola, mi trovo davanti alla camera Lincoln. «Allora, quando prendiamo questo caffè?» chiedo.

«Subito». Sta manovrando qualcosa sulla parete, ma non capisco cosa. «La cucina è di sopra».

Penso che torneremo alle scale, ma non è così.

Avvicinandomi, vedo che sta infilando le dita in una fessura. Con uno strappo deciso, la parete gira verso di noi, rivelando una scala a chiocciola nascosta. Nora alza gli occhi e sorride. «Possiamo prendere le scale da questa parte».

«Fai attenzione», dice Nora, «perché questa è la parte migliore». Sale una ripida rampa coperta da un tappeto e mi porta nella stanza proprio sopra la gialla ovale. «Voilà», dice inchinandosi, «il solarium».

Il solarium, che assomiglia a una piccola serra in cima alla casa, ha le pareti esterne fatte interamente di vetro color verde. Dentro, mobili di vimini e un tavolino col piano di vetro gli danno l'aspetto di una capanna di Palm Beach. Sulla sinistra c'è una cucinetta, sulla destra un divano bianco pieno di roba e una grande televisione. Sparpagliate nella stanza, dozzine di foto di famiglia.

Sulla mia destra c'è una libreria bassa, piena di progetti per la produzione di oggetti artigianali. C'è una casetta per uccelli bordò e azzurra che sembra fatta da un bambino delle medie – su un fianco si trovano le iniziali N.H. in colore arancio. C'è anche un'anatra o un'oca di cartapesta – è troppo rovinata per capire bene – un portacenere o svuotatasche di ceramica e un pezzo di legno piatto e marrone con una cinquantina di chiodi sporgenti che disegnano le lettere N.H. Per assicurarsi che i chiodi siano visibili, tutte le teste sono dipinte di giallo. In fondo al ripiano vedo perfino qualche coppa – una di calcio, una di hockey su prato. Nel complesso, si vede la progressione di qualità dei progetti, da quelli di prima elementare agli ultimi di seconda o terza media. In fondo, niente di nuovo.

Nora Hartson aveva dodici anni quando suo padre annunciò per la prima volta che intendeva candidarsi come governatore. Prima media. Se dovessi dire una data, direi che è stato l'anno in cui ha fatto l'anatra. Dopo di che, scommetto che viene la casetta per uccelli. E lì è finita la sua infanzia.

«Coraggio, ti stai perdendo il meglio», mi dice invitandomi a raggiungerla davanti all'immensa finestra.

Attraverso la stanza e noto il VCR sopra la televisione. «Posso farti una domanda?» incomincio avvicinandomi.

«Se riguarda la storia della casa, non so...»

«Qual è il tuo film preferito?» dico.

«Eh?»

«Il tuo film preferito – è una domanda facile».

Senza esitare, Nora risponde: «*Annie Hall*».

«Davvero?»

«No», dice ridendo col più dolce dei suoi sorrisi. Dopo quello che è successo oggi, non è facile mentire.

«E allora qual è?»

Nora guarda fuori dalla finestra come se fosse una cosa difficile. «*Moonstruck*», dichiara finalmente.

«Quel vecchio film di Cher?» chiedo confuso. «Non è una storia d'amore?»

Nora scuote la testa e mi lancia un'occhiata. «Quante cose non sai delle donne».

«Ma io...»

«Goditi la vista e basta», dice indicandomi di nuovo la finestra. Quando ubbidisco aggiunge: «Cosa ne pensi?»

«Certo meglio del balcone Truman», rispondo appoggiando la fronte al vetro. Da qui vedo perfettamente il prato sud e il Washington Monument.

«Aspetta quando li vedrai da fuori». Apre la porta sull'angolo destro ed esce.

Il balcone è piccolo e, anche se gira come una C gigantesca intorno al solarium, c'è solo un guardrail di cemento bianco come protezione. Quando esco anch'io, Nora si sta sporgendo. «È ora di divertirci un po' – lasciamoci andare e voliamo!» Con lo stomaco schiacciato contro la balaustra, distende le braccia e si sporge all'infuori finché le sue gambe restano sollevate in aria.

«Nora!» grido afferrandola per le caviglie.

Riabbassandosi, sorride: «Soffri di vertigini?»

Prima che io possa dire una sola parola, si mette a correre lungo il balcone ricurvo. Cerco di afferrarla, ma mi scivola dalle mani, svolta l'angolo e scompare. Cercando di raggiungerla, e cercando soprattutto di non guardare oltre l'orlo, corro anch'io verso l'estremità del balcone. Ma quando svolto l'angolo, Nora non si vede da nessuna parte. Continuo ad avanzare deciso, pensando che sia passata da un'altra porta per rientrare nel solarium. C'è solo un problema: da questa parte del balcone non esistono porte. Raggiungo l'angolo: Nora è scomparsa.

«Nora?» chiamo. Non ci sono molti posti dove nascondersi. Dal punto in cui sono, il balcone corre parallelo alla casa.

Premo le mani sulla parete, cercando una crepa con le unghie. Forse c'è un'altra porta segreta. Nel giro di trenta secondi, capisco che non c'è proprio niente. Nervosamente, guardo oltre l'orlo. Non avrà osato... Mi precipito in avanti, mi aggrappo alla balaustra. «Nora?» chiamo mentre esploro il terreno con lo sguardo. «Dove...»

«Shhhh – abbassa la voce».

Mi giro e seguo il suono.

«Un po' più su, Sherlock».

Alzo gli occhi e finalmente la trovo. Seduta sul tetto della casa, lascia penzolare le gambe oltre l'orlo. Riesco a toccarle le gambe in movimento, ma per il resto è troppo lontana.

«Come hai fatto a salire?»

«Vuoi venire anche tu?»

«Dimmi prima come hai fatto».

Indica con il piede: «Vedi il punto in cui la balaustra si inserisce nella parete? Mettiti in piedi lì e tirati su».

Do un'occhiata alla balaustra di cemento, poi a Nora. «Sei fuori di testa? È una pazzia».

«Per qualcuno è una pazzia. Per qualcun altro è divertente».

«Scendi subito – ti assicuro che sarà più divertente».

«No, no, no», dice lei agitando un dito. «Se mi vuoi, devi venire a prendermi».

Do un'altra occhiata alla balaustra. Non è neanche così alta – è solo la mia paura che non riesco a vincere.

«Ti mancano pochi centimetri per conquistare la montagna», canta Nora. «Pensa al premio».

Ecco. Paura vinta. A cavalcioni della balaustra, mi appoggio al muro per conservare l'equilibrio. Non guardare giù, non guardare giù, non guardare giù, continuo a ripetermi. Lentamente, con cautela, cerco di alzarmi in piedi. Prima un ginocchio, poi l'altro. Quando mi sento girare la testa, ho la guancia contro la parete e le dita che corrono sul marmo come ragni impazziti. Che maniera stupida di morire.

«Alzati, ci sei quasi», dice Nora.

Solo pochi centimetri. In equilibrio sulla balaustra, appoggiato al muro, lascio che le mie mani cerchino il tetto. Pochi secondi dopo mi aggrappo al bordo di marmo e lo afferro con tutte le mie forze. Poi, bloccato sul posto, mi alzo lentamente in piedi. Nora non è più troppo lontana. Un salto e un rapido sforzo concludono l'impresa.

Mentre mi isso sulla sporgenza, sento Nora che applaude piano. Ha ancora i piedi che pendono oltre l'orlo e si nasconde dietro a un'alta struttura di marmo che sembra un camino.

«Cosa stai...»

«Shhhh», sussurra incominciando a spostarsi sul tetto. Mentre mi fa cenno di avvicinarmi a lei, capisco chi cerca di evitare. Dall'altra parte del tetto c'è un uomo con un cappellino da baseball scuro e una tuta blu scuro. Alla luce della luna vedo l'ombra del fucile di precisione che gli pende dalla spalla. Un contro-cecchino – la versione governativa di Rambo.

«Sei sicura che non ci sia pericolo?»

«Non preoccuparti», dice Nora. «Non fanno niente di male».

«Niente di male? Quel tizio potrebbe ammazzarmi con un rotolo di scotch e una torcia elettrica. Cosa succede se ci scambia per due spie?»

«Ci arresta e si dipinge di giallo».

«Nora...»

«Rilassati...» geme imitando il mio tono lamentoso. «Sa benissimo chi siamo. Appena arrivo qui si sposta dall'altra parte. Se non facciamo casino non lo racconterà neanche».

Mi sforzo di apparire sollevato, mi incollo a lei e mi appoggio alla presa d'aria di marmo.

«Ancora preoccupato?» mi chiede quando le sue spalle sfiorano le mie.

«No», dico provando piacere al contatto. «Ma ti avverto, se mi spara dovrai vendicarmi».

«Credo che andrà tutto bene. Sono venuta qui tante volte e nessuno mi ha mai sparato».

«Certo che no – tu sei il gioiello della corona. Io invece posso servire da bersaglio».

«Non è vero. Non ti sparerebbero senza una buona ragione».

«Per esempio?»

«Be'», dice lei girandosi verso di me, «assalire l'edificio, minacciare i miei, attaccare uno dei figli...»

«Aspetta, aspetta, aspetta – spiega il concetto di attaccare».

«Ah, questo è difficile», dice mentre la sua mano mi passa sul petto. «Credo che sia una di quelle cose che si capiscono solo quando si vedono».

«Come la pornografia».

«Non è male, come analogia».

Allungo una mano e gliela metto sul fianco. «Una cosa così, per esempio?»

«Esempio di cosa? Attacco o pornografia?»

La guardo per un tempo immensamente lungo negli occhi. «Tutt'e due».

Sembra che le piaccia.

«Allora?»

Nora non abbassa gli occhi. «Difficile dirlo».

Faccio scivolare la mano un po' più su, avvicinandomi alla maglietta che non ha infilato nei pantaloni. Mi infilo sotto, con le dita nella cintura dei jeans a sfiorare l'orlo della sua biancheria. Ha la pelle così tesa che mi fa rimpiangere il college. Il più dolcemente possibile, mi faccio strada sulla sua pancia.

«Non lì», dice afferrandomi la mano.

«Scusa, non volevo...»

«Non preoccuparti», dice sorridendomi. Si indica le labbra e aggiunge: «Incomincia solo un po' più in alto».

Sto per chinarmi quando vedo che si toglie qualcosa dalla bocca.

«Tutto bene?» chiedo.

«Sto solo buttando la gomma». Si fruga in tasca e tira fuori un foglietto di carta. Mi dà le spalle, avvolge la gomma e se ne ficca in bocca un altro pezzo.

«Vuoi tirare fuori anche il tuo apparecchio?» mormoro.

Guardandomi, Nora si succhia l'indice. Lo tira fuori facendo il rumore di un bacio. «Riproviamo?»

Non ho nessuna risposta che possa renderle giustizia. Invece resto seduto per un secondo, felice.

Per Nora è un secondo di troppo. Con un unico movimento si gira, mi viene in braccio e, con un leggero sforzo, mi attira verso di lei e infila la lingua fra le mie labbra. E in quel momento mi torna tutto in mente. Nelle ultime due settimane ho sognato il suo odore. Il suo carattere agrodolce – quasi narcotico. Mentre ci baciamo, fa passare la gomma nella mia bocca. Lo faceva sempre anche la mia ragazza in quinta elementare. Provo a masticarla, ma è come se fosse ancora avvolta nella carta. Preso alla sprovvista, mi allontano tossendo. È troppo dura. Incapace di staccare la gomma con la lingua, mi infilo due dita in gola, ma prima che riesca a tirarla fuori è andata, inghiottita accidentalmente.

«Tutto bene?» chiede Nora.

«Credo di sì – è solo che... non me l'aspettavo».

«Non preoccuparti», dice con una risata dolce. «Non

mi dispiace ricominciare da capo». Si china di nuovo e mi infila la lingua in bocca. Le mie dita le accarezzano i capelli. I suoi baci diventano più forti. Finalmente, troviamo il ritmo giusto. Da lì, mi ci vogliono alcuni minuti di bacio per ritrovare il gusto dell'esplorazione, ma alla fine passo le mani sulla sua schiena e cerco il reggiseno. Non ce l'ha. Perso nel suo bacio, sento che il tempo scompare. Potrebbero essere quindici minuti o cinquanta, ma incominciamo a scaldarci.

Sempre su di me, Nora mi spinge indietro e mi infila le mani sotto la camicia. Al contrario di lei, non glielo impedisco – mi limito ad appoggiarmi ai gomiti e a chiudere gli occhi. Le sue unghie corte si fanno strada lungo i lati del mio petto e dietro le spalle. Nel punto in cui mi è seduta sulle gambe sento il suo calore contro di me. È un ritmo lento all'inizio, uno sforzo quasi invisibile. Poco per volta, accelera il ritmo. In un attimo, però, tutto finisce.

Mi sento la testa leggera e vengo colto da un'onda di nausea. Cerco di non tossire e di riattivare la salivazione, ma all'improvviso il mondo intero va e viene. Alzo gli occhi e tutto incomincia a scivolare verso destra. Nel cielo giallo, vedo un aereo diventare quattro. Il Washington Monument diventa il collo di un cigno. «Cosa succede?» chiedo. Ma non sento alcun suono. È tutto brusio.

Lotto per non perdere i sensi, mi alzo in piedi e barcollo fino all'orlo del tetto. Non è più tanto alto. Un semplice saltino. Sto per farlo, ma qualcosa mi tira indietro. Contro il camino di nuovo. Fa male, ma in realtà no. Torno al mio posto e faccio fatica a tenere su la testa. Il collo continua a chinarsi, come se fosse pieno di gelatina. In fondo alla gola, sento ancora il pizzicorino della gomma che ho inghiottito. Quanto tempo fa è successo? Venti minuti? Trenta? Il brusio diventa più forte. Non riesco a tener su la testa e la lascio cadere contro il camino. Guardo Nora, ma l'unica cosa che fa è ridere. Ridere. Una bocca tutta denti. E zanne.

«Bastarda», borbotto mentre il mondo diventa nero. Mi ha drogato.

19

«Michael, stai bene?» chiede Nora quando apro gli occhi. «Riesci a sentirmi?» Poiché non rispondo, ripete la prima domanda: «Stai bene? Ti senti bene?» Ogni volta che lo dice, assomiglia meno a una domanda e più a un ordine.

Sbatto le palpebre per riprendere coscienza e cerco di ricordare come sono finito in questo letto. Mi tolgo dalla fronte lo straccio bagnato e do una rapida occhiata in giro. L'armadio d'antiquariato e gli scaffali a muro mi dicono che non sono in ospedale. Il diploma di Princeton appeso alla parete mi dice il resto: è la stanza di Nora.

«Come va?» chiede con la voce piena di preoccupazione.

«Di merda», rispondo mettendomi seduto sul letto. «Cosa diavolo è successo?» Prima che possa rispondere, un'onda di vertigini mi sale dalla base della testa. Ondeggio per il colpo improvviso, chiudendo gli occhi e stringendo i denti. Gli occhi vedono tutto grigio, poi la vista torna.

«Michael, come...»

«Sto bene», insisto sentendo che passa. Lentamente, sento che mi si stringono i pugni. «Cosa diavolo mi hai messo in bocca?»

«Mi dispiace tanto...»

«Dimmelo, Nora».

«Non avrei dovuto fartelo...»

«Smettila di scusarti. Ho sentito della carta nella gomma!»

Sorpresa dalla mia esplosione, Nora arretra e si sposta verso i piedi del letto. «Giuro, non volevo farti svenire», dice con una voce che è quasi un sussurro. «Non era questo che volevo ottenere».

«Dimmi solo che cos'era».

Nora abbassa gli occhi, fissando il lenzuolo bianchissimo, e non risponde. Non riesce quasi a guardarmi.

«Maledizione, Nora, dimmi che cos'era».

«Acido», sussurra alla fine. «Solo un po' di acido».

«*Solo*... Sei completamente fuori di testa? Ma ti rendi conto di quello che hai fatto?»

«Ti prego, non arrabbiarti con me, Michael, io non volevo...»

«Me l'hai messo tu in bocca, Nora. Non ci è finito da solo».

«Lo so, e mi dispiace tanto. Non avrei dovuto violare la nostra fiducia in quel modo... soprattutto dopo oggi... pensavo solo...» La sua voce si spegne.

«Pensavi solo cosa? Voglio sentire che logica perversa c'era dietro».

«Non lo so... immaginavo... sai, fuori, mentre scherzavamo, pensavo che sarebbe stato divertente».

«Divertente? È questa la tua idea di divertimento? Drogarmi contro la mia volontà?»

«Credimi, Michael, se non ti fossi sentito male mi avresti ringraziato. Non è sesso normale, è un evento che ti cambia la vita».

«Ci credo che cambia la vita – salto giù dal tetto e muoio! Potevo restare ucciso!»

«Ma non è successo. Quando ti sei avvicinato all'orlo ti ho tirato indietro. E quando ti sei sentito male ti ho fatto portare qui da Controcecchino. Volevo metterti al sicuro».

«Al sicuro? Nora, cosa succede se mi fanno un test antidroga? Ci hai pensato un secondo? Fanno ancora dei controlli a caso sui dipendenti, ogni tanto. Cosa farei in quel caso?»

I suoi occhi si fanno sottili. «È questo che ti preoccupa tanto? Le conseguenze sul lavoro?»

Butto di lato le coperte, stringo forte gli occhi per fermare la testa, scendo dal letto e afferro i pantaloni dalla spalliera della seggiola d'antiquariato.

«Dove vai?» chiede mentre me li infilo.

Mi chino a prendere le scarpe e rifiuto di rispondere. Lei mi salta davanti, pensando di fermarmi. Ma si sbaglia. Abbasso le spalle e sto per gettarmi contro di lei. Nora tiene la posizione. Penso che dovrei buttarla per terra. Che dovrei darle una lezione. Che dovrei fregarmene. Invece no. Appena prima di colpirla mi fermo. «Togliti di mezzo», ruggisco.

«Dai, Michael, cosa vuoi che dica ancora? Mi dispiace. Mi dispiace tanto che sia successo. Per avere una reazione così violenta, si vede che non era buona».

«Ovvio che non era buona! Ma non è questo il punto, cazzo!»

«Sto cercando di chiederti scusa, perché te le prendi tanto?»

«Vuoi sapere perché?» grido. «Perché continui a non capire. Il problema non è l'acido – e non è neanche la fiducia fra di noi – il problema è che sei *una pazza di prima classe*! Razionalizza finché vuoi, questo fatto ti colloca in una categoria completamente nuova».

«Non permetterti di giudicarmi».

«Perché no? Tu mi droghi, io ti giudico. Il meno che possa fare è restituirti il favore».

Nora incomincia a scaldarsi. «Tu non sai com'è, stronzo – in confronto a me, per te è stato tutto facile».

«Ah, adesso sei diventata un'esperta sulla mia infanzia?»

«Ho incontrato tuo padre, ho capito la situazione», dice. «Lui è ritardato. La cosa è frustrante. Fine».

In questo momento mi piacerebbe darle una sberla. «Credi davvero che sia così semplice, eh?»

«Non volevo dire...»

«No, no, no, non tirarti indietro, adesso», la interrompo. «Hai visto *Rain Man*, certo – ma quello era autismo, sai come funziona. Vorrei che tu avessi passato un po' più di qualche ora con il mio caro paparino. Allora avresti avuto i veri fuochi d'artificio. Come quando le sue medicine si erano mischiate e ho dovuto impedirgli di ingoiare la lingua. O quella volta in quarta elementare quando è scappato perché ha capito che ero più intelligente di lui. O quando si è cagato addosso per un mese di fila perché aveva paura di restare solo se andavo al college. E quando un piccolo delinquente di nome Charlie Stupac l'aveva convinto che si potevano prendere le macchine altrui, bastava promettere di riportarle indietro? Armato di un pubblico difensore incapace, papà è in grado di dimostrarti come funziona davvero la giustizia. Hai proprio capito tutto, oggi».

«Ascolta, mi dispiace che tuo padre sia ritardato. E mi dispiace che tua madre sia fuggita».

«Non è fuggita – è andata a farsi curare. E siccome le cure non hanno funzionato è morta. Tre mesi dopo essere entrata in clinica. Cercava di risparmiarci il dolore di vederla deperire – aveva paura di essermi d'ostacolo. Cerca di spiegare una cosa del genere a un uomo con un quoziente di intelligenza di 66. Anzi, cerca di proteggerlo da tutto quello che è pronto a farlo a pezzi in questo mondo».

«Michael, so che è stata dura...»

«No, non sai niente. Non hai idea di com'è stato. I tuoi genitori sono vivi. Stanno tutti bene. A parte la rielezione, non hai niente di cui preoccuparti».

«Questo non è vero».

«Oh, già, dimenticavo i tuoi terrori segreti: pranzi d'affari, incontri con i pezzi grossi, frequentazioni di un college di tua scelta...»

«Smettila, Michael».

«...e non dimentichiamoci le leccate di culo: dipendenti, giornalisti, perfino Johnny Public e Suzy Creamcheese – tutti amano la figlia del presidente».

«Ti ho detto di smetterla».

«O-ho, si sta arrabbiando. Avvisa i Servizi segreti. Manda un appunto a suo padre. Se fa una scenata in pubblico, ci sarà uno scandalo sulla stampa...»

«Senti, testa di cazzo...»

«Anche le parolacce! La faccenda diventa nazionale! È davvero così grave, Nora? Uno scandalo nazionale?»

«Tu non mi conosci».

«Ti ricordi ancora cosa vuol dire una giornata no? Non parlo degli articoli di giornale. Parlo di una giornata no. C'è una bella differenza». Sembra che stia per scoppiare, per cui affondo ancora un po'. «Non ne hai mai, vero? Oh, Dio, esserc la figlia del presidente. Dimmi, com'è quando gli altri ti aiutano in tutto? Sai cucinare? Sai fare le pulizie? Ti lavi da sola le tue cose?»

Gli occhi di Nora si stanno riempiendo di lacrime. Non mi interessa. Se l'è voluta lei.

«Dai, Nora, non fare la timida. Dimmi tutto. Firmi da sola i tuoi assegni? Sei tu che paghi i conti? O ti fai le...»

«*Vuoi una giornata no?*» scoppia lei alla fine. «*Eccola, la tua fottuta giornata no*». Si alza la maglietta e mi mostra una cicatrice di venti centimetri che scende verso l'ombelico, ancora rossa dove c'erano i punti.

Stupefatto, non riesco a dire una sola sillaba. Ecco perché non voleva che le toccassi la pancia.

Nora si abbassa la maglietta e finalmente crolla. La

sua faccia si contrae in un singhiozzo silenzioso e le lacrime incominciano a scorrere. È la prima volta che la vedo piangere.

«T-tu n-non sai...» singhiozza balbettando verso di me. Incrocio le braccia e indosso il mio miglior sorriso cinico.

«Michael...»

Vuole che mi apra, che la stringa. Come lei ha fatto con mio padre. Chiudo gli occhi e non vedo altro. Senza pensare più a niente, mi allungo e la prendo fra le braccia. «Non piangere», sussurro. «Non devi piangere».

«T-ti giuro che n-non volevo farti male», dice, continuando a singhiozzare incontrollabilmente.

«Shhhhh, lo so». Quando mi si stringe vicino, sento che torna a essere una ragazzina. «Va bene», le dico, «va tutto bene».

Passa un intero minuto prima che diciamo altro. Mentre riprende fiato, la sento distaccarsi. Si sta asciugando gli occhi il più velocemente possibile.

«Vuoi parlarmene?» chiedo.

Fa una pausa. È il suo istinto. «La notte di capodanno, l'anno scorso», dice finalmente sedendosi sul letto. «Avevo letto che darsi una coltellata nello stomaco era un ottimo modo per uccidersi, così ho pensato di verificare di persona. La giugulare è meglio, ovviamente».

Agghiacciato, non so bene cosa rispondere. «Non capisco», balbetto alla fine. «Non ti hanno portato all'ospedale?»

«Sai bene dove siamo, Michael. E sai quali sono i vantaggi della situazione. I medici di mio padre sono a disposizione ventiquattr'ore al giorno – e fanno tutti visite a domicilio». Per chiarire meglio il suo pensiero, batte con la mano il materasso. «Non ho neanche dovuto lasciare la mia stanza».

«Ma per essere sicuri che nessuno lo scoprisse...»

«Oh, ti prego. Hanno tenuto nascosto il tumore di mio padre per dieci mesi – credi che non possano tener nascosto il tentato suicidio della sua figlia tossica?»

Non mi piace il modo in cui l'ha detto. «Non sei una tossica, Nora».

«Lo dici proprio tu, dopo che ho tentato di drogarti».

«Sai benissimo quello che voglio dire».

«Apprezzo il pensiero, ma sai solo mezza verità». Tira i nastri della federa e chiede: «Hai idea del perché sono a casa?»

«Prego?»

«Non è una domanda trabocchetto: mi sono diplomata a giugno. Adesso è settembre. Che cosa ci faccio ancora qui?»

«Credevo che stessi aspettando delle risposte».

Senza parlare, va alla scrivania e tira fuori dal primo cassetto un fascio di carte. Ritorna al letto e le butta sul materasso. Mi siedo verso di lei e le faccio scorrere. Penn. Wash U. Columbia. Michigan. Quattordici lettere in tutto. Tutte di accettazione. «Non capisco», dico alla fine.

«Be', dipende da quello che vuoi credere. O io sto ancora aspettando l'ultima risposta, oppure i miei hanno paura che mi faccia male di nuovo. Secondo te qual è la cosa più probabile?»

Ascoltando le sue spiegazioni, non è difficile immaginarlo. L'unica domanda è: cosa faccio adesso? Ingobbita sull'orlo del letto, Nora aspetta la mia reazione. Cerca di non guardarmi, ma non riesce a farne a meno. Ha paura che me ne vada. E da come continua a sfregare il piede nudo sul tappeto, non sarebbe la prima volta che qualcuno la molla così.

Prendo le lettere e le butto per terra. «Dimmi la verità, Nora, dove sono le altre droghe che usi?»

«Io non...»

«*Ultima possibilità*», abbaio.

Senza una parola, Nora guarda le lettere, poi fissa la porta socchiusa del suo comodino. Ha la voce dolce, sconfitta. «In fondo c'è una scatola di palle da tennis. È nella palla di mezzo».

Vado al comodino e trovo subito la scatola. Me la vuoto in mano, lascio cadere le altre due palle, prendo quella di mezzo e la stringo forte. Come un pesce che apre la bocca, si spalanca dove è stata tagliata. Dentro c'è una fiala marrone, qualche pillola sul fondo e, in cima, quello che sembra un rotolo di sette o otto francobolli, ma con su delle facce sorridenti. L'acido. «Cosa sono le pillole?»

«Solo dell'Ecstasy, ma è roba vecchia. Non ne prendo da mesi».

«Mesi o settimane?»

«Mesi... almeno tre... dal diploma. Te lo giuro, Michael».

Guardo la fiala, che è ancora dentro alla pallina, e lascio che il taglio si richiuda. La tengo stretta in mano e la porgo a Nora. «Ecco qua», dico. «Basta trucchi. D'ora in avanti è tutto nelle tue mani. Se vuoi essere una fuori di testa, fallo da sola. Ma se vuoi essere mia amica» – mi fermo e mi metto la palla in tasca – «io sono qui per aiutarti. Non devi cavartela da sola. Ma se vuoi la mia fiducia, devi darmi la tua».

Nora sembra assolutamente stupefatta. «Allora non te ne vai?»

La vedo ancora che culla mio padre fra le sue braccia. Che si identifica con quello che manca. «Non ancora, non adesso». Mentre le mie parole le arrivano al cuore, mi aspetto di vederla sorridere. Invece le sopracciglia le si corrugano preoccupate. «Cosa c'è che non va?» chiedo.

Mi guarda col mento abbassato e gli occhi persi. «Non capisco. Perché sei così gentile?»

Dai piedi del letto, mi avvicino a lei. «Non l'hai ancora capito, Nora? Io non sto recitando».

Alza la testa e non riesce più a trattenersi. I suoi occhi si riempiono di lacrime e spunta il sorriso. Il suo vero sorriso.

Mi chino in avanti e le do un leggero bacio sulla fronte. «Ti dico solo questo, se fai ancora una cosa del genere...»

«Non lo farò. Promesso».

«Dico sul serio, Nora. Se vedo ancora droga, darò io stesso la notizia alla stampa».

Nora mi guarda fisso negli occhi. «Te lo giuro sulla mia vita, hai la mia parola».

20

A un certo punto, nei miei sogni, sono molto piccolo. Alto venti centimetri. Simon si abbassa e io gli salto sulla mano. Lui mi solleva all'altezza della sua faccia e sussurra nelle mie orecchie da bambolotto: «Finirà tutto bene, Michael, ti garantisco che finirà tutto bene». Lentamente, la sua voce profonda diventa più forte, come una sirena di fabbrica. «Non piangere, Michael, solo i bambini piangono!» Poi, all'improvviso, si mette a urlare, la sua voce è un tuono e il suo fiato caldo mi respinge all'indietro: «*Maledizione, Michael, perché non hai ascoltato! Dovevi solo ascoltare!*»

Mi rizzo a sedere sul letto, sorpreso dal silenzio. Il mio corpo è coperto da una pellicola di sudore freddo – tanto freddo che sto rabbrividendo. La sveglia dice che sono solo le quattro e mezza di mattina, perciò mi rimetto giù e cerco di pensare a Nora. Non alla droga o alla cicatrice. Alla vera Nora. Quella nascosta sotto le apparenze; o almeno quella che credo ci sia nascosta. Ieri notte – mio Dio – il tetto da solo mi basta e avanza per tutta la vita. Neanche gli stuntmen, i paracadutisti... neanche i *pirati* hanno simili emozioni. O simili paure.

Mi accorgo di essere aggrappato alle lenzuola e ricorro al mio miglior trucco per riaddormentarmi: metto le cose in prospettiva. Qualsiasi cosa succeda, ho ancora la mia salute, e mio padre, e Trey, e Nora... e Simon, e Adenauer, e Vaughn, che non riesco ancora a immaginarmi. Una parte di me teme che stia cercando di incastrarmi, ma se fosse alleato di Simon... e adesso sta scappando dall'FBI... il nemico del mio nemico eccetera. Se Simon l'ha mollato, forse ha qualcosa da offrirmi. Comunque, saprò la risposta fra qualche ora. Oggi è il giorno in cui dobbiamo incontrarci. Da qualche parte al museo dell'Olocausto.

Dopo aver fissato per venti minuti il soffitto, è ovvio che non riprenderò più sonno. Butto via le coperte e vado alla macchinetta per il caffè. Mentre il profumo invade la minuscola cucina, tiro fuori dalla valigetta una mappa del museo. Cinque piani di superficie espositiva, una biblioteca per le ricerche, due teatri, un centro scolastico... Come diavolo farò a trovare questo tizio?

Alle mie spalle, sento un rumore contro la porta. È piccolo – difficile da sentire – come un tocco leggero. O un colpo. «Chi è?» chiedo. Il rumore finisce. Fuori, sento il suono di passi felpati che si allontanano. Butto per terra la mappa e mi precipito contro la porta, apro la serratura e la spalanco di colpo. C'è un altro colpo. Un altro. Esco nell'atrio, desideroso di affrontare il mio nemico. Ma trovo solo un ragazzo che consegna il primo giornale della mattina e che fa un salto all'indietro per lo spavento, lasciando quasi cadere un pacco di giornali.

«Coño!» esclama in spagnolo.

«Scusa», sussurro. «È colpa mia». Prendo il mio giornale e torno in casa, chiudendo la porta.

Innervosito, apro il giornale sperando di perdermi nei fatti del giorno. Ma proprio mentre giro la prima pagina una piccola busta bianca cade per terra. Dentro c'è un biglietto scritto a mano: «Registro dei sopravvissuti. Secondo piano». Torno alla mappa del museo, che è ancora sul pavimento di linoleum. Finalmente, un posto preciso.

Non è uno stupido, decido. È una stanza piccola, che si trova in un angolo del museo. Vedrà tutti quelli che vanno e vengono. L'incontro non avverrà prima dell'una, ma guardo lo stesso l'orologio. Ancora sette ore.

Chiudo a chiave la porta del mio ufficio e corro verso l'ala ovest. Un tempo mi vantavo di essere sempre in anticipo per le riunioni di Simon, ma ultimamente sembra che non riesca più ad arrivare in orario. E benché sia facile accusare la sbadataggine, devo ammettere che c'è un desiderio inconscio di evitarle.

Nell'ala ovest, Phil è come al solito alla sua scrivania a controllare le persone che entrano. Appena lo vedo, tiro fuori il mio pass e abbasso la testa. Non che mi dispiaccia quando non mi chiama l'ascensore, ma odio quando finge di non conoscermi.

«Salve, Michael», dice mentre passo.

«S-salve», rispondo. «Ciao».

«Giorno di riunione?»

Prima ancora che possa rispondere, si allunga sotto la scrivania e mi restituisce il preferito dei privilegi – alla mia sinistra, le porte dell'ascensore si aprono e io entro. Non capisco cosa abbia provocato il cambiamento, ma quando le porte si chiudono sono contento di accettare il favore.

Quando entro nell'ufficio di Simon mi aspetto di trovare la riunione già iniziata. Invece vedo che la maggior parte delle persone si raccontano storie e scambiano pettegolezzi. La sedia vuota a capotavola mi dice perché.

Do una rapida occhiata intorno e vedo Pam, seduta al suo posto ormai regolare in poltrona. Da quando ha fatto carriera, è praticamente scomparsa. «Sei una vera boss ormai, eh?»

«Cosa intendi dire?» dice fingendo innocenza. È un classico atteggiamento da Casa Bianca: mai riconoscere il vantaggio.

Scuoto la testa e mi faccio strada verso uno dei posti liberi sul retro. «Ti vedo, donna – chi credi di prendere in giro?»

«Ho preso in giro te», ribatte lei. I giorni della solidarietà sono finiti.

Sto per risponderle qualcosa quando la porta della stanza si apre. Tutti si zittiscono, poi riprendono a parlare. Non è Simon – solo un altro collaboratore – un «WASP» con scarpe costose, fermacravatta di Yale, appena arrivato dalla Corte Suprema. Lo odio. Pam diceva che era simpatico.

Quando entra, l'ufficio è pieno zeppo. L'unico posto libero è quello di fianco a me. Lui dà un'occhiata in giro, fissandosi su di me. Io sposto la sedia per garantirgli spazio sufficiente. Ma lui mi passa di fianco e continua verso il fondo, appoggiandosi a una libreria. Preferisce stare in piedi. Guardo Pam, ma è impegnata con i suoi nuovi amici delle poltrone. A nessuno piace una nave che affonda.

Senza nessuno con cui parlare, aspetto finché la porta non si riapre di nuovo. Simon entra nella stanza e tutti fanno silenzio. Quando i nostri occhi si incontrano, distolgo lo sguardo. Lui no: si dirige verso di me e mi sbatte sul petto un grosso faldone. «Ben tornato», dice.

Guardo il faldone, poi tutti gli altri. C'è qualcosa che non va. È troppo abile per perdere il controllo davanti a una folla.

«Hai frignato per averlo. Eccolo», aggiunge.

«Non so neanche co...»

Simon si gira e si allontana. «La votazione sarà mercoledì. Buon divertimento».

265

Confuso, leggo l'etichetta sul faldone: «Intercetta-zioni». Dentro, vedo tutte le mie vecchie ricerche. È in-credibile, mi ha riaffidato il caso.

Alzo la testa e cerco un volto amico per condividere la notizia, ma c'è una sola persona che guarda verso di me. La persona che è entrata dopo Simon, Lawrence Lamb. Mi offre un caldo sorriso e un cenno di appro-vazione. Non c'è bisogno di dire altro. Un punto per Nora.

«Sei sicuro che a Simon vada bene così?»

«Non avrebbe mai dovuto toglierti il caso», dice freddamente Lamb mentre torniamo al suo ufficio. Muovendosi con la forza di un uomo sempre deside-rato, Lamb riesce in qualche modo a non sembrare mai in affanno. Come il doppio nodo Windsor della sua cravatta e la sua camicia con i polsini, è sempre perfettamente in ordine; il tipo di uomo che, all'aero-porto, sembra in piena forma anche dopo un volo di quattro ore.

Io lo seguo e sono in piena confusione. «Ma se Si-mon...»

«Smettila di preoccupartene, Michael. È tuo. Fe-steggia».

Passando davanti alla scrivania della sua segretaria, capisco che ha ragione. Il fatto è che le vecchie abitu-dini sono dure a morire. Quando entriamo nel suo uf-ficio, prendo posto davanti alla sua scrivania.

«Non so cos'hai fatto, ma qualsiasi cosa sia, Nora è felice», spiega. «Questo ti dà diritto a esprimere tre desideri».

«E questo è il primo?»

«Se lo è, questi sono gli altri due», dice Lamb apren-do un cassetto e allungandomi due documenti. Il pri-mo è un memo di una sola pagina dell'FBI. «Hanno finito le indagini su due persone venerdì e su altre tre durante il weekend», spiega. «Tutti responsabili di un ufficio, tutti apparentemente innocenti – il che porta il totale a dieci. Ne restano cinque».

«Quindi non sono ancora arrivati al mio?»

«I migliori si tengono per ultimi», dice Lamb pulendosi gli occhiali con un fazzoletto col monogramma. «Non dovrebbe mancare molto, ormai».

«E se dessimo un'occhiata ai cinque nomi rimasti? C'è qualche modo per farlo?»

«Perché vorresti?... Oh, capisco», si interrompe. «Chiunque sia ancora sulla lista – ci farebbe capire chi potrebbe essere coinvolto».

«Se Caroline aveva i loro file, conosceva i loro segreti».

«Non è pensata male», concorda Lamb. «Lasciami fare qualche telefonata. Vedremo quello che posso fare». Sta prendendo un appunto quando il telefono squilla e lui risponde subito. «Sono Larry», dice. «Sì, è qui. Ho capito... Ti ho già sentito le prime quindici volte». C'è una breve pausa. «Non metterti a gridare con me! Hai capito? Smettila subito!» Dopo un rapido saluto, riappende e si gira verso di me. «Nora ti saluta».

Incredibile – Nora dice una parola e improvvisamente sono in cima all'agenda di Lamb. Davvero incredibile quello che possono fare una dozzina di estati passate a nuotare insieme.

Scorro il secondo documento e vedo che è una stampata di cinquanta pagine. «Questo è il desiderio numero tre?»

«Dipende da cosa intendi per desiderio. Quello che hai nelle mani è il resoconto ufficiale dell'IDEV relativo al giorno in cui Caroline è stata uccisa. Secondo quel file, Patrick Vaughn è stato fatto entrare esattamente alle 9.02 di mattina».

«Da me».

«Da te. Ed è uscito alle 10.05. Sai come funziona, Michael – una volta ottenuto quel pass, Vaughn ha potuto girovagare per l'OEOB per un'ora intera. E secondo i Servizi segreti, la richiesta di farlo entrare è venuta da un telefono interno poco dopo il tuo arrivo alle 8.04».

«Ma io non ho mai...»

«Non sto dicendo che tu abbia fatto quella richiesta. Ti sto solo dicendo quello che risulta dal file».

Mi agito sulla sedia e ripasso i fatti nella mia testa. «Quindi appena io sono entrato quella mattina Simon ha fatto la telefonata».

«Probabilmente ti hanno visto entrare dall'ingresso. Ricordi di aver notato qualcuno, nell'atrio?»

Mi fermo a riflettere. «L'unica persona che ho incontrato è stata Pam, che mi ha detto che la riunione era anticipata».

«Pam, eh? Be', immagino che fosse troppo per Simon fare tutto di persona».

«Aspetta, Pam non...»

«Non dico che sia coinvolta. Dico solo di stare attento. Stai ballando su un terreno pericoloso».

«Cosa vuol dire questo?»

Lamb si ferma un attimo. C'è qualcosa che non mi dice.

«Va tutto bene?» chiedo.

«Dimmelo tu – hai mai sentito parlare di una giornalista del "Post" di nome Inez Cotigliano?»

«Quella che ha fatto richiesta per il FOIA».

Lamb mi dà un'occhiata. «Come fai a saperlo?»

«Pam ne aveva una copia».

Lamb si rizza sulla poltrona e prende rapidamente un appunto.

«C'è qualcosa che non va in questo?»

Ignora la domanda.

«Non doveva averla?»

«Michael, ci abbiamo messo quattro giorni per esaminare quel file IDEV e capire che tu avevi fatto entrare Vaughn nell'edificio. Secondo i Servizi segreti, Inez ha chiesto quegli stessi file il giorno dopo la morte di Caroline. Un giorno. È come se sapesse – o se qualcuno gliel'avesse detto».

«E tu pensi che Pam...»

«Dico solo stai attento. Se Inez è ambiziosa solo la metà di quello che sembra, non le ci vorrà molto tempo per trovare Vaughn. O te».

Il mio stomaco crolla. Mi sento in ritardo. «Quanto tempo ho?»

«Questo è il problema, capisci?» dice Lamb, la cui voce tranquilla per la prima volta sembra a disagio. «Continui a dimenticarti che questa storia non riguarda solo te». Fa una pausa e mi dà la stessa occhiata ansiosa di prima.

«È successo qualcosa?» chiedo.

Lamb si passa le mani sulla faccia sbarbata di fresco. «Mi hanno chiamato, Michael. Mi hanno chiamato due volte».

«Chi? La giornalista?»

«L'FBI», dice freddamente.

Non dico una parola.

«Il tuo amico Adenauer voleva sapere se Nora ha mai consumato droghe».

«E come?...»

«Suvvia, figliolo: prima vedono che fai entrare Vaughn nell'edificio, poi esci con Nora... Vogliono solo conoscere il terzo vertice del triangolo».

«Ma lei non conosce Vaughn».

«Non è questo il problema!» dice Lamb alzando la voce. Quasi nello stesso tempo si schiarisce la gola e si calma. La famiglia lo rende sempre emotivo. «Dimmi la verità, Michael. Nora fa uso di droghe?»

Mi blocco.

Lamb è perfettamente immobile. L'ho visto usare la stessa tattica in precedenza – un vecchio trucco da avvocato – lasciare che il silenzio ti tiri fuori le cose.

Mi appoggio allo schienale della sedia, cercando di sembrare sicuro di me. Fa uso di droghe? «Non più», dico senza esitare.

Al di là della scrivania, Lamb annuisce fra sé. Non è una risposta a cui si possa ribattere, e onestamente non credo che voglia saperne di più. C'è una ragione per cui nessuno prende appunti nella Casa Bianca. Quando si tratta di citazioni e domande dell'FBI, meno si sa, meglio è.

«Cosa dirai all'FBI?» chiedo alla fine.

«La stessa cosa che ho detto l'ultima volta: che anche se so che vorrebbero catturare il pesce più importante, faranno bene a stare molto attenti prima di lanciare accuse contro i pezzi grossi».

I pezzi grossi. Gli unici che vale la pena di salvare. «Credo che questo risolva la parte del problema che riguarda lei».

«Che riguarda lei? Michael, mi hai prestato attenzione? Abbiamo un candidato presidente che ha solo nove punti di vantaggio in una campagna elettorale in cui, per quanto possa sembrare patetico, i temi di maggior risonanza sono le scappatelle e le avventure di sua figlia – della tua ragazza. E come se non bastasse, abbiamo l'FBI che ci sta col fiato sul collo e muore dalla voglia di fare il colpo grosso. Per cui se tu vieni risucchiato in questa inchiesta e dai anche solo la minima impressione che Nora sia coinvolta – mettiamola così – non vorrai dare a Bartlett questa cartuccia».

«Io non direi mai niente».

«Non dico che lo faresti. Voglio solo assicurarmi che tu capisca le conseguenze». Si china sulla scrivania, guardandomi fisso. Poi distoglie lo sguardo, incapace di tenere la posizione. Non è solo disagio, quello che c'è nella sua voce. Dopo due telefonate dell'FBI, è paura.

Sento il peso che mi ha appena scaricato sulle spalle e riformulo la domanda originale. «Quanto tempo credi che abbiamo?»

«Dipende dalla cocciutaggine della giornalista Inez. Se ha una fonte, direi che hai tempo fino alla fine di questa settimana. Se non ce l'ha... be', stiamo facendo del nostro meglio per bloccare tutto».

La fine della settimana? Oh, Dio.

«Ti senti bene?» chiede.

Annuisco e mi alzo.

«Ne sei sicuro?» Il tono della sua voce mi coglie impreparato. È davvero preoccupato per me.

«Starò bene», dico.

Non ci crede, ma non c'è altro da dire. Naturalmente, ciò non gli impedisce di provarci. «Se può consolarti, Michael, Nora è molto preoccupata per te. Altrimenti, tu non presenteresti il memo».

«Di cosa stai parlando?»

«Quello sulle intercettazioni mobili. Non hai visto la lista?»

Apro il faldone e controllo. Ovviamente è lì – di fianco alla parola «Proponenti» ci sono le mie iniziali, M.D.G. L'ampio sorriso che mi illumina le guance mi rammenta da quanto tempo non sorridevo più. Non solo scriverò il memo. Per la prima volta in vita mia, mi rivolgerò al presidente.

Quando torno nel mio ufficio, sono tutto sudato. Se Lamb ha ragione, è questione di pochi giorni. La corsa è iniziata. Se non arrivo a Vaughn e ai soldi prima di Inez... Istintivamente, guardo l'orologio sulla parete. Non manca molto. Per fortuna, ho qualcosa per passare il tempo.

Il mio ego continua a dirmi che è la cosa più grandiosa che mi sia mai successa, ma dentro di me so benissimo di essere del tutto impreparato. Fra due giorni sarò seduto di fronte al presidente. E l'unica cosa che riesco a pensare di dire è «bell'ufficio».

Accendo il computer e prendo il faldone sulle intercettazioni, ma prima che possa aprirlo sono interrotto dallo squillo del telefono.

«Sono Michael», dico alzando la cornetta.

«Salve, signor Figo. Rispondo alla sua telefonata».

Riconosco immediatamente il tono condiscendente. L'agente Rayford della polizia del D.C. «Come vanno le cose?» chiedo cercando di non apparire abbattuto.

«Non tiri la corda, amico. Non sono dell'umore. Se vuole i suoi soldi, ho un nuovo numero di telefono per lei».

Sull'angolo del faldone scrivo il numero. «È la divisione proprietà?»

«Se lo sogna. Ho trasferito la pratica alle Indagini finanziarie. Adesso lei è una grana per loro».

«Non capisco».

«Finché ci sono dei sospetti, abbiamo il diritto di trattenerli – e l'ultima volta che ho controllato, guidare a notte fonda con diecimila dollari in contanti era ancora fonte di sospetti».

«E allora cosa devo fare adesso?»

«Dimostrare che sono suoi. Conto bancario, assegni incassati, polizza assicurativa – dica da dove vengono».

«Ma se io...»

«Non voglio saperlo. Per quanto mi riguarda, è un problema di qualcun altro». E con questo riappende.

Abbasso la cornetta e ripenso a Inez. Se Simon vuole,

può indirizzarla verso i soldi. È il suo asso nella manica. Il mio, a Dio piacendo, è uno spacciatore di droga di nome Patrick Vaughn. Guardo l'orologio. È quasi ora.

Prendo la giacca dall'attaccapanni e vado verso la porta. Quando esco nell'atrio, però, resto sorpreso nel vedere Pam ancora seduta alla scrivania fuori dal mio ufficio. «Il telefono si è rotto di nuovo?»

«Non fare domande», mi dice mentre le passo di fianco. «Dove vai?»

«Da Trey».

«Tutto bene?»

«Sì, sì. Andiamo solo a prendere un caffè – e magari a rubare qualche soda alle macchinette».

«Divertitevi», dice mentre la porta si chiude alle mie spalle.

«Posso parlarti per un secondo?» chiedo infilando la testa nell'ufficio di Trey.

«Ottimo tempismo», risponde mettendo giù il telefono. «Entra».

Resto vicino alla porta e indico i suoi due compagni di stanza. Capisce il resto. «Vuoi prendere un caffè?» chiede.

«Sarebbe meglio».

Senza esitare, Trey mi segue fuori dalla porta. Prendiamo le scale per il primo piano. Non c'è bisogno di dirlo, nessuno prende un caffè nel proprio settore.

Avvicinandoci nel corridoio, tengo gli occhi abbassati sul pavimento di marmo a scacchiera. Nell'OEOB, la vita è sempre una partita a scacchi.

«Cosa succede?» chiediamo contemporaneamente.

«Prima tu», dice lui.

Cercando di sembrare tranquillo, mi guardo alle spalle. «Volevo solo verificare se siamo d'accordo per Vaughn».

«Non preoccuparti. Ho tutto il necessario: tubolari, cerotti, ovomaltina...»

Cerca di rallegrarmi, ma non ci riesce.

«Va tutto bene, non innervosirti», aggiunge mettendomi un braccio sulla spalla.

«Il nervoso riesco a controllarlo, ma incomincio a chiedermi se è una buona idea affrontare tutto questo».

«Adesso non vorresti incontrarlo?»

«No... ma... dopo la foto di Adenauer sulla stampa e il modo in cui stanno mettendo sotto pressione Lamb... credo che l'FBI si stia preparando a colpire».

«Anche se fosse, non vedo altra scelta», dice. «Hai preso tutte le precauzioni possibili, se stai attento, andrà tutto bene».

«Ma non vedi che non è così semplice? Adesso, se l'FBI mi domanda di Vaughn, posso guardarli negli occhi e dire che non ci conosciamo. Diamine, posso sottopormi alla macchina della verità se necessario. Ma una volta che stiamo insieme... Trey, se l'FBI ci sorveglia così da vicino come penso, e vede me e Vaughn che parliamo, qualsiasi difesa io abbia finisce nel cesso».

Alla fine del corridoio ci zittiamo entrambi. Durante il caffè non si parla, a meno che non si veda chi c'è dietro l'angolo. Quando svoltiamo, ci sono solo poche persone in lontananza. Nessuno vicino. «Ovviamente, non è una situazione ideale», replica Trey. «Ma siamo onesti, Michael, in quale altro modo pensi di poter avere delle risposte? In questo momento conosci più o meno un terzo della storia. Se ottieni gli altri due terzi, probabilmente puoi capire quello che sta succedendo. Ma da chi lo puoi sapere? Simon? Ti resta solo Vaughn».

«E se mi vuole incastrare?»

«Se Vaughn volesse solo incastrarti, sarebbe già andato alla polizia. Ti dico che se vuole incontrarti è perché ha qualcosa da offrire».

«Certo, diventa informatore e mi vende all'FBI».

«Non credo, Michael, non ha senso. Se Simon e Vaughn fossero davvero soci e avessero usato il tuo nome per far entrare Vaughn, perché quando è entrato nell'edificio Vaughn avrebbe dovuto legare il suo nome all'unica persona che sarebbe stata sospettata di omicidio?»

Trey mi guarda e lascia che la domanda si faccia strada dentro di me. «Credi che anche Vaughn sia rimasto fregato?» chiedo.

«Può darsi che non sia un santo, ma è evidente che c'è qualcosa che non sappiamo».

Mentre camminiamo, faccio scorrere le dita sulla parete del corridoio. «Per cui l'unico modo per salvarmi...»

«...è entrare nella gabbia dei leoni», dice Trey annuendo. «Tutto ha un prezzo».

«È questo che mi preoccupa».

«Anche a me», dice Trey. «Anche a me, ma se hai tenuto la bocca chiusa dovresti essere al sicuro».

Lentamente, svoltiamo un altro angolo.

«Ti prego, dimmi che hai tenuto la bocca chiusa», aggiunge.

«Sì», insisto.

«Non l'hai detto a Pam?»

«Esatto».

«E non l'hai detto a Lamb?»

«Esatto».

«E non l'hai detto a Nora?»

Aspetto un millisecondo di troppo.

«Non riesco a credere che tu l'abbia detto a Nora!» dice dandomi una spinta. «Maledizione, amico, ma cosa credi?»

«Non preoccuparti – non dirà niente. Peggiorerebbe solo le cose, per lei. E poi è brava in queste cose. È piena di segreti».

«Che stronzata! È piena di segreti! È proprio questo il problema: silenzio, bene; piena di segreti, male».

«Perché sei così paranoide nei suoi confronti?»

«Perché mentre tu sei su nella residenza a sbavare sulle sue tette, io sono l'unico ancora piantato nella realtà. E più scavo, meno mi piace quello che trovo».

«Cosa intendi con "scavo"?»

«Sai con chi ero al telefono quando sei entrato? Benny Steiger».

«E chi è?»

«È il tizio che mette lo specchio sotto la tua macchina quando arrivi all'ingresso sud-ovest. Ho fatto passare sua sorella nel prato sud l'ultimo quattro di luglio e dato che mi deve un favore ho pensato di chiamarlo. Allora, ti ricordi la prima notte, quando tu e Nora avete seguito Simon? Ho fatto fare a Ben un piccolo controllo sui file. Secondo lui, Nora quella sera è tornata a casa da sola. A piedi».

«L'ho lasciata giù io. Dov'è il problema?»

«Dov'è il problema. Una volta che hai perso i Servizi segreti, con la vostra fuga in auto, hai perso anche il tuo alibi».

«Cosa vuoi dire?»

«Voglio dire che questo è il modo migliore, per Nora, per pararsi il culo. Se volesse, non c'è assolutamente nulla che le impedisca di dire che dopo aver seminato i Servizi segreti lei è scesa dalla tua macchina e siete andati per strade diverse».

«E perché pensi che farebbe una cosa del genere?»

«Pensaci, Michael. Se si arrivasse alla tua parola contro quella di Simon, chi potrebbe sostenere la tua storia? Nora, giusto? L'unico problema è che questa sarebbe una cattiva notizia per il suo papà. Così vicini alle elezioni, con il nostro leader soltanto un pelo oltre il margine di errore, non lo tradirà in questo modo. Ma se lei non fosse stata lì quando Simon ha messo giù i soldi, allora non ci sarebbero problemi. Tu e Simon potete cavarvi gli occhi a vicenda. E naturalmente, nella lotta, lui ti mangerebbe come un'acciuga».

«E il poliziotto che ci ha fermato? Lui ci ha visto».

«Ma dai, amico, tu stesso hai detto che ha fatto finta di non riconoscerla. È l'ultima persona su cui conterei».

«Ma se Nora avesse fatto tutto questo apposta...»

«Spiegami una cosa, Batman: quando siete arrivati all'ingresso sud-ovest, perché non l'hai accompagnata dentro?»

«Pensava che i Servizi segreti fossero arrabbiati e così ha detto che era meglio...»

«Ding, ding, ding! Credo che abbiamo fatto centro! Suggerimento di Nora. Piano di Nora. Dal momento in cui ti hanno beccato con i soldi, il suo cervellino stava pensando al modo per cavarsela». Svoltiamo un altro angolo del corridoio e Trey lascia che questa riflessione mi colpisca a fondo. «Non dico che ce l'abbia con te. Dico solo che tiene gli occhi puntati sul numero uno. Senza offesa per la tua vita amorosa, forse dovresti farlo anche tu».

«Quindi, anche se non è classificato come omicidio, dovrei fregarla e costituirmi?»

«Non è un'idea così terribile. Quando si affronta una crisi è sempre meglio anticipare i tempi».

Mi fermo e penso a quello che mi sta dicendo. Dovrei semplicemente cedere. Me stesso. Nora. Tutto. Mia madre mi ha insegnato un'altra cosa. E mio padre pure. «Non posso. Non è giusto. Lei non mi farebbe una cosa del genere, io non posso farla a lei».

«Non puoi... Oddio, Michael, non dirmi che sei inna...»

«Non sono innamorato di lei», insisto. «Ma non è il momento giusto. Come hai detto, l'incontro è oggi pomeriggio. Troppo vicino».

«Troppo vicino a cosa?» ribatte Trey mentre torno verso le scale. «Vaughn o Nora?»

Lascio la domanda in sospeso. Non è una cosa a cui voglio rispondere.

Mentre vado dalla Casa Bianca al museo dell'Olocausto, il sole brilla, l'umidità è scomparsa e il cielo è di un azzurro limpidissimo. Odio la quiete prima della tempesta. Ma è la giornata perfetta per un lungo pranzo, che è esattamente il messaggio che ho trasmesso nella mia conversazione con la segretaria di Simon.

Secondo Judy, Simon ha un pranzo di lavoro sulla Collina nell'ufficio del senatore McNider. Per esserne sicuro, ho telefonato e verificato io stesso. Poi ho fatto le stesso con Adenauer. Poiché la sua segretaria non voleva dirmi dov'era, le ho detto che avevo delle informazioni importanti e che l'avrei richiamata all'una e mezza. Fra mezz'ora. Non so se funzionerà, ma mi basta che gli faccia perdere un po' di tempo, trattenendolo vicino al telefono. E lontano da me.

A dispetto di tutti i miei piani, però, mentre mi faccio passare le monete che ho in tasca fra le dita, non riesco a impedire che le mani mi tremino. Ogni occhiata che si sofferma su di me è di un giornalista. Ogni persona che incrocio un uomo dell'FBI. I dieci minuti di camminata un vero incubo. Finalmente raggiungo il museo dell'Olocausto.

«Ho una prenotazione», dico alla donna dietro alla cassa dell'ingresso. Ha occhi piccoli castani e giganteschi occhiali scuri, che mettono in luce il peggio dei suoi lineamenti.

«Il suo nome?»

«Tony Manero».

«Ecco qua», dice offrendomi il biglietto. Ora d'ingresso: una. Fra due minuti.

Mi guardo in giro nell'atrio. Le uniche persone dall'aria non sospetta sono due madri che sgridano contro i figli. Mentre vado verso gli ascensori, prendo a prestito il miglior trucco di Nora e mi tiro sugli occhi il cappellino da baseball.

Fuori dagli ascensori, un piccolo gruppo di turisti fa la fila, ansioso di incominciare. Io resto sul fondo, guardo la folla. Mentre aspettiamo gli ascensori, altre persone si affollano dietro di me. Mi alzo sulla punta dei piedi e cerco di vedere meglio. Non ci dovrebbe mettere tanto tempo. C'è qualcosa che non va.

Intorno a me, la folla si sta agitando. Nessuno spinge, ma lo spazio per i gomiti diminuisce. Un uomo pesante con una giaccavento blu si spinge contro di me e io scosto il braccio colpendo accidentalmente una ragazza alle mie spalle. «Scusa», le dico.

«Non c'è problema», risponde sottovoce. Suo padre annuisce goffamente. Così sua madre. Ci sono troppe persone per tenerne il conto. Lo spazio diventa stretto.

La cosa peggiore è che continuano a lasciar entrare gente nel museo. Siamo tutti sospinti in avanti da una marea umana. Scruto freneticamente la folla, controllando ogni faccia. È troppo. Mi sento in fiamme. Respirare diventa difficile. Le pareti di mattoni si chiudono su di noi. Cerco di concentrarmi sulle porte d'acciaio scuro dell'ascensore, con le loro borchie grigie, come se potessero portare qualche sollievo.

Finalmente una campana suona e l'ascensore arriva. L'operatore ci accoglie con il suo migliore «Benvenuti al museo dell'Olocausto».

21.

«Sa dirmi come arrivare al Registro dei sopravvissuti?»
«Appena dietro l'angolo», risponde un uomo con la targhetta col nome. «È la prima porta sulla sua destra».
Mentre mi dirigo verso la stanza, mi guardo rapidamente in giro a cercare Vaughn. La foto che ho visto era di qualche anno fa, ma conosco l'uomo che sto cercando. Baffetti sottili. Capelli lisci all'indietro. Non so perché ha scelto questo museo. Se ha davvero paura dell'FBI, non è un posto dove sia facile nasconderci – e proprio di questo ho paura io.

Convinto che non si trova qui fuori, apro la porta a vetri ed entro nel Registro dei sopravvissuti. Prima controllo il soffitto. Niente telecamere di sicurezza in vista. Bene. Poi controllo i muri. Eccola, nell'angolo in fondo a destra. La ragione per cui ha scelto questa stanza: un'uscita antincendio di emergenza. Se tutto va al diavolo, potrà scappare – il che significa che ha paura di me, oppure che questo fa parte del suo patto con le autorità.

La stanza è di modeste dimensioni e suddivisa da séparé. Ospita otto computer di ultima generazione, che danno accesso alla lista del museo, con più di settantamila sopravvissuti all'Olocausto. Quasi tutti i computer hanno due o tre persone affollate intorno al video in cerca dei loro cari. Nessuno alza la testa quando vado verso il fondo. Controllando il resto della sala, mi convinco di aver fatto bene a lasciare in ufficio

280

Trey. Avremmo potuto travestirlo, ma dopo che l'avevano visto al telefono pubblico il rischio non valeva la candela. Io ho bisogno dei miei due terzi.

Mi siedo a un computer vuoto e aspetto. Per venti minuti, tengo d'occhio la porta. Chi entra, chi esce – sporgo la testa dal séparé, analizzando chiunque. Forse non vuole che io mi mostri tanto chiaramente, decido alla fine. Cambio tattica e guardo lo schermo del computer, ascoltando le voci delle altre persone intorno a me.

«Te l'avevo detto che vive in Polonia!»

«Con la K, non col Ch».

«Questa è la tua bisnonna».

In un museo dedicato a ricordare sei milioni di persone morte, questa piccola stanza si concentra sui pochi fortunati che sopravvissero. Non è un brutto posto.

«Odio questo posto», borbotto un quarto d'ora più tardi. Quel pauroso figlio di puttana non verrà mai. Lotto contro la frustrazione, mi alzo e do un'altra occhiata in giro per la sala. Ormai siamo al quinto gruppo di turisti che si alterna. C'è un solo membro del gruppo iniziale, io.

Giro intorno ai tavoli principali e guardo l'orologio sulla parete. Vaughn è in ritardo di più di mezz'ora. Mi sono alzato. Ma, se intendo aspettare ancora, è meglio essere coerente col mio personaggio e fare come tutti gli altri. Guardandomi in giro, mi accorgo di essere l'unico in piedi. Tutti gli altri si assomigliano – penna in mano, occhi concentrati sullo schermo del loro computer, tutti impegnati a battere nomi...

Oh, ragazzi.

Corro di nuovo al terminale e mi metto a sedere. Prendo la tastiera e batto tredici lettere: V A U G H N, P A T R I C K.

Sul video, il computer mi dice: «Ricerca in corso».

Ecco. Ecco la vera ragione per cui ha scelto questa stanza.

«Spiacenti, ricerca senza esito».

Cosa? Non è possibile. V A U G H N, P.

«Spiacenti, ricerca senza esito».

V A U G H N.

Ancora una volta il computer si mette in moto per fare la sua ricerca. E ancora una volta ottengo lo stesso risultato: «Spiacenti, ricerca senza esito».

Non può essere. Convinto di essere sulla strada giusta, inserisco tutti i nomi che mi vengono in mente.

G A R R I C K, M I C H A E L.

H A R T S O N, N O R A.

S I M O N, E D G A R.

Quando finisco, ho tonnellate di contatti. Vienna, Austria. Kaunas, Lituania. Gyongyos, Ungheria. Perfino Highland Park, Illinois. Ma nessuno mi porta minimamente più vicino a Vaughn. Irritato, metto da parte la tastiera e mi lascio andare sulla sedia. Sto per rinunciare quando sento una mano posarmisi sulla spalla.

Mi giro tanto velocemente che quasi cado dalla sedia. Dietro di me c'è una donna dalla pelle olivastra con capelli neri in disordine. Una t-shirt con la scritta bianca «Perv» le sta fin troppo aderente e i jeans sdruciti le pendono casualmente dai fianchi.

«Usciamo di qui, Michael», dice con voce tremante.

«Ma come hai fatto...»

«Non fare domande ovvie – non serve a niente». Mentre mi alzo dalla sedia, si guarda in giro per la stanza, con le mani che si agitano mentre fa scattare nervosamente l'unghia del medio contro il pollice. Si sfrega il naso un paio di volte, incapace di stare ferma.

«Quando?...»

«Non oggi», dichiara. Mi spinge da dietro, diretta verso la porta. «Adesso sbrighiamoci a uscire di qui».

Io corro avanti senza una parola. Lei si aggrappa alla mia camicia per rallentarmi.

«Solo i cretini corrono», dice.

Apro la porta a vetri e aspetto di essere tornato fra la folla. Svoltiamo bruscamente a sinistra e ci troviamo sull'ampia scala che porta all'ingresso. «Allora non verrà?» chiedo.

A supervelocità, lei gira la testa da tutte le parti. Alle sue spalle, alle mie, oltre il bordo delle scale... non riesce a farne a meno. «Tengono la sua ex-ragazza sotto sorveglianza da martedì», spiega. «E a Vaughn non piace neanche più».

«Non capisco», dico.

«Non serve», ribatte lei. «Non qui».

«E allora quando...»

Mi mette una mano sudata sulla spalla e mi attira vicino. «National Zoo mercoledì all'una». Mi lascia e percorre rapidamente il resto delle scale.

«È davvero così terribile?» chiedo.

Si ferma dove si trova e si gira. «Stai scherzando?» chiede togliendosi un ricciolo dalla faccia. «Sai cosa ci vuole per fare paura a *lui*?»

Mi aggrappo alla balaustra per tenermi su. Non credo di voler sapere la risposta.

«E l'hai lasciata andare via?» chiede Nora con gli occhi spalancati dall'incredulità.

«Cosa volevi che facessi? Placcarla e chiederle di scendere a patti?»

«Non sono sicura del placcaggio, ma devi cominciare a fare qualcosa».

Mi alzo, attraverso la stanza di Nora e mi appoggio all'orlo della sua scrivania d'antiquariato. Sulla sinistra noto un foglietto scritto a mano e firmato da Carol Lorenson, amministratrice di un blind trust che gestisce tutti i soldi di Hartson. «Somma settimanale – seconda settimana di settembre». Vicino al foglietto c'è una mazzetta con qualche biglietto da venti dollari.

«Tu non capisci», dico.

«Cosa c'è da capire? Era lì e l'hai lasciata scappare».

«Non è lei la cattiva», ribatto. «Aveva ancora più paura di me e da come parlava sembrava che dovesse venirle un attacco di cuore da un momento all'altro».

«Oh, dai Michael. Questa donna conosce il tizio che stai cercando – l'unico tizio che nessuno riesce a trovare. Senza offesa, ma avresti dovuto prendere Trey con te, almeno lui avrebbe potuto seguirla».

«Non vuoi capire, Nora? L'FBI muore dalla voglia di incastrarti – la stavano già seguendo. E poi non voglio coinvolgere nessun altro in questa storia».

«Nessun altro? Chi è nessun altro?»

Non rispondo.

«Ok, ci siamo», dice con il volto acceso. «Cos'è che mi nascondi?»

«Non voglio parlarne più».

«Quindi è questa la ragione per cui non hai voluto aiuto? Per cui ti sei dato tanto da fare?»

Di nuovo, non rispondo.

«È così, vero? Non hai preso Trey perché non ti fidi di lui – pensi che lavori per...»

«Trey non lavora per nessuno», insisto. «Ma portandolo con me, l'avrei messo in pericolo».

Nora alza un sopracciglio, quasi confusa dalla spiegazione. «Per cui, anche se sapevi di aver bisogno d'aiuto, hai deciso di non chiederlo?»

Io resto in silenzio.

«E hai fatto questo solo per proteggere un tuo collega?»

«Non è un collega. È un amico».

«Non volevo... cercavo solo...» Nora si ferma, riprendendosi. «Ma se Trey...» Di nuovo, si ferma. Cerca di non esprimere giudizi. Distoglie lo sguardo, poi torna a fissarmi. Finalmente chiede: «Davvero rinunceresti a incontrare Vaughn per un amico?»

È una domanda sciocca. «Credi che abbia scelta?»

Quando le parole mi escono di bocca, Nora non risponde. Resta seduta lì, con la bocca semichiusa, una ruga sulla fronte. Lentamente, però, le sue labbra incominciano a incresparsi. Un sogghigno. Un sorriso. Ampio.

«Cosa c'è?» chiedo.

Nora balza in piedi e va verso la porta.

«Dove vai?»

Alzando l'indice, mi fa cenno di avvicinarmi. In pochi secondi ci troviamo nell'ingresso. Io sono subito dietro di lei. A sinistra, Nora va verso una porta chiusa alla fine del corridoio del secondo piano.

Mentre entriamo, mi viene da pensare: «Questa stanzetta è brutta». Con la sua credenza di formica nera col blasone presidenziale e le tende troppo casual per essere kitsch coperte di strumenti musicali, il posto può essere descritto solo come un incidente Dolliwood-Graceland.

Ci sono alle pareti alcune foto autografe di famosi musicisti, oltre a una teca di vetro con i sassofoni di Clinton. Per qualche ragione, c'è anche una piattaforma larga circa un metro, rivestita di moquette, che corre all'interno della stanza, separata da una balaustra. Dev'essere probabilmente un piccolissimo palcoscenico. La sala della musica dove si esercitava Clinton.

Sto per chiedere a Nora cosa c'è quando la vedo aprire la credenza nera col sigillo. Dentro c'è un violino antico con un archetto. Usando il palco come sedile, salta su in modo che le sue gambe restino penzoloni e si mette il violino sulla spalla. Accosta l'archetto

285

alla corda del la, passa un momento ad accordare, poi mi guarda.

Da quando...

Con un elegante oscillazione del braccio, l'archetto scorre sulle corde e una nota perfetta riempie la stanza. Tenendo lo strumento in posizione con il fondo contro il mento, Nora chiude gli occhi, inarca la schiena e incomincia a suonare. È un'aria lenta, mi ricordo di averla sentita una volta a un matrimonio.

«Quando hai imparato a suonare il violino?» le chiedo.

Come prima, la sua risposta viene con la musica. I suoi occhi sono chiusi; il mento è bloccato contro lo strumento. Vuole che la guardi, ma a dispetto della calma trasmessa dalla musica, non riesco a liberarmi dall'impressione di non capire qualcosa. Quando Hartson fu eletto la prima volta, io – come il resto del paese – fui costretto a ingoiare ogni sorta di dettagli sulla vita della sua famiglia. Sulla vita di Nora. Perché era andata a Princeton, la sua passione per il burro di arachidi, il nome del suo gatto, perfino i gruppi che ascoltava. Ma nessuno menzionò mai il violino. È come un gigantesco segreto che nessuno...

Il suo mento resta giù, ma per la prima volta Nora guarda verso di me e sorride. Mi blocco. Di tutto quello che fa, di tutti i posti che frequenta, è l'unica cosa che controlla ancora. Il suo unico segreto. Con un sottile cenno della testa mi dice il resto. Non sta semplicemente suonando. Sta suonando per me.

Improvvisamente leggero, mi siedo vicino a lei. «Quando hai incominciato?» le chiedo ansiosamente mentre continua a suonare.

«Da sempre», risponde senza perdere una nota. «Quando mio padre diventò governatore per la prima volta, la cosa mi imbarazzava, così lui promise di non dirlo a nessuno. Quando sono cresciuta... be'...» Fa una pausa, pensandoci su. «Devi conservare qualcosa per te».

A questa distanza ravvicinata, le vibrazioni mi scuotono il petto, quasi respingendomi. Mi avvicino: «Perché il violino?»

«Vuoi dirmi che non ci hai pensato anche tu quando hai sentito *Devil Went Down to Georgia*?»

Mi metto a ridere. Mentre la canzone acquista forza, le sue dita danzano sulle corde, tirando fuori la musica dal suo sonno. Lentamente cresce di intensità, ma non perde mai il suo carattere leggero.

Con un ultimo colpo gentile, Nora fa scorrere l'arco sulla corda del la. Appena finisce mi guarda aspettandosi una reazione. I suoi occhi sono dilatati dal nervosismo. Anche a questo punto, non è facile per lei. Ma appena vede il sorriso sulla mia faccia, non riesce a trattenersi. Si alza sulla punta dei piedi e saltella sui talloni. E anche se si copre il sorriso con la mano, i suoi occhi scintillanti illuminano la stanza, facendo sembrare anche le tende Dollywood arte del rinascimento. Quei begli occhi brillanti – così chiari che praticamente mi ci posso specchiare. Mi sbagliavo le altre volte – è la prima volta che la vedo davvero felice.

Salto in piedi, applaudendo più forte che posso. Le guance le si arrossano e fa un goffo inchino. «Brava!» grida qualcuno alle mie spalle, dal corridoio.

Mi giro di scatto, seguendo il suono. Nora alza gli occhi, dietro di me. Appena li vedo, gli applausi quadruplicano. Cinque uomini, tutti in abiti blu da burocrate e con cravatte insopportabilmente classiche. A guidarli è Friedsam, uno degli aiutanti del presidente. Gli altri quattro lavorano sotto di lui. Probabilmente erano qui per relazionare a Hartson, che ama tenere gli incontri dopo pranzo nel solarium. Dallo sguardo soddisfatto dei loro occhi si capisce che considerano il loro origliare come parte del lavoro.

«Era splendido», dice Friedsam a Nora. «Non sapevo che suonassi».

Mi giro per vedere la sua reazione. Troppo tardi. Si costringe a sorridere, ma non inganna nessuno. Ha i denti serrati. Gli occhi pieni di lacrime. Afferrando il violino per il manico, corre verso la porta. Friedsam e gli altri colletti bianchi si aprono come il Mar Rosso. La seguo di corsa e passo vicino a Friedsam. «Fallo sapere in giro e io farò in modo che Hartson sappia chi ringraziare», sibilo.

Inseguo Nora lungo il corridoio e ripercorro la strada fino alla sua camera da letto. Non ci sono guardie nella residenza, il che significa che posso correre. Mentre oltrepasso il solarium, mi impongo di non guardare. Ma come un moderno Orfeo, non posso farne a meno. Getto un'occhiata alla mia sinistra e scorgo il presidente seduto davanti alle ampie vetrate, che sfoglia dei documenti. Mi dà la schiena e... Maledizione, cos'ho che non va?

Prima che si giri verso di me apro la porta della camera di Nora ed entro. Lei è seduta alla scrivania e guarda il muro. Con la costanza di un metronomo umano, batte insensibilmente l'archetto contro l'orlo del tavolo.

«Come ti senti?»

«Tu cosa ne dici?» grida di rimando, rifiutandosi di alzare lo sguardo.

«Se questo ti fa sentire meglio, mi è davvero piaciuta la musica che hai suonato».

«Non fare il razionale con me. Anche un animale sa di essere allo zoo quando i visitatori vengono a guardarlo».

«E tu ti senti in uno zoo?»

«Quella musica era per *te*, Michael. Non per loro. Quando sono entrati e ci hanno visto, è come se...» Si ferma e stringe i denti. «*Maledizione!*» grida sbattendo l'archetto sul tavolo. Al colpo, l'archetto si spezza in due e anche se resta unito dai crini di cavallo la metà anteriore scatta in avanti, colpisce un portamatite d'argento e ne sparpaglia il contenuto in tutte le direzioni.

C'è un lungo silenzio prima che uno di noi due dica qualcosa.

«Cosa mi suoni adesso come bis?» chiedo alla fine.

Nora non può fare a meno di ridere. «Ti credi un vero signor comico, eh?»

«C'è chi nasce col dono...»

«Non parlarmi di doni».

Mi avvicino a lei, le butto via l'archetto e le prendo le mani. Ma mentre mi chino a baciarle la fronte, capisco di aver sbagliato. Non si identifica con quello che manca. Nora Hartson si identifica con ciò che è distrutto. Per questo può entrare in una sala affollata e trovare l'unica persona rimasta da sola. Per questo ha trovato me. Ha riconosciuto la ferita. Ha riconosciuto se stessa.

«Ti prego, Nora, non lasciare che ti facciano questo. Ho già detto a Friedsam che se lo dice in giro lo inchiodo».

Nora alza gli occhi. «Hai fatto questo?»

«Nora, due settimane fa sono stato beccato con diecimila dollari nel cruscotto della mia macchina. Il giorno dopo una donna con cui avevo appena litigato è stata trovata morta nel suo ufficio. Tre giorni dopo ho saputo di aver fatto entrare un noto killer nell'edificio il giorno in cui è morta. Questa mattina ho passato due ore nel tentativo di incontrare questo presunto killer, che alla fine mi ha bidonato. Poi, oggi pomeriggio, per la prima volta da quando questa maledetta tempesta è incominciata, mi hai suonato quell'aria, e per tre minuti – lo so che è banale, ma... non c'è stato nient'altro, Nora. Nient'altro».

289

Nora mi guarda attentamente e non sa cosa dire. Si accarezza il collo come se fosse sudata. Poi, finalmente, indica l'archetto rotto sulla sua scrivania. «Se vuoi, ne ho un altro nella credenza. Posso... Conosco un sacco di pezzi».

Ho il sonno così leggero, la mattina dopo, che sento le consegne di tutti e quattro i giornali. Tra l'una e l'altra, la mia mente torna a Vaughn. Quando arriva il quarto, butto da parte le coperte, vado direttamente alla porta e raccolgo le letture del mattino. Sezione dopo sezione, apro e scuoto i giornali, chiedendomi se ne uscirà qualcosa. Diciannove sezioni dopo, ho solo le dita sporche di inchiostro. Penso che sia sempre per domani allo zoo.

Aspetto la telefonata di Trey e intanto guardo e noto la foto in prima pagina sullo «Herald». Una foto di Hartson da dietro il podio mentre pronuncia un discorso agli operai di Detroit. Niente per cui mandare una e-mail a casa, se non per il fatto che, davanti a lui, c'è un pubblico di sole cinque o sei persone. Tutti gli altri posti sono vuoti. «Collegamento fallito», dice la didascalia. Qualcuno perderà il lavoro per questo.

Un minuto dopo prendo la telefonata di Trey al primo squillo. «Niente?» chiede pensando a notizie da Vaughn.

«Niente», rispondo. «Per il resto?»

«Oh, le solite cose. Avrai già visto il nostro harakiri in prima pagina, no?»

Guardo la foto di Hartson che parla al vuoto. «Ma come...»

«È tutta una stronzata – c'erano almeno trecento persone a destra e a sinistra della foto e i posti vuoti erano riservati alla banda che stava arrivando – lo "Herald" l'ha pubblicata solo per l'effetto. Chiederemo una ritrattazione per domani – perché, come sai, quattro righe di scuse nascoste a pagina 2A sono molto più efficaci di una gigantografia a quattro colori in prima pagina!»

«Arguisco che i sondaggi non vanno tanto bene?»

«Sette punti, Michael. Ecco il nostro vantaggio. Togline altri due – che sono quelli che perderemo appena la foto verrà diffusa – e siamo ufficialmente entro il margine di errore. Benvenuta, mediocrità. Speriamo che si trovi bene».

«E sulla storia di "Vanity Fair"? Nessuna risposta?»

«Ah, non hai sentito? Ieri in California – proprio in California! – sembra che Bartlett abbia usato la citazione sulla famiglia a una radio religiosa. Gli ascoltatori se la sono bevuta».

«Non sapevo che avessero ancora delle religioni in California».

C'è un lungo silenzio dall'altra parte. Devono averlo messo sotto pressione per questa storia.

«Quindi organizzerai qualcosa di drastico?» aggiungo.

«Dovresti sentire quello che si dice da queste parti. Ieri sera andava così male che qualcuno ha pensato di mandare tutta la famiglia del presidente in televisione per un'intervista collettiva in prima serata».

«E cos'hanno deciso?»

«Intervista collettiva in prima serata. Se l'America è davvero preoccupata del fatto che Nora sia senza controllo o che gli Hartson siano cattivi genitori, l'unico modo per ribattere è dimostrare che non è vero. Mostrare l'unità della famiglia, buttar là un paio di "oh, papà" e pregare che tutto torni ad andare bene».

«Sembra facile, eh?» chiedo ridendo. «Per cui penso che tu non abbia niente da fare di fronte a questo trasparente tentativo di plagio dell'opinione pubblica».

«Stai scherzando? Sono nell'occhio del ciclone – il mio capo e io siamo incaricati di questa storia».

«*Cosa?*»

«Non so cosa ci trovi di tanto divertente, Michael. Non c'è proprio niente da ridere. Siamo a terra in quasi tutti gli stati importanti. California, Texas, Illinois... Se non incominciamo a convertire qualche indeciso, perderemo il lavoro».

Mi blocco mentre dice queste parole. «Credi davvero...»

«Michael, nessun presidente in carica ha mai fatto un'intervista di famiglia. Perché credi che noi la facciamo? Per la stessa ragione per cui Lamb ti ha chiesto di stare zitto. È così – se i numeri non cambiano, Nora e compagni sono destinati a tornarsene nella loro soleggiata Flori...»

«Dimmi solo dove andate – *20/20* o...»

«*Dateline*», dice lui. «Io ho suggerito *60 Minutes*, ma tutti pensano che sia troppo Clinton. Inoltre alla First Lady piace Samantha Stuldberg – ha scritto un bel pezzo su di lei dopo l'inaugurazione».

«E quando avverrà tutto questo?»

«Alle otto di sera mercoledì prossimo. Che, per nostra fortuna, è anche il cinquantesimo compleanno della First Lady».

«Non perdi tempo».

«Non possiamo permettercelo. Senza offesa, amico, ma da come sono messe le cose, neanche tu».

Sono appena passate le sette quando apro la porta della stanza 170 e l'oscurità dell'atrio mi dice che sono il primo ad arrivare. Con una tazza di caffè in una mano e la ventiquattrore nell'altra, premo l'interruttore della luce con un gomito e do inizio a un'altra giornata al neon. Conto i tre lampi prima che la luce si accenda davvero – esattamente il tempo necessario per staccare l'allarme, prendere la posta dalla mia casella e raggiungere la porta del mio ufficio.

Vado alla scrivania e guardo fuori dalla finestra, godendomi la vista. Avvolta nel sole, la Casa Bianca brilla nel mattino. Sembra una foto ufficiale. Alberi verdi. Gerani rossi. Marmi scintillanti. Per un momento felice, tutto è a posto nel mondo. Poi un leggero bussare alla porta interrompe l'incanto.

«Avanti», grido pensando che sia Pam.

«Le spiace se mi siedo?» dice una voce maschile.

Mi giro di scatto. L'agente Adenauer.

Chiude la porta e mi porge la mano aperta. «Non si preoccupi», dice con un caldo sorriso. «Sono solo io».

22

«Cosa ci fa qui?»

«Sono appena tornato dalla pesca», dice Adenauer con il suo simpatico accento meridionale. «Una gita di tre giorni sul Chesapeake. Cose da restare senza fiato. Deve andarci una volta o l'altra». Con il suo vestito economico e la sua buffa cravatta Keith Haering, sembra davvero un amico sincero. Desideroso di aiutare.

«Si sieda», gli offro.

Mi fa un cenno di approvazione. «Le prometto che mi fermerò poco». Si sistema su una sedia e spiega: «Sto cercando di capirci qualcosa, e c'è una sola faccenda che non mi quadra bene». Fa una breve pausa. «Cosa c'è fra lei e Simon?»

Ho già sentito questo tono, non è un'accusa; Adenauer è preoccupato per me. Ma faccio il tonto. «Non credo di capire bene la domanda».

«L'ultima volta che abbiamo parlato mi ha suggerito di controllare i conti correnti di Simon. Quando siamo andati a trovare Simon, ha detto che dovevamo dare un'occhiata ai suoi».

Mi sento tremare fino alle budella. Le regole incominciano a cambiare. Finora ho pensato che Simon sarebbe stato zitto. Adesso, però, l'equilibrio incomincia a crollare. E quanto più tento di lottare, tanto più Simon punterà l'indice verso di me. Altro che lavoro. Ha intenzione di togliermi la vita.

«Non cerchi di fare da solo, Michael – in questa storia noi possiamo aiutarla».

«Cos'avete trovato nei suoi conti?»

«Non molto. Ha venduto delle azioni recentemente, ma ha detto che era per ristrutturare la cucina».

«Forse sta mentendo».

«Forse no». Anche se non lo lascio vedere, Adenauer sa che sto friggendo. Nella speranza di aiutarmi, aggiunge: «Le dirò una cosa, però, se vuole vedere un conto corrente interessante, dovrebbe dare un'occhiata a quello di Caroline. Per una donna che nella scala degli stipendi era in posizione media, era davvero piena di contanti. Più di cinquecentomila, per essere esatti, cinquanta dei quali nascosti in una scatola di assorbenti in casa sua».

Adesso sì che stiamo andando da qualche parte. «Quindi era Caroline la ricattatrice?»

«Me lo dica lei», risponde.

«Cosa vuole dire?»

«Abbiamo controllato anche il suo conto, Michael. Mi scusi se glielo dico, ma i margini sembrano un po' risicati».

«È perché un quarto del mio stipendio va direttamente sul deposito di mio padre. Controlli e vedrà».

Adenauer si passa le mani lungo la cravatta, con l'aria quasi ferita. Non gli piace toccare certi tasti. «La prego, Michael, sto solo cercando di aiutarla. Cosa mi dice della famiglia di sua madre? Non hanno dei soldi? Cos'hanno adesso, quaranta negozi a livello nazionale?»

«Non parlo con i parenti di mia madre. Mai».

Adenauer si china in avanti e affila un sorriso cupo. «Neanche in caso di emergenza?»

L'avvocato che c'è in me scatta sull'attenti. «Che tipo di emergenza?»

«Non lo so, se suo padre fosse nei guai? Se Caroline

295

avesse avuto intenzione di parlare e mandarlo in uno di quegli istituti con i camici bianchi? Se avesse chiesto quarantamila dollari per tacere, allora li avrebbe chiamati?»

«No». Il mio stomaco si contrae quando capisco dove sta arrivando. Niente Simon, sono io il sospetto. Nel tentativo di pararmi il culo dico: «Da dove saltano fuori poi questi quarantamila? Credevo che ne aveste trovati solo trenta».

La sua mano continua ad accarezzare la cravatta. «Non fa nessuna differenza», risponde.

Odio il tono della sua voce. Sa qualcosa. «Qual è la sua tesi?» chiedo.

«Nessuna tesi, solo un'ipotesi. Vede, quando abbiamo controllato i trentamila nella cassaforte di Caroline, ci siamo accorti che la numerazione andava di seguito. L'unico problema è che, a un certo punto, c'è un salto. Basandoci sulla sequenza, pensiamo che ci possa essere un altro diecimila che non è ancora saltato fuori. Lei non ne sa niente, per caso, vero?»

Dietro la scrivania, i miei piedi sfregano nervosamente la moquette. «Forse l'impiegato della banca ha preso le mazzette senza rispettare l'ordine».

«O forse gli altri diecimila sono serviti a pagare Vaughn. È una cosa facile – prendendo il denaro dalla vittima. L'unico problema, naturalmente, è che uno di voi ha preso la mazzetta sbagliata».

«*Uno* di noi?»

Si fa passare la lingua all'interno del labbro inferiore. Adesso si sta divertendo. «Come vanno le cose fra lei e Nora? Siete ancora insieme?»

«Meglio che mai», ribatto.

«Bene – perché uscire con una donna nella sua posizione – il rapporto è sottoposto senza necessità a un forte stress. E quando sorgono dei problemi... non ci si

296

può rivolgere a una qualsiasi persona estranea; è un po' come doverli affrontare tutti da soli. Voglio dire, è l'unico modo per farla felice, no?»

È questa la sua tesi? Che io abbia ucciso Caroline per Nora?

«Non sono qui per fare accuse, Michael. Ma se Caroline avesse scoperto che uno dei pezzi grossi usava droghe... e quella persona aveva contatti con uno come Vaughn... non è troppo chiederle di farlo entrare, no?»

«Se continua a importunarmi...»

«In realtà sto cercando di proteggerla. E se lei ci aiutasse, potrebbe accorgersene».

Lamb aveva ragione su una cosa: mi danno la caccia solo perché sono un'esca per i pesci grossi.

«Nora non si cura di lei», continua Adenauer. «Per gente come lei siamo tutti dizionari – utili quando ne hai bisogno, ma tutti intercambiabili».

Usa il «noi» per mettermi a mio agio, ma non ci casco neanche per un secondo. «Lei evidentemente non la conosce affatto».

«Ne è proprio sicuro?»

Alzo gli occhi. Lui non si scompone.

«Per quanto ne sa lei, abbiamo già parlato due volte: una al telefono, una nella residenza. Di fatto, potrebbe avermi spinto nella sua direzione».

So che sta mentendo. «Non lo farebbe mai».

«Non salverebbe se stessa? Siamo tutti esseri umani, Michael. E quando pensa alle circostanze... se cade Nora, cadete tutti e due. Pulizia generale. Ma se *lei* cade – se *lei* è l'unico colpevole – Nora non va da nessuna parte». Fa una pausa, per lasciarmi assorbire meglio l'idea. «So che non vuole ferirla, ma c'è una sola maniera per cavarsela... e se non ci procura Vaughn...»

«Quante volte devo sentirlo? Non ho fatto niente e non conosco Vaughn!»

Adenauer si toglie un pezzo di filo dal ginocchio dei pantaloni. L'amabile insegnante di inglese è scomparso da tempo. «Quindi voi non siete mai stati in contatto?»

«Esatto».

«Non mi sta mentendo, vero?»

Posso dirgli dell'incontro di domani, oppure posso scoprire il suo bluff. Non sono ancora pronto a cedere. «Non ho mai visto questo tizio, né gli ho mai parlato in vita mia».

Adenauer scuote la testa alla notizia. «Michael, mi permetta di darle un consiglio», dice con tono di nuovo preoccupato. «Conosco il profilo di Vaughn fino al culo dei suoi pidocchi. Qualsiasi cosa abbia fatto con Nora, la venderanno tutti e due in un secondo».

Blocco la gamba che trema e respiro mentalmente a fondo. Non lasciarti impressionare. «So quello che dicono i file IDEV, ma le giuro che non l'ho fatto entrare io». Sperando di prendere in mano la situazione, insisto sul cambio di argomento: «E cosa mi dice della morte di Caroline? Avete avuto i risultati?»

«Non aveva detto lei che era un attacco di cuore?»

Quest'uomo non molla mai. «Sa benissimo cosa voglio dire – è arrivato il rapporto tossicologico dal laboratorio?»

Alza la testa appena il necessario per farmi vedere l'arcata del suo sopracciglio. «Non lo so. È un po' che non controllo».

È un'evidente bugia e vuole farmelo sapere. Non ha intenzione di dirmelo. A meno che io collabori. E soprattutto non adesso che si sente così vicino alla soluzione.

«È sicuro di non volermi dire quello che è successo davvero?» ripete giocando di nuovo al maestro.

Mi rifiuto di rispondere.

«La prego, Michael. Qualsiasi cosa sia, vogliamo lavorare con lei».

È una buona offerta, ma senza garanzia. E poi, se Vaughn si fa vedere... non solo è la maniera più rapida per dimostrare la colpevolezza di Simon, ma anche il modo migliore per proteggere Nora. E me stesso. Sempre in silenzio, mi giro dall'altra parte.

«È una sua scelta», dice lui. «Ci vediamo venerdì».

Mi arresto. «Cosa c'è venerdì?»

«Suvvia, amico, non penserà che vogliamo stare lì seduti ad aspettare lei? Se non ricevo sue nuove entro tre giorni, darò lei e Vaughn in pasto al pubblico. Sarà più che sufficiente per far sparire Nora. Venerdì, Michael. È allora che l'America la conoscerà».

«Era serio?» chiede Trey al telefono.

Fissando la televisione spenta nel mio ufficio, non rispondo. Sullo schermo, vedo solo il mio riflesso.

«Michael, ti ho fatto una domanda. Era serio Adenauer?»

«Eh?»

«Era...»

«C-credo di sì», dico finalmente. «Voglio dire, da quando l'FBI fa minacce a vuoto?»

Trey ci mette un secondo per rispondere. Sa quello che sto passando, ma questo non vuol dire che si tirerà indietro. «Questa non è solo una giornata no», avverte. «Se solo un'ombra di quello che è successo esce di qui...»

«Lo so, Trey, credimi, lo so – mi leggi i sondaggi tutte le mattine – ma cosa dovrei fare? Ieri mi dici di costituirmi così Nora non mi seppellisce; oggi mi gridi che se qualcosa viene fuori io da solo rovino la presidenza. L'unica cosa che ha senso è che in ogni caso io sono fottuto».

«Non volevo...»

«L'unica cosa che posso fare è cercare la verità – trovare Vaughn e scoprire se ha idea di cosa sia successo davvero. Se questo non funziona...» Mi fermo, incapace di completare la frase.

Trey mi lascia qualche secondo per calmarmi. «E sulle pratiche finanziarie di Simon?» chiede alla fine, ancora deciso ad aiutarmi. «Credevo che volessimo dare un'occhiata per capire da dove ha preso i soldi».

«Secondo Adenauer, nei conti correnti non c'è niente».

«E tu credi alle sue parole?»

«Cos'altro vuoi che faccia? Ho fatto domanda più di una settimana fa – la risposta dovrebbe arrivare da un giorno all'altro».

«Be', mi dispiace essere io a dirtelo, ma *da un giorno all'altro* non va bene. Hai solo tre giorni. Se fossi in te, metterei su la mia voce da bravo ragazzo e farei finalmente un bel discorsetto con Nora».

In silenzio, guardo di nuovo la televisione, soppesando l'idea. Non ha tutti i torti. Ma se Vaughn si fa vedere... se anche lui è stato incastrato da Simon... Questa è la porta verso una realtà nuova di zecca. Forse era Vaughn la persona che Simon ha incontrato nel bar. Può darsi che Simon abbia preso i soldi in prestito. Forse per questo non risulta niente nei suoi conti bancari.

«Allora, cosa dici?» chiede Trey.

Scuoto la testa, anche se lui non può vedermi. «Domani ho l'incontro con Vaughn», dico esitante. «Dopo di che, posso sempre parlare con Nora».

Dalla lunga pausa capisco che Trey disapprova.

«Be'?» chiedo. «Credevo di dover incontrare Vaughn».

«Sì».

«E allora qual è il problema?»

Nuova pausa. «So che è difficile per te accettarlo, Michael, ma ricordati che a volte è necessario pensare a se stessi».

Ci vuole una buona mezz'ora prima che la mia attenzione torni al documento, ma una volta lì ne sono assorbito. Il file sulle intercettazioni è davanti a me e la mia scrivania è sepolta sotto una montagna di articoli legali, studi scientifici e sondaggi di opinione. Ho passato gli ultimi due mesi a imparare tutto quello che potevo su questo tema. Adesso devo capire come insegnarlo. No, non solo insegnarlo – insegnarlo al leader del mondo libero.

Due ore dopo, sto ancora lavorando sulla mia introduzione. Questo non è un dibattito liceale col signor Ulery. È la sala ovale con Ted Hartson. Il presidente Hartson. Con un dizionario al fianco, riscrivo la frase di apertura per la diciassettesima volta. Ogni parola dev'essere perfetta. Non ci sono ancora.

Frase di apertura. Numero diciotto.

Lavoro senza pausa pranzo e arrivo al nocciolo della questione. Certo, noi dobbiamo presentare una relazione oggettiva, ma siamo onesti: questa è la Casa Bianca e tutti hanno un'opinione.

Di conseguenza, non mi ci vuole molto per stilare una serie di ragioni perché il presidente prenda posizione contro le intercettazioni mobili. La cosa difficile è convincere il presidente che ho ragione. Soprattutto nell'anno delle elezioni.

Alle cinque, faccio l'unica pausa della giornata: un rapido giro di dieci minuti all'ala ovest per prendere il primo pacchetto di patatine fritte che escono dalla friggitrice. Nelle quattro ore successive passo in rassegna

301

centinaia di casi criminali, cercando i migliori per sostenere la mia posizione. Sarà una lunga notte, ma finché le cose restano tranquille dovrei riuscire a farcela.

«Caramelle! Chi vuole caramelle?» annuncia Trey entrando dalla porta. «Indovina cos'hanno appena aggiunto nelle macchinette?» Prima che possa rispondere, aggiunge: «Due parole, Lucy: Hostess. Cupcakes. Li ho visti da basso. La nostra infanzia intrappolata dietro al vetro. Per settantacinque centesimi ce la ridanno».

«Adesso è un brutto momento, in realtà...»

«Capisco, ci sei dentro fino al ginocchio. Ma lasciami almeno dire...»

«Non posso».

«Non si ammettono i *non posso*. E poi questo è import...»

«Maledizione, Trey, possibile che tu non capisca?»

Questa non gli piace. Senza una parola, gira le spalle e fa per uscire.

«Trey...»

Apre la porta.

«Dai, Trey...»

All'ultimo secondo si ferma. «Ascolta, Granfigo, non ho bisogno delle tue scuse – l'unica ragione per cui sono venuto è che la tua giornalista preferita del "Post" ha appena telefonato per i file IDEV. Adenauer aspetterà anche fino a venerdì, ma Inez ha intenzione di riscuotere tutti i crediti giornalistici che ha. Per cui sforzati pure di sfregare i gomiti con il presidente, ma non dimenticare che l'orologio va avanti – e la bomba potrebbe esplodere prima di quello che pensi». Si gira sui tacchi e sbatte la porta.

So che ha ragione. Secondo i calcoli di Adenauer, mancano poco più di due giorni. Ma tutto il resto va avanti e dovrò aspettare fino a domani. Dopo il presidente e dopo Vaughn.

Alle otto gli ululati del mio stomaco mi dicono che ho fame, il dolore terribile alla schiena mi dice che sono seduto da troppo tempo e le vibrazioni del mio cicalino mi dicono che qualcuno sta chiamando.

Lo tiro fuori dalla clip sulla cintura e guardo il messaggio: «*Emergenza. Vediamoci in teatro. Nora*».

Mentre leggo le parole, sento che la faccia mi diventa bianca. Qualsiasi cosa sia, non può essere buona. Vado senza neanche pensare.

Tre minuti dopo sto correndo come un pazzo nel corridoio del piano terra della villa. All'estremità del corridoio attraverso l'ultima serie di porte, taglio la piccola zona dove vendono libri sulla Casa Bianca durante i giri turistici e vedo il busto sovradimensionato di Abraham Lincoln. Durante il giorno, l'atrio di solito è pieno di gruppi di turisti che osservano i disegni architettonici e le foto famose della Casa Bianca allineate sulla parete di sinistra. Per lo più, i visitatori e gli ospiti le giudicano piuttosto interessanti. Mi chiedo come reagirebbero sapendo che dall'altra parte di quella parete c'è il cinema-teatro privato del presidente.

Mi passo la mano aperta sulla fronte, sperando di nascondere il sudore. Avvicinandomi alla guardia situata nelle vicinanze, indico la mia destinazione. «Ho un appuntamento...»

«È già dentro», risponde.

Spalanco la porta, sento l'odore residuo di popcorn ed entro in teatro.

Nora è seduta nella prima fila della sala da cinquantun posti. Ha i piedi infilati nel bracciolo della poltroncina e una grande confezione di popcorn in grembo.

«Pronto per una sorpresa?» chiede voltandosi verso di me.

Non so se essere arrabbiato o sollevato.

«Per una volta, smettila di avere quell'aria depressa. Siediti», dice battendo la mano sulla poltroncina di fianco alla sua.

Confuso, vado alla prima fila. Ci sono nove file di normali sedili da cinema, ma la prima fila è formata da quattro poltrone di cuoio La-Z-Boy. I migliori sedili della casa. Prendo quello a sinistra di Nora.

«Perché hai mandato quel messa...?»

«Vai, Frankie!» grida lei appena mi siedo.

Lentamente, le luci si attenuano e il balbettio del proiettore riempie l'aria. Le pareti del teatro sono rivestite di tende color arancio bruciato dell'epoca di *Soul Train* con disegni di uccelli grigi. Come la sala di musica, Elvis l'avrebbe amato.

Quando passano i titoli di apertura, capisco che stiamo guardando il nuovo film di Terrance Landaw. Non sarà in circolazione prima di un mese, ma la Motion Picture Association si assicura che la Casa Bianca abbia in anticipo le bobine dei prodotti più caldi. Lobbying subliminale.

«C'è qualche ragione per cui...»

«Shhhhh!» sibila con un sorriso allegro.

Per il resto dei titoli di apertura resto zitto, cercando di capire. Nora si ficca in bocca i popcorn. Poi, quando arriva la prima scena, allunga una mano e mi stuzzica i peli sul braccio.

La guardo: sta fissando lo schermo, una zombie cinematografica, incantata.

«Nora, hai idea di cosa stavo facendo in questo momento?»

«Shhh...»

«Non posso stare zitto – hai detto che era un'emergenza».

«Certo – saresti venuto, altrimenti?»

Scuoto la testa e incomincio ad alzarmi. Prima che

304

ci riesca, si aggrappa con tutt'e due le braccia al mio bicipite, come una bambina piccola. «Dai, Michael, solo la prima mezz'ora. Un piccolo intervallo. Poi lo interrompo e possiamo finire domani».

Sono tentato di dirle che non si può interrompere un film al cinema, poi mi ricordo chi è.

«Sarà bello», promette. «Ancora dieci minuti».

È difficile dire no per dieci minuti – e per come sono andate le cose sarà un'utile ricarica. «Solo dieci», avverto.

«Quindici al massimo. Adesso zitto. Odio perdere l'inizio».

Guardo lo schermo, continuando a pensare al mio memo. Per due anni ho fatto analisi legali sulle politiche più scottanti del presidente e sulle sue proposte più importanti, ma nessuna di esse mi emoziona quanto dieci minuti passati al buio con Nora Hartson. Seduto nella mia poltrona, intreccio le dita con le sue. Con quello che sta succedendo, questo è proprio ciò di cui abbiamo bisogno. Un piacevole, tranquillo momento di solitudine in cui poter finalmente respirare e rilassa...

«Nora?...» sussurra qualcuno. Alle nostre spalle, una lama di luce bianca attraversa il buio.

Ci voltiamo entrambi, sorpresi di vedere Wesley Dodds, il capo di gabinetto del presidente. Con il collo magro già nella sala, il corpo lo segue poco dopo.

«Fuori!» abbaia Nora.

Come molti pezzi grossi, Wesley non ascolta. Viene diretto verso la prima fila. «Chiedo scusa per questo, ma ho il capo dell'IBM e una dozzina di presidenti in attesa nell'atrio per vedere le loro proiezioni».

Nora non lo guarda neanche. «Mi dispiace».

Lui alza un sopracciglio.

«Mi dispiace», ripete lei. «Nel senso: *Mi dispiace, ma resterai deluso*. O meglio ancora: *Mi dispiace, ma mi stai interrompendo*».

Wesley è troppo intelligente per mettersi a litigare con la figlia del boss, per cui si affida ai ruoli. «Frankie, accendi le luci!»

Il proiettore si ferma e le luci si accendono. Riparandoci gli occhi, Nora e io li sbattiamo per abituarci alla luce. Lei è la prima ad alzarsi, buttando per aria il sacchetto di popcorn.

«Cosa diavolo fai?» grida.

«Te l'ho già detto, abbiamo una riunione di presidenti che aspetta fuori. Sai che periodo dell'anno è».

«Portali nella camera Linco...»

«L'ho già fatto», ribatte lui. «E se questo ti fa sentire meglio, abbiamo prenotato la sala un mese fa». Controllandosi, capisce che si è scaldato troppo. «Non ti chiedo di andare via, Nora. Anzi, se resti è meglio – potranno dire di aver visto un film con la figlia del presi...»

«Fuori di qui. È casa mia».

«Certo che lo è, e se vuoi che lo resti per altri quattro anni, farai meglio a spostarti. Capisci quello che dico?»

Per la prima volta, Nora non risponde.

«Lascia perdere», le dico mettendole una mano sulla spalla. «Non è una cosa così im...»

«Stai zitto», abbaia lei con uno scrollone.

«Riavvolgi, Frankie!» ordina Wesley.

«Non far...»

«Basta», avverte lui. «Non farmi chiamare tuo padre».

Oh, merda.

Gli occhi di Nora si fanno sottili. Wesley non si muove. Lei si allunga all'indietro e giuro che penso stia per dargli una sberla. Poi, dal nulla, le spunta sulla faccia un sorriso diabolico. Emette un debole risolino di gola. Siamo davvero nei guai. Prima che possa chiederle qualcosa, prende la borsetta e corre verso la porta.

Nell'atrio, fuori, ci sono una dozzina di uomini sui cinquanta-sessant'anni, a gruppetti, che guardano le fotografie in bianco e nero. Nora li supera prima che possano reagire. Ma tutti sanno chi hanno visto. Anche se cercano di apparire indifferenti, hanno gli occhi spalancati per l'eccitazione mentre si danno di gomito e si strizzano l'occhio come a dire: *Hai visto? Era sai bene chi.*

È incredibile. Anche le persone più potenti del mondo... qui sono solo scolaretti nel cortile. E per quello che capisco io, la prima regola di una scuola è sempre valida: c'è sempre qualcuno più grande.

Mentre percorro il corridoio del piano terra, sono pochi passi dietro a Nora. «Nora...» la chiamo. Non mi risponde. È come la prima sera con i Servizi segreti. Non si ferma per nessuno.

Con le braccia che oscillano violentemente lungo i fianchi, prosegue lungo il tappeto rosso del corridoio. Penso che sia diretta alla residenza, ma all'ingresso non gira verso le scale. Continua ad andare avanti – attraverso l'atrio, verso la Palm Room, e fuori, sotto il colonnato ovest. Appena prima di raggiungere la porta dell'ala ovest, gira improvvisamente a sinistra ed evita l'agente vestito di scuro. «Oh, no», mormoro vedendola seguire la terrazza di cemento fuori dall'ala ovest. C'è un solo posto in cui può andare. L'ingresso posteriore dell'ovale.

Sapendo che nessuno entra in quel modo, freno di colpo. In caso ce ne fosse bisogno, l'agente mi lancia un'occhiata che conferma che Nora è l'unica eccezione. Appoggiato a una delle enormi colonne bianche che conducono all'ala ovest, guardo il resto della scena.

Venti metri più avanti, senza voltarsi, Nora si ferma davanti a delle alte porte-finestra e guarda dentro l'ovale schiacciando il naso contro i pannelli di vetro.

Se fosse un'altra persona, a quest'ora le avrebbero sparato.

Le luci dall'interno della stanza la illuminano come una lucciola impazzita. Batte forte contro i pannelli per attirare l'attenzione di qualcuno, poi cerca la maniglia. Ma appena apre la porta, tutto il suo atteggiamento cambia. È come se avesse spento un interruttore. Le spalle perdono la loro arroganza e i suoi pugni si aprono. Poi, invece di entrare, fa cenno al presidente di uscire. C'è qualcun altro, lì dentro.

Ma quando sua figlia chiama...

Il presidente esce sulla terrazza e si chiude la porta alle spalle. E una buona ventina di centimetri più alto di Nora, il che gli permette di chinarsi su di lei con piena autorità genitoriale. Da come incrocia le braccia, non ama essere interrotto.

Nora lo capisce ed espone rapidamente il suo caso, gesticolando graziosamente con le braccia per sostenere la sua opinione. Non è frenetica, nemmeno arrabbiata, i suoi movimenti sono sottomessi. È come se guardassi un'altra donna. Quasi non alza neppure gli occhi, mentre parla con lui. Tutto è controllatissimo.

Il presidente ascolta, si accarezza il mento con una mano, appoggiando il gomito al braccio che tiene intorno alla vita. Con il giardino delle rose di fronte e loro due sullo sfondo, non posso fare a meno di pensare alle famose foto in bianco e nero di John e Bobby Kennedy che facevano le loro discussioni in piedi esattamente nello stesso punto.

Subito dopo Hartson scuote la testa e mette dolcemente una mano sulla spalla di Nora. Finché vivrò, non lo dimenticherò mai. Il modo in cui si toccano, il modo in cui la rassicura accarezzandole la schiena. Un braccio sulla spalla. In silhouette, il potere è scomparso – sono solo un padre e sua figlia. «*Mi dispiace*», dice il suo atteggiamento mentre continua ad accarezzarle la schiena. «*Questa volta le cose devono andare così*».

Prima che Nora possa replicare, il presidente riapre la finestra del suo ufficio e chiama fuori qualcun altro. Non riesco a vedere chi è, ma vengono fatte delle brevi presentazioni. «Questa è mia figlia, Nora». Lei si mette attenta, come le ha insegnato a fare un'intera vita di campagne elettorali. Il presidente sa quello che fa. Adesso che c'è un ospite, Nora non può dire più niente.

Mentre lei si gira per andarsene, il presidente guarda verso di me. Mi volto e mi nascondo dietro a una colonna bianca. Non ho bisogno di entrare in scena prima di domani.

«Fanculo!» grida Nora mentre ritorniamo lungo il corridoio del piano terra, ormai lontani.

«Lascia perdere», le ripeto, questa volta camminando al suo fianco. «Lascia che facciano la loro festicciola».

«Non capisci, vero?» chiede mentre attraversiamo la libreria e ci avviciniamo al busto di Lincoln fuori dal teatro. «Mi stavo divertendo! Per una volta, mi stavo divertendo davvero!»

«Rimedieremo domani. In ogni caso saremmo rimasti lì solo altri dieci minuti».

«Non è questo l'importante! Erano dieci minuti nostri. Non loro. Ho scelto il film, ho fatto preparare i popcorn, ti ho mandato il messaggio, e poi...» La sua voce incomincia a incrinarsi. Si massaggia il naso con vigore, ma ha le mani che tremano. «Dovrebbe essere una casa, Michael. Una vera casa, ma è sempre come nella sala della musica» – si asciuga gli occhi – «sempre uno spettacolo». Si morde le labbra, cercando di ricacciare indietro le lacrime. Il rossore dei suoi occhi mi dice che non funziona. «Non dovrebbe essere così.

309

Quando siamo arrivati qui, tutti parlavano dei vantaggi. *Oh, avrai dei vantaggi! Aspetta di vedere i vantaggi.* Be', sto ancora aspettando. Dove sono, Michael? Dove?» Si guarda alle spalle da entrambe le parti, come se li stesse cercando fisicamente. L'unica cosa che vede è la guardia in uniforme, seduta al posto di controllo fuori dal teatro, che ci guarda fisso.

«E allora?» gli grida lei. «Adesso non posso piangere a casa mia?» La sua voce si incrina ancora più chiaramente. Non ci vuole uno strizzacervelli per capire che sta per verificarsi una crisi.

Faccio cenno alla guardia con uno sguardo da «possiamo avere un momento per noi?» Lui decide che è ora di fare una pausa, si alza e sparisce dietro l'angolo. Almeno qualcuno, in questo posto, ha un po' di buon senso.

Mentre aspetta che se ne vada, Nora sta per cedere. Non la vedo così dalla sera in cui mi ha fatto vedere la cicatrice. Il petto le si solleva, il mento le trema. Muore dalla voglia di sfogarsi, di dirmi quello che prova. Di parlare, non di sé, ma di questo posto. Invece respira più a fondo che può e ricaccia tutto indietro. Certe cose sono troppo radicate.

Asciugandosi il naso con la mano, si appoggia alla parete e lascia aderire le spalle alla scatola metallica che sembra contenere uno dei telefoni di emergenza dei Servizi segreti.

«Vuoi parlarne?» chiedo.

Scuote la testa, rifiuta di guardarmi. Ancora e ancora ripete il gesto. No, no, no, no, no. Il suo respiro è umido – la saliva le esce tra i denti serrati – e a ogni ripetizione il movimento della testa diventa più rapido, più deciso. Nel giro di pochi secondi, è troppo. Sempre appoggiata alla parete, alza la mano sinistra e batte il pugno contro l'intonaco. «*Maledizione!*» grida.

Quella singola parola riecheggia nell'atrio e, quasi a controbilanciare la sua reazione originaria, l'ira che era diventata disperazione ridiventa ira.

«Nora...»

Troppo tardi. Con un rapido movimento dei fianchi si stacca dalla parete e si allontana dal telefono. C'è il leggero rumore di uno strappo e Nora si ferma. La maglietta le si è impigliata in una leggera sporgenza della scatola di metallo. «Bastar...» Scuote le spalle, irritata per il ritardo, e si sente un altro strappo più forte. Seguiamo entrambi il rumore. Dalla spalla fino all'ascella, il reggiseno nero emerge attraverso il buco nella maglietta.

«Nora, stai cal...»

«Figlia di puttana!» Nora gira su se stessa e picchia col braccio la scatola metallica. Ancora. E ancora. Io corro verso di lei e l'abbraccio da dietro.

«Nora, ti prego... la guardia tornerà a...»

Lottando contro di me, Nora dà una gomitata e mi colpisce alla mandibola. La lascio andare e lei si trova libera. In un accesso di rabbia, alza entrambi i pugni e dà un colpo mortale alla scatola. La colpisce dall'alto con uno schianto metallico che fa aprire di scatto la porta della scatola. Dentro non c'è alcun telefono. Solo una pistola, nera e lucente.

Nora e io ci blocchiamo, ugualmente sorpresi.

«Cosa?...»

«Riserva in caso di emergenza», ipotizza lei.

Faccio qualche passo indietro e guardo lungo il corridoio oltre l'angolo. La guardia non si vede da nessuna parte.

Nora non potrebbe fregarsene di meno. Senza neanche guardare, allunga una mano, con gli occhi completamente illuminati.

«Nora, non...»

Lei afferra la pistola e la tira fuori dal suo nascondiglio.

311

23

«Cosa diavolo fai?»

«Voglio solo vederla», dice Nora ammirando la pistola che tiene in mano.

Lungo il corridoio, dietro l'angolo, sento una porta sbattere. Le scarpe della guardia risuonano contro il pavimento di marmo.

«Rimettila giù, Nora. Subito!»

Lei si dirige verso il teatro e mi lancia uno dei suoi sorrisi più cupi. «Se li tieni fermi, io premo il grilletto. Li possiamo uccidere tutti, sai».

«Non è divertente. Rimettila giù».

«Dai – Bonnie e Clyde – io e te. Cosa ne dici?»

Si sta divertendo davvero troppo. «Nora...»

Prima che possa terminare si volta e lancia la pistola in aria. Verso di me. Quando capisco quello che sta succedendo, le mie braccia sembrano appesantite. Lotto per sollevarle e prendo la pistola con la punta delle dita, come un bambino che gioca alla patata bollente. Ho sì e no tre secondi. Oh, merda. Le impronte digitali. Sento la guardia che si avvicina e la tiro di nuovo il più velocemente possibile a Nora...

No! E se lei non...

La prende con una risata. Riesco appena a respirare. Svolto l'angolo e vedo la guardia che viene lungo il corridoio. È a meno di dieci metri.

«Nora, basta giochi da pazza!» sibilo, cercando di tenere la voce a livello di un sussurro. «Ti do tre secondi per rimetterla al suo posto».

«Cosa diresti?»

Ignoro la domanda. «Uno...»

Le sue mani si posano sui fianchi. «Mi stai minacciando?»

La guardia dev'essere a meno di tre metri. «No, non ti minaccerei mai... Dai, Nora... non adesso. Ti prego, rimettila giù!»

Mi giro proprio mentre la guardia svolta l'angolo. Alle mie spalle, sento Nora tossire abbastanza forte da coprire lo scatto dell'anta di metallo.

«Tutto bene?» mi chiede la guardia.

Mi volto e guardo Nora. È in piedi proprio davanti alla scatola e la blocca con il suo corpo. La guardia è troppo impegnata a fissare il suo reggiseno, che occhieggia ancora dallo strappo della maglietta.

«Scusi», ride, tirandosi su la manica per coprire la spalla. Fa un passo avanti e mi infila civettuola un braccio intorno alla vita. «Questo è quello che succede quando si viene scacciati dalla zona limonate del cinema». Prima che io possa obiettare, aggiunge: «Andremo di sopra».

«Buona idea», dice seccamente la guardia. Senza una seconda occhiata, ritorna al suo posto dietro la scrivania.

Tornando verso il corridoio del piano terra, sempre col braccio intorno alla mia vita, Nora infila il pollice nella mia cintura. «Cos'è più emozionante – questo o lavorare al memo?»

Convinto che nessuno ci possa sentire, mi allontano rapidamente. «Perché l'hai fatto?»

«Fatto cosa?» mi provoca lei.

«Lo sai, il...» No, non metterti con lei. Respiro a fondo. «Dimmi solo che l'hai rimessa giù».

313

Mi guarda e ride. Io arretro istintivamente. Dopo quattro anni di pranzi con re e regine, l'unica cosa che la emoziona è il rischio – prendi quello che ami e rischia di perderlo. Luce e buio nello stesso respiro. Ma adesso... i cambi di umore incominciano a succedersi un po' troppo rapidamente.

«Ma dai, Michael», mi prende in giro, «secondo te perché dovrei...»

«Nora, il momento dei giochi è finito. Rispondi alla domanda. Dimmi che l'hai rimessa giù».

Raggiungiamo l'ingresso che la porterà alla residenza e lei mi allontana con un movimento del polso. «Perché non vai a lavorare un po'. Evidentemente sei stressato...»

«Nora...»

«Rilassati», canta. Svolta nell'ingresso e va verso le scale. «Cosa potrei fare, nasconderla nelle mutande?»

«Dimmelo tu».

Si ferma dove si trova e mi guarda da sopra le spalle. Le risate e i sorrisi sono scomparsi. «Credevo che avessimo già superato queste cose, Michael». I nostri occhi si incrociano. «Non ti nasconderei mai niente, Michael».

Annuisco, sapendo che è di nuovo controllata. «Grazie, è quello che volevo sentire».

Quando finalmente finisco, alle quattro meno un quarto della mattina, ho lo sguardo annebbiato dalla stanchezza. A parte una pausa di venti minuti per cenare e un'attesa di dieci minuti per ottenere un collegamento dalla segreteria di gabinetto, sono rimasto seduto alla scrivania per quasi otto ore di fila. Nuovo record personale. Ma mentre la stampante al laser borbotta con i risultati del mio lavoro, mi scopro stranamente sveglio. Incerto sul da farsi, e senza nessuna voglia di andare a casa, guardo casualmente la posta non ancora aperta. Per lo più sono banalità: rassegna stampa, annunci di meeting, inviti a feste di addio. Ma in fondo al mucchio c'è una busta di posta interna con l'indirizzo scritto in calligrafia familiare. Riconoscerei quel corsivo rotondo in qualsiasi posto.

Apro la busta e trovo una nota scritta a mano con una chiave attaccata con lo scotch: «Per quando hai finito – stanza 11. Congratulaz!» In fondo c'è un cuore e la lettera N. Mentre stacco la chiave, non posso fare a meno di ridere. È ancora meglio che posteggiare dentro i cancelli.

Il cartello sulla porta della stanza 11 dice: «Zona palestra», ma tutti sanno che è qualcosa di più. Costruita per Bob Aldeman durante l'amministrazione Nixon e limitata solo ai più importanti pezzi grossi, la senior staff Exercise Room è probabilmente la palestra più esclusiva della nazione. Meno di cinquanta persone possiedono le chiavi. In una giornata normale, verrei fatto a pezzi se mettessi piede qui. Ma alle quattro della mattina, disperatamente bisognoso di una doccia e alla vigilia di un importante momento professionale, correrò i miei rischi.

Con un'ultima occhiata al corridoio deserto, infilo la chiave nella porta, che si apre senza esitazioni. «Pulizie!» grido tanto per esserc più sicuro. «C'è nessuno?» Nessuna risposta. Dentro, non ci vuole molto per fare il giro. C'è un vecchio Stair-Master, una cyclette fuori moda, un vogatore rotto e una strana pila di pesi arrugginiti. Il posto è uno schifo. Ma cosa non darei per un pass regolare.

Dopo una breve seduta in bicicletta e un quindici minuti nella sauna, eccomi nella doccia, con l'acqua calda che mi scorre addosso. Ogni volta che mi abituo

315

alla temperatura, la alzo un po'. Con gli occhi chiusi e le mani premute contro le piastrelle, sono immerso nel vapore e completamente rilassato. Ogni giorno dovrebbe incominciare così.

Di nuovo in ufficio, mi distendo sul divano, ma non c'è modo di addormentarmi. Mi mancano meno di quattro ore e il testosterone da solo è come due confezioni di Vivarin. L'unica cosa a cui riesco a pensare sono le parole di apertura.

Signor Presidente, come sta?

Signore, come state?

Presidente Hartson, come sta?

Papà! Che ne dici di un prestito?

Alle sei e mezza, mentre il sole arancione incomincia a far capolino nel cielo del mattino, l'ultima versione dell'agenda presidenziale arriva via e-mail. La scorro finché vedo quello che cerco. È sulla seconda pagina.

9.30 – 9.45: Relazioni, sala ovale. Incaricato: Michael Garrick.

I miei quindici minuti di celebrità.

Fuori, i giardinieri stanno sistemando il prato e i giornalisti arrivano per la conferenza stampa del mattino. Al di là dei cancelli, una famiglia di quattro persone si mette in posa per una foto. Il loro flash mi ferisce l'occhio come un lampo. Sarà un gran giorno.

24

«Nervoso?» chiede Lamb osservandomi. Sono seduto perfettamente immobile dall'altra parte della sua scrivania, con le mani appoggiate sulle ginocchia.

«No, per niente», rispondo.

Sogghigna alla bugia, ma non mi smentisce.

«Ti ringrazio per questo aiuto», aggiungo il più velocemente possibile. È l'understatement dell'anno. Nelle stanze dell'OEOB, ci sono persone pronte a uccidere pur di fare lezioni private con i boss esperti della Casa Bianca.

«La prima volta è sempre la più difficile. Dopo ti verrà naturale».

So che dovrei ascoltare, ma il mio cervello continua a ripassare la prima frase – *Buon giorno, signor presidente, Buon giorno, signor presidente, Buon giorn...*

«Ricordati solo una cosa», continua Lamb. «Quando entri, non salutare il presidente. Tu entri, lui alza gli occhi, tu incominci. Tutto il resto è una perdita di tempo, e sappiamo bene che ne ha poco».

Annuisco come se l'avessi sempre saputo.

«Ah, e non lasciarti distrarre dalle sue reazioni. La prima risposta che dà è sempre una provocazione – grida, urla, sbraita "Perché facciamo così?"».

«Non capisco...»

«È il suo modo di riflettere», spiega Lamb. «Sa che si arriverà comunque a un compromesso, ma deve far vedere a tutti – lui compreso – che non ha ancora perso la bussola morale».

«Nient'altro?»

Annuisce con il suo cenno standard. «Non dimenticare perché sei lì».

Sono perso di nuovo.

«Michael, quando si parla di consigli, ce ne sono di tre tipi: consigli legali, consigli morali, consigli politici. Quello che si può fare, quello che si vuole fare e quello che si dovrebbe fare. Tu sarai esperto nella prima cosa, ma lui le vuole tutte e tre. In altri termini, non puoi semplicemente entrare e dire "Basta con le intercettazioni – è questa la cosa giusta da fare"».

Sto ancora sfregandomi ansiosamente le ginocchia. «Ma se è davvero la cosa giusta da fare?»

«Voglio solo dire di non sposare una posizione; il mio istinto mi dice che questa è una faccenda accaparravoti».

Non mi piace. Se Lamb lo dice, è vero. «C'è qualche possibilità che io lo persuada del contrario?»

«Il tempo lo dirà», dice Lamb. «Ma non ci scommetterei».

Non c'è altro da dire. Mi alzo per lasciare l'ufficio.

«A proposito», aggiunge, «ho parlato al telefono con il vice dell'agente Adenauer. Ho un appuntamento con lui più tardi, per cui spero di avere la lista definitiva dei sospetti oggi pomeriggio, domani mattina al più tardi».

«Meraviglioso», dico, cercando di restare concentrato. Sto per tornare all'ovale, ma capisco che devo dirgli qualcos'altro. «Ho avuto un altro incontro con l'FBI».

«Lo so», dice stancamente. Appoggia i gomiti sulla scrivania. «Grazie per avermelo detto».

È in momenti come questo che, con le borse sotto gli occhi più pronunciate del solito, Lawrence Lamb dimostra la sua età.

«Non è una buona cosa, vero?»

318

«Stanno elaborando delle ipotesi, lo capisco dal modo in cui fanno le domande».

«Mi hanno dato un ultimatum per venerdì».

Lamb alza gli occhi. Questo non lo sapeva. «Farò in modo di avere la lista per domani». Prima che possa ringraziarlo, aggiunge: «Michael, sei sicuro che lei non conosca Vaughn?»

«Credo di no...»

«Non mi interessano le tue ipotesi!» grida alzando la voce. «Credi o ne sei sicuro?»

«C-credo», ripeto, ben sapendo che saprò la verità fra poche ore. È una domanda da panico da parte di un uomo che non si lascia mai prendere dal panico. Ma nemmeno Lawrence Lamb può prevedere Nora.

Vado all'ala ovest con quindici minuti di anticipo e anche se so che è considerata cattiva educazione arrivare in anticipo non me ne importa niente.

Tenendo una cartelletta spessa tre centimetri nella mano sudata, entro nella saletta d'attesa che immette nell'ovale. «Sono Michael Garrick», dico orgoglioso avvicinandomi alla scrivania di Barbara Sandberg. «Sono qui per vedere il presidente».

Lei butta gli occhi al cielo di fronte al mio entusiasmo. In quanto segretaria personale di Hartson, ne vede tutti i giorni. «È la prima volta?» mi chiede.

È un colpo facile, ma mi fa capire chi comanda. Newyorchese, bassa e senza grilli per la testa, appassionata succhiatrice della stanghetta dei suoi occhiali, Barbara è con il presidente dai tempi in cui era senatore della Florida. «Sì», rispondo con un sorriso. «Sta rispettando la tabella di marcia?»

«Non affannarti», dice con un po' più di calore. «Sopravviverai. Siediti. Ethan ti chiamerà quando è pronto. Se vuoi, ho un po' di fudge. Ti calmerà».

319

Non ho fame, ma prendo comunque uno stuzzicadenti e infilzo un quadratino di cioccolato al caramello dal contenitore di vetro sulla scrivania di Barbara. Sono due anni che sento parlare di questa roba. *Oh, devi assaggiare il fudge. È incredibile, il fudge di Barbara.* Per i pezzi grossi, è un modo per far capire che hanno visto il presidente. Per noi esclusi, l'occasione per scherzi e giochi di parole di infimo livello. Mentre prendo posto in una delle sedie reclinabili, comunque, finalmente capisco una cosa: il fudge... è terribile.

Cinque minuti dopo, sto lottando contro la secchezza della bocca indotta dal fudge e faccio tutto il possibile per non guardare l'orologio. L'unica cosa che mi tiene calmo è la grande foto sulla scrivania di Barbara – una splendida foto del presidente la notte in cui vinse le elezioni. Su un palco a Coconut Grove, in Florida, ha la First Lady sulla destra e suo figlio e Nora sulla sinistra. Mentre i secondi passano, è su di lei che mi concentro. Nora. È bloccata mentre grida, con un sorriso enorme sulla faccia, un braccio scagliato in alto e l'altro aggrappato al collo del fratello. È la gioia della vittoria – niente dolore, niente tristezza – solo vera, completa euforia. Non sapeva quello che l'aspettava. Neanch'io.

«Vuoi dell'altro fudge?» chiede Barbara. Non avendo altro da fare, mi alzo e vado alla scrivania. Prima che ci arrivi, però, guarda alle mie spalle e sorride. Qualcuno è appena entrato.

Mi giro appena in tempo per vedermelo arrivare davanti. Sta guardando da un'altra parte, ma riconoscerei quell'atteggiamento dovunque. Simon.

«Ciao, dolcezza», dice prendendo un pezzo di fudge. «Siamo in orario?»

«Abbastanza, in realtà», risponde Barbara. «Non dovrebbe mancare molto».

«'Giorno, Michael», dice prendendo posto sulla mia sedia.

Mi sento come se qualcuno mi avesse appena dato un pugno nel petto. Un polpo di rabbia si sta già facendo strada dietro le mie spalle.

«Oh, dai», dice lui dopo un'occhiata alla mia faccia. «Non pensavi mica di andare da solo, no?»

Prima che possa rispondere, mi tira addosso una busta marrone. Dentro c'è quello che il presidente ha già ricevuto: una copia del mio memo, con la sintesi del segretario di gabinetto attaccata all'inizio. Sotto al mio memo, noto qualcos'altro. L'originale della lettera che ho scritto all'ufficio etica a proposito di Simon. Incredibile – ecco perché non ho mai avuto i documenti sulla situazione finanziaria di Simon. La lettera non è mai neanche uscita dall'edificio.

«C'è un refuso nel secondo paragrafo», dice Simon guardandomi attentamente. «Pensavo che forse lo volevi correggere».

Come diavolo ha fatto?...

Dietro di me, sento la porta dell'ovale che si apre. «È tutto per te», annuncia Barbara. «Entra pure».

Facendosi strada dietro di me, Simon si dirige deciso verso la porta. Mi viene da vomitare mentre lo seguo.

«Com'è andata?» chiede Pam mentre sto in piedi davanti alla sua scrivania.

«Non lo so, è stato un po' come...»

Lo squillo del suo telefono interrompe il mio pensiero. «Aspetta un secondo», dice rispondendo. «Sono Pam. Sì. No, lo so. L'avrai la settimana prossima. Benissimo. Grazie». Riaggancia e torna a guardarmi. «Scusa, dicevi...»

«È difficile da descrivere. Quando Simon è arrivato, ho pensa...»

Di nuovo, il telefono ci interrompe.

«Non preoccuparti, lascialo suonare», dice lei.

Sto per continuare quando la vedo gettare un'occhiata al cicalino. Conosco quell'espressione di panico sulla sua faccia. È una telefonata importante.

«Va bene», dico. «Rispondi».

«Ci metto solo un minuto», promette alzando la cornetta. «Sono Pam. Sì, io... Cosa? No, lui no. Ti assicuro di no». C'è una lunga pausa mentre ascolta. Ci vorrà più di un minuto.

«Torno più tardi», sussurro.

«Mi dispiace molto», dice coprendo la cornetta.

«Non preoccuparti, non è una cosa così importante». Lascio l'ufficio di Pam e cerco di dirmi che questa è la verità.

Attraversando l'atrio, decido di telefonare a Trey, che probabilmente è ancora arrabbiato con me. Mentre vado nel mio ufficio, vedo un paio di mutande da uomo della Fruit of the Loom attaccate alla maniglia. Sopra c'è un cartello stampato al laser:

Benvenuto a casa, Maestro relatore!

Baci farfallini
da tutti i tuoi fan

Prendo le mutande e apro la porta. Dentro, è solo peggio. Sulla mia sedia, sul divanetto, sulla lampada e su tutte le cornici – ci sono mutande da uomo dappertutto. Boxer, slip, perfino un perizoma di seta. Come se non bastasse, una dozzina di mutande formano la parola Mike in mezzo alla scrivania.

«*Salutiamo il Maestro relatore!*» grida Trey dal suo nascondiglio dietro la porta. Cade sulle ginocchia e si inchina ai miei piedi. «Cosa ne dici, Maestro relatore?»

322

«Incredibile», gli dico ammirando il suo sforzo.

«Le ho ficcate perfino nei tuoi cassetti», dice con orgoglio. «Capisci? Nei cassetti!»

«Ho capito», dico raccogliendone altre tre paia sulla mia poltrona. «Dove le hai prese, a proposito?»

«Sono mie!»

«Schifoso!» dico buttandole per la stanza.

«Cosa credi, che voglia comprare tutta questa biancheria nuova solo per farti uno scherzo? Il divertimento ha un prezzo, ragazzo mio». Annusa l'aria due volte. «E adesso lo stai pagando».

Devo ammettere che ne avevo proprio bisogno. «Grazie, Trey».

«Sì, sì, sì, adesso dimmi com'è andata. Eri in una buona posizione per le foto?»

«Quali foto?»

«Oh, Michael, ti prego – sono io. Lo sai che ti fanno la foto alla prima visita. Non mi interessa se avevi paura, tutti hanno guardato la macchina. Sempre».

Faccio il più piccolo dei sorrisi.

«Lo sapevo!» ride Trey. «Sei più prevedibile di un calendario di banca. Cos'hai fatto? Mascella tesa? Occhi contratti?»

«Stai scherzando? Ho tirato fuori i pezzi forti – mascella tesa, labbra decise, e ho indicato il memo, giusto per sottolineare la dinamica studente-insegnante».

«Bel tocco», annuisce Trey. «L'hai almeno convinto sulle intercettazioni?»

«Mettiamola così: sai quella sensazione che si prova subito prima di tagliarsi i capelli? Quando una mattina ti svegli e all'improvviso hai al posto dei capelli uno zerbino? E ogni giorno diventa sempre peggio? Ma poi, proprio il giorno in cui hai deciso di tagliarteli, ti svegli e come per magia, spontaneamente, i tuoi capelli ti stanno benissimo? Sai di cosa sto parlando? Come se tutte le tue paure si rivelassero inutili?» Trey annuisce mentre faccio una pausa a effetto. «*Be', oggi non è andata così!*» grido a pieni polmoni. «I miei capelli hanno continuato a fare schifo!»

«Non può essere andata così male», dice Trey ridendo.

«No, infatti è andata peggio. È stato terribile. Tragico. Tanto tragico da essere quasi poetico».

«Poetico va bene. A tutti fanno piacere un paio di versi ben rimati».

«Tu non eri lì, Trey. Ero abbastanza nervoso per conto mio, non avevo certo bisogno che arrivasse Simon. E quando ha preso la mia richiesta di informazioni e me l'ha ficcata in gola – quel figlio di puttana l'aveva tenuta apposta per sconvolgermi. Ecco perché non abbiamo avuto i suoi file. In qualche modo, è riuscito a sapere quello che stavamo facendo. Così ho perso la concentrazione. Ogni volta che il presidente mi faceva una domanda, l'unica cosa che riuscivo a fare era sbattere gli occhi».

«Dammi retta, capita a tutti così con il presidente».

«Non è...»

«È verissimo. Nel momento in cui entra nella stanza, pam, tutti se la fanno addosso».

Non ne sono ancora convinto, ma sono costretto a sorridere. «Se lo dici tu».

«Sai benissimo che è vero. Non c'è niente di piccolo intorno al presidente. E quando ti fa una domanda, vorresti sempre avere la risposta. Adesso dimmi cos'altro è successo. Sei riuscito a grattare qualcosa di interessante? Matite? Penne? T-shirt da "ho nelle vene sangue presidenziale"?»

«In realtà no», dico sedendomi. «Solo questi...» Mi frugo nella tasca e tiro fuori un paio di gemelli con il sigillo presidenziale.

«Non dirmi che...»

«Se li è tolti lui – credo che l'abbia fatto per calmarmi un po'».

«Per calmarti? Ma sei pazzo, hai preso i gemelli del grande capo! Dev'essergli proprio piaciuto quello che hai detto».

«Lo vedremo quando prenderà la sua decisione. Dovrebbero votare proprio mentre...»

Lo squillo del mio telefono mi interrompe. Il cicalino dice che è una telefonata esterna. Potrebbe essere lei.

«Non rispondi?» chiede Trey.

«Sono Michael», dico.

«Allora, ti ha chiesto di noi?» chiede Nora con una risata.

«Cosa vuoi dire?»

«Mio padre, ti ha chiesto se mi hai toccato le tette?»

«Ha deciso di non trattare questo tema», dico, continuando a chiedermi come ha fatto Simon a sapere della mia richiesta. «Probabilmente aveva già abbastanza motivi per odiarmi».

«Sono sicura che te la sei cavata bene. Ti ha dato i gemelli, vero?»

«Come fai a...»

«A meno che tu non sia un disastro, li dà a tutti, durante la loro prima visita. Ne ha dozzine nella scrivania. Nixon faceva la stessa cosa. Sarà una storia da raccontare ai tuoi figli».

Afferro i gemelli e li infilo di nuovo in tasca. Incerto su cosa dire, sono felice di vedere la lucina rossa lampeggiante che indica una chiamata in attesa. «Aspetta un secondo», dico a Nora. Passo sull'altra linea senza neanche controllare il cicalino. Errore. «Sono Michael».

«Bel lavoro», dice una voce compiaciuta. È Simon.

«G-grazie».

«Davvero, Michael. Hai inciampato all'inizio, ma adesso credo che tu abbia imparato la lezione. Giusto?»

Mi sta chiedendo se ho intenzione di restare zitto. Dopo aver saputo che ha indirizzato Adenauer verso di me, è chiara qual è l'alternativa. Ma c'è qualcosa che lui non sa. Se sapesse che devo incontrare Vaughn, avrebbe detto qualcosa. Il che significa una delle due cose: Vaughn ha davvero qualcosa da offrire – oppure sta organizzandomi una trappola diabolica. «S-sì», balbetto. «Ho imparato la lezione».

«Bene. Allora parliamo delle intercettazioni».

«Aspetta un secondo». Il tocco di un tasto mi riporta da Nora. «Ascolta, devo lasciarti, è Simon».

«Che cosa...»

Troppo tardi. Ho staccato. «Dicevi, a proposito delle intercettazioni?»

«È stato senza dubbio interessante», risponde lui. «Quando sei uscito, sono andato alla sala Roosevelt per la votazione preliminare. Il problema è che l'FBI, i giudici, perfino la polizia... erano tutti contro di noi».

Odio il modo in cui dice *noi*. «E cos'è successo?»

«Quello che ho detto». Riferendosi al capo di gabinetto, spiega: «Quando Wesley ha finito di contare i voti, mi ha guardato e ha detto: "Sette a due. Hai perso". Orgoglioso di sé, torna indietro per dirlo a Hartson. Dieci minuti dopo ritorna, guarda verso di me e dice: "Ho appena parlato col presidente. I voti adesso sono sette a tre. Hai vinto"».

Ci metto un secondo a registrare l'informazione. Poi all'improvviso capisco: «Ho vinto?»

«*Abbiamo* vinto», corregge Simon. «Hartson ha detto che non era la cosa giusta da fare. Consideralo un regalo». Subito dopo sento un click. Se n'è andato.

«Hai vinto?» chiede Trey.

Sono ancora senza parole.

«E via, Michael, ti do trenta secondi per...»

Maledizione, il tempo! Controllo l'orologio e mi precipito verso la porta, gridando a Trey. «Abbiamo vinto! Hartson l'ha fatta passare!»

«E dove vai adesso? A festeggiare la vittoria?»

«Sono in ritardo per Vaughn».

Trey si alza e incomincia a seguirmi. «Sei sicuro di non volere che...»

«No. Non con l'FBI che controlla».

Gli occhi di Trey si assottigliano.

«Cosa c'è?» chiedo. «Adesso pensi che non dovrei andare?»

«No, ma dopo quello che è successo al museo, credo che dovresti avere un aiuto».

«Apprezzo la tua offerta, ma... no... assolutamente». Non voglio fargli correre rischi. Mentre parlo, ha in viso un'espressione arrabbiata, quasi offesa. Lo conosco abbastanza per sapere quello che pensa. «Pensi che sono fuori di testa, vero?»

«Vuoi sapere quello che penso?» Batte il palmo della mano sulla mia scrivania. Poi rovescia la mano in modo che le nocche colpiscano la scrivania. Poi di nuovo il palmo. Poi di nuovo le nocche. Palmo, nocche, palmo, nocche. «Un pesce fuor d'acqua».

«Grazie per la splendida imitazione, ma me la caverò».

«E se è una trappola? Sei solo».

«Non è una trappola», insisto aprendo la porta. «Questa volta ho una buona sensazione».

Correndo giù dalle scale dell'OEOB, mi scontro con la corrente di colleghi che tornano dal pranzo. Fuori dai cancelli, ondeggio tra la folla, arrivando fino alla Diciassettesima strada. Non ho tempo di aspettare il metrò. «Taxi!» grido alzando un braccio. Le prime due macchine passano oltre. Salto in mezzo alla strada agitando le braccia. «Taxi!»

Una vettura color verde smeraldo suona il clacson e si blocca davanti a me. Mentre sto per entrare, sento qualcuno che chiama il mio nome.

«Michael?»

Alzo gli occhi e vedo una donna con i capelli neri che avanza verso di me. Guardo il pass che ha al collo – è il primo istinto di tutti, controllare il badge. Non mi piace quello che vedo. Il suo pass ha uno sfondo scuro. Giornalista.

«Lei è Michael Garrick, vero?» chiede.

«E lei è...»

«Inez Cotigliano», risponde porgendomi la mano. «L'ho contattata...»

«Ho ricevuto il suo messaggio. E la sua e-mail».

«Ma non ha ancora risposto», dice ironica. «Potrebbe ferire i miei sentimenti».

«Non la prenda come un'offesa personale. Sono stato molto occupato».

«Me l'hanno detto. Secondo l'agenda aveva una relazione per oggi. Com'è andata?»

Tipica giornalista: nient'altro che domande. Decido di darle la tipica risposta da Casa Bianca: niente di niente. «Non vorrei sembrarle scortese, ma lei conosce le regole, chiami l'ufficio stampa».

Chiudo la portiera dell'auto e Inez si avvicina al finestrino. Stretto al petto ha un blocco e una cartelletta. L'etichetta sulla cartelletta dice «IDEV». Abbasso gli occhi per vedere cosa sto fissando. Poi sogghigna. «Parlavo sul serio, Michael. Siamo ancora interessati. E in questo modo lei potrebbe raccontare la *sua* versione dei fatti».

Non sono così stupido. «Se vuole qualcuno bravo con le citazioni, sta scommettendo sul cavallo sbagliato».

«Le faciliterebbe la cosa la presenza di qualche incentivo finanziario?»

«Da quando il "Post" paga per le sue storie?»

«Non è questo», risponde. «Sarebbe una cosa fra noi – lo consideri il mio modo per ringraziarla».

«Non vuole capire, vero?» dico scuotendo la testa. «Certe cose non sono in vendita».

Ridendo fra sé, mi lancia un sorriso astuto. «Qualsiasi cosa dica», risponde mentre il taxi incomincia ad allontanarsi. «Anche se non ne sarei tanto sicura».

Dieci minuti dopo sono circondato da bambini. Grassi, silenziosi, piangenti, ce n'è perfino uno in tuta verde che sta tirando con forza qualcosa che ha tra le gambe. Collocato in fondo alla Connecticut Avenue, luogo di riposo di Hsing Hsing, il celeberrimo panda di Nixon, il National Zoo è probabilmente una delle maggiori attrazioni per famiglie della città. E uno dei posti peggiori per incontrarsi senza farsi notare. Mentre cammino lungo la stradina di cemento con le panchine allineate che serve da ingresso pubblico allo zoo, sono l'unico gessato scuro in mezzo a un mare multicolore di treccine e cineprese. Se fossi in fiamme, non mi si noterebbe di più. Forse Vaughn sperava proprio questo: se l'FBI è qui, troverà altrettanto difficile nascondersi. Seguendo questa teoria, cerco di scoprire persone senza bambini. Vicino al carrello dei gelati ci sono due giovani adulti. E c'è una donna sola che scende da un taxi.

«Popcoooorn», grida qualcuno alle mie spalle. Sussulto e mi giro. Davanti a me c'è un ragazzo di diciotto anni con due confezioni di popcorn a strisce rosse e bianche in ogni mano. «Popcoooorn!» annuncia cantando l'ultima sillaba.

«No, grazie», dico.

Senza perdere fiducia, va dal turista vicino. «Popcoooorn!»

Sperando di scoraggiare i venditori e nello stesso tempo di ottenere una visione migliore della zona, finalmente mi dirigo verso una delle panchine di legno vicine. Sto per sedermi quando noto un piccolo cartello rosso e bianco: QUESTA ZONA È CONTROLLATA MEDIANTE TELECAMERE. Istintivamente guardo sugli alberi, cercando di individuarle. Non ne vedo da nessuna parte. Non importa. Ci sono. E mi guardano. *Ci* guardano. Vaughn, dovunque tu sia, spero che tu sappia quello che fai.

Mezz'ora più tardi sono sempre seduto sulla stessa panchina a studiare la folla. Non ci vuole molto a coglierne il ritmo. Famiglie, famiglie, famiglie. Ma, nel flusso costante di gente, una cosa resta: «Popcoooorn... Popcoooorn!» Il ritornello, continuamente ripetuto, finisce per disturbare. «Popcoooorn... Popcoo...»

«Ne prendo uno», dice una voce profonda. Alzo gli occhi, ma sta guardando dall'altra parte. È un uomo con i jeans scuri e una maglietta rosso brillante. Porge al ragazzo un dollaro e afferra una confezione di popcorn. Senza altre parole, si aggiusta gli occhiali da sole e va verso una panchina sull'altro lato della passeggiata. Non so con precisione perché – forse il fatto che è solo, forse la mia paranoia – ma qualcosa mi dice di tenerlo d'occhio. Però, quando sto per vederlo bene per la prima volta, qualcuno mi passa davanti, bloccandomi la visuale.

«Popcoooorn!» annuncia il ragazzo, tenendomi la confezione rossa e bianca davanti alla faccia.

«Fuori dai piedi!» grido.

Non potrebbe fregargliene di meno. «Popcoooorn!» continua. «Peeee Vaaaaaaaaughn»!

Faccio una rapida associazione. «Cos'hai detto?»

330

«Popcoooorn!...»

Quando si fa da parte, guardo al di là della stradina. L'uomo con la maglietta rossa è sparito. Mi rivolgo al ragazzo e gli chiedo: «Era quello?...»

Lui mi porge la sua ultima confezione a strisce rosse e bianche. «Popcoooorn... Pop...»

«La prendo». Un dollaro più tardi, il ragazzo se ne è andato e io sono solo sulla panchina. Sono tentato di guardarmi alle spalle, ma è più importante apparire calmo. Con aria il più possibile indifferente apro la confezione. Dentro non ci sono quasi popcorn – solo un biglietto scritto a mano e fissato con lo scotch. Per leggerlo devo inclinare la scatola. «*Four P's Pub. Tre isolati a nord. Vicino all'Uptown*».

Chiudo la scatola. Non riesco a vincere l'istinto e controllo chi mi sta guardando. Per quello che vedo, non c'è nessuno. Una rapida occhiata alla stradina mostra che è tutto normale. Famiglie, famiglie, famiglie. Mentre la sfilata di sorrisi continua, io torno verso la Connecticut e oltrepasso il carretto dei popcorn. «Popcoooorn...» Di nuovo carico, il ragazzo non mi degna neanche di un'occhiata. Anzi, si infila tra la folla. E io risalgo i tre isolati seguendo la strada.

Restando sul lato in ombra della Connecticut Avenue, cerco di camminare il più velocemente possibile. A questa velocità, se qualcuno mi segue, dovrebbe essere facile individuarlo. I miei occhi, comunque, passano dalle macchine posteggiate, agli alberi, ai negozi. Tutto mi sembra sospetto. Vedo una donna con un labrador che corre verso di me. Quando sta per passare, salto in mezzo alla strada e distolgo lo sguardo. Non voglio correre rischi – finché tengo gli occhi bassi non può identificarmi. Quando è passata, torno sul marciapiedi.

A distanza, riesco già a vedere l'insegna rossa al neon dell'Uptown, il cinema più grande e più antico della città, nonché il monumento più popolare della zona. Sulla sua sinistra, una mezza dozzina di ristoranti e di negozi lottano per attirare l'attenzione. Dominati dall'Uptown, raramente ottengono un secondo sguardo. Oggi, però, uno si staglia: il ristorante e pub irlandese Four Provinces.

Sotto l'insegna rovinata verde e rossa, do una rapida occhiata all'isolato. Controllo tutto – niente kaki o polo in vista; nessuna delle macchine vicine ha targhe governative; faccio scorrere perfino gli occhi lungo il tetto dell'Uptown. A quanto pare, nessuno sta prendendo foto. Mi dirigo all'ingresso e so che è il momento cruciale. Quello in cui incontrerò Vaughn.

Quando apro la porta, l'odore del bar mi colpisce come uno schiaffo. Mi ricorda immediatamente la mia prima notte con Nora. Dentro, l'arredamento è quello di un vero pub irlandese. Da sedici a venti tavoli, alcune foto incorniciate e macchiate e un bancone di quercia che corre lungo la parete posteriore. Con mia sorpresa, il locale è pieno. Un tizio ha l'uniforme da postino. Un altro è vestito da FedEx. Mi piace questo posto. Niente turisti, pubblico locale.

«Si accomodi al banco», mi dice una cameriera passandomi di fianco. «Ci sarà un tavolo libero fra un attimo».

Seguo le sue istruzioni, prendo uno sgabello e osservo il gruppo che pranza. Niente di troppo sospetto.

«Come va?» chiede il barista preparando un paio di sode.

«Bene», dico. «E lei?»

Prima che possa rispondere, sento una porta alla mia destra che si apre scricchiolando. Seguo il rumore e vedo un tipo muscoloso con una maglietta grigia rovinata che esce dal bagno. Ha grandi sopracciglia da neanderthaliano che mettono a dura prova le teorie di Darwin. Interessato ai risultati che legge sul giornale piegato, l'uomo sembra sorpreso quando alza gli occhi e mi vede.

«Cosa guardi, amico?» chiede con un forte accento di Brooklyn.

«No, niente», rispondo. «Niente».

Mi scosta e torna al suo tavolo nell'angolo. «Dove cavolo sono i miei panini?» domanda alla cameriera.

«Non prendertela con me», avverte lei. «Sono finiti là in fondo».

Convinto che la cameriera abbia intenzione di sputargli nel mangiare, mi accontento di lasciargli studiare i risultati delle partite. Ma proprio mentre sto per distogliere lo sguardo, lo vedo appoggiare il giornale piegato sul tavolo. Il giornale emette un suono insolito. E allora lo vedo. C'è qualcosa nascosto nel giornale. La punta fa capolino da un'estremità. Come un grosso Magic Marker. O l'antenna di una radiolina. Un brivido gelido mi corre nella schiena. Figlio di puttana. È uno dell'FBI.

Distolgo lo sguardo il più rapidamente possibile, fingendo di non aver visto niente. Proprio allora la porta si apre all'improvviso, lasciando entrare un lampo di sole nel bar scuro. Quando si richiude, c'è una nuova persona. Il tizio con la maglietta rossa che ha comperato i popcorn. Gli occhiali da sole lo tradiscono. È anche lui dell'FBI. Da un momento all'altro, adesso, Vaughn potrebbe entrare da quella porta. E appena entrerà, tutti gli agenti presenti nel bar ci salteranno addosso.

Ho la testa in fiamme. Il tizio con la maglietta rossa si dirige verso di me. Che mi piaccia o no, devo far fallire questo incontro. Il più rapidamente possibile, salto giù dallo sgabello e mi dirigo verso la porta. L'agente con la radiolina si alza nello stesso istante e il suo tavolo stride contro il pavimento macchiato di birra. Uno davanti e uno a destra. Si stanno muovendo entrambi, nel caso che mi metta a correre. Per quanto sia veloce, non posso seminarli se non li distraggo. Indico l'agente con la radiolina. «FBI! È dell'FBI!» grido con tutte le mie forze, pensando che Vaughn mi senta.

Istintivamente, l'agente fa proprio quello che speravo: tira fuori la pistola. Non ci vuole altro. Caos istantaneo. Tutti gridano. I due agenti vengono travolti dalla folla che tenta di raggiungere la porta. Sto per unirmi a lei quando sento qualcuno che mi prende per il colletto della camicia. Prima che capisca quello che sta succedendo, mi buttano al di là delle porte oscillanti della cucina. Cado per terra davanti al frigorifero industriale. Mi rialzo a fatica e do una rapida occhiata al mio assalitore. È il barista.

«Cosa...»

Mi prende per il nodo della cravatta e mi trascina in fondo alla cucina. Cerco di lottare, ma non riesco a riprendere l'equilibrio. Le mie braccia, agitandosi, fanno cadere pentole e padelle da tutti i ripiani. «Scusa, ragazzo», dice. Con un solo rapido movimento apre la porta sul retro e mi spinge nel vicolo dietro al ristorante.

Al di là del vicolo, la porta dell'edificio di fronte si apre. «Qui dentro!» grida qualcuno con l'accento di Boston. Io inciampo, sempre tentando di riprendere fiato. Una volta dentro, vedo che mi trovo in un corridoio grigio e sporco che ha tutto il fascino di una cantina non finita. Una sola luce al neon pende dal soffitto. In fondo, sento due persone che parlano sottovoce. All'altra estremità del corridoio c'è una porta di metallo. A giudicare dal posto, sono nell'uscita di emergenza dell'Uptown.

Mi appoggio al muro e mi lascio scivolare lentamente per terra.

«Ti diverti?» mi chiede il mio ospite.

Appena lo vedo, lo riconosco dalla foto. Finalmente. Vaughn.

Tira fuori una pistola e mi appoggia la canna in mezzo alla fronte. «Hai tre secondi esatti per dirmi perché hai ucciso Caroline Penzler».

25

«Cosa diavolo sta succedendo?» chiedo.

«*Uno!...*»

«Sei impazzito?»

«*Due!...*»

«Non l'ho uccisa io!» grido mentre lui alza il cane della pistola. «Giuro che non l'ho uccisa io! Perché dovresti...»

«Tre!» grida. «Mi dispiace, Michael».

Il suo dito si contrae e io strizzo gli occhi.

«Nonsonostatoio! Nonsonostatoio! Nonsonostatoio!» urlo.

Spara, ma non c'è nessun colpo. Solo un debole click. Apro gli occhi. La pistola è scarica.

Vaughn è sopra di me ed esamina la mia reazione.

«Sei pazzo?» grido. Ho il petto che ansima e il sudore che mi cola sulla faccia.

«Dovevo verificare di persona», dice infilandosi la pistola dietro ai pantaloni.

«Verificare cosa di persona?»

Vaughn non risponde, ma in ogni caso ho superato il test. Credo.

A differenza che nella foto, Vaughn non ha più i baffetti e i capelli all'indietro. Oggi è all'ultima moda. Taglio corto, mocassini Gucci e una camicia di seta leggermente spiegazzata, ma per il resto bellissima. Anche i suoi pantaloni sembrano cari, ma decisamente troppo stropicciati. Come se li indossasse da troppo tempo. O ci avesse dormito dentro.

«Scusa il disordine», dice come se niente fosse. Indica i suoi vestiti e mi fa un sorriso aperto. «Le cose sono un po' tese da quando... sono in movimento».

«Vuoi dire in fuga?» chiedo.

«Proprio così», ammette. «Perché sei tanto in ritardo?»

«Chiedilo ai tuoi compratori di popcorn. Quei ragazzini mi hanno fatto aspettare per mezz'ora».

«No, no, no», dice con un accento tutto bostoniano, «io non vendo ai ragazzini. Mai».

«Oh, allora sei uno spacciatore buono?»

«Senti, piccolo, se qualche ricca studentessa figlia di papà vuole ficcarsi nel naso i soldi del babbo, non me ne frega niente. Dopo tanti anni che ficcano il calumet della pace nella mia zona, direi che siamo pari».

«Sei davvero un umanitario».

«Cazzo, amico, lavori alla Casa Bianca. Chi credi che metta in giro più veleno, tu o io?»

«Rifiuto di rispondere».

«Non è bello sentirsi giudicati, eh?» chiede Vaughn. «E poi, se conti i vantaggi collaterali, dovresti ringraziarmi».

«Ringraziarti?» chiedo. «Perché dovrei ringraziarti? Per avermi incastrato? Per essere entrato sotto il mio nome? Per aver ucciso Caroline Penzler facendo finta che fossi io...»

«Fermo dove sei, bello mio. Non scaricare questa merda addosso a me».

«Vorresti dirmi che non eri nell'edificio?»

«No, c'ero. Ho camminato per un'ora nell'atrio. Ma non ho mai messo un dito nelle vicinanze di quella donna».

«Cosa mi stai dicendo?»

«Sei sordo, adesso? Sentimi bene: non so un cazzo di quella signora. Non l'ho mai incontrata in vita mia».

«E Simon? L'hai mai incontrato?»

337

«Simon chi?»

«Suvvia, Vaughn, sai benissimo di chi parlo».

«Mi stai dando del bugiardo?»

Mi fermo un attimo. «Dico solo...»

«Quello che stai dicendo è che io dico delle stronzate. Te lo sento in fondo alla gola. Faresti meglio a sistemarti gli occhiali, però: io voglio solo fare conversazione».

«Ah, quindi prima mi punti una pistola in fronte e adesso mi lisci e fai l'Oprah?»

«Non mi piace questo tono».

«Non ho nessun tono. Io so solo che mi stai prendendo in giro da due settimane. Museo dell'Olocausto, ragazzi dei giornali, lavavetri – sono stufo di giocare alle spie. Per cui piantala di fare il duro e dimmi cosa diavolo sta succedendo con...»

Vaughn mi afferra per la camicia e mi inchioda al muro di cemento. «Cosa ti ho detto sulla voce alta? Eh? Cosa ti ho detto?»

«Che non ti piace».

«Certo che non mi piace!» mi grida in faccia. «Credi che questa storia riguardi solo te? Merda, ragazzo, almeno tu dormi nel tuo appartamento, io sto girando tutti i dormitori del D.C.»

«Te la sei voluta tu».

«Non ho voluto proprio niente. Mi ci hanno buttato dentro!» Mi lascia andare la camicia e fa un passo indietro. «Esattamente come te».

Studio i suoi occhi, cercando la bugia. Ma sa che non ne trovo. «Stai parlando seriamente, vero?»

«Perché mi nasconderei, se no? Quei figli di puttana dell'FBI mi hanno rovinato la vita, mi hanno distrutto il business... Non ho mai incontrato questo Simon in vita mia».

Incerto su come rispondere, distolgo lo sguardo.

«E allora?» chiede lui. «Credi che stia bluffando anche adesso?»

Non posso fare a meno di esitare. «A essere onesto, non so cosa pensare».

«Be', Wonder Bread, siamo in due».

Do un'altra occhiata alla sua camicia e ai suoi pantaloni spiegazzati. Ci sono cose che non si possono nascondere. «Per cui non stavi cercando di incastrarmi?»

Vaughn scuote la testa e si mette le mani sui fianchi.

«Ti sembro Jack Ruby? L'unica ragione per cui sono venuto in quell'edificio è che il mio uomo Morty era impegnato. Aveva qualcosa in ballo nel Southeast e mi ha chiesto di fargli un favore».

«E Morty lavora per te?»

«No, è... come posso spiegartelo?... un collaboratore indipendente».

«È uno spacciatore».

«Lavora nel farmaceutico. Comunque, mi ha chiesto di fare una consegna al posto suo – io non avevo niente da fare così gli ho detto ok. Ovvio, quando ho scoperto dov'era mi è quasi venuto un infarto, capisci cosa voglio dire? Insomma, è proprio stupido, la porta accanto alla Casa Bianca».

«Ma l'hai fatto lo stesso».

«Morty ha aggiunto tre Benny in contanti. Per una cifra del genere, darei un calcio nel sedere a Hartson. Morty ha detto anche che tu eri una delle sue vacche da soldi».

«Non ho mai incontrato questo tizio in...»

«Ti sto solo dicendo quello che ha detto lui. Che tu eri un cocco del presidente con il gusto per la polvere bianca – e che finivi a DefCon One se non ricevevi la tua visita settimanale. Secondo Morty, bastava che andassi al banco centrale e dessi il tuo nome. Quando mi facevi entrare, dovevo andare al primo piano e passeggiare in corridoio finché tu non mi venivi a cerca-re. Mi ha detto che i tuoi impegni erano talmente tan-ti che non potevi fissare orari precisi – cagate presi-denziali e cose simili. Avrei dovuto capire subito che questa merda significava guai».

«Chi è stato a farti entrare?»

«Credevo che fossi tu».

«Non sono stato io!» insisto. «Hanno solo usato il mio nome al tel...»

«Rilassati, piccolo – sto solo raccontandoti com'è andata. Ho detto alla guardia che avevo un appunta-mento, che il pass del mio ospite doveva già essere lì. Ripensandoci, è ovvio che non è stata la mia ora più fortunata».

Annuisco e penso improvvisamente a mio padre. «Quindi non hai fatto altro che camminare per un'ora nel corridoio?»

«È per questo che mi pagavano. Quando non ti sei fatto vedere, me ne sono andato. Poi ho saputo che quella Caroline era morta e l'FBI annusava intorno a casa mia e rompeva le palle ai vicini. Mia cugina di fronte ha detto che le hanno fatto due nomi – la don-na appena morta e un cretino che si chiamava Michael Garrick. Appena l'ho sentito me ne sono andato – ho fiutato la trappola a un miglio di distanza».

Mi proteggo gli occhi con una mano e mi massaggio le tempie finché tutto questo è assorbito. Se non è Vaughn la persona che ho visto nel bar con Simon, dev'essere questo Morty. È con lui che lavorava Simon.

«Pensavi davvero che l'avessi uccisa io, eh?» dice Vaughn.

Resto zitto.

«Va bene», dice lui. «Non mi offendo. Io pensavo lo stesso di te».

«Cosa?»

«Mi hai sentito? Pensavo che tu e Morty aveste organizzato il tutto. Io entro, tu uccidi Caroline e io mi prendo la colpa».

Mi viene quasi da ridere. «Te l'ho già detto, non ho ucciso nessuno. Hai sbagliato tutto».

«Perché allora non me lo spieghi chiaramente?»

Ci penso un secondo, ma decido di non rispondere.

«Oh, faresti meglio a non tirare troppo la corda», dice Vaughn. «È così che vuoi giocare? Tu ascolti me, io non posso ascoltare te?»

Resto sempre zitto.

«Ascolta, Garrick, i miei ragazzi hanno corso grossi rischi per contattarti. Il meno che puoi fare è dirmi perché ti hanno coinvolto».

«Perché, così puoi usarlo contro di me? Non offenderti, ma ho già fatto abbastanza stupidaggini per una settimana».

«Ti preoccupi ancora per questo? In questo caso, sappi che le stupidaggini sono appena incominciate».

«Cosa vorresti dire?»

«Sei tu quello col cervellone – usalo. Se fossi il cattivo della storia, perché avrei perso tutto questo tempo a cercare di rintracciarti?»

«Vuoi scherzare? Per incastrarmi».

Vaughn si guarda in giro nel passaggio deserto in cui ci troviamo. «Vedi qualcuno che vuole incastrarti?»

«Questo non dimostra niente».

«Ok, vuoi delle prove? Prendi questa: se fossi venuto in quell'edificio per uccidere qualcuno, mi credi così cretino da usare il mio vero nome?»

«L'hai usato per consegnare della droga, no?»

Butta gli occhi al cielo. «È una cosa diversa, e lo sai».

«Per me no, è...»

«Non dire stronzate da avvocato!» grida irritato dalla mia sfida. «Se voglio uccidere qualcuno lo uccido e

341

basta! Fa parte del mio mestiere! Ma ti dico che questa non l'ho ammazzata io!»

«E questo dovrebbe convincermi?»

«Cosa vuoi che...» Si interrompe e stringe i denti. Per almeno un minuto resta lì a fumare. In cerca di una spiegazione convincente. Finalmente alza lo sguardo. «Rispondi a questa, piccolo. Se l'ho uccisa io e sto cercando di dare la colpa a te, perché avrei legato il mio nome all'uomo che sicuramente sarà il sospettato numero uno?»

Questo è il problema. Quello per cui sono venuto qui.

«Aspetto – sì, mi siedo qui e aspetto».

Il problema è che, anche con tutte queste nuove informazioni, non riesco a trovare una sola risposta valida.

«Sai che sono sotto tiro. Lo sai».

Di nuovo, non gli offro che silenzio.

«Dimmi cos'è successo – e io scoprirò cosa c'è sotto», mi propone, improvvisamente raddolcito. «C'entra questo Simon? Perché chiunque sia stato, sanno il loro mestiere e sanno come dare la colpa a un altro. A noi due».

Do un'altra occhiata a Vaughn. L'uomo è intelligente – e anche se non mi va di ammetterlo potrebbe avere ragione. «Se ti dico questo...»

«A chi dovrei dirlo? Alla polizia? Non aver paura – il tuo segreto è al sicuro».

«Sì... forse». Rischiando il tutto per tutto, passo i dieci minuti seguenti a raccontargli cos'è successo – da quando ho visto Simon al bar a quando ho trovato i soldi, all'ultimatum di Adenauer per venerdì. Lascio fuori le parti su Nora. Quando ho finito, Vaughn fa una risata forte e profonda.

«Maledizione, ragazzo», dice coprendosi i denti bianchi splendenti. «E io che credevo di essere fottuto».

«Non è divertente – io rischio il culo».

«Anch'io», dice. «Anch'io».

Ha centrato in pieno. Per una settimana sono stato convinto che Vaughn si sarebbe rivelato il pezzo mancante. Che quando finalmente ci saremmo incontrati, tutto si sarebbe chiarito. Ma ascoltando la sua storia... non posso fare a meno di pensare che sono al punto di partenza.

«E adesso cosa facciamo?» chiede.

Accorgendomi di avere meno di quarantotto ore prima che la cosa diventi di pubblico dominio, mi appoggio al muro e mi sento di nuovo scivolare per terra. «Non ne ho idea».

«No, no, non così», dice lui leggendo la mia espressione. «Non è il momento di cedere».

Ha ragione. Pensa! Mi stacco dalla parete e cerco un punto di appoggio. Dev'essercene uno da qualche parte. «Cosa mi dici del tuo Morty? È stato lui a incastrarci».

«Morty ultimamente non ha avuto molta voglia di parlare».

«Cosa vuoi dire?»

«I vicini hanno sentito la puzza la settimana scorsa. Quando i pompieri sono entrati, hanno trovato Morty a faccia in giù con la gola tagliata da una corda di pianoforte».

Guardo Vaughn innervosito. «Non sarai stato...»

«Ti sembro un mostro simile?»

«Non volevo...»

«Ma certo che volevi – l'hai pensato subito. *Certo, è talmente cretino da usare due volte la corda di pianoforte.* Come se fossi un pezzo di spazzatura sotto i tuoi mocassini da Ivy League».

«Io sono andato a una scuola statale».

«Non mi interessa dove sei andato», ribatte lui. «Al contrario di te, non me ne frega niente».

«Cosa...»

«Ti ho studiato, Michael – non dimenticare da dove vieni».

«Non capisco cosa vuoi dire».

«Ti ho ascoltato fin dall'inizio».

«Mi tenevi una pistola alla tempia!»

«Non dirmelo – non ti ho fatto domande su Simon o un interrogatorio su Caroline. Ho dato un'occhiata alla tua faccia spaventata e ho capito che dicevi la verità. Ora, io non sarò uno dei tuoi amici cervelloni, ma sono abbastanza pazzo da bermi le cose che mi stai dicendo. E voglio che tu mi ricambi il favore e mi conceda il maledetto beneficio del dubbio».

«Non volevo giudicarti, Vaughn, ma è il modo in cui tu...» Mi fermo. Una gaffe è sufficiente. «Perché non torniamo a ragionare sulla situazione?»

«Sì, è giusto». Distogliendo lo sguardo, si ficca le mani in tasca. E in quel momento capisco finalmente quello che pensa. Non è negli occhi. È nella posizione stanca e nella tensione della mascella. Non lo direbbe mai – deve pensare al suo ruolo di duro. Ma ultimamente ho avuto la mia dose di paura. Se lo prendono, sa che lo schiacceranno. Non ci sarà nessun avvocato di grido a difenderlo. Nessuna risorsa, tranne la camicia che indossa.

«Allora, a che punto siamo?» chiedo.

«Al punto che, appena troviamo il bastardo che ha combinato questo casino, gli infilo il mio spillone nell'occhio».

«Prova sicura che sei proprio il killer che dicono. Senza offesa, ma prenditi una pausa. Abbiamo bisogno di prove migliori di questa».

«Tipo dov'era Simon quando Caroline è passata a miglior vita? Nessuno spunto?»

La domanda mi coglie impreparato. «Il suo alibi? N-non lo so».

«Cosa vuol dire non lo sai?»

«Non l'ho mai chiesto. Finora credevo che l'assassino fossi tu. Pensavo che Simon avesse organizzato tutto e ti avesse lasciato fare il lavoro sporco».

«Ma se non...»

«Non è una cattiva idea», dico emozionato parlando sempre più veloce. «Dobbiamo scoprire dov'era».

«E con chi».

«Credi che l'abbiano aiutato?»

«Non lo so. Ma come faceva se no l'avvocato del presidente a conoscere i suoi fornitori locali?»

C'è una risposta facile a questa domanda, ma non voglio pensarci. Anche se non posso fingere che lei non esista. In sottofondo, sento della musica che cresce. Se il film sta per finire, non ho molto tempo. Mi giro verso Vaughn prima di cambiare idea. «Posso farti una domanda che non c'entra?»

«Spara».

«Hai mai venduto droga a qualcuno della famiglia del presidente?»

Vaughn alza un sopracciglio quanto basta per farmi preoccupare. «Perché?»

Sono nei guai. «Rispondi alla domanda e basta».

«Personalmente, non ho mai incontrato Nora, ma ho sentito delle voci. Dev'essere una pazza scatenata».

Sotto la porta di metallo vedo le luci della sala che si accendono.

«Ecco la nostra occasione», dice Vaughn. «Usciamo con la folla». Mentre ci dirigiamo verso la porta, aggiunge: «Credi che abbia un ruolo in questa storia?»

«No. Per niente».

Annuisce. Per qualche ragione, me la fa passare. Mentre cammina noto l'atteggiamento da bullo che caratterizza il suo passo.

«Credi davvero che abbiamo una possibilità?» chiedo.

«Fidati, i pezzi grossi non amano giocare il tutto per tutto. Sono troppo preoccupati a salvarsi la faccia».

«E noi no?»

«Non più. Sono loro che hanno qualcosa da perdere». Accelera e aggiunge: «È come in una guerra tra bande – se vuoi vincere, devi portare la guerra nella loro zona».

Alzo le spalle e spingo il petto in fuori. È da troppo tempo che arretro.

«I burocrati leccaculo pensano di sbattermi in mezzo alla strada e cavarsela così», aggiunge Vaughn mentre entriamo nella sala. «Come diceva sempre mio nonno: se devi sparare al re, è meglio ammazzarlo».

«Cosa intende dire che devo dimostrarlo?» chiedo giovedì pomeriggio tardi.

«Esattamente quello che ho detto», spiega il detective all'altro capo. «Mi mostri una ricevuta, un conto bancario, un certificato di borsa – qualsiasi cosa dimostri che i soldi sono suoi».

«Ho già spiegato questa faccenda al poliziotto che li ha presi. Sono i miei risparmi personali. Non ho nessuna ricevuta».

«Be', farà meglio a trovarla. Altrimenti finirà tutto nel forfait».

Dalla brevità del suo tono, capisco che questo è uno delle centinaia di casi che preferirebbe non dover affrontare. Il che vuol dire che se riesco a bloccarlo per qualche giorno ho la certezza di poter tenere segreta questa storia per almeno un'altra settimana. Bisogna conoscere la burocrazia per combatterla. «Adesso che ci penso, potrebbe esserci un modo per dimostrare che sono miei».

«Che sorpresa!»

«Devo solo vedere i miei archivi», dico mentre Trey entra nella stanza. «La richiamo la settimana prossima».

«Come va?»

«Sono bloccato», rispondo. «Cosa vuoi che faccia, Trey? Inez mi offre dei soldi per avere delle storie. L'FBI minaccia di divulgare tutto domani. Se mi trovano con quei soldi... tra uno spacciatore e Nora... mi seppelliranno sotto la versione di Simon».

«E di Nora. Non dimenticarti che voi due vi siete divisi dopo aver seminato i Servizi segreti. È per questo che quella sera è tornata a casa da sola».

Gli sparo in fronte il più irritato dei miei sguardi. So che vuole solo aiutarmi, ma non è il momento. «Dimmi solo quello che ha detto la segretaria di Simon».

«Cattive notizie. Secondo la sua agenda, il giorno in cui Caroline è morta Simon ha lasciato la riunione di gabinetto e ha passato il resto della mattinata nell'ovale». Vedendo la mia reazione aggiunge: «Lo so, neanche volendo si potrebbe trovare un alibi migliore».

«Non è possibile! C'è un modo per controllare?»

«Non capisco cosa vuoi dire».

«Il fatto che Judy dica che era nell'ovale non vuol dire che c'era davvero. Quando sono andato io, ho aspettato quasi venti minuti prima di essere chiamato».

«Posso telefonare alla segretaria del presidente», suggerisce Trey. «Lei segna l'orario esatto in cui le persone entrano».

«Quando sono entrato nell'ovale, mi ricordo che lei ha preso un appunto».

«Questa è la nostra carta migliore. Farò un controllo». Senza perdere tempo, Trey prende il mio telefono, ma quando sta per sollevare la cornetta questo si mette a suonare.

Controllo sul cicalino. Chiamata esterna. Scommetto che è Lamb. Ha detto che forse aveva qualcosa.

347

«Dovrei rispondere», dico.

«C'è un altro telefono da cui posso chiamare Barbara?»

«Nell'atrio», dico indicando il tavolino che usava Pam. Poi rispondo al telefono: «Sono Michael».

«Michael, sono Lawrence».

Faccio «Lamb» con le labbra a Trey. Lui annuisce e va al telefono nell'atrio.

«Trovato niente?» chiedo a Lamb.

«Ho parlato con l'FBI», incomincia con la sua voce lenta e metodica. Riesco praticamente a sentire l'amido della sua camicia. «Non vogliono ancora darmi la lista degli ultimi cinque sospetti...»

Tutto il mio corpo si sgonfia.

«*Ma*», continua Lamb, «ho detto che avevamo qualche problema di sicurezza nell'assegnazione di nuovi casi e che perciò avremmo apprezzato – almeno – una lista di tutti i dipendenti i cui file erano in possesso di Caroline. Come ti ho già detto, credo che sia il modo migliore per capire chi stava ricattando – e chi altri poteva volerla morta».

«E ti hanno aiutato?»

«Mi hanno dato questa lista».

«Benone», dico con la voce che si incrina.

«Sì, certo», risponde Lamb. Anche di fronte a un successo, è troppo prudente per emozionarsi. «I primi due nomi erano esattamente quelli che pensavamo. Caroline aveva il tuo file e quello di Simon».

«Lo sapevo. Te l'ho detto che lui...»

«Ma è stato il terzo nome della lista a cogliermi di sorpresa».

«Il terzo? Chi era?»

Sta per rispondermi quando sento il forte beep che indica che qualcuno sta chiamando sulla stessa linea. Alzo gli occhi e vedo Trey che sta facendo un numero nell'atrio. «Ops, scusa», dice quando sento la sua voce nella mia cornetta. Alzo gli occhi, stupefatto. Il telefono dell'atrio dovrebbe essere un'altra linea.

«Michael, va tutto bene?» chiede Lamb.

«Sì, mi sono solo appoggiato alla tastiera». Cerco di restare concentrato, ma non riesco a smettere di pensare che il telefono dell'atrio poteva essere usato per ascoltare le mie conversazioni.

«Tornando ai file di Caroline», riprende Lamb. «Il terzo nome sulla lista...»

C'è una sola persona che usa quel telefono. Un forte dolore mi colpisce alla nuca. Ho le gambe già irrigidite. Per favore, che non sia lei.

Lamb dà voce alle mie paure il più sinteticamente possibile: «L'ultimo file... era quello di Pam Cooper».

26

«Cos'ha detto?» chiede Trey quando riaggancio.

«Non ci credo», dico abbandonandomi sulla sedia.

«Cosa? Dimmi».

«L'hai sentito – eravamo sulla stessa linea».

«Ma dopo che ho riappeso?»

«Cos'altro vuoi sapere? Caroline aveva il file di Pam».

«Non ci credo».

«Pensi che se lo stia inventando?»

«Forse lui... Ha detto cosa c'era scritto?»

Riesco solo a scuotere la testa. «L'FBI non gliel'avrà comunicato, questo».

«Credi davvero che Pam fosse ricattata da Caroline?»

«Riesci a pensare un'altra ragione per cui Caroline dovesse avere il suo file?»

«E se Pam avesse un problema etico? Non si occupava di queste cose, Caroline?»

«Non importa quello che faceva – hai sentito il telefono – Pam ascoltava la mia linea».

«Il fatto di avere una linea in comune non vuol dire...»

«Trey, da quando siamo in questo ufficio, Pam non ha mai usato neanche una volta il telefono dell'atrio. Poi, non appena incomincio a occuparmi dell'assassino di Caroline, ci sta in continuazione».

«Ma se ti avesse ascoltato, non te ne saresti già accorto?»

«No, se schiaccia il pulsante *mute*. Poteva alzare la cornetta e io non sentivo niente». Salto fuori dal mio posto e vado alla porta. «Scommetto che ha staccato anche la suoneria così non potevo sentire quando qualcuno...»

«È staccata», sussurra Trey voltandosi.

«Cosa?»

«Ho controllato quando ho riappeso. La suoneria è staccata».

«Spero che sia una buona ragione», dice Nora entrando come una bomba nel mio ufficio. Oltrepassa la poltrona, ma i miei occhi sono sempre sulla porta.

Non deve neanche chiedere – sa cosa sto cercando. I Servizi segreti.

«Non vengono», dice.

«Ne sei sicura?»

«Tu cosa ne dici?»

«Quindi...»

«Mi seguono solo se lascio l'edificio. All'interno, mi lasciano...» La voce le si spegne. Nota qualcosa sul caminetto. La parete dell'ego. Maledizione. Corre al caminetto e guarda la foto di me con suo padre. È la stessa che ho dato a mio padre, ma questa è firmata.

«Cosa c'è?» chiedo.

Nora studia la foto e non risponde.

«Nora, non puoi?...»

«Doveva essere di buon umore – la firma è vera».

«Sono emozionato – adesso puoi fermarti un secondo?»

È troppo impegnata a studiare il resto del mio ufficio e ignora la mia richiesta. La cosa pazzesca è che le persone di solito si sentono intimidite quando non sono nel loro territorio, Nora invece si espande. «Così è qui che succede tutto, eh? Dove vendi il culo per una firma su una fotog...»

«*Nora!*»

Alza gli occhi e sorride, godendosi la mia rabbia. «Sto solo scherzando, Michael».

«Non è il momento, adesso».

Conosce questo tono. «Senti, scusa... dimmi qual è il problema: chi sta bruciando?»

Le racconto rapidamente quello che è successo con Pam e i file. Come sempre, il giudizio di Nora arriva velocemente.

«Te l'avevo detto», dice prendendo posto all'angolo della mia scrivania. «Te l'avevo detto fin dall'inizio. Così vanno le cose in questo posto. Una concorrenza spietata».

«La concorrenza non c'entra niente».

«Ah, quindi intendi ignorare il fatto che la morte di Caroline significa una grande promozione per Pam?»

«È solo momentanea. Assumeranno qualcun altro dopo le elezioni».

«E tu pensi che fosse ricattata? Che abbia ucciso Caroline per nascondere quello che c'è nel suo file?»

Non rispondo.

«Dai un osso al cane», dice Nora. «E non dimentichiamo il file di Vaughn. Pam non ti aveva promesso di procurartelo? L'ultima volta che ci siamo visti non l'avevi ancora».

«Non ne ho bisogno. Lamb mi ha detto quasi tutto, e il resto me l'ha detto Vaughn».

«Questo non cambia i fatti. Pam te l'ha promesso e non te l'ha ancora portato».

«Puoi smetterla, per favore?»

Nora incrocia le gambe e scuote la testa. «Quando l'accusi tu va tutto bene, quando l'accuso io no? È così che...»

«Non voglio parlarne», la interrompo alzando la voce. Per qualche secondo restiamo seduti in un silenzio

352

imbarazzato. Guardo la busta che ha in grembo. Finalmente dico: «Hai trovato le informazioni?»

«Tu cosa ne dici?» chiede afferrandola con la punta delle dita.

Gliela strappo e la apro. Dentro ci sono quattro pagine fotocopiate dal libro degli appuntamenti della sala ovale del presidente. Quando Trey ne ha fatto richiesta, non ha avuto niente. Senza lasciarci spaventare, abbiamo tirato fuori l'arma più grossa che avevamo. Dieci minuti dopo, Barbara era più che felice di esaudire la richiesta di Nora.

«Cosa le hai detto?» chiedo scorrendo le pagine.

«Le ho detto che sospettavamo Simon di essere un assassino e volevamo controllare se era davvero nell'ovale quando Caroline è stata uccisa».

«Bella mossa».

«Non ho avuto bisogno di dire niente – solo che era una cosa personale. Prima di poter pronunciare un'altra sillaba avevo le copie in mano».

Le quattro pagine di fotocopie coprono le ore dalle otto alle dodici di mattina del giorno in cui è morta Caroline. Una pagina per ogni ora. Guardandole, sono una vera maratona.

8.06 – entra Terril. 8.09 – entra Pratt. 8.10 – entra McNider. 8.16 – esce Terril. 8.19 – escono Pratt e McNider. 8.20/8.28 – telefonate. 8.29 – entra Alan S. 8.41 – esce Alan S. Gli incontri continuano per tutta la mattina. Hartson non deve andare da nessuna parte. Tutti vanno da lui.

Passo alla seconda pagina e trovo rapidamente quello che cerco.

9.27 – entra Simon.

Il mio dito scorre lungo il resto della lista, cercando l'altro orario. Il cuore mi scende nei tacchi quando lo vedo: 10.32 – esce Simon. Maledizione. Quando ho trovato il corpo erano almeno le 10.30. Il che vuol dire che ce l'ha. L'alibi perfetto.

C'è uno sguardo triste sul volto di Nora. «Mi dispiace», dice. Non rispondo e la sua voce accelera: «Ma questo sembra accusare Pam, non credi?»

«Per una volta in vita tua, puoi smetterla?»

Non le piace questa uscita. «Ascolta, Archie, il fatto che Betty ti abbia trattato male non vuol dire che tu debba prendertela con Veronica». Prima che possa rispondere, sta andando verso la porta.

«Nora, scusa lo scatto».

Non mi dà retta.

«Ti prego, Veronica, non andartene. Non posso stare senza di te».

Si ferma.

«Dici davvero?» chiede sorprendentemente seria.

Annuisco. «Mi serve il tuo aiuto».

Esitando, torna a sedersi. Le sue dita scorrono sulle pagine fotocopiate. Mentre le studia, all'improvviso dice: «Hai idea del perché si siano incontrati? Un'ora è tanto, là dentro».

Sorrido per ringraziarla. «Ho controllato l'agenda. I primi venti minuti erano per una relazione con dei tizi della Sicurezza nazionale. Negli altri quaranta era prevista una cerimonia con certi pezzi grossi dell'associazione degli avvocati. Probabilmente una festa per grandi donatori – gli fanno vedere l'ovale, gli danno una foto autografata, e una settimana dopo gli chiedono una donazione».

«Qualunque cosa fosse, ha occupato Simon per un'ora».

«Non lo so. Ci sono un sacco di altre porte nell'ufficio. Forse Simon è scivolato fuori e Barbara non se ne è accorta».

«O forse Pam...» Si interrompe, forte dell'esperienza

di prima. Ma sa benissimo quello che sto pensando. «Gliel'hai già chiesto?»

«A chi? Pam?»

«No, Nancy Reagan. Certo, Pam!»

«Non ancora. Ho controllato il suo ufficio, ma non c'è».

«E allora muovi il culo e trovala. Telefonale, mandale una e-mail. Devi capire quello che è successo».

«Ho provato. Non risponde».

«Scommetto che è alla festa».

«Quale festa?»

«Alle sei nel giardino delle rose. Per mia madre. L'ha organizzata Trey».

Me n'ero quasi dimenticato. Oggi la First Lady compie cinquant'anni – e c'è l'intervista in diretta per «Dateline». «Credi davvero che Pam sia là?»

«Stai scherzando? Ci saranno anche gli scarafaggi. Pam si sentirà a casa sua». Nora guarda l'orologio e aggiunge: «A proposito, devo andare».

C'è un attimo di esitazione nella sua voce. «Va tutto bene?» chiedo.

«Sì, benissimo».

Conosco questo tono. «Dimmi quello che pensi, Nora».

Resta zitta.

Mi allungo e le prendo la mano. Il più dolcemente possibile, le apro il pugno. Questo non ha a che vedere con la festa – lei è una professionista del palcoscenico. «Sei nervosa per l'intervista?»

«No, Michael, mi fa piacere essere giudicata dall'intero paese. Mi entusiasmano le diecimila lettere che arrivano dicendo che ho troppo poco trucco e troppo rossetto. E la cosa è dal vivo – la fottuta ciliegina sulla torta – basta una risposta sbagliata e sono la protagonista di *Saturday Night Live*. Santo cielo, i miei hanno scelto questa merda, io ci sono solo nata dentro».

Si ferma per prendere fiato e io non dico una parola.

«Devi capire», continua, «tutto il resto lo potrei sopportare... ma non mi piace essere al centro dell'attenzione».

«E chi ti dice che...»

«Ti prego, Michael, mandano anche a me i risultati dei sondaggi. C'è una ragione per cui vogliono che ci sia tutta la famiglia».

«Nora, questo non vuol dire che tu...»

«Qualsiasi cosa tu dica, Romeo, ci sono cento milioni di elettori che non sono d'accordo con te. E ogni voto conta».

«Conterà, ma non è importante».

Alza gli occhi e si ferma. «Lo pensi davvero?»

«Certo».

«Be', sei fatto così». Con un'ultima occhiata all'orologio, si allontana dalla mia scrivania e va verso la porta. «Tortura o no, devo esserci. L'ufficio stampa mi ha chiesto di indossare un vestito. Sono fortunati che ho la biancheria».

L'uragano Nora corre fuori dall'ufficio e mi lascia solo in un lago di silenzio. Ma so dove sono. Sono stato qui molte altre volte. Il ruggito della calma assoluta. La quiete prima della tempesta.

«C'è nessuno?» chiedo uscendo nell'atrio. Busso con forza alla porta di Julian. «Julian, ci sei?» Niente. Alla porta di Pam, busso ancora più forte. «Pam, ci sei?» Nessuna risposta.

Convinto di essere solo, vado verso la porta che dà sul corridoio. Con uno scatto del polso giro la serratura sopra alla maniglia. Un pesante blocco scatta. Tutti e tre abbiamo la chiave, ma ciò dovrebbe garantirmi almeno alcuni secondi di preavviso.

Mi dirigo verso l'ufficio di Pam e mi dico che questa non è violazione di fiducia; è solo una precauzione necessaria. Non è granché come giustificazione, ma è l'unica che ho. «Pam, sei qui?» chiamo un'ultima volta. Di nuovo, nessuna risposta. Appoggio la mano sudata alla maniglia fredda e apro lentamente la porta del suo ufficio. «Pam? Yu-hu?» La porta sbatte contro la parete con un tonfo sordo. Il profumo del suo shampoo all'albicocca aleggia nell'aria.

Non devo far altro che entrare. Il fatto è che... non ci riesco. Non è giusto. Pam non se lo merita. Non farebbe mai niente contro di me. Naturalmente, in caso contrario... se era ricattata e ha capito che la mia faccenda con Nora le offriva un alibi e una facile soluzione... sarei nei guai. Guai mortali. In realtà, questa è la miglior giustificazione per entrare qui. Insomma, non vado mica a rubare niente. Voglio solo dare un'occhiata in giro. Perché Caroline avesse il suo file, bisogna che Pam nascondesse qualcosa di grosso. Lascio le esitazioni alla porta ed entro nel suo ufficio. Gli occhi mi corrono subito alla bandiera rossa, bianca e blu sopra alla scrivania. Che mi salva. È lo stile americano.

Mi avvicino al tavolo e do una rapida occhiata alle mie spalle, ricontrollando nell'atrio, tanto per essere sicuro. Sono ancora solo.

Mi giro di nuovo verso la scrivania e sento il cuore che mi martella nel petto. Il silenzio è opprimente. Sento l'ansimare faticoso del mio stesso respiro. Come una marea oceanica. Dentro... e fuori, sempre. Proprio come la prima notte, mentre guardavo Simon. Al di là dell'atrio, il mio telefono incomincia a suonare. Mi giro in preda al panico, pensando che sia qualcuno alla porta. Va tutto bene, mi dico mentre continua a suonare. Continua per la tua strada.

Cerco di essere sistematico. Ignoro il mucchio di

cartellette sulla scrivania. È troppo intelligente per lasciare qualcosa in vista. Per fortuna, ci sono cose che non si possono nascondere. Vado subito al suo telefono e premo il pulsante «call log», tenendo gli occhi sullo schermo digitale. In un istante ho l'elenco delle ultime ventidue persone che l'hanno chiamata.

Passando in rassegna l'elenco, la prima cosa che colpisce è l'alto numero di telefonate esterne. O viene chiamata spesso da una cabina, o dai pezzi grossi. Molto male in entrambi i casi. Quando ho finito, ci sono almeno cinque persone che non riesco a identificare. Mi guardo intorno in cerca di un foglio e di una matita per segnarmeli. Ma prima che riesca ad avvicinarmi al suo portapenne con la scritta «Nonna», sento una chiave nella porta d'ingresso dell'atrio. C'è qualcuno.

Mi precipito fuori dall'ufficio di Pam il più velocemente possibile, atterrando nell'atrio proprio mentre la porta si apre.

«Cosa diavolo succede?» chiede Julian. «Perché hai chiuso a chiave?»

«Oh... niente», dico senza fiato. «Sto solo sistemando l'atrio».

«Capisco», dice ridendo. «*Sistemando* l'atrio».

Rifiuto di riconoscere quella che dev'essere la battuta più vecchia di Julian. L'uso del verbo «sistemare» come eufemismo per «masturbarsi». *Sistemare* l'atrio. *Sistemare* il fax. *Sistemare* un memo. Funziona, ma non gli darò mai la soddisfazione di ammetterlo.

«Hai visto Pam?» gli chiedo senza alcuna voglia di scherzare.

«Sì, stava andando alla festa della First Lady».

Faccio per uscire senza aggiungere neanche una parola.

«Dove vai?» chiede Julian.

«A controllare nel giardino delle rose – devo parlar-le».

«Ne sono sicuro, Garrick», dice strizzandomi l'oc-chio. «Fai quello che devi».

«Eh?»

«*Sistema* pure questa faccenda».

Dal mio ufficio al giardino delle rose ci si mettono cinque minuti. Un minuto correndo. Mentre attraverso l'ala ovest guardo l'orologio e scopro di essere già in ritardo di venti minuti. Tenendo conto del naturale ritardo con cui arriverà la famiglia del presidente, dovrei arrivare esattamente in orario. Quando apro le porte che danno sul colonnato ovest, mi aspetto di vedere molta gente. Trovo una vera folla.

Devono esserci almeno duecento persone – tutte rivolte verso il podio all'estremità del giardino delle rose. Istintivamente, incomincio a controllare i badge. La maggior parte hanno lo sfondo arancione – accesso limitato all'OEOB. Qualcuno è blu. E quelli che nascondono il badge nel taschino sono gli interni. Ecco perché il giardino è così pieno. Tutti sono invitati. La cosa strana è che neanche i giovani impiegati di solito sono così emozionati per questo tipo di cerimonie.

Dietro di me sento un uomo che dice: «È tutta la vita che faccio la fila in questo modo».

Mi alzo sulla punta dei piedi e allungo il collo per vedere al di sopra della folla. È allora che capisco che non è una delle solite cerimonie. Con il vantaggio del presidente che si riduce, bisogna giocare le carte più forti nelle prossime ore.

Prima la festa di famiglia; poi l'intervista in diretta. Stanno indossando la maschera migliore per l'America – e non badano a spese pur di farcela.

Vicino al podio c'è l'oggetto che attira l'attenzione

generale: un'enorme torta ricoperta di glassa alla vaniglia in cui diversi colori riproducono un improbabile ritratto della First Lady. A destra della torta, dietro a una lunga corda di velluto, c'è la troupe di *Dateline*, che registra l'introduzione della festa. Davanti ci sono due uomini con le telecamere. Fotografi della Casa Bianca. Maledetto Trey e la sua mancanza di scrupoli. Una fetta di torta e una foto con Topolino e Minnie. Nei mesi prima delle elezioni, vogliono farci sembrare tutti una famiglia. La famiglia innanzitutto.

Ignorando i fotografi, mi inserisco nella folla. Devo trovare Pam. Mi faccio strada tra i colleghi cercando la sua testa bionda.

Senza preavviso, la folla incomincia a rumoreggiare. Gli applausi incominciano nelle prime file e si propagano all'indietro. Con un movimento improvviso, tutti si stringono. Saluti. Grida. Fischi. La famiglia del presidente è arrivata.

Col presidente sulla destra e Nora e Christopher a sinistra, Susan Hartson saluta la folla come se fosse sorpresa dalle duecento persone riunite nel suo giardino. Come sempre, c'è una corda di velluto che li separa dal personale, ma il presidente stringe tutte le mani che gli vengono porte. Con una cravatta a strisce rosse e una camicia azzurra sotto al solito vestito blu marina, ha l'aspetto più rilassato di quanto l'abbia mai visto. Alle sue spalle, la First Lady è raggiante di gioia come previsto. È seguita da Christopher, che ha una camicia uguale a quella di suo padre, ma senza cravatta. Bel tocco. Finalmente, sollevando la falda di una bella gonna nera, c'è Nora. Ha in mano un regalo avvolto in una carta rossa, bianca e blu. Mentre avanzano verso il podio, tre troupe televisive, compresa quella di «Dateline», catturano il momento. È una bellissima cerimonia. Tutti – il personale, gli Hartson, tutti noi – siamo una grande fa-

360

miglia felice. Basta che stiamo dalla nostra parte della corda.

La definizione di «stonati» potrebbe essere un gruppo di dipendenti della Casa Bianca che cantano *Happy Birthday* con tutte le loro forze. Quando la canzone finisce, ho attraversato circa un quarto della folla. Nessuna traccia di Pam.

«È il momento dei regali», annuncia il presidente. Al comando, Christopher e Nora salgono sul podio. Mi fermo a guardare.

Lei è in piedi davanti a noi con un sorriso convincente. Un mese fa ci avrei creduto. Oggi non mi inganna neanche per un secondo. È infelicissima, lassù.

Togliendosi i capelli dagli occhi e avvicinandosi al microfono con orgoglio adolescenziale, Christopher lo abbassa alla sua altezza. «Mamma, se vieni qui...» dice. La First Lady si fa avanti e Nora si china goffamente verso il microfono. «Questo è un regalo da parte di papà, Chris e me», incomincia. «E siccome non volevamo che lo passassi a qualcun altro, sono stata incaricata io di sceglierlo». La folla ride doverosamente. «Comunque, eccolo qua».

Nora prende la scatola rossa, bianca e blu che naturalmente non ha incartato lei e la porge a sua madre. Ma mentre la First Lady toglie la carta, succede qualcosa. C'è una nuova espressione sul volto di Nora. I suoi occhi ballano per l'eccitazione nervosa. Questo non fa parte del copione. Non sono più Nora e la First Lady. È semplicemente una figlia che dà un regalo a sua madre. Da come Nora oscilla sui talloni, si capisce che spera che il regalo le piaccia.

Appena la scatola si apre, la folla emette i suoi *oh* e i suoi *ah*. Le troupe televisive si avvicinano per i primi piani. Dentro c'è un braccialetto d'oro fatto a mano con piccoli zaffiri. Nel tirarlo fuori, la prima reazione

361

della signora Hartson – la prima cosa che fa – è puro istinto. Lentamente, si gira verso la telecamera di *Dateline* con aria radiosa e dice: «Grazie, Nora e Chris. Vi voglio bene».

Circa un'ora e mezza più tardi, sono di nuovo nel mio ufficio e cerco di smistare il mucchio di posta della sera. Ho cercato Pam altre due volte. Non ha mai risposto. Cerco di tenere a freno il mal di testa che sta esplodendomi nel cranio, per cui apro il primo cassetto e passo in rassegna la mia collezione di medicine. Maalox, Sudafex, cetirizina... sempre pronte. Prendo una bottiglietta di Tylenolo e lotto con il coperchio di sicurezza. Non ho voglia di prendere dell'acqua, per cui rovescio la testa e inghiotto a secco. Le pillole non vanno giù tanto facilmente.

«Forza, campeggiatori, è il momento di una bella canzone tutti insieme!» grida Trey aprendo con un calcio la porta del mio ufficio. «Guida tu, Annette! Chi è il capo del club che ci ha portato qui? T R E Y Y Y Y Y Y Y Y!»

«Non puoi proprio fare a meno delle citazioni disneyane?»

«No, se sono così buone. E questo, ragazzi, è il regno delle fate! Hai visto com'è andata bene la nostra cerimonia? È già sulla CNN. Pronta per la serata. Nancie prevede la prima pagina della sezione *Società*. E tra meno di un'ora – in diretta per *Dateline*. Poteva andare meglio? No! Nossignore, non poteva!»

«Trey, sono emozionato all'idea che tu e i tuoi stregoni siate riusciti a fare il lavaggio del cervello a mezzo paese, ma per favore...» Guardo il portamatite e perdo il filo. Niente ha più importanza.

«Non fare quella faccia imbronciata», mi rimprovera sedendosi davanti alla mia scrivania. «Cosa c'è che non va?»

«È... Non lo so. Tutta questa storia mi ha lasciato un sapore strano in bocca».

«Deve lasciartelo cattivo. È così che si capisce se è andata bene. Più sciroppo c'è, meglio è. È questo che l'America mangia a colazione».

«Non è stato solo il sentimentalismo. Hai visto quando ha ricevuto il regalo? Nora ha scelto un regalo bellissimo per sua madre. E cosa fa la First Lady? Ringrazia la telecamera invece di sua figlia».

«Giuro, in quel momento ho pianto».

«Non c'è niente da ridere, Trey. È drammatico».

«Puoi scendere per un attimo da cavallo? Sappiamo tutti e due la vera ragione per cui sei così critico».

«Smettila di dirmi come devo essere. Non sei il padrone dei miei pensieri!»

Appoggiandosi silenziosamente allo schienale, Trey mi lascia un secondo per calmarmi. «Non prendertela con me, Michael. Non è colpa mia se non hai trovato Pam».

«Ah, quindi non sei stato tu a radunare duecento cretini davanti a una torta alla vaniglia?»

«Non era tutta alla vaniglia. Solo la glassa. C'è differenza».

«Non n'è nessuna differenza!»

«Potrebbe esserci una differenza, solo che noi non la conosciamo».

«Smettila di scherzare, Trey! Incominci a darmi sui nervi».

Invece di reagire, Trey mi lancia un'occhiata di rimprovero. È un rimprovero modesto, fatto soprattutto per sfogarsi. Un amico meno fedele se ne andrebbe. Trey resta dov'è.

Finalmente lo guardo: «Non volevo...»

Trey abbassa lo sguardo e tira fuori qualcosa dalla cintura. Il suo cicalino sta suonando.

«Qualcosa di importante?» chiedo.

«Manca un'ora a *Dateline* – vogliono che vada là per gli ultimi controlli».

Annuisco mentre lui va verso l'atrio.

«Quando torno ci sediamo a studiare la situazione», mi propone.

«Non preoccuparti», dico. «Andrà tutto bene».

Trey si ferma sulla porta e si gira. «Non ho mai detto il contrario».

Lascio a Pam ancora mezz'ora per rispondere ad altre due chiamate. Non lo fa. A questo punto, la serata potrebbe essere rovinata, ma invece accendo sulla CNN per vedere le ultime notizie della giornata. Tutto il giorno la notizia principale è stata l'intervista con *Dateline*, ma quando l'immagine si mette a fuoco vedo un filmato sugli impegni di oggi di Bartlett. Dovunque sia, c'è un sacco di gente che salta, grida e agita con forza cartelli scritti a mano. Quando arriva la didascalia che dice «Miami, Florida», cado quasi per terra. Lo stato da cui viene Hartson. È una mossa azzardata da parte di Bartlett, ma sembra che stia pagando. Non solo riceve attenzione per la sfida, ma in confronto alla settimana scorsa la musica è più alta, la folla più numerosa e la presentatrice dice: «Quando tutto era finito, è rimasto per un'ora intera a stringere la mano ai presenti». Adesso capisco che siamo nei guai. I candidati si fermano solo quando l'accoglienza è buona.

Spengo la tv e decido di andare alla Dip Room, dove si stanno preparando a girare il capolavoro di Trey per *Dateline*. Qualsiasi cosa faccia Bartlett, l'intervista di stasera resta la cosa più importante – e perché dunque guardarmela in tv quando Trey può farmi entrare a vederla dal vivo? E poi, dopo quello che mi ha detto Nora, potrebbe apprezzare l'aiuto.

Dall'estremità ovest del corridoio del piano terra, vedo che, come al solito, non sono l'unico ad aver avuto questa idea. Una piccola folla di dipendenti si è già radunata. Una trasmissione in diretta dalla Casa Bianca non è una cosa da poco e da come tutti corrono si è messo in moto il solito circo. Allungandomi sopra le spalle del tizio davanti, do una prima occhiata al set.

La tappezzeria con paesaggi americani dell'Ottocento e la tenda calda e increspata circondano lo scenario di due divani e una sedia d'antiquariato. Ma hanno sostituito il divano freddo e con lo schienale di legno che c'è sempre nella Dip Room con due divani comodi e dolci che, se la memoria non mi inganna, vengono dal primo piano della residenza. Deve sembrare una vera famiglia. Nessuno – né i genitori né i figli – è seduto da solo.

Intorno all'improvvisato salotto ci sono cinque telecamere che formano un ampio semicerchio – un plotone d'esecuzione del ventunesimo secolo. Dietro alle telecamere, oltre i serpenti di cavi che corrono sul pavimento, il presidente e la signora Hartson stanno chiacchierando con Samantha Stulberg e una donna elegante sulla quarantina tutta vestita di nero con delle cuffie al collo. La produttrice. Hartson ride di cuore – sta giocando le ultime carte per mantenere l'intervista su un tono leggero. Guardo l'orologio e vedo che mancano ancora dieci minuti buoni. È una cosa importante per lui. Altrimenti non sarebbe mai venuto giù così presto.

Sul retro, fra i tecnici del suono, i cameramen e i truccatori, vedo Trey che parla al telefono. Con l'aria ansiosa e quasi spaventata, raggiunge il fratello di Nora, Christopher, che ha preso già posto sul divano. È solo quando Trey incomincia a sussurrargli nell'orecchio che capisco. Il presidente, la signora Hartson, i loro collaboratori, la troupe televisiva, la produttrice, l'intervistatrice, gli esperti satellitari... ci sono tutti. Tutti tranne Nora.

Finito con Christopher, Trey si avvicina cautamente alla First Lady e le tocca la spalla. La tira da parte e non riesco a sentire cosa le dice. Ma la faccia della First Lady dice abbastanza. Per un brevissimo, quasi impercettibile nanosecondo, si lascia cogliere da un'ira selvaggia, poi, quasi con la stessa rapidità, torna a sorridere. Sa che quelle telecamere la stanno osservando. C'è un tizio con una portatile che lavora per una rete locale. Deve restare calma. Ma riesco a leggere il ruggito sulle sue labbra anche da qui.

«Trovatela».

A testa alta, Trey esce dalla sala, facendosi largo fra di noi. Nessuno gli presta molta attenzione – stanno guardando tutti il POTUS – ma appena Trey mi vede mi guarda in un certo modo. Un modo che vuol dire *questa storia mi provocherà disfunzioni sessuali dalla tensione*. Lascio la folla e lo seguo. Man mano che procede lungo il corridoio, la sua andatura accelera.

«Ti prego, dimmi che sai dov'è», sussurra continuando a camminare.

«Quando l'hai vista l'ultima...»

«Ha detto che andava in bagno. Nessuno l'ha più vista, dopo».

«E allora è andata...»

«Mezz'ora fa».

Guardo Trey in silenzio. Quando oltrepassiamo le porte del colonnato ovest, incomincia a correre. «Hai controllato in camera sua?» chiedo.

«Ero al telefono con la guardia vicino all'ascensore. Ha detto che non è salita».

«E i Servizi segreti? Gliel'hai detto?»

«Michael, sto cercando di convincere una troupe di

quindici persone della *Dateline* e cento milioni di ascoltatori che Hartson e la sua famiglia sono la fotocopia di Ozzie e Harriet. Se lo dico ai Servizi segreti, ci sarà una caccia all'uomo. E poi ho chiamato anche il mio amico all'ingresso sud-est. Secondo lui, Nora non ha lasciato l'edificio».

«Questo vuol dire che è nell'OEOB o nella villa».

«Fammi un piacere: controlla nel tuo ufficio», dice Trey.

«Ero lì un minuto fa. Non è...»

«Controlla!» sibila con la fronte coperta di gocce di sudore.

Quando entriamo nell'ala ovest, Trey corre all'ovale. Io proseguo diretto all'OEOB e controllando l'orologio. Mancano otto minuti. Mi giro e gli chiedo: «Quanto tempo...»

«Un minuto di introduzione, trenta secondi di titoli, due minuti di filmato sulla festa di compleanno». Ha la voce che trema. «Michael, tu conosci i numeri. Se è un fallimento...»

«La troveremo», dico incominciando a correre. «Te lo prometto».

27

Spalanco la porta dell'atrio, che sbatte contro la parete. «Nora? Sei qui?»

Nessuna risposta.

Vado avanti e apro la porta del mio ufficio. «Nora?» Di nuovo nessuna risposta. Controllo. Divano, scrivania, caminetto, poltrona. Non si vede nessuno. Mancano sette minuti.

Mi giro e vado negli uffici di Julian e di Pam. «Nora?» Quello di Julian è vuoto. Anche quello di Pam, ma la sua luce è accesa. Questo significa che lei è ancora... No, adesso no. Se Nora non è qui e non è di sopra, dove può?... Sì. Forse.

Torno di corsa nel corridoio, vado a tutta velocità verso l'uscita, mi precipito come una freccia verso la West Exec e scendo le scale a salti. Ma strisciando di fianco alla macchina di Simon nel posteggio non vado al solito ingresso sotto il portico. Invece vado sul lato nord della villa lungo il lato più lungo dell'ala ovest. Dopo la cucina, entro dall'ingresso fornitori. Il mio pass blu mi fa superare la guardia, svolto a sinistra e vado nell'unico posto in cui non ci hanno mai disturbato.

Tento la maniglia della pesante porta di metallo, ben sapendo che dovrebbe essere chiusa. Quando la giro, si sente uno scatto. E la maniglia cede. È aperta. Spalanco la porta e salto dentro.

I miei occhi esaminano rapidamente l'intera lunghezza della sala da bowling. Piste, birilli, palle. «Nora, sei...»

Il mio cuore si ferma e faccio un passo indietro, urtando la porta proprio mentre mi si chiude alle spalle. Là. Per terra. Nascosta dal tavolo del giudice – le gambe spuntano fuori e vedo l'orlo della sua gonna. Il corpo è immobile. Oh, Dio.

«*Nora!*»

Corro al di là del tavolo, mi lascio cadere sulle ginocchia e la prendo fra le braccia. Dal naso le scorrono sul viso due rivoli di sangue che si uniscono sul labbro superiore. Il suo viso è bianco. «Nora!» Le alzo la testa e la scuoto. Emette un leggero gemito. Incerto sul mio CPR, la schiaffeggio. Ancora. E ancora. «Nora! Sono io!» Tutt'a un tratto incomincia a ridere – un cupo risolino che mi fa correre un brivido nella schiena. Agita selvaggiamente il braccio destro in aria, mandandoselo sopra la testa e sbattendo il polso sul pavimento. Prima che possa dire un'altra parola, la sua risata si trasforma in una tosse. Un ansimare umido e doloroso che viene direttamente dai polmoni.

«Forza, Nora, mettiti a posto». Freneticamente, afferro la sua camicetta, compreso il reggiseno, e la metto in piedi. Mentre si china in avanti, un'onda di vomito le esce di bocca e finisce sulla mia camicia. Sorpreso, la lascio, ma poiché la sua tosse aumenta, riesce a mettersi seduta da sola.

Mi pulisco la cravatta mentre lei alza gli occhi mezzi chiusi, con il collo che sussulta e va avanti e indietro incontrollabilmente. Tutto il suo corpo si muove lentamente.

Incomincia a parlare, ma dice cose senza senso. Parole balbettate e confuse. Lentamente incomincia a diventare comprensibile. «Poi... Non sono... Devi essere... Special K... Basta un po' di K».

Special K. Ketamina. Congratulazioni al «Rolling Stone». Ricordo l'articolo come fosse ieri. Si annusa

369

come la coca e, a seconda di quanta ne prendi, sei fatto dai dieci ai trenta minuti.

«Quanta ne hai presa, Nora?»

Non risponde.

«Quanta, Nora? Dimmelo!»

Niente.

«*Nora!*»

A questo punto mi guarda e per la prima volta capisco dai suoi occhi che mi ha riconosciuto. Sbatte le palpebre due volte e china la testa. «Li abbiamo fregati?»

«Quanta ne hai presa?»

Chiude gli occhi.

«Non abbastanza».

Ok, è una risposta. Sta tornando. Guardo l'orologio. Cinque minuti all'inizio, più quattro di introduzione. Corro al telefono, chiamo l'operatrice e gli dico di avvertire Trey sul cicalino. Torno da Nora e la aiuto ad alzarsi.

«Lasciami stare», dice spingendomi via.

L'afferro per le spalle. «Non ribellarti! Non adesso!» Vedo che sta per cadere, la metto sulla sedia del giudice e la schiaffeggio di nuovo – non troppo forte – non voglio farle male. Quanto basta per...

«Ti prego, non odiarmi per questo, Michael. Ti prego».

«Non voglio parlarne», rispondo.

Sul tavolo del giudice vedo la sua borsetta aperta. Tiro fuori quello che ha dentro il più in fretta possibile. Chiavi, fazzoletti e un piccolo tubo di rossetto che, a causa dell'inclinazione del tavolo, sta rotolando verso di me. Lo afferro proprio mentre sta per cadere. Sembra un rossetto, ma... Tiro via il coperchio e vedo la polvere bianca. Come fa a essere nello stesso tempo così furba e così stupida? Incapace di rispondere, richiudo il tubetto e lo metto nel piccolo incavo porta-matite. In questo momento ci sono cose più importanti da fare.

Prendo la confezione di fazzolettini, la apro, sputo su un fazzoletto e, come tutte le madri fanno con tutti i figli, le pulisco la faccia. Il sangue dal naso è fresco. Si toglie facilmente. Con la destra, le tolgo i capelli dalla faccia, ma le ricadono indietro. Glieli tolgo di nuovo e li fisso dietro alle orecchie. Basta che ci stiano. Una volta che i capelli sono a posto, le alzo il mento e la guardo meglio. L'orlo della mia manica le toglie l'ultima traccia di vomito dall'angolo della bocca. Da come piega le labbra, capisco che non è ancora a posto. Ma l'apparenza, mentre controllo il resto, non è male. È chinata in avanti, con i gomiti sulle ginocchia. Posizione d'attacco. Ma tutto il suo vomito è ancora addosso a me. E *Dateline* sta aspettando.

Torno di corsa al telefono e chiamo l'operatrice. Mi dice che ha mandato il mio messaggio a Trey. Non ha ancora risposto. Staranno per incominciare. «Nora, alzati!» grido correndole vicino. L'afferro per i polsi e cerco di costringerla ad alzarsi. Non si aiuta. Resta seduta lì. «Dai!» grido tirandola più forte. «Alzati!» Continua a non collaborare.

Le giro intorno per portarmi dietro alla sedia del giudice, mi butto la cravatta dietro le spalle, le infilo le braccia sotto le ascelle e quando l'ho ben afferrata tiro con tutte le mie forze. È un peso morto. Sento uno strappo alla schiena, ma lo ignoro. Certo, sono tentato di lasciarla qui e fregarmene – ho già fatto abbastanza. Il fatto è che se non la porto a questo spettacolo... merda. A volte mi odio per queste cose. È un maledetto spettacolo tv. Tutta questa merda per uno spettacolo in tv. «*Nora, per l'amor del cielo, alzati!*»

Con un ultimo strattone, è in piedi. Possiamo ancora farcela, mi dico, ma nel momento in cui la tiro su le sue gambe le cedono e cadiamo in avanti, perdendo completamente l'equilibrio. Di schianto, è di nuovo per terra – seduta di fianco a me.

La guardo mentre respiriamo tutti e due a fatica. Comunque sia andata, i nostri petti si alzano e si abbassano alla stessa velocità. Cerco di differenziarmi, rallento la respirazione e mi allontano. Per trenta secondi la tengo seduta diritta, guardando il suo volto che riprende colore. Non ho scelta – se vogliamo uscire di qui, ha bisogno di un po' di tempo. Lentamente alza la testa. «Davvero, Michael – io volevo mantenere la promessa che ti ho fatto».

«Allora è successo tutto da solo».

«Non capisci».

«Non capisco? Sei tu quella che...»

Prima che possa finire, la porta della sala da bowling si spalanca e Trey entra con un cambio e un set da trucco. Mi sento quasi sollevato, poi vedo chi c'è con lui. Susan Hartson. A dispetto della lacca atomica, i leggeri capelli castani le ondeggiano rabbiosamente sulle spalle e alla luce fluorescente della sala da bowling il cerone del trucco non nasconde più la durezza dei suoi lineamenti.

Senza toccare nulla, entra nella sala come una madre che fa il suo ingresso in una comune.

«Può farcela?» abbaia.

«Hanno appena iniziato l'introduzione», dice Trey correndo in avanti. «Abbiamo tre minuti».

Tiro Nora in piedi, ma è ancora priva di equilibrio. La prendo e le do un secondo per riprendersi. È appoggiata alla mia spalla e si aggrappa con le mani al mio collo. Le ci vuole un momento, e continua a oscillare, ma riesce rapidamente a trovare la forza per stare in piedi.

Nello stesso tempo, la First Lady scansa Trey e viene avanti fino a trovarsi faccia a faccia con sua figlia. E con me. Senza una parola, la signora Hartson si lecca il pollice e tira via con rabbia le ultime tracce di sangue dal naso di Nora.

«Scusa, mamma», dice Nora. «Non volevo...»

«Stai zitta. Non adesso».

Sento Nora irrigidirsi. Respira e si sostiene da sola. Alza il mento e guarda sua madre negli occhi. «Sono pronta, mamma».

Seguendo l'odore acido, la First Lady abbassa lo sguardo sulla mia camicia, poi, senza muovere la testa, alza gli occhi e mi guarda diritto in viso. Non capisco se mi sta accusando di qualcosa o se sta solo studiando la mia faccia. Alla fine dice: «Pensa che possa farcela?»

«Ce l'ha fatta per anni», ribatto.

«Signora Hartson», interviene Trey. «Possiamo ancora...»

«Ditegli che stiamo arrivando», dice la First Lady, senza smettere di fissarmi.

Trey corre fuori. La First Lady si rivolge a sua figlia, le prende il braccio e la tira verso la porta. Non c'è tempo per i saluti. Nora se ne va per prima e la signora Hartson la segue. Io resto lì.

Quando sono uscite mi volto e vedo la borsa di Nora sul tavolo del giudice. Che stupidaggine. Rimetto dentro le chiavi e i fazzoletti, poi noto il tubetto di metallo che sembra un rossetto. Se lo lascio fuori, qualcuno potrebbe trovarlo. Bene – forse è il modo migliore per aiutarla. Per un minuto intero resto immobile: il mio cervello esamina le conseguenze. Questa non è una voce relativa a Princeton. Vorrebbe dire droga all'interno della Casa Bianca. I miei occhi si concentrano sul tubetto metallico, scintillante sotto le luci che scendono dal soffitto. È così lucido, così perfetto – nella sua convessità vedo un ritratto di me stesso. Dipende tutto da me. Devo solo ferirla.

Giusto.

Come un bambino che fa il giocoliere, afferro il tubetto di Nora, lo stringo nel pugno e con una rapida preghiera me lo infilo nella tasca dei pantaloni, sperando che questo non sia un momento di cui mi pentirò per sempre.

Una rapida fermata in bagno per buttare nel lavandino il resto della Special K di Nora e anch'io finalmente torno nel mio ufficio. Per un'ora i miei occhi restano incollati allo schermo della tv. Le gentilezze di Hartson devono aver funzionato – l'introduzione della Stulberg dura più di due minuti e lascia a Nora il tempo per cambiarsi e per mettere un po' di trucco sulle guance.

Come previsto, la maggior parte delle domande sono rivolte al presidente, ma la Stulberg non è una sciocca. Gli americani amano le famiglie e perciò la sesta domanda è rivolta a Nora. E la settima. E la decima. E l'undicesima. E la dodicesima. Ogni volta trattengo il respiro. Ma qualsiasi cosa le chiedano, che riguardi la sua indecisione sui piani di studio post-diploma o che riguardi la permanenza di suo padre alla Casa Bianca, Nora è preparata. A volte balbetta, a volte si mette i capelli dietro l'orecchio, ma è sempre tutta gentilezza e sorrisi – mai una risposta polemica. Accetta perfino una battuta sul fatto che è ancora mantenuta dai genitori – un breve momento di umiltà che farà sentire orgogliosi tutti i falliti dei talk show domenicali.

Alle nove è finita e sono sinceramente stupito. In un modo o nell'altro, come sempre, Nora ce l'ha fatta – il che vuol dire che da un momento all'altro, adesso, qualcuno...

«Che medaglia mi danno?» chiede Trey aprendo la

porta del mio ufficio. «Cuore viola? Medaglia d'onore? Segno rosso del coraggio?»

«Qual è quella che ti danno se ti beccano nelle palle?»

«Il cuore viola è quando sei ferito».

«E allora avrai questa».

«Bene. Grazie. Ne avrai una anche tu». Trey raggiunge il mio divano e ci sprofonda dentro. Siamo tutti e due mortalmente silenziosi. Non abbiamo bisogno di dire niente.

Alla fine, però, io cedo. «La First Lady ti ha detto qualcosa?»

Trey scuote la testa. «Come se non fosse successo niente».

«E Nora?»

«Mi ha fatto segno "grazie" mentre usciva». Si siede diritto e aggiunge: «Lascia che ti dica una cosa, amico mio – quella ragazza è la regina dei matti, hai capito?»

«Non voglio parlarne».

«Perché? Tutt'a un tratto hai tanto da fare?»

Bussano forte alla mia porta.

Lancio un'occhiata a Trey. «Chi è?» chiedo.

La porta si apre e una figura familiare entra. La bocca mi diventa secca.

Leggendo la mia espressione, Trey si guarda alle spalle. «Ciao, Pam», dice con noncuranza.

«Bel lavoro quell'intervista», risponde lei. «Stanno ancora festeggiando nella Dip Room. Anche Hartson sembrava rilassato».

Trey non può fare a meno di esultare. I miei occhi sono fissi su Pam. Lo capisco dal suo sorriso. Non ha idea di quello che abbiamo visto. O di quello che sappiamo.

«Cosa succede?» chiedo.

«Niente», risponde lei. «A proposito, hai visto il sondaggio on line fatto dalla NBC con lo "Herald"? Dopo

375

l'intervista hanno chiesto a cento bambini di quinta elementare se gli sarebbe piaciuto essere Nora Hartson. Diciannove hanno detto di sì perché così potevano avere tutto quello che volevano. Ottantuno hanno detto di no perché non valeva i malditesta. E dicono che la nostra scuola non è efficace? Ma per favore – ottantuno su cento sono Einstein!»

Evitando di rispondere, mantengo la calma. «Trey, non devi accompagnare la signora Hartson a quella raccolta di fondi?»

«No». Spera di restare e godersi lo spettacolo.

Gli do un'occhiata. «Non hai uno hobby o qualche lavoro da fare?»

«Hobby?» dice ridendo. «Io lavoro qui».

Lo guardo più duro.

«Bene, bene, me ne vado». Si dirige verso la porta e aggiunge: «Mi ha fatto piacere vederti, Pam».

Il gatto è fuori dal sacco. Pam ha capito che c'è qualcosa in ballo. «Cosa succede?» chiede.

Aspetto che Trey abbia chiuso la porta sbattendola. Ci siamo.

28

«Cosa c'è?» chiede Pam in piedi davanti alla mia scrivania.

Non so bene da dove incominciare. «Sei... Hai mai...»

«Sputa il rospo, Michael».

«Hai ascoltato le mie conversazioni telefoniche?»

Pam lascia cadere la valigetta, che finisce per terra. «Scusa?»

«Dimmi la verità, Pam, hai ascoltato?»

Al contrario di Nora, Pam non esplode. Sembra piuttosto confusa. «E come avrei fatto ad ascoltarle?»

«Ho sentito il tuo telefono – ho visto come funziona».

«Di cosa... Quale telefono?»

«Il telefono dell'atrio».

«Cosa stai dicendo?»

Mi stacco dalla scrivania e passo nell'atrio, entrando nell'ufficio di Pam. Prendo il telefono e faccio il mio numero. Due telefoni suonano contemporaneamente: quello nel mio ufficio e quello sul tavolino nell'atrio. «Sono sulla stessa linea!» grido. «Credevi davvero che non avrei notato che avevi la suoneria staccata?»

«Michael, te lo giuro sulla mia vita, se quei due telefoni sono sulla stessa linea non l'ho mai saputo. Mi hai visto quand'ero seduta lì fuori – era solo per usare il telefono».

«Appunto».

«Aspetta un momento», dice, finalmente arrabbiata. «Pensi che fossero conversazioni finte? Che fosse un trucco per ingannarti?»

«Devi dirmelo tu. Eri tu quella al telefono».

«Quella... Non riesco a crederti, Michael. Dopo tutto quello che... Chi ti ha detto una cosa del genere... È stata Nora?»

«Non coinvolgerla in questa storia».

«Non darmi ordini. A prescindere da quello che hai visto con Simon, il mondo non è tutto impegnato a darti la caccia. Sai benissimo come funzionano le cose qui. È pur sempre il governo federale. Forse le linee si sono confuse quando hanno fatto la riparazione».

«O forse sono sempre state così».

«Smettila!»

«Allora dimmi la verità».

«Te l'ho già detta, maledizione».

«Quindi è così? Le due linee erano separate e quando hanno fatto l'ultimo intervento hanno incrociato la tua con la mia?»

«Non capisco cosa dovrei dire! Non lo sapevo!»

«E non hai mai ascoltato?»

«Mai! Neanche una volta!»

Vederla arrabbiata non mi rende le cose più facili. «Posso fidarmi della tua parola?»

Pam fa un passo verso di me. «Michael, sono io».

«Rispondi alla mia domanda».

Non ci crede ancora. «Non ti direi mai una bugia», insiste. «Mai».

«Ne sei sicura?»

«Lo giuro».

L'ha voluto lei. La guardo negli occhi e gliela butto in faccia. «E allora perché non mi hai mai detto che Caroline aveva il tuo file?»

Pam si blocca immediatamente. È troppo intelligente per avvicinarsi ancora.

«Su, Pam, sei un pezzo grosso, adesso. Dov'è la tua risposta da pezzo grosso?»

Rifiutando di rispondere, Pam stringe i denti in silenzio.

«Ti ho fatto una domanda».

Ancora niente.

«Hai sentito quello che ho detto, Pam? Ti ho fat...»

«Come hai fatto a saperlo?» La sua voce è poco più di un sussurro. «Dimmi chi te l'ha detto».

«Non importa chi me l'ha detto. Io...»

«Voglio saperlo!» esige. «È stata Nora, vero? Ha sempre ficcato il naso...»

«Nora non c'entra niente. E se anche c'entrasse, non cambierebbe i fatti. Perché Caroline aveva il tuo file?»

Pam attraversa la stanza e si appoggia al tavolino con il fax. Si china in avanti, tenendosi la pancia come se avesse mal di stomaco. È una posizione fetale in verticale.

«Lo sapevo che era lei», dice. «Lo sapevo».

«Sapevi che era chi?»

«Caroline. Era l'unica ad avere libero accesso. Solo che non volevo crederci».

«Non capisco. Cosa c'è nel file?»

«Non c'è niente nel file. Non è così che lavorava lei».

«Pam, smettila di essere criptica e dimmi cosa diavolo faceva».

«Credo che tenesse da parte tutte le informazioni interessanti. Era bravissima, in questo. Non è che il tuo file dica: "Figlio abusa della posizione per aiutare il padre ritardato". Probabilmente notava che tuo padre era sempre in una comunità. Le bastava un po' di lavoro di intelligence e aveva tutto quello che le serviva».

«E quali erano le tue informazioni interessanti?»

«Devi capire che è stato all'inizio. Ero ancora...»

«Dimmi quello che hai fatto», insisto.

Pam fa una pausa, si prende le nocche e le preme un po' di volte contro la guancia. Punizione. «Prometti di non dirlo a nessuno?»

«Pam...»

Mi conosce abbastanza. Alla fine chiede: «Ti ricordi a cosa stava lavorando Caroline quando sono arrivata qui?»

Ci penso un secondo e scuoto la testa.

«Un indizio – quando Blake ha dato le dimissioni...»

«...è stato nominato Kuttler. Ha sostituito Blake alla Corte Suprema».

«Esatto», dice Pam. «E sai com'è quando un giudice rinuncia al suo posto. Tutti gli avvocati degni dei loro gessati pensano di essere adatti. Così quando il senior staff ha incominciato a lavorare sulla lista dei candidati, è toccato a noi controllarli. Più o meno nello stesso periodo io dovetti pagare la prima rata per il prestito che mi aveva permesso di frequentare l'università. Novantamila dollari di prestito sono più di mille dollari al mese. Aggiungi il primo e ultimo mese di affitto dell'appartamento in cui avevo appena traslocato, più il deposito di sicurezza, più le rate della macchina, più l'assicurazione, più il debito della carta di credito, più il fatto che ci vuole un mese per ricevere il primo stipendio – ero qui da nove giorni e stavo già affogando. All'improvviso, vengo contattata da una giornalista del "Washington Post" di nome Inez Cotigliano».

«È la donna che...»

«Lo so chi è, Michael. Era mia vicina di casa durante l'ultimo anno di college».

«Quindi sei stata tu a...»

«Non le ho mai parlato di te. Lo giuro sulla vita di mia madre. Siamo andate a ballare una volta e basta. Credimi, è stato più che sufficiente».

Incrocio le braccia. «Ti ascolto».

«Comunque, io stavo controllando tutti i potenziali candidati alla Corte Suprema e Inez, come qualsiasi giornalista della città, cercava di scoprire chi era nella lista».

«Pam, non dirmi che...»

«Mi offrì cinquemila dollari perché le confermassi che Kuttler era il più quotato. Non sapevo cosa fare. Quando fossero incominciati ad arrivare gli stipendi, sarei stata a posto, ma mancavano ancora tre settimane». Mentre racconta la storia, non osa guardarmi.

«Così il "Post" ha fornito i soldi?»

«Il "Post"? Non avrebbero mai acconsentito. I soldi sono usciti tutti dalle tasche di Inez – moriva dalla voglia di fare il colpo grosso. Suo padre lavora in qualche trust fund del Connecticut. La famiglia ha i diritti di sfruttamento dell'aspirina o di qualche stupidaggine del genere».

«Erano informazioni confidenziali».

«Michael, è venuta nel giorno peggiore della mia vita. E se questo ti fa sentire meglio, ho provato un tale rimorso che alla fine le ho ridato i suoi soldi. Ci ho messo quasi un anno per farlo».

«Ma lei comunque aveva avuto l'infor...» Mi interrompo. È così facile giudicare. Basta avere un martelletto in mano. Ma io so bene cosa vuol dire sentirsi l'indice puntato addosso. «Dev'essere stata una grande giornata per Inez».

«Il suo primo articolo in prima pagina – nella parte bassa, ma in A1 – "Hartson in dubbio fra tre nomi. Kuttler il più quotato". Non è stato importante, comunque. Lo "Herald" l'ha battuta sul traguardo. Hanno pubblicato una cosa simile lo stesso giorno, il che vuol dire che non ero l'unica a diffondere notizie».

«Questa è semplice razionalizzazione, e lo sai».

«Non le ho dato niente di concreto. Le ho solo detto chi era il numero uno».

«E cos'è successo? Caroline l'ha scoperto?»

«Ci ha messo meno di una settimana», dice Pam. «Scartabellando il mio file, probabilmente ha colto la relazione. Inez Cotigliano, vicina di casa, giornalista... Appena scoperta la cosa poteva licenziarmi, ma il suo stile era un altro – tenersi intorno le persone con dei problemi e guadagnarci su. Così ero finita nella rete».

«Cos'ha fatto?»

Per la prima volta da quando abbiamo incominciato a parlare, Pam mi guarda. I suoi occhi sono dilatati dalla paura del mio giudizio.

«Cos'ha fatto?» ripeto.

«Quattro giorni dopo la pubblicazione dell'articolo, ho ricevuto un biglietto anonimo che mi ordinava di pagare diecimila dollari. Due pagamenti a sei mesi di distanza l'uno dall'altro». Pam sembra oscillare e si siede. «Rimasi senza dormire per giorni. Ogni volta che chiudo gli occhi, ti giuro, lo vedo ancora: tutto quello per cui avevo lavorato era lì di fronte a me. Stavo così male che incominciai a sputare sangue. Ma alla fine... non c'era via di uscita... non potevo permettermi di ricominciare daccapo». Si copre gli occhi con le mani e si massaggia la fronte con cerchi lenti e tesi. «Ho lasciato i soldi in un deposito bagagli alla Union Station».

«Credevo che non ne avessi...»

«Ho venduto la macchina, non ho rispettato le scadenze dei miei prestiti e ho ritirato tutti gli anticipi che potevo con le mie carte di credito. Meglio senza credito che senza lavoro».

Dice qualcos'altro, ma non l'ascolto più. Mi sento invadere la nuca da un'ondata di rabbia. Perfino i piedi mi si contraggono.

«Cosa c'è?» chiede vedendo la rabbia sul mio volto.

«Tu lo sapevi», ruggisco. «Hai sempre saputo che era lei la ricattatrice!»

«Non è...»

«E mi hai mandato proprio da lei! Quando sono arrivato, il primo giorno, ti ho chiesto se potevo fidarmi di Caroline. E tu mi hai detto di sì! Cosa diavolo pensavi?»

«Michael, calmati».

«Perché? Per poterti sfogare ancora un po'? O vendermi a Inez? Mi hai mentito, Pam. Hai mentito sul telefono, hai mentito sul file e hai mentito su Caroline! Pensaci – se non fossi andato a trovarla quel giorno, niente di tutto questo...» Di nuovo mi interrompo e guardo attentamente Pam. Inclino la testa e vedo le cose da un'angolazione diversa. Lei sa quello che sto pensando.

«Aspetta un secondo», mi interrompe. «Non crederai che...»

«Mi stai dicendo che non è così?»

«Michael, sei impazzito? Non l'ho uccisa io!»

«L'hai detto tu, non io».

«Non l'avrei mai fatto! Mai», insiste. «Lo giuro – credevo che fosse mia amica!»

«Davvero? E tutti i tuoi amici ti ricattano per grosse somme di denaro? Perché in questo caso saprei cosa fare con qualche bigliettone in più. In pezzi da piccolo taglio, naturalmente».

«Sei uno stronzo».

«Dì pure quello che vuoi – almeno non ti spremo dei soldi. Se questi sono i tuoi amici, non voglio conoscere i tuoi nemici».

«Non ho mai avuto nemici – fino a questo momento».

«E...»

«Ma non capisci, Michael? Mi hai ascoltata? Ho ricevuto solo un biglietto e un indirizzo. Non ho mai saputo chi era».

«Ma sapevi che Caroline aveva accesso ai file».

«Non importa... lei è...» Si ferma. «Era come una madre».

Mi ci vuole un secondo per elaborare questa informazione. «Quindi tu non hai mai sospettato di lei?»

«Ho sospettato di te, prima che di lei».

Non so come prendere questa frase.

«Inoltre», continua Pam, «non ci vogliono i file dell'FBI per sapere che Inez Cotigliano e io siamo state a scuola insieme. Immagino che qualcun altro avrebbe potuto fare due più due e poi svolgere una ricerca per conto suo».

«Be', non credi che sia strano che Caroline sia morta con trentamila dollari nella cassaforte e i nostri file sulla scrivania? Insomma, se cerchi una ricattatrice...»

«Ti giuro che è la prima volta che ci penso. Fino a questo momento non l'ho mai neanche sospettato».

«Sospettato? È una prova al DNA – manca solo il sangue sotto le unghie e un tatuaggio sulla fronte con la scritta "Ucciderei per Soldi"!»

«Non scherzare!»

«E allora smettila di fare la stupida! Quando Caroline è stata uccisa, tu hai capito che era lei la ricattatrice. Io sono stato tutto questo tempo a rincorrermi la coda e tu non mi hai mai dato un indizio. Neanche una volta!»

«Lo sapevi già, Michael».

«Io non...»

«Invece sì!» grida con rinnovata rabbia. «L'hai detto la sera che abbiamo mangiato insieme il piatto tailandese. Ti chiedevi se Simon era ricattato».

«E tu avresti potuto rispondermi. *Sì. Probabilmente lo era. Proprio come me!* Invece mi hai lasciato marcire».

«Come osi dire questo? Sono stata al tuo fianco fin dall'inizio di questa storia!»

«E allora perché non mi hai detto quello che era successo con Inez?»

«Perché non volevo che tu lo sapessi!» grida facendo echeggiare tutto l'ufficio. «Ecco! È questo che vuoi? Perché ero mortificata – stavo male. E poi, come se

non fosse abbastanza, Caroline aveva scelto il momento peggiore per umiliarmi. Proprio tu dovresti capirlo – i panni sporchi è meglio tenerli nell'armadio».

«Ma questo non...»

«È l'unica cosa che ti ho nascosto, Michael. Il mio neo personale. In tutto il resto, ti ho detto la verità. E se non avessi indovinato da solo che c'era un ricatto, ti avrei indirizzato io in quella direzione».

«Ma hai messo Inez sulle mie tracce».

«Non ci credi neanche tu».

Ha ragione. Stavo bluffando per vedere la sua reazione. Per me, è promossa. «Quindi non hai mai parlato a Inez di questa storia?»

«Mi ha telefonato il giorno che è successo. Le ho detto ancora meno che all'FBI. Fidati, se volevo fregarti avrei scelto la strada più facile».

«E cioè?»

Mi guarda diritto negli occhi. «Avrei parlato di te. E dei soldi. E di Nora. Avrei potuto ottenere almeno ventimila dollari, per una storia del genere». Ecco. Guerriglia onesta. Se non fosse così sconcertante, riderei.

«Quindi tu non hai mai saputo che era Caroline a chiederti i soldi?» le chiedo di nuovo.

«Non credo che lo sapesse nessuno. Pensaci, perché altrimenti Simon avrebbe lasciato i soldi nel bosco? Se sapeva che era Caroline, poteva pagarla direttamente».

Non è sbagliato. «Forse è per questo che l'ha uccisa. Quando è andato a raccontarle la sua versione dei fatti, lei ha fatto qualche commento stupido e lui ha capito che la signora Dammisoldi era proprio lei».

«Ma ucciderla per questo? Senza offesa, ma perché? Lei sa che lui è gay. Chi se ne frega?»

«Certo non Simon. Altrimenti non si sarebbe mai fatto vedere senza un travestimento in un bar gay. Per

385

questo credo che non sia solo per la faccenda del gay. Non dimenticare che Simon ha una moglie e tre figli. Comunque sia, è una cosa che ti rovina la vita».

Sediamo tutti e due in silenzio, annuendo. Finalmente Pam dice: «Credo ancora che Caroline sapesse qualcosa su Nora».

«Non voglio parlarne».

Fa una pausa. «E se non fosse morta, scommetto che avrebbe ricattato anche te. Per questo aveva il tuo file».

«Non lo sapremo mai», dico, lieto del cambio di argomento. «È un suo segreto».

«A proposito di segreti, e il mio?» chiede Pam sobbalzando al pensiero. «Hai intenzione di denunciarmi?»

«Sei tu la nuova regina dell'etica. Tu pensi di buttare fuori mio padre?»

Ci guardiamo per un lungo momento e poi chiniamo la testa in un goffo gesto di sollievo.

«Posso farti un'ultima domanda?» aggiungo mentre lei sta per andarsene. «Cos'è successo con il file dell'FBI su Vaughn? Hai detto che ce l'avresti procurato».

«Credevo che l'avessi avuto da Lamb».

«Infatti. Voglio solo sapere perché non l'ho avuto da te».

Il suo sorriso scompare di colpo. La fronte si corruga e la bocca si piega dolorosamente. No, non dolorosamente. Tristemente. Delusa. «Pensi ancora che io... Dopo tutto quello che...» La sua voce svanisce di nuovo.

«Cosa c'è? Cos'ho detto?»

Non mi risponde più. Si precipita verso la porta principale dell'ufficio coprendosi la bocca con la mano e lottando contro le lacrime. «Ho fatto del mio meglio, Michael».

Sto per seguirla, quando vengo interrotto dallo squillo del mio telefono. Lo squillo si sente contemporaneamente nel mio ufficio e nell'atrio. Controllo sul cicalino. Chiamata esterna. A pochi passi di distanza Pam afferra la maniglia e apre la porta. Tra un secondo sarà scomparsa. È difficile, ma faccio la mia scelta.

«Sono Michael», dico alzando la cornetta.

Pam esce e la porta si chiude con un colpo. Chiudo gli occhi per evitare il rumore.

«Pronto a indossare la maschera della paura?» chiede una voce eccitata all'altro capo.

La riconosco all'istante. È Vaughn. «Sei pazzo?» grido. «Potrebbero...»

«Ci vogliono ottanta secondi per identificare una telefonata. Non scopriranno niente».

«Speriamo bene».

«Credi che ti disturberei, se no?»

Ignoro la domanda. «Venti secondi».

Viene subito al punto. «Ho fatto qualche domanda ai miei ragazzi sulla tua amichetta – quella col papà importante...»

«Ho capito», scatto.

«Ne ho trovati un paio che la conoscono. Sembra che abbia qualche problema alle orecchie, al naso e alla gola – soprattutto al naso. Per quanto riguarda la Special K, ne compra circa due dosi al giorno – un amico del mio amico Pryce dice che è la loro passione».

«Loro? Loro di chi?»

«Vedi, è qui che viene la parte interessante», dice con la voce che si fa seria. «Lei è troppo intelligente per comprare le caramelle di persona, così manda il suo ragazzo».

«Il suo ragazzo?»

«Per questo volevo chiamarti. Credo che ti abbiano preso in giro quella sera nel bar. Secondo il mio informatore – che giura su sua cugina che è vero...»

«Dimmi chi è», domando.

Mi tira il colpo basso: «Mi spiace dirtelo, Michael, ma va a letto col vecchio. Il tuo capo preferito».

Simon. Io non... Lui non può... Il respiro mi manca così all'improvviso che lascio quasi cadere la cornetta. Il braccio mi si intorpidisce e mi scivola giù lungo il petto. Non è possibile.

«Lo so», dice Vaughn. «Ti viene voglia di prendere del Charmin, vero?» Prima che possa rispondere, aggiunge: «Il mio uomo dice che la prima volta che si sono incontrati si credeva furbo – come se noi non guardassimo la CNN. Insomma, l'hanno sorvegliato – avevano paura che fosse seguito. Fatta la consegna, lui torna alla macchina e uno dei miei ragazzi giura che ha visto Nora nascosta sul sedile davanti. Grande bacio sulla bocca quando papà torna con lo zucchero, gli si strofina tutta contro. Poi vanno dietro – Action Jackson, baby. Se la fa proprio lì, contro il finestrino. Il mio ragazzo dice che anche lei si dà da fare. Le piace prenderlo in...»

«Non voglio saperlo».

«Ne sono sicuro, ma se lei usa il tuo yo-yo vorrai sapere dove va. Il che vuol dire che sarebbe meglio incontrarci di nuovo».

«Propongo Si...»

«Dieci secondi», interrompe lui. «Scrivi. Venerdì tra una settimana. Sette di sera. Woodley Park Marriott – sala Warren. Ci sei?»

«Sì. Io...»

«Cinque secondi. Possiamo scialare».

«Ma...»

«Ci vediamo venerdì prossimo, Mikey. Ne varrà la pena». Con un click, è scomparso.

Solo nell'atrio, sono colpito dal silenzio. Non ha senso. Se lei... no. Impossibile. Col pugno chiuso, batto le nocche contro il tavolo. Impossibile. Batto più forte.

Ancora più forte. Ancora più forte. Batto sul tavolo finché le nocche mi fanno male. Quella del medio incomincia a sanguinare. Proprio come il naso di Nora.

In cerca di risposte, rileggo l'appunto che ho preso. Venerdì prossimo. Alle sette. Woodley Park Marriott. Sala Warren. Non riesco ancora a liberarmi dalla nausea che mi soffoca, ma ricordo quello che Vaughn mi ha detto poco prima di separarci nel cinema. Togli sempre sette. Sette giorni, sette ore. In un attimo, le sette di sera diventano mezzogiorno esatto. Venerdì prossimo diventa domani. Domani a mezzogiorno al Woodley Park Marriott.

Il codice è stata un'idea di Vaughn. Se l'FBI era riuscito ad avvicinarsi tanto al nostro incontro allo zoo, ci voleva più di un venditore di popcorn per procurarci un po' di privacy. Mi prendo ancora qualche secondo e scrivo l'ora giusta. Mi ficco il biglietto in tasca e torno subito nel mio ufficio – dall'unica persona che può rispondere alle mie domande.

Secondo il tostapane, Nora è nella residenza, ma una veloce telefonata in camera sua dimostra il contrario. Scorro la mia copia dell'agenda presidenziale e capisco il perché. Fra quindici minuti la famiglia del presidente parte per poter essere domani mattina a delle colazioni per la raccolta fondi. New York e New Jersey. Cinque tappe in tutto, compresa la notte. Guardo l'orologio, poi ancora l'agenda. Se corro, riesco ancora a prenderla. Corro fuori dall'ufficio. Devo sapere. Quando apro la porta, però, vedo qualcuno tra me e il corridoio.

«Come va?» chiede l'agente Adenauer. «Le dispiace se entro un attimo?»

29

«Come mai così senza fiato?» chiede Adenauer rispingendomi nell'atrio. «Preoccupato per qualcosa?»

«Niente affatto», dico con la mia faccia più coraggiosa.

«Cosa ci fa qui così tardi?»

«Stavo per chiederle la stessa cosa».

Continua ad avanzare, diretto verso il mio ufficio. Io mantengo la mia posizione nell'atrio.

«E dove stava correndo?» mi chiede.

«Andavo solo a vedere la partenza. Il decollo è fra dieci minuti».

Adenauer studia la risposta, infastidito dalla mia prontezza. «Michael, possiamo sederci un secondo?»

«Mi piacerebbe, ma sto...»

«Vorrei parlare di domani».

Non fa una piega. «Andiamo», dico dirigendomi verso l'ufficio. Vado alla mia scrivania, lui si mette sul divanetto. Non mi piace. Troppo a suo agio. «E allora, cosa c'è?» chiedo cercando di sbrigare la faccenda.

«Niente», dice freddo freddo. «Ho studiato quei file».

«Trovato niente di interessante?»

«Non sapevo che lei è stato anche studente di medicina», dice. «È un uomo dalle molte facce».

Sto per rispondergli per le rime, ma non mi porterebbe da nessuna parte. Se voglio convincerlo a non divulgare la cosa domani, ha bisogno di un po' di onestà. «È il sogno di tutti i bambini con i genitori ammalati», dico. «Diventare un dottore e salvargli la vita. Il problema è che non mi piaceva per niente. Non mi piacciono i test a risposta chiusa. Preferisco un tema al giorno».

«Ma ha continuato per tutto il primo anno – ha passato addirittura l'esame di fisiologia».

«E con questo?»

«Niente. Mi chiedevo se le hanno insegnato qualcosa sui monoammina ossidasi inibitori».

«Di cosa sta parlando...»

«È sorprendente, davvero», mi interrompe. «Due medicine che separatamente sono innocue, ma se si mescolano – be', diciamo che non è una buona cosa». Mi sta guardando troppo attentamente. Ci siamo. «Facciamo un esempio», continua. «Facciamo finta che lei sia un candidato all'antidepressivo Nardil. Dice al suo psichiatra che si sente male; gliene prescrive qualcuno e di colpo lei si sente meglio. Problema risolto. Naturalmente, come con gli altri medicinali, bisogna leggere il foglietto delle avvertenze. E se si legge quello del Nardil, si vedrà che, durante l'assunzione, bisogna evitare un sacco di cose: yogurt, birra, vino, aringhe marinate... e una cosa chiamata pseudoefedrina».

«Pseudo-cosa?»

«Strano, questo è proprio quello che pensavo che avrebbe detto». Smette di sorridere e aggiunge: «Sudafed, Michael. Uno dei decongestionanti più venduti al mondo. Mescolato con il Nardil, blocca tutto più rapidamente di un freno di emergenza su un treno rapido. Infarto istantaneo. La cosa strana è che, apparentemente, sembra proprio un normale attacco cardiaco».

«Vuol dire che Caroline è morta in questo modo? Con una mistura di Nardil e Sudafed?»

«È solo un'ipotesi», dice senza sembrarne convinto.

Lo guardo.

«Il Sudafed era sciolto nella sua tazzina del caffè»,

spiega Adenauer. «Una dozzina di pastiglie, a giudicare dal campione che abbiamo raccolto. Non se n'è neppure accorta».

«È il Nardil?»

«Lo prendeva da anni. Da quando ha incominciato a lavorare qui». Fa una pausa. «Michael, chiunque sia stato, sapeva il fatto suo. Sapeva che Caroline prendeva il Nardil. E doveva avere una conoscenza non superficiale della fisiologia».

«E questa è la sua grande teoria? Pensa che mi abbiano spiegato queste cose all'università? Veleno 101: come uccidere il vostro amico con prodotti casalinghi?»

«L'ha detto lei, non io».

Sappiamo tutti e due che è una boutade, ma se ha studiato i miei documenti universitari vuol dire che hanno passato la mia vita al microscopio. Elettronico. «È sulla strada sbagliata», gli dico. «Io non traffico con le droghe. Non l'ho mai fatto e non lo farò mai».

«E cosa ci faceva allora ieri allo zoo?» È questo che aspettava. E io sono entrato da solo nella sua trappola.

«Guardavo le scimmie», dico. «È incredibile adesso – hanno tutte la radiolina».

Scuote la testa in segno di paterna disapprovazione. «Non sa con chi ha a che fare, vero? Vaughn non è solo un bullo di quartiere. È un assassino».

«So benissimo quello che faccio».

«Non ne sono sicuro. La potrebbe fare a pezzi per divertimento. Ha sentito quello che ha fatto al suo compare Morty – la corda di pianoforte...»

«Non credo che sia stato lui».

«Gliel'ha detto Vaughn?»

«È una mia ipotesi», dico.

Adenauer si alza dal divano e si avvicina alla scrivania. «Michael, mi consenta di descriverle una situazione. Lei e Vaughn siete sull'orlo di un burrone. E l'unica via di salvezza è un ponte di bambù che porta dall'altra parte. Il problema è che il ponte può reggere solo una persona, dopo di che cadrà nel canyon. Sa che cosa succede?»

«Mi lasci indovinare – Vaughn corre per primo».

«No. La pugnala alle spalle, poi le prende la borraccia, le porta via il portafogli e passa sul ponte. Ridendo per tutto il tempo».

«È una metafora molto elaborata».

«Sto solo cercando di aiutarla, Garrick. Davvero. Secondo i testimoni oculari, lei è stata l'ultima persona a vederla. Secondo il rapporto tossicologico Caroline è stata uccisa da qualcuno esperto di droghe. Secondo i file IDEV lei ha fatto entrare Vaughn. A me non interessa quali erano i suoi patti con Nora – in qualsiasi caso, per me esiste un legame tra lei e Vaughn. Lei è sull'orlo del precipizio. Cosa vuole fare?»

Non gli rispondo.

«Qualsiasi cosa le dicano, è letame. Se ne fregano di lei, Michael».

«E lei no?»

«Può pensare quello che vuole, ma non voglio vederla buttare via la sua vita così – rispetto il modo in cui è arrivato qui. Ci aiuti e le prometto che io la aiuterò».

«Cosa vuol dire "ci aiuti"?»

«Lei sa benissimo quello che stiamo cercando: un legame fra Nora e Vaughn, tra una consumatrice di droga, uno spacciatore di droga e una morta per droga. Ce lo dia e siamo a posto».

«Ma loro non...»

«Non mi dica che non si conoscono – sono stufo di queste stronzate. Se non ci dà il legame fra Nora e Vaughn, useremo il legame fra Vaughn e lei».

«Anche se sapete che non è vero?»

«Non è vero? Garrick, l'unica ragione per cui sto aspettando tanto è che Nora è la figlia del presidente – le prove devono essere blindate. Ma se non riesco a incastrarla, come le ho detto, mi basta incominciare con lei. Vede, una volta che lei è in pasto al pubblico – e i giornalisti avranno saputo che siete fidanzati – non ci vuole un genio per completare il resto. Potrà volerci ancora un passo, ma Nora non sfuggirà». Premendo con forza la punta delle dita sul mio tavolo, si china verso di me. «E neanche lei, se non ci aiuta».

Quando si allontana, sono senza parole.

«Posso ancora aiutarla, Michael. Ha la mia parola».

«Ma se io...»

«Perché non ci pensa su stanotte?» suggerisce. Lui non cambierà il suo ultimatum, ma io ho bisogno di tempo – almeno fino a dopo il mio incontro di mezzogiorno con Vaughn.

«Posso avere almeno fino a domani sera? C'è un'ultima cosa che voglio chiedere a Nora. Se ho ragione, lei capirà. Se ho torto e non funziona – può sempre buttarmi addosso la croce e io stesso mi consegnerò ai giornalisti».

Ci pensa su un momento. Una promessa di risultati concreti. «Domani alle cinque», dice finalmente. «Ma si ricordi quello che le ho detto – Vaughn cerca solo un'altra vittima. Appena lei sarà nei guai, lui scomparirà».

Annuisco mentre va verso la porta. «Ci vediamo alle cinque».

«Alle cinque». Sta per uscire, ma si volta con la mano sulla maniglia. «A proposito», dice. «Cosa ne pensa di Nora a *Dateline*?»

Il mio stomaco sprofonda mentre lui stringe il cappio. «Perché me lo chiede?»

«Nessuna ragione. È piuttosto brava, no? Nessuno avrebbe detto che erano entro il margine di errore – sembrava che fosse lei a tenere insieme la famiglia».

Studio i suoi occhi, cercando di leggere fra le righe. Non ha alcun motivo per tirare in ballo i numeri dei sondaggi. «È forte quando è necessario».

«Il che, penso, vuol dire che non ha molto bisogno di protezione». Prima che possa rispondere aggiunge: «Naturalmente, è possibile che abbia sbagliato tutto. Questi media fanno sempre vedere più di quello che c'è, non crede?» Con un gesto di intesa, si volta verso l'atrio, spegne la luce e lascia la stanza. La porta sbatte alle sue spalle.

Solo, al buio, ripenso alle ultime parole di Adenauer. Anche se a tutti e due mancavano alcuni pezzi, lui è in grado di costruire un quadro. Per questo ha preso la sua decisione: qualsiasi cosa faccia, per me è finita. L'unica domanda è chi trascinerò a fondo con me.

Aspetto un intero minuto, dopo che è uscito, prima di andare a mia volta alla porta. Non importa quello che dice l'agenda: quando si tratta di viaggi, quasi niente si muove in orario. Se sono in ritardo, posso ancora prenderla. Seguendo il solito percorso, vado all'ala ovest. Ma appena mi trovo all'aria aperta, so di non avere più tempo. Non c'è il marine di guardia sotto la lampada nel vestibolo ovest. Il presidente non è nello studio ovale. Attraverso a tutta velocità il colonnato ovest e mi precipito nel corridoio del piano terra. Mentre corro, sento applausi e voci che riecheggiano nel corridoio. In lontananza, c'è l'ansimare di un treno a vapore. Prima lento, poi veloce. Mentre prende velocità, pulsa. Sibila. Ronza. L'elicottero.

A metà del corridoio giro bruscamente a destra nella Dip Room e mi scontro con l'ultima persona che mi aspetterei di vedere a una partenza.

«Dove vai?» chiede Simon senza sorpresa.

Stringo i denti. Non posso fare a meno di immaginarmi lui e Nora sul sedile posteriore. Ma lotto per non pensarci. «A vedere la partenza».

«Da quando fai il turista in questo modo?»

Non gli rispondo. Devo sentirlo dire da lei. Mi volto e gli passo di fianco.

Lui mi afferra per un braccio. Con forza. «È troppo tardi, Michael. Non puoi più fermarlo».

Mi strappo via. «Vedremo».

Prima che possa rispondere mi allontano e apro le porte del portico sud. Sulla pista, una piccola folla di venticinque persone sta ancora salutando. Resti delle celebrazioni post-*Dateline*. Sul prato sud, il Marine One sta per decollare. Devo rannicchiarmi per resistere al vento, ma vedo il grosso elicottero verde dell'esercito che si alza da terra. La cravatta e il pass vengono risucchiati al di sopra delle mie spalle, la forza del vento provocato dalle pale rotanti mi opprime il petto come un'onda. Dietro ai vetri anti-proiettile, sul suo seggiolino con lo stemma, il leader del mondo libero ci saluta con la mano. Due posti più indietro, Nora è impegnata in una conversazione con suo fratello. Alzo il mento e li guardo salire. Simon ha ragione. Non c'è modo di fermarlo. È fuori dal mio controllo. In un attimo, le luci dell'elicottero scompaiono e la famiglia presidenziale scompare nel cielo nero. La folla, senza più niente da salutare, inizia a disperdersi. E io resto lì. Solo. Di nuovo in un mondo di solitudine.

«È una cosa stupida», dico mentre la cameriera porta una brocca di birra al nostro tavolo.

«Non parlarmi di stupidità», dice Trey, versandosi un bicchiere. «Ero lì, oggi – ho visto tutto. La cosa migliore da fare adesso è cercare di venirne fuori».

Mentre dice queste parole, i miei occhi fissano la cameriera che pulisce il tavolo vicino a noi. Come la gru nel vecchio gioco di carnevale, alza tutte le cose importanti: bicchieri, menu, un piattino con le arachidi. Tutto il resto finisce nella spazzatura. Con un gesto del braccio, bottiglie vuote e tovagliolini usati finiscono nel bidone di plastica. Un rapido gesto e sono scomparsi. È quello che ha fatto anche lei – dopo la festa, si è liberata della spazzatura. Ma non voglio ancora ammetterlo. «Forse Vaughn si è sbagliato. Forse quando Nora ritorna...»

«Aspetta un momento. Vuoi darle la possibilità di spiegarsi? Dopo quello che ha fatto stasera... Ma sei fuori di testa?»

«Non ho altra possibilità».

«Hai un sacco di possibilità. Un carrello pieno: odiarla, disprezzarla, maledirla, fingere che sei la natura e aborrirla come se lei fosse il vuoto...»

«Basta!» lo interrompo con gli occhi sempre fissi sulla cameriera. «So che sembra... ma io voglio solo... Non sappiamo tutto».

«Cos'altro vuoi sapere, Michael? Va a letto con Simon!»

Il petto mi si contrae. Il solo pensiero...

«Sto parlando seriamente», sussurra, guardando sospettosamente i tavoli vicini. «È per questo che Caroline è stata uccisa. Ha scoperto che loro due facevano la bestia con due schiene e quando ha incominciato a ricattarli loro hanno reagito. L'unico problema è che avevano bisogno di dare la colpa a qualcun altro».

«A me», mormoro. È una teoria sensata.

«Pensa a come è andata. Non è stata una coincidenza che siate finiti in quel bar quella sera. Era una cosa organizzata. Nora ti ha portato lì di proposito. Tutto – sfuggire ai Servizi segreti, fingere di perdere la strada, perfino prendere i soldi – faceva tutto parte del loro piano».

«No», sussurro allontanandomi dal tavolo. «Non è così».

«Cosa vuoi...»

«Ma dai, Trey, non potevano sapere che la polizia del D.C. ci avrebbe fermato per eccesso di velocità».

«No, hai ragione. Quello è stato un puro caso. Ma se non vi avessero fermato, lei te li avrebbe lasciati in macchina. Hanno chiamato Vaughn in modo che sembrasse che l'avevi fatto entrare tu. Poi, quando Caroline è stata trovata morta la mattina dopo, tra Vaughn e i soldi, a te è rimasta in mano la patata bollente».

«Non lo so. Insomma, se questo era il loro piano, perché allora non mi hanno denunciato? Ce l'ho ancora, la "patata". È solo in mano alla polizia».

«Non ne sono sicuro. Forse hanno paura che il poliziotto identifichi Nora. Forse aspettano dopo le elezioni. O forse aspettano che l'FBI ci arrivi da sola. Alle cinque di domani».

Sediamo in silenzio e fisso la mia birra, studiando le bollicine che salgono. Alla fine alzo gli occhi su Trey. «Devo comunque parlare con lei». Prima che possa reagire aggiungo: «Non chiedermi perché, Trey. È solo che... so che pensi che lei sia una fregatura – credimi, lo so che è una fregatura – ma sotto sotto.... tu non l'hai mai vista, Trey. Vedi solo qualcuno per il quale lavori – ma dietro a tutte le pose da dura e le stupidaggini per il pubblico, in altri momenti, Nora potrebbe essere come me o come te».

«Davvero? E quand'è che ci siamo fatti di Special K nella sala da bowling l'ultima volta io e te?»

«Sotto sotto, ho detto. C'è una ragazza nascosta».

«Vedi, adesso parli come Mitridate».

«Chi?»

«Il tizio che sopravvisse a un tentativo di assassinarlo mangiando un po' di veleno ogni giorno. Quando

398

finalmente glielo misero nel vino, il suo corpo era immunizzato».

«E cosa c'è di male in questo?»

«Fai attenzione ai dettagli, Michael. Sopravvisse, è vero, ma mangiando veleno ogni giorno».

Non posso fare a meno di scuotere la testa. «Voglio solo sentire cosa dice. La tua ipotesi è una possibilità; ce ne sono molte altre. A quanto sappiamo, è Pam quella che...»

«Ma cosa diavolo hai? È come se avessi sempre inserito il pilota automatico».

«Tu non capisci...»

«Io capisco benissimo. E so benissimo come ti senti. Diamine, anche lasciando da parte Nora, ho le mie brave domande su Pam – ma fai un passo indietro e mettiti i pantaloni razionali. Tu ti fidi di Nora e di Vaughn – due perfetti estranei che conosci da meno di un mese – e metti in discussione Pam, una buona amica che è al tuo fianco da due anni. Per favore, Michael, guarda i fatti! Ti pare che abbia senso? Insomma, basterebbe oggi... A cosa stai pensando?»

Gli occhi mi tornano alla birra. Non so cosa rispondere.

Venerdì mattina presto scorro i quattro giornali per vedere se Adenauer ha mantenuto la sua parola. Lo «Herald» ha un breve pezzo su alcune teorie cospirazionali che incominciano a nascere intorno alla morte di Caroline, ma questo è prevedibile. Cosa più importante, Hartson ha guadagnato sei punti nei sondaggi, un balzo gigantesco che l'ha portato fuori dal margine di errore. Non è difficile capire perché. La foto di prima pagina del «Post» è un ritratto della famiglia presidenziale a *Dateline*. All'estrema destra, Nora sta ridendo a una battuta di sua madre. Un altro giorno di vita.

A parte questo, sembra tutto ok. Niente da parte di Inez. Niente da parte di nessuno. Adesso mi resta da fare la parte più difficile. Secondo l'agenda, dovrebbero arrivare da un momento all'altro. Mi sistemo la cravatta e stringo il nodo. È ora di vedere Nora.

Quando i Servizi segreti mi fanno passare, vado direttamente in camera sua al terzo piano. Mi fermo davanti alla porta, con la mano pronta a bussare. Dentro, la sento parlare con qualcuno, per cui mi avvicino. Ma appena lo faccio la porta si spalanca ed ecco Nora, radiosa in maglietta e jeans neri attillati, che tiene un telefonino vicino all'orecchio e mi sorride per un breve istante.

«Non mi interessa neanche se arriva a *due* milioni!» grida. «Non voglio andare a cena con suo figlio!» Mentre entro, alza l'indice e mi fa segno di pazientare un minuto.

A giudicare dall'agenda, deve trattarsi dei donatori che hanno ricevuto ieri. Quando ci siamo incontrati la prima volta, mi ha detto che è sempre così dopo la raccolta di fondi. Tutti gli arrapati con un conto in banca incominciano a chiamare chiedendo favori. Per il presidente, si tratta di questioni d'affari. Per Nora, di questioni personali.

«Ma cos'ha questa gente?» chiede nel telefonino, continuando a camminare. Mi fa cenno di sedere sul divano. «Perché non si comprano una Humvee e dei mobili di Ralph Lauren come tutti gli altri?» Con un gesto del braccio aggiunge: «Digli la verità. Digli che secondo me il barone della borsa di papà è un rospo e...» Fa una pausa, ascoltando la persona all'altro capo. «Cosa importa se è stato a Harvard – cosa cavolo vuol...» Si interrompe. «Sai cosa? Importa, in realtà. Importa moltissimo. Hai una matita? perché mi è appena venuto in mente quello che devi dire. Stai scrivendo? Quando risenti i suoi genitori, digli che sono eccitatissima all'idea che il loro figliolo provi qualche emozione ficcandomi la lingua nell'orecchio, ma non posso farlo. Quando studiavo a Princeton, ho fatto un giuramento vaginale che mi impedisce di uscire con due tipi di uomini. Primo, quelli di Harvard. E secondo» – qui incomincia a gridare – «i figli di genitori presuntuosi, arroganti e prepotenti che pensano che siccome sanno come procurarsi dei posti in prima fila nei ristoranti di moda possono comperare tutto quello che esiste sulla terra! Purtroppo, il loro caro Jake appartiene a entrambe le categorie! Cordiali saluti, Nora. P.S. – Non siete sulla cresta dell'onda, gli Hampton sono sovrastimati e il maître, qualsiasi cosa dica, vi odia anche lui!»

Guardando furiosamente il telefono, Nora interrompe la comunicazione.

«Scusa», dice respirando ancora affannosamente.

Anch'io respiro affannosamente e riesco a malapena a sentire qualcosa oltre al battere del mio cuore. «Nora, ho qualcosa di import...»

Il telefono suona di nuovo.

«Maledizione!» grida afferrandolo. «Sì?»

Mentre Nora accetta controvoglia di partecipare a un altro giro di raccolta fondi, i miei occhi scorrono le due lettere incorniciate sul suo comodino. La prima è scritta con una matita rossa brillante e dice: «Cara Nora, sei bellissima. Ciao. Matt, 8 anni». L'altra dice: «Cara Nora, affanculo tutti. I tuoi amici Joel & Chris». Tutte e due sono datate durante i primi mesi dell'amministrazione di suo padre. Quando tutto era bello.

«Ma stai scherzando», dice lei nella cornetta. «Quando? Ieri?»

Ascoltando, attraversa la stanza diretta a un tavolo

antico e scorre un mucchio di giornali che vi si trovano. Quando ne prende uno, vedo che è lo «Herald». «A che pagina?» chiede. «No, ce l'ho qui. Grazie, ti richiamo dopo».

Mette giù il telefono, sfoglia il giornale e trova quello che cerca. Un ampio sorriso le illumina il volto. «Hai visto?» mi chiede avvicinandomi il giornale. «Hanno chiesto a cento bambini di quinta elementare se volevano essere al mio posto. Indovina quanti hanno risposto di sì?»

Scuoto la testa. «Ne parliamo dopo».

«Indovina».

«Non voglio indovinare».

«Perché? Hai paura di sbagliare? Hai paura di entrare in competizione? Hai paura...»

«Diciannove», sbotto. «Diciannove hanno detto di sì. Ottantuno hanno deciso di salvarsi l'anima».

Nora butta da parte il giornale. «Senti, mi dispiace per ieri...»

«Ieri non c'entra».

«E allora perché ti comporti come se ti avessi rubato le caramelle?»

«Nora, non è il momento di scherzare». L'afferro per i polsi. «Vieni con...»

Di nuovo, il telefono squilla. Nora si blocca. Mi rifiuto di lasciarla andare. Ci guardiamo.

«Vai a letto con Edgar Simon?» le domando.

«*Cosa?*» Alle sue spalle, il telefono continua a suonare.

«Sto parlando seriamente, Nora. Dimmelo in faccia».

Nora incrocia le braccia e mi guarda con occhi vacui. Il telefono finalmente tace. Poi, di punto in bianco, Nora scoppia a ridere. Ride di cuore, profondamente, come una bambina – una risata onesta e spontanea.

«Non sto scherzando, Nora».

Sta ancora ridendo, ansimante, calmandosi a poco a

poco. Adesso mi guarda negli occhi. «Ma dai, Michael, non puoi...»

«Voglio una risposta. Vai a letto con Simon?»

La sua bocca si chiude. «Stai parlando seriamente, vero?»

«Cosa rispondi?»

«Michael, te lo giuro, non... Non ti farei mai una cosa del genere. Preferirei morire che andare con una persona così».

«Questo significa no?»

«Certo che significa no. Perché dovrei...» Si interrompe. «Credi che lavori contro di te? Credi davvero che farei una cosa del genere?»

Non le rispondo neanche.

«Non ti ferirei mai, Michael. Non dopo tutto questo».

«E *prima* di tutto questo?»

«Ma cosa intendi dire? Che avrei avuto le mie buone ragioni per uccidere Caroline? Che avrei montato tutta questa storia?»

«L'hai detto tu, non io».

«Michael!» Mi afferra tutt'e due le mani. «Come hai potuto pensarlo... Io non ho mai...» Questa volta è lei che non mi lascia andare. «Te lo giuro, Michael, non l'ho mai toccato – non ho mai voluto toccarlo» – la sua voce si incrina – «in vita mia». Mi lascia le mani e si gira.

«Dio», dice. «Come ha potuto venirti in mente una cosa simile?»

«Sembrava logica», dico.

Si blocca. Tutto il suo corpo si irrigidisce. Vedendola da dietro, capisco che queste parole l'hanno ferita. Non volevo...

«È questo che pensi di me?» sussurra.

«Nora...»

«È questo che pensi?» ripete con la voce che trema. Prima che possa rispondere, si volta di nuovo verso di me, in cerca di una risposta. Ha gli occhi tutti rossi. Le spalle curve. Conosco quell'atteggiamento – è quello che aveva mia madre quando se n'è andata. L'atteggiamento della sconfitta. Quando non rispondo, le lacrime le scendono lungo le guance. «Credi davvero che sia una simile troia?»

Scuoto la testa e faccio per afferrarla. Quando immaginavo la sua reazione, pensavo sempre a una furia rabbiosa. Non mi aspettavo un crollo. «Nora, devi capire...»

Non mi ascolta neanche.

Mi viene tra le braccia, si rannicchia a palla e appoggia la faccia al mio petto. Il suo corpo sussulta. A differenza di Pam, con Nora non posso litigare. È diversa.

«Mi dispiace», singhiozza con la voce che si rompe di nuovo. «Mi dispiace che tu abbia dovuto solo pensarlo».

Mentre le sue dita mi accarezzano la nuca, sento il dolore nella sua voce e vedo la solitudine nei suoi occhi. Ma mentre mi si stringe più vicino, per una volta, io mi tiro indietro. Non mi lascio più convincere facilmente. Non prima di aver parlato con Vaughn.

Anche se la mia destinazione è la fermata della metro di Woodley Park, scendo dal treno a Dupont Circle. Durante il quarto d'ora di passeggiata fra i due punti, passo in viette laterali, mi infilo nel traffico, risalgo tutti i sensi unici che trovo. Se mi seguono in macchina, sono persi. Se sono a piedi... be', almeno ho una possibilità. Tutto, pur di evitare una ripetizione dello zoo.

Oltrepassando i ristoranti e i caffè di Woodlew Park, finalmente mi sento a casa. C'è la taverna libanese, dove Trey e io siamo venuti a festeggiare la sua terza promozione. E il locale sushi dove Pam e io abbiamo mangiato quando sua sorella è venuta in città. Qui è dove vivo – il mio rifugio – e per questo noto il camion della spazzatura insolitamente pulito che costeggia l'isolato.

Quando si ferma all'angolo, gli do a stento una seconda occhiata. Certo, l'autista e l'uomo che vuota i bidoni vicini sono un po' troppo robusti, ma non è un lavoro per persone deboli. Poi noto il cartello sulla fiancata del camion – «G. & B. Nettezza urbana». Sotto al nome dell'azienda c'è un numero di telefono che incomincia col prefisso 703. Virginia. Cosa ci fa un camion della Virginia a Washington D.C.? Forse hanno avuto un appalto. Conoscendo i servizi pubblici del D.C. è certamente possibile. Ma proprio mentre mi allontano sento il rumore di vetri infranti di una bottiglia che viene schiacciata tra la spazzatura, provocato dal contenuto del bidone dell'angolo che viene svuotato nel camion. È un rumore che sento ogni notte, proprio mentre vado a l... Le gambe mi si bloccano. Di notte. Ecco quando lo sento. Ecco quando vengono. Mai di giorno.

Mi giro e guardo l'isolato. All'estremità opposta c'è un bidone della spazzatura straripante. Il camion viene da quella direzione. Un bidone strapieno. *Dietro* al camion. Fingendo di non notarlo, mi infilo nel video store a metà dell'isolato.

«Posso aiutarla?» chiede una ragazza vestita di nero dalla testa ai piedi.

«No». Tenendo un binocolo immaginario davanti agli occhi li premo contro la vetrina, blocco il riflesso del sole e osservo il camion. Nessuno dei due uomini mi sta inseguendo. Restano lì seduti – mentre l'uomo a terra fa qualcosa nel retro il guidatore apre il suo thermos, come se avesse improvvisamente deciso di fare una pausa.

La commessa sta diventando ansiosa. «Mi scusi, è sicuro che...»

Prima che possa finire, mi precipito fuori dal video store ed entro nella lavanderia di fianco. Al banco non c'è nessuno e io non suono il campanello. Vado invece alla finestra e guardo fuori. Non si sono ancora mossi. Questa volta aspetto un intero minuto prima di passare alla porta affianco – un bar.

Una ragazza con una maglietta con la scritta «Eat the Rich» mi chiede: «Posso aiutarla in qualche modo?»

«No, grazie». Incollato alla vetrina, do loro due minuti e un terzo «Posso aiutarla?» prima di schizzare fuori ed entrare nel negozio alla mia sinistra. Continuo ancora per due negozi – entro di corsa, aspetto, poi esco e mi sposto a sinistra; entro di corsa, aspetto, poi esco e mi sposto a sinistra. Così percorro l'isolato. Ogni volta che entro, aspetto un po' di più. Li lascio credere che io segua un ritmo. Manca un negozio.

Alla fine dell'isolato, corro verso il supermercato del quartiere, CVS. Mi sembra di essere ormai intorno ai cinque minuti di attesa, ma questa volta appena entrato continuo ad andare avanti e percorro la corsia dei cosmetici. Shampoo a sinistra, schiuma da barba sulla destra. Odori di farmacia aleggiano nell'aria. Senza fermarmi, corro in fondo al supermercato, oltre una curva e lungo un atrio posteriore non decorato. È lì che vedo la mia destinazione – una cosa che solo chi è del posto conosce e che i tizi del camion non immaginerebbero mai – questo CVS è l'unico negozio dell'isolato con due ingressi. Sorrido tra me, apro la porta sul retro ed esco come una palla di cannone. Mi guardo alle spalle una volta sola. Nessuno mi insegue.

Attraverso la Ventiquattresima strada, pieno di adrenalina. Il mio corpo è immerso nell'energia pura della vittoria. Dietro l'angolo c'è l'ingresso laterale del Woodley Park Marriott. Niente mi ostacola il cammino.

All'ingresso, metto la mano nella tasca dei pantaloni, cercando il biglietto con l'indicazione esatta del luogo. Non c'è. Cerco nella tasca sinistra. Poi nella giacca. Oh, merda, non dirmi che... Freneticamente, apro tutte le tasche e mi frugo dappertutto. Nel portafogli non c'è, nel... Chiudo gli occhi e ripercorro la mia giornata. L'avevo questa mattina. L'avevo con Nora... ma quando mi sono alzato per andarmene... Oh, no. Mi manca il fiato. Se mi è uscito dalla tasca, potrebbe essere ancora sul suo letto.

Lotto per restare calmo e mi ricordo le istruzioni dell'operatore quando ho telefonato stamattina. Da qualche parte al piano della sala da ballo. Mi avvicino al banco informazioni, guardando con sospetto i tre uscieri all'angolo anteriore dell'atrio. Vestiti con rigidi abiti neri, sembrano perfettamente a loro agio, ma c'è qualcosa che non quadra. Appena il più alto dei tre si gira verso di me, noto un ascensore che si sta chiudendo alla mia destra. Un rapido scatto mi permette di infilarmi tra le porte proprio mentre stanno serrandosi. Mi volto immediatamente e l'ultima cosa che vedo è l'usciere alto. Non mi sta neanche guardando. Va ancora tutto bene.

«Qual è il suo piano?» mi domanda un uomo col farfallino e il cappello da cowboy.

«Sala da ballo», dico studiandolo attentamente. Preme il pulsante relativo. Per sé ha già premuto il numero 8.

«Si sente bene, figliolo?» chiede rapidamente.

«Sì. Benissimo».

«Ne è sicuro? Ha l'aria di poter trarre vantaggio da... un po' di spirito... se capisce quello che intendo dire». Beve un immaginario bicchierino di whisky.

Annuisco. «È una di quelle giornate».

«Forte e chiaro. Forte e chiaro».

Le porte si aprono al piano della sala da ballo. «Si diverta, adesso», dice l'uomo col cappello da cowboy.

«Anche lei», mormoro uscendo. Alle mie spalle, le porte si chiudono. In fondo al lungo corridoio, proseguendo sempre diritto, attraverso la Torre Centrale dell'albergo, dove c'è un ascensore con la scritta «Sala da ballo – primo piano». Lo prendo.

Al piano superiore, ci devono essere almeno trecento persone, soprattutto donne, che girano per la sala. Hanno tutte il cartellino con il nome sul petto e borsette di tela al braccio. Partecipanti a una riunione, pronte per il pranzo.

Il più velocemente possibile mi faccio strada fra le donne che sorridono, parlano e agitano le braccia in tutte le direzioni. Appeso alla parete più grande del corridoio c'è un enorme striscione: «Benvenuti al 34° meeting annuale della Federazione Americana Insegnanti». Sotto allo striscione scorgo la piantina dell'albergo. «Scusate, permesso, scusate», dico cercando di arrivarci il più in fretta possibile. Aguzzo la vista per cercare di leggere la piantina e vedo le parole «Warren Room» seguite da una freccia che indica la mia destra.

Warren Room. È lei.

Mi giro così velocemente che vado a sbattere contro una donna con una tavoletta di strass attaccata alla camicetta. «Mi scusi», dico oltrepassandola.

Fuori dalla stanza, una folla di insegnanti è riunita intorno a una grossa bacheca di sughero appoggiata su un cavalletto di legno. Almeno cento foglietti di carta ripiegati sono attaccati alla bacheca – ciascuno dei quali con su scritto un nome. Miriam. Marc. Ali. Scott. Mentre aspetto, una quantità di biglietti sono aggiunti e ritirati. Anonimi e non rintracciabili. La bacheca dei messaggi. Warren Room. Non c'è dubbio: il posto è questo.

Mentre mi faccio strada tra la folla verso la bacheca, sono ostacolato da una finta rossa che profuma come se la bomboletta spray le fosse esplosa addosso. Chino la testa e controllo i messaggi, cercando di essere il più sistematico possibile. I miei occhi passano in rassegna i messaggi e controllano i nomi. Eccolo: «Michael». Infilo un'unghia sotto la puntina e tiro via il biglietto. Dentro c'è scritto: «Cena impossibile stasera. Domani da Grossman?» È firmato Leonore.

Passo in rassegna i nomi sulla bacheca e ne trovo un altro. Michael. Rimetto il primo biglietto sulla bacheca e prendo quest'altro. «Colazione favolosa. Ci vediamo alle otto. Mary Ellen».

Deluso, riattacco il biglietto e riprendo la ricerca.

Trovo altri tre biglietti indirizzati a Michael. L'unico vagamente interessante dice: «Mi sono depilata per te», da parte di una donna di nome Carly.

Forse l'ha messo sotto un altro nome, penso fissando la bacheca. Ricomincio dall'angolo in alto a sinistra e faccio un'altra passata, cercando stavolta qualcosa di familiare – Nora, Vaughn, Pam, Trey. Non trovo niente. Disperato, ne apro uno che ha solo una faccia sorridente. Dentro c'è scritto: «Scemo chi legge».

Lo stringo nel pugno sudato. Insegnanti. Mi mordo il labbro inferiore e ripercorro la bacheca. Intorno a me, dozzine di persone stanno togliendo e mettendo biglietti. Non è il momento di perdere la testa... sono sicuro che è solo prudente... il che vuol dire che qui c'è da capire qualcosa...

Incredibile. Eccolo lì, proprio al centro della bacheca. Il nome è scritto con una penna che sta per esaurirsi. In sottili lettere maiuscole. L.H. Oswald. La vittima per antonomasia. Sono io.

Prendo il biglietto il più rapidamente possibile e mi allontano dalla folla che va a pranzo. Percorro il corridoio diretto agli ascensori che ci sono in fondo. Passo continuamente dalla corsa alla camminata veloce e intanto apro il biglietto, una piega alla volta. In alto c'è scritto: «Quanto ci hai messo a prenderlo?» Sempre simpatico. Subito sotto: «1027». Proprio quello che mi aspettavo. Un numero di camera. Sottraggo sette e ottengo 1020.

Nell'ascensore, premo subito il pulsante numero 10. Le mie dita continuano a premerlo, con la costanza di un picchio.

Afferro il corrimano di bronzo dell'ascensore con forza e stento a contenermi. Nove piani. Ho gli occhi incollati ai numeri digitali e nel momento in cui sento il *ping* che segnala l'arrivo faccio un passo avanti. Le porte stanno ancora aprendosi quando io mi intrufolo ed esco al decimo piano. Ci sono quasi, ci sono quasi. Ma mentre seguo il regolare crescere dei numeri fino al 1020, sento il corridoio che si restringe. Tutto incomincia con un dolore alle spalle, che si propaga fino al collo. Nel bene e nel male, Vaughn mi dirà la verità su Nora. E io finalmente avrò la mia risposta. Ovviamente non so con precisione cosa sa, ma ha detto che ne valeva la pena. Sarà meglio, perché voglio dirlo subito ad Adenauer. Non importa quanto mi ferirà. Il mio stomaco incomincia a fare rumori solitamente riservati alle malattie più gravi. Un brivido gelato mi sale nel petto e maledico l'aria condizionata dell'hotel. Fa freddo, qua dentro.

Finalmente, sono davanti alla stanza 1020. Afferro la maniglia, ma prima di poterla girare mi blocco. Negli ultimi due giorni la mia testa è stata piena di domande che non vedevo l'ora di fare. Adesso non so se voglio la risposta. Mi sarà davvero di aiuto? Posso credere a Vaughn? Forse è come ha detto Adenauer. Forse non posso fidarmi di Vaughn.

Ripenso al nostro incontro nel cinema. Ai suoi vestiti spiegazzati. Ai suoi occhi stanchi. E alla paura sulla sua faccia. Continuo a ripetermi la domanda: se voleva fregarmi, perché ha legato il suo nome al mio – l'unica persona che sarebbe stata accusata dell'omicidio? Come mi accade spesso ultimamente, non ho scelta. Mi passo la mano sui pantaloni e busso alla porta.

Con mia sorpresa, quando la tocco si apre leggermente. Busso di nuovo, aprendola un po' di più. «Vaughn? Sei qui?» Ci sono delle deboli voci, ma nessuno risponde.

In fondo al corridoio, sento l'ascensore che torna su. Sta arrivando qualcuno. Non è il momento di fare il timido. Un sole accecante entra dalla finestra sull'altro lato della stanza. Appena la porta si chiude alle mie spalle, noto la tv ad alto volume. Non mi sorprende che non mi abbia sentito.

«Cosa fai? Guardi le telenovelas?» Avanzo nella stanza, ma inciampo in qualcosa e perdo l'equilibrio, cadendo in avanti. Metto avanti le mani per bloccare la caduta e colpisco la moquette con un tonfo sordo. E uno sciacquio fastidioso. Le mie gambe sono inclinate, appoggiate a un ostacolo.

«Cosa caz...?» Tutta la moquette è inzuppata. Attaccaticcia. E rosso scuro. Ne ho le mani coperte. Mi giro per vedere su cosa ho inciampato. No, non su cosa. Su chi. Vaughn.

«Oh, Dio», sussurro. Ha la bocca leggermente aperta. Bollicine di saliva rossa si radunano nello spazio tra i denti e il labbro inferiore. Muoviti, muoviti, muoviti! Mi agito per rialzarmi, allontanandomi dal corpo, ma le mani mi scivolano e mi rimandano per terra. All'ultimo momento mi appoggio al gomito, con la cravatta bloccata sotto. Adesso è come le mie mani. Altro sangue.

Chiudo gli occhi e lascio che le gambe facciano il resto. Si liberano dal torace irrigidito di Vaughn, il ginocchio sfrega contro il suo petto. Barcollo mettendomi in piedi, mi giro e lo guardo meglio, lungo disteso all'ingresso. Il braccio sinistro è vicino al petto, ma la mano sta ancora salendo, bloccata in posizione semiaperta. Il foro del proiettile è sulla fronte, non al centro, spostato sopra l'occhio destro. È una ferita netta, scura e incrostata. Il sangue ha attaccato i suoi folti capelli scuri alla moquette. Sul viso, un occhio guarda diritto in avanti; l'altro è stranamente spostato all'infuori. Come Caroline. Proprio come Caroline. E l'unica cosa a cui riesco a pensare è quella pistola nella scatola fuori dal teatrino. La pistola e quel maledetto biglietto – là, sul letto di Nora.

30

Cercando di non farmi prendere dal panico, corro attraverso la porta aperta del bagno e afferro un asciugamano bianco. Qualsiasi cosa possa pulirmi dal sangue. Dopo due minuti di frenetici sfregamenti, le mani sono pulite quanto è possibile. Potrei aprire il rubinetto, ma... no, non fare lo stupido... se una sola cellula di pelle finisce nel lavandino... Non dargli nessun elemento per incastrarti. Tenendo la salvietta avvolta intorno alla mano, esco dal bagno e oltrepasso Vaughn senza abbassare lo sguardo.

Sono alla porta. Niente impronte digitali, nessuna prova. Devo solo andarmene via. Girare la maniglia e... No. Non così.

Lottando contro la paura che mi attanaglia la pancia, mi giro e faccio un passo verso il corpo. Qualsiasi cosa abbia fatto, Vaughn è morto per questa storia. Per me. Per aver cercato di aiutarmi. Si merita qualcosa di meglio di una ginocchiata nelle costole.

Mi inginocchio di fianco a lui e uso la mano avvolta nella salvietta per chiudergli gli occhi. Patrick Vaughn. La persona che doveva avere tutte le risposte. «Dormi bene», sussurro. Non è l'orazione funebre più bella del mondo, ma è meglio di niente.

Al di là della porta sento un gruppo di voci nel corridoio. Chiunque sia stato, sapeva che Vaughn doveva trovarsi qui. E quindi probabilmente sapeva anche che io... Oh, merda... è ora di filare. Apro la porta e corro fuori. Due persone mi aspettano. Sussulto e faccio un salto all'indietro.

«Scusi», dice una di loro, «non volevamo spaventarla».

La donna al suo fianco incomincia a ridacchiare. Indossa una maglietta da bambolina con un arcobaleno sul petto. Sono solo una coppia di ragazzi.

«N-non importa», dico cercando di nascondere la salvietta che ho ancora intorno alla mano. «È colpa mia».

Li oltrepasso e vado agli ascensori. Sono tutti e quattro fermi al piano terra. Trenta secondi dopo, nessuno di loro si è mosso. «Forza!» grido premendo il pulsante di chiamata. Perché diavolo ci mettono tanto? In fondo al corridoio vedo la coppia ridacchiante che torna verso di me. Si sono fermati poco – forse hanno dimenticato qualcosa. Comunque sia, non ridono più. Mentre si avvicinano, noto che camminano con una nuova decisione. Non ho intenzione di restare a scoprire cosa la provoca.

Guardo il corridoio e vedo un cartello rosso e bianco sopra quella che sembra una porta delle scale. Sulla porta c'è un adesivo giallo con la scritta rosso fuoco: «ATTENZIONE: aprendo la porta, scatterà l'allarme».

Certo che scatterà. Spalanco la porta e mi infilo nelle scale. Ho fatto due passi quando un urlo penetrante si diffonde nella caverna orizzontale, echeggiando sul cemento. La maggior parte delle persone non si trovano nelle loro stanze, ma sento già i risultati più in basso, a livello della sala da ballo. Trecento insegnanti abbandonano la riunione e si affollano all'uscita antincendio. È quello su cui contavo: la forza del numero. Scalpitando sulle scale a chiocciola, l'ondata umana degli educatori mi assorbe come uno dei loro. Non c'è panico, né grida – questa gente ha scritto il libro sulle esercitazioni antincendio – e quando arriviamo nell'atrio ho tutta la copertura necessaria. Perso fra le borse di tela e le targhette colorate col nome, scivolo fuori dalla porta d'ingresso e, camminando rapidamente, continuo ad allontanarmi. Non posso permettere che qualcuno mi veda. La cosa migliore che può avvenire adesso è che mi accusino della morte di Vaughn. La peggiore... Vedo ancora il buco nero e incrostato al di sopra dell'occhio destro di Vaughn.

Non rallento finché non sono ad almeno quattro isolati di distanza. C'è un vicolo stretto con una cabina telefonica. Riprendo fiato e mi frugo nelle tasche in cerca di spiccioli. Ho bisogno di aiuto. Trey, Pam, qualcuno. Ma appena alzo la cornetta la rimetto giù. E se qualcuno fosse in ascolto dall'altra parte? Non è il momento di correre rischi. Parla a quattr'occhi. Continua a camminare. Svelto.

Sporgo la testa dal vicolo e controllo l'intero isolato. Non c'è nessuno. Brutto segno, per una zona affollata. In strada c'è un taxi, fermo a un semaforo rosso. Aspetto finché sta per scattare il verde, poi mi metto a correre come un pazzo. Le mie scarpe di cuoio sbattono sull'asfalto e proprio mentre il taxi si muove lo raggiungo e afferro la maniglia della portiera posteriore. L'autista frena di colpo e io sbatto contro la portiera.

«Mi scusi», dice mentre salto su. «Non l'avevo vis...»

«Alla Casa Bianca. Il più in fretta possibile».

«Ferma!» grido a pochi isolati dalla mia destinazione. La macchina si blocca immediatamente.

«Qui?» chiede l'autista.

«Ancora un po' più avanti», dico occhieggiando il McDonald sulla Diciassettesima strada. «Perfetto. Stop».

Notando il giornale che qualcuno ha lasciato sul sedile posteriore, mi tolgo la cravatta e l'avvolgo intorno alla salvietta macchiata di sangue. Poi metto entrambe all'interno della sezione cittadina del giornale, salto giù dalla macchina e infilo un biglietto da dieci dollari nel finestrino dell'autista. Mentre il taxi si allontana, prendo fiato e cammino il più tranquillamente possibile verso il McDonald. Passo di fianco alla fila interna e non mi ci vuole molto per raggiungere i bidoni della spazzatura. Con un rapido gesto infilo dentro la palla di giornale. Qui, tutte le macchie rosse sono di ketchup.

Tre minuti più tardi salgo le scale dell'OEOB. Ho quattro ore prima che Adenauer mi denunci pubblicamente, e ne avrò bisogno. Finché non mi viene un'idea migliore, tenere segreta la storia è tutto quello che ho. E quando si tratta di tenere dei segreti, Trey è un maestro. I miei occhi osservano i cespugli vicini e controllano le colonne intorno. Chiunque abbia ucciso Vaughn, se vuole darmi la colpa, potrebbe aver già avvertito i Servizi segreti. Da fuori, comunque, tutto sembra ok. Quando apro la pesante porta a vetri, vedo una piccola fila che aspetta di superare i controlli di sicurezza – la folla di quelli che tornano al lavoro dopo la pausa pranzo. Ultimo della fila, conto e studio i quattro agenti di servizio in uniforme. Sanno? Si è già diffusa la voce? Da lì, è difficile dirlo. Ce ne sono due dietro alla scrivania che stanno chiacchierando e altri due dietro alla macchina a raggi x.

Lentamente, mi avvicino passo passo alla fine della fila. Spero di evitare i loro sguardi e affondo la testa nell'ultima sezione del giornale. Ci sono quasi – stai zitto e basta.

«Sempre al lavoro, eh?» chiede una voce maschile mentre una mano mi si posa sulla spalla.

«Cosa...» Mi giro e gli afferro il polso.

«Scusa», ride. «Non volevo spaventarti». Alzando gli occhi vedo i capelli biondi e il caldo sorriso di un giovane avvocato, Howie Robinson. Bravo ragazzo, lavora nell'ufficio del VP.

«N-no, tutto bene». Do un'occhiata alle mie spalle e controllo le guardie. Ci stanno guardando tutte. I due alla scrivania hanno incominciato a sussurrare.

«Dovevi vedere, Garrick – ho fatto entrare mia sorella e mio nipote», dice Howie. «Il ragazzo, ti dico, diventava matto, credo che sia innamorato di Nora».

«Già... bello», borbotto. Una delle guardie alla scrivania si alza e si avvicina alle due del metal detector. C'è qualcosa che non va.

«Tutto bene?» chiede Howie mentre avanziamo. Sono il prossimo della fila.

«Certo», annuisco. Devo andarmene subito da qui. Filare a casa e...

«Il prossimo!» dice l'agente in uniforme. Tutti gli occhi sono puntati su di me.

Tenendo la testa bassa, tiro fuori il mio pass, digito il codice e passo attraverso le sbarre rotanti. Supero il più velocemente possibile il metal detector e non sento neanche il suono dell'allarme che scatta. La guardia in uniforme mi afferra con forza per un braccio. «Dove vai, furbone?»

Incredibile. «Non capisco...»

«Vuota subito le tasche».

Mi riprendo prima di dire altro. Non è un allarme di sicurezza, è solo il metal detector. «Mi dispiace», dico, tornando alla realtà. «È la cintura. La mia cintura».

La guardia controlla il resto con il metal detector manuale.

«Non prendertela», dice Howie dandomi una pacca sulla schiena. «Devi uscire di qui, ogni tanto – venire con noi a basket o qualcos'altro. Fa bene allo spirito».

«Sì, lo farò», dico con un sorriso forzato.

Lui va a destra, mentre io mi dirigo a sinistra. Anche

se sono circondato da colleghi, il corridoio non mi è mai sembrato così vuoto. Mentre sto per svoltare l'angolo, guardo per l'ultima volta le guardie in uniforme. Le due alla scrivania sono attente alla fila. Quella ai raggi X mi sta ancora guardando. Fingo di non averlo notato, trattengo il respiro e giro velocemente a destra. Appena sono fuori vista, mi metto a correre. Da Trey.

Spalanco la porta dell'ufficio di Trey e controllo la sua scrivania. Non si vede da nessuna parte.

«Posso aiutarti?» mi chiede il suo compagno di stanza Steve.

«Hai visto Trey?» rispondo cercando di non fargli capire che sono senza fiato.

«No, io...»

«L'ho visto io», interrompe un terzo impiegato. «Credo... credo che abbia la testa appiccicata al culo della First Lady».

«Esatto», dice Steve ridendo. «Fotografo favoloso. Abbiamo portato dentro dei bambini. L'abbiamo sistemata in un salotto. Con cuscini morbidi. Messa a fuoco dolce. Una vera chicca».

Segretari stampa. Sempre a fare i buffoni.

Prendo un post-it, butto giù un messaggio e lo attacco allo schermo del computer di Trey. «Cercami. 911!»

«Ottimo codice», dice Steve. «Molto meglio del Morse».

Torno di corsa in corridoio e sbatto la porta nell'uscire. Sto di nuovo annegando nel silenzio. Ho bisogno di parlare con qualcuno – non foss'altro che per prevedere la prossima mossa. Mentre controllo nervosamente il corridoio di marmo, la prima persona che mi viene in mente è Pam. Posso andare da lei e... Ma cosa dico? Non posso. Dopo quello che è successo.

Non ancora. E poi, con Vaughn morto, tutto rischia di finire a gambe all'aria. E io non voglio certo trovarmi dietro al volante del camion. Non mi interessa se è l'anno delle elezioni – sto cercando di evitarlo da quando ho lasciato l'albergo – devo andare di sopra.

Corro sul soffice tappeto rosso del corridoio del piano terra e vedo una falange di turisti impegnati in una visita alla Casa Bianca sotto la guida di uno degli uomini dei Servizi segreti. Mentre li oltrepasso, due persone mi scattano una foto. Pensano che sia famoso. Se le cose continuano così, avranno presto ragione.

Non mi fermo prima di aver raggiunto la guardia in uniforme che siede fuori dal teatrino. «Posso chieder-le un favore?» gli chiedo con la voce che trema.

Non mi risponde. Si limita a guardarmi, soppesan-domi.

«So che le sembrerà molto strano», incomincio, «ma ero in bagno nell'OEOB...»

«In quale?»

«Quello al piano terra – vicino al Cabinet Affairs. Comunque, ero nella cabina e ho sentito due interni che parlavano della...» – indico alle mie spalle la cas-setta rossa – «della pistola che tenete lì». Lui si rizza sulla sedia. «Forse ho sentito male – parlavano sotto-voce – ma sembrava che *sapessero* che c'è una pistola, oppure che *avessero preso* la pistola. Forse erano solo vanterie, ma...»

La guardia balza dalla sedia, mandandola a scivola-re sul pavimento di marmo. Mi dice di stare indietro, tira fuori un mazzo di chiavi dalla cintura e si avvici-na alla scatola rovinata. Lo guardo in silenzio mentre lotta con la serratura – che è bloccata. Mi sento bru-ciare in tutto il corpo. È come se qualcuno mi martel-lasse il cranio. Sento solo il tintinnio delle chiavi. La

419

guardia è in piedi di fronte a me. Non vedo niente. Sembra che stia tirando la porta. Sempre più forte. Sempre più forte. Poi... sento lo stridere del metallo arrugginito. La porta si apre e la guardia mi osserva. Si sposta di lato e mi lascia vedere di persona. La pistola è al suo posto.

«Mi scusi», dico con un sollievo forzato. «Devo aver sentito male».

«Sembra proprio di sì».

Mi stringo nelle spalle e arretro verso la statua di Lincoln. Appena la supero, schizzo fuori, correndo il più veloce possibile lungo il corridoio del piano terra. È un buon segno, ma potrebbe averla rimessa a posto.

A tre quarti del corridoio, mentre mi avvicino alla scalinata principale della residenza, finalmente rallento. Come sempre, il pass e un cenno deciso mi fanno superare la guardia del piano terra. «Ne sale uno», sussurra nella sua radiolina.

Faccio gli scalini a due a due, sapendo che mi fermeranno. Potevo telefonarle per farmi entrare, ma non volevo far sapere a nessuno del mio arrivo. La sorpresa è l'unica arma che mi resta – e malgrado la pistola voglio vedere di persona la sua reazione. Come previsto, appena raggiungo lo State Floor due agenti dei Servizi segreti mi bloccano.

«Posso aiutarla?» chiede quello con i capelli neri.

«Ho bisogno di vedere Nora. È un'emergenza».

«E lei è?...»

«Le dica che sono Michael – capirà».

Soppesandomi, dà una rapida occhiata al mio pass. «Mi dispiace – ha chiesto di non essere disturbata».

Cerco di conservare la calma. «Senta, non voglio crearle dei problemi. Le telefoni. È importante».

«Ha già avuto la sua risposta», interviene il secondo agente. «Qual è la parola che non ha capito?»

«Le ho capire tutte. Sto solo cercando di risparmiarci qualche mal di testa».

«Ascolti, signore...»

«No, ascolti lei», ribatto. «Io sono venuto qui con la massima gentilezza. È lei che ha incominciato a litigare. Io mi trovo di fronte a una vera crisi, per cui lei ha due possibilità: può fare una semplice telefonata e spiegare che si tratta di un'emergenza, oppure può mandarmi via e affrontare da solo la rabbia di Nora quando scoprirà che è stato lei a provocare tutto il casino. Personalmente, preferisco la seconda ipotesi – mi piacciono gli sport violenti».

Mi studia con attenzione, avvicinandosi. Finalmente ruggisce: «Questi sono gli ordini che ho ricevuto, signore... Non posso disturbarla».

Rifiuto di cedere e guardo la piccola telecamera nascosta nel condizionatore. È ora di passargli sopra la testa. «Harry, so che mi sta guardando...»

«Le chiedo di andarsene, signore», avverte l'agente.

«Le telefoni», insisto guardando il soffitto. «Deve solo...» Prima che possa finire, tre agenti in borghese salgono le scale. Il primo è Harry.

«Gli abbiamo detto che non vuole essere disturbata», spiega l'agente.

«Devo vederla, Harry. Io...» L'agente mi interrompe afferrandomi alla nuca con forza.

«Lascialo», ordina Harry.

«Ma...»

«Voglio sentire quello che ha da dire, Parness». Parness capisce la situazione. Gli agenti in uniforme non discutono con quelli in borghese.

Seguendo le istruzioni, si rilassa un po'.

«Allora, cosa brucia?» chiede Harry.

«Devo parlare con lei».

«Per ragioni personali o per questioni riguardanti la Casa Bianca?»

«Suvvia, sa benissimo di cosa si tratta. C'era anche lei, quella sera».

Mi fa il più impercettibile dei cenni.

«È importante, Harry. Non arriverei così, se non lo fosse. La prego».

Gli altri agenti lo osservano. Conoscono tutti gli ordini di Nora. Non voleva essere disturbata. Ma tutto dipende da lui. Finalmente dice: «Le telefoneremo».

Sorrido debolmente.

Si dirige verso il vicino ufficio uscieri e solleva la cornetta. Non riesco a sentire quello che dice e per essere sicuro che non gli leggiamo le labbra ci volta la schiena.

Quando ha finito torna sulle scale. Mi guarda senza espressione. «Oggi è il suo giorno fortunato».

Respiro a fondo una volta e inizio a salire. Con la coda dell'occhio vedo l'agente con i capelli neri che apre il libro dei visitatori per segnare il mio nome. Scuotendo la testa, Harry lo ferma: «Questo no», dice.

31

Quando entro nella camera di Nora, la vedo chiudere rapidamente un cassetto. Si gira per guardarmi e sfodera un gran sorriso, che svanisce quasi subito. «Cosa c'è?»

«Dove sei stata nelle ultime due ore?»

«M-ma qui», dice. «A firmare delle lettere. Adesso dimmi cosa...»

«Non dirmi bugie, Nora».

«Non sto dicendo bugie! Chiedilo ai Servizi segreti – non mi sono allontanata neanche un momento».

È un buon argomento, ma c'è ancora... «Hai trovato per caso un foglietto di carta?» le chiedo guardando sul letto.

«Di cosa...»

«Un foglietto di carta», ripeto alzando la voce e controllando sul tappeto tessuto a mano. «Credo che mi sia caduto qui stamattina. C'era su scritto "Woodley Park Marriott"».

«Michael, calmati. Non so di cosa stai parlando».

«Non ci sto più, Nora. Basta. È finita. Mi dispiace se questo ti procurerà dei guai, ma sei l'unica che può testimoniare per me. Devi solo dire che Simon aveva i soldi, così io posso...»

Mi afferra per le spalle e mi blocca. «Cosa diavolo stai dicendo?»

«L'hanno ucciso, Nora. Gli hanno fatto un buco in fronte».

«Chi? La fronte di chi?»

«Vaughn. Hanno ucciso Vaughn». Mentre pronuncio questa parole, un geyser di emozione mi sgorga in gola. «I suoi occhi...» dico. «Perché... Mi stava aiutando, Nora. Proprio *me*!»

La bocca le trema mentre si allontana.

«Cosa stai...»

Prima che io possa finire la frase, arriva al letto e si siede sul materasso. Con le mani sulla bocca, gli occhi le si riempiono di lacrime. «Oh, mio Dio».

«Ti dico che mi accuseranno subito di questo...»

«Ok, aspetta un secondo», dice con la voce che trema. «Quando... oh, Dio... Dov'è successo?»

«All'albergo... Dovevamo incontrarci al Marriott. Ma quando sono entrato nella stanza – era disteso per terra, Nora – e daranno la colpa a me».

«Ma come ha fatto...»

«Una pallottola. In testa. Probabilmente ha aperto la porta e – un colpo solo. È bastato. Dov'è caduto... tutto... il cervello... Era tutto sulla moquette».

«E tu...»

«Gli sono caduto addosso... sopra. Troveranno le mie impronte dappertutto – sulla maniglia... sulla sua cintura... Gli basta il follicolo di un pelo. Era disteso per terra. Col sangue che gli usciva dalla bocca... bolle indurite... ma non si muoveva... non poteva. Era dappertutto, Nora... le mie mani... la mia cravatta... dappertutto».

Nora alza rapidamente gli occhi. «Ti ha visto qualcuno?»

«Avevo paura che ci fosse l'FBI, ma non credo che sarei arrivato fin qui se...»

Il suono del telefono lacera la stanza. Facciamo un salto tutti e due.

«Lascialo suonare», mi dice.

«Ma se fosse...»

Ci guardiamo. Sicurezza contro rimpianto.

Naturalmente, la prima a reagire è lei.

«... rispondi», concordo.

Lentamente, Nora va alla scrivania. Il suono continua, insistente.

Alza la cornetta. «Pronto?» dice esitando. Subito guarda verso di me. Cattive notizie. «Sì, sì, è qui», aggiunge porgendomi il telefono con il braccio teso. «È per te».

Esitando, prendo il telefono. «Sono Michael», dico lottando contro le vertigini.

«Lo sapevo che eri lì. Lo sapevo! Ma cos'hai nella testa?» grida una voce. Una voce familiare.

«Trey!»

«Pensavo che saresti stato alla larga da lei».

«I-io... stavo solo...»

«Non importa. Vieni via».

«Non puoi capire».

«Dammi retta, Michael – sei tu che non capisci. Ho appena ricevuto una telefonata da...»

«Hanno fatto un buco in testa a Vaughn», sbotto. «È morto».

Trey non si ferma neanche. Dopo quattro anni di assistenza alla First Lady, è abituato alle cattive notizie. «Dov'è successo? Quando?»

«Oggi. All'albergo. Sono entrato e ho trovato il corpo. Non sapevo cosa fare e così sono scappato».

«Be', è meglio che continui a scappare. Vieni via di lì, adesso».

«Ma cosa stai dicendo?»

«Ho appena ricevuto una telefonata da un amico del "Post". Stanno mettendo la storia sul loro sito web – l'omicidio di Caroline, i rapporti tossicologici, tutto».

«E fanno il nome di qualche sospetto?»

Trey fa un'altra lunga pausa. «Ha detto che sarai il primo della lista. Mi dispiace, Michael».

Chiudo gli occhi. «Ne sei sicuro? Forse stava bluffando per...»

«Mi ha chiesto come si scrive il tuo nome».

Le gambe mi cedono e mi appoggio al tavolo. Finito. Sono morto.

«Tutto bene?» chiede Trey.

«Cosa dice?» domanda Nora.

«Michael, ci sei?» gracchia la voce di Trey al telefono. «Michael, ti senti bene?»

Il mondo diventa confuso davanti a me. È come quella notte sul tetto – solo che stavolta è la realtà. La mia realtà. La mia vita.

«Ascoltami», dice Trey. «Allontanati dalla residenza. Allontananti da Nora. Vieni qui da me e possiamo...» Si zittisce all'improvviso.

«Cosa?» chiedo.

«Oh, no», geme. «Non ci credo».

«Cosa? La storia?»

«Come hanno...»

«Parla, Trey! Cosa c'è?»

«La sto guardando sugli schermi AP, Michael. È già in onda. Devono averla presa dal sito del "Post"».

Figli di puttana. Non è possibile fermarla, ormai. «Devo uscire di qui».

«Dove vai?» chiede Nora.

«Non dirglielo!» grida Trey. «Vattene e basta. *Subito!*»

In preda al panico, sbatto giù la cornetta e corro alla porta. Nora mi segue.

«Cos'ha detto Trey?»

«È uscita. La storia. Caroline. Io. Tutto. Dice che è in onda».

«Hanno fatto il mio nome?»

La fisso. «Per l'amore di Dio».

«Sai quello che voglio dire».

«In realtà, Nora, no». Le volto le spalle e vado verso le scale.

«Michael, scusa!» mi chiama.

Non mi fermo.

«Ti prego, Michael!»

Continuo a scendere.

Sto per lasciare il corridoio quando spara la sua ultima cartuccia. «Non è la strada migliore per andartene!»

Adesso mi fermo. «Cosa vuoi dire?»

«Se prendi le scale, finisci diritto nelle mani dei Servizi segreti».

«Hai qualche idea migliore?»

Mi prende per mano e mi porta lungo il corridoio. Io resisto quanto basta per farle capire che non sono il suo burattino.

«Risparmiami le prove di forza, Michael. Sto cercando di farti uscire di qui».

«Ne sei sicura?»

Non le piace sentirsi accusata. «Credi che sia stata io?»

Non so cosa pensare e non è il momento di farlo. «Fammi strada».

All'estremità del corridoio apre una porta a due ante ed entriamo in quella che sembra una piccola dispensa. Mini-frigorifero, bar, qualche armadietto pieno di cereali e merendine. Quanto basta per risparmiare le tre rampe di scale fino alla cucina. Nell'angolo della stanza, sopra al banco, ci sono due pannelli quadrati di metallo con intagliate delle finestre delle dimensioni di un CD. Nora afferra la maniglia in fondo a uno dei due pannelli e lo alza come una finestra a ghigliottina. Dietro al pannello c'è un piccolo spazio che sembra sufficiente per due persone.

«Cosa c'è?» chiede Nora. «Non hai mai visto un montavivande?»

Ripenso rapidamente alla pianta del piano terra. Proprio sotto di noi c'è la sala da pranzo del presidente, e al piano terra c'è la cucina. Accorgendosi che ho capito, aggiunge: «Anche i presidenti devono mangiare». Fa cenno col mento verso il minuscolo ascensore.

«Aspetta – non crederai che io...»

«Vuoi uscire da qui?» chiede.

Annuisco.

«E allora entra».

32

Scendiamo in cucina al buio e in perfetto silenzio. Quando arriviamo al piano terra, la piccola finestrella rotonda si riempie di luce. Nora guarda fuori, alza la porta e guarda a destra e a sinistra. «Andiamo», dice.

Mentre esce a fatica dal montavivande, il suo ginocchio mi urta il petto. Riesco solo a pensare a Vaughn.

Striscio alla luce e vedo che siamo nell'angolo posteriore della cucina – una stanzetta vicino alla dispensa con i freezer. Oltre la porta, vedo un uomo in uniforme di guardia all'ingresso fornitori. Più vicini a noi, un cuoco e un assistente stanno preparando la cena su un banco di acciaio inossidabile. Assorti nei loro movimenti, non ci notano neppure.

«Da questa parte», dice Nora prendendomi per mano.

Apre la porta alla nostra destra e usciamo dalla cucina, tornando nel corridoio del piano terra.

«Là!» grida qualcuno dal corridoio.

Cinquanta lampadine ci esplodono negli occhi. Istintivamente, Nora si mette davanti a me, proteggendomi da... Un momento, non sono giornalisti. Hanno delle macchine fotografiche. È solo un altro gruppo di turisti.

«Nora Hartson», annuncia la guida a quelli che sembrano VIP della diplomazia. «La figlia del nostro presidente».

La folla si mette ad applaudire spontaneamente e la guida tenta invano di ricordare che non sono permesse le fotografie. «Grazie», dice Nora, allontanandosi dal gruppo che continua a scattare. Sta davanti a me, cercando di tenermi sempre nascosto. So quello che sta pensando: se la mia foto deve finire su tutti i giornali domani mattina, l'ultima cosa di cui ha bisogno è una foto di gruppo. Mentre i turisti si spostano verso la loro prossima tappa, Nora mi afferra il polso. «Andiamo», sussurra cercando di restarmi davanti. «Presto».

Abbasso la testa e seguo i suoi passi. Passiamo rapidamente lungo il corridoio, davanti al mio agente preferito, che non si muove e non tocca la radiolina: se non saliamo le scale della Residenza, apparentemente la cosa non gli interessa. Per questo non mi ha fatto uscire dal retro della cucina.

Svoltando bruscamente a sinistra fuori dalla Dip Room, Nora apre una porta fiancheggiata da busti in bronzo di Churchill e Eisenhower, che porta in un lungo corridoio con almeno quaranta mucchi di sedie alti due metri. Magazzino per le cene di stato. Mentre lo percorriamo, il pavimento incomincia a scendere. Oltrepassiamo una piramide di prodotti imballati e poi la sala da bowling sulla nostra sinistra. Nora mantiene un passo rapido mentre ci inoltriamo nel labirinto. Io incomincio a sentirmi lontano dalla luce del giorno.

«Dove mi stai portando?»

«Vedrai».

Quando il pavimento torna orizzontale, incrociamo un altro corridoio perpendicolare al primo, ma molto più sporco. Soffitto basso. Illuminazione scarsa. Pareti umide e con l'odore delle monete vecchie.

Non ha alcun senso. Siamo nelle cantine – Nora sta esaurendo lo spazio – e io il tempo. Ma lei non rallenta. Svolta a destra e continua ad andare avanti.

Gli occhi incominciano ad agitarmisi. Il cuore sembra che mi voglia uscire dal petto. «Stop!» grido.

Per la prima volta si ferma e mi ascolta.

«Dimmi dove stiamo andando, per l'amor di Dio!»

«Te l'ho detto, vedrai».

Non mi piace il buio. «Voglio saperlo subito», dico sospettoso.

Si ferma di nuovo. «Non preoccuparti, Michael», dice con voce dolce. «Mi occuperò io di te».

Non le sentivo questo tono dal giorno in cui siamo stati da mio padre. Ma adesso non è il momento. «Nora...»

Senza una parola, lei si volta e va fino in fondo al corridoio della cantina. C'è una porta d'acciaio con una serratura elettronica. Se le voci sono giuste, sono quasi sicuro che è un rifugio antiaereo. Nora digita un codice PIN e sento il rumore della serratura che scatta.

Con una spinta decisa, Nora apre la porta. Immediatamente spalanco gli occhi. È impossibile. Ma è lì davanti a me. Il più grande mito della Casa Bianca – un tunnel segreto.

Nora mi guarda negli occhi: «Se va bene per Marilyn Monroe, va bene anche per te».

33

Con la mascella a livello delle caviglie, guardo fisso il tunnel segreto sotto la Casa Bianca. «Quando?... Dove?...»

Nora mi si avvicina e mi prende per mano. «Sono qui io, Michael. Sono io». Osserva la mia espressione attonita e aggiunge: «Possono sbagliare, nei film, ma non vuol dire che siano tutte stupidaggini».

«Ma...»

«Forza, andiamo». In un batter d'occhio è scomparsa. Da zero a cento in un istante.

Il tunnel ha pareti di cemento ed è illuminato meglio di come mi aspettavo. Sembra che scorra diritto sotto l'ala est. «Dove porta?»

Non mi sente. Oppure non vuole dirmelo.

Alla fine del tunnel c'è un'altra porta di acciaio. Nora inserisce freneticamente il suo codice. Le mani le tremano in maniera visibile. Guardiamo la serratura elettronica, aspettando ansiosamente il rumore che ne segnali l'apertura. Ma non arriva.

«Prova di nuovo», dico.

«Ci sto provando!» Digita di nuovo il codice. Niente.

«Qual è il problema?» chiedo. Ho i pugni così stretti che le braccia mi fanno male.

«Lasciaci passare!» grida Nora alzando la testa.

«Chi?...» Seguo il suo sguardo verso un angolo del soffitto. C'è una piccola telecamera puntata verso di noi.

«Lo so che ci stai guardando!» continua lei. «Lascia-ci passare!»

«Nora», dico afferrandole un braccio, «forse do-vremmo...»

Mi allontana, guardando la telecamera nello stesso modo in cui guardava i Servizi segreti durante la nostra prima uscita insieme.

«Non sto scherzando, bastardo – è solo il mio ragazzo. Chiama Harry – l'ha fatto passare lui».

Sta bluffando. Harry mi avrà anche fatto entrare, ma di sicuro non sa che stiamo scappando.

«È incredibile», mi dice costringendosi a una piccola risata e accomodandosi i capelli all'indietro. «Sono così imbarazzata». Capisco la sua idea. Ma mi ci vuole uno sforzo sovrumano per rilassare le mani e rallentare la respirazione.

«No, non prendertela», dico appoggiando casualmente un braccio alla parete. «Mi è successa la stessa cosa l'ultima volta che sono stato in un Gulag».

È un grande momento. È anche una falsità. Probabilmente è sempre stato così.

Nora mi guarda con un piccolo sorriso di apprezzamento, poi rialza lo sguardo verso la telecamera. «Allora? L'hai chiamato?»

Silenzio. Mi sento quasi svenire per il desiderio di voltarmi e scappare. Poi, di punto in bianco, lo scatto della serratura che si apre. Nora apre la porta e mi fa uscire. La telecamera non può più vederci.

«Siamo nella cantina della Tesoreria», sussurra.

Annuisco. Di fianco alla Casa Bianca.

«Puoi salire la rampa del posteggio dell'East Exec o prendere le scale e uscire dalla Tesoreria. In entrambi i casi, sarai fuori».

Vado verso le scale. Nora mi segue. Mi giro, alzo un braccio e la fermo sulla soglia del tunnel.

«Cosa c'è?» chiede.

«Dove vuoi andare?»

Mi guarda con lo stesso sguardo che aveva mio padre in preda alla sua crisi isterica. «Te l'ho già detto. Non ho intenzione di lasciarti, Michael, dopo tutto quello che è successo».

Per la prima volta da quando abbiamo incominciato a correre, i miei occhi smettono di pulsare. «Nora, non devi...»

«E invece sì».

Scuoto la testa. «No, Nora. Apprezzo la tua offerta, ma sappiamo tutti e due quello che succederebbe. Se ti trovano in giro con l'indiziato numero uno...»

«Non mi interessa», sbotta. «Per una volta, ne vale la pena».

Mi avvicino e cerco di spingerla verso la porta. Lei non si sposta. «Ti prego, Nora, non è il momento di fare stupidaggini».

«Volerti aiutare è una stupidaggine?»

«No, è una stupidaggine spararti da sola nei piedi. Nel momento in cui i giornalisti ci vedono insieme, ti salteranno alla gola. Su tutte le prime pagine. Di tutti i giornali. "La figlia del Presidente e il presunto omicida". La storia del "Rolling Stone" sembrerà l'ultima pagina di "People" al confronto».

«Ma...»

«Ti prego, per una volta, non discutere. In questo momento, la cosa migliore da fare è stare nascosti. Se ci sei tu... sarà impossibile, Nora. Almeno, in questo modo, siamo al sicuro tutti e due».

«Credi davvero di essere al sicuro?»

Non rispondo.

«Ti prego, sii prudente, Michael».

Sorrido e vado verso le scale. Sentendola parlare così... non è facile lasciarla.

«Dove andrai?» mi richiama.

Mi blocco. I miei occhi si stringono. E, lentamente, mi giro. Alle sue spalle, l'esterno della porta di acciaio è mascherato in maniera da sembrare un'uscita qualsiasi. Tutto è un'illusione. «Te lo dirò quando ci sarò arrivato», rispondo. Non resta altro da dire. Mi giro e mi allontano. Poi mi metto a correre.

«Michael, e...»

Continuo a correre. Sempre più veloce. Non mi guardo indietro. Alle mie spalle, la sento chiamarmi. La lascio continuare.

Salgo a due a due gli scalini della scala interna della Tesoreria. La voce di Nora è svanita in lontananza e l'unica cosa su cui mi concentro è il piccolo cartello bianco e nero con la scritta «Uscita – Piano terra». Mentre mi avvicino alla porta, vorrei spalancarla e correre fuori come un pazzo. Ma, temendo di attirare l'attenzione, la socchiudo appena e guardo fuori – quanto basta per capire dove diavolo sono. Davanti a me, nell'atrio, c'è un metal detector e una scrivania dove chi entra deve firmare. Dietro alla scrivania ci sono un paio di agenti dei Servizi segreti in uniforme, che mi danno le spalle. Maledizione – come faccio a passare – un momento – non devo passare da nessuna parte – sono già dentro. Devo solo uscire.

Esco dalle scale, alzo le spalle, assumo un atteggiamento sicuro e vado deciso verso i cancelletti girevoli dell'uscita. Mentre mi avvicino, gli agenti controllano i pass e fanno entrare i visitatori. Nessuno mi ha notato.

Sono a tre metri dai cancelletti. Dovrò usare il pass per uscire? Studio la donna davanti a me e non mi pare. Entro nei cancelletti girevoli, ma proprio mentre spingo la sbarra di metallo, la guardia più vicina a me si gira dalla mia parte. Mi costringo a sorridere e lo saluto con due dita. «Buona giornata», dico.

Lui annuisce senza una parola. Ma continua a fissarmi. Mentre supero il cancelletto, sento i suoi occhi sulla nuca. *Ignoralo. Non farti prendere dal panico. Ancora pochi passi e sei alle porte di vetro che conducono fuori. Ci sei quasi. Manca poco.* Al di là della strada, vedo l'ingresso bianco e dorato dell'Old Ebbitt Grill. Ci sono. Se vuole fermarmi, deve farlo nei prossimi cinque secondi. Quattro. Tre. Mi appoggio alla porta e la apro. Due. È la sua ultima possibilità. Uno. La porta si chiude alle mie spalle e mi lascia sulla Quindicesima strada. Sono fuori.

Il primo che vedo è subito fuori dall'edificio – grosso, con l'abito scuro e gli occhiali da sole. Ce n'è un altro a metà dell'isolato. E due in uniforme all'angolo. Tutti dei Servizi segreti. E da quello che vedo controllano tutto l'isolato.

Il panico mi dà le vertigini, ma lotto per restare in piedi. Si sono mobilitati così rapidamente... Certo, è il loro mestiere. Evito l'agente di fronte e percorro l'isolato il più velocemente possibile. *Tieni la testa bassa – non lasciarti vedere.*

«Fermo!» grida l'agente.

Faccio finta di non aver sentito e continuo a camminare. Venti metri più avanti c'è un altro agente che mi aspetta. «Signore, la prego di fermarsi», dice.

Le mani mi si riempiono di sudore. Ho il respiro così affannoso che lo sento. L'uomo sussurra qualcosa nel colletto della camicia. In lontananza, sento l'urlo di una sirena della polizia. Viene verso di me. Si avvicina. Guardo da tutte le parti in cerca di una via di fuga. Sono circondato. Due poliziotti in moto schizzano fuori dal cancello sud-ovest verso di me. Mi blocco appena li vedo. Istintivamente alzo le mani in segno di resa.

Con mia sorpresa, però, mi superano decisi. Seguiti da una limousine, seguita da un'altra limousine, seguita da una Blazer, seguita da un furgone scuro, seguito da un'ambulanza, seguita da altri due poliziotti in moto. Quando scompaiono in lontananza, gli agenti li seguono. In pochi secondi la nuvola è passata e un'azzurra calma è tornata sull'isolato. Bloccato sul posto, emetto una risata nervosa. Non è una caccia all'uomo – è una sfilata. Solo una sfilata.

Non ho tempo di aspettare la metrò, per cui salto in un taxi e torno al mio appartamento. Il biglietto dell'appuntamento con Vaughn non era nella stanza di Nora, il che significa che lei l'ha preso, oppure che è ancora sul mio letto. Può essere rischioso tornare a casa, ma devo sapere. Prima che l'autista mi lasci, gli dico di fare un giro dell'isolato per controllare le targhe. Niente pass giornalistici; niente targhe federali in vista. Finora tutto bene.

«Qui va bene», dico quando si avvicina all'ingresso di servizio sul retro. Gli lascio un biglietto da dieci dollari, sbatto la portiera e mi precipito sulla breve rampa di scale. Faccio del mio meglio per guardarmi intorno, ma non posso permettermi di perdere tempo e di rischiare che mi catturino. Con il «Post» che mi proclama indiziato numero uno, Adenauer non aspetterà le cinque per prendermi. Cercherà di farlo subito. Naturalmente, l'unica ragione per cui ho accettato di costituirmi è che speravo di avere informazioni da Vaughn. Dopo quello che è successo, però...

Cammino cauto nel retro dell'atrio, cercando di notare qualcosa fuori dall'ordinario. Caselle postali, area di accesso, scrivania – tutto sembra normale. Sporgo la testa oltre l'angolo, guardo l'ingresso principale e controllo fuori dalla porta. Domani a quest'ora i giornalisti saranno accampati lì – a meno che non riesca a trovare una prova decisiva che dimostri che è stato Simon.

Convinto di essere solo, corro oltre la scrivania verso l'ascensore. Premo il pulsante di chiamata, le porte si aprono e io entro.

«Dove vai?» chiede una voce profonda.

Mi giro, sbattendo contro le porte che si chiudono.

«Scusa, Michael», ride. «Non volevo spaventarti».

Respiro a fondo. È solo Fidel, il portiere. Sta guardando la televisione dietro alla scrivania – con l'audio staccato, è facile non vederlo.

«Maledizione, Fidel, mi hai fatto venire un infarto!»

Si limita a sorridere il più apertamente possibile. «Gli Orioles stanno battendo gli Yanks – fine del secondo tempo».

«Auguri», dico tornando all'ascensore. Premo di nuovo il pulsante di chiamata e le porte si riaprono.

Sto entrando quando Fidel mi richiama. «A proposito, è passato tuo fratello».

Le porte dell'ascensore stanno per richiudersi, ma io ci infilo un braccio in mezzo. «Quale fratello?» chiedo.

Fidel sembra allarmato. «Q-quello con i capelli castani. Era qui dieci minuti fa – ha detto che doveva prendere qualcosa nel tuo appartamento».

«Gli hai dato le chiavi?»

«No», dice Fidel, balbettando. «Ha detto che le aveva già». Prende il telefono e aggiunge: «Vuoi che chiami per...»

«No! Non chiamare nessuno. Per ora». Salto nell'ascensore e lascio che le porte si chiudano. Invece di premere il bottone per il sesto piano, premo quello per il quinto. Per sicurezza.

Quando le porte si aprono al quinto piano, faccio quattro passi verso le scale che si trovano proprio dall'altra parte del pianerottolo. In silenzio, salgo al sesto. Se è l'FBI che spera di cogliermi di sorpresa, non dovrei essere qui. Ma se è Simon – se ha ucciso Vaughn per tenere segreta la cosa, potrebbe avere in mente qualch... Mi interrompo. Non pensarci. Lo scoprirai fin troppo presto.

Sul pianerottolo del sesto piano, guardo attraverso la finestrella della porta delle scale. Il problema è che il mio appartamento è proprio dall'altra parte e da qui non lo vedo. Non c'è niente da fare – devo aprirla per dare un'occhiata. Metto la mano sulla maniglia e respiro a fondo. Va tutto bene, mi dico. Girala. Tranquillamente. Non troppo alla svelta.

Piano piano tiro verso di me la pesante porta. Ogni scricchiolio mi sembra un piccolo urlo. Nell'atrio, sento delle voci confuse. Sembra che litighino. Uso il piede come fermo, apro la porta e scruto cautamente nel pianerottolo. Man mano che apro la porta, vedo tutto: l'ascensore... lo sportello della spazzatura... la porta del mio vicino... la mia porta – e i due uomini vestiti di scuro che lavorano alla mia serratura. Quei figli di puttana stanno entrando. Ho il busto quasi tutto fuori quando un *ping* mi annuncia l'arrivo dell'ascensore. Le porte si aprono e i due uomini vestiti di scuro girano lo sguardo – proprio verso di me.

«Eccolo!» grida uno. «FBI! Fermo dove sei!»

Di fronte a me, Fidel esce dall'ascensore, ignaro di quello che sta succedendo. «Michael, volevo assicurarmi che...»

«Prendilo!» grida il secondo agente guardandomi.

Prendilo? A chi sta par... La testa mi scatta all'indietro quando vengo afferrato alle spalle. Sento un braccio che mi stringe alla gola e un altro sotto l'ascella. Questa gente è venuta preparata.

In preda al panico, faccio scattare il gomito all'indietro il più forte possibile e becco il mio assalitore nella pancia. Lui emette un grugnito profondo e la sua stretta si allenta. Mi libero.

«Ma cosa?...» grida Fidel. In fondo al corridoio, gli altri due agenti stanno correndo verso di noi.

«Torna nell'ascensore!» grido a Fidel. Le porte stanno per chiudersi.

Prima che chiunque possa reagire, mi tuffo in avanti, placcando Fidel e rotolando con lui verso l'ascensore. Entriamo proprio mentre le porte si chiudono. Giro il braccio sopra la spalla e schiaccio il pulsante con l'indicazione PT. Incominciamo a muoverci mentre gli agenti dell'FBI picchiano contro le porte dell'ascensore. Troppo tardi.

Le mani mi tremano mentre aiuto Fidel a rialzarsi da terra.

«Q-quello è il tizio che ha detto di essere tuo fratello», dice Fidel.

Ancora tremante, lo ascolto appena.

«Sono davvero dell'FBI?»

«Credo di sì... Non ne sono sicuro».

«Ma cos'hai...»

«Non ho fatto niente, Fidel. Chiunque venga, digli così. Sono innocente. E lo dimostrerò». Alzo gli occhi e vedo che siamo quasi arrivati.

«E allora perché?...»

«Scenderanno dalle scale», lo interrompo. «Quando li vedi, digli che sono uscito dal retro, ok? Dal retro».

Fidel annuisce.

Appena l'ascensore si apre, sfreccio fuori dall'ingresso principale. Come via di fuga può essere troppo vistosa, ma la Connecticut Avenue è l'unica su cui posso trovare un taxi. Naturalmente, quando esco dall'edificio, non ce n'è neanche uno. Maledizione. Incomincio a correre lungo l'isolato. Mi basta allontanarmi. Se voglio salvarmi, devo prendere fiato e pensare.

Dopo un minuto di corsa affannosa, mi volto proprio mentre due agenti dell'FBI escono dal portone. Non hanno creduto a Fidel – uno solo è andato sul retro.

Al di là della strada c'è un taxi che viene in senso inverso. «*Taxi!*» urlo.

Finalmente, qualcosa va per il verso giusto. L'autista fa una ampia, illegale inversione a U e si ferma davanti a me.

«Dove va?» mi chiede con l'accento aperto del Midwest. Si volta a guardarmi, tenendo un braccio robusto appoggiato al sedile del passeggero.

«Da qualsiasi parte... sempre dritto... basta che ci allontaniamo da qui», dico dandomi calci nel sedere per essere tornato a cercare quel biglietto. Sapevo che sarebbe andata così.

L'autista schiaccia l'acceleratore e mi manda a sbattere contro lo schienale.

Mi volto. Gli agenti stanno gridando qualcosa, ma non riesco a sentirli. Non importa – hanno risposto alla mia domanda. La notizia è diffusa. Tutti gli occhi sono puntati su di me.

Dieci minuti dopo entriamo in un garage sotterraneo nelle vicinanze della Wisconsin Avenue. L'autista giura che è il più vicino telefono pubblico che non si possa vedere dalla strada. Gli credo sulla parola.

«Le spiace aspettare?» chiedo mentre scendo per telefonare.

«Lei paga, io aspetto – è così che funziona in America».

Prendo la cornetta e faccio il numero di Trey. Risponde al secondo squillo.

«Sono Trey».

«Come va?» chiedo.

«Mi...» Si ferma. C'è qualcuno in ufficio. «Dove diavolo sei? Stai bene?» sussurra.

«Sto bene», dico con poca convinzione. In sottofondo, sento gli altri telefoni del suo ufficio che suonano. «Cosa sta succedendo lì?»

Altri due telefoni si mettono a squillare. «È un casino bestiale – mai vista una roba del genere. Tutti i giornalisti del paese ci hanno chiamato. Due volte».

«Mi tratteranno molto male?»

C'è una breve pausa dall'altra parte. «Sei Dan Quayle».

«Hanno pubblicato...»

«Nessuna dichiarazione – né Simon, né l'ufficio stampa, neanche Hartson. Si dice che faranno una conferenza in diretta alle cinque e mezza – in modo da dare qualcosa per la sera. Ti dico, non ho mai visto una cosa del genere. Siamo paralizzati».

«E il tuo amico del "Post"?»

«So solo che hanno una tua foto scattata davanti all'edificio – probabilmente quella che ti ha fatto quel fotografo. A meno che non abbiano qualcosa di meglio, dice che la metteranno in prima domani mattina».

«E non può...»

«Faccio del mio meglio», dice. «Non c'è via di uscita. Inez sa tutto – che eri stato nell'ufficio di Caroline, i file IDEV, i rapporti tossicologici, i soldi...»

«Ha saputo dei soldi?»

«Il mio socio dice che conosce qualcuno alla polizia. Hanno digitato il tuo nome ed è saltato fuori "Indagini finanziarie". Diecimila dollari trovati a Michael Garri...» La voce di Trey si spegne. «Cosa?» chiede in sottofondo. Ha messo una mano sulla cornetta. «Chi?»

«Trey!» grido. «Cosa succede?»

Sento gente che parla, ma lui non risponde.

«Trey!»

Ancora niente.

«*Trey!*»

«Sei sempre lì?» mi chiede finalmente.

Mi viene da vomitare. «Cosa diavolo succede?»

«Steve è appena tornato dall'ufficio stampa», dice esitando.

«Cattive notizie?»

Non sento niente, ma so che mi hanno fregato. È una notizia bomba. «Non mi agiterei finché non arriva la confer...»

«Dimmi cos'è».

«Dice che hanno trovato una pistola nella tua macchina, Michael».

«Cosa?»

«Avvolta in una vecchia piantina; nascosta nel tuo cruscotto».

Mi sento come se mi avessero dato un calcio sul collo. Ho il corpo che gira. Mi appoggio alla cabina telefonica per non cadere. «Io non possiedo... Come hanno fatto a... Oh, Dio, troveranno Vaughn...»

«È solo una voce, Michael – per quanto ne sappiamo si tratta di...» Trey si interrompe un'altra volta. Tutto il rumore di sottofondo si blocca. L'ufficio si fa silenzioso. Sento solo i telefoni che suonano. Dev'essere entrato qualcuno.

«Cosa dicono?» domanda una voce femminile. La riconosco all'istante.

«Ecco qua, signora Hartson», dice un'altra voce.

«Devo andare», sussurra Trey.

«Aspetta!» grido. «Non...» Troppo tardi. Ha messo giù.

Rimetto a posto la cornetta e mi guardo in giro in cerca di aiuto. L'unica presenza è l'autista del taxi, che è già perso nel suo giornale. Sento il taxi che tossisce e geme per anni di maltrattamenti. Il resto del garage è silenzioso. Silenzioso e abbandonato. Mi metto la mano sullo stomaco e sento un coltello che mi gira nella pancia. Devo... Devo trovare aiuto. Riprendo la cornetta e inserisco altre monete nel telefono. Senza neanche pensare, faccio il suo numero. È il primo pensiero che mi viene in mente. Dimentica quello che è successo, telefonale. Ho bisogno di essere in prima linea. Di sapere quello che succede. E soprattutto ho bisogno di un po' di onestà.

«Sono Pam», dice rispondendo.

«Ciao», dico cercando di sembrare tranquillo. Dopo la nostra ultima conversazione, probabilmente è pronta a farmi a pezzi.

Fa una pausa lunga quanto basta per farmi capire che ha riconosciuto la mia voce. Chiudo gli occhi e mi preparo a una raffica di insulti.

«Come va, Pete?» chiede con la voce tesa.

C'è qualcosa che non va. «Devo...»

«No, no», mi interrompe. «L'FBI non ha chiamato. Non controllano le linee telefoniche...»

Non ho bisogno di sentire altro. Butto giù la cornetta. Le sono debitore – per quanto arrabbiata fosse, mi ha avvertito. Avrà grossi guai per questo. Ma se sono già arrivati ai miei amici... Maledizione, forse Trey non lo sapeva neanche. Forse hanno già... Mi allontano dal telefono a corro al taxi. «Usciamo subito di qui», grido all'autista.

«Dove andiamo?» chiede mentre i pneumatici stridono sulla Wisconsin Avenue.

Ho ancora una sola possibilità: «Potomac, Maryland».

34

«Siamo quasi arrivati», annuncia il tassista venti minuti dopo.

Alzo la testa quanto basta per dare un'occhiata fuori dal finestrino di sinistra. Aiole, prati ben tenuti, molte strade senza uscita. Mentre oltrepassiamo le recenti McMansion che punteggiano il paesaggio troppo curato per essere naturale di Potomac, affondo nel sedile e cerco di rendermi invisibile.

«Non è una brutta zona», dice l'autista con un fischio. «Guardi che giardini!»

Non alzo neanche la testa. Sono troppo impegnato a cercare nuovi posti in cui fuggire. È più difficile di quanto pensassi. Grazie ai controlli fatti all'inizio dall'FBI, il mio file contiene tutti i miei contatti: familiari, amici. È così che fanno i controlli – portandoti via il tuo mondo. Il che vuol dire che, se voglio aiuto, devo uscire dalla mia rete. Il fatto è che, se qualcuno è al di fuori della mia rete, di solito c'è una ragione.

«Eccola», dico indicando quella che, devo ammetterlo, è una favolosa casa coloniale in stile New England all'angolo di Buckboard Place.

«Devo girare qui?» chiede l'autista.

«No, continui diritto». Oltrepassiamo la casa e io mi giro a guardarla dal lunotto posteriore. A circa duecento metri di distanza indico il vialetto vuoto di una casa in disordine. Prato non curato, imposte sbrecciate. Come la nostra vecchia casa: il pugno nell'occhio del quartiere. «Entri qui», dico studiando la polvere sulle finestre. Non c'è nessuno. Questa è gente che lavora.

Senza una parola, ci infiliamo nel vialetto perpendicolare alla strada. Il taxi entra in modo che la casa di fianco lo nasconde tutto, tranne il finestrino di dietro e il bagagliaio. È un ottimo nascondiglio – una camera con vista.

In diagonale, tengo d'occhio la vecchia casa coloniale. Ha un ampio garage a due posti. Il vialetto è vuoto.

«Quanto tempo passerà prima che torni?» chiede il tassista. «La somma da pagare sta diventando seria per lei».

«Le ho già detto che la pagherò. E poi», aggiungo guardando l'orologio, «arriverà presto – non lavora più a tempo pieno».

Accingendosi ad aspettare, l'autista fa per accendere la radio. «Se sentissimo qualche notizia...»

«*No!*» abbaio.

Alza un sopracciglio. «Come vuole, amico», dice. «Come vuole lei».

Quindici minuti dopo, Henry Meyerowitz entra nel quartiere con la sua personale crisi di mezza età – una Porsche del 1963 nera decapottabile. Scuoto la testa alla targa personalizzata con la scritta SMOKIN. Odio la famiglia di mia madre.

Per essere onesti, però, lui è l'unico che mi abbia mai contattato. Al funerale, mi ha detto di chiamarlo – che gli avrebbe fatto piacere portarmi fuori a cena. Quando ha saputo che avevo trovato un posto alla Casa Bianca, ha ripetuto la sua offerta. Sperando che i rapporti familiari contino qualcosa, ho scelto lui in base a questo. Mi ricordo di essere venuto qui in gita, una settimana dopo aver incominciato a lavorare – usai perfino la mappa AAA per orientarmi nelle vie laterali – ma quando arrivai nel quartiere dove sono ora mi resi conto che non avevano invitato mio padre. Solo me. Solo la Casa Bianca.

Peccato che per me sia tutto o niente. Non mi interessa se sono un ramo della famiglia – hanno fatto lo stesso con mia madre. Se non volevano i miei genitori, non potevano avere neanche me. Dopo essere rimasto seduto nella macchina dietro l'angolo per quasi un'ora, andai a telefonare da un benzinaio e gli dissi che c'era stato un contrattempo. Non l'ho più contattato. Fino a oggi.

Quando Henry svolta a sinistra per entrare in Buckboard Place, afferro la maniglia del taxi. Sto per aprire la portiera quando noto la spider nera che lo segue nel vialetto. Due uomini escono dall'auto. Abiti scuri. Non robusti come quelli dei Servizi segreti. Solo come quelli a casa mia. Si avvicinano a mio cugino, aprono una cartelletta e gli mostrano una foto. Sono piuttosto distante, ma riesco a interpretare i loro movimenti anche da qui.

Non l'ho visto, dice mio cugino scuotendo la testa.

Le dispiace se entriamo comunque?, chiede il primo agente, indicando la porta.

Nel caso che si faccia vivo, aggiunge il secondo.

Henry Meyerowitz non ha molta scelta. Si stringe nelle spalle. E li fa entrare.

La porta d'ingresso della casa coloniale in stile New England sta per essermi sbattuta in faccia.

«Andiamocene da qui», dico all'autista.

«Eh?»

«Andiamo via. Per favore».

Gli agenti dell'FBI stanno entrando con mio cugino. Istintivamente, il tassista accende il motore, che ruggisce.

«Non ancora!» grido. È troppo tardi. La macchina si

447

mette in moto tossendo. L'agente più vicino alla porta si ferma. Io resto immobile. Dalla soglia, l'agente si gira e guarda verso di noi. Sta stringendo gli occhi, ma non vede niente. Va tutto bene, mi dico. Da questa angolazione, credo che...

«*Là!*» grida indicando verso di noi. «*È là!*»

«FBI!» grida il primo agente tirando fuori un documento.

«Esca di qui!» grido all'autista.

Non si muove.

«Cosa aspetta?»

Lo sguardo triste nei suoi occhi mi dice tutto. Non vuole rischiare la vita per una corsa. «Mi dispiace, amico».

Guardo fuori dal lunotto posteriore. I due agenti si stanno avvicinando. La decisione è facile. Non voglio essere preso. Libero, ho ancora una possibilità. Ma se mi consegno, non scoprirò mai la verità.

Apro la porta con un calcio e scendo. Sapendo che mi restano solo pochi dollari nel portafogli, mi strappo i polsini presidenziali e li tiro contro il finestrino del taxi, poi scappo. Non so bene dove andare, proseguo lungo il vialetto e intorno alla casa. Alle mie spalle, il tassista fa marcia indietro con un angolo di 45 gradi – quanto basta per bloccare il vialetto e ostacolare gli agenti.

«Tira via questo pezzo di merda!» grida uno dei due agenti mentre io attraverso il giardino sul retro. Afferro due paletti della recinzione di legno che delimita la proprietà e la supero. Atterro nel giardino della casa vicina e sento gli agenti che passano sopra al taxi: le loro scarpe risuonano contro il cofano di metallo.

«È nel giardino di fianco!» grida uno degli agenti.

Mi precipito fuori davanti alla casa e mi trovo i mezzo all'isolato vicino. Attraverso di corsa la strada e per-

Non risponde. Ha la faccia contratta per il dolore. In distanza, sento il secondo agente. «Lou, sei qui? Lou?!» Troverà il suo socio abbastanza presto. Per me è ora di andarmene.

Appoggiando tutto il peso sulla gamba buona, me ne vado zoppicando il più in fretta possibile. Cinque isolati dopo, vedo un altro autobus. Questa volta riesco a salire. Mentre le porte si chiudono, sento la sirena di un'ambulanza nelle vicinanze. Hanno fatto alla svelta. In piedi davanti, guardo fuori dal parabrezza e vedo le luci lampeggianti che vengono verso di noi.

«Ha intenzione di pagare il biglietto o cosa?» chiede l'autista, riportandomi bruscamente alla realtà.

«S-sì», dico. Mentre l'ambulanza sfreccia oltrepassandoci, prendo il portafogli e infilo un dollaro nella macchinetta. Mentre vado verso il fondo dell'autobus, sento il cicalino che vibra nella mia tasca. Lo tiro fuori e riconosco all'istante il numero. È il mio. Chiunque sia, è nel mio ufficio.

Ci vogliono venti minuti perché l'autobus arrivi al parcheggio della stazione di Bethesda. Da qui ho accesso alla metropolitana e a tutte le sue connessioni – per il centro, la periferia e tutto il resto. Ma prima devo trovare un telefono.

Entrando nella stazione del metro, evito la folla diretta alle scale mobili, assurdamente lunghe, e vado invece alla fila di cabine telefoniche sulla mia destra. Ho ancora qualche moneta in tasca, ma dopo la conversazione con Pam non voglio correre rischi. Invece di fare direttamente il mio numero, prendo la cornetta e faccio l'800 che mi metterà in contatto con il centralino. Una volta entrato nella rete telefonica della Casa Bianca, sarà molto più difficile rintracciare la mia telefonata.

«Lei ha chiamato il centralino», dice una voce femminile. «Per contattare un ufficio, premere 1». Premo lo 0.

«Operatrice 34», risponde qualcuno.

«Ho ricevuto un avviso da Michael Garrick – può passarmelo?»

«Mi ripete il cognome, per favore?»

Sembra sincera. Buon segno – non lo sanno ancora tutti. «Garrick», ripeto. «È nell'ufficio dei consiglieri».

Pochi secondi dopo, il telefono del mio ufficio sta suonando. Chiunque vi si trovi, non vedrà altro che la scritta «centralino» sul display.

«Molto furbo», dice Adenauer rispondendo, «passare dal centralino in quel modo».

La mano si contrae intorno alla cornetta. Sapevo che era lui. Anzi, sono sorpreso che ci abbia messo tanto. «Non sono stato io», insisto.

«Perché non mi ha parlato dei soldi, Michael?»

«Mi avrebbe creduto?»

«Mi metta alla prova. Da dove li ha presi?»

Sono stufo di farmi prendere in giro. «Non prima di avere delle garanzie».

«Le garanzie sono facili da ottenere, ma come faccio a sapere che mi dirà la verità?»

«Avevo un testimone. Non ero solo, quella sera».

C'è una breve pausa dall'altra parte. Ricordo il consiglio di Vaughn sulle telefonate e guardo la lancetta dei secondi sul mio orologio. Ottanta secondi al massimo.

«Mi sta mentendo, Michael».

«Io non...»

Adenauer mi interrompe con quello che sembra il ronzio di un registratore.

«Ieri sera era giovedì tre», dice una voce femminile.

Oh, no, penso. Prima che fermasse il nastro...

452

«*Giusto*», dice la mia voce registrata. «*Ecco, stavo guidando lungo la Sedicesima strada quando ho visto...*»

«*Prima di questo: c'era qualcun altro con te?*»

«*Questa non è la cosa importante...*»

«*Rispondi alla domanda*», dice Caroline.

«*No, ero solo*».

«Aveva dimenticato che abbiamo un nastro?» chiede Adenauer con tono fin troppo soddisfatto.

La mano libera mi si agita. Mancano trenta secondi soltanto. «L-le giuro... non è...»

«Abbiamo trovato Vaughn», dice Adenauer. «E la pistola. Basta bugie, Michael. L'ha fatto per Nora?»

«Le dico che...»

«La smetta di pigliarmi per il culo!» esplode Adenauer. «Ogni volta ha una storia diversa!»

Venti secondi. «Non è una storia! È la mia vita!»

«Deve solo costituirsi». Preoccupato che scappi, fa il gentile. «Se ci aiuta – se ci consegna Nora – le prometto che il processo sarà molto più facile».

«Non è vero».

«*È* vero. Si faccia furbo, Michael. Più resta lì e peggio è».

Dieci secondi. «Devo andare», dico con la voce che trema. «Ho bisogno... ho bisogno di pensare».

«Mi dica solo che si costituirà. Ci dia la sua parola e noi l'aiuteremo. Cosa ne dice?»

«Devo andare».

Lui ha perso la pazienza e io sto per riagganciare. «Mi lasci dire una cosa, Michael – si ricorda quando Vaughn le ha detto che ci vogliono ottanta secondi per rintracciare una telefonata?»

«Come fa lei...»

«Be', si sbagliava», dice Adenauer. «Ci vediamo presto».

Metto giù la cornetta e mi giro lentamente. Alle mie

spalle c'è una folla di pendolari che cercano di salire sulle scale mobili. Almeno tre persone mi stanno guardando fisso – una donna con occhiali da sole alla Jackie O. e due uomini che hanno alzato gli occhi dal loro giornale. Prima che possa reagire, tutti e tre spariscono sulle scale mobili. Metà delle persone scendono verso la metropolitana. L'altra metà sale verso la strada. Osservo il resto della folla, cercando sguardi sospetti e camminate decise. Siamo a Washington D.C. nell'ora di punta. Tutti sono sospetti.

Il mio corpo si irrigidisce. Ho la tentazione di correre, ma non lo faccio. Non ha senso. Non possono rintracciare una telefonata attraverso il centralino. È impossibile, vuole solo spaventarmi. Farmi commettere un errore. Metto alla prova il suo bluff e faccio un passo esitante verso la folla. Non importa quanto siano bravi, nessuno è così veloce. Continuo a ripetermelo mentre scivolo sulle scale mobili e vengo assorbito dalla folla.

Con i denti serrati, cerco di ignorare la caviglia. Niente deve farmi apparire fuori posto. Mi guardo intorno quando arriviamo in cima, ma è tutto tranquillo. Le macchine sfrecciano; i pendolari si disperdono. Seguo altri due passeggeri al vicino posteggio di taxi, faccio la fila e salgo su una macchina. Un'altra qualsiasi giornata di lavoro.

«Dove andiamo?» chiede il tassista quando scivolo dentro.

Ignoro la domanda e guardo nervosamente a sinistra, poi a destra. Cerco qualcosa per nascondermi e la mano va istintivamente alla cravatta. Ma quando faccio per prenderla mi accorgo che non c'è più. Me n'ero quasi dimenticato. Era sporca di sangue.

«Mi dica», chiede il guidatore. «Ho bisogno di una destinazione».

«Non lo so», balbetto alla fine.

Lui mi guarda nello specchietto. «Si sente bene, lag-giù?»

Di nuovo, ignoro la sua domanda. Non riesco a cre-dere che Adenauer abbia il nastro – sapevo che non avrei dovuto permettere a Caroline di registrare niente – anche se l'ho fermato, c'è quanto basta per... Non vo-glio nemmeno pensarci. Mi chino sui seggiolini mac-chiati e metto le mani intorno alla caviglia gonfia. Mi sembra di svenire. Sono riuscito a scappare in periferia, ma devo pensare a qualche altra cosa. Ho bisogno di un'altra destinazione. Qualche posto dove pensare.

A casa no. Neanche a casa di Trey. O di Pam. Ci so-no alcuni amici di scuola o dell'università, ma se l'FBI manda gente da mio cugino vuol dire che stanno se-guendo il mio file. E poi non voglio far correre altri ri-schi ad amici o parenti. Il mio occhio incomincia a pulsare di nuovo. Non c'è niente da fare. Tutto è con-tro di me.

Mi resta solo un motel vicino. Non è una brutta idea, ma devo renderla sicura. Niente carte di credito, niente attraverso cui possano risalire a me. Apro il portafogli e vedo che sono rimasto al verde. Ho solo dodici dollari in contanti, i miei due dollari portafor-tuna e una tessera della metropolitana. Prima di tutto: «Mi porti dove posso ritirare dei soldi».

«Questo sì che è parlare», dice il tassista.

Infilo la carta nell'ATM, digito il mio codice PIN a quattro cifre. Anche con il limite giornaliero di sei-cento dollari, dovrei riuscire a superare la notte. Poi potrò incominciare a elaborare una soluzione.

Digito la cifra e aspetto che la macchina faccia il suo dovere. Ma invece di sentire il suono dei biglietti che mi vengono consegnati, vedo un messaggio che dice:

«L'operazione non può essere effettuata in questo momento».

Cosa? Forse ho tentato di prelevare troppo. Schiaccio il pulsante CANCEL e ricomincio. Stavolta compare un nuovo messaggio: «Per riavere la sua carta, la preghiamo di contattare il responsabile della sua banca o del suo istituto finanziario».

«Cosa?» Premo di nuovo CANCEL, ma non ottengo risposta. La macchina si risetta e le parole «Prego, inserire la carta» compaiono sullo schermo. Non capisco. Come... Guardo fisso l'ATM e mi ricordo che i controlli dell'FBI comprendono informazioni su tutti i conti correnti bancari. «Maledizione!» grido battendo il pugno contro il vetro infrangibile. Mi hanno fregato la carta. Non ammetto la sconfitta, tiro fuori una carta di credito e la infilo nella macchina. Ho solo bisogno di un anticipo in contanti. Ma ancora una volta, sullo schermo compare la scritta «L'operazione non può essere effettuata in questo momento».

Il sole ha appena incominciato a tramontare. Quando mi giro, perciò, c'è ancora luce sufficiente perché il tassista legga l'espressione sulla mia faccia e innesti la marcia. Sa riconoscere una fregatura quando la incontra.

«Aspetti!...» grido.

I pneumatici stridono. Se n'è andato. E sono sulla strada.

L'ultima volta che successe una cosa simile avevo sette anni. Tornando a casa dal barbiere locale, papà decise di prendere una nuova scorciatoia attraverso il cortile della scuola appena rifatto. Due ore dopo aveva dimenticato dove abitava. Avrebbe potuto andare a una cabina e telefonare a mia madre, ma questa idea non gli venne mai.

Naturalmente, allora, era un'avventura. Persi nel labirinto di palazzi, continuava a scherzare dicendo che, dovunque fossimo, potevamo metterci a giocare a nascondino. Io non riuscivo a smettere di ridere. Finché non incominciò a piangere. La frustrazione aveva sempre quell'effetto su di lui. Quel gemito acuto di disperazione adulta è uno dei miei primi ricordi – e uno di quelli che vorrei dimenticare. Poche cose feriscono così a fondo come le lacrime dei genitori.

Ma, anche mentre crollava, papà cercò di proteggermi, nascondendomi dentro la campana di vetro di una cabina telefonica. «Dormiremo qui finché la mamma ci troverà», disse quando incominciò a diventare buio. Io sedetti nella cabina. Lui si appoggiò fuori. A sette anni, ero molto spaventato. Ma neanche la metà di quanto sono spaventato adesso.

35

Alle sei meno un quarto sono nel miglior nascondiglio accessibile dalla metropolitana che mi sia venuto in mente: pieno di gente e aperto ventiquattr'ore su ventiquattro: il Reagan National Airport. Prima di sistemarmi dove sono ora ho fatto una fermata al deposito bagagli fuori dal Terminal C. Ho investito i miei due dollari portafortuna e tutte le monete che avevo in tasca per acquistare, a due dollari e settantadue centesimi, una valigia di plastica nera difettosa che stava per essere rimandata al produttore. Chi se ne frega se la cerniera non si apre? Non mi serve per viaggiare, ma solo per mascherarmi. E unita a un biglietto usato che ho ripescato nella spazzatura, funziona benissimo.

Da allora sono rannicchiato in un angolo della Legal Seafood – l'unico ristorante dell'aeroporto che trasmette le notizie locali, il posto migliore in cui centellinare i dodici dollari che mi sono rimasti.

«Ecco la sua soda», mi dice la cameriera posandomi il bicchiere sul tavolo.

«Grazie», rispondo con gli occhi incollati alla tv. Con mia sorpresa, la rete locale ha cambiato l'ordine dei programmi per seguire una conferenza stampa in diretta. È una lotta di potere da parte delle emittenti – fare pressioni sull'ufficio stampa perché affronti l'argomento. Naturalmente, la Casa Bianca tende a frenarc. La CNN è una potenza, ma non può avere in diretta l'intero paese – la gente si farebbe prendere dal panico e darebbe voti a Bartlett. Per cui alla Casa Bianca fanno la cosa migliore che gli viene in mente – programmano la scaletta al contrario: incominciano con gli argomenti poco importanti e arrivano al punto alla fine.

Il risultato è che vediamo un occhialuto burocrate del dipartimento di stato che spiega a ottantacinque milioni di telespettatori i benefici degli accordi di Kyoto e in che modo essi influiranno a lungo termine sulla nostra posizione commerciale in Asia. Con un enorme sbadiglio collettivo, trenta milioni di persone cambiano canale. Per le emittenti, è un incubo. Per l'ufficio stampa, un KO tecnico. Il messaggio è arrivato – non fate i furbi con la Casa Bianca.

Convinto che siano rimasti solo gli ossi duri, l'addetta stampa Emmy Goldfarb e il presidente si avvicinano al podio. Lei è lì per parlare. Lui per farci capire che è serio. Un candidato che sa come affrontare una crisi.

Basta perdere tempo, la signora arriva subito al punto. Sì, la morte di Caroline Penzler non è stata provocata da cause naturali. No, la Casa Bianca non lo sapeva. Be', perché i rapporti tossicologici sono stati completati solo da poco. Il resto non può essere discusso perché non si vuole interferire con le indagini in corso. Come prima, cerca di essere rapida e gentile. Ma non ha alcuna possibilità. Una volta che si diffonde nell'aria l'odore del sangue, i giornalisti si leccano le matite.

In pochi nanosecondi, i presenti sono in piedi e gridano domande.

«Quando sono arrivati i rapporti tossicologici?»

«È vero che la vicenda è stata divulgata dal "Post"?»

«Cosa c'entra Michael Garrick?»

Faccio per prendere la mia soda e, inavvertitamente, la rovescio. Mentre cola dal mio tavolino, la cameriera accorre.

«Mi scusi», dico mentre lei butta uno straccio.

«Non è niente di grave», risponde.

Sullo schermo, l'addetta stampa spiega che non può interferire con le indagini dell'FBI in corso, ma i giornalisti non hanno affatto intenzione di lasciare che se la cavi così facilmente. In pochi secondi, le domande riprendono a fioccare.

«È sicuramente un omicidio o si sta considerando ancora l'ipotesi del suicidio?»

«Cosa può dire dei diecimila dollari?»

«È vero che Garrick è ancora nell'edificio?»

La stanno martellando. Qualcuno deve salvarla. Naturalmente, il presidente interviene. Per il popolo americano, è come un eroe. I giornalisti, appena l'hanno visto nella stanza, hanno capito che sarebbe intervenuto. Il presidente non si limita ad assistere alle conferenze. E la folla zittisce.

Afferrando con le mani il podio, Hartson riprende da dove la Goldfarb non avrebbe mai dovuto arretrare. Questo è un caso dell'FBI. Punto. Loro hanno indagato. Loro hanno fatto i test. E loro hanno tenuto segreta la cosa per evitare che accadesse proprio quello che sta accadendo. In pochi secondi, ha passato la patata bollente. È talmente bravo che fa paura.

Quando ha convinto tutti di essere pulito, risponde alle domande. No, non può parlare di Vaughn o di me. Sì, sarebbe di grande ostacolo alle indagini. E sì, nel caso che i giornalisti l'avessero dimenticato, le persone sono innocenti finché non si sia dimostrata la loro colpevolezza, grazie mille.

«*Comunque*», continua mentre la sala cade nel silenzio, «voglio assolutamente chiarire una cosa...» Fa una pausa sufficiente perché tutti si sentano l'acquolina in bocca. «Se è stato un omicidio... costi quel che costi, troveremo la persona che ha ucciso la mia amica Caroline Penzler». Dice proprio così. «*La mia amica* Caroline Penzler». E tutto cambia. Dalla difesa all'attacco in poche sillabe. Vedo i numeri dei sondaggi che schizzano in alto. Fanculo Bartlett. Non c'è niente che l'America ami più di una piccola vendetta personale. Quando ha finito, guarda direttamente in macchina per la frase conclusiva: «Chiunque sia stato, dovunque sia, il colpevole pagherà».

«È tutto quello che abbiamo da dire», interviene l'addetta stampa. Hartson lascia la stanza; i giornalisti continuano a gridare domande. È troppo tardi, però. Sono le sei. Per ora, i notiziari devono organizzare quello che hanno, e quello che hanno è la zampata senza dubbio vincente di Hartson. Devo ammetterlo. Questa scena è stata organizzata meglio del compleanno della First Lady. Superba in ogni dettaglio – perfino nell'apparente difficoltà della Goldfarb. Il presidente interviene, sembra onesto e sistema le cose. Rimpiange l'amica morta; con qualche briciola di rappresaglia. L'inflessibilità contro il delitto non è mai stata così bella.

Naturalmente, quando la polvere si dirada, riesco solo a pensare alla persona su cui i giornalisti facevano domande. Non Simon. E fortunatamente non Nora. Solo io. Io e Vaughn. Due morti.

Alle otto, per evitare il caramello delle sitcom per bambini del venerdì sera, il ristorante passa sulla CNN – appena in tempo per rivedere la scena. Quando finiscono con la frase vincente di Hartson, l'anchorwoman dice: «Il "Washington Post" di domani dichiara che quest'uomo, Michael Garrick, è ricercato dalle autorità per interrogarlo». Mentre dice il mio nome, la mia foto segnaletica compare sullo schermo. Accade così rapidamente che quasi non riesco a reagire. Posso solo distogliere lo sguardo. Quando ha finito, alzo la testa e controllo il bar. Cameriera. Barista. Uomini d'affari che mettono in conto all'azienda le loro cene a base di salmone. Nessuno sa, tranne me.

Per non insospettire la cameriera, mi sposto al ristorante, dove il barista è abituato ai pendolari che si fermano solo per guardare la tv. «Avete un "oggetti smarriti"?» gli chiedo. «Temo di aver dimenticato qualcosa qui, durante il mio ultimo viaggio».

Tira fuori una scatola di cartone del ketchup Heinz da dietro il banco e me la mette davanti. Fra i portachiavi e i romanzi tascabili, scelgo un paio di occhiali da sole e un cappellino da baseball dei Miami Dolphins. Mio padre avrebbe preso tutta la scatola.

«È un inizio», dico ficcandomi il cappellino in testa.

Alle nove ho visto la storia per la quarta volta. Alle dieci, il numero è raddoppiato. Non so bene perché continuo a guardarla, ma non riesco a farne a meno. È come se aspettassi qualche cambiamento – l'intervento di un conduttore che dica: «È appena arrivata una notizia: Nora Hartson ammette di avere problemi di droga; l'ufficio dei consiglieri è completamente corrotto; Michael Garrick è innocente». Finora, non è accaduto.

Quando le luci al neon del ristorante si spengono, capisco che è il momento di allontanarmi zoppicando verso i gate. La caviglia va meglio, ma è ancora rigida. Sistemo gli occhiali e, con la valigia che mi segue, sprofondo in una sedia d'angolo e inclino la testa per vedere il televisore appeso al soffitto. Altre tre ore di CNN portano il totale a venti. Ogni volta, le parole sono identiche. Certo, vi sono alcune differenze – il presentatore cambia gli aggettivi e l'intonazione per tener desta l'attenzione – «...*quest*'uomo, Michael Garrick...»; «...quest'*uomo*, Michael Garrick...»; «...quest'uomo, *Michael Garrick*...»; ma il messaggio è sempre lo stesso. È la mia faccia quella lassù. La mia vita. E finché resto qui seduto ad avere compassione di me stesso, le cose continueranno a peggiorare.

Alle due e un quarto di mattina un volo in ritardo da Chicago arriva al terminal della US Airways. Quando la folla si allontana dall'aereo, due guardie si avvicinano e mi dicono che il terminal adesso è chiuso.

«Mi dispiace, ma devo chiederle di andarsene», dice la seconda guardia.

Cerco di fare in modo che non mi possano vedere bene, tengo la testa bassa e non gli offro altro che il logo dei Dolphins. «Credevo che foste aperti ventiqu...»

«I gate chiudono per ragioni di sicurezza. Il terminal centrale è aperto tutta notte. Può aspettare là senza problemi».

Senza alzare la testa, prendo la mia valigia leggera e abbandono la CNN.

Alle tre sono disteso su una panchina vicino all'ufficio informazioni, con la valigia sul petto. Negli ultimi quindici minuti le guardie hanno scacciato due senza tetto. Io ho un vestito. Mi lasciano in pace. Non è il migliore dei nascondigli, ma è uno dei pochi in cui potrò dormire. Al contrario di quanto avviene a New York, qui la metropolitana a mezzanotte chiude. E se le autorità mi stanno davvero cercando, cercheranno qualcuno che vuole scappare. Io voglio restare qui.

Nei quindici minuti successivi faccio molta fatica a tenere diritta la testa, ma non riesco a rilassarmi abbastanza da addormentarmi. Naturalmente, mi faccio domande su Nora e su come reagirà, ma in realtà penso soprattutto a mio padre. Ormai la stampa starà passando al setaccio tutta la mia vita e non ci metterà molto a scoprirlo. Non importa quanto è indipendente, non è capace di reggere una cosa del genere. Nessuno di noi lo è, tranne forse Nora.

Mentre prendo sonno, la mia mente torna al Rock Creek Parkway. All'inseguimento di Simon. Ai soldi con cui mi hanno trovato. Al fatto che ho detto che erano miei. È lì che è incominciata la valanga. Meno di due settimane fa. Da lì, le immagini si susseguono velocemente. Vaughn morto nella camera d'albergo. Nora sul tetto della Casa Bianca. Gli occhi di Caroline, uno dritto e l'altro storto. Le scene si confondono e mentalmente immagino come avrebbero potuto essere altrimenti. C'era sempre una soluzione facile, ma io... Non volevo prenderla. Non ne valeva la pena. Finora.

A Washington... No. Nella vita... Ci sono due mondi separati. Ci sono le cose che crediamo importanti e ci sono le cose davvero importanti. È passato troppo tempo da quando mi sono accorto della differenza.

Mentre i miei occhi si chiudono, mi tiro la valigia fin sul mento. Sarà una notte fredda, ma almeno ho preso una decisione. Sono stufo di restare bloccato in una cabina telefonica.

36

Simon si sveglia alle quattro di mattina e si dedica a una rapida doccia e alla barba. Di solito dorme almeno fino alle cinque e mezza, ma se vuole battere i giornali oggi deve uscire prima. Naturalmente, non c'è ancora nessun giornale sull'uscio di casa, ma controlla comunque.

Fuori, dove sono seduto io, è ancora buio completo, per cui mentre passa di camera in camera e in cucina seguo la traccia delle luci. Per quanto posso giudicare, ha una bella casa in una bella zona. Non è il migliore dei quartieri residenziali della Virginia, ma l'ha scelto proprio per questo. Mi ricordo che l'ha spiegato all'ultimo ritiro aziendale. Il giorno in cui lui e sua moglie sono andati a comperare la casa, la loro agenzia gli ha proposto una casa nuova di zecca in una zona richiestissima del McLean. Era ovviamente più cara, sostenne la moglie di Simon, ma potevano permettersela. Simon non ne volle sapere. Se voleva insegnare ai suoi figli i veri valori, dovevano avere qualcosa da desiderare. Non c'è nessun vantaggio nell'essere sempre i primi.

Ripensandoci, la storia è probabilmente una panzana. Fino a poche settimane fa, Simon era un uomo da prendere in parola. Il che, per una strana ragione, è anche il motivo per cui adesso sono seduto al posto del passeggero nella sua Volvo nera.

È ancora buio pesto quando Simon esce dalla porta

465

sul retro. Lo vedo chiudere a chiave e controllare il giardino. È ancora presto. Nessun giornalista all'orizzonte. Muovendosi verso il vialetto, Simon ha l'atteggiamento di un uomo senza preoccupazioni. O, per me, di un uomo incapace di preoccupazioni. Non mi vede neanche mentre va verso il lato di guida della macchina. È troppo preso a pensare che se l'è cavata.

Mi tira la valigetta addosso e scivola sul sedile di pelle come se fosse un giorno qualsiasi.

«Buongiorno, signor Verme – sono l'uccellino mattiniero», annuncio.

Sussulta, si porta le mani al petto e lascia cadere le chiavi. Ma devo ammirarlo ancora una volta. In pochi secondi le sue spalle robuste si sollevano irritate. Mentre si passa una mano tra i capelli sale e pepe, la sua calma imperturbabile torna prima ancora che lui se ne renda conto. Si volta verso di me e la lucina dell'auto gli illumina la faccia. Con un gesto irritato, chiude di colpo la portiera e torna il buio.

«Potevi aspettare che arrivassi in ufficio», dice con una voce ghiaiosa.

«Mi credi così stupido?» chiedo.

«Dimmelo tu – chi è che sta dormendo nella mia auto?»

«Non ho dormito qui. Stavo solo...»

«Stavi solo spiando il tuo capo alle cinque del mattino. Suvvia», aggiunge, «non pensavi davvero di potertela cavare, no?»

«Cavare?»

«È finita, Michael. Meglio dichiararti pazzo che innocente». Ride fra sé e dice: «Avevo ragione, comunque, no? Caroline ha organizzato tutto; e tu hai preso i soldi».

«Cosa?»

«Non ci avrei neanche pensato se non ti avessi visto

quella sera. Poi, quando ho saputo quello che era successo al mio pagamento – che la polizia aveva confiscato i diecimila – è lì che tutto ha incominciato a crollare, no? Lei ha pensato che tu la volessi fregare. L'hai fatto per questo? È per questo che l'hai uccisa?»

«L'*ho* uccisa?»

«È una strada stupida, Michael. Lo era allora e lo è adesso. Non te la caverai mai due volte».

«*Due volte*?» Non capisco quello che dice, ma è chiaro che ha una sua visione personale della realtà. È ora di smascherarlo. «Non sono uno stupido, Edgar. Ti ho visto al Pendulum quella sera. C'ero anch'io».

«C'è una ottima ragio...»

«Girala come vuoi, stavi cedendo a un ricatto. Quarantamila per tenere chiuso un cassetto». Mi lancia un'occhiata. «Lo sa tua moglie? Hai?...»

«Hai un registratore?» mi interrompe. «È per questo che sei qui?» Prima che possa reagire, distende un braccio e mi colpisce al petto con la mano aperta.

«Lasciami stare!» grido respingendolo.

Capisce che nella camicia non ho niente e torna a sedersi.

Scuoto la testa davanti all'uomo che era il mio capo. «Non gliel'hai ancora detto, vero? Tu vai in giro a divertirti e lei non sa niente. E i tuoi bambini? Menti anche con loro?» Mi accorgo di avere la sua attenzione e indico la sua casa alle mie spalle. «Saranno loro a pagare, Edgar».

Di nuovo si passa la mano tra i capelli. Per la prima volta da quando lo conosco, il sale e pepe non torna al suo posto. «Devo dire la verità, non credevo che fossi il tipo, Michael». Dal modo in cui la voce si sofferma su ogni parola, penso che sia sotto shock, terrorizzato.

Invece no. È deluso. «Finora avevo ritenuto Caroline una spietata. Adesso ho capito».

467

«Io non...»

«Dillo a chi vuoi», continua, fissando fuori dal parabrezza. «Dillo ai giornali, dillo a tutto il mondo. Non me ne vergogno».

«E allora...»

«Perché ho pagato?» Guarda dietro di me, la sua bella casa. «Come credi che reagiranno gli altri ragazzi di prima media quando i notiziari diranno che al papà di Kathie piace andare a letto con gli altri uomini? E i ragazzi di prima liceo? E quelli che stanno per scegliere l'università? Non ho mai pensato a me, Michael. Io so chi sono. È per loro».

Mentre ascolto le sue parole tese, noto con quanta forza sta afferrando il volante. «È per questo che hai detto a Caroline che i soldi li avevo io?»

«Cosa stai dicendo?»

«La mattina dopo. Finita la riunione. Le hai detto che i quarantamila dollari erano miei – che li avevo consegnati io».

Simon lascia il volante e mi guarda completamente confuso. «Credo che sia il contrario. Le ho detto solo che volevo vedere il tuo file. Pensavo che se tu eri il ricattatore...»

«Io?»

«Maledizione, Michael, smettila di raccontarmi bugie! Hai preso tu i soldi – sei un complice. E so benissimo che è per questo che l'hai uccisa».

Dice anche qualcos'altro, ma non lo sto a sentire. «Non le hai mai detto che i soldi erano miei?»

«Perché avrei dovuto dirle una cosa del genere? Se Caroline era coinvolta – e avevo sempre pensato che lo fosse – e sapeva che l'avevo scoperta – mi avrebbe sgozzato pur di farmi tacere».

Sento il sangue svanirmi dalla faccia. Non ci credo... tutto questo tempo... se l'era inventato lei per farmi stare zitto – e per accusare Simon. Perfetto, se ci penso: ci stava mettendo l'uno contro l'altro. Cerco un terreno solido e mi attacco alla maniglia della portiera. Lentamente, dolorosamente, mi giro verso Simon. E per la prima volta da quando l'abbiamo seguito fuori dal bar, mi passa per la testa che potrebbe essere innocente.

«Ti senti bene?» mi chiede, leggendo la mia espressione.

Non ha alcun senso. «Non sono stato io... non ho mai ucciso nessuno. V-Vaughn... e Trey... e anche Nora hanno detto...»

«Hai parlato a Nora di questa storia?»

Dietro di noi, sulla strada, una luce brillante taglia l'oscurità. Una macchina è entrata nel quartiere. No, non una macchina. Un furgone. Mentre si avvicina, noto un'antenna ricetrasmittente attaccata sul tetto. Oh, merda. Non è un'auto privata. È un furgone di giornalisti. Il tempo è finito.

Apro la portiera, ma Simon mi afferra per il braccio. «Nora lo sa? L'ha detto a Hartson?»

«Lasciami!»

«Non fare così adesso, Michael! Non mentre i miei figli sono in casa!»

«Non lo dirò a nessuno. Voglio solo andarmene di qui!» Libero il braccio e scappo dall'auto. Il furgone dei giornalisti è quasi davanti alla casa.

«Chiedi ad Adenauer! Io non ho fatto niente di male!» grida Simon.

Sto per scappare, ma... è difficile descriverlo... c'è una nota dolorosa nella sua voce. Nei pochi secondi che mi restano, mi giro per un'ultima domanda. Finora, è l'unica che ho avuto paura di fargli. «Dimmi la verità, Edgar. Sei mai andato a letto con Nora?»

«*Cosa?*»

Non ho bisogno di sentire altro.

La portiera del furgone si apre e due persone saltano fuori. È difficile non notare la lucina interna della macchina di Simon. «Là!» grida uno dei giornalisti, mentre il cameraman accende la luce.

«Avvia la macchina e vai via di qui», dico a Simon. «E dì ad Adenauer che sono innocente».

«E...»

Sbatto la portiera e corro verso la recinzione sul retro. Come un faro nel cortile di un carcere, un lampo di luce artificiale penetra nel lunotto posteriore di Simon e gli illumina la parte destra della faccia. Quando si accingono ad attraversare il resto del giardino, io sono ormai scomparso.

«Operatore 27», dice una voce maschile rispondendo al telefono.

«Mi hanno appena chiamato sul cicalino», dico al centralinista. «Può mettermi in contatto con l'ufficio 160, per favore».

«Ho bisogno di un nome, signore».

«Non è assegnato a nessuno. È una sala interna».

Mi mette in attesa per verificare il resto. Tipico operatore della Casa Bianca. Non ha tempo di...

«La metto in contatto subito», annuncia.

Quando il telefono squilla, mi appoggio alla cabina telefonica del benzinaio e ringrazio il cielo che esistano i numeri 800. Abbassando gli occhi, noto che la pelle delle mie scarpe incomincia a rovinarsi. Troppe recinzioni. È la storia della mia vita. Quando il telefono squilla per la terza volta, incomincio a innervosirmi. Dovrebbero aver risposto, ormai – a meno che non ci sia nessuno. Do una rapida occhiata all'orologio. Sono le nove passate. Qualcuno avrà bisogno di fotocopie. È la...

«Casa Bianca», dice una voce giovanile.

Lo sento dalla serietà del suo tono. Un interno. Perfetto.

«Con chi parlo?» abbaio.

«A-Andrew Schottenstein».

«Ascolta, Andrew, sono Reggie Dwight dell'ufficio della First Lady. Sai dov'è la stanza 144?»

«Credo...»

«Bene. Voglio che corri lì e chiedi di Trey Powell. Digli che hai bisogno di parlargli e portamelo qui».

«Non capisco. Perché...»

«Ascolta, amico, ho circa tre minuti prima che la First Lady faccia la sua dichiarazione a proposito di questo casino di Garrick, e Powell è l'unico che ha il nuovo testo. Quindi sposta il culo dalla stanza delle copie e portalo lì di corsa. Digli che sono Reggie Dwight e che ho bisogno di parlargli».

Sento la porta sbattere come se Andrew Schotteneccetera fosse uscito di corsa dall'ufficio. In quanto interno, è uno dei pochi che potevano cascare in questa trappola. Cosa più importante, in quanto presidente dell'Elton John Fan Club di Washington, Trey è uno dei pochi che riconosceranno il vero nome del cantante.

Conto su queste due cose mentre esamino tutte le macchine che entrano dal benzinaio. «Dai, sbrigati», mormoro strofinando la scarpa contro il cemento. Ci sta mettendo troppo tempo. C'è qualcosa che non va. Alla mia destra, una limousine grigio scuro entra nella stazione. Forse il ragazzo si è insospettito e ha fatto una telefonata di verifica. Guardando la limousine, abbasso lentamente la cornetta. La porta si apre e ne esce una donna. Il sorriso sulla sua faccia e l'eleganza del suo vestito mi dicono che non è dell'FBI. Mi riporto la cornetta all'orecchio e sento la porta che sbatte.

«Pronto?» chiedo ansiosamente. «C'è nessuno lì?»

«Lo sapevo», risponde Trey. «Come stai?»

«Dov'è l'interno?»

«L'ho mandato nella stanza 152 – pensavo che volessi parlarmi da solo».

Annuisco alla risposta. Non esiste una stanza 152. Cercherà per almeno mezz'ora.

«Adesso vuoi dirmi come stai?» chiede Trey. «Dove hai dormito stanotte? All'aeroporto?»

Come sempre, sa tutto. «Probabilmente non dovrei dirtelo, nel caso ti interroghino».

«Dimmi solo se stai bene».

«Sto bene. Come va lì?»

Non risponde, il che vuol dire che va peggio di come pensavo.

«Trey, puoi...»

«Hanno davvero bloccato i tuoi conti in banca? Perché sono andato all'ATM stamattina e ho ritirato tutto quello che potevo. Non è molto, ma posso lasciartene trecento a...»

«Ho parlato con Simon», intervengo.

«Davvero? Quando?»

«Stamattina presto. L'ho sorpreso e sono entrato nella sua macchina».

«Cos'ha detto?»

Ci metto dieci minuti a raccontargli la nostra conversazione che ne è durata cinque.

«Aspetta un po'», dice Trey alla fine. «Lui pensava che l'assassino fossi tu?»

«Aveva costruito tutto nella sua testa – si era convinto che Caroline e io ricattassimo la gente insieme».

«E perché non ti ha denunciato?»

«Difficile dirlo. Credo che avesse paura di far sapere le sue attività sessuali».

«E tu gli credi?»

«Hai qualche ragione per non farlo?»

«Me ne viene in mente una. Incomincia con la N. Fi-

472

nisce con la A. Suo padre fa il presidente...»

«Ho capito, Trey».

«Ne sei sicuro? Se va a letto con Nora, dirà qualunque cosa per...»

«Non va a letto con lei».

«Oh, dai, Michael – siamo al punto di partenza».

«Fidati di me, su questo punto. Non è così».

Sente che la mia voce è cambiata. C'è una breve pausa. «Sai chi è stato, vero?»

«Non significa niente, senza prove».

Questa volta Trey non fa nessuna pausa. «Dimmi cosa devo fare per te».

«Sei sicuro di volerlo fare?» chiedo. «Perché sarà una bella gatta da pelare».

37

Scendendo di corsa la quarta rampa di scale, incomincio a sentirmi male. Non mi piace essere tanto sotto terra. La testa mi pulsa. Il mio equilibrio è instabile. Prima pensavo che fosse la ripetitività della discesa, ma quanto più mi avvicino all'ultimo piano, tanto più penso a ciò che mi aspetta in fondo. Oltrepasso la porta con l'indicazione B-5 e mi chiedo se funzionerà. Tutto dipende da lei.

Le scale finiscono davanti a una porta metallica con scritto in arancione brillante un grande B-6. La apro ed entro nell'ultimo piano del garage sotterraneo. Circondato da dozzine di macchine posteggiate, controllo per vedere se è già arrivata. A giudicare dal silenzio, devo essere il primo.

Un rapido sospiro mi riempie i polmoni di aria polverosa, ma come luogo di appuntamenti il garage va benissimo. Vicino, ma fuori vista.

Uno stridere di pneumatici rompe il silenzio. Viene da qualche piano più su, ma riecheggia fino in basso. Mentre l'auto gira sulle rampe, l'eco diventa più forte. Chiunque sia, viene da questa parte – e guida come un pazzo. Corro in cerca di un nascondiglio, rientro nelle scale e guardo attraverso la finestrella della porta. Una Saab verde si precipita verso un posto libero e si ferma di colpo. Quando la portiera si apre, ne esce un inserviente del garage. Finalmente respiro, asciugandomi la faccia con la manica della giacca.

474

Appena si allontana sento lo stridere che ricomincia – scendendo velocemente dal livello stradale e aumentando man mano che procede. Questi tizi sono matti. Ma quando la Buick nera arriva in fondo alla rampa, non cerca un posto libero. Invece si ferma di colpo proprio davanti alle scale. Come prima, la portiera si spalanca completamente. Ah.

«Ho sentito che volevi venire a casa mia», dice Nora con un sorriso.

Si sta già divertendo troppo. «Dove sono quelli dei Servizi segreti?»

«Non preoccuparti – abbiamo quindici minuti prima che si rendano conto che sono sparita».

«Dove hai preso la macchina?»

«Dalla donna che fa i capelli a mia madre. Adesso vuoi continuare l'interrogatorio o vuoi fare il gentile?»

«Scusa», mi giustifico. «È stato un...»

«Non hai bisogno di dirmelo. Dispiace anche a me. Non avrei dovuto lasciarti andare via in quel modo, anche se volevi farlo». Fa un passo verso di me e apre le braccia.

Io alzo una mano e la respingo.

«Cosa...»

«Dopo, Nora. Adesso abbiamo cose più importanti da fare».

«Sei ancora arrabbiato per Simon? Ti giuro che...»

«Lo so che non sei andata a letto con lui. E so che non mi avresti mai ferito». Guardandola diritto negli occhi, aggiungo. «Ti credo, Nora».

Mi fissa, soppesando ogni parola. Non so bene cosa stia pensando, ma deve sapere che non ho scelta. O così, o ballo per la polizia. Almeno, così, lei controlla la situazione.

Gli occhi le si stringono e prende la sua decisione. Naturalmente, io non immagino cosa sia. «Sali in macchina», dice finalmente.

Senza una parola, raggiungo il lato del passeggero e apro la portiera.

«Cosa fai?»

«Mi hai detto di salire».

«No, no, no», mi rimprovera. «Non con il tuo ritratto su tutti i giornali». Preme un pulsante sul suo portachiavi e il bagagliaio si apre. «Stavolta viaggi dietro».

Rannicchiato nel bagagliaio della Buick della parrucchiera della First Lady, cerco di ignorare l'odore di tappeto bagnato. Per mia fortuna, ho un sacco di distrazioni. A parte i fili di lana che stringo nervosamente in mano, c'è una scacchiera completa di tutti i pezzi che non è stata chiusa bene. Mentre Nora sale la rampa circolare, pedoni, cavalli, alfieri e torri mi bombardano da tutte le direzioni. Un cavallo mi colpisce sull'occhio e mi finisce in mano, proprio mentre una violenta curva a destra mi segnala che siamo tornati sulla Diciassettesima strada.

Avvolto nell'oscurità, tento mentalmente di seguire il percorso della macchina, che si dirige con curve e svolte improvvise verso l'ingresso sud-ovest. Poteva anche portarmi direttamente alla polizia, ma credo che l'ultima cosa che voglia sia essere trovata con il tizio di cui tutti parlano. Perlomeno, lo spero.

Contando anche quelli per le sedie a rotelle, ci sono undici diversi ingressi alla Casa Bianca e all'OEOB. Quelli pedonali richiedono un pass valido e un controllo da parte di almeno due agenti in uniforme. Quelli per i veicoli richiedono di essere un pezzo grosso e di avere un permesso di parcheggio. Io ho Nora. Più che sufficiente.

Quando il suono del traffico scompare alle nostre spalle, so che siamo quasi arrivati. La macchina rallenta quando raggiungiamo il primo controllo. Mi aspetto che ci fermino, ma per qualche ragione non lo fanno. Adesso viene il cancello vero e proprio. Questo è quello che conta.

Rotolo in avanti quando ci arrestiamo di colpo, schiacciando qualche pezzo della scacchiera. C'è un ronzio metallico mentre si apre il finestrino di Nora. Mi sforzo di sentire la voce attutita dell'agente in uniforme. La notte che siamo saliti sul tetto, non hanno mai controllato il bagagliaio. Nora è entrata con un semplice saluto e un sorriso. Ma nelle ultime ventiquattro ore, le cose sono cambiate. Respiro a malapena.

«*Mi dispiace, miss Hartson – sono le regole. L'FBI ci ha chiesto di controllare tutte le macchine*».

«*Devo solo prendere una cosa da mia madre. Vado e torno in un...*»

«*Di chi è questa macchina, a proposito?*» chiede l'uomo insospettito.

«*Della donna che fa i capelli a mia madre – la conosce...*»

«*E dove sono i suoi agenti?*» aggiunge mentre chiudo gli occhi.

«*Giù al checkpoint. Perfino loro hanno capito che ci metterò solo un secondo. Vuole chiamarli, o vuole lasciarmi entrare?*»

«*Le ripeto, signorina, che mi dispiace. Non posso...*»

«*Mi aspettano là*».

«*Non importa – apra il bagagliaio, per favore*».

«*Ma dai, Stevie, le sembro pericolosa?*»

No, non civettare con lui! Questa gente è troppo abile per...

C'è un click sonoro e l'auto si sposta in avanti. Nora – uno; guardie – zero. Siamo dentro.

Mentre ci avviciniamo alla West Exec, non riesco a capire se c'è gente nella stretta strada che separa l'OEOB dalla Casa Bianca. Anche se è vuota, però, qualcuno potrebbe facilmente venire fuori. Sperando di evitare sorprese e seguendo le mie istruzioni di prima, Nora svolta bruscamente a sinistra seguendo il vialetto di cemento e accosta proprio sotto l'arcata di tre metri che introduce al piano terra dell'OEOB. Fuori vista e usata soprattutto come zona di carico e scarico, è più tranquilla del posteggio della West Exec. Mentre la macchina si arresta, sento che siamo arrivati. Nora spegne il motore e chiude la portiera. Adesso viene il difficile.

Deve calcolare i tempi alla perfezione. L'arcata può anche dare su un cortile, ma fisicamente fa sempre parte del massiccio atrio dell'OEOB. Il che significa che c'è sempre un sacco di gente che va e viene dalle porte automatiche che si trovano alla base dell'arcata stessa. Se voglio uscire di qui senza essere visto, dovrà aspettare finché l'atrio è libero.

Dentro al bagagliaio, mi giro sulla pancia, mettendomi lentamente in posizione. Ho i muscoli tesi. Appena apre il bagagliaio sono fuori. Mi tolgo i fili di lana e gli scacchi dalla faccia. Niente. Non sento niente, ma lei non è ancora venuta a prendermi. Ci dev'essere gente nei dintorni. È l'unica ragione per cui aspetta. Quando i secondi vanno a formare un intero minuto, le mie dita tormentano ansiosamente la moquette del bagagliaio.

Cerco di rizzarmi sui gomiti, in segno di minima rivolta, ma lo spazio è troppo stretto. E buio. È come una bara. Le pareti del bagagliaio si stanno stringendo. Il silenzio mi fa star male. Trattengo il fiato e ascolto più attentamente. Il click finale del motore che si ferma del tutto. Un lieve strofinio quando la mia scarpa sfrega la moquette del bagagliaio. In lontananza, una portiera sbatte. Nora è qui fuori? O se n'è andata? Oh, Dio, mi lascio prendere dal panico mentre mi lecco una goccia di sudore sul labbro. Potrebbe essere dovunque, ormai. Tornata nella residenza. Con una fermata nell'ovale. Ha bisogno solo di una scusa per darmi in pasto ai lupi. Fuori sento un gruppo di persone che si avvicinano alla macchina. Maledizione.

Il bagagliaio si apre di scatto e la luce del giorno mi colpisce in faccia. Strizzando gli occhi e usando il braccio per proteggermi dal sole, guardo in su, aspettandomi di vedere l'FBI. Ma c'è solo Nora.

«Andiamo», dice facendomi uscire. Mi afferra la giacca per le spalle e mi tira su.

I miei occhi esplorano la zona. Non c'è nessuno.

«Scusa se ti ho fatto aspettare», dice. «C'erano dei vagabondi nell'atrio».

Prendo fiato mentre Nora chiude il bagagliaio. Si fruga nella camicetta, tira fuori un badge laminato appeso al collo con una catenella metallica e me lo tira. Un badge rosso brillante con una grossa A sopra. A significa appuntamento: la mia lettera scarlatta. Lo metto rapidamente. Adesso sono solo un ospite della Casa Bianca – completamente invisibile. Senza perdere tempo, corro verso le porte automatiche sulla mia destra. Appena il mio corpo supera l'occhio elettronico, le porte si aprono. Sono dentro. Anche Nora. Proprio dietro di me.

«È tutto pronto?» mi chiede quando ci fermiamo nell'atrio.

«Penso», rispondo con gli occhi incollati a terra.

«Sei sicuro di non aver bisogno di nient'altro?»

Scuoto la testa. «Credo che siamo a posto».

«Ci vediamo nell'ufficio di Trey, allora», aggiunge Nora.

«Cosa?»

«È questo il piano, no? Io torno indietro e riprendo contatto con i Servizi segreti, poi ci troviamo nell'ufficio di Trey».

«Sì. È questo il piano», dico cercando di sembrare

479

deciso. Mi giro e non riesco più a guardarla negli occhi. Meglio andarsene.

«Sei sicuro di non volermi dire cosa stai cercando?» mi chiede esitando.

«Non so se è una cosa intelligente parlarne qui».

«No, hai ragione». Si guarda in giro nell'atrio deserto. «Qualcuno poterebbe sentirci».

Annuisco in segno di intesa.

«Buona fortuna», dice porgendomi la mano.

Gliela stringo e le nostre dita si intrecciano. Prima che possa reagire, mi attira e sé e preme le labbra contro le mie. Io apro la bocca e sento per l'ultima volta il suo sapore. È come cinnamomo con un goccio di brandy. Mi afferra alla nuca e le sue unghie mi grattano i capelli corti sopra al collo. Il suo seno preme contro il mio petto. Il mondo intero non esiste. E ancora una volta mi ricordo perché Nora Hartson è così dominante.

Quando finalmente si allontana, si asciuga gli occhi. Le sue labbra tremanti sono leggermente aperte e si sistema nervosamente un ciuffo di capelli ribelli dietro l'orecchio. Mentre una leggera ruga si disegna sulla sua fronte, l'aspetto addolorato del suo viso è simile a quello della sera in cui siamo stati fermati. I suoi occhi che sembrano aver visto tutto stanno lottando contro le lacrime.

«Stai bene?» chiedo.

«Dimmi solo che ti fidi di me».

«Nora, io...»

«Dimmelo!» prega con una lacrima che le scende dalla guancia. «Ti prego, Michael. Dì queste parole».

Ancora una volta, la prendo per mano. «Ho sempre avuto fiducia in te».

Non può fare a meno di nascondere un sorriso. «Grazie». Asciugandosi gli occhi, raddrizza le spalle e si rimette la maschera. «L'orologio cammina, bello. Ci vediamo all'ufficio di Trey?»

«È lì che sono diretto», rispondo con la voce che svanisce.

Mi bacia la mano e mi dà uno schiaffetto. «Smettila di preoccuparti. Andrà tutto bene». Senza altre parole, torna nella macchina e scende dalla rampa per il carico e lo scarico.

Mi giro e corro verso le scale. Non guardarti alle spalle – non servirà a niente.

Salgo le scale correndo. La strada per l'ufficio di Trey è libera. Appena Nora se n'è andata, però, mi volto e scendo di nuovo. Lo stomaco mi brucia per averle detto una bugia, ma se le avessi detto la verità non mi avrebbe mai fatto entrare.

Mentre corro verso la cantina dell'edificio, le scale diventano più strette, il soffitto più basso e io incomincio a sudare. Senza finestre, senza un solo condizionatore in vista, i corridoi delle cantine sono almeno otto gradi più caldi del resto dell'OEOB.

Correndo in mezzo al cemento marcio di quella che ormai sembra una sauna sotterranea, mi tolgo la giacca e arrotolo le maniche. Devo chinarmi per non sbattere la testa contro i tubi, i fili e le condutture che pendono dal soffitto, ma non per questo rallento. Sono troppo vicino, ormai.

Quando Caroline è morta, tutti i suoi file importanti sono stati confiscati dall'FBI. Tutto il resto è stato messo qui: stanza 018 – una delle molte zone di archivio usate dal Records Management. Da veri burocrati del ramo esecutivo, essi catalogano tutti i documenti prodotti dall'amministrazione. Tutto sommato, un lavoro di merda.

Giro la maniglia ed entro, e vedo subito che si meritano la loro reputazione. Dal pavimento al soffitto – pile di faldoni.

Facendomi strada in quelle catacombe di cartone, mi inoltro nella stanza. Le scatole continuano. Su ciascuna è indicato il nome di un impiegato: Anderson, Arden, Augustino... Seguo l'alfabeto verso destra. Dev'essere da qualche parte verso il fondo. Alle mie spalle, sento improvvisamente la porta che sbatte. Le luci al neon della stanza vibrano per il colpo. Non sono più solo.

«Chi c'è qui?» urla la voce dell'uomo che si avvicina attraverso le scatole.

Mi chino, con le mani appiattite sul pavimento di piastrelle.

«Cosa diavolo crede di fare?» chiede mentre mi giro.

«Io...» Apro la bocca, ma non viene fuori niente.

«Ha un massimo di tre secondi per spiegarmi perché non dovrei prendere il telefono e chiamare i servizi di sicurezza – e non mi dica stupidaggini del tipo mi sono perso o altre cose offensive del genere». Appena vedo i baffoni a manubrio, riconosco Al Rudall. Un vero gentiluomo del sud che rifiuta di trattare con impiegati di basso livello, Al è noto per il suo amore per le donne e per il suo disprezzo per gli avvocati. Quando arrivarono dei mandati di comparizione e ci trovammo nella necessità di raccogliere vecchi documenti, facemmo in modo che tutte le richieste arrivassero firmate da un pezzo grosso di genere femminile. Considerando il fatto che non ci siamo mai incontrati e che nei miei geni navigano cromosomi Y, sapevo che non mi avrebbe lasciato entrare nella stanza. Per mia fortuna, però, conosco la sua kriptonite.

«Va tutto bene», dice Pam sbucando alle spalle di Al. «È con me».

38

Dieci minuti dopo, Pam e io siamo seduti in fondo alla stanza con le quattordici scatole dei file di Caroline aperte davanti. Ci sono volute un sacco di promesse per convincere Al a lasciarci dare un'occhiata, ma essendo Pam la nuova responsabile dei file non c'era molto da discutere. È il suo lavoro.

«Grazie ancora», dico alzando lo sguardo dai file.

«Non preoccuparti», dice Pam freddamente, evitando di guardarmi negli occhi.

Ha tutte le ragioni per essere arrabbiata. Sta rischiando il posto di lavoro per aiutarmi. «Dico davvero, Pam. Non potevo...»

«Michael, l'unica ragione per cui faccio questo è che credo ti abbiano pugnalato alle spalle. Tutto il resto è una tua immaginazione».

Mi giro e resto in silenzio.

Sfogliando i file, vedo ciò che resta di tre anni di lavoro di Caroline. In ogni cartelletta ci sono le stesse cose – pagine e pagine di memo per coprirsi le spalle e decisioni archiviate. Nessuna di esse ha cambiato il mondo; solo carta sprecata. E per quanto le sfogli velocemente, le pagine non finiscono mai. File su file su file. Mi asciugo il sudore dalla fronte e metto da parte una scatola. «Non funzionerà mai», dico nervosamente.

«Cosa vuoi dire?»

«Ci metteremo una vita a guardare ogni pagina – e Al

ci ha concesso solo quindici minuti per questa roba. Non mi interessa quello che dice, sa sicuramente qualcosa».

«Hai un'altra idea?»

«Ordine alfabetico», butto là. «Sotto cosa poteva archiviarlo?»

«Io tengo i miei sotto la *E. Etica*».

Guardo le buste marroni all'interno della mia scatola. La prima è etichettata «Amministrazione». L'ultima «Briefing». «Io vado dall'A alla B».

Vedendo che ha dalla B alla D, Pam si sposta sulle ginocchia verso la scatola vicina e tira via il coperchio. Da «Droga – Test» a «Federali – Registri». «Ecco!» grida mentre io balzo in piedi.

Chino sulla spalla di Pam, la guardo passare in rassegna i file. «Dipendenti – Programmi di assistenza... EEO... Federali – Programmi». Niente sotto l'etichetta «Etica».

«Forse l'ha presa l'FBI», suggerisce lei.

«Se così fosse, lo sapremmo. Dev'essere qui da qualche parte».

Ha la tentazione di ribattere, ma sa che non ho molte scelte.

«Sotto cos'altro potrebbe essere?»

«Non lo so», dice Pam. «File... Richieste... qualsiasi cosa».

«Prendi la F. Io prendo la R». Avanzo lungo la linea e tolgo il coperchio di tutte le scatole. Da G a H... da I a K... da L a LU. Quando raggiungo la penultima scatola, dedicata quasi interamente a «Personale», capisco di essere nei guai. Non è possibile che l'ultimo quarto dell'alfabeto stia tutto nell'ultima scatola. Quando tiro via il coperchio vedo che avevo ragione. «Presidente... Pubblicazioni». Qui finisce. Pubblicazioni.

«Non c'è niente sotto "File"», dice Pam. «Incomincio la...»

«Manca la fine».

«Cosa?»

«Non c'è. Non ci sono tutte le scatole».

«Michael, calmati».

Senza ascoltarla, corro nella zona dove erano archiviati originariamente i file di Caroline. Le mani mi tremano mentre controllo i nomi su tutte le scatole vicine. Palmer... Perez... Perlman... Poirot. Niente segnato Caroline Penzler. Frenetico, vago nelle corsie vicine, in cerca di qualcosa che potrebbe esserci sfuggito.

«Dove potrebbero essere?»

«Non ne ho idea – qui ci sono archivi dappertutto».

«Ho bisogno di un posto, Pam. Dappertutto è un po' vago».

«Non lo so. Forse in soffitta?»

«Quale soffitta?»

«Al quarto piano – vicino alla sala del trattato indiano. Al una volta ha detto che la usavano per le inondazioni». Pam capisce che siamo a corto di forze e suggerisce: «Non potresti chiamare Trey?»

«No. Sta trattenendo Nora nel suo ufficio». Guardo le quattordici scatole che abbiamo di fronte. «Puoi...»

«Io guarderò queste», dice leggendomi nel pensiero. «Tu vai di sopra. Avvertimi sul cicalino se hai bisogno di aiuto».

«Grazie, Pam. Sei la migliore».

«Sì, sì», dice. «Anch'io ti amo».

Mi blocco di colpo e studio i suoi occhi blu.

Pam sorride. Io non so cosa dire.

«Devi andartene da qui», aggiunge.

Non mi muovo.

«Forza», dice. «Fuori di qui!»

Corro alla porta e mi guardo alle spalle per dare un'ultima occhiata alla mia amica. È già immersa nella scatola successiva.

Tornato nell'atrio del piano terra, tengo la testa bassa mentre oltrepasso un gruppo di uomini delle pulizie che passano lo straccio. Non voglio correre rischi. Nel momento in cui mi vedono è finita. Seguo il corridoio fino alla prima curva, passo sotto un tubo della ventilazione e ignoro le due rampe di scale. Sono entrambe deserte, ma portano entrambe ad atri affollati.

Percorro un quarto del corridoio, freno di colpo e premo il pulsante per chiamare l'ascensore di servizio. È l'unico posto dove sono sicuro di non incontrare colleghi. Nessuno alla Casa Bianca si considera di secondo livello.

Aspettando, controllo ansiosamente su e giù questo forno di corridoio. Devono esserci trenta gradi. Le ascelle della mia camicia sono fradice. La cosa peggiore è che sono in piena vista. Se arriva qualcuno, non c'è dove nascondersi. Forse dovrei infilarmi in una stanza – almeno finché non arriva l'ascensore. Mi guardo in giro per vedere cosa... Oh, cazzo. Come ho fatto a non accorgermene? Proprio di fronte all'ascensore mi guarda diritto in faccia un piccolo cartello bianco e nero che dice «Stanza 072 – USSS/UD». Servizi segreti degli Stati Uniti. Divisione in uniforme. E io sono qui, proprio davanti.

Alzo gli occhi e guardo il soffitto in cerca di una telecamera. Sopra i fili, dietro alle tubazioni. Sono i Servizi segreti – dev'esserci, da qualche parte. Non riesco a trovarla e torno all'ascensore. Magari nessuno sta guardando. Visto che non sono ancora usciti, le probabilità sono buone.

Premo il pollice contro il pulsante di chiamata. L'indicatore sopra la porta dice che è al piano terra. Ancora trenta secondi – non ho bisogno di altro. Alle mie spalle, sento uno scricchiolio terribile. Mi giro e vedo la maniglia che incomincia a girare. Sta per uscire qualcuno. L'ascensore suona, finalmente è arrivato, ma le porte non si aprono. Alle mie spalle, sento i cardini che stridono. Una rapida occhiata mi mostra un agente in uniforme che esce dalla stanza. Quando l'ascensore si apre è proprio alle mie spalle. Se volesse, potrebbe allungare un braccio e catturarmi. Io avanzo e tranquillamente entro nell'ascensore, pregando che non mi segua. Per favore, per favore, per favore, per favore, per favore. Anche mentre le porte si chiudono, può mettere dentro la mano all'ultimo secondo. Continuo a voltargli le spalle e mi raggrinzisco per l'apprensione. Finalmente, sento le porte che si chiudono dietro di me.

Solo nell'arrugginito ascensore industriale, mi volto, premo il pulsante col numero 4 e lascio che la testa si appoggi alla parete rovinata. All'avvicinarsi di ogni piano mi preoccupo un po', ma uno dopo l'altro li supero senza essere fermato. Diretto in cima. A volte essere di secondo livello ha i suoi vantaggi.

Quando le porte si aprono all'ultimo piano dell'OEOB, metto fuori la testa e controllo il corridoio. Ci sono un paio di impiegati giovani in fondo, ma per il resto è libero. Seguendo le istruzioni di Pam, vado direttamente alla porta a sinistra della sala del trattato indiano. A differenza di molte sale dell'edificio, è senza indicazione. E non viene chiusa a chiave.

«C'è nessuno?» chiedo aprendo la porta. Nessuna risposta. La stanza è buia. Entrando, vedo che non è neanche una stanza. È solo un piccolo sgabuzzino con una scala di metallo che porta di sopra. Quello dev'essere il solaio. Esito mettendo il piede sul primo gradino. In ogni edificio con cinquecento stanze, ce ne sono alcune che sembrano per loro natura off-limits. Questa è una del genere.

Afferro il corrimano di ferro e sento uno strato di

polvere sotto il palmo della mano. Mentre salgo le scale, sono immerso in una sauna provocata dalla mancanza di aria condizionata. Credevo di sudare, prima, ma qui... prova provata che il calore aumenta. Ogni respiro è come una sorsata di sabbia.

Continuo a salire e noto due palloncini di Winnie the Pooh attaccati alla ringhiera. Tutti e due hanno la scritta «Buon compleanno». Chiunque sia stato qui l'ultima volta, deve aver avuto una splendida festa.

In cima mi giro e vedo bene per la prima volta il solaio lungo e rettangolare. Con il soffitto alto e arcuato e le travi di legno a vista, riceve tutta la luce da pochi lucernari e da minuscole finestrelle. Per il resto, è una stanza cupa, piena di cianfrusaglie. Scrivanie scartate in un angolo, sedie ammonticchiate in un altro e una cosa che sembra una piscina vuota al centro. Avvicinandomi, capisco che il buco nel pavimento serve in realtà per contenere una vetrata protetta da una balaustra.

Appena la vedo, so di averla già vista. Poi mi ricordo dove sono – proprio sopra alla stanza più decorata di tutto l'edificio, la sala del trattato indiano. Guardando giù, la intravedo attraverso il vetro piombato. I pannelli di marmo delle pareti. Il pavimento con l'intrico dei mosaici. Sono stato lì per il ricevimento dell'AmeriCorps, quando ho incontrato Nora per la prima volta. Il solaio è proprio lì sopra. Il loro soffitto di vetro è il mio pavimento di vetro.

Inoltrandomi nella stanza, finalmente trovo quello che cerco. Dietro alla balaustra, nell'angolo in fondo a sinistra, ci sono almeno cinquanta scatole di file. Proprio in prima fila, orizzontali, ci sono le sei che sto cercando. Quelle con il nome «Penzler». Lo stomaco mi si contrae.

Afferro la prima della fila e strappo via il coperchio di cartone. Da R a SA. Eccola. Tiro fuori tutti i file.

«Radio/Indirizzi... Razza/Discriminazione... Richieste di memo».

La cartelletta è spessa almeno sei centimetri e la tiro fuori con uno strattone deciso. La apro e vedo l'ultimo memo in cima. È datato 28 agosto. Una settimana prima che Caroline fosse uccisa. Indirizzato all'ufficio sicurezza della Casa Bianca, il memo dice che «...vorrebbe visionare i file attualmente in possesso dell'FBI riguardanti i seguenti individui». Sulla riga successiva c'è un solo nome: Michael Garrick.

Non è una gran novità – sapevo che aveva chiesto il mio file dal giorno in cui l'ho visto sulla sua scrivania. Ma è comunque strano vederlo nero su bianco. Dopo tutto quello che è successo – tutto quello che ho passato – ecco l'inizio di tutto.

Per quanto spietata fosse Caroline, per quante persone ricattasse, anche lei sapeva che era impossibile ottenere un file dell'FBI senza una richiesta ufficiale. Pensandoci su, probabilmente non la considerava una gran cosa – in quanto responsabile etica della Casa Bianca, poteva giustificare ogni richiesta in cinquanta modi diversi. E se qualcuno cercava di usare una richiesta contro di lei... be', tutti noi avevamo qualche colpa. Per cui chi se ne frega di un po' di carta?

Ricordando che Caroline aveva quindici file sulla scrivania, passo alla pagina seguente e guardo gli altri file che aveva chiesto. Rick Ferguson. Gary Seward. Questi sono i due candidati di cui Nora mi ha parlato nella sala da bowling. Con me, fanno tre. Ne mancano dodici. Gli otto successivi sono persone che il presidente doveva nominare a qualche carica. E siamo a undici. Quello di Pam era stato richiesto un po' di tempo prima. Dodici. Tredici e quattordici sono due candidati giudici – persone di cui non ho mai sentito parlare. Rimane un solo nome. Volto il foglio e guardo, aspettandomi di vedere Simon. E infatti c'è. Ma non è il solo. C'è un altro nome sull'ultima pagina.

I miei occhi si spalancano. Incredibile. Mi siedo su una scatola, con il foglio che trema nelle mie mani. Simon aveva ragione su una cosa. Avevo sbagliato tutto. Per questo non capiva quando gli ho chiesto di Nora. Per questo non trovavo una falla nel suo alibi. Per questo... tutto questo tempo... puntavo sulla persona sbagliata. Vaughn l'aveva azzeccata. Nora andava davvero a letto con un vecchio. Solo che non era il vecchio che pensavo io.

Caroline aveva richiesto un sedicesimo file – un file che qualcuno aveva sottratto dalla sua scrivania – che l'assassino aveva sottratto – e l'FBI non aveva mai visto. Per questo non l'avevano mai sospettato. Rileggo il suo nome una dozzina di volte. Il più calmo di tutti. Lawrence Lamb.

Un'ondata di nausea mi afferra alla gola e il petto mi si scava. La cartelletta che ho in mano cade per terra. Io non... Non ci credo. È impossibile. Eppure... ecco perché io... e lui...

Chiudo gli occhi e stringo i denti. Sapeva che ci sarei cascato... doveva solo introdurmi nell'élite e farmi intravedere qualche benefit. Annusare l'ovale. Relazionare al presidente. Sperare di diventare un pezzo grosso. Lamb sapeva che avrei leccato fino all'ultima goccia. Compresa Nora. Questa era la ciliegina sulla torta. E più contavo su di lui, più diventava improbabile che cercassi da solo. Non aveva bisogno di altro. E io non avevo altro che questa fiducia cieca.

Piegato in due, sto ancora cercando di digerire quello che mi passa per la testa. Per questo lei mi ha portato a vederlo. Mi hanno dato una lista di sospetti. E io li ho presi per fatti. Senza Vaughn, non avrei mai avuto dubbi. C'è un solo problema in questo quadro – tut-

490

to torna un po' troppo facilmente. Dalla scatola quassù al file che si trova esattamente al suo posto... Non posso mettere la mano sul fuoco, ma mi sembra un po' troppo artefatto. È come se qualcuno cercasse di aiutarmi. Come se volessero farsi scoprire.

«Non ho mai voluto ferirti, Michael», sussurra una voce alle mie spalle.

Mi giro e riconosco immediatamente Nora. «È questa la bugia del momento? Qualche scusa lacrimosa?»

Si avvicina. «Non ti mentirei», dice. «Non più».

«Non più? E dovrei sentirmi meglio per questo? Le prime cinquanta cose che mi hai detto erano balle, ma da qui in poi è tutto chiaro come il sole?»

«Non erano balle».

«Lo erano, Nora! Tutte!»

«Non è...»

«Smettila di mentire».

«Perché sei...»

«Sono cosa? A pezzi? Arrabbiato? Devastato? Secondo te perché, Nora? La sera in cui abbiamo seminato i Servizi segreti, Nora, tu non ti eri persa! Sapevi dov'era il bar e sapevi che Simon stava aspettando all'interno un'indicazione per consegnare i soldi».

«Io non ero...»

«Lo sapevi, Nora. Lo sapevi. E dopo di che, non hai dovuto far altro che restare lì a guardare. Io ti ho seguito; hai lasciato i diecimila nella mia macchina; il giorno dopo Caroline è stata uccisa e tu hai avuto un capro espiatorio bell'e pronto».

«Michael...»

«Non lo neghi neanche! Trey aveva ragione, vero? Per questo hai preso i soldi – per lasciarmeli addosso! È questo che dovevi fare!»

Per una volta, decide di non replicare.

Io aspetto un secondo, riprendendo fiato. «Dev'es-

sere stata una vera disdetta quando siamo stati fermati dalla polizia. Avevi seminato i Servizi segreti, ma
adesso avevi un testimone».

«Non era solo questo», sussurra.

«Oh, giusto – quando ho detto che i soldi erano
miei, è stata anche la prima volta che qualcuno è stato
gentile con te. Come hai detto, quella sera? Le persone non sono gentili con te? Be', non offenderti, Sibil-
la, ma adesso capisco perché».

«Non credi a quello che dici», dice Nora, mettendomi una mano sulla spalla.

«Non mi toccare!» grido tirandomi indietro. «Male-
dizione, Nora, ma non capisci? Io ero dalla tua parte!
Me ne fregavo della droga! Ho ignorato tutte le voci.
Ti ho portato a vedere mio padre, per Dio! Ti amavo,
Nora! Hai idea di quello che significa questo?» Non
riesco a evitare di mettermi a singhiozzare.

Lei scuote la testa con gli occhi più tristi che abbia
mai visto. «Anch'io ti amo».

Scuoto la testa. Troppo poco. Troppo tardi. «Vuoi almeno spiegarmi perché?»

Ottengo solo silenzio.

«Ti ho fatto una domanda, Nora. Perché l'hai fatto?»
Le spalle mi sussultano. «Dimmelo. Sei innamorata di
lui?»

«No!» La sua voce si spezza.

«E allora perché ci vai a letto?»

«Michael...»

«Non dire *Michael*! Rispondimi!»

«Non capiresti».

«È sesso, Nora! Ci sono poche ragioni per farlo – sei
innamorata...»

«È più complicato...»

«...sei arrapata...»

«Tu non c'entri».

«...sei disperata...»

«Smettila, Michael».

«...sei annoiata...»

«Ti ho detto di smetterla!»

«...o sei costretta».

Nora si zittisce di colpo.

Oh, Dio.

Incrocia le braccia, se le stringe al petto e china il mento.

«Lui ti ha...»

Alza gli occhi quanto basta perché veda le prime lacrime. Le scendono sulla faccia e cadono lentamente sul collo sottile.

«Ti ha molestato?»

Si gira dall'altra parte.

Un fuoco feroce mi buca lo stomaco. Non so se sia rabbia o dolore. So solo che fa male. «Quando è successo?» chiedo.

«Non capi...»

«È successo più di una volta?»

«Ti prego, Michael, ti prego, non fare così».

«No», le dico, «ne hai bisogno».

«Non è come pensi – è solo da...»

«Solo? Da quanto tempo va avanti?»

Di nuovo silenzio. Un pezzo di legno scricchiola nell'angolo. Tiene gli occhi fissi sul pavimento. Ha la voce piccola. «Da quando avevo undici anni».

«Undici?» grido. «Oh, Nora...»

«Ti prego, ti prego, non dirlo a nessuno!» dice. «Ti prego, Michael». Le cateratte si aprono. Le lacrime arrivano veloci. «Io... io devo... non ho soldi!»

«Cosa vuol dire non hai soldi?»

Respira affannosamente – ansimando fra i singhiozzi. «Per la droga!» piange. «È solo per la droga!»

Mentre dice queste parole, sento il sangue che mi defluisce dalla faccia. Bastardo schifoso. La tiene in suo potere fornendole la droga in cambio di...

«Ti prego, Michael, prometti che non dirai niente! Ti prego!»

Non sopporto di sentirla pregare. Singhiozzando incontrollabilmente, con le braccia sempre strette intorno al corpo, resta lì, nel suo rifugio, timorosa di aprirsi.

Dal giorno in cui ci siamo incontrati, ho visto un aspetto di Nora Hartson che non avrebbe mai rivelato al pubblico. Amica e bugiarda, pazza e innamorata. Una ricca bambina annoiata, un'avventuriera senza paura, una giocatrice d'azzardo arrischiata, e perfino, per un brevissimo momento, una perfetta nuora. Ho visto tutto ciò che sta in mezzo a queste cose. Ma mai l'avevo vista come una vittima.

Non la lascerò sola in questa situazione. Non è necessario che sia sola. La copro con il mio abbraccio.

«Mi dispiace», piange disfacendosi fra le mie braccia. «Mi dispiace tanto...»

«Va tutto bene», dico accarezzandole la schiena. «Andrà tutto bene». Ma mentre lo dico, sappiamo tutti e due che non sarà così. Comunque sia andata, Lawrence Lamb le ha rovinato la vita. Quando qualcuno ti ruba l'infanzia, non la recuperi più.

Oscillando avanti e indietro, uso la stessa tecnica che funziona con mio padre. Non ha bisogno di parole; ha solo bisogno di essere consolata.

«D-devi...» incomincia Nora con la testa nascosta nella mia spalla. «Devi andartene da qui».

«Non preoccuparti. Nessuno sa che...»

«Sta arrivando», sussurra. «Ho dovuto dirglielo. Sta venendo qui».

«Chi sta venendo qui?»

C'è un rumore deciso quando sale le scale. Mi giro e la risposta viene dalla voce profonda e calma in un angolo della stanza.

«Allontanati da lei, Michael», dice Lawrence Lamb. «Credo che tu abbia già fatto abbastanza».

494

39

Al suono della sua voce, sento tutti i muscoli della schiena di Nora che si irrigidiscono. Prima penso che sia rabbia. Non è così. È paura.

Come una bambina scoperta a rubare nella borsetta della mamma, si allontana da me e si pulisce la faccia. Alla velocità di un lampo. Come se non fosse successo niente.

Mi giro verso Lamb, chiedendomi perché Nora abbia tanta paura.

«Ho cercato di fermarlo», dice, «ma...»

«Chiudi il becco», scatta Lamb.

«Non capisci, zio Larry, io...»

«Sei una bugiarda», dice lui con tono neutro. Le si avvicina con le spalle diritte, appena strette nel perfetto abito di sartoria Zegna. Scivola come un felino. Lento, calcolatore, mentre i suoi freddi occhi azzurri penetrano dentro Nora. Più si avvicina, più lei arretra.

«Non toccarla!» lo avverto.

Lamb non si arresta. Va diretto da Nora. Non vede altro.

Lei corre ai file, indica la scatola aperta. Trema senza potersi controllare. «V-vedi... è qui... p-proprio c-come...»

Lui la indica con un solo dito, perfettamente curato. La sua voce è un ruggito sussurrato. «Nora...»

Lei si zittisce. Un silenzio mortale.

Mettendole la mano sulla gola, Lamb l'afferra per il collo, la tiene a distanza e osserva il mucchio di file ai suoi piedi. Le braccia di Nora cadono come quelle di una bambola; le sue gambe tremano. Non riesce quasi a stare in piedi.

Sono paralizzato di fronte a questa scena. «Lasciala!»

Di nuovo, Lamb non si volta neppure dalla mia parte. Si limita a guardare Nora. Lei cerca di liberarsi, ma lui l'afferra più forte. «Non ti ho detto di non ribellarti?» Lei torna a fare la bambola di pezza, con la testa bassa, senza guardarmi. Lamb guarda per terra con il suo sorriso sottile e ammaliante. Lo capisco dall'espressione compiaciuta della sua faccia. Ha visto i file. Sa quello che ho trovato. Si fruga in tasca e tira fuori un accendino d'argento Zippo col sigillo presidenziale. «Prendi questo», dice a Nora. Lei si blocca. «Prendilo!» grida mettendoglielo in mano a forza. «Ascoltami quando ti parlo. Vuoi essere infelice? È questo che vuoi?»

Basta. Basta melodramma. Corro verso di loro a tutta velocità. «Ti ho detto di lasciarl...»

Lamb si gira e tira fuori una pistola. Una piccola pistola. La punta verso di me. «Cos'hai detto?» chiede.

Mi fermo e alzo le mani.

«Proprio così», grugnisce Lamb.

Di fianco a lui, Nora sta tremando. Ma per la prima volta da quando è arrivato Lamb, mi sta guardando.

Lamb le afferra il mento e la costringe a voltare la testa di nuovo verso di lui. «Chi è che ti sta parlando? Lui o io? *Lui o io?*» Afferrandola per la gola, se la tira vicino e le sussurra all'orecchio. «Ti ricordi quello che mi hai detto? Be', è ora di mantenere la promessa». Le fa scivolare la mano sulla spalla e la spinge in giù, cercando di metterla in ginocchio. Le gambe di Nora tremano, ma almeno resiste.

«Lotta, Nora!» grido a pochi passi di distanza.

«Ultimo avvertimento», dice puntandomi contro la pistola. Si gira verso Nora e si assicura che io veda bene. Tenendola con forza per la gola, le accosta la pistola alla bocca. «Vuoi che mi arrabbi con te? È questo quello che vuoi?»

Quando preme la canna contro le sue labbra, Nora scuote la testa. Lui preme più forte. La canna della pistola stride contro i suoi denti serrati. Le sue ginocchia incominciano a cedere. «Ti prego, Nora... sono io. Sono solo io. Possiamo... possiamo sistemare tutto – come un tempo». Lei alza gli occhi e vede solo lui. Lentamente, lascia che la canna della pistola le scivoli fra le labbra. Una lacrima le scende sulla guancia. Lamb sorride. E Nora cede. Un'ultima spinta la fa cadere sulle ginocchia.

Accasciata, Nora resta seduta vicino ai file. Lamb fa un passo indietro e la lascia sola per terra.

«Sai cosa fare»», dice.

Nora guarda l'accendino, poi i file.

«È la tua occasione», aggiunge lui. «Sistema le cose».

«Non ascoltarlo!» grido.

Senza preavviso, Lamb si gira verso di me e spara. La pistola esplode con un sibilo silenzioso. Subito sento qualcosa che mi morde la spalla. Mi colpisco con la mano come se dovessi uccidere una zanzara. Ma quando sollevo la mano, è piena di sangue. Caldo. Molto caldo. E appiccicoso. Ci sono macchie rosse su tutto il mio braccio. Senza pensare, provo a toccarlo. Il dito mi entra nel buco della pallottola. Tutta la prima falange. Allora sento male. Un dolore acuto. Come un ago spesso ficcato nella spalla. Pulsa nel braccio con una vibrazione elettrica. Mi ha colpito.

«Vedi cosa mi costringe a fare?» dice Lamb a Nora. «È come ti avevo detto: una volta che viene fuori, tutto crolla».

Voglio gridare, ma non mi vengono le parole.

«Non lasciarti confondere da lui», aggiunge Lamb.

497

«Chiediti cos'è giusto fare. Ti metterei mai in pericolo? Farei mai qualcosa per ferire la tua famiglia?»

Dall'espressione vuota del suo volto, capisco che Nora è persa. Quando il colpo si fa sentire, il pulsare della mia spalla è insopportabile.

Continuando la sua opera di persuasione, Lamb indica l'accendino che Nora tiene in mano. «Non posso farlo senza di te, Nora. Solo tu puoi sistemare le cose. Per noi. Tutto per noi».

Nora guarda l'accendino, con gli occhi pieni di lacrime.

La voce di Lamb resta fredda e sicura. «È nelle tue mani, dolcezza. Solo nelle tue mani. Se non la fai finita adesso, ti porteranno via tutto. Tutto, Nora. È questo che vuoi? È per questo che abbiamo lavorato?»

La sua risposta è un sussurro faticoso. «No». Senza alzare gli occhi, Nora apre l'accendino e fa scaturire la fiamma. Lo tiene fermo per un attimo, guardando il fuoco che vibra nella sua mano.

«Mantieni-la-tua-promessa», dice Lamb a denti stretti.

«No!» grido.

Troppo tardi. Nora prende la cartelletta e la avvicina lentamente alla fiamma.

«Ecco», dice Lamb. «Mantieni la tua promessa».

«Nora, non devi...» Prima che possa finire, lei mette l'angolo della cartelletta nella fiamma arancione. Il sottile file prende fuoco lentamente e in pochi secondi tutto l'orlo brucia come una torcia... Un momento. La cartelletta «Richiesta di memo» era spessa. Questa...

Nora mi lancia un'occhiata e con un gesto del polso butta la cartelletta in fiamme contro Lamb. Un razzo incendiario che lo colpisce in pieno petto. I fogli volano da tutte le parti. La sua cravatta e la sua giacca prendono fuoco. Gridando alla vista della piccola fiamma, Lamb si batte sul petto e cerca di togliersi la giacca. Le fiamme si spengono rapidamente. La cartelletta, gettata in aria, atterra vicino alla balaustra che circonda il vetro piombato. Ai miei piedi. Sono ancora a terra, ma se mi allungo... posso quasi... Ecco. Ignorando il dolore alla spalla, spengo la fiamma, prendo i resti bruciacchiati della cartelletta e leggo l'etichetta. «Radio – Indirizzi».

Guardo Nora, che, con le lacrime che le rigano la faccia, sta già precipitandosi contro Lamb. «*Bastardo schifoso!*» urla mentre le sue unghie graffiano profondamente la guancia dell'uomo. «*Ti ammazzo! Mi hai sentito, vampiro? Ti ammazzo!*» Con unghiate e colpi in tutte le direzioni, è come una fiera scatenata. Ma più grida, più le lacrime scorrono e schizzano in giro mentre la testa le sbatte avanti e indietro. Ogni pochi secondi le trattiene, ma subito dopo una nuova esplosione di grida e saliva le fa sgorgare di nuovo. Afferra Lamb per i capelli e lo colpisce sull'orecchio. Poi gli alza la testa e lo picchia sulla gola. Colpo dopo colpo, mira ai punti sensibili.

Come sempre, però, Nora esagera. Abbassando gli occhi, vede che Lamb ha ancora in mano la pistola.

Io mi aggrappo alla balaustra e cerco di rimettermi in piedi. «Nora, no!» grido.

Non esita nemmeno. Lascia andare i capelli di Lamb e cerca di afferrare la pistola. Lamb ha tutto il tempo che gli serve. Fa scattare il pugno e la canna della pistola la colpisce di lato alla testa.

«*Come osi toccarmi!*» grida lui arrabbiatissimo. «*Io ti ho allevata! Non tuo padre! Io!*» L'afferra per la camicetta, l'attira verso di sé e le mette la canna della pistola davanti alla faccia.

«Nora!» grido. Lei cade per terra e io la raggiungo zoppicando.

«Non muoverti!» minaccia Lamb prima che possa fare un passo. Di nuovo punta la pistola e la fa ondeggiare fra noi. Guarda lei, poi sposta la testa verso di me. Poi torna a lei. Poi a me. Mai insieme. «La uccido», mi avverte. «Se la tocchi ancora una volta la uccido». Ha la camicia macchiata di nero sul petto. Un taglio sulla guancia sanguina. Guardo nei suoi azzurri occhi di ghiaccio e so che dice sul serio.

«Larry, non devi...»

«Chiudi il becco!» grida. «Dipende da lei».

Nora è ancora per terra che reagisce al colpo. Il suo occhio destra incomincia già a gonfiarsi.

«Stai bene?» chiede Lamb.

«Crepa, bastardo», risponde lei pulendosi la bocca col dorso della mano.

«Non è troppo tardi», dice Lamb con tono eccitato. «Può ancora funzionare – te l'ho detto. Lo blocchiamo e diventiamo eroi. Possiamo farlo, Nora. Possiamo farlo insieme. Devi solo dire le parole giuste. È l'unica cosa che ti chiedo, dolcezza. Dimmi che non sono solo».

Le faccio cenno di dargli corda. Non mi guarda neppure. Fa un ultimo sospiro e le lacrime sono scomparse. I suoi occhi pugnalano Lamb. Si lecca le labbra. Col sapore della libertà sulla lingua, Nora Hartson è incontrollabile.

Faccio un ultimo tentativo per attirare la sua attenzione, ma si gira dall'altra parte. La cosa non mi riguarda. È una faccenda fra loro due.

«Possiamo farlo, Nora», dice Lamb mentre lei si rialza in piedi. «Come sempre. È il nostro segreto».

Guardando fisso l'amico di famiglia, Nora resta in silenzio. Cerca di nasconderlo, ma il suo ragionamento la indebolisce. Lo capisco dall'ansimare del suo petto. Ingobbita, continua a respirare affannosamente. Sarebbe così facile cedere. Mollare tutto e dare tutta la

500

colpa a me. In cerca di una risposta, Nora si tocca l'occhio gonfio. Poi, lentamente, davanti al proprio viso, alza il dito medio in segno di sfida. «Vai all'inferno», dice con disprezzo.

Quando guardo Lamb, gli occhi, le guance, le labbra... tutti i suoi lineamenti crollano. Mi aspetto che esploda, in preda alla rabbia. Invece resta in silenzio. Ancora più in silenzio del solito. Con i denti stretti. Lo sguardo penetrante. Giuro che la stanza diventa più fredda. «Mi dispiace che la pensi così», dice finalmente senza traccia di emozione nella voce. «Ma voglio ringraziarti, Nora. Hai reso questa decisione molto più facile». Senza altre parole, punta la canna della pistola verso di me.

«Michael!» grida Nora incominciando a correre.

Mentre la pistola di Lamb si sposta orizzontalmente, fatico a capire quello che sta succedendo. Guardo a bocca aperta la canna della pistola e il mondo intero sembra fermarsi. Con la coda dell'occhio, vedo Nora che si lancia verso di me. Bloccato sul posto, tento di voltarmi. C'è una luce al neon che balla sulla sua testa e una forchetta di plastica bianca per terra. Un colpo esplode silenziosamente proprio mentre lei mi viene addosso, faccia a faccia. Alzo le braccia per prenderla. Un secondo colpo esplode. Poi un altro. E un altro.

La sua testa sussulta mentre viene colpita alle spalle. Una, due, tre, quattro volte. Il corpo si torce a ogni colpo. Siamo proiettati all'indietro tutti e due dall'impatto e finiamo contro la balaustra.

«Nornie?» grida Lamb abbassando l'arma.

Non lo noto quasi. «Nora, sei...»

«Sto bene, credo», sussurra cercando di alzare la testa. Quando guarda in su, il sangue inizia a sgorgarle dal naso e dalla bocca. «È grave?» chiede vedendo la mia espressione.

Scuoto la testa, lottando con le lacrime che mi riempiono gli occhi. «N-no... no. Starai bene», balbetto.

Abbandonandosi fra le mie braccia, fa un piccolo sorriso. «Bene». Cerca di dire qualcos'altro, ma si perde. Le tengo la testa mentre mi sputa sangue sulla camicia.

A qualche metro di distanza, Lamb è immobile in piedi. Trema. «È... è...»

Guardo giù, incapace di pensare. «Nora... Nora... Nora!» È come un sacco fra le mie braccia, ma riesce a guardarmi. «Ti amo, Nora».

I suoi occhi si spengono. Non credo che mi abbia sentito. «Michael...»

«Sì?» le dico chinandomi.

La sua voce non è neanche un sussurro. Il suo respiro è ridotto a un sibilo impercettibile. «Io...» Il suo corpo si tende e le parole si arrestano. Chiudo gli occhi e fingo di sentire ogni sillaba.

Cerco di renderle più facile la respirazione e l'appoggio delicatamente per terra.

«S-sta bene?» grida una voce.

Alzo lentamente gli occhi e mi si stringono i pugni. Davanti a me vedo Lawrence Lamb. Paralizzato, è ancora lì in piedi. La pistola gli pende dalle dita. La bocca è aperta. Radicato sul posto, appare devastato, come se tutto il suo mondo fosse appena svaporato. Ma nel momento in cui i nostri occhi si incontrano, la sua fronte si corruga con furia. «*L'hai uccisa!*» ruggisce.

Nel mio petto esplode un vulcano di rabbia. Mi precipito contro di lui il più velocemente possibile. Lui alza la pistola, ma l'ho già raggiunto. La spalla sana lo colpisce al petto e lo manda a sbattere contro il muro. La pistola vola via.

Senza arrestarmi, lo risbatto contro il muro e lo colpisco allo stomaco. Lui contrattacca con un colpo ampio, che mi coglie alla mascella, ma io sono ormai al di là del dolore. «Credi di farmi male?» grido mentre il mio pungo si schianta sulla sua faccia. Più e più volte colpisco il taglio che Nora gli ha aperto sulla guancia. Ancora. Ancora. Ancora.

Più vecchio e molto più lento, Lamb sa di non poter vincere una lotta con uno che ha la metà dei suoi anni. Accorgendosi di essere in trappola, si stacca dalla parete e va verso il centro della stanza. I suoi occhi cercano freneticamente la pistola. E non la trovano. Dov'è finita la sicurezza mascelluta che deriva dall'essere il miglior amico del presidente? Sembra sul punto di crollare. Il taglio sulla sua faccia è una macchia di sangue. «Non ti ha mai amato», dice toccandosi la guancia.

Sta cercando di distrarmi. Lo ignoro e lo colpisco alla mascella.

«Non ti ha neppure scelto», aggiunge. «Sarebbe uscita con Pam se gliel'avessi ordinato».

Lo interrompo colpendolo di nuovo allo stomaco. E alle costole. E al volto. Qualsiasi cosa, purché stia zitto. Chinato per il dolore, arretra verso la zona più bassa col vetro piombato. So che è ora di smetterla, ma... vicino alla balaustra c'è il corpo senza vita di Nora – è supina, il lago di sangue si sta ancora allargando sotto di lei. Basta questo. Quasi incapace di vedere attraverso le lacrime, metto tutta la forza che mi è rimasta in un ultimo colpo. Lo raggiungo con un tonfo e lo sbatto all'indietro di un buon metro e mezzo.

Lamb colpisce la balaustra completamente squilibrato. E come un'altalena umana cade al di là del corrimano, proprio sull'enorme pannello di vetro inserito nel soffitto della camera sottostante. Chiudo gli occhi e aspetto il rumore di vetri infranti. Ma sento solo un cupo tonfo.

Confuso, mi avvicino subito alla balaustra e guardo

giù. Lamb, intontito, è disteso sull'ampio fiore di vetro al centro del pannello. Non si è rotto. Proprio sotto di lui, dall'altra parte della vetrata, il lampadario di cristallo oscilla per l'urto.

«Hhhh». Lamb emette un sospiro accattivante mentre un brivido freddo mi passa per la schiena. Se la caverà.

Sospeso sopra la sala del trattato indiano, si gira cautamente, si guarda in giro e lentamente, con attenzione, striscia sul vetro verso la balaustra.

Disperato, mi guardo in giro per cercare la pistola. Eccola – proprio di fianco alla spalla di Nora. Immersa nel sangue. Corro a prenderla e mi giro puntandola verso Lamb.

Lui si ferma. I nostri occhi non si lasciano un istante. Nessuno dei due si muove. Improvvisamente, apre le labbra.

Io premo sul grilletto.

«Non fare il melodrammatico, Michael. Se premi quel grilletto, nessuno ti crederà».

«Non mi crederanno comunque. Almeno così sarai morto».

«E questo migliora le cose? Una rapida vendetta per la tua fidanzata immaginaria?»

Guardo Nora, poi di nuovo Lamb. Lei non si muove più.

«Suvvia, Michael, non è da te – altrimenti noi non ti avremmo mai scelto».

«Noi? Tu l'hai distrutta... la controllavi... Lei non ha mai partecipato al piano».

«Se questo ti fa sentire meglio... Ma chiediti questo: a chi credi che sia intestata quella pistola? A me – il confidente che cercava di proteggere la figlioccia – o a te, l'assassino che dovevo fermare?»

Le mani mi tremano mentre faccio scivolare un dito sul grilletto.

«E non dimenticare quello che avverrà di tuo padre quando sarai in prigione. Se la caverà, da solo?»

Un colpo – basta un colpo solo.

«È finita, Michael. Vedo già i titoli sui giornali di domani: *Garrick uccide la figlia del presidente*».

Gli occhi mi si accecano. La pistola è puntata proprio verso la sua fronte. Esattamente come lui ha fatto a Vaughn – dando la colpa a me.

Lamb mi vede esitare e ha un rapido, cupo sorriso. Che mi ferisce proprio alla spalla. Contraggo il dito sul grilletto. Tutti i muscoli del corpo si tendono. Gli occhi si socchiudono. Il lampadario oscilla.

«Dì buona notte, Larry», dico. Tengo la pistola a braccia tese e uso tutte e due le mani per mirare. Guardo la canna. È lì. Per la prima volta, il suo sorriso svanisce. La sua bocca si apre. Il dito si contrae sul grilletto... ma più si contrae, più la mano mi trema... e capisco che non ce la faccio. Lentamente, abbasso l'arma.

Lamb emette una risata bassa che mi lacera. «Per questo ti abbiamo scelto», mi provoca. «L'eterno boy scout».

È quello che mi serviva. Perso nell'adrenalina, alzo la pistola. Le mani mi tremano ancora, ma stavolta premo il grilletto.

La pistola singhiozza a vuoto con un piccolo click. Sparo di nuovo, con forza. Click. È scarica. Non posso credere che sia scarica!

Lamb ride basso, poi forte. Striscia verso la balaustra e aggiunge: «Neanche quando ci provi riesci a fare del male».

Rabbiosamente gli tiro la pistola scarica. Lui abbassa la spalla all'ultimo secondo e la pistola lo manca e scivola sul vetro piombato come un sasso piatto su uno specchio d'acqua. Sbatte contro l'estremità dell'incavo e finalmente si ferma all'altro lato dell'enorme mosaico.

Risento nella testa l'orribile risatina di Lamb. Non sento altro. Poi... poi sento anche qualcos'altro.

Incomincia dove la pistola ha colpito il pavimento di vetro. Una piccola esplosione – come di un cubetto di ghiaccio infilato in una soda calda. Poi diventa più forte e deciso. Una crepa che si apre lentamente su un parabrezza.

Lamb si guarda alle spalle. Lo vediamo tutti e due nello stesso momento – una frattura che si muove come un lampo nel grande pannello di vetro.

Tutto avviene al rallentatore. Quasi spinta da volontà propria, la crepa va dalla pistola a Lamb, che si trova ancora al centro del rosone. Terrorizzato, lui si protende verso la balaustra. Alle sue spalle, il primo pezzo di vetro si spezza e cade. Poi un altro. Un altro. Il peso del lampadario fa il resto. Come un gigantesco buco di scarico, il centro del mosaico si sbriciola. Il lampadario cade nella sala del trattato indiano. Pezzo per pezzo, migliaia di schegge lo seguono. Mentre il buco si allarga, Lamb lotta per non precipitare. Si allunga e mi prega di aiutarlo.

«Michael...»

È troppo tardi. Non posso fare più niente, e lo sappiamo tutti e due. Sotto di noi il lampadario colpisce il suolo con uno schianto spaventoso.

Ancora una volta i nostri occhi si incontrano. Lamb non ride più. Questa volta i suoi occhi sono pieni di lacrime. I vetri piovono, il pavimento gli sparisce sotto i piedi. E la gravità lo afferra per le gambe. Risucchiato nel buco che si allarga, lotta ancora per restare aggrappato. Ma non si può evitare l'epicentro.

«*Miiiichaaaeeeeeee...*» grida per tutto il tempo della caduta.

Poi raggiunge il lampadario. Il suono dell'impatto basterà a darmi incubi per anni.

Quando l'ultimo pezzo è caduto, un allarme penetrante suona nella sala del trattato indiano. Mi sporgo dalla balaustra. La vetrata è quasi completamente scomparsa, lasciando un buco aperto. Ci vorrà molto tempo per riempirlo. Sul pavimento sottostante, in mezzo ai vetri infranti, ci sono i resti spezzati dell'uomo responsabile di tutto questo. Di Caroline. Di Vaughn. E soprattutto di Nora.

Alle mie spalle sento un gemito leggero. Mi volto e le corro vicino, cadendo sulle ginocchia. «Nora, sei...»

«È... è andato via?» sussurra, quasi incapace di parlare. Non dovrebbe essere conscia. La sua voce gorgoglia nel sangue.

«Sì», dico lottando ancora contro le lacrime. «È andato via. Sei salva».

Tenta di sorridere, ma è troppo difficile. Il petto le si contrae. Sta spegnendosi rapidamente. «M-M-Michael?»

«Sono qui», le dico prendendola delicatamente in braccio. «Sono qui, Nora».

Le lacrime mi scendono sulla faccia. Sa che ci siamo. La testa si abbandona e lentamente si arrende. «P-p-per favore...» tossisce. «Per favore, Michael... non dirlo a mio padre».

Faccio un grande sospiro per non crollare. Annuisco vigorosamente e me la stringo al petto, ma le sue braccia restano inerti dietro di lei. Gli occhi incominciano a rovesciarsi. Le scosto furiosamente i capelli dal volto. Il suo petto ha un ultimo brivido – poi è finita.

«*No!*» grido. «*NO!*» Le afferro la testa, le bacio la fronte più e più volte. «Ti prego, Nora, non andare via! Ti prego. Ti prego!» Non serve a niente. Non si muove più.

La sua testa mi cade sul braccio e un sospiro rauco e spaventoso le fa uscire l'ultima aria dai polmoni. Con un gesto più delicato che posso, le chiudo gli occhi. Finalmente. Autodistruzione completata.

40

Non mi lasciano uscire dalla Sit Room fino a mezzanotte e un quarto, quando i corridoi vuoti dell'OEOB non sono altro che una città fantasma della burocrazia. Quasi quasi credo che l'abbiano fatto apposta – così non c'è nessuno in giro per fare domande. O per spettegolare. O per indicarmi e sussurrare: «È lui, è proprio lui». Mi resta solo il silenzio. Silenzio e tempo per pensare. Silenzio e... Nora...

Abbasso la testa e chiudo gli occhi, cercando di fingere che non sia mai successo. Ma è successo.

Mentre torno nel mio ufficio, ci sono due paia di scarpe che riecheggiano cavernosamente lungo il corridoio. Le mie e quelle dell'agente dei Servizi segreti alle mie spalle. Mi hanno medicato la spalla, ma la mano mi trema quando apro la porta della stanza 170. Sorvegliandomi attentamente, l'agente mi segue. Nell'atrio, accendo le luci e affronto ancora una volta il silenzio. È troppo tardi perché ci sia qualcuno. Pam, Julian – se ne sono andati entrambi molte ore fa. Quando fuori c'era ancora la luce.

Non sono sorpreso che il posto sia vuoto, ma devo ammettere che speravo ci fosse qualcuno. A quanto pare, invece, sono solo. Sarà così per un po'. Apro la porta del mio ufficio e cerco di convincermi del contrario, ma in un posto come la Casa Bianca non ci sono molte persone che...

«Dove diavolo sei stato?» mi chiede Trey saltando

giù dal mio divanetto sintetico. «Stai bene? Hai trovato un avvocato? Mi hanno detto che non ce l'avevi, così ho chiamato il cognato di mia sorella, Jimmy, che mi ha messo in contatto con un certo Richie Rubin, che ha detto che...»

«Va bene, Trey. Non ho bisogno di un avvocato».

Guarda l'agente dei Servizi segreti che è appena entrato dietro di me. «Ne sei sicuro?»

Do un'occhiata all'agente. «Pensa che potremmo...»

«Mi dispiace, signore. Ho l'ordine di aspettare finché lei...»

«Senta, voglio solo un minuto con il mio amico. Non chiedo altro. Per favore».

Ci studia entrambi. Alla fine dice: «Se ha bisogno di me, sono qui fuori». Torna nell'atrio e chiude la porta alle sue spalle.

Quando è uscito, do un'occhiata al tostapane. Il nome di Nora è scomparso. Guardo le lettere digitali verdi che restano, come se fosse un errore. Pregando che sia un errore. Lentamente, le lettere scintillanti sembrano rispondere al mio sguardo, a una a una, ammiccanti. Il loro scintillio è accentuato, adesso che è buio. Così buio. Oh, Nora... Le gambe mi cedono e mi appoggio all'angolo della scrivania.

«Mi dispiace, Michael», tenta Trey.

Non riesco quasi a stare in piedi.

«Se ciò ti fa sentire meglio», aggiunge, «Nora non avrebbe... Non sarebbe stata una bella vita. Dopo tutto questo».

Scuoto la testa, indifferente. «Sì. Certo». Inghiotto con forza e tutto si confonde di nuovo.

«C'è qualcosa che posso...»

Annuisco in segno di ringraziamento e tento di controllarmi. «Hai sentito che Lamb...»

«So solo che è morto», dice Trey. «È tutto in onda,

509

ma nessuno sa i come e i perché – l'FBI ha fissato la conferenza stampa per domattina presto». Sta per dire qualcos'altro, ma la voce gli si spegne. Non mi sorprende. Ha troppi agganci per non sapere. Sa cosa si sussurra, ma non vuole fare domande. Lo guardo e vedo che gioca con la cravatta. Non osa quasi guardarmi negli occhi. E pur essendo proprio davanti al divano, non si siede. Ma non chiede niente. È davvero un buon amico.

«Dillo, Trey. Qualcuno deve farlo».

Alza gli occhi e studia il momento. Poi si schiarisce la gola. «È vero?»

Annuisco di nuovo.

La fronte di Trey passa dalla curiosità allo shock. Si siede sul divano. «I-io l'ho aspettata nel mio ufficio, come eravamo d'accordo. Avevo un sacco di trucchi per tenerla impegnata mentre tu e Pam cercavate tra i file – false cartellette da studiare, falsi elenchi telefonici da controllare, sarebbe stato perfetto. Ma non è mai arrivata».

«Sapeva quello che stavamo facendo – l'ha sempre saputo».

«Quindi Lamb...»

«Lamb ha cancellato la richiesta dal computer di Caroline, ma non sapeva che lei teneva anche una copia cartacea. E l'FBI non ne aveva bisogno – avevano i file. A essere sincero, credo che Nora sapesse dov'erano. Forse erano la sua assicurazione, forse... forse qualcos'altro».

Trey mi guarda attentamente. «Senza dubbio erano qualcos'altro».

Sorrido, ma dura pochissimo.

«Era...» balbetta. «Era proprio...»

«Peggio di come pensi. Dovevi vederla... quando Lamb è entrato... glielo faceva da quando aveva undici

510

anni. Prima media, Trey. Capisci che mostro? Prima media, cazzo! E da quando Hartson è stato eletto, Lamb è stato qui a tempo pieno! E loro credevano che gli stesse facendo un favore!» La mia voce diventa più rapida, confusa, mentre racconto velocemente il resto della storia. Dalla pistola di Lamb al vetro piombato. Dall'interrogatorio nella Sit Room alle lunghe scuse di Adenauer, tiro fuori tutto. Trey non mi interrompe neanche una volta.

Quando ho finito, restiamo seduti lì tutti e due. Mi ci vuole tutto quello che ho per non guardare il tostapane, ma il silenzio incomincia a diventare doloroso. Il suo nome non c'è più.

«Cosa succederà adesso?» chiede finalmente Trey.

Vado al caminetto e lentamente tolgo dal muro il mio diploma.

«Cercheranno un capro espiatorio! Anche se non sei stato tu, ti inchioderanno...»

«Non mi inchioderanno da nessuna parte», dico. «Per una volta, mi credono».

«Davvero?» Fa una pausa, inclinando la testa. «E perché?»

«Grazie mille», dico posando il mio diploma per terra sopra la cappa.

«Seriamente, Michael. Con Nora e Lamb mor... Senza di loro, tu hai solo una richiesta di file con su il nome di Lamb. Dove troveranno il resto? Debiti nei conti bancari di Lamb?»

«Sì». Mi stringo nelle spalle. «Ma anche...» La voce mi si spegne.

«Cosa?»

Non dico niente.

«Cosa?» ripete Trey. «Dimmelo».

Respiro profondamente. «Il fratello di Nora».

«Christopher? Cosa c'entra lui?»

La mia voce è asciutta e inespressiva. «Adesso è in collegio, ma durante le medie era presente. E d'estate».

L'espressione stupefatta sul volto di Trey mi fa capire che questa è la prima volta che la sente. «Quindi... Oh, cribbio, questo vuol dire che noi...»

«La stampa non lo saprà mai. Richiesta personale di Hartson. Comunque abbia vissuto, Nora Hartson è morta eroicamente – dando la vita per catturare l'assassino di Caroline».

«Quindi lei e Lamb...»

«L'hai saputo solo perché sei un amico. Capisci?»

Trey annuisce e mi dà una pacca. Veloce. Più nervosa che arrabbiata. Se non tirerò in ballo io l'argomento, è l'ultima volta che ne sentirò parlare.

Mi giro di nuovo verso la parete sopra al caminetto e mi alzo sulla punta dei piedi per raggiungere il disegno che mi rappresenta agli esami finali. Intrappolato dietro un enorme pezzo di vetro, è ancora più grande di quello che sembra. Più spesso, anche. Mi ci vuole un secondo per afferrarlo con entrambe le mani.

Trey mi corre vicino, per aiutarmi a reggerlo. «E cosa faranno», chiede dopo che l'abbiamo appoggiato al diploma. «Ti licenziano o ti costringono a dare le dimissioni?»

Mi fermo. «Come fai a saperlo?»

«Vuoi dire a parte il sottile indizio rappresentato dal vederti smantellare l'ufficio? È una crisi, Michael. Lamb e Nora sono morti e tu andavi a letto con lei. Quando le cose diventano così calde, questo posto cerca ombra».

«Non mi hanno licenziato», gli dico.

«Ti hanno chiesto di andartene».

«Non hanno detto così, ma... devo farlo».

Trey guarda fuori dalla finestra. Ci sono ancora dei giornalisti che aspettano sul prato. «Se vuoi, posso aiutarti con qualche media».

«Sarebbe bellissimo».

«E posso comunque farti partecipare alle cose più importanti – Stato dell'unione, Ballo di inaugurazione – quello che vuoi».

«Ti ringrazio».

«E ti dico un'altra cosa – dovunque tu faccia domanda – stai sicuro che riceverai una raccomandazione su carta intestata della Casa Bianca. Che diamine, ne ruberò una risma – possiamo scrivere a tutti quelli che odiamo: ragazze del meteo, uomini che chiamano tutti "bello mio", commercianti che si comportano come se ti stessero facendo un piacere, quelle hostess bastarde che sugli aerei raccontano balle e dicono che hanno finito i cuscinetti anatomici – "uno per persona" – neanche gli chiedessi un paio di mutande».

Per la prima volta da due giorni, mi metto a ridere. È più un colpo di tosse che un sorriso. Ma lo accetto.

Riprendendo fiato, Trey mi segue alla scrivania. «Non sto scherzando, comunque, Michael. Basta che tu dica quello che vuoi e io te lo procuro».

«Lo so», dico scartabellando velocemente i fogli che ho sul tavolo. Memo, agende presidenziali, perfino il mio file – niente è importante. Resta tutto qui. Nel cassetto in fondo a sinistra trovo un paio di calzoncini da corsa. Questi li prendo. Per il resto, cassetto dopo cassetto, non mi serve niente.

«Sei sicuro che andrà tutto bene?» chiede Trey. «Cosa farai adesso?»

Apro il cassetto in alto a destra e vedo un biglietto scritto a mano. «Telefonami e porto del cinese». Sotto c'è un piccolo cuore, firmato da Pam.

Mi ficco il biglietto in tasca e chiudo il cassetto. «Andrà tutto bene. Promesso».

«Non è questo il problema – è ben altro. Forse dovresti parlare a Hartson...»

«Trey, l'ultima cosa di cui il presidente ha bisogno in questo momento è di vedere ogni giorno qualcuno che gli ricordi la peggior tragedia della sua famiglia. E comunque, anche se mi chiedesse di restare... non è per me... non più».

«Cosa stai dicendo?»

Con un rapido gesto, stacco la foto di me col presidente da dietro la scrivania. «Ho finito», dico porgendo a Trey ciò che resta della mia parete dell'ego. «E per quanto tu borbotti e protesti, sai che è giusto così».

Abbassa lo sguardo sulla foto e aspetta un momento di troppo. Fine della discussione.

Prendo il mio diploma e lo schizzo dell'esame, infilo le dita sotto alla cornice e mi dirigo verso la porta tenendoli nel pugno mezzo chiuso. Camminando, mi urtano le gambe. Forse è l'ultima volta che vedo questo posto, ma quando lascio l'ufficio Trey è proprio dietro di me.

Gli lancio una rapida occhiata e gli chiedo: «Mi chiamerai ancora ogni mattina per dirmi quello che succede?»

«Domani alle sette».

«Domani è domenica».

«Lunedì, voglio dire».

Una settimana e mezza più tardi, la mia auto esce dalla I-95 e si addentra nelle tranquille strade rurali di Ashland, Virginia. Il cielo è di un azzurro cristallino e gli alberi, all'inizio dell'autunno, sono un'esplosione di giallo, arancione, verde. A prima vista è tutto come al solito – poi do una rapida occhiata nello specchietto retrovisore e non vedo nessuno. È in questi momenti che soffro di più.

Tutte le volte che vengo in campagna noto il dolce profumo dei fiori selvatici. Ma mentre la mia auto aggira un boschetto marrone, mi accorgo che è la prima volta che li vedo davvero. È incredibile quello che abbiamo davanti agli occhi.

Osservo ogni tronco giallo in ogni campo mentre supero le fattorie diretto alla familiare recinzione. Una brusca svolta a sinistra mi porta a destinazione. Il fatto è che il posteggio di ghiaia, la casa colonica, perfino la porta sempre aperta – per qualche ragione, mi sembrano più grandi. È così che dev'essere, decido.

«Guarda chi è arrivato, finalmente», dice Marlon nel suo bell'accento creolo. «Incominciavamo a preoccuparci».

«Ci metto sempre più del previsto. Sono le strade secondarie che mi confondono».

«Meglio tardi che mai», dice Marlon.

Mi fermo a rifletterci su. «Sì, credo di sì».

Marlon guarda il giornale appoggiato sul tavolo della cucina. Come in tutte le conversazioni delle ultime settimane, c'è un certo imbarazzo che aleggia nell'aria. «Mi dispiace per Nora», dice alla fine. «Mi piaceva. Sembrava una tipa molto decisa – pane al pane e vino al vino».

Mi fermo al complimento, chiedendomi se è giusto. A volte la memoria inganna. A volte no.

«Mio padre?...»

«È in camera sua», dice Marlon.

«Gliel'hai detto?»

«Mi hai chiesto di aspettare. È quello che volevi, no?»

«Credo di sì». Vado verso la camera e aggiungo: «Credi davvero che riuscirò a...»

«Quante volte me lo chiederai ancora?» mi interrompe Marlon. «Tutte le volte che te ne vai, l'unica cosa che vuole sapere è quando tornerai. Ti ama con tutte le sue forze. Cos'altro vuoi?»

«Niente», dico nascondendo un sorriso. «Niente».

«Papà?» chiamo bussando alla porta della sua camera e aprendola. Non c'è nessuno dentro. «Papà, sei qui?»

«Da questa parte, Michael! Da questa parte!» Seguendo la sua voce, guardo in corridoio. In fondo, sotto il porticato sul retro, mio padre è in piedi dietro una porta e mi saluta. Ha i pantaloni kaki spiegazzati e, come sempre, la maglietta del ketchup Heinz. «Sono qui», canta con i piedi che ballano. Mi piace vederlo così.

Appena apro la porta, mi abbraccia forte e mi solleva da terra. Io salto per aiutarlo.

«Cosa ne pensi?» mi chiede girandosi e mettendomi giù sul portico. Appena mi lascia vedo di cosa sta parlando. Dietro ai tavoli da picnic dove abbiamo mangiato tutti insieme quel giorno, c'è il campo della fattoria vicina. Sotto la luce accecante del sole dorato, quattro cavalli corrono liberi in mezzo all'erba verde.

Tutta la scena – il sole, i cavalli, i colori – è stupenda come la prima volta che l'ho vista, il giorno che sono arrivato per esaminare la residenza collettiva, una settimana prima dell'arrivo di mio padre.

«Non è bello?» chiede mio padre con voce strascicata. «Pincky è il più veloce. È il mio preferito».

«È quello?» chiedo indicando il cavallo color cioccolato che corre davanti agli altri».

«*Noooo* – quello è Clyde», mi dice come se l'avesse già ripetuto mille volte. «Pinky è il penultimo. Oggi non si sta impegnando».

Quando faccio un passo avanti nel portico, lui guarda dentro alla casa, controllando il corridoio. È come se stesse cercando...

«Dov'è Nora?» chiede.

Sapevo che l'avrebbe chiesto. Gli era piaciuta troppo perché se ne dimenticasse. Cercando una risposta, mi siedo sull'altalena di legno del portico e gli faccio cenno di raggiungermi.

Lui capisce la mia espressione. Cattive notizie in arrivo. «Non le sono piaciuto?» chiede tormentandosi il labbro inferiore con le dita tozze.

«No, tutt'altro», rispondo. «Ti voleva bene».

Viene a sedersi sull'altalena, ma è troppo preoccupato per Nora. Si lascia cadere di peso e finiamo contro la parete della casa. Sento la crisi che si avvicina, gli metto un braccio intorno alle spalle e cerco di attenuare le sue paure. In pochi secondi stiamo oscillando avanti e indietro. Avanti e indietro, avanti e indietro, avanti e indietro. Lentamente torna la calma.

«Ti voleva davvero bene», ripeto.

«E allora perché non è venuta?»

Ho provato questa risposta per tutto il tempo del viaggio. Non mi serve a niente. «Papà», incomincio. «Nora è... Nora ha... ha avuto un incidente».

«Sta bene?»

«No», dico scuotendo la testa. «Non sta bene. È... è morta, papà. È morta una settimana e mezza fa».

Aspetto il crollo, ma l'unica cosa che fa è guardarsi la camicia, tormentando la faccia gialla che c'è su. Alza il labbro superiore e lascia vedere i denti. Come se annusasse qualcosa e cercasse di capire. Lentamente, incomincia a oscillare avanti e indietro, con gli occhi solitari che studiano la faccia sorridente capovolta. Sa cos'è la morte – ci siamo passati anni fa. Finalmente guarda il soffitto del portico. «Posso dirle addio?»

Vuole andare al cimitero. «Certo», gli dico. «Anzi, credo che le farebbe piacere».

Annuisce con la testa storta – creando degli ovali col mento – ma non dice nient'altro.

«Vuoi che te ne parli?» chiedo.

Ancora nessuna risposta.

«Dai, papà, dimmi quello che pensi».

Cerca le parole che non arrivano mai. «È stata gentile con me».

«Ti dico, papà, che le sei piaciuto. Me l'ha detto lei».

«Davvero?» sussurra senza guardarmi.

«Certo. Ha detto che eri bravo, e bello, e un bravo padre...» Spero di ottenere un sorriso, ma continua a non guardarmi. Mi allungo e di nuovo gli metto un braccio intorno alle spalle. «Va bene se ti senti triste».

«Lo so. Non sono tanto triste, però».

«No?»

«No. Morire è anche bello».

«Ah sì?»

«Certo. Non si soffre più».

Annuisco. In momenti come questi, mio padre è assolutamente straordinario.

«E sai qual è la cosa migliore?» aggiunge.

«No, dimmela tu».

Guarda il cielo con un ampio sorriso tutto denti. «È con la mamma. Philly. Phillis. Phillis».

Non posso fare a meno di sorridere – un ampio sorriso. Come quello di mio padre.

«Te l'ho detto che era la cosa migliore», ride.

Dondolando sull'altalena, incomincia a ridacchiare. Ha trovato il modo di sistemare tutto – il suo mondo continua a esistere. «Hai parlato con il presidente, negli ultimi giorni?» chiede. Quando si tratta di scherzi, questo è il suo prediletto. La forza della ripetizione.

«In realtà, papà, questa è l'altra cosa di cui volevo parlarti – ho lasciato il mio lavoro alla Casa Bianca».

Abbassa i piedi e l'altalena si arresta. «E il presidente?»

«Credo che... se la caverà meglio senza di me».

«Marlon dice che vincerà la rielezione».

«Sì. Vincerà alla grande».

Sempre senza guardarmi, mio padre incomincia a far scattare il mignolo e l'indice contro il pollice. «Ti hanno licenziato?» chiede alla fine.

«No», dico scuotendo la testa. «Ho solo dovuto andarmene».

Sa che alludo a qualcosa, lo sente nella mia voce. Le dita si tranquillizzano. «Questo vuol dire che devi traslocare di nuovo? Che dovrò andarmene anch'io?»

«No, tu potrai restare qui finché vorrai. Naturalmente, speravo... be', mi chiedevo se... Ti piacerebbe venire a vivere con me per un po'?»

Le dita si fermano. «Vivere con te?» chiede voltandosi. Gli occhi gli si riempiono di lacrime. La bocca gli si spalanca. «Insieme?»

Ripenso al mio primo incontro con Nora. A come tutti mi guardavano quando lei ha attraversato la stanza e mi è venuta incontro. Proprio a me. Quello è stato il momento. Quando ero con lei, finché ero con lei, ero quello che volevo. Adesso voglio qualcosa di diverso. Tutti i segreti sono svelati. Non ho bisogno di essere un pezzo grosso.

Guardo mio padre. «Se tu vuoi, a me farebbe molto piacere».

Di nuovo mi scocca il suo sorriso. È questo che vuole. Appartenere. Essere accettato. Normale.

«Cosa ne dici?» chiedo.

«Devo pensarci», dice ridacchiando.

«Pensarci? Cosa...»

«Non hai neanche un lavoro», dice con una risata.

«E questo ti sembra divertente?»

Annuisce vigorosamente, senza arrestarsi. «Gli avvocati disoccupati non sono buoni».

«Chi ti dice che voglio fare l'avvocato?»

Si ferma sorpreso. «Non vuoi diventare avvocato?»

Penso alla piccola folla di giornalisti ancora accampati davanti a casa mia. Ci vorranno anni perché sia facile. Non importa. Non è più questo l'importante. «Diciamo che sto valutando tutte le possibilità».

Gli piace questa risposta. Tutto è possibile. «Guarda», aggiunge indicandosi i piedi. «Per te». Prende la gamba dei pantaloni e mi aspetto di vedere le calze nere dentro le scarpe da ginnastica bianche. Invece mi rivela delle calze bianche. «Non stanno su», dice, «ma sono belle».

«Certo – ma credo che quelle nere mi piacciano di più».

«Davvero?»

«Sì. Credo di sì».

Stringendosi nelle spalle, mio padre alza i piedi e ci fa dondolare nella brezza pomeridiana. Di fronte a noi, il sole dorato ci brilla proprio negli occhi. È così forte che non vedo niente oltre il portico. Ma vedo tutto.

«Sai, Mickey, il 57 sulla bottiglia di ketchup vuol dire che ci sono cinquantasette varietà di pomodori».

«Davvero?» rispondo attento. «Dimmi ancora qualcosa».

Ho ancora paura di deludere mio padre, del cancro che ha ucciso mia madre, di morire improvvisamente, di morire per una ragione stupida, di morire dolorosamente, e di morire solo. Ma per la prima volta da molto tempo non ho paura del mio passato. O del mio futuro.

Desidero ringraziare le seguenti persone, il cui amore e sostegno non mancano mai di ispirarmi. Come sempre, la mia First Lady, Cori, che è un'infinita fonte di pazienza e di ispirazione – soprattutto perché io porto continuamente entrambi sull'orlo della pazzia. Dalla prima idea di una trama all'editing definitivo, lei è tutto in ogni momento: amica, compagna, consigliera, editor, socia, amante, anima gemella. Ti amo, C. – se non fosse per te, questo libro non esisterebbe, e io neppure. Jill Kneerim, la mia agente, per una delle amicizie più gentili e gratificanti che io abbia conosciuto. Di tutte le cose che ho avuto la fortuna di sperimentare come scrittore, una delle gratificazioni migliori è stata incontrare Jill. La sua fiducia infinita mi aiuta continuamente a tenere tutto in prospettiva, e non saremmo qui senza di lei. Elaine Rogers, la cui tremenda energia ha dato un nuovo significato al termine «successo»; Sharon Silva-Lamberson, Stephanie Williams, Nicole Linehan, Ellen O'Donnell, Hope Denckamp, Lindsay Shaw, Ike Williams e tutti gli altri della Palmer & Dodge Agency che tengono la macchina in funzione e sono tra le persone più gentili e simpatiche che ho conosciuto.

Vorrei anche ringraziare i miei genitori, per avermi dato tutto quello che loro non hanno avuto, per avermi insegnato a seguire il mio cuore e per aver saputo esattamente quando essere mamma e papà. Siete tutti e due incredibili. Noah Kuttler, la cui infinita pazienza influisce su tutto il mio lavoro e la cui capacità di intuizione mi spinge a realizzare le mie potenzialità; Ethan Kline, le cui astute osservazioni sono fra le prime che prendo in considerazione e la cui amicizia e fiducia sono semplicemente straordinarie (grazie per quello grosso, E.); Matt e Susan Oshinsky, Joel Rose, Chris Weiss e Judd Winick continuano a essere un gruppo di cervelli del quale non voglio mai restare privo. Essi leggono, reagiscono, danno suggerimenti e mi tengono sempre allegro.

Poiché la Casa Bianca si vanta della sua riservatezza, devo un immenso grazie alle seguenti persone, che mi hanno permesso di gettare un'occhiata all'interno. Steve «Scoop» Cohen per... il fatto di essere Scoop. Dal brainstorming sull'intreccio, alle ricerche, ai minimi dettagli, Scoop è stato il maestro di cerimonie. È coraggioso e intuitivo e senza il suo istinto creativo questo libro non sarebbe lo stesso. Grazie, amico. Debi Mohile, il cui occhio attento mi ha mantenuto onesto in (quasi) tutte le pagine e il cui grande senso dell'umorismo ha sempre reso il lavoro un piacere. Nessuno conosce la Casa Bianca come Debi. Grazie per esserti dedicata a me. Mark Bernstein, una delle persone più simpatiche in circolazione, per avermi fatto vedere direttamente il resto e per avermi ricordato l'importanza dei vecchi amici; Lanny Breuer, Chris Cerf, Jeff Connaughton, Vince Flynn, Adam Rosman e Kathi Whalen, che hanno fatto più del loro dovere e non hanno mai mancato di interrogare la loro immaginazione per rispondere a tonnellate di domande sciocche da parte mia; Pam Brewington, Lloyd Cutler, Fred Fielding, Leonard Garment, Thurgood Marshall jr., Cathy Moscatelli, Miriam Nemetz, Donna Peel, Jack Quinn, Ron Saleh, Cliff Sloan, John Stanley e Rob Weiner, che costituiscono il resto della mia squadra alla Casa Bianca e, dandomi il loro tempo, mi hanno fornito tanti dettagli e aneddoti importanti; Larry Sheafe e Chuck Vance, che sono stati gli agenti segreti più simpatici che si potessero trovare; l'unica figlia di un presidente abbastanza gentile da raccontarmi le sue esperienze nella "bolla" (per puro amore del romanzo), grazie ancora!; dr. Ronald K. Wright, per il suo straordinario aiuto legale; Pat Thacker, Anne Tumlinson, Tom Antonucci, Lily Garcia e Dale Flam per l'aiuto nei dettagli; Marsha Blanco (che è semplicemente incredibile), Steve Waldron, Chuck Person, Sue Lorenson, Dave Walkins, Fred Baughman, John Richard Gould, Rusty Hawkins, Philip Joseph Sirken e Jo Anne Patterson per avermi accolto nell'organizzazione The Arc e nella comunità del ritardo mentale. Raramente sono stato così profondamente ispirato e mi sono sentito così umile. E, naturalmente, i miei parenti e amici, i cui nomi, come sempre, vivono in queste pagine.

Infine, vorrei ringraziare tutte le persone brave e meravigliose della mia nuova casa editrice, la Warner Books: Larry Kirshbaum, Maureen Egan, Tina Andreadis, Emi Battaglia, Karen Torres, Martha Otis, Chris Barba, Claire Zion, Bruce Paonessa, Peter Mauceri, Harry Helm e tutte le persone incredibilmente simpatiche che hanno reso questo libro una realtà e mi hanno fatto sempre sentire parte della famiglia. Un ringraziamento speciale va anche a Jamie Raab, non solo per il suo contributo editoriale, ma per essere stata una delle nostre più importanti sostenitrici. Il suo calore e la sua energia non finiscono di sorprendere. Infine, voglio ringraziare i due editor che hanno lavorato a questo libro, Rob Weisbach e Rob McMahon. Fin dall'inizio, Rob Weisbach ha messo a disposizione i suoi talenti creativi a ogni livello della nostra esperienza editoriale e non saremmo qui senza di lui. Il suo influsso si sente in ogni pagina e anche se l'ho già detto lo ripeto: Rob ha grandi progetti e siamo sempre stati felicissimi di farne parte. Io gli devo la mia carriera e ho cara la sua amicizia. Alla Warner, Rob McMahon è un vero gentiluomo che ha raccolto la proverbiale palla e si è messo a correre con lei. Non potevamo avere miglior fortuna. I suoi commenti erano profondi oltre ogni credere e mi ha sempre spinto ad andare oltre quelle che credevo le mie possibilità. Rob, saremmo perduti senza di te. Per cui, Rob Weisbach e a Rob McMahon, apprezzerò sempre la vostra energia, ma vi sono molto più grato per la vostra fiducia.